文／白／对／照

太平廣記

九

〔北宋〕李昉 等 编纂
谦德书院 译

团结出版社

图书在版编目（CIP）数据

文白对照太平广记 / (北宋) 李昉等编纂；谦德书院译. -- 北京：团结出版社, 2022.10

ISBN 978-7-5126-9290-9

Ⅰ. ①文… Ⅱ. ①李… ②谦… Ⅲ. ①笔记小说－小说集－中国－北宋②《太平广记》－译文 Ⅳ. ①I242.1

中国版本图书馆CIP数据核字(2022)第001044号

出版：团结出版社

（北京市东城区东皇城根南街84号 邮编：100006）

电话：（010）65228880　　65244790（传真）

网址：www.tjpress.com

Email：65244790@163.com

经销：全国新华书店

印刷：北京天宇万达印刷有限公司

开本：145×210　1/32

印张：286.75

字数：8200千字

版次：2022年10月　第1版

印次：2022年10月　第1次印刷

书号：978-7-5126-9290-9

定价：880.00元（全十四册）

目 录

卷第二百九十九　神九

卷第三百　神十

卷第三百一　神十一

卷第三百二　神十二

卷第三百三　神十三

卷第三百四　神十四

卷第三百五　神十五

卷第三百六　神十六

卷第三百七　神十七

卷第三百八　神十八

卷第三百九　神十九

卷第三百一十　神二十

卷第三百一十一　神二十一

卷第三百一十二　神二十二

卷第三百一十三　神二十三

卷第三百一十四 神二十四

卷第三百一十五

神二十五淫祠附

卷第三百一十六　鬼一

卷第三百一十七　鬼二

卷第三百一十八　鬼三

卷第三百一十九　鬼四

卷第三百二十　鬼五

卷第三百二十一　鬼六

卷第三百二十二　鬼七

卷第三百二十三　鬼八

卷第三百二十四 鬼九

卷第三百二十五 鬼十

卷第三百二十六 鬼十一

卷第三百二十七　鬼十二

卷第三百二十八　鬼十三

卷第三百二十九　鬼十四

卷第三百三十 鬼十五

卷第三百三十一 鬼十六

卷第三百三十二 鬼十七

卷第二百九十六——卷第三百二十一

卷第二百九十六　神六

太室神

后魏太武时，嵩阳太室中有宝神像，长数尺。孝文太和中，有人避疟于此庙，见太武来造神。因言："今日朝天帝，帝许移都洛阳，当得四百年。"神言："昨已得天符矣。"太武出，神谓左右曰："虏性苛贪，天符但言四十，而因之四百。"明年，孝文迁都洛阳，唯得四十年矣。（出《广古今五行记》）

黄　苗

宋元嘉中，南康平固人黄苗，为州吏，受假违期。方上行，经宫亭湖，入庙下愿："希免罚坐，又欲还家，若所愿并遂，当上猪酒。"苗至州，皆得如志，乃还。资装既薄，遂不过庙。行至都界，与同侣并船泊宿。中夜，船忽从水自下，其疾如风介。夜四更，苗至官亭，始醒悟。见船上有三人，并乌衣持绳，收缚苗。夜上庙阶下，见神年可四十，黄面，披锦袍。梁下悬一珠，大如弹丸，光辉照屋。一人户外白："平固黄苗，上愿猪酒，遁回家。教录今到。"命谪三年，取三十人。遣吏送苗穷山林中，锁腰系树，日以生肉食之。苗忽忽忧思，但觉寒热身疮，举体生斑毛。经一旬，毛蔽身，爪牙生，性欲搏噬。吏解锁放之，随其行止。三年，凡得二十九人。次应取新淦一女，而此女士族，初不出外，后值与娣妹从后门出，诣亲家，女最在后，因取之。为此女难得，涉五年，人数乃充。

太室神

南北朝北魏太武帝执政时期，河南省登封县太室山嵩阳寺里有一座宝神像，有好几尺长。孝文帝太和时期，有一位躲避传染病的人来到嵩阳寺，看到太武帝前往拜谒庙里神仙。太武帝说道："今天来拜谒上天，请求上天应允将京都迁移至洛阳，希望得到四百年的统治权。"庙里神仙说："昨天已然获得上天的符瑞了。"太武帝走出寺庙后，神仙对身边人说："他生性苛责，贪得无厌，上天的符瑞只说了四十年，只是顺应他的话说了四百年。"第二年，孝文帝挑选京都至洛阳，只是得了四十年的统治权。（出《广古今五行记》）

黄　苗

南朝宋文帝元嘉时期，南康郡平固县有一位名叫黄苗的百姓，是州县里的官员，有一日，批假就已经逾期。才急忙回去复命，途经宫亭湖，走进庙里祝愿："期盼可以免除逾假的惩罚，并且实现辞官归家的愿望，倘若祝愿可以成真，自当祭上猪肉与美酒。"黄苗回到州县后，都顺遂他的意愿，便回家了。随身的盘缠单薄，于是没从庙前过。抵达城市界限的时候，和伙伴一同乘船停泊，睡在船上。突然夜里船沿着水流往下游走，像疾风一般。夜里四更，黄苗到了宫亭湖，才开始清醒过来。发现船上有三个人，他们身穿黑色衣服，手拿绳索，拘禁黄苗。夜里带着黄苗走到寺庙的台阶前，看到一位四十年纪的神仙，脸部发黄，身披锦衣华服。房梁下挂着一颗明珠，像弹丸一般大，光辉照亮整间屋子。一个在室外的人说："这是来自平固县的黄苗，声称愿望成真便献上猪肉与美酒，却偷跑归家。应当被教化，如今人到了。"下令惩罚他三年抓三十个人。神仙便派官吏将吏送至庙，神教放遣，乃以盐饭饮之，体毛稍落，须发悉出，爪牙堕，生新者。经十五日，还如人形，意虑复常。送出大路。县令呼苗具疏事，覆前后所取人，遍问其家，并符合焉。髀为戟所伤，创瘢尚在。苗还家八年，得时疾死。（出《述异记》）

龚 双

襄阳汉水西村有庙名土地主，府君极有灵验。齐永元末，龚双任冯翊郡守。不信鬼神，过见此庙，因领人烧之。忽旋风绞火，有二物挺出，变成双青鸟，入龚双两目。两目应时疼痛，举体壮热。至明便卒。（出《汉沔记》）

萧 总

萧总，字彦先，南齐太祖族兄瓌之子。总少为太祖以文学见重。时太祖已为宋丞相，谓总曰：“汝聪明智敏，为官不必资。待我功成，必荐汝为太子詹事。”又曰：“我以嫌疑之故，未即遂心。”总曰：“若谶言之，何啻此官！”太祖曰：“此言狂悖，慎钤其口。吾专疚于心，未忘汝也。”总率性本异，不与下于己者交，自建黄苗送到山林里，锁住他的腰，将他绑在树上，他每天只能吃生肉。黄苗神志不清，日夜忧思，只是感觉冷热交替，身上都是疮疖，全身长出斑斓的毛发。十日后，毛发遍布身体，并生出爪牙，性格也变得极具侵略性。官吏开锁释放了黄苗，跟着他一起行动。过了三年，共计抓获二十九人。按照顺序他应该去抓一位来自新淦县的女子，这个女子出身世族，最初女人不外出，后来正好碰上她和弟妹从后门外出，去造访亲友，那女子走在最后面，便抓获了她。抓这个女子实在困难，花了五年时间，三十人才满。官吏将他押送到庙里，神仙释放了他，还喂给他盐水和美食，身体上毛发逐渐掉落，长出了胡须和头发，爪牙蜕落，宛如新生。经过十五天，恢复成人形，意识变回正常，然后将黄苗送到大道上。县丞叫来黄苗，让他详细陈述所发生的事情，包括抓人前后的事情，问遍了家中情况，且都属实。黄苗的腿部被刀戟所伤，还留着疮痕。黄苗归家八年后，得了流行病便死去了。（出《述异记》）

龚双

襄阳郡汉水边的西村里，有一座名叫土地主的寺庙，庙中府君颇为应验。南朝齐国永元晚期，龚双任冯翊郡守一职。他不相信鬼神之说，路经寺庙的时候就领着人烧了寺庙。突然一阵螺旋状的疾风掀起大火，有二个东西突然出现，变成一双青鸟，飞入龚双的双眼里。双眼随即疼痛起来，遍体发起高热。第二天就死了。（出《汉沔记》）

萧总

萧总，字彦先，是南朝齐国太祖的兄长萧道环的儿子。萧总年少时，因为文采学识受到太祖皇帝重视。那时太祖皇帝已然成为南朝时期刘宋的丞相，他对萧总说："你聪慧机敏，担任官职不用凭借资历。待我成就功绩后，必定会推举你担任太子詹事。"然后说："由于避嫌的缘故，因此无法立即顺从心意举荐你。"萧总说："倘若你预业归江陵。

宋后废帝元徽后，四方多乱，因游明月峡，爱其风景，遂盘桓累岁。常于峡下枕石漱流，时春向晚，忽闻林下有人呼“萧卿”者数声，惊顾，去坐石四十余步，有一女，把花招总。总匆异之，又常知此有神女，从之。视其容貌，当可笄年，所衣之服，非世所有，所佩之香，非世所闻。谓总曰：“萧郎遇此，未曾见邀，今幸良晨，有同宿契。”总恍然行十余里，乃见溪上有宫阙台殿甚严。宫门左右，有侍女二十人，皆十四五，并神仙之质。其寝卧服玩之物，俱非世有，心亦喜幸。一夕绸缪，以至天晓。忽闻山鸟晨叫，岩泉韵清，出户临轩，将窥旧路，见烟云正重，残月在西。神女执总手谓曰：“人间之人，神中之女，此夕欢会，万年一时也。”总曰：“神中之女，岂人间常所望也。”女曰：“妾实此山之神，上帝三百年一易，不似人间之官，来岁方终。一易之后，遂生他处。今与郎契合，亦有因由，不可陈也。”言讫乃别。神女手执一玉指环，谓曰：“此妾常服玩，未曾离手，今永别，宁不相遗？愿郎穿指，慎勿忘心。”总曰：“幸见顾录，感恨徒深，执此怀中，终身是宝。”天渐明，总乃拜辞，掩涕而别。携手出户，已见路分明。总下山数步，回顾宿处，宛是巫山神女之祠也。

言成真，我的能力不止能做太子詹事！”太祖说：“你的言论过于张狂，需谨慎言语。我内心对你颇为愧疚，不会忘记你的。”萧总本性肆意，异于常人，不交往比自己地位低的人，后来从建业归来，抵达江陵。

宋国后废帝元徽年后，各地战事繁多，因此萧总前往游历明月峡，钟爱明月峡风景，便在此地停留了好些年。他时常在明月峡下面，枕着石头睡觉，用水流漱口，那时春天快要过完，突然萧总在山林中听到有人叫萧卿，叫了好几声，他吃惊地回头张望，发现有一位女子在他坐着的石头四十步处，手拿花束喊他。萧总觉得颇为奇怪。又时常听闻这个地方有一位神女，便走到她面前。观察女子姿容，应当是成年了，身上穿的衣服并非出自凡间，身上佩戴的香囊也不是凡间所能闻到的，女子对萧总说：“在这里与萧郎遇见，没有接到你的邀请，却有幸在美好的清晨相遇，我们应是有共眠的因缘。”萧总跟着她神情恍然地行了十几里，便看见溪水边出现一座庄重威严的宫阙。宫阙两边站着二十位侍女，只有十四五岁，都具备神仙的资质。女子寝室里的服饰玩物都不是世上所有的，萧总内心喜悦。两人晚间缠绵悱恻，直至天明。清晨他突然听到山林里的鸟儿在鸣叫，岩石边的泉水叮咚作响，萧总走出房门，临近栏杆处站着，想窥探来时的路，看见那路烟雾浓重，月亮挂在西边。神女牵着萧总的手，对他说：“你是世间的男人，我是神界仙女，我们昨夜欢愉，万年难遇一次。”萧总说：“神界仙女不就是凡人时常希冀的。”神女说：“我确实是这座山的山神，上天让我们三百年更换一次，与凡间的官员不一样，明年便要终止。更换山神后，又会在其他地方重生。如今与萧郎缠绵，亦是有姻缘的，只是无法告诉你。”话说完，就和萧总辞别。神女手里拿着一只玉指环，对他说：“此物是我时常把玩的物品，从未离手，如今诀别，怎么能不将它留给你呢？但愿你能戴在指间，一定别忘记对我的爱。”萧总说：“我很幸运受到你的顾念，只是内心颇为惋惜，我会将此物珍藏怀中，终身都是宝贝。”天色逐渐明亮，于是萧总拜礼辞别，掩面流泪与神女告别。他们牵着手走出宫门，就看见来时路已然清晰。萧总下山走出几步后，转头看之前睡过的房子，他日，持玉环至建邺，因话于张景山。景山惊曰："吾常游巫峡，见神女指上有此玉环，世人相传，云是晋简文帝李后曾梦游巫峡，见神女，神女乞后玉环，觉后乃告帝，帝遣使赐神女。吾亲见在神女指上。今卿得之，是与世人异矣！"总齐太祖建元末，方征召，未行，帝崩。世祖即位，累为中书舍人。初，总为治书御史，江陵舟中遇，而忽思神女事，悄然不乐，乃赋诗曰："昔年岩下客，宛似成今古。徒思明月人，愿湿巫山雨。"（出《八朝穷怪录》）

萧 岳

齐明帝建武中，有书生萧岳，自毗陵至延陵季子庙前，泊舟望月。忽有一女子，年十六七，从三四侍女，貌皆绝世，以橘掷岳怀中。岳心异之，乃问其姓名。云："葛氏。"岳因请舟中，命酒与歌宴。及晓请去，岳甚怅然。岳登舟望之，见庙前有五六女相迎笑，一时入庙。岳异之，及明，乃整衣冠，至延陵庙中。见东壁上书第三座之女，细观之而笑，果昨夜宿之女也。及左右侍女，亦所从也。画壁题云："东海姑之神。"（出《八朝穷怪录》）

尔朱兆

后魏孝庄帝既诛尔朱荣，荣子兆自汾州率骑攻洛。师自河梁西涉，掩袭京邑。先是，河边有一人梦神谓曰："尔朱家欲渡河，好像是巫山神女的祠堂。

后来，萧总戴着玉指环抵达建业，与张景山谈论神女之事。张景山诧异地说：“我过去游历巫峡，看到神女指间便是这只玉指环，世人都流传，晋朝简文帝的李皇后曾经梦见自己游历巫峡，看见神女，神女讨要李皇后的玉指环，皇后梦醒后，将梦境告知简文帝，简文帝差遣使臣前往，将玉指环赠予神女。我亲眼看到神女指间的那枚指环。如今你获得了指环，你和世人已经不一样了。”齐太祖建元晚期，萧总才受到朝廷征召为官，还未上任，皇帝就崩逝了。世祖上位，萧总连任几年的中书舍人。萧总才升官做治书御史，乘船到达江陵的时候，突然忆起与神女的往事，神色忧伤，于是做出一首诗：“昔年岩下客，宛似成今古。徒思明月人，愿湿巫山雨。”（出《八朝穷怪录》）

萧岳

南朝齐明帝建武时期，有一位书生，名叫萧岳，他从毗陵抵达延陵的季子庙前，停船在岸边看月亮。突然出现一位年纪十六七的女子，身边跟着三四名侍婢，都是绝世容貌，女子将橘子投进萧岳怀里。萧岳内心十分奇怪，便询问她的名字。女子说：“葛氏。”于是萧岳邀请女子进入船里，差人备上美酒与宴席，配以歌伎表演。等到天明，女子才请求离去，萧岳颇为怅然。萧岳登船后，去看女子，看见庙前站着五六位笑脸相迎的女子，一起走进庙里。萧岳非常诧异，等到天明，就整理穿戴，走进延陵的季子庙里。望着东边墙上绘出的第三座神女像，认真观察后，笑出声来，竟然是昨天夜里和他同住的女子，她身边的侍婢画像也是昨晚跟着女子的侍婢。画壁上题字写道：“东海姑之神。”（出《八朝穷怪录》）

尔朱兆

南北朝北魏孝庄帝刚刚诛杀了尔朱荣，尔朱荣的儿子从汾州起兵，带领铁骑攻打洛阳。军队桥梁西边徒步渡水，出其不意攻打京用尔作波津令，当为缩水脉。”及兆至，见一人，自言知水深浅处，以草表插导，忽失所在。兆众遂涉焉，寻而陷京，弑庄帝。（出《北史》）

蒋帝神

梁旱甚，诏于蒋帝神求雨。十旬不降，帝怒，载荻焚庙，并其神影。尔日开朗，将欲起火。当神上，忽有云如伞盖，须臾骤雨。台中宫殿，皆自震动。帝惧，驰诏追停，少时还静。自此帝诚信遂深。自践祚比未曾到庙，于是备法驾，将朝臣修谒。时魏将杨大眼来寇钟离，蒋帝神报敕，必许扶助。既而无雨，水暴涨六七尺，遂大克魏军，神之力也。凯旋之后，庙中人马脚皆有泥湿，当时并目睹焉。（出《南史》）

临汝侯猷

宗室临汝侯猷为吴兴太守，性倜傥，与楚庙神交，饮至一斛。每酬祀，尽欢极醉，而神影亦有酒容，所祷必应。后为益州刺史。时江陵人齐狗儿反，众十余万，攻州城。猷兵粮已尽，人有二心，乃遥祷请救。是日，州界田父，逢一骑络铁，从东方来，问去城几里。曰：“百四十里。”日已晡，骑语父曰：“后人来，可令疾马，欲及日破贼。”俄有数百骑如风，一骑仍请饮。田父问为谁，曰：“吴兴楚王，来救临汝侯。”当此时，庙中请祈无验。十余日，乃见侍卫土偶皆泥湿如汗者。是日，猷大破狗儿焉。及猷卒，谥曰“灵”，与都。过去河边有一个人，做梦神仙对他说："尔朱家族想过河，将你当作控制波浪的人，为他管制水流。"等尔朱兆抵达河边，看到一个人，他说自己清楚河水的深处和浅处，用草木插着浅处作为向导，突然就看不到他的踪影了。尔朱兆的大军便涉水过河，不久就攻占京都，孝庄帝被弑杀。（出《北史》）

蒋帝神

南朝梁国土地十分干旱，帝王下令祷告蒋帝神降雨。很多天后仍旧没有降雨，帝王十分生气，载着芦苇焚毁了寺庙，将神像一并破坏。那一天阳光灿烂，正想燃起火焰。神像上方突然飘过一片伞盖大小的云朵，瞬间便下起大雨。大内宫殿都随之震动。帝王甚为恐慌，赶忙命令禁止烧毁寺庙，不久后宫殿便归于平静。从那之后，帝王便对神仙颇为信任。帝王登基后，便没有去过寺庙，于是准备天子车驾，领着朝中官员去寺庙祭拜，当时魏国有一位将军叫杨大眼，带兵入侵钟离郡。帝王下令向蒋帝神祷告，必定会答应帮助他们。不久后尽管没有降雨，河水急剧上升了六七尺，于是打败了魏国军队，此为蒋帝神的神力。军队凯旋后，寺庙里人和马的脚都有被泥水浸湿的痕迹，那时百姓都亲眼见到了。（出《南史》）

临汝侯猷

临汝县有一位皇室宗亲，名叫侯猷，担任吴兴郡太守，本性豪爽，同楚庙神仙交好，喝一个斛子里的酒。每逢祭礼祝酒的时候，都酣畅淋漓，喝得烂醉，神像面色也有酒意，祝祷的事情必能得到回应。之后侯猷担任益州刺史。正逢来自江陵的齐狗儿谋逆，率领十几万士兵进攻州城。侯猷军队的粮食殆尽，士兵出现歹意，于是他远远祝祷，向楚庙神仙求救。这一天，州界地区的农夫碰到一位从东边来的人，他骑着马，身穿盔甲，缠着头巾，询问他距离城里还有几里。农夫回答："一百四十里。"快要日落，骑马的人对农夫说："之后如果有人来，可让他们快速骑行，我想在今日打败反贼。"不久

神交故也。(出《南史》)

阴子春

梁阴子春为东莞太守。时青州刺史王神念，毁临海神庙坐。栋上有一蛇，役夫不擒，入于海水。尔夜，子春梦见一人诣其府，云：“有人见苦，破坏所居，今既无托，欲憩此境。”子春心密记之。经日，方知神念毁庙。因办牲醪，立宇祠之。数日，梦一朱衣人谢曰：“得君厚惠，当以一州相报。”经月余，魏君欲袭朐山，子春预知，设伏摧破。武帝以为南青州刺史。(出《南史》)

苏岭庙

襄阳苏岭山庙，门有二石鹿夹之，故谓之鹿门山。习氏记云：“习郁常为侍中，从光武幸黎丘。郁与光武俱梦见苏岭山神，因使立祠。”郭重产记云：“双石鹿自立如斗，采伐人常过其下。或有时不见鹿，因是知有灵瑞。梁天监初，有蜯湖村人，于此泽间猎。见二鹿极大，有异于恒鹿，乃走马逐之。鹿即透涧，直向苏岭。人逐鹿至神所，遂失所在，唯见庙前二石鹿。猎者疑是向者鹿所化，遂回。其夜梦见一人，著单巾帻，黄布裤褶，语云：‘使君遣我牧马，汝何驱迫？赖得无他，若见损伤，岂得全济？’”(出《襄阳记》)

后，出现几百名骑马的人疾行而过，一位骑马者请求农夫给他水。农夫询问帮什么人要的，那人回答："吴兴楚王，前来救援临汝郡的侯猷。"在这个时候，前往庙里祈愿的百姓无一应验。十几天后，便看到泥土做的侍卫神像都泥泞不堪，像是在出汗。那一天，侯猷打败了齐狗儿。直到侯猷去世，定谥号为"灵"，便是源于他和神仙交好。（出《南史》）

阴子春

南北朝时期梁国的阴子春，时任东莞郡太守。正逢青州此时王神念破坏了临海神庙的底部。庙里正梁上有一条蛇，劳役者都不敢抓，后来蛇跳入海里。当天晚上，阴子春梦到一个人造访府衙，他说："有人遇难了，居住的地方被毁坏，如今既然没有依靠，想休憩在你这里。"阴子春心思缜密，记住这个梦。隔天才知晓王神念破坏神庙的事情，便准备美酒和牲畜等祭礼，修缮神庙，供奉祭礼。几天后，阴子春梦到一位身穿红衣的人向他道谢，说："承蒙你如此深厚的恩德，自当用一个州作为回报。"经过一个多月，北魏君王想偷袭朐山，子春预先知晓此事后，安排埋伏，摧毁了魏军的偷袭。武帝便授予他南青州刺史一职。（出《南史》）

苏岭庙

襄阳城苏岭山上有一座寺庙，因为寺庙门口被两只石鹿夹住，所以又称它鹿门山。根据习氏记录："过去习郁担任侍中，跟着光武帝临幸黎丘。习郁与光武帝梦到苏岭山的山神，便差遣使者建立祠堂。"郭重产记录里说："两只石鹿如斗形器物般站着，砍伐者经常路过石鹿边。有些时候无法看清石鹿，方才知晓是有祥瑞。南朝梁国天监初期，有一位蜂湖村的村名，在这里的水流处打猎。村民看到了两只身形庞大的鹿，与平常看到的鹿有所不同，便打马追逐鹿。鹿随即便越过山涧，径直跑向苏岭山。村民跟着鹿来到了神庙前，鹿便不知所踪、只能看到神庙前的两只石鹿。打猎者疑心石鹿是方

卢元明

北齐卢元明，聘于梁。其妻乘车，送至河滨。忽闻水有香气异常，顾见水神涌出波中，牛乃惊奔，曳车入河。其妻溺死，兄子十住尚幼，与同载，投下获免。（出《北史》）

董 慎

隋大业元年，兖州佐史董慎，性公直，明法理，自都督已下，用法有不直，必犯颜而谏之。虽加谴责，亦不知惧，必俟刑正而后退。常因授衣归家，出州门，逢一黄衣使者曰："太山君呼君为录事。"因出怀中牒示慎。牒曰："董慎名称茂实，案牍精练。将平疑狱，须俟良能，权差知右曹录事。"印甚分明。后署曰"倨"。慎谓事者曰："府君呼我，岂有不行，然不识府君名谓何？"使者曰："录事勿言，到任即知矣。"自持大布囊，内慎其中，负之出兖州郭，因致囊于路左，汲水调泥，封慎两目。慎都不知经过远近，忽闻大唱曰："范慎追董慎到。"使者曰："诺。"趋入。府君曰："所追录事，今复何在？"使者曰："冥司幽秘，恐或漏泄，向请左曹匿影布囊盛之。"府君大笑曰："已死范慎追董慎，取左曹囊盛右曹录事，可谓能防慎也。"便令写出，抉去目泥，赐青缣衫、鱼须笏、豹皮靴，文甚斑驳。邀登副阶，命左右取榻令坐，曰："籍君公正，故有是请。今有闽州司马令狐寔等六人，置无间狱。承天曹符，以寔是太元夫人三等亲，准令递减三等。昨罪人程翥一百二十人，引才的鹿的化身，就原路返回了。当天夜里他梦到一个人，戴着单薄的头巾，身穿黄色的骑服，对村民说：‘使君吩咐我牧放马匹，你驱赶我是什么原因？所幸没出事情，如果我受伤了，你怎么能保全性命。’”（出《襄阳记》）

卢元明

北朝齐国卢元明，前方访问梁国。卢元明的妻子乘坐牛车，前往河边送别。突然嗅到水里有一阵不寻常的气味，转头看到水神从水波中升起，牛随即惊骇而跑起来，牵引着车跑进河里，卢元明的妻子溺亡，兄长的儿子十住尚且年幼，与妻子共同乘坐牛车，尽管落水却大难不死。（出《北史》）

董慎

隋代大业元年，兖州佐史董慎生性公平正直，通晓道理法度，都督及其下属官吏，只要有用法不公之人，必然会冒犯其颜面极力劝诫。尽管会遭到谴责，也不惧怕，必要看到刑法公平时，才会后退。有一天，由于分发衣物回家晚了，走出府衙门，碰到一位身穿黄色服装的使者说：“泰山神君召唤你做录事。”便从怀里拿出文牒给董慎看。文牒里写道：“董慎声名盛美，写公文简明扼要。我想平反疑难案件，需要他这样优秀的才能，暂时让他做知右曹录事。”文牒里的印章非常清楚，文牒后署名“倨”。董慎问使者：“府君呼唤我，有什么不行的，然而不清楚府君的名讳啊？”使者说：“录事不要言语，就职后便清楚了。”然后取出一只很大的布袋，将董慎装入其中，然后驮着他走出兖州城墙，然后在道路左边放下布袋，拿来水调制泥土，盖住董慎的双眼。董慎都不清楚走了多久，突然听到有人大声说：“范慎追董慎到。”使者回：“是。”接着随他一起进入。府君问：“你追的录事如今在哪里？”使者回答：“冥界幽暗隐秘，我担心暴露行踪，向左曹要来可以隐藏身形的布袋，用来装他。”府君大笑着说：“已经死去的范慎追董慎，将右曹录事装进左曹的布袋，确实是例喧讼，不可止遏。已具名申天曹，天曹以为罚疑唯轻，亦令量减二等。予恐后人引例多矣，君谓宜如何？”慎曰：“夫水照妍媸而人不怨者，以至清无情。况于天地刑法，岂宜恩贷奸慝？然慎一胥吏耳，素无文字，虽知不可，终语无条贯。当州府秀才张审通，辞彩隽拔，足得备君管记。”府君令帖召之。

俄顷至，审通曰：“此易耳，当为判以状申。”府君曰：“君善为我辞。”即补左曹录事，仍赐衣服如董慎。各给一玄狐，每出即乘之。审通判曰：“天本无私，法宜画一。苟从恩贷，是资奸行。令狐寔前命减刑，已同私请；程翥后申簿诉，且异罪疑。傥开递减之科，实失公家之论。请依前付无间录狱，仍录状申天曹。”即有黄衫人持状而往。

少顷，复持天符曰：“所申文状，多起异端。奉主之宜，但合遵守。《周礼》八议，一曰‘议亲’。又《元化匮》中《释冲符》亦曰‘无不亲’。是则典章昭然，有何不可！岂可使太元功德，不能庇三等之亲！仍敢愆违，须有惩罚。府君可罚不衣紫六十甲子，余依前处分。”府君大怒审通曰：“君为判辞，使我受谴。”即命左右可以提防董慎的。”就差人打开布袋放出董慎，清理干净董慎双眼的泥土，赏赐黑色缣衣、大夫手板、豹皮鞋给他，纹理颇为斑斓。然后邀请董慎登上宫殿，走到台阶前，吩咐随从取来卧榻供他坐着，说：“因为你行事公平，故而请你前来。如今闽州司马令狐实等六人被囚禁在无间地狱里，听从天界的命令，由于令狐实是太元夫人的三等宗亲，获准减去三等刑罚。昨日有程翥等一百二十名罪犯，利用这件事喧哗争辩，没办法控制他们。他们早已共同署名向天界说明。天界觉得对令狐实的刑罚不够，再次下令至减去二等刑罚。我害怕之后的人都用这样的方法闹事，你觉得这件事应该如何处理？”董慎说：“水能够让人看到自己的美丑，且内心不会生出怨怼，正是由于过于清澈，而没有情理，何况立于天地的刑法，如何可以因为恩德而减去罪恶之人的刑罚。然而我仅仅是一位小官吏，本来就没有地位，尽管清楚此事不能这样处理，但始终没有相关条例支持。我们府衙有一位秀才，名叫张审通，文采斐然，足够做府君您的管记。”府君便下帖召见他。

不久后便来了，张审通说：“这件事很简单，应该根据状书重新申诉，审判他。”府君说：“你果然擅长做我言语。”随即让他做左曹录事，仍旧赏赐董慎衣服。分别赠予他们一指黑毛狐狸，每逢出门就可以乘坐它。张审通判决时说：“上天原本无私，刑罚也应当一致。如果因为私人恩德轻易减去罪人的刑罚，便是滋长奸恶的行为。之前令狐实命人减轻刑罚，暗地为自己求过情；后来共同署名申诉此案，便是疑心罪行与刑罚不符。如果打开减刑的前例，实在有失刑罚公允。请根据最初的判决，在无间地狱拘禁他，然后撰写状书上报天界。”随即有身穿黄衫的人带着状书前往天界。

不久后，黄衫使者再次持着天界诏令归来，说：“上报的状书多源于非正统的说法。遵照上天旨意，同时遵守古人法度。周礼八议之一便是‘议亲’。并且《元化匮》里的《释冲符》也写道‘无不亲’。因此规章法度十分清晰，有何不可！太元夫人的功德为什么不可以庇佑她的三等宗亲！倘若胆敢再推脱违逆命令，便要施以惩罚。惩罚府君六十载无法为官，剩下的人根据之前的方式处理。”看到诏取方寸肉，塞其一耳，遂无所闻。审通诉曰：“乞更为判申，不允，即甘当再罚。”府君曰：“君为我去罪，即更与君一耳。”审通又判曰：“天大地大，本乃无亲。若使有亲，何由得一！苟欲因情变法，实将生伪丧真。太古以前，人犹至朴；中古之降，方闻各亲。岂可使太古育物之心，生仲尼观蜡之叹？‘无不亲’，是非公也，何必引之？请宽逆耳之辜，敢荐沃心之药。庶其阅实，用得平均。令狐寔等，乞请依正法，仍录状申天曹。”黄衣人又持往。

须臾，又有天符来曰：“再省所申，甚为允当。府君可加六天副正使。令狐寔、程翥等并正法置处。”府君即谓审通曰：“非君不可正此狱。”因命左右割下耳中肉，令一小儿擘之为耳，安于审通额上。曰：“塞君一耳，与君三耳，何如？”又谓慎曰：“甚赖君荐贤，以成我美。然不可久留君，当加一周年相报耳。君兼本寿，得二十一年矣。”即送归家。

使者复以泥封二人，布囊各送至宅。欲如写出，而顾问妻子，妻子云：“君亡精魂，已十余日矣。”慎自此果二十一年而卒。审通数日额觉痒，遂踊出一耳，通前三耳，而踊出者尤聪。时人笑曰：“天有九头鸟，地有三耳秀才。”亦呼为鸡冠秀才者。慎初思府君称邻，后方知倨乃邻字也。（出《玄怪录》）

令，府君十分愤怒地对张审通说："因为你的判决言论，让我遭受谴责。"随即命侍从他身上取下一寸见方的肉，堵住张审通的一边耳朵，于是便听不到声音了。张审通控诉说："请求修改判决申诉书，如果不被允诺，立刻就甘愿又一次被处罚。"府君说："你要替我受罚的话，我应当再堵住你一只耳朵。"张审通接着判断说："普天之下，原本就不存在亲疏之别。倘若存在亲疏之别，法度如何公平公正！如果因为私情更改法度，本质上会诞生虚假之事，失去真相。上古之前，人类尚且质朴；中古来临后，才听闻各种亲属的言论。怎能让上古先人孕育万物的初心，产生孔圣人观蜡的感叹呢？讲究亲疏之别，便是不公平，有什么必要旁征博引。恳求饶恕我刺耳忠言的罪过，勇于举荐你启发内心的道理。将你丰富的阅历用于审判中，使法度公正。恳求您依照公正的法度判处令狐实等人，再次书写状书上报天界。"黄衫使者再次带状书前往天界。

不久后，再次带来上天旨意，说："再次查看所申诉的状书，认为判处公允。府君应当升任为六天副正使。令狐实、程翥等人均依法处罚。"府君随即对张审通说："不是你坚持，此案无法更正过来。"便命令随从取下耳朵上的肉，吩咐小孩将其变作耳朵，安在他的额头。说："堵住你的一只耳朵，赠予你三只耳朵，如何？"又对董慎说："都仰仗你推举贤人，才促成我的好事。然而你无法在这里逗留，自当为你加上一年寿命作为回报。加之原本的阳寿，共有二十一年。"然后将他送回家里。

使者又一次堵住二人的双眼，用布袋装着送到各自家里，忽然董慎便清醒了，看向妻子询问，她说："你丢失灵魂已有十几天。"从那日开始计算，董慎果真活了二十一年才去世。张审通回家几天后，额头感觉很痒，便长出一只耳朵，三只耳朵相互贯通，后来长出的耳朵尤其灵敏。当时百姓都和他开玩笑："天上有九头鸟，人间有三只耳朵的秀才。"也称呼他鸡冠秀才。董慎忆起当时府君说是邻居，之后方知晓倨字便是邻字。（出《玄怪录》）

李靖

卫公李靖，始困于贫贱，因过华山庙，诉于神，且请告以官位所至。辞色抗厉，观者异之。伫立良久，乃出庙门百许步，闻后大声曰："李仆射好去。"顾之不见人。后竟至端揆。（出《国史记》）

李靖

卫国公李靖开始因为贫贱十分困扰，因此路过华山庙的时候，向神仙说明他的贫困，还请求赐给他官位。他言语高亢，声色严厉，看到的百姓都颇为惊异。李靖在庙里站了很久，才从庙门走出一百多步，听到身后有人大喊："李仆射一路好走。"转身却没有看到那人。之后李靖竟官至宰相。(出《国史记》)

卷第二百九十七　神七

丹丘子

隋开皇末，有老翁诣唐高祖神尧帝，状貌甚异。神尧钦迟之，从容置酒。饮酣，语及时事曰："隋氏将绝，李氏将兴，天之所命，其在君乎，愿君自爱。"神尧惕然自失，拒之。翁曰："既为神授，宁用尔耶？隋氏无闻前代，继周而兴，事逾晋魏。虽偷安天位，平定南土，盖为君驱除，天将有所启耳。"神尧阴喜其言，因访世故。翁曰："公积德入门，又负至贵之相，若应天受命，当不劳而定。但当在丹丘子之后。"帝曰："丹丘为谁？"翁曰："与公近籍，但公不知耳，神器所属，唯此二人。然丹丘先生凝情物外，恐不复以世网累心。傥或俯就，公若不相持于中原，当为其佐。"神尧曰："先生安在？曰："隐居鄠、杜间。"

帝遂袖剑诣焉。帝之来，虽将不利于丹丘，然而道德玄远，貌若冰壶，睹其仪而心骇神耸。至则伏谒于苫宇之下，先生隐几持颐，块然自处。拜未及起，先生遽言曰："吾久厌浊世，汝膻于时者，显晦既殊，幸无见忌。"帝愕而谢之，因跪起曰："隋氏将亡，已有神告。当天禄者，其在我宗。仆夙叶冥征，谓钟末运。窃知先生之道，亦将契天人之兆。夫两不相下，必将决雄雌于锋刃，衒智力于权诈。苟修德不竞，仆惧中原久罹刘项之患。是来

丹丘子

隋文帝开皇晚期，有一位老者前往觐见唐高祖神尧帝李渊，老者外表颇为奇异。李渊甚为钦佩他，淡然自若地为他陈设酒宴。喝得很酣畅，老者说起时事道："隋代即将衰亡，李氏即将复兴，此是上天的安排，这结局不是你能做主的，期盼你可以自重。"神尧帝颇为恐慌，内心若有所失，推脱此事。老者说："既然是神明的授意，你只需要接受即可。隋氏在周朝不为人所知，北周时因承袭父爵而兴起，权柄甚至胜过晋魏时期。隋氏获得帝位后，只顾眼前的安逸，虽也平息了南边土地的战乱，但你仍旧会颠覆隋朝，上天将会开导你。"神尧帝听完老者的话暗中喜悦，便寻求治国之法。老者说："累积功德方面你已经入门了，并且面相颇为尊贵，倘若顺应上天授意，不须劳苦就可以平定。只是应当在丹丘子之后行事。"唐高祖说："丹丘是什么人？"老者说："他比你籍贯相近，然后你不知晓他吗？权柄的归属只会出现在你们身上。但是丹丘先生情意专注，泊然物外，大概不想再因为世俗伦常劳心。如果他愿意接受权柄，你也不准备在中原同他对峙，应当作他的助力。"神尧帝说："丹丘先生如今在哪里？"老者说："他在鄠县和杜县交汇处隐逸。"

神尧帝立刻在衣袖中藏好短剑，前往造访丹丘，神尧帝来找丹丘，尽管是想害他，但是丹丘道德深远微妙，容貌如同冰壶般清白廉洁，目睹他的外表必会让人心神震惊。到丹丘草庐前，神尧帝便不自觉伏下身体叩拜他，丹丘先生以手托腮，在几案上靠着，安之若素。神尧帝拜完还未起身，丹丘先生突然开口："我厌烦这个混乱的世界很长时间了，然后你内心始终关注时事，我们俨然走上了不同的道路，所幸你对我没有忌讳。"神尧帝颇为惊愕，向他表达感激之情，于是对他跪拜后，起身说："隋代即将灭亡，神明已经告知我了。

也，实有心焉，欲济斯人于涂炭耳。殊不知先生弃唐虞之揖让，蹑巢许之遐踪。仆所谓醯鸡夏虫，未足以窥大道也。”先生笑而颔之。帝复进曰：“以天下之广，岂一心一虑所能周哉！余视前代之理乱，在辅佐得其人耳。苟非伊、周、皋、夔之徒，秦汉以还，皆璅璅庸材不足数。汉祖得萧、张而不尽其用，可为太息。今先生尚不屈尧舜之位，固蔑视伊、皋矣。一言可以至昌运，得无有以诲我乎？”先生曰：“昔陶朱以会稽五千之余众，卒殄强吴。后去越相齐，于齐不足称者，岂智于越而愚于齐？盖功业随时，不可妄致。废兴既自有数，时之善否，岂人力所为？且非吾之知也。”讫不对。帝知其不可挹也，怅望而还。

武德初，密遣太宗鄠杜访焉，则其室已墟矣。（出《陆用神告录》）

瀚海神

并州北七十里有一古冢。贞观初，每至日夕，即有鬼兵万余，旗幡鲜洁，围绕此冢。须臾，冢中又出鬼兵数千，步骑相杂，于冢傍力战。夜即各退，如此近及一月。忽一夕，复有鬼兵万余，自北而至，去冢数里而阵。一耕夫见之惊走。有一鬼将，令十余人擒之至前，谓曰：“尔勿惧，我瀚海神也。被一小将窃我爱妾，逃入此能承当帝位之人便在我们宗室里。我过去做梦受到神明的指示，此成为钟末运。我清楚您的德行高尚，也在寻找相契合的神仙的指示。倘若你我二人难分伯仲，则定要用刀剑来一决高下，将才智运用于权谋诡诈里。倘若我们不修养德行，恐怕中原地区会给百姓带来刘邦项羽争权夺利时的苦难。我如今来这，确实有自己的用心，想将黎民从生灵涂炭中拯救出来。却不清楚放弃唐朝盛世，礼让于我，效仿巢父和许由隐逸山林。而且见识短浅，无法窥探深奥的道理。”丹丘先生笑了起来，然后颔首。神尧帝接着又说：“四海广阔，怎么能是一个人能思虑周到的。我观察隋朝动乱的原因，源于没有能辅助君王的贤人。没有出现像伊尹、周公旦、皋陶、夔之辈，从秦汉开始，无数庸碌之人都没法重用。汉高祖刘邦有幸得萧何、张良这样的能人，也并未完全展现他们的用处，实在是可惜。如今先生不想追逐帝位，自然蔑视伊尹、皋陶之辈。一番话能够使国家繁荣，无论最终是否得到帝位，不是都对我有教诲意义吗？”丹丘先生说：“昔日陶朱用在会稽山招募的五千多士兵，最终消灭了强大的吴国。之后告别越国做了齐国的丞相，在齐国的不足以为人称赞，难不成在越国聪慧的陶朱去齐国就变笨了吗？想要建成一番成就须顺应时势，不能轻举妄动。国家的盛衰既然已有定数，时势的顺逆如何是人为可以改变的？又怎么会是我能预知的？”言毕神尧帝再没有开口。他清楚自己无法谦退，惆怅地看着丹丘先生离开。

武德初年，唐高祖私底下吩咐唐太宗前往鄠县和杜县交汇处造访丹丘先生，发现居住的房屋已然成为废墟。（出《陆用神告录》）

瀚海神

并州向北七十里地有一座古时坟冢。唐朝贞观初期，每逢清晨，便会看到一万多鬼兵，在坟冢四周插着鲜明洁净的旌旗。不久后，坟冢里又出现几千名鬼兵，步兵与骑兵交相混杂，在坟冢旁边激战。暮色将晚就各自退兵，如此这般持续了快一月。突然一天夜里，再次出现一万多名鬼兵，从北面而来，在距离坟冢几里的位置摆阵。一位农夫看到后，立刻被吓跑了。一位鬼将军让十几个鬼兵逮住农夫，冢中。此冢张公，又借之兵士，与我力战。我离瀚海月余，未获此贼，深愤之。君当为我诣此冢告张公，言我自来收叛将，何乃藏之冢中？仍更借兵拒我，当速逐出。不然，即终杀尔！”仍使兵百人，监此耕夫往。耕夫至冢前，高声传言。良久，冢中引兵出阵。有二神人，并辔而立于大旗下，左右剑戟如林。遽召此耕夫前，亦令传言曰：“我生为锐将三十年，死葬此，从我者步骑五千余，尽皆精强。今有尔小将投我，我已结交有誓，不可不借助也。若坚欲与我力争，我终败尔，不使尔得归瀚海。若要且保本职，当速回！”耕夫又传于瀚海神，神大怒，引兵前进，令其众曰：“不破此冢，今夕须尽死于冢前！”遂又力战，三败三复。战及初夜，冢中兵败，生擒叛将。及入冢，获爱妾，拘之而回。张公及其众并斩于冢前，纵火焚冢，赐耕夫金带。耕夫明日往观，此冢之火犹未灭，冢傍有枯骨木人甚多。（出《潇湘录》）

薛延陀

突厥沙多弥可汗，贞观年，驭下无恩，多有杀戮，国中震恐，皆不自安。常有客乞食于主人，引入帐，命妻具馔。其妻顾视，客乃狼头。主人不之觉。妻告邻人，共视之，狼头人已食其主人而去。相与逐之，至郁督军山，见二人，追者告其故。二人曰：“我即神人，薛延陀当灭，我来取之。”追者惧而返。太宗命将击之，其众相惊扰，诸部大乱。寻为回纥所杀，族类殆尽。（出《广古今五带到他面前，对农夫说：“你别惧怕我，我乃是瀚海神。被一位小将窃取了我心爱的小妾，躲进这座坟冢里。这是张公坟冢，张公把士兵借给小将，同我激战。我一个多月便离开瀚海了，没有抓到这个窃贼，我内心颇为愤恨。你可以帮我造访这座坟冢的主人张公，告诉他我是来收服背叛的小将的，为何要把他藏在坟冢里呢？并且借给他士兵抵抗我，应当立刻将他逐出门去。不然我最后一定会将他杀死！”然后调出一百名鬼兵，监督农夫前往坟冢。农夫走到坟冢前，大声喊出瀚海神所传递的话。很长时间后，坟冢里杀出军队摆出阵型。大旌旗下并列站着两位神仙，周围有许多手拿刀剑的士兵。仓促地将农夫叫至跟前，也命他传话说：“我活着的时候做了三十年猛将，离世后埋在此地，跟从我的五千多名步兵与骑兵均是精悍强壮的士兵，如今你的小将投靠我，我与他交往密切，且立有誓言，没办法不帮他。你若坚持与我据理力争，最终我定会战胜你，让你不能再返回瀚海。你若是想保全自己的官职，应该速速回瀚海。”农夫又传话给瀚海神，他甚为恼怒，率领士兵进攻，命令他的众士兵说：“不能攻陷这座坟冢的话，今晚便在坟冢前死去！”于是便发起激战，三次进攻失败三次。打到夜晚初临，坟冢士兵战败，捉拿那个背叛的将领。等到进入坟冢里，抓获了心爱的小妾，将她拘禁并带回瀚海。张公和他的士兵在坟冢前被斩杀，防火焚毁了张公的坟冢，将金腰带赏给农夫。农夫第二天返回坟冢看，坟冢的火焰仍旧没有熄灭，坟冢边上出现很多枯骨及木偶人。（出《潇湘录》）

薛延陀

唐朝贞观时期，突厥的沙多弥可汗统治部下及黎民百姓不行恩德，经常出现杀戮，全国各地都颇为震撼恐慌，内心都无法安定。有一次，薛延陀部落首领家里出现一位向他讨要食物的客人，带着他进入帐篷里，使妻子摆上美食。妻子颔首望去，客人有一颗狼头。然而首领丝毫没有察觉。妻子将此事告诉邻里，让他共同观察，便看到首领已然被狼头人吃掉，并且离开了。妻子集合邻里去追狼头人，抵达郁督军山时，看见两个人，追击者告知他们追人的缘故。二人说：

行记》)

睦仁蒨

唐睦仁蒨者，赵郡邯郸人也。少事经学，不信鬼神。常欲试其有无，就见鬼人学之，十余年不能得见。后徙家向县，于路见一人，如大官，衣冠甚伟，乘好马，从五十余骑。视仁蒨而不言。后数见之，经十年，凡数十相见。后忽驻马，呼仁蒨曰："比频见君，情相眷慕，愿与君交游。"仁蒨即拜之，问："公何人耶？"答曰："吾是鬼耳。姓成名景，本弘农人。西晋时为别驾，今任临湖国长史。"仁蒨问："其国何在？王何姓名？"答曰："黄河已北，总为临湖国。国都在楼烦西北沙碛是也。其王即故赵武灵王。今统此国，总受泰山控摄。每月各使上相朝于泰山。是以数来至此与君相遇也。吾乃能有相益，令君预知祸难而先避之，可免横苦。唯死生之命与大祸福之报，不能移动耳。"仁蒨从之。景因命其从骑常掌事以赠之，遣随蒨行。"有事则令先报之，即尔所不知，当来告我。"如是便别。掌事恒随，遂如侍从者。每有所问，无不先知。

时大业初，江陵岑之象为邯郸令。子文本，年未弱冠。之象请仁蒨于家教文本，仁蒨以此事告文本。仍谓曰："成长史语我：'有一事羞君不得道。既与君交，亦不能不告。鬼神道亦有食，然不能

“我们是神仙，薛延陀部落应该被剿灭，由我们来取他性命。”追击者听完慌张地返回家里了。唐太宗命令将士追击薛延陀部落，部落众人自相惊恐，由此各个部族秩序严重混乱。不久后族人便被回纥人斩杀，部落彻底衰亡。（出《广古今五行记》）

睦仁蒨

唐朝睦仁茜是赵郡邯郸县人士。小时候研究儒家学说，不相信鬼神之说。时常想探索究竟有没有鬼神，便去探访见过鬼的人，并向他讨教，十几年仍旧没有结论。之后举家搬到县城里，大道上见到一位如同大官一样的人，衣冠颇为威严讲究，乘着优质的马儿，身边跟着五十多位骑从。看到睦仁茜也不说话。之后就见了好几次，十年内统共碰到十几次。那以后，有一天碰见，他突然拉住马儿，叫住睦仁茜说：“我频繁碰到你，情谊间滋生依恋与仰慕，希望能与你交好游历。”睦仁茜随即向他行拜礼，询问他是谁，他回答：“我是鬼，姓名是成景，原本为弘农郡人士。西晋时期，担任别驾一职，如今担任临湖国长史一职。”睦仁茜询问他临湖国在哪里？君王名讳是什么？他回道：“黄河向北地区都称为临湖国。首都在楼烦县西北方向的风沙地区。君王便是去世的赵武灵王。他如今统领临湖国，长期遭受泰山君的操纵。他每个月都要遣大臣前往泰山觐见。因此我来此地数次同你相逢。我可以做出一件对你有益的事情，便是可以预知你的灾难，帮你躲开它，能够使你免除苦难。只是生死有命，大福大祸也早已天定，无法更改。”睦仁茜顺从鬼的言语。成景便将他掌管事务的骑从赠予他，让人与睦仁茜随行。“一旦有事预先上报他，即只要是你不清楚的事情，都需要来询问我。”然后就与他辞别。掌事始终追随睦仁茜，便如同他的随从一样。每当他有不懂的事情，没有不先询问掌事的情况。

那时隋朝大业初期，来自江陵郡的岑之象担任邯郸县丞一职。他的孩子叫岑文本，年龄不足弱冠。睦仁茜被邀请去岑之象家里教授岑文本，便把碰到鬼的事情告知岑文本。还对他说：“成景告诉我，‘有一件你应该不清楚的事情。既然我和你交好，也不能再瞒着得饱，常苦饥。若得人食，便得一年饱。众鬼多偷窃人食。我既贵重，不能偷之，从君请一食。'”仁蒨既告文本。文本既为具馔，备设珍羞。仁蒨曰："鬼不欲人入屋，可于外水边张幕设席，陈酒食于上。”文本如其言。至时，仁蒨见景与两客来至，从百余骑。既坐，文本向席再拜，谢以食之不精，亦传景意辞谢。初，文本将设食，仁蒨请有金帛以赠之。文本问是何等物，仁蒨云："鬼所用物，皆与人异。唯黄金及绢，为得通用，然亦不如假者。以黄金涂大锡作金，以纸为绢帛，最为贵上。”文本如言作之。及景食毕，令其从骑更代坐食。文本以所作金钱绢赠之。景深喜，谢曰："因睦生烦郎君供给，郎君颇欲知寿命乎？”文本辞云："不愿知也。”景笑而去。

数年后，仁蒨遇病，不因困笃而不起。月余，仁蒨问常掌事，掌事不知。便问长史，长史报云："国内不知。后月因朝泰山，为问消息而相报。”至后月，长史来报云："是君乡人赵某，为泰山主簿。主簿一员阙，荐君为此官，故为文案，经纪召君耳。案成者当死。”仁蒨问："计将安出？”景云："君寿应年六十余，今始四十。但以赵主簿横征召耳，当为请之。”乃曰："赵主簿相问，睦兄昔与同学，恩情深至。今幸得为泰山主簿，适遇一员官阙，明府令择人，吾已启公，公许相用。兄既不得长生，命当有死。死遇济会，未必当官。何惜一二十年苟生耶？今文案已出，不可复止。愿决作来意，无所疑也。”仁蒨忧惧，病愈笃。景谓仁蒨曰："赵主簿必欲致君，君可自往泰山，于府君陈诉，则可以免。”仁蒨问："何你了。做鬼神也要进食，然而不可以吃饱，时常困于饥饿。倘若吃了凡人的食物，便能得一年温饱。因此很多鬼时常偷窃凡人食物。我尤为重视自身名誉，不可以做偷窃之事，便从你设宴款待他。’”睦仁茜告知岑文本不久后，他随即就为他摆设宴席，准备珍贵的美食。睦仁茜说：“鬼不愿进入凡人屋子里，可在室外的水流旁撑起帷幕陈设酒宴，在上面摆满美酒与美食。”岑文本按他所说做好了。时辰到了，睦仁茜看到成景和两位宾客来了，身后跟着一百多位骑从。坐下后，岑文本再次对酒席上的客人行拜礼，对于吃食精致不足表达歉意，也传递成景婉言推辞的意思。最初岑文本摆酒席的时候，睦仁茜取出黄金丝绸送与他。岑文本询问那是什么物品，睦仁茜说：“是鬼使用的物品，与凡人的物品不同。唯有黄金和丝织品是可以通用的，然而也比不上假的。给锡块镀上黄金作为金子，拿纸张制作丝织品，才是鬼界最贵重的物品。”岑文本按他的话做了金子和丝织品。待成景进食完后，让他的骑从轮流坐下吃饱饭。岑文本便将制作的金子和丝织品赠予成景。他颇为喜悦，向他道谢：“因为睦仁茜的叨扰，劳烦郎君为我备酒食，你是否想清楚自己有多少寿命？”岑文本推辞说：“我不想了解。”成景便笑着离开了。

几年后，睦仁茜得病，他却没有由于严重的病情而躺下。过了一个多月，他询问常掌事是何原因，掌事不清楚。就询问了成景，成景答复他：“我也不清楚。下月我要前往泰山觐见，问明白我再答复你。”下月到了，成景答复他：“你的一位姓赵的同乡担任泰山主簿。主簿一职如今短缺，于是推举你担任主簿一职，就主要负责起草文书，主事者将会招募你。只是文书起草完成后你便会死去。”睦仁茜询问长史的意见，成景说：“你应当有六十多年阳寿，如今刚四十岁。倘若赵主簿坚持招募你，那就应该去。”接着说：“倘若赵主簿问你，便说以前和他是同师受业，情谊绵绵。所幸如今担任泰山主簿，正逢一位官位缺额，府君让我推举贤人，我已经禀告神君启用你，神君已经允许任用你。既然你无法长寿，命里终有一死。死去的人聚集起来，就不一定能做官了。何苦联系一二十年的得过且过？如今已经下发了任职文书，无法再收回命令。但愿你坚定做出抉择，不要有所怀疑。”

由见府君？”景曰：“往泰山庙东，度一小岭，平地是其都所。君往，自当见之。”仁蒨以告文本，文本为具行装。数日，又告仁蒨曰：“文书欲成，君诉惧不可免。急作一佛像，彼文书自消。”告文本，以三千钱为画一座像于寺西壁。讫而景来告曰：“免矣。”

仁蒨隋不信佛，意尚疑之，因问景云：“佛法说有三世因果，此为虚实？”答曰：“皆实。”仁蒨曰：“即如是，人死当分入六道，那得尽为鬼？而赵武灵王及君，今尚为鬼耶？”景曰：“君县内几户？”仁蒨曰：“万余户。”又曰：“狱囚几人？”仁蒨曰：“常二十人已下。”又曰：“万户之内，有五品官几人？”仁蒨曰：“无。”又曰：“九品已上官几人？”仁蒨曰：“数十人。”景曰：“六道之义分，一如此耳。其得天道，万无一人，如君县内无一五品官；得人道者，万有数人，如君县内九品数十人；入地狱者，万亦数十，如君狱内囚；唯鬼及畜生，最为多也，如君县内课役户。就此道中，又有等级。”因指其从者曰：“彼人大不如我，其不及彼者尤多。”仁蒨曰：“鬼有死乎？”曰：“然。”仁蒨曰：“死人何道？”答曰：“不知，如人知生而不知死。”

仁蒨问曰：“道家章醮，为有益否？”景曰：“道者彼天帝总统六道，是为天曹。阎罗王者，如人间天子。泰山府君，如尚书令睦仁茜颇为忧愁，且很惧怕，病情愈发沉重。成景对睦仁茜说：“赵主簿必然是想帮助你，你能够亲自去泰山，在府君面前说明缘由，便可以赦免你的推拒之罪。”睦仁茜询问如何可以面见府君。成景说：“前往泰山庙的东边，翻过一个小山岭后，那块平坦的土地便是府君的居所。你到那里便能够看到府君了。”他将去泰山的事情告知岑文本，岑文本便为他整理行李。过了几日，又告知睦仁茜：“文书下发后，你去说明缘由，不可避免会恐惧。赶紧做出一座神像，那份文书便会自动消除。”听完他请求岑文本，以三千钱作为报酬，差人在寺庙西边的墙壁上绘出一座佛像，完成佛像后，成景跑来告知他：“文书已经消除了。”

实际上他并不信佛，内心尚且很疑惑，于是询问成景：“佛理有三世因果之说，这个说法是真是假？”成景回答：“都属实。”睦仁茜说：“既然这样，人去世后应该各自入六道，那如何能都入鬼道呢？并且赵武灵王和你如今仍旧是鬼吗？”成景说：“你们州县共计多少户人家？”睦仁茜回：“一万多户人家。”成景又询问：“监牢里囚禁了多少罪犯？”睦仁茜回：“正常情况下，在二十人之下。”又问：“一万户人家里有几个五品官？”睦仁茜回：“一个人都没有。”又问：“有几个九品以上的官员？”睦仁茜回：“有几十个人。”成景问：“六道的公正分配也是这样的道理。一万个去世的人中，没有一人能得天道，如同你们州县里没有一位五品官；一万人中只有几人可以入人道，州县内只有几十人能做九品以上的官；一万人中也只有几十人能入地狱，如同你们州县监牢里的囚犯；只有鬼道和牲畜道，人数是最多的，如同你们州县里赋税徭役的家庭一样。在此道中，又分各个等级。”接着指向他的侍从说：“那个人远不如我，然而比不上他的人也有很多。”睦仁茜问：“鬼会死吗？”成景说：“当然会。”睦仁茜又问：“死后入哪道？”成景回答：“不清楚，如同人清楚自己活着却不清楚死了会怎样。”

睦仁茜询问：“道家拜表设祭是有益处的吗？”成景说：“道者就是天帝，在阴界掌管六道，即就是天曹。阎罗王如同凡间的帝王。泰山府君便如同凡间的尚书令。另外五道的神仙就像诸位尚书。在录。五道神如诸尚书。若我辈国，如大州郡。每人间事，道士上章请福，如求神之恩。天曹受之，下阎罗王云：‘以某月日，得某申诉云。宜尽理，勿令枉滥。’阎罗敬受而奉行之，如人奉诏也。无理不可求免，有枉必当得申，何为无益也？”仁蒨又问：“佛家修福何如？”景曰：“佛是大圣，无文书行下。其修福者，天神敬奉，多得宽宥。若福厚者，虽有恶道，文簿不得追摄。此非吾所识，亦莫知其所以然。”言毕即去。仁蒨一二日能起，便愈。

文本父卒，还乡里。仁蒨寄书曰：“鬼神定是贪谄，往日欲郎君饮食，乃尔殷勤。比知无复利，相见殊落漠。然常掌事犹见随。本县为贼所陷，死亡略尽。仆为掌事所导，故贼不见，竟以获全。”贞观十六年九月八日文官赐射于玄武门，文本时为中书侍郎，自语人云尔。（出《冥报录》）

兖州人

唐兖州邹县人姓张，忘字，曾任县尉。贞观十六年，欲诣京赴选。途经泰山，谒庙祈福。庙中府君及夫人并诸子等，皆现形像。张遍拜讫，至第四子旁，见其仪容秀美。同行五人，张独祝曰：“但得四郎交游，赋诗举酒，一生分毕，何用仕官？”及行数里，忽有数十骑马，挥鞭而至，从者云是四郎。曰：“向见兄垂顾，故来仰谒。”又曰：“承欲选，然今岁不合得官。复恐在途有灾，不复须去也。”张不从，执别而去。行百余里，张及同伴夜行，被贼劫掠，装具并尽。张遂祝曰：“四郎岂不相助？”有顷，四郎车骑毕至，惊嗟良久。即令左右追捕。其贼颠仆迷惑，却来本所。四郎命我们国家，像是大州郡。每当凡间有事需要处理，道士便会呈上奏章，祈求天神降福，就像寻求神明的恩典。大曹处理后，对阎罗王说：‘某月某天得到某人的申诉，应该加快处置，不要令无辜者受害。’阎罗王敬畏地受理，遵照实行，如同凡间的奉行皇帝诏令。没有缘由不可乞求免罪，有冤枉定要有申诉的渠道，如何能说没好处呢？”睦仁茜接着询问：“佛家行善积德如何？”成景说：“佛是通晓万物之人，不需要下发文书。他行善积德之人，天上诸神都会虔诚地供奉，时常会获取宽容。倘若是福泽深厚之人，尽管曾经犯过罪恶，文册上也不可以追究。这并非我所了解的，也不清楚这样的原因。”说完话便离开了。一两天后睦仁茜可以起床了，接着就痊愈了。

岑文本的父亲去世了，返回乡里。睦仁茜寄书信给他说：“鬼神必然是贪婪奉承之人，以前希望你请他们进食，便颇为讨好。比较下，便清楚再没有可贪图的利益，再次与我见面便神情淡漠。然而常掌事仍旧是我的随从。贼寇攻占我们州县，百姓都死去了。常掌事带着我躲藏，因此贼寇没有发现我，竟得以保命。”贞观十六年九月八日，皇帝奖赏文官在玄武门训练射击，那时岑文本担任中书侍郎一职。自己向他人讲述了这些往事。（出《冥报录》）

兖州人

唐朝兖州邹县有一位姓张的人，名字忘记了，他以前担任过县丞。贞观十六年，前往京都参与科举考试，听候铨选。他途经泰山的时候，拜访寺庙请求福祉。寺庙里的府君、妻子及孩子们都显露出本身的样子。张某逐一行跪拜礼，到第四个儿子身边时，看到他容貌秀美，仪表得体。随行的五人里，张某唯独对他祝祷：“希望可以和四郎交往游玩，作诗喝酒，一辈子过得很快，为何要入仕途呢？”待他走了几里后，突然出现几十位骑马者，挥动马鞭向他走来，侍从说他便是四郎。四郎说：“方才得到兄台的垂念，因此前往拜谒你。”接着又说：“我清楚你准备参与选举，然而今年你不适合做官。并且担忧路途中出现灾难，别再前往了。”张某不听从，坚持辞别离开。行了决杖数十。其贼脞膊皆烂。已而别去。四郎指一大树，兄还之日，于此相呼也。

是年，张果不得官而归。至本期处，大呼四郎。俄而郎至。乃引张云："相随过宅。"即有飞楼绮观，架迥凌空，侍卫严峻，有同王者。张既入，四郎云："须参府君，始可安。"乃引入。经十余重门，趋而进，至大堂下谒拜。见府君绝伟，张战惧，不敢仰视。判事似用朱书，字皆极大。府君命使者宣曰："汝乃能与吾儿交游，深为善道。宜停一二日宴聚，随便好去。"即令引出，至一别馆。盛设珍羞，海陆毕备。奏乐盈耳。即与四郎同室而寝。已经三宿。

张至明旦，游戏庭序，徘徊往来，遂窥一院，正见其妻。于众官人前荷枷而立。张还，甚不悦。四郎怪问其故，张具言之。四郎大惊云："不知嫂来此也。"即自往造诸司法所。其类乃有数十人，见四郎来，咸去下陛，重足而立。以手招一司法近前，具言此事。司法报曰："不敢违命。然须白录事知。"遂召录事，录事诺云："乃须夹此案于众案之中，方便同判，始可得耳。"司法乃断云："此妇女勘别案内。常有写经持斋功德，不合即死。"遂放令归家。与四郎涕泣而别，仍云："唯作功德，可以益寿。"

一百多里后，张某及同伴夜里赶路，被贼人抢劫虏掠，行装都没了。于是张某祈愿说："四郎为什么不帮我？"不久后，四郎的车驾及骑从到了，惊叹了很长时间。随即命令随从前去追查搜捕贼人。那贼人步伐晃悠，神志不清，竟然返回了原处。四郎吩咐随从杖责几十。贼人的胳膊都腐烂了。接着四郎向张某辞别离开。四郎用手指向一棵大树，兄长归来之时，在此处呼唤我就行。

那一年，张某果然没有得到官职便归家了。走到两人约好的位置，高声呼唤四郎。不久后四郎便到了。就牵着张某，张某跟着他走到一处宅院。便看到华美的高楼，风景辽阔，侍卫神情严肃，像是为皇帝守卫一般。张某随即进入，四郎说："需要前往拜见府君，方才可以安定。"便带着他进去。走过十几道门，小步快走着进去，走到正屋前，拜谒府君。看到府君雄伟肃穆，张某颇为惧怕，不敢仰视府君。审案用的朱笔，写的字十分大。府君吩咐使者传话说："你可以同我的儿子交好游玩，让我为你友善的道德深深折服。应该在这里停留一两日，我想摆宴席款待你，之后你就随意来去吧。"随即命人带他出门，到达一座别馆。大肆摆设美食美酒，海上和陆上美食都有，演奏助兴的乐曲。然后和四郎同一间卧室就寝。如此这般宿了三晚。

第四天早晨，张某在堂屋庭前游戏，来回地走，便窥探到一座宅院，恰巧看到他的妻子佩戴镣铐站在诸位官员面前。张某返回后，颇为不悦。四郎觉得怪异，询问其缘由。张某便将方才的事情详细告诉他。四郎非常惶恐，说："不清楚嫂子来此处啊。"然后亲自去司法处查问。司法处统计几十人，看到四郎来到这里，全部走下台阶，交叠着脚站着，不敢迈步。他用手招来一位司法官吏上前，将事情告知那人。司法官吏汇报说："不敢违抗命令。然而须将此事告知录事。"于是召来录事，录事应允说："需要将此案夹杂在诸多案件里，一同判决是适宜的选择，才能得到公正的判决。"司法官员断案时说："这位妇女罪行的勘探在其他案件中已然清晰。并且妇女时常书写经籍、吃斋饭积累功德，不适宜被处决。"于是释放张某妻子归家。两人留着眼泪同四郎辞别，还说："唯有多多积累功德，才可以长寿。"

张乘本马，其妻从四郎借马，与妻同归。妻虽精魂，事同平素。行欲至家，可百步许，忽不见。张大怪惧。走至家中，即逢男女号哭，又知已殡。张即呼儿女，急往发之，开棺，妻忽起即坐，輾然笑曰："为忆男女，勿怪先行。"于是已死经六七日而苏也。兖州人说之云尔。（出《冥报录》）

张某乘着自己的马，妻子从四郎处借了马，一同归家。尽管妻子是灵魂，但是与平日没有差别。即将到家，仅有一百多步时，突然消失了。张某非常奇怪和惊惧。走回家里，便碰到孩子们号哭不止，又了解到妻子已然出殡。张某立刻便喊孩子们，慌忙前往坟冢，将棺木开启，突然妻子坐起身来，高兴地笑着说："由于想念孩子，不要怨我先走。"因此妻子在去世六七天后转醒。这是兖州人说的事情。（出《冥报录》）

卷第二百九十八　神八

柳智感

唐河东柳智感，以贞观初为长举县令。一夜暴死，明旦而苏。说云：始忽为冥官所追。大官府使者以智感见，谓感曰："今有一官阙，故枉君任之。"智感辞以亲老，且自陈福业，未应便死。王使勘籍，信然。因谓曰："君未当死，可权判录事。"智感许诺谢。吏引退至曹，有五判官，感为第六。其厅事是长屋，人坐三间，各有床案，务甚繁拥，西头一坐处无判官，吏引智感就空坐。群吏将文书簿帐来，取智感署，置案上，退立阶下。智感问之，对曰："气恶逼公，但遥以按中事答。"智感省读，如人间者，于是为判句文。有顷食来，诸判官同食。智感亦欲就之，诸判官曰："君既权判，不宜食此。"感从之。日暮，吏送智感归家，苏而方晓，自归家中。日暝，吏复来迎，至旦如故。知幽显昼夜相反矣。于是夜判冥事，昼临县职。

岁余，智感在冥曹，因起至厕，于堂西见一妇女。年三十许，姿容端正，衣服鲜明，立而掩涕。智感问何人，答曰："兴州司仓参军之妇也。摄来此，方别夫子，是以悲伤。"智感以问吏，吏曰："官摄来，有所案问，且以证其夫事。"智感因谓妇人曰："感，

柳智感

贞观初期，唐朝河东地带有一位名叫柳智感的人担任长举县令一职。一天夜里，忽然暴毙，第二天清晨转醒。柳智感说：最初是忽然遭到冥界官吏追捕。冥界使者看见我后，对我说："如今冥界存在一个官职缺额，因此想推荐你担任此官。"由于亲人已然衰老，我不得不拒绝，而且我经常自述自己布施行善，累积功德，如今死去实在不应该。冥王使者对我的情况审查过，发现确实如此。便对我说："你不应当如今去世，但是能够姑且兼任断案录事一职。"柳智感允诺后，深表感激。一位官员带领他到达官署处，官署里有五位判官，柳智感便是第六位。官署堂屋空间很大，一人可占用三个房间，分别有各自的床榻和桌案，事务聚集且繁重，西边判官座位上有空位，官员带着柳智感在空位坐着。各个官员把文件账簿一一摆放到柳智感官署的桌案上，接着返回台阶下站立。柳智感询问其原因，官员回："担忧身上的气味冒犯您，便远远站着回复您的疑问。"柳智感就像在凡间一样，自己阅读案件后，便开始为案件做判决。不久后送来了美食，众判官一同进食。柳智感也想和他们一起，众判官说："你本是代理判官，不应当吃这里的食物。"柳智感听到后，便没有进食。天色将晚，官员将柳智感送回家，他醒来后便天明了，自那天柳智感归家后。那位接送他的官员一到晚上就接他去冥界，天明时再将他送回来。需要清楚的是冥界和凡间的白日和黑夜是颠倒的。然后柳智感就夜里其冥界断案，白日前往府衙就职。

如此这般一年多后，又一次在冥界官署的时候，柳智感想前往如厕，在厅堂的西面看到一位年纪三十多的妇女，她容貌端庄，身上穿着色彩明亮的服饰，站在那里遮着脸哭泣。柳智感询问她是谁，妇女答复："我是兴州司仓参军的妻子。被捉拿到此处，方才告别长举县令也。夫人若被勘问，幸自分就。无为牵引司仓，俱死无益。”妇人曰：“诚不愿引之，恐官相逼耳。”感曰：“夫人幸勿相牵，可无逼迫之虑。”妇人许之。既而还州，先问司仓妇有疾。司仓曰：“吾妇年少无疾。”智感以所见告之，说其衣服形貌，且劝令作福。司仓走归家，见妇在机中织，无患也，不甚信之。后十余日，司仓妇暴死。司仓始惧而作福禳之。

又兴州官二人考满，当赴京选。谓智感曰：“君判冥道事，请问吾选得何官？”智感至冥，以某姓名问小录事。曰：“名簿并封左右函中，检之二日方可得。”后日，乃具告二人。二人至京选，吏部拟官，皆与报不同。州官闻之，以语智感。后问小录事，覆检簿，云：“定如所检，不错也。”既而选人过门下，门下审退之。吏部重送名，果是名簿检报者。于是众咸信服。

智感每于冥簿，见其亲识名状及死时日月，报之，使修福，多得免。智感权判三年，其吏部来告曰：“已得隆州李司户，授正官以代。公不复判矣。”智感至州，因告刺史李德凤，遣人往隆州审焉，其司户已卒。问其死日，即吏来告之时也。从此遂绝。

丈夫，内心颇为寂寥。”柳智感问询官员为何抓她，官员说：“官吏抓她是由于案件需审问她，还需要她指证丈夫的某些事情。”柳智感便对妇女说：“我是长举县县丞。倘若妇人被查问，盼望你可以分辨是非，别连累你府君，两人都因此死去是没有益处的。”妇女说：“我自然不愿意连累他，只是担心官府会逼迫我。”柳智感说：“所幸夫人不愿连累他，如此便不需要产生被胁迫的顾虑了。”妇女表示赞同。柳智感返回兴州后，便去询问司仓参军的妻子是否患病。司仓回：“我的妻子正青春，并未患病。”柳智感将在冥界见到的事情告知他，描述他妻子身上穿的服饰及其容貌，还劝说他为妻子获取福泽。司仓返回家里，看到妻子在用缝纫机器纺织，毫无患病迹象，不是很信任柳智感说的事情。后来过了十几天，司仓妻子便暴毙而亡，他这才开始觉得恐惧而乞求上天消除灾难。

载着兴州两位州官考绩期限已满，应该前往京都参与选拔，由朝廷考察后授予新官职。二人对柳智感说：“你审判冥界案件颇为得手，你认为我们参与选拔能获取什么官位？”柳智感抵达冥界后，将此事告知小录事，还告知了二位官员的名讳。小录事说：“名册上一起密封在左右函里，考察结束两天后任职文书便会下发。”隔天柳智感便将问到的情况告知二人。他们两个从前往京都参与选拔，到吏部草拟任职文书，皆与柳智感说的情况大相径庭。两人听闻的情况告知柳智感，他便前往冥界询问小录事，他反复翻阅任职名册后，说：“选拔上报确实和名册上所说的一致，没有差错啊。”接着将被选上的官员名单上报至门下省，门下省审理后便退回了。吏部便再次草拟名单上报，竟然和名册上的任职文书完全相同。于是他们对于柳智感的话颇为敬佩。

每次柳智感见到自己亲友的姓名和死亡时辰在冥界文簿里，告知亲友，让他行善积德，通常情况下都可以保全性命。柳智感在冥界担任代理判官录事三年，有一天，冥界吏部派人告知他：“隆州李司户有了人选，他可以替代你成为正式的判官录事。你不用再来判案了。”柳智感抵达州县，便将李司户入选之事告知刺史李德凤，李德凤随即让人前往隆州审查，李司户果真已然去世。询问他的死亡时州司遣智感领囚，送至凤州界。囚四人皆逃。智感忧惧，捕捉不获。夜宿传舍，忽见其故部吏来告曰：“囚尽得矣。一人死，三人在南山西谷中，并已擒缚。愿公勿忧。”言毕辞去。智感即请共入南山西谷，果得四囚。知走不免，因来拒抗。智感格之，杀一囚，三囚受缚，果如所告。

智感今存，任慈州司法。光禄卿柳亨说之。亨为邛州刺史，见智感，亲问之。然御史裴同节亦云，见数人说如此。（出《冥报录》）

李播

高宗将封东岳，而天久霖雨。帝疑之，使问华山道士李播，为奏玉京天帝。播，淳风之父也。因遣仆射刘仁轨至华山，问播封禅事。播云：“待问泰山府君。”遂令呼之。良久，府君至，拜谒庭下，礼甚恭。播云：“唐皇帝欲封禅，如何？”府君对曰：“合封，后六十年，又合一封。”播揖之而去。时仁轨在播侧立，见府君屡顾之。播又呼回曰：“此是唐宰相，不识府君，无宜见怪。”既出，谓仁轨曰：“府君薄怪相公不拜，令左右录此人名，恐累盛德，所以呼回处分耳。”仁轨惶汗久之。播曰：“处分了，当无苦也。”其后帝遂封禅。（出《广异记》）

辰，便是吏部派人告诉他不用再来的那天。自那以后，便与冥界失去联系。

又一次，州官派遣柳智感将囚犯押送至凤州地带。途中四位囚犯都逃窜了，柳智感觉得既担忧又惧怕，没有捉拿到囚犯。夜里宿在旅店中，之前送他的冥界官员突然跑来告知他："四位囚犯有消息了。一个囚犯死了，另外三个囚犯如今深处南山西谷，而且已然抓获。期盼你莫要担忧。"说完话，便与他辞别了。柳智感随即召集人群共同迁往南山西谷，果真抓获四名囚犯。囚犯清楚自己已经无路可逃，便奋力抗拒柳智感的抓捕，柳智感抵御他们，杀死一名囚犯，剩下三名被抓获，果真同官员告知他的情况一致。

柳智感如今还尚在，担任慈州司法一职。光禄卿柳亨讲述出这件事情。柳亨担任邛州刺史的时候，碰到柳智感，当面询问他。御史裴司节也说过，听闻许多人都如此说。（出《冥报录》）

李播

唐高宗李治即将前往东岳泰山祭天，由于上天长期降雨，皇帝颇为疑心，派遣使者询问华山道士李播，并希望他前往玉京上报天帝。李播是李淳风的父亲。因此派遣仆射刘仁轨前往华山，询问李播泰山祭天的具体事宜。李播说："待我询问泰山府君。"便让他呼唤泰山府君。很长时间后，泰山府君抵达，在厅堂拜见，礼仪甚为恭顺。李播说："唐代皇帝准备前往泰山行祭天礼，可以吗？"府君答复："祭天是应当的，之后六十年，需要再行祭天。"李播向他作揖后离开了。那时李播旁边站着刘仁轨，他发现泰山府君多次观察他。李播便又转头呼唤府君说："这是唐朝的丞相，不知道您，请您莫要责怪。"府君离开后，他对刘仁轨说："府君对于你未向他作揖一事有些怪罪，命随从记录你的名讳，我担心会影响泰山祭天的大事，因此将他喊住，与他解释。"听完后刘仁轨内心惊惶，流汗流了很久。李播说："我已经跟他解释清楚了，自当不会处罚你。"后来唐高宗便前往泰山，举行了祭天仪式。（出《广异记》）

狄仁杰

高宗时，狄仁杰为监察御史。江岭神祠，焚烧略尽。至端州，有蛮神，仁杰欲烧之。使人入庙者立死。仁杰募能焚之者，赏钱百千。时有二人出应募，仁杰问往复何用，人云："愿得敕牒。"仁杰以牒与之。其人持往，至庙，便云有敕，因开牒以人，宣之。神不复动，遂焚毁之。其后仁杰还至汴州，遇见鬼者曰："侍御后有一蛮神，云被焚舍，常欲报复。"仁杰问："事竟如何？"见鬼者云："侍御方须台辅，还有鬼神二十余人随从。彼亦何所能为？久之，其神还岭南矣。"（出《广异记》）

王万彻

武太后暮年，宫人多死，一月之间，已数百人。太后乃召役鬼者王万彻，使视宫中。彻奏曰："天皇以陛下久临万国，神灵不乐，以致是也。"太后曰："可奈何？"彻曰："臣能禳之。"乃施席于殿前，持刀噀水，四向而咒。有顷曰："皇帝至。"彻乃廷诘帝曰："天道有去就，时运有废兴。昔皇帝佐陛下，母临四海，大弘姜嫄、文母之化，遂见推戴，万国归心。此天意，非人事也。陛下圣灵在天，幽明理隔，何至不识机会，损害生人，若此之酷哉？"帝乃空中谓之曰："殆非我意，此王皇后诉冤得申耳。何止后宫，将不利于汝君。"太后及左右了了闻之。太后默然改容，乃命撤席。明年而五王援立中宗，迁太后于上阳宫，以幽崩。（出《广异记》）

狄仁杰

唐高宗时期，狄仁杰被授予监察御史一职。江岭地区的寺庙即将被他焚烧干净。有一次他去端州，发现端州有一座蛮神庙，狄仁杰准备焚毁寺庙。但是吩咐点火的人只要进入寺庙立刻便死了。狄仁杰召集可以焚毁蛮神庙的人，事成便赏钱一百千。那时出现两个人响应召集，狄仁杰询问前往点火要用什么，二人说："但愿能借用皇帝诏书。"狄仁杰便将诏书给他们。两人握着诏书走到庙里，接着自述有诏书，开启诏书便进入寺庙，然后宣布诏书。神仙便不再反抗，于是便焚毁了蛮神庙。之后狄仁杰返回汴州，碰见一个看到鬼神的人说："之前御史你后面跟着一位蛮神，他自述被你烧毁了房屋，一直跟着你伺机寻仇。"狄仁杰问："事情究竟如何了？"能看到鬼神的人说："御史身居宰辅之位，身边跟着二十多个鬼神。他能有什么作为？"久而久之，蛮神便返回岭南了。（出《广异记》）

王万彻

武则天老年之时，许多宫人都死了，一个月的时间已经有几百死去了。于是武则天召来可以驱使鬼神的王万彻，使王万彻在宫里向鬼神祝祷。王万彻上奏说："上天觉得天后管理唐朝太久了，神明不是很喜悦，因此导致宫人去世的事情发生。"武则天说："这可怎么办？"王万彻回："我可以向上天乞求解除灾难。"说罢便在宫殿前安放席子，手握着刀，将水含在嘴里，喷在刀上，朝向四周施咒。不久后，王万彻说："天帝来了。"于是在宫廷前，开始询问他："天道轮回，时运有荒废与兴起。昔日皇帝帮助武皇君临四海，大肆宣扬周始祖后稷的母亲姜嫄、文母的文化，于是文化得以推行实施，四海都臣服归顺。此为上天的旨意，并非凭借人力可以更改的。现在陛下的灵魂已然在天上，冥界与凡间应该是隔绝的，怎么至于不顾相遇一场，损伤他人，怎么会这样残忍呢？"皇帝立于空中，对他说："这并非我的意愿，是王皇后得以申诉自己的冤屈。不止是后宫宫人死去，还会对武皇不利。"武则天及随从清晰地听到了那些话，她变得十分沉

太学郑生

垂拱中，驾在上阳宫。太学进士郑生晨发铜驼里，乘晓月，度洛桥。下有哭声甚哀，生即下马察之。见一艳女，翳然蒙袂曰："孤养于兄嫂，嫂恶，苦我。今欲赴水，故留哀须臾。"生曰："能逐我归乎？"应曰："婢御无悔。"遂载与之归所居。号曰汜人，能诵《楚辞》《九歌》《招魂》《九辩》之书，亦常拟词赋为怨歌。其词艳丽，世莫有属者。因撰《风光词》曰："隆往秀兮昭盛时，播薰绿兮淑华归。故室荑与处萼兮，潜重房以饰姿。见耀态之韶华兮，蒙长霭以为帏。醉融光兮眇眇潴潴，远千里兮涵烟眉。晨陶陶兮暮熙熙，无矮娜之秾条兮，娉盈盈以披迟。酬游颜兮倡蔓卉，縠流倩电兮发随旎。"生居贫，汜人尝出轻缯一端卖之，有胡人酬千金。居岁余，生将游长安。是夕，谓生曰："我湖中蛟室之妹也，谪而从君。今岁满，无以久留君所。"乃与生诀。生留之不能，竟去。

后十余年，生兄为岳州刺史，会上巳日，与家徒登岳阳楼，望鄂渚，张宴乐酣。生愁思吟曰："情无限兮荡洋洋，怀佳期兮属三湘。"声未终，有画舻浮漾而来，中为彩楼，高百余尺。其上帷帐栏笼，尽饰帷囊。有弹弦鼓吹者，皆神仙蛾眉，被服烟电，裾袖皆广尺。中一人起舞，含嚬怨慕，形类汜人。舞而歌曰："溯青春兮江之隅，拖湖波兮袅绿裾。荷拳拳兮来舒，非同归兮何如？"舞毕，敛袖索然。须臾，风涛崩怒，遂不知所往。（出《异闻集》）

默，面容严肃，命手下撤掉席子。第二年在五王的援助下，立中宗新皇，将武天后迁至上阳宫，最终幽禁到死去。（出《广异记》）

太学郑生

唐代垂拱时期，皇帝寝宫在上阳宫。太学院进士郑生清晨从铜驼里出发，在拂晓的残月光辉下渡过洛桥。发现洛桥下有一位哭声哀戚的人，郑生随即下马查看情况。发现是一位容貌艳丽的女子，她面色绝望，用袖子遮住脸说："我自小孤苦，由兄嫂抚育，嫂子颇为恶毒，使我格外痛苦。如今我打算跳水了却残生，不一会儿便流下哀戚的眼泪。"郑生说："你愿意随我去我家吗？"那女子回答说："我愿意跟你，绝不反悔。"于是郑生载着她回到自己住的地方。女子的名字是汜人，会诵读《楚辞》里的《九歌》《招魂》《九辨》等，也时常做出表达内心哀伤的诗词。她行文辞藻华丽，没人能胜过她。她撰写的《风光词》里写道："隆往秀兮昭盛时，播薰绿兮淑华归。故室蔫与处萼兮，潜重房以饰姿。见耀态之韶华兮，蒙长霭以为帏。醉融光兮眇眇瀰瀰，远千里兮涵烟眉。晨陶陶兮暮熙熙，无蝼娜之秾条兮，娉盈盈以披迟。酶游颜兮倡蔓卉，縠流倩电兮分随旎。"郑生生活贫寒，以前汜人取出两丈丝织品将其卖出，有一位胡人用一千黄金作为报酬。汜人在郑生家中居住一年多后，郑生即将游历长安。当天夜里，汜人对郑生说："我乃是湖里龙宫的女子。由于被贬谪才跟着你。到现在流放时间已经够了，没有在你这里久留的理由了。"于是同郑生诀别。郑生想挽留她，却没成功，最终还是离开了。

后来过了十多年，郑生的兄长担任岳州刺史一职。正巧碰到上巳节，与家人相聚在岳阳楼，远眺鄂州大地，摆设宴席，乐声酣畅，郑生不禁惆怅起来，吟诗道："情无限兮荡洋洋，怀佳期兮属三湘。"诗还没吟完，有一艘美如画的大船漂流驶来，船里扎着彩色绸帛，高达一百多尺。船上四周围绕栏杆，帷帐都装饰得到帷囊。演奏着各类乐器的人都有像神仙一般的蛾眉，身穿云彩和闪电，衣袖都颇为宽大。其中有人跳起舞来，眉头紧皱，神色满含思慕和惆怅之意，

赵州参军妻

赵州卢参军，新婚之任，其妻甚美。数年，罢官还都。五月五日，妻欲之市，求续命物，上于舅姑。车已临门，忽暴心痛，食顷而卒。卢生号哭毕，往见正谏大夫明崇俨，扣门甚急。崇俨惊曰："此端午日，款关而厉，是必有急。"遂趋而出。卢氏再拜，具告其事。明云："此泰山三郎所为。"遂书三符以授卢："还家可速烧第一符，如人行十里；不活，更烧其次；若又不活，更烧第三符。横死必当复生，不来真死矣。"卢还如言，累烧三符，其妻遂活，顷之能言。

初云：被车载至泰山顶，别有宫室，见一年少，云是三郎。令侍婢十余人拥入别室，侍妆梳。三郎在堂前，与他少年双陆。候妆梳毕，方拟宴会。婢等令速妆，已缘眷恋故人，尚且悲泪。有顷，闻人款门云："是上利功曹，适奉都使处分，令问三郎，何以取卢家妇？宜即遣还。"三郎怒云："自取他人之妻，预都使何事！"呵功曹令去。相与往复，其辞甚恶。须臾，又闻款门云："是直符使者，都使令取卢家妇人。"对局劝之，不听。对局曰："非独累君，当祸及我。"又不听。寻有疾风，吹黑云从崖顶来，二使唱言："太一直符，今且至矣！"三郎有惧色。风忽卷宅，高百余丈放之，人物糜碎，唯卢氏获存。三使送还，至堂上，见身卧床上，意甚凄外貌神似汜人。她一边跳舞一边唱歌："溯青春兮江之隅，拖湖波兮裊绿裙。荷拳拳兮来舒，非同归兮何如？"一舞结束，她悲戚地整理好袖子。不久，突然水面波浪怒号，女子便不知去向。（出《异闻集》）

赵州参军妻

赵州卢参军刚结婚便前往就职，卢参军的妻子颇为美貌。过了几年，他被免除官职返回家里。五月初五，妻子想前往集市，为公婆求取一些能够延续寿命的东西。马车快走出家门，突然妻子心脏剧烈地疼起来，没一会儿便去世了。卢参军痛哭，前往面见正谏大夫明崇俨，叩门声愈发急躁。明崇俨奇怪地说："今天是端午节，敲门声这样急，定是有急事吧。"随即赶忙出门迎接。卢参军向他再次行礼，将妻子的事情事无巨细地告知了他。明崇俨说："这一定是泰山府君三公子做的。"于是写出三道符咒授予卢某，说："回到家里，需立刻烧掉第一张符咒，倘若你走出十里，妻子没有活过来再烧第二张符咒，倘若仍旧没活过来便烧第三张符咒。因意外去世的人一定可以再次活过来，倘若没有活过来，便是真的去世了。"卢参军返回家里，如明崇俨所说，连续烧掉三张符咒，妻子便活过来了，不久后就可以言语了。

最初她说：我被马车载着抵达泰山顶，另有一座宫殿，我看到了一位少年，自称是三郎。他吩咐十几位侍女，拉着我走进一间房间，侍女为我梳洗装扮。厅堂前站着三郎，他和其他少年玩着双陆。因为我梳妆结束后，才开始摆设宴会，因此侍女们速速替我装扮，由于我格外思念丈夫，于是流下哀戚的眼泪。不久后，听到敲门的人说："我是上级的功曹，正逢受到都使的安排，让我询问三郎，为何要迎娶卢家的妇人？自当将她立刻送回卢家。"三郎生气地说："我自己迎娶卢参军的妻子，关都使什么事！"呵斥功曹后，让他离开。二人相互反击，说话颇为刺耳。不久后，再次听到敲门人说："我是手拿符令的使者，都使派我来接卢参军的妻子归家。"和他游戏的少年劝解三郎，他不听从。游戏里的人说："此事不止会牵连你，我也会受

恨，被推入形，遂活。（出《广异记》）

到波及。”三郎仍旧不听从，不久后疾风袭来，崖顶升起一片黑云，两位使者唱道：“神仙的符令如今便到了！”三郎面带惧色。突然疾风掀起了整个宅院，将其抛起一百多丈高，再下放，人和物品都摔得粉碎，只有我得以保命。功曹等三位使者将我的灵魂带回卢家，来到堂屋前，看到我的肉身卧于床榻，神色哀怨凄楚，使者便将我的灵魂推向我的肉身，于是我就复活了。（出《广异记》）

卷第二百九十九　神九

韦安道

京兆韦安道，起居舍人真之子。举进士，久不第。唐大定年中，于洛阳早出，至慈惠里西门，晨鼓初发，见中衢有兵仗，如帝者之卫。前有甲骑数十队，次有官者，持大杖，衣画裤袴，夹道前驱，亦数十辈。又见黄屋左纛，有月旗而无日旗。又有近侍才人宫监之属，亦数百人。中有飞伞，伞下见衣珠翠之服，乘大马，如后之饰，美丽光艳，其容动人。又有后骑，皆妇人才官，持钺，负弓矢，乘马从，亦千余人。时天后在洛，安道初谓天后之游幸。时天尚未明，问同行者，皆云不见。又怪衢中金吾街吏，不为静路。久之渐明，见其后骑一宫监，驰马而至。安道因留问之："前所过者，非人主乎？"宫监曰："非也。"安道请问其事，宫监但指慈惠里之西门曰："公但自此去，由里门，循墙而南，行百余步，有朱扉西向者，扣之问其由，当自知矣。"

安道如其言扣之。久之，有朱衣宦者出应门曰："公非韦安道乎？"曰："然。"宦者曰："后土夫人相候已久矣。"遂延入。见一大门如戟门者，宦者入通，顷之，又延入。有紫衣宫监，与安道叙语于庭。延一宫中，置汤沐。顷之，以大箱奉美服一袭，其间有青袍牙笏绶及巾靴毕备，命安道服之。宫监曰："可去矣。"遂乘安

韦安道

京兆郡韦安道是起居舍人韦真的儿子。他考取进士的时候，很长时间没有考中。唐代大定时期，清晨从洛阳城出发，抵达慈惠里西门的时候，清晨的鼓声才敲响，在道路中间看到士兵仪仗队，如同皇帝的守卫一般。前方有几十队身穿盔甲的骑兵，然后便是几十名官员，他们手里握着棍棒，身穿漂亮的服饰，排在道路两边驱赶行人，接着看到皇帝车驾用黄缯做的车盖及用犛牛尾做的装饰物，并且全都是月旗，没有出现日旗。身边还有几百名近身服饰的才人、宫女、太监等。仪仗队里还看到了飞伞，伞下看见点缀着珍珠与翡翠的华丽服饰，那人骑乘大马，是皇后才有的装扮，漂亮艳丽，外貌绝美。后方有出现骑马者，便是一千多名妃嫔及女官，手里拿着斧头，背上背着箭矢，驾马跟在后面。当时则天皇后身处洛阳，最初韦安道觉得天后是出游去了。那时天色还未彻底明亮，韦安道询问同行的伙伴，他们都说没有看到。接着怪罪道路中央巡察街道的金吾官吏，责备他没有清检道路。很长时间后，天色逐渐明亮，发现一位从后方骑马过来的宫中太监行至此处。韦安道于是留下他问询："之前经过的人并非皇帝吗？"太监说："不是。"韦安道请教问询他具体原因，太监单单指向慈惠西门说："只要你从这里出发，顺着里门，沿着城墙往南走出一百多步，自会发现一道西朝向的红漆门，你叩门询问原因，自当清楚。"

韦安道按照太监说的话到达红漆门前，叩响门扉。过了很久，门里一位身着红衣的看门官吏走出来，说："你是韦安道吗？"韦安道说："是的。"官吏回："后土夫人已然等你很久了。"于是带他进门。进去后看到一扇如同立戟宫门的大门，官员进屋禀报，不久后，便带他进门。看到一位身着紫衣的宫中太监，在庭院里和韦安道谈话。

道以大马，女騎道从者数人。宫监与安道联辔，出慈惠之西门，由正街西南，自通利街东行，出建春门。又东北行，约二十余里，渐见夹道戍守者，拜于马前而去。凡数处，乃至一大城，甲士守卫甚严，如王者之城。凡经数重，遂见飞楼连阁，下有大门，如天子之居，而多宫监。安道乘马，经翠楼朱殿而过，又十余处，遂入一门内。行百步许，复有大殿，上陈广筵重乐，罗列樽俎，九奏万舞，若钧天之乐。美妇人十数，如妃主之状，列于筵左右。前所与同行宫监，引安道自西阶而上。

顷之，见殿内宫监如赞者，命安道西间东向而立。顷之，自殿后门，见卫从者，先罗立殿中，乃微闻环珮之声。有美妇人，备首饰祎衣，如谒庙之服，至殿间西向，与安道对立，乃是昔于慈惠西街飞伞下所见者也。宫监乃赞曰："后土夫人，乃冥数合为匹偶。"命安道拜，夫人受之；夫人拜，安道受之，如人间宾主之礼。遂去礼服，与安道对坐于筵上。前所见十数美妇人，亦列坐于左右，奏乐饮馔，及昏而罢。则以其夕偶之，尚处子也。如此者盖十余日，所服御饮馔，皆如帝王之家。

夫人因谓安道曰："某为子之妻，子有父母，不告而娶，不可谓礼。愿从子而归，庙见尊舅姑，得成妇之礼，幸也。"安道曰：

接着带他进入一座宫殿里，准备热水供韦安道沐浴。不久后，在大箱子里装了许多华服拿给他，箱子里逐一配备了青色的袍子、象牙手板、佩带以及头巾、鞋子等，让韦安道穿好华丽的服饰。宫中太监说："你可以回去了。"便让韦安道骑着大马，身边跟着几位骑马的女子。宫中太监与他并肩行走，二人走出慈惠里西门，走到正街的西南方向，接着往通利街东向行走，从建春门走出。接着往东北方向行走二十多里，渐渐地看到站在道路两边的守卫，期间多次有人在马前对他叩拜然后离开。经过了好几处地方后，他们才走到一座大城池前，身穿盔甲的守卫神情肃穆，使这座城池看起来像皇宫一样。又途经几道关卡，然后便看到了连延的高楼，壮观雄伟，高楼下方出现一道大门，就像天子寝宫一般，宫里还有众多宫中太监。韦安道策马从翠楼朱殿路过，接着途经十几处建筑，便走进一道门里。行走一百多步再次看到一座宫殿，宫殿里陈设着宴席，演奏着盛大的乐曲，案几上摆满美酒珍馐，琳琅满目，奏乐九曲，跳起万舞，如同仙界的乐曲。宴席两边站着十几位美丽的妇人，穿着是嫔妃的模样。之前和韦安道同行的宫中太监带他顺着西侧台阶上去。

不久看到殿里进行赞礼的太监吩咐韦道安朝东站立在西边宫殿里。不一会儿，在宫殿后门看到很多守卫及侍从，依次在主殿站好，此时略微听见环佩碰撞的声音。出现一位漂亮的妇人，观察他佩戴的首饰和身上的服装，就像是前往庙里拜神一样，她走到宫殿里，面朝西站立，和韦安道是对立面，观察发现她便是之前慈惠西街飞伞下见到的女子。宫中太监唱着说："后土夫人乃是你冥冥中合适的配偶。"于是让韦安道行拜礼，夫人回礼；夫人行拜礼，韦安道回礼，如同凡间的宾主礼仪。然后二人脱下礼服，夫人与韦安道在席上对坐，之前所见到的十几位漂亮的妇人也按照顺序坐在二人两侧，宴席间演奏乐曲，共饮美食，直至夜里才罢休。当天晚上，韦安道便与后土夫人成为配偶，她仍旧是处子之身。如此这般住下十几天，在此期间韦安道的吃穿用度都如同帝王之家一样。

夫人便对韦安道说："尽管我成为你的老婆，然而你有双亲，未告知双亲便迎娶我，是不能称作礼仪的。我想随你返回家中，前往

“诺。”因下令，命车驾即日告备。夫人乘黄犊之车，车有金翠瑶玉之饰，盖人间所谓库车也。上有飞伞覆之，车徒傧从，如慈惠之西街所见。安道乘马，从车而行，安道左右侍者十数人，皆材官宦者之流。行十余里，有朱幕城供帐，女吏列后，乃行宫供顿之所。夫人遂入供帐中，命安道与同处，所进饮馔华美。顷之，又去。下令命所从车骑，减去十七八，相次又行三数里，复下令去从者。乃至建春门，左右才有二十骑人马，如王者之游。

既入洛阳，欲至其家，安道先入，家人怪其车服之异。安道遂见其父母。二亲惊愕久之，谓曰：“不见尔者，盖月余矣，尔安适耶？”安道拜而明言曰：“偶为一家迫以婚姻。”言新妇即至，故先上告。父母惊问未竟，车骑已及门矣。遂有侍婢及阉奴数十辈，自外正门，传绣茵绮席，罗列于庭，及以翠屏画帷，饰于堂门，左右施细绳床一，请舅姑对坐。遂自门外，设二锦步障，夫人衣礼服，垂珮而入。修妇礼毕，奉翠玉金瑶罗纨，盖十数箱，为人间贺遗之礼，置于舅姑之前。爰及叔伯诸姑家人，皆蒙其礼。因曰：“新妇请居东院。”遂又有侍婢阉奴持房帷供帐之饰，置于东院，修饰甚周，遂居之。

父母相与忧惧，莫知所来。是时天后朝，法令严峻，惧祸及之，乃具以事上奏请罪。天后曰：“此必魅物也，卿不足忧。朕有善咒术者，释门之师，九思、怀素二僧，可为卿去此妖也。”因诏九拜谒尊重的公婆，完善我作为儿媳的规矩，这便是好事一桩。”韦安道说：“好的。”于是后土夫人吩咐随从拉好车驾，当日便启程出发了。后土夫人乘坐的车驾由黄牛牵引，车驾里装点着黄金和美玉，大约便是凡间所说的库车。库车上遮盖着飞伞，车驾后跟随着许多随从，就像慈惠西街看到的那般。韦安道策马跟在车驾行走，身边跟着十几位随从，均是武卒和宦官之辈。车驾走出十几里，有人撑起一座如同红色大幕城的帷帐，女官站在帷帐后，如同供人休憩的行宫一般。夫人接着进入帷帐里，让韦安道与她同行，吃了许多装饰精美的食物。不久后，继续前行。夫人吩咐将随行的马车骑从减去十之七八，然后又行走三里多地，再次吩咐减去侍从。待抵达建春门的时候，夫人身边只剩二位骑马的侍从，就像帝王游玩一般。

当日便进入洛阳城，即将抵达韦安道家里的时候，韦安道先进家门，家人觉得他的车马与服饰甚为奇怪。韦安道便去拜见双亲。双亲看到他，诧异了许久地张大嘴巴，对他说：“大概有一个多月没有看到你，你还好吗？”韦安道再行拜礼，然后直接告诉父母：“我偶然被一家人胁迫结婚了。”说罢新婚妻子便到了，所以事先告知双亲。父母吃惊完，还没来得及询问情况，车马及骑从已抵达家门口。于是出现几十位侍女和太监，从正门外直到庭院里，开始铺设绣满花草的垫具，以及在厅堂前装饰着绿色屏风、有画饰的帷幕，两边放置着用细绳牵连的床榻，邀请公婆相对而坐。然后放两个华美的屏风在门外，能够挡住风尘或他人的窥探，后土夫人身穿礼服，环佩垂于鬓间，走进屋里。行新妇礼，携带一十几箱的翠玉、黄金、绫罗绸缎等当作新妇的见面礼，安置在公婆眼前。然后韦安道的叔伯兄弟众多亲戚都收到妇人的赠礼。于是公婆说：“让儿媳居于东院。”于是便出现侍女宦官手中拿着帷帐用具等物品放置于东院，装饰得颇为周全，二人便在东院住下了。

韦安道的双亲都觉得甚为担忧，不清楚儿媳妇的来历。那时正值武则天皇后统治政权，条例颇为残酷，双亲忧虑灾祸会牵连自身，便将此事详细地告知则天皇后，然后乞求免罪。武则天皇后说：“它必是魅惑凡人的怪物了，你无须担忧。朕身边有擅长咒术的九思、思、怀素往，僧曰："此不过妖魅狐狸之属，以术去之易耳。当先命于新妇院中设馔，置坐位，请期翌日而至。"真归，具以二僧之语命之。新妇承命，具馔设位，辄无所惧。明日，二僧至，既毕馔端坐，请与新妇相见，将施其术。新妇遽至，亦致礼于二僧。二僧忽若物击之，俯伏称罪，目眦鼻口流血。

又具以事上闻。天后问之，二僧对曰："某所以咒者，不过妖魅鬼物，此不知其所从来，想不能制。"天后曰："有正谏大夫明崇俨，以太一异术制录天地诸神祇，此必可使也。"遂召崇俨。崇俨谓真曰："君可以今夕，于所居堂中，洁诚坐，以候新妇所居室上，见异物至而观。其胜则已，或不胜，则当更以别法制之。"真如其言。至甲夜，见有物如飞云，赤光若惊电，自崇俨之居，飞跃而至。及新妇屋上，忽若为物所扑灭者，因而不见。使人候新妇，乃平安如故。乙夜，又见物如赤龙之状，拏攫喷毒，声如群鼓，乘黑云有光者，至新妇屋上，又若为物所扑，有呦然之声而灭。使人候新妇，又如故。又至子夜，见有物朱发锯牙，盘铁轮，乘飞雷，轮铓角呼奔而至，既及其屋，又如物所杀，称罪而灭。

既而质明，真怪惧，不知其所为计，又具以事告。崇俨曰："前所为法，是太乙符箓法也，但可摄制狐魅耳，今既无效，请更赜怀素二位神僧，他们在佛门学习厉害的咒术，可以帮你剿灭怪物。”因此下诏让九思、怀素前往除妖，神僧说：“它只是蛊惑人心的狐狸精怪，我使用咒术便能轻松剿灭它。应该事先令新媳妇摆设美食在院里，摆上座位，请新妇第二天再来。”韦真返回家里，让新妇全部根据两位神僧的吩咐准备。新妇允诺，随即备好美食，放好位置，神色丝毫不惊惶。第二日，二位神僧抵达院里，随即进完食后端正做好，要求面见新媳妇，即将施行咒术。不久后新媳妇便到了，向两位神僧行礼。两位神僧突然像是被重物击中一般，在地上趴着声称自己有罪过，鲜血从眼角和鼻孔流淌出来。

韦安道便将此事详尽地说与则天皇后。则天皇后问询神僧，神僧答复：“本来认为需要用咒术制服的只是妖魔鬼怪，不曾想如此强大，我不清楚她到底来自什么地方，我二人恐怕无法制服。”天后说：“有一位名叫明崇俨的正谏大夫，他用太一法术可以将天地间诸位神仙降服，这个方法必然管用。”于是将明崇俨召来。明崇俨对韦安道说：“你今晚可以住在你院里的厅堂处，诚心打坐，直至新媳妇所住的房顶上怪物出现，仔细查看它。怪物打赢了便罢，如果没打赢，那么降服她便需更换办法。”韦安道听从他的话去准备。第一天夜里，他见到一个像是漂浮的云彩一样的东西，它散发着如同迅疾的闪电一样的红光，从明崇俨居所中飞腾跳跃到院里。等跳到新媳妇屋顶时，突然那东西好像被什么东西扑灭了，接着就消失了。韦真吩咐人前往观察妻子，发现她仍旧平安。第二天夜里，他在房顶上又看见一个形似红色大龙的东西，嘴巴一张一闭便吐出毒气，发出众人打鼓的响声，乘着黑云，散发着亮光，跳到新媳妇的屋顶上，又像是被什么扑倒了似的，它发出小鹿一般的哀鸣便消失了。韦安道再次吩咐人查看妻子情况，如同之前一般。第三天夜里，韦安道又看到一个有着红发和尖利牙齿的东西，他在铁轮上盘坐着，驾着飞旋的惊雷，如同公野鸡一般呼啸着走进，抵达新媳妇屋顶，又像是被什么扑倒了似的，自称自己有罪过便消失了。

接着天色渐亮，韦真既奇怪又恐慌，不清楚明崇俨用的什么方法，就又把自己的见闻详细告诉他。明崇俨说：“之前使用的咒法是之。”因致坛醮之策，使征八纮厚地，山川河渎，丘墟水木，主职鬼魅之属，其数无阙，崇俨异之。翌日，又征人世上天界部八极之神，其数无阙。崇俨曰：“神祇所为魅者，则某能制之，若然，则不可得而知也！请试自见而赜之。”因命于新妇院设馔，请崇俨。崇俨至坐，请见新妇。新妇方肃答，将拜崇俨，崇俨又忽若为物所击，奄然斥倒，称罪请命，目眦鼻口流血于地。

真又益惊惧，不知所为。其妻因谓真曰：“此九思、怀素、明正谏所不能制也，为之奈何？闻昔安道初与偶之时，云是后土夫人，此虽人间百术，亦不能制之。今观其与安道夫妇之道，亦甚相得，试使安道致词，请去之，或可也。”真即命安道谢之曰：“某寒门，新妇灵贵之神，今幸与小子伉俪，不敢称敌；又天后法严，惧因是祸及，幸新妇且归，为舅姑之计。”语未终，新妇泣涕而言曰：“某幸得配偶君子，奉事舅姑。夫为妇之道，所宜奉舅姑之命。今舅姑既有命，敢不敬从。”因以即日命驾而去，遂具礼告辞于堂下。因请曰：“新妇，女子也，不敢独归，愿得与韦郎同去。”真悦而听之，遂与安道俱行，至建春门外，其前时车徒悉至，其所都城仆使兵卫悉如前。

至城之明日，夫人被法服，居大殿中，如天子朝见之像，遂见奇容异人之来朝，或有长丈余者，皆戴华冠长剑，被朱紫之服，云太一符箓法，只能控制魅惑他人的鬼怪，如今既然没有见效，只能更换策略了。”因此摆出祭坛，开展祭礼，将八方之地的山川河流、荒地园林的鬼怪之物都召唤而来，数目上没有缺少的鬼怪，明崇俨格外诧异。第二日，他又将凡间和天界间的八极之神召来，仍旧不缺数目。明崇俨说：“一旦神仙化作鬼怪，我是可以收服它的，只是如今神仙没有缺少，我便不清楚到底是什么原因了！请让我亲自前去探查新媳妇。”于是韦安道就吩咐妻子在院中设宴，邀请了明崇俨。明崇俨抵达院里后，便坐下了，邀请会见新媳妇，新媳妇便神色恭敬地答应他，她即将对明崇俨行拜礼时，明崇俨也突然如同被什么物品击打一般，猛地摔倒在地，明崇俨不停说自己有罪，请求饶恕，眼角与鼻孔喷出血来，流至地面。

韦安道愈发惧怕，不清楚他在做什么。婆婆对公公说：“即便是九思、怀素和明宗俨均无法收服她，能把她怎样？昔日听闻我们的孩子与她相遇时，自称是后土夫人，那些人尽管擅长凡间的各类咒法，却无法将后土夫人收服。如今我观察她与我们安道相处融洽，十分有夫妻相，尝试让韦安道和新妇商量，请她自行离开，或者是可行的。”韦真随即吩咐安道向妻子表达推脱之意：“我是寒门子弟，你是高贵的神女，如今很幸运与我伉俪情深，然而属实称不上般配；并且则天皇后例法严肃，我担心因为连累家人，考虑到双亲的安慰，期盼你可以暂时归去。”话尚未说完，新媳妇痛哭流涕，说道：“我非常幸运可以得到你这样的男子为丈夫，打算尽心服侍公婆，作为一个好媳妇，最重要的便是顺从公婆的命令，如今公婆既然有这样的想法，我不敢不听从。”于是当天便命令车驾离开，她遵守例数前往厅堂向公婆辞别。乞求说：“我作为一个新媳妇，不敢一人回家里，期盼韦郎可以和我同行。”韦真听到后颇为喜悦，随即允诺，让她和韦安道一同出发，抵达建春门外，之前丢弃的车马随从也都聚集到这里，后土夫人所在都城里的仆人守卫都如同从前一般。

抵达都城的第二天，后土夫人身穿合乎礼法的华服身处大殿中，如同臣下上朝参见君王一样，于是便看到一些奇装异服的能人异士前来朝见，首先出现一些身高一丈多的人，都佩戴精美的礼帽，是四海之内，岳渎河海之神。次有数千百人，云是诸山林树木之神而已。又乃天下诸国之王悉至。时安道于夫人坐侧置一小床，令观之。因最后通一人，云："大罗天女。"安道视之，天后也。夫人乃笑谓安道曰："此是子之地主，少避之。"令安道入殿内小室中。

既而天后拜于庭下，礼甚谨。夫人乃延天后上，天后数四辞，然后登殿，再拜而坐。夫人谓天后曰："某以有冥数，当与天后部内一人韦安道者为匹偶。今冥数已尽，自当离异，然不能与之无情。此人苦无寿，某当在某家，本愿与延寿三百岁，使官至三品，为其尊父母厌迫，不得久居人间，因不果与成其事。今天女幸至，为与之钱五百万，与官至五品，无使过此，恐不胜之，安道命薄耳。"因而命安道出，使拜天后。夫人谓天后曰："此天女之属部人也，当受其拜。"天后进退，色若不足而受之。于是诺而去。

夫人谓安道曰："以郎常善画，某为郎更益此艺，可成千世之名耳。"因居安道于一小殿，使垂帘设幕，召自古帝王及功臣之有名者于前，令安道图写。凡经月余，悉得其状，集成二十卷，于是安道请辞去。夫人命车驾，于所都城西，设离帐祖席，与安道诀别。涕泣执手，情若不自胜，并遗以金玉珠宝，盈载而去。

安道既至东都，入建春门，闻金吾传令，于洛阳城中访韦安道，已将月余。既至，谒天后。坐小殿见之，且述前梦，与安道所腰上挎着长剑，身穿朱紫色的服饰，自称是四海内的山神、洞神、河神和海神。然后走来了几千人，自称是诸山林的树木的神。接着天下各国的君主抵达殿前。当时韦安道被安排在妻子身边的一张小床榻上，让他观礼。最后走上前一位说自己是大罗天女的人，韦安道观察发现，竟然是则天皇后。于是后土夫人对韦安道笑着说：“这是你所在国家的帝王，你暂时离开一下。”她令韦安道进入宫殿里的小房间。

接着则天皇后在殿前行拜礼，礼仪甚为恭敬。太土夫人就迎接天后走上前来，天后多次推拒后，不得已走上大殿，再次拜谢妇人然后才坐下了。夫人对天后说：“由于我冥冥之中与天后国家里的一位名叫韦安道的国民成为配偶。如今缘分已尽，自当离异，只是不可以对他薄情寡义。韦安道生活艰苦且寿命不长，我曾经在他家住过，原本希望为他延续三百年的寿命，且令他官至三品，却受到双亲的厌弃与强迫，无法在凡间久留，所以没有完成这两件事。所幸如今则天皇后到这里，便请赠予他五百万钱，然后赠予他五品官职，莫要逾越五品官位，担忧他无法担任那职位，韦安道是命薄之人。”然后命令侍从带韦安道出来，让他对则天皇后行拜礼。后土夫人对天后说：“他是神女的手下，你受得起他的拜礼。”天后骑虎难下，神色勉强地接纳韦安道的拜礼。允诺钱财与官位之事后便离开了。

夫人对韦安道说：“由于你擅长作画，因此我希望你的绘画技术可以更进一步，甚至得到流传千古的赞誉。”于是她将韦安道安排在一座小殿里，吩咐手下落下帘子设置帷幕，召来由古至今的有名的帝王及有功之臣，命韦安道作画。一个多月后，那些人的外貌形态均熟记于心，作出了二十卷画作，韦安道便自请离开。后土夫人在都城西部指派车驾，吩咐人置放送行的帷幕，摆设宴席，和韦安道死别。后土夫人牵住韦安道的手痛哭流涕，深情无法自持，还送给他许多的金玉珠宝，使他装得满满的回家。

韦安道走到洛阳都城，才进入建春门，听闻金吾卫传令，天后在洛阳城找韦安道已有一月之久。韦安道到达后，随即便拜谒天后。天后坐在小殿中面见韦安道，还将不久前的梦境说与他听，与叙同，遂以安道为魏王府长史，赐钱五百万。取安道所画帝王功臣图视之，与秘府之旧者皆验，至今行于代焉。天策中，安道竟卒于官。（出《异闻录》）

韦安道叙述的都一样，随即让韦安道担任魏王府长史一职，赐予他五百万钱。她取来韦安道作出的帝王功臣图认真观察，发现和秘阁里的一幅旧画完全相同，韦安道所作的画作代代流传下去。武周天策时期，韦安道竟然上任长史一职的途中去世。（出《异闻录》）

卷第三百　神十

杜鹏举　河东县尉妻　三 卫　李 湜　叶净能　王昌龄　张嘉祐

杜鹏举

景龙末，韦庶人专制。故安州都督赠太师杜鹏举，时尉济源县，为府召至洛城修籍。一夕暴卒，亲宾将具小殓。夫人尉迟氏，敬德之孙也，性通明强毅。曰："公筭术神妙，自言官至方伯，今岂长往耶？"安然不哭。洎二日三夕，乃心上稍温，翌日徐苏。数日方语云：初见两人持符来召，遂相引徽安门出。门隙容寸，过之尚宽。直北上邙山，可十余里，有大坑，视不见底。使者令人，鹏举大惧。使者曰："可闭目。"执手如飞，须臾足已履地。寻小径东行，凡数十里，天气昏惨，如冬凝阴。遂至一廨，墙宇宏壮。使者先入。有碧衣官出，趋拜颇恭，既退引入。碧衣者踞坐案后，命鹏举前，旁有一狗。人语云："误姓名同，非此官也。"笞使者，改符令去。有一马，半身两足，跳梁而前曰："往为杜鹏举杀，今请理冤。"鹏举亦醒然记之，诉云："曾知驿，敕使将马令杀，非某所愿。"碧衣命吏取按，审然之，马遂退。旁见一吏，挥手动目，教以事理，意相庇脱。所证既毕，遂揖之出。碧衣拜送门外，云："某是生人，安州编户。少府当为安州都督，故先施敬，愿自保持。"言讫，而向所教之吏趋出，云："姓韦名鼎，亦是生人。在上都务本坊，自称向来有力，祈钱十万。"鹏举辞不能致。鼎云："某虽生人，今于此用纸钱，易致耳。"遂许之。亦嘱云："焚时愿以物籍之，幸不著地，兼呼韦鼎，某即自使人受。"鼎又云："既至此，岂不要见当家簿书。"遂引入一院，题云"户部"。房廊四周，簿帐山积。当中三间，架阁特高，覆以赤黄帏帕，金字榜曰"皇籍"。余皆露架，往往有函，紫色盖之。韦鼎云："宰相也。"因引诣杜氏籍，

杜鹏举

唐代中宗晚期，韦后独掌大权。已然离世的太师杜鹏举被赠予安州都督的称号，杜鹏举时任济源县的县丞，被府衙招募进入洛阳修整古书。一夜之间忽然暴毙，亲属宾客正打算给他做小殓礼。其妻子制止了他们，妻子的姓氏为尉迟，乃是尉迟敬德的子孙，生性通明晓理且刚强坚定。尉迟式说："夫君足智多谋，曾经说过自己可以官至诸侯之长，如今如何会去世？"她安之若素，没有哭泣。两日三夜之后，杜鹏举心脏处有了温度，第二天便苏醒了。过了几日，他方才说："我最初看到两位手持符令招募我的人，然后我便被他们牵引走出了徽安门。徽安门缝隙仅一寸多宽，经过时却尚且宽敞。我们就径直往北上邙山，走了十多里地，看见一个看不到底部的大坑。两位使者命令杜鹏举往进走，他非常害怕。使者说："只要紧闭双眼就好了。"然后便牵着他的手，就像在飞一样，不久双脚就触到实地上。顺着小路往东走，走了共几十里，天色逐渐昏暗，就像是冬天里的阴云。接着抵达一座官署前，官署的城墙和房屋颇为雄伟宏大。两位使者率先进入。不久后，有一位身穿绿衣的官员走进来，颇为恭敬地对杜鹏举行拜礼，接着后退，带他进去。身穿绿衣的官员在几案处盘坐，吩咐杜鹏举往前走，旁边出现一只狗。有人对他说："不对不对，尽管姓名一样，但不是这个人。"绿衣官员用竹板抽打使者，更换符令命他们再去找。突然出现一匹长着半身两条腿的马儿，跳跃着走到他跟前说："昔日杜鹏举将我杀害，如今想请您帮我申雪冤屈。"杜鹏举也幡然醒悟，记起那事，控诉说："以前我做过马夫，遵从君王使者的命令杀害了马儿，然而这并非我的意愿。"绿衣官命令小吏取来案件卷宗，审理那个案件，马儿便退下了。旁边看见一位官吏，向杜鹏举挥手示意，挤眉弄眼，教他如何应对案件问书签云“濮阳房”。有紫函四，发开卷，鹏举三男，时未生者，籍名已具。遂求笔，书其名于臂。意愿踟蹰，更欲周览。韦鼎云：“既不住，亦要早归。”遂引出，令一吏送还。吏云：“某苦饥，不逢此便，无因得出。愿许别去，冀求一食。但寻此道，自至其所，留之不可。”鹏举遂西行。

道左忽见一新城，异香闻数里，环城皆甲士持兵。鹏举问之，甲士云：“相王于此上天子，有四百天人来送。”鹏举曾为相王府官，忻闻此说。墙有大隙，窥见分明，天人数百，围绕相王。满地彩云，并衣仙服，皆如画者。相王前有女人，执香炉引。行近窥谛，衣裙带状似剪破，一如雁齿状。相王戴一日，光明辉赫，近可丈余。相王后凡有十九日，累累成行，大光明皆如所戴。须臾，答，有准备包庇他的想法，帮他解脱。案件卷宗审查完毕，杜鹏举向官员作揖后出门。绿衣官员回礼后还将他送至门外，说："我是生人，户籍编入安州。你未来可以成为安州都督，所以我预先行礼，以表尊敬，但愿你自行勉励。"说罢就叫出来那位教他应对案件的官吏，说："他的名字是韦鼎，也是位生人。在都城的务本坊做事，他自己说家里财力雄厚，祈祷就要花费十万钱。"杜鹏举推辞，不可以让他送。韦鼎说："尽管我只是生人，但是现在此处使用冥界的钱币，是比较容易得到的。"杜鹏举便允诺他。韦鼎还叮嘱他，"焚烧钱币时，最好用东西装好，千万不能碰到地面，烧时还要叫我的名字，我便会派人去收钱。"他接着说："既然已经到了这里，怎么能不看看家人的文书簿册呢。"然后带着杜鹏举走进一座宅院中，院门题字"户部"。房间和走廊四周堆满了簿帐本等物品。其中三间屋子里搭着特别高的隔板，上面铺上红黄相间的帷幔和布帕，金字榜上写着"皇籍"。剩下的架子显露在外围，往往用紫色的物品盖着书函。韦鼎说："这是宰相家的。"然后韦鼎带他抵达杜氏籍册处，看到书签上写着"濮阳房"。发现四个紫色书函，展开内卷，看到上面写着杜鹏举会有三个儿子，当时还未出生的儿子名字也详细记载在籍册上。杜鹏举请求给他一支笔，将孩子名字书写在胳膊上。他原本打算继续逗留此处，观看周围的籍册。韦鼎说："既然你不在此处居住，便早些归家吧。"于是带着杜鹏举走出院门，命令一位小官员将他送回家。小官员说："我特别饿，不是很方便走出院门送你回家。期盼你可以允许我不送你，让我吃顿饭。你只需顺着这条道路便能回到家中，不能留在此处。"杜鹏举听完便往西走去。

突然路边出现一座新城池，从城里飘来一股神奇的香味，几里外都能闻到，城池周边被手持兵器、身穿盔甲的士兵环绕。杜鹏举过去询问，士兵说："相王李旦在此处成为了帝王，如今四百位仙人送他。"以前杜鹏举做过相王府的小官，听闻此事颇为高兴。城墙上缝隙很宽，可以窥探到城里的情形，几百位仙人将相王围绕中间。地面满是七彩的云霞，仙人身穿仙服，就像是画像的一般。相王前面有几位手拿香炉引路的女子。杜鹏举走近后，认真观察，发现女子的有缔骑来迎。甲士令鹏举走，遂至故道，不觉已及徽安门。门闭闲过之，亦如去时容易。为群犬遮啮，行不可进。

至家，见身在床上，跃入身中，遂寤。臂上所记，如朽木书，字尚分明。遂焚纸钱十万，呼赠韦鼎。心知卜代之数，中兴之期，遂以假故，来谒睿宗。上握手曰："岂敢忘德？"寻求韦鼎，适卒矣。

及睿宗登极，拜右拾遗。词云："思入风雅，灵通鬼神。"敕宫人妃主数十，同其妆服，令视执炉者。鹏举遥识之，乃太平公主也。问裙带之由，其公主云："方熨龙衮，忽为火迸，惊忙之中，不觉爇带，仓惶不及更服。"公主歔欷陈贺曰："圣人之兴，固自天也。"鹏举所见，先睿宗龙飞前三年。故鹏举墓志云："及睿宗践祚，阴骘祥符。启圣期于化元，定成命于幽数。"后果为安州都督。（出《处士萧时和作传》）

又

一说，鹏举得释，复入一院，问帘下者为谁，曰："魏元忠也。"有顷，敬挥至，下马，众接拜之。云是大理卿对推事。见武三思著枷，韦温、宗楚客、赵履温等著镣，李峤露头散腰立。闻元忠衣裙如同被剪开了一样，呈现雁齿的样子。相王头上戴着一轮太阳，熠熠生辉，声势显赫，距离他有一丈多远。相王身后还跟着十九轮太阳，重叠着一路成行，光彩夺目，如同他头上的那轮太阳一般。不久后，出现一位身着绨衣的骑兵迎接他。穿盔甲的士兵命令杜鹏举立刻离开，他便返回之前的道路上，毫无察觉便走到了徽安门。大门紧闭，也跟来时一样轻易地从门缝中穿过。一群狗发出撕咬的声音，让他无法前进。

终于返回家里，便看到自己的肉身在床上躺着，灵魂跳进肉身里，便转醒了。手臂上写下的儿子名字，就像在朽木上书写一般，仍旧清晰可见。于是他焚烧十万纸钱，焚烧的同时说是赠予韦鼎。内心记着李氏中兴的时间，他找到理由拜见睿宗。睿宗握住杜鹏举的手说："如何敢遗忘你的恩情呢？"接着寻找韦鼎这个人，发现他才离世。

等到睿宗即位，授予杜鹏举右拾遗一职，还给他题词写道："思入风雅，灵通鬼神。"睿宗命令几十位宫女及嫔妃，穿着相同的服装，做着相同的打扮，吩咐杜鹏指认那位手拿香炉的女子。杜鹏举远远便看到了，不然她竟是太平公主。他询问太平公主衣服怎么造成的，公主说："才熨好龙袍突然被火烧到，惊慌里尚未发觉裙带被烧到了，尚未来得及更换服饰。"太平公主唏嘘不已，恭贺兄长说："圣人的兴盛通常都是天命所归。"杜鹏举的见闻发现在睿宗皇帝即位前三年。所以杜鹏举的墓志铭上说："等到睿宗登基，正好和他在冥界的见闻吻合。"他在冥界便清楚睿宗皇帝即位的日期，果真天命在幽冥之间便已注定。之后果真杜鹏举做了安州都督。（出《处士萧时和作传》）

又

另外还存在一种说法，杜鹏举得到释放后，再次进入一座宅院里，他询问幕帘下是哪位，说："是魏元忠。"不久后，敬挥来到此处，从马上下来，大家都前去迎接行礼。自称是主管刑狱的大理寺

等云："今年大计会。"果至六月，诛逆韦，宗、赵、韦等并斩，峤解官归第，皆如其言。（出《朝野佥载》）

河东县尉妻

景云中，河东南县尉李某，妻王氏，有美色，著称三辅。李朝趋府未归，王妆梳向毕，焚香闲坐，忽见黄门数人，御犊车，自云中下至堂所，王氏惊问所以。答曰："华山府君使来奉迎。"辞不获放，仓卒欲去，谓家人曰："恨不得见李少府别。"挥泪而行，死于阶侧。俄而彩云捧车浮空，冉冉遂灭。李自州还，既不见妻，抚尸号恸，绝而复苏者数四。少顷，有人诣门，自言能活夫人。李罄折拜谒，求见卫护。其人坐床上，觅朱书符。朱未至，因书墨符飞之。须臾未至，又飞一符。笑谓李曰："无苦，寻常得活。"有顷而王氏苏。李拜谢数十，竭力赠遗。人大笑曰："救灾恤患，焉用物乎？"遂出门不见。王氏既悟，云："初至华山，见王，王甚悦。列供帐于山椒，与其徒数人欢饮。宴乐毕，方申缱绻，适尔杯酌。忽见一人，乘黑云至，云：'太一令唤王夫人。'神犹从容，请俟毕会。寻又一人乘赤云，大怒曰：'太一问华山何以辄取生人妇？不速送还，当有深谴。'神大惶惧，便令送至家。"（出《广异记》）

卿对推事。看到武三思手里有手铐，韦温、宗楚客、赵履温等人都戴着锁铐，还看见李峤裸露着头部，腰带散下站立着，听闻魏元忠等人说："这一年是个大聚会。"果真等六月，诛杀了违逆的韦后，宗楚客、赵履温和韦温等人被斩杀，李峤被免除官职回到家里，情况与杜鹏举说的完全一致。（出《朝野佥载》）

河东县尉妻

唐睿宗景云时期，河东南县的县丞李某有一位姓王的妻室，美色迷人，在三辅地区尤为出名。李某清晨前往府衙没有归家，王氏梳洗完毕，焚好香炉悠闲地坐着，突然看到有好几位驾着牛车的黄门侍郎，从云层中下落来到厅堂处，王氏十分害怕，询问他们为何而来。他们回答："华山府君吩咐我们来接你过去。"她推辞却没有效果，仓促间要将带她离开，她对家人说："只恨还没见到李县尉，无法亲自辞别。"她留下眼泪便转身，撞死在台阶旁。不久后，五彩云朵浮起牛车，使它悬空，缓缓升起便离开了。李某从府衙回家，看不到妻子，抚摸着尸体号哭哀痛，哭死然后转醒的情况有好多次。不久后，有人前往造访，自称可以复活妻子。李某便恭敬对他行礼，请他救救妻子。那人在榻上坐下，寻到红颜料开始写符。没找着红色颜料，就是用墨汁写出一道符，将它飞出去。一会儿的时间没有成效，他再次写出一道符飞出去。对李某笑着说："不需担忧，寻常情况她就会复活。"不久后，王氏苏醒了。李某接连拜谢那人几十次，竭尽财力送他很多礼物。那人大笑着说："解救他人或他方于灾难祸患中，是因为想要这些身外之物吗？"于是走出门去便消失了。王氏幡然醒悟，说："我第一次前往华山，面见府君，他甚为喜悦。在山顶设置帷幕，与他几位属下欢乐宴饮。宴席乐曲演奏完毕后，他即将与我缱绻，同我喝交杯酒时，突然看见一个人，驾着阴云来找他，说：'仙人命我传唤王夫人。'府君神色依旧从容，请等到婚礼结束后再说。不久后又有一位驾着红云而来的人，非常生气地说：'天神问你迎娶凡人的妻子是什么原因？如果不尽快将她送回家，一定会遭到

三 卫

开元初，有三卫自京还青州，至华岳庙前，见青衣婢，衣服故恶，来白云："娘子欲见。"因引前行。遇见一妇人，年十六七，容色惨悴。曰："己非人，华岳第三新妇，夫婿极恶，家在北海，三年无书信，以此尤为岳子所薄。闻君远还，欲以尺书仰累，若能为达，家君当有厚报。"遂以书付之。其人亦信士也，问北海于何所送之，妇人云："海池上第二树，但扣之，当有应者。"言讫诀去。

及至北海，如言送书。扣树毕，忽见朱门在树下，有人从门中受事，人以书付之。人顷之，出云："大王请客入。"随行百余步，后入一门，有朱衣人，长丈余，左右侍女数千百人。坐毕，乃曰："三年不得女书。"读书大怒，曰："奴辈敢尔！"乃传教，召左右虞候。须臾而至，悉长丈余，巨头大鼻，状貌可恶。令调兵五万，至十五日，乃西伐华山，无令不胜。二人受教走出。乃谓三卫曰："无以上报。"命左右取绢二匹赠使者。三卫不说，心怨二匹之少也。持别，朱衣人曰："两绢得二万贯，方可卖，慎无贱与人也。"

三卫既出，欲验其事，复往华阴。至十五日，既暮，遥见东方

重重的谴责。’华山府君颇为惊慌，就命人将王氏送回家中。（出《广异记》）

三卫

唐玄宗开元初期，有一位担任三卫的官吏从京都返回青州，抵达华山岳庙前的时候，看到一位衣衫褴褛的青衣女仆，走上前对他说：“我们娘子想见您。”然后带着他往前走。便碰到一位妇人，年纪有十六七，神色黯淡憔悴。对三卫说：“我并非凡人，乃是华山府君第三位儿子的妻子，我的夫君对我颇为凶恶，我的家乡在北海，我已经三年没收到家信了，由于此事，尤为被夫君薄待。听闻你从遥远的地方返回家里，希望你受累帮我捎封家书，倘若可以替我将书信送达，你自当有丰厚的回报。”于是便将家书交付于他。三卫是一位诚实可信的人，询问具体到北海的哪里，方能送达信，妇人说：“你走到北海边的第二棵树旁，只需要敲击树木，便会有人回应你。”说完便与他诀别了。

三卫抵达北海后，按照妇人的话送家书。敲完第二棵树，突然在树下发现一扇红门，有人从门里出来，询问他什么事，他便将家书交给那人。那人进门有一会儿的时间，出来说：“大王请你进门。”三卫随他走了一百多步后，再次走入一扇门里，便看到一位身穿红衣、身长一丈多的人，身边跟着几千位女婢。三卫坐到位置后，红衣人对他说：“已经三年没有收到女儿的家书。”他看完家书，非常生气地说：“狗奴才怎么敢这么对待我的女儿！”便召见左右虞候。不久后，左右虞候到了，两人都身高一丈多，庞大的头颅，鼻子也很大，容貌丑陋无比。命令二人集结五万士兵，等到十五日，往西边行军攻打华山，势必要赢得这场仗。左右虞候接受命令走出殿外。便对三卫说：“不知道怎么才能回报你。”命令随从取来二匹绢布送与他。三卫不是很喜悦，内心埋怨二匹绢布未免过少。握手告别，红衣人说：“两匹绢布价值两万贯钱，才能卖给他，小心别贱卖给他人。”

三卫走出去后，想核实绢布的价值，便再次前往华山。等到十五日夜晚，他远远望见东方天空被黑云覆盖。他慢慢往西走，风驰电黑气如盖。稍稍西行，雷震电掣，声闻百里。须臾，华山大风折树，自西吹云，云势益壮，直至华山。雷火喧薄，遍山涸赤，久之方罢。及明，山色焦黑。三卫乃入京卖绢。买者闻求二万，莫不嗤骇，以为狂人。后数日，有白马丈夫来买，直还二万，不复踌躇，其钱先已鏁在西市。三卫因问买所用。丈夫曰："今以渭川神嫁女，用此赠遗。天下唯北海绢最佳，方欲令人往市，闻君卖北海绢，故来尔。"

三卫得钱，数月货易毕，东还青土，行至华阴，复见前时青衣云："娘子故来谢恩。"便见青盖犊车，自山而下，左右从者十余辈。既至下车，亦是前时女郎，容服炳焕，流目清眄，迨不可识。见三卫，拜乃言曰："蒙君厚恩，远报父母。自闹战之后，恩情颇深，但愧无可仰报尔。然三郎以君达书故，移怒于君，今将五百兵，于潼关相候。君若往，必为所害，可且还京，不久大驾东幸，鬼神惧鼓车，君若坐于鼓车，则无虑也。"言讫不见。三卫大惧，即时还京。后数十日，会玄宗幸洛，乃以钱与鼓者，随鼓车出关，因得无忧。（出《广异记》）

李 湜

赵郡李湜，以开元中谒华岳庙，过三夫人院，忽见神女悉是生人，邀入宝帐中，备极欢洽。三夫人迭与结欢，言终而出。临诀掣，声音在百里之内都能听到。不久后，华山上的狂风将树木折断，乌云从西方飘来，乌云声势逐渐壮大，径直飘向华山。雷火不断喷射出来，山上遍是焚烧后留下的赤红，水面快要干涸，持续了很久才结束。待第二日天明，山色变得焦黑。三卫便进入京都售卖那两匹绢布。买主听闻他想用二万贯钱卖出，没有不诧异并嘲讽他的人，觉得他是疯子。过了几天，有一位乘着白马的男子没有一丝犹豫，便给他二万贯钱购买了两匹绢布，他的钱先前锁在西市里。三卫就询问他买绢布用在哪里。男子说："今日渭川神嫁自己女儿，准备将绢布当作礼物。天下间唯有北海绢布是最佳的，方才让人去集市探查，听闻你在售卖北海绢布，我便来到这里了。"

三卫拿到二万贯钱后，数月间使用这笔钱做成了买卖，向东回到青州老家时，抵达华山脚下时，再次见到当年那位青衣女婢，她说："我们娘子来这里是为了向你报恩。"然后便看到一辆带青色伞盖的牛车从山上行驶下，身边随从有十几个。行至他跟前，便走下牛车，仍旧是当年的那位夫人，她身穿的衣服焕然一新，神采飞扬，美目流转，清亮见底，三卫看着她都快认不出了。她看到三卫，行礼后说："承蒙你深厚的恩德，将我的家书从远方带给了我的家人。自从战争开始后，我与夫君的感情渐变，情谊慢慢深厚起来，只是羞愧的是无法回报于你的恩德。并且我的夫君因为你为我传送家书，将愤怒释放在你身上，如今带着五百兵将在潼关候着你。倘若你继续前行，一定会被他杀害，你可以暂时返回京城，不久的将来，君王将会前往东边巡游，鬼神均惧怕鼓车，倘若你在鼓车里坐着，我就无须忧虑了。"说罢便消失了。三卫非常恐慌，随即返回京城。过了几十天，正逢玄宗皇帝前往洛阳巡游，他便拿钱收买推鼓车的人，跟着鼓车走出潼关，才得以毫发无伤地走出潼关。（出《广异记》）

李湜

赵郡有位名叫李湜的百姓，唐玄宗开元年间，他前往华岳庙拜谒，路过三夫人院时，突然发现神女都是活人，邀请他到帐子里，极谓湜曰："每年七月七日至十二日，岳神当上计于天。至时相迎，无宜辞让。今者相见，亦是其时，故得尽欢尔。"自尔七年，每悟其日，奄然气尽。家人守之，三日方悟。说云："灵帐玳筵，绮席罗荐。摇月扇以轻暑，曳罗衣以纵香。玉珮清冷，香风斐亹。候湜之至，莫不笑开星靥，花媚玉颜。叙离异则涕零，论新欢则情洽。三夫人皆其有也。湜才伟于器，尤为所重，各尽其欢情。及还家，莫不惆怅呜咽，延景惜别。"

湜既悟，形貌流浃，辄病十来日而后可。有术者见湜云："君有邪气。"为书一符。后虽相见，不得相近。二夫人一姓王，一姓杜，骂云："酷无行，何以带符为？"小夫人姓萧，恩义特深，涕泣相顾，诫湜三年勿言。"言之非独损君，亦当损我。"湜问以官，云："合进士及第，终小县令。"皆如其言。（出《广异记》）

叶净能

开元初，玄宗以皇后无子，乃令叶净能道士奏章上玉京天帝，问："皇后有子否？"久之章下，批云："无子。"迹甚分明。（出《广异记》）

尽愉悦，气氛颇为融洽。三位夫人交替着和他交好，欢愉结束才走出院子。即将诀别时，三位夫人对李湜说："每年七月七号到十二号，华岳庙的神仙都会上天计划食物。等到那个时候我们便在这里接你，没有理由推辞。如今我们遇见也是在华岳庙的神仙上天的时间，所以才可以纵情欢愉。"从那天之后的七年里，每年的上天之日快要到了的时候，李湜便会突然呼吸停止。家人在他身边守护着，三天后便会复活。他说："帐篷里已经准备好了酒食，其中还包括海龟，地上铺好了华丽的席垫。三位夫人摇晃团扇以减轻暑气，衣裙摇曳生香，纵容香气四散。身上佩戴的玉珮摇曳着清凉的光亮，香气斐然。等候着我的来临，发现我后，她们都展开笑颜，容貌美丽，像花一样娇艳。提及离开的事情，便都涕泗横流，谈论起再见的喜悦，相处的气氛便愈发融洽。三位妇人都是那样。我的才气超越我的外貌，她们尤其重视我的才华，我和她们尽情欢愉。等返回家里，就伤感地流下眼泪，此情此景，我如何不对离别产生叹息。"

李湜每次醒来，容色暗淡，汗湿了肩背，于是得生十几天的病才会痊愈。有一位看到李湜的术士说："你身上环绕着妖气。"然后便为他写出一道符咒，让他在身上佩戴着。之后尽管他仍旧可以看见三位夫人，却无法亲近。王姓夫人和杜姓夫人辱骂李湜："你真是既冷淡又没有德行，佩戴符咒来是什么原因？"年纪最小的夫人姓萧，与李湜情意浓厚，看着他不断流泪，劝诫他三年内别把与她们相遇的事情告诉别人。"不然的话不仅会对你有损伤，对我们也有损伤。"李湜询问自己的官运，夫人说："你理应考中进士及第，最后可以做小县丞。"和夫人说的话完全相同。（出《广异记》）

叶净能

唐代开元初期，因为王皇后没有产下皇子，于是玄宗皇帝吩咐叶净能道士捧着奏章，上报玉京的天帝，询问："皇后这辈子会产下皇子吗？"很长时间后，奏章下发，批复里说："没有儿子"。批复的字迹甚为清晰明了。（出《广异记》）

王昌龄

开元中，琅邪王昌龄自吴抵京国。舟行至马当山，属风便，而舟人云："贵识至此，皆令谒庙。"昌龄不能驻，亦先有祷神之备。见舟人言，乃命使赍酒脯纸马，献于庙，及草履致于夫人。题诗云："青骢一匹昆仑牵，奏上大王不取钱。直为猛风波滚骤，莫怪昌龄不下船。"读毕而过。当市草履时，兼市金错刀一副，贮在履内。至祷神时，忘取之，误并将往。昌龄至前程，求错刀子，方知其误。又行数里，忽有赤鲤鱼，可长三尺，跃入昌龄舟中。呼使者烹之。既剖腹，得金错刀，宛是误送庙中者。（出《广博异志》）

张嘉祐

开元中，张嘉祐为相州刺史。使宅旧凶，嘉祐初至，便有鬼祟回祐家，备极扰乱。祐不之惧。其西院小厅铺设，及他食物，又被翻倒。嘉祐往观之，见一女子。嘉祐问女郎何神，女云："已是周故大将军相州刺史尉迟府君女。家有至屈，欲见使君陈论。"嘉祐曰："敬当以领。"有顷而至，容服魁岸，视瞻高远。先致敬于嘉祐，祐延坐，问之曰："生为贤人，死为明神。胡为宵窣幽瞑，恐动儿女，遂令此州，前后号为凶阙，何为正直而至是耶？"云："往者周室作殚，杨坚篡夺，我忝周之臣子，宁忍社稷崩殒？所以欲全臣节，首倡大义，冀乎匡复宇宙，以存太祖之业。韦孝宽周室旧臣，不能闻义而举，反受杨坚衔勒，为其所用。以一州之众，当天下累益之师。精诚虽欲贯天，四海竟无救助。寻而失守，一门遇害，合家六十余口骸骨，在此厅下。日月既多，幽怨愈甚，欲化别不可。

王昌龄

唐朝开元时期，来自琅琊郡的王昌龄从吴郡抵达京都。船行驶到马当山的时候，被大风吹得左右摇晃，无法前进，船主说："有贵客来了此处，所有人都前往寺庙里拜谒。"王昌龄不愿停驻，却也事先准备好了祝祷神明的事宜，听到船主说的话，于是让人将酒肉、神像纸进献给庙里的神仙，还赠草鞋给庙神的妻子。作了一首诗写道："青骢一匹昆仑牵，奏上大王不取钱。直为猛风波滚骤，莫怪昌龄不下船。"读完诗，船就安全通过了。之前王昌龄购买草鞋的时候，还购买了一副金错刀，保存在草鞋里。等到向神明祷告的时候，忘记拿走金错刀，连同草鞋一起进献给了神明。王昌龄往前行走了一段路，想拿回金错刀，方才清楚这是错的。接着往前走了几里地，突然看到一只三尺来长的红鲤鱼，跃起跳进王昌龄所在的船里。王昌龄叫来奴仆烹饪红鲤鱼。等到剖开鱼肚，发现里面放着把金错刀，正是自己误送到寺庙的那把刀。（出《广博异志》）

张嘉祐

唐朝开元时期，张嘉祐担任相州刺史一职。他的宅院以前是座凶宅，张嘉祐开始搬进去的时候，就发现鬼魂进了他家，对此备受惊扰。张嘉祐对这件事不恐慌。有一天，西院小厅堂里的摆设和很多食物再次被鬼翻到。他前往查看情况，看到一位女子。张嘉祐询问女子是什么神仙，女子说："我是已经去世的北周大将军及相州刺史尉迟府君的女儿。我家里有十分冤屈的事情，想同大人申述。"张嘉祐说："我理当恭敬地倾听。"不一会儿他便走了出来，衣服华丽，身形伟岸，目光高远，炯炯有神。首先女子向他致以敬意，张嘉祐邀请女子坐下，询问她："你活的时候是一位贤者，死后理应成为贤明的鬼神。然而你总是在幽暗的晚上胡作非为，使孩子害怕得无法移动，于是整个州县的百姓都把此处称为凶宅，如此行为怎么还能说你正直善良呢？"女子说："昔日周国运将尽，杨坚掠夺北周政权，我们身为周室旧臣颇为受辱，如何能忍受社稷崩坏呢？因此为了成全我等的欲白于人，悉皆惧死。无所控告至此，明公幸垂顾盼。若沉骸傥得不弃，幽魅有所招立，则虽死之日，犹生之年。”嘉祐许诺。他日，出其积骸，以礼葬于厅后。便以厅为庙，岁时祷祠焉。祐有女年八九岁，家人欲有所问，则令启白，神必有应。神欲白嘉祐，亦令小女出见，以为常也。其后嘉祐家人有所适，神必使阴兵送出境。兵还，具白送至某处。其西不过河阳桥。（出《广异记》）

气节，首先发起向旧制表忠心的倡导，希望可以挽救周朝，让宇文太祖打下的江山能够存续。韦孝宽身为周朝臣子，不仅没有对倡导有所行动，反而被杨坚的官职收买，被他所用。用整个州县的人去抵抗天下身经百战的军队，虽然众志成城，浩荡之气穿破云霄，但是四海之内没有一个人伸出援手。不久相州城便被攻陷了，我们一族全部被杀害，全家六十多人的骸骨都在这座厅堂下面。时间愈发遥远，怨气便越来越重，已然无法化解怨气。我等想和人说这件事，但是都因为恐慌被我们吓死。我们有冤屈却无从申诉，直到现在，所幸大人垂爱，看到了我们。倘若我等沉在地下的骸骨不被遗弃，幽魂能有个安身之地，那么尽管那是死亡的日子，也同样是我们重生的日子。”张嘉祐答应成全他们。过了几天后，他派人挖出沉下地下的骸骨，在厅堂按照礼仪下葬。还把厅堂修缮成寺庙，每过一年就会前往寺庙进行祭拜。张嘉祐有一位年纪八九岁的女儿，家人有想问询的事情，便派她前往寺庙陈述，每次祷告都可以得到鬼神的回应。鬼神想和张嘉祐谈事，也会吩咐小女儿出门见面，如此这般，她便觉得是常事。自那之后，张嘉祐的家人出门行事，鬼神必然会派遣鬼兵保护他们。鬼兵返回后，要向鬼神禀告送的地方。往西走不可以越过河阳桥。（出《广异记》）

卷第三百一　神十一

汝阴人

汝阴男子姓许，少孤。为人白皙，有姿调，好鲜衣良马，游骋无度。常牵黄犬，逐兽荒涧中，倦息大树下。树高百余尺，大数十围，高柯旁挺，垂阴连数亩。仰视枝间，悬一五色彩囊，以为误有遗者，乃取归，而结不可解。甚爱异之，置巾箱中。

向暮，化成一女子，手把名纸直前，云："王女郎令相闻。"致名讫，遂去。有顷，异香满室，渐闻车马之声。许出户，望见列烛成行。有一少年，乘白马，从十余骑在前，直来诣许曰："小妹粗家，窃慕盛德，欲托良缘于君子，如何？"许以其神，不敢苦辞。少年即命左右，洒扫别室。须臾，女车至，光香满路。侍女乘马数十人。皆有美色，持步障，拥女郎下车，延入别室，帏帐茵席毕具。家人大惊，视之皆见。少年促许沐浴，进新衣，侍女扶入女室。女郎年十六七，艳丽无双，著青袿襦，珠翠璀错，下阶答拜。共升堂讫，少年乃去。房中施云母屏风，芙蓉翠帐，以鹿瑞锦障映四壁。大设珍殽，多诸异果，甘美鲜香，非人间者。食器有七子螺、九枝盘、红螺杯、蕖叶碗，皆黄金隐起，错以瑰碧。有玉罍，贮车师葡萄酒，芬馨酷烈。座上置连心蜡烛，悉以紫玉为盘，光明如昼。

汝阴人

汝阴有位许姓男子，年少时双亲离世。此男子皮肤白皙，风流潇洒，平日里不仅爱穿华贵亮丽的衣服，更喜欢良马。有一次，他骑着他的良马，带着猎狗在荒野之中追逐猎物，追得疲累后，便在一株大树下歇息。这大树有十多丈高，树叶浓茂遮阳，树冠覆盖了好几亩地。他无意中抬头看时，看见有一个彩色的口袋挂在树枝杈间，心想，这可能是有人遗失的，于是取下来带回了家，可彩袋口扎得非常紧，无论他怎么解也无法解开。男子非常喜欢这只口袋，只得将它包好后放到箱子里。

黄昏时，却见那只彩袋幻化成一名女子，女子拿一名帖，递给许某，说："我府君家的小姐想要见您。"将名帖留下后女子就走了。过了一会儿，便闻见满屋散发出奇异的香味，随后所见有车马声从远处传来。许某来到屋外，只见一串灯火由远至近。一位少年骑着白马并带领十多个侍卫到他面前，少年对许某说："我有个妹妹，出身平常，但十分仰慕您的人品，想与你结一段良缘，不知阁下您意下如何？"许某想，这些肯定是神仙，也不敢过分推辞便答应了。少年立刻命人把另一间屋子清扫出来。过了片刻，数十位长相娇美的侍女骑着马，伴着一位乘车而来的少女到屋外，侍女们用幛子把车围起来，以防旁人看到，侍女们簇拥着那少女进了屋，仅仅片刻时间，室内就被布置得富丽堂皇，更是应有尽有。许家人都十分惊奇。那少年催许某去洗澡，并换上他送来的新衣，便由侍女扶着进了屋。只见那少女十六七岁，长得无比娇艳，一身黑色衣服，戴着珠翠首饰。许某被迎进屋后，少年就回避了。许某定睛打量屋内，只见云母屏风列在屋内，挂的是芙蓉翠帐，连周围四壁都挂上了华丽的幛子。桌上已有丰盛的酒席备着，很多果品都是当今世上不曾有过的。散发出异香，用许素轻薄无检，又为物色夸眩，意甚悦之。坐定，许问曰：“鄙夫固陋，蓬室湫隘，不意乃能见顾之深，欢忭交并，未知所措。”答曰：“大人为中乐南部将军，不以儿之幽贱，欲使托身君子，躬奉砥砺。幸过良会，欣愿诚深。”又问：“南部将军今何官也？”曰：“是嵩君别部所治，若古之四镇将军也。”酒酣叹曰：“今夕何夕？见此良人。”词韵清媚，非所闻见。又援筝作飞鸿别鹤之曲，宛颈而歌，为许送酒。清声哀畅，容态荡越，殆不自持。许不胜其情，遽前拥之。乃微盼而笑曰：“既为诗人感蜕之讥，又玷上客挂缨之笑，如何？”因顾令彻筵，去烛就帐，恣其欢狎。丰肌弱骨，柔滑如饴。明日，遍召家人，大申妇礼，赐与甚厚。

积三日，前少年又来曰：“大人感愧良甚，愿得相见，使某奉迎。”乃与俱去，至前猎处，无复大树矣。但见朱门素壁，若今大官府中，左右列兵卫，皆迎拜，少年引入，见府君，冠平天帻，绛纱衣，坐高殿上，庭中排戟设纛。许拜谒，府君为起，揖之升阶，劳问曰：“少女幼失所恃，幸得托奉高明，感庆无量。然此亦冥期神契，非至精相感，何能及此。”许谢，乃与人内。门宇严邃，环廊曲阁，连亘相通。中堂高会，酣燕正欢，因命设乐。丝竹繁错，曲度新奇。歌妓数十人，皆妍冶上色。既罢，乃以金帛厚遗之，并资仆马，家遂赡给。仍为起宅于里中，皆极丰丽。女郎雅善玄素养生之的食具华贵非常，有七子螺、九枝盘、红螺杯、蕖叶碗，都是镶金嵌银，光彩耀人。西域车师国的葡萄酒用玉翁装着，芬芳醇美。一支支连心蜡烛在紫玉的烛台上点着，整个室内被照得如白昼一般。

平素以来，许某就不拘检，喜欢那些豪华的排场，见到这样的陈仗后自然十分高兴。坐下后，许某问少女："我就是这人世间的一鄙陋俗人，所居之处也很简陋，能得到您这般眷顾，真是令我受宠若惊。不知如何是好？"那少女回答说："我父亲是中乐南部将军，不因女儿卑贱，愿意把我许配并终身奉侍您，这也是他的愿望。有事与你幽会，我很欣喜。"许某又问："南部将军相当人间的哪个官阶？"少女说："南部将军等同于古代镇守四方的大将军，隶属于嵩山君的管辖。"两人一边畅谈一边饮酒。酒到半酣时，那女感叹道："今天真是个好日子，能让我结识一位如此出色的郎君。"她声音清朗婉丽，十分动听。接着又弹起了古筝，伴着清幽的音韻唱起了歌，歌声似怨似诉，动人肺腑，边唱边给许某敬酒。似乎让人无法自控。许某更是心旌摇荡，上前把少女紧紧拥入怀中。少女睨着眼嗔笑道："您今天是想学一学诗人那种有感佩巾的讥笑，却又怕辱没了上客挂缨之美，是吗？"然后令人撤了酒席，灭了灯火，双双进了罗帐，欢爱到天亮。许某感受到女子的玉体也十分娇美，皮肤如软糖一般柔嫩。第二天，女子召集了许家所有人，像女主人一样，赏给许家众人许多贵重礼品。

三天后，之前那位骑白马的少年又来了，对许某说："我家大人对您十分感激，想与您相见，特派我来迎接。"于是许某随少年而去，当来到许某打猎歇息的地方，却没有了大树。只有一幢白墙红门的府第，像是现今的一座官邸，门外的侍卫见到他们来，都行礼拜迎，少年领许某进大门，只见中乐南部将军头戴平天巾，身着红纱袍，高坐在大殿上，堂上排列着各种兵器和纛旗。许某赶忙下拜，府君这时也忙迎下殿来说："我离世时女儿尚幼，无人照料，幸而如今我能将她托付于你，感激不已。然而这是阴阳两界的婚事，若不是精诚所至致，是不会成的。"许某再次拜谢，府君请他到后庭游玩。只见重重大门相通，一条条回廊与一处处楼阁相连。中央大厅正进术，许体力精爽，倍于常矣。以此知其审神人也。后时一归，皆女郎相随，府君辄馈送甚厚。数十年，有子五人，而姿色无损。后许卒，乃携子俱去，不知所在也。（出《广异记》）

崔敏殼

博陵崔敏殼，性耿直，不惧神鬼。年十岁时，常暴死，死十八年而后活。自说被枉追，敏殼苦自申理，岁余获放。王谓敏殼曰："汝合却还，然屋舍已坏，如何？"敏殼祈固求还，王曰："宜更托生，倍与官禄。"敏殼不肯，王难以理屈，徘徊久之。敏殼陈诉称冤，王不得已，使人至西国，求重生药，数载方还。药至布骨，悉皆生肉，唯脚心不生，骨遂露焉。其后家频梦敏殼云："吾已活。"遂开棺，初有气，养之月余方愈。敏殼在冥中，检身当得十政刺史，遂累求凶阙，轻侮鬼神，卒获无恙。其后为徐州刺史。皆不敢居正厅，相传云，项羽故殿也。敏殼到州，即敕洒扫。视事数日，空中忽闻大叫曰："我西楚霸王也。崔敏殼何人，敢夺吾所居！"敏殼徐云："鄙哉项羽！生不能与汉高祖西向争天下，死乃与崔敏殼竞一败屋乎！且王死乌江，头行万里，纵有余灵，何足畏也。"乃帖然无声，其厅遂安。后为华州刺史。华岳祠傍，有人初夜，闻庙中喧呼。及视庭燎甚盛。兵数百人陈列，受敕云："当与三郎迎妇。"又曰："崔使君在州，勿妄飘风暴雨。"皆云："不敢。"既出，遂无所见。（出《广异记》）

行着豪华的筵会，府君请许某入席，并命奏乐。几十位姿色绝美的歌妓献舞助兴，大家尽情豪饮狂欢。宴会结束后，府君赠给许某一份极厚的礼金，还赠送了仆人和好马，于是许家变得富裕起来，不但盖了一座豪华的府第，全家人也过上了富足的日子。女子精通养年益寿之术，并把方子告知了他，他的体力精神更是越来越好。许某相信女子是神人无疑。后来，他们夫妻常去看望府君，府君每次都有很厚的馈赠。他们就这样一起生活了好几十年，女子为他生了五个孩子，却还是和刚见时一样艳丽娇美。许某去世后，女子带着孩子们离开了，至于他们去了什么地方，已是无人知晓了。（出《广异记》）

崔敏殼

博陵有位名叫崔敏壳的人，为人耿直，对妖魔鬼怪这类并不害怕。十岁时突然死了，十八年后却复活了。自称自己是含冤而死，于是向阎罗王苦苦诉求，一年多过后，阎王说：我可以放了你，可你家的房子都坍塌了，你回去了又能去哪儿呢？但崔敏壳依旧坚持还阳。阎王说：“不如你就重新托生吧，托生后让你当大官。”崔敏壳仍是不同意，阎王无法与他达成一致。于是派人到西天去求再生药，好几年才把药求来了。把药涂在崔某的白骨上，很快就有新肉长出来，除了脚心总生不了肉来总露着骨头。他托梦给家人说：“我已经复活了。”于是家人打开棺材，发现崔敏壳真的有气息，养了一个多月，才真正活过来。崔某在阴曹曾查到自己还阳后能做十任刺史官，所以什么都不怕，专找一些凶宅住，对鬼神之类的更是持轻视态度，常常谩骂和嘲笑鬼神，也没有出过什么事。那些曾到徐州做刺史的官员们。从不敢住刺史官邸的正厅，有传言刺史官邸曾是项羽的宅第。崔敏壳到徐州后，不信那一套，命人将刺史官邸正厅打扫后住进去，并在这里办公。一天，忽然间听到空中有人大喊：“我是堂堂西楚霸王，你姓崔的是个什么东西，竟敢强占我的府第！”崔敏壳淡然道：“项羽呀，你在世时与刘邦争不了天下，死了却还跟我凡人争这幢破屋子，你这算什么本事？更别提你当时自刎于乌江，头到万里之外，纵然你有魂在，又有多大威力耐我何？”崔敏壳说完，空中再也没声音了，从此

张安

玄宗时，诏所在功臣、烈士、贞女、孝妇，令立祠祀之。江州有张安者，性落拓不羁。有时独醉，高歌市中，人或笑之，则益甚，以至于手舞足蹈，终不愧耻。时或冠带洁净，怀刺谒官吏，自称浮生子。后忽无疾而终，家人既葬之。每至夜，其魂即谒州牧，求立祠庙。言词慷慨，不异生存。时李玄为牧，气直不信妖妄。及累闻左右启白，遂朝服而坐，召问之，其魂随召而至。玄问曰："尔已死，何能复化如人？言词朗然，求见于余，得何道致此？必须先言，余即与尔议祠宇之事。"其魂曰："大凡人之灵，无以尚之。物之妖怪，虽窃有灵，则云与泥矣。夫人禀天地和会之气，方能成形。故人面负五岳四渎之相，头象天之圆，足象地之方。自有智可以料万事，自有勇可以敌百恶，又那无死后之灵耶？况浮生子生之日，不以生为生；死之日，不以死为死。其生也既异于众，其死也亦异于众生。于今日闻使君之明，遇天子之恩，若不求一祠，则后人笑浮生子不及前代死者妇人女子也。幸详而念之。设若庙食自使君也，使浮生子死且贵于生，又足以见人间贪生恶死之非也。"州牧曰："天子立前代之功臣、烈士、孝女、贞妇之祠者，示劝戒，欲后人仿效之。苟立祠于尔，不知以何使后人仿效耶？"魂曰："浮生子无功无孝无贞可纪也。使君殊不知达人之道，高尚于功烈孝贞也。"州牧无以屈，命私立祠焉。（出《潇湘录》）

这座房子安宁了下来。后来，崔敏壳任了陕西华州刺史。这里有个华山祠，有天夜里，从华山祠里传来一阵喧哗声。崔敏壳从窗口朝祠里看，只见祠中灯火通明。几百名士兵正在列队听宣王命，说“是华山君家的三公子迎娶新娘”。这时有听宣旨的人说：“现在华州的地方官是崔大人，崔大人天不怕地不怕，对鬼神更是不会害怕，你们切不可乱施风雨把他惊动了。”士兵们都说：“不敢，不敢。”等崔敏壳出去再看时，都消失不见了。（出《广异记》）

张安

唐玄宗时，下诏书命各地为功臣、勇士、贞女、孝妇立祠祭祀。江州有位名叫张安的人，性格豪放不羁。喝了酒就经常在街上放声高歌，若是有人前来围观，张安兴致更高，甚至手舞足蹈，始终不觉得羞耻。有时又衣冠楚楚，会带上名帖去见地方官吏，自称浮生子。后来却突然死了，于是张安的家人将他安葬。可每当到了晚上，张安的魂魄就会去拜见江州刺史，求他为自己立祠庙让后人供奉。说话时的语气慷慨激昂，与他在世时一样。李玄是当时的江州刺史，为人正直，是个无神论者。他总听人们议论张安显灵要求立祠的事，就想一探究竟。这天晚上，李玄穿着官服坐在州衙大堂上，命人将张安的魂传来，果然，张安听召来到堂上。李玄就问道：“你人都死了，是如何幻化成人形的？还一直嚷嚷着要拜见我，你是从哪里得了这样的道术才成这样的？先把这些事给我讲清楚，咱们再谈给你立祠的事。明白吗？”张安的魂说：“人的灵魂，都是至高无尚的。而物的即为妖为怪，虽然也有灵性，但只是浮云或泥土而已。人却截然不同，人禀承了天地会合的钟灵之气，因此人的魂可以成形。你瞧，人的脸就是江河山岳的样子，头代表着天的圆，脚代表了地的方。人拥有可以处理万事的智慧，可以战胜万恶的勇气。人是如此的伟大，死后怎么可能会没有灵魂呢？更不用说我自称为“浮生子”，就是早已看透了生死；我在世时并不觉得我是活着的，因此我死后也不认为真的死了。不论我是生是死，都是与一般人不同的。如今我赶上了皇上这么大的恩德，州官您处事又是这么英明，若是我不给自己请您立个

仇嘉福

唐仇嘉福者，京兆富平人，家在簿台村。应举入洛，出京，遇一少年，状若王者，裘马仆从甚盛。见嘉福有喜状，因问何适。嘉福云："应举之都。"人云："吾亦东行，喜君相逐。"嘉福问其姓，云："姓白。"嘉福窃思朝廷无白氏贵人，心颇疑之。经一日，人谓嘉福："君驴弱，不能偕行，乃以后乘见载。"

数日，至华岳庙，谓嘉福曰："吾非常人。天帝使我案天下鬼神，今须入庙鞫问。君命相与我有旧，业已如此，能入庙否？事毕，当俱入都。"嘉福不获已，随入庙门。便见翠幙云黯，陈设甚备。当前有床，贵人当案而坐，以竹倚床坐嘉福。寻有教呼岳神，神至俯伏。贵人呼责数四，因命左右曳出。遍召关中诸神，点名阅视。末至昆明池神，呼上阶语。请嘉福宜小远，无预此议。嘉福出堂后幕中，闻幕外有痛楚声，抉幕，见己妇悬头在庭树上。审其必死，心色俱坏。须臾，贵人召还，见嘉福色恶，问其故，具以实对。再命审视，还答不谬，贵人惊云："君妇若我妇也，宁得不料理之！"遂传教召岳神，神至，问："何以取簿台村仇嘉福妇，致楚祠庙，岂不让后人笑话我连死了的女人都比不上吗？还请您能理解。若是可以给我立祠供食，虽死也能扬名显贵，这也是给那些贪生怕死的人树立了一个很好的榜样啊！”李玄说：“皇上的诏书上说的是给前代的功臣、勇士、孝女、贞妇立祠，是用来激励后代学习的。我为你立祠，后代又可以从你身上学到些什么呢？”张安说：“我浮生子生平虽没有做下些忠孝节烈的事，却是个品性高洁旷达的人。您不觉得一个品性高洁旷达的人，在道德操守上比那些功臣节妇要高尚得多吗？”州牧李玄说服不了张安，只得下令为他悄悄立了一座祠堂。（出《潇湘录》）

仇嘉福

唐代有位名为仇嘉福的人，住京兆富平的簿台村。他在赴洛阳赶考的路上遇到一少年，少年车马仆从众多，排场像是京都的王公贵族。少年见嘉福面有喜状，于是问他欲往何处，嘉福说：“赴京赶考。”少年说：“正好我也要往东，不如咱们结伴而行。”嘉福问他贵姓，回答说姓白。嘉福心想：现在朝廷的达官显贵中也没有姓白的啊，心中暗自怀疑。二人结伴走了一天，少年说：“你的驴子太瘦了，我们走不到一起，不如你就坐在我的车后吧。”

几天后到了华岳庙前，少年才说：“我本不是这世间的人。是天帝派我下来巡察世间鬼神的，而今我进华岳庙问案子。你我前生朋友一场，能否与我一起去问案呢？等事情了结后再一同进京。”嘉福情不自禁地随少年进了庙内。庙堂挂着华贵的帐幔，各样陈设齐全。少年端坐于大案后，嘉福坐在旁边竹床上。开始问案，先传呼山神，山神立刻跪伏在案下，少年叫手下将山神责打了一顿后拖了出去。然后又传唤关中所有的神，少年一一点名查看。点到昆明池神时，便让他到前面回话，并让嘉福回避。嘉福避到了堂上的幔帐后面。却听到堂上传来痛苦的呻吟声，悄悄掀幕一看，竟看到妻子被吊在堂外的树上。眼看是活不成了，嘉福不知所措时，少年请他出来。见嘉福面色沉重就问你怎么了？嘉福如实相告。少年让他再仔细看那被吊着的女人，嘉福再三确认后说：“那个的确是我的妻子。”少年颇为惊毒？”神初不之知，有碧衣人，云是判官，自后代对曰：“此事天曹所召，今见书状送。”贵人令持案来，敕左右封印之，至天帝所，当持出，已自白帝。顾谓岳神：“可即放还。”亦谓嘉福：“本欲至都，今不可矣，宜速还富平。”因屈指料行程，云：“四日方至，恐不及事，当以骏马相借。君后见思，可于净室焚香，我当必至。”言讫辞去。既出门，神仆策马亦至，嘉福上马，便至其家。家人仓卒悲泣，嘉福直入，去妇面衣候气。顷之遂活，举家欢庆。村里长老，壶酒相贺，数日不已。其后四五日，本身骑驴，与奴同还，家人不之辨也。内出外入，相遇便合，方知先还即其魂也。

后岁余，嘉福又应举之都。至华岳祠下，遇邓州崔司法妻暴亡，哭声哀甚，恻然悯之。躬往诣崔，令其辍哭，许为料理，崔甚忻悦。嘉福焚香净室，心念贵人，有顷遂至。欢叙毕，问其故，“此是岳神所为，诚可留也。为君致二百千，先求钱，然后下手。”因书九符，云：“先烧三符，若不愈，更烧六符，当还矣。”言讫飞去。嘉福以神言告崔，崔不敢违。始烧三符，日晚未愈。又烧其余，须臾遂活。崔问其妻：“初入店时，忽见云母车在阶下，健卒数百人，各持兵器，罗列左右。传言王使相迎，仓卒随去。王见喜，方欲结欢，忽有三人来云：‘太乙神问何以夺生人妻？’神惶惧，持簿书云：‘天配为己妻，非横取之。’然不肯遣。须臾，有大神五六人，持金杵，至王庭。徒众骇散，独神立树下，乞宥其命。王遂引己还。”嘉福自尔方知贵人是太乙神也。尔后累思必至，为嘉福回讶：你的妻子就如同我的妻子一般，我们朋友一场，我怎能袖手旁观呢！于是命人马上把山神传来，问他簿台村仇嘉福的妻子抓来处刑是何原因？山神也不知其中缘由。跪在山神后面穿绿衣的判官说，这名女子的案子是天帝的司曹办理的，我们也是遵照天曹的公文才抓人的。少年命人拿来案卷，并将案卷封起来，对判官说：这件案子我回去后直接禀明天帝，你们先把这女子放掉吧！转身又对嘉福说："看来京都赶考你是去不了了，你还是快些回家吧。"边说边屈指算了回程所需的时间，说："你从这回家要四天，怕是赶不及了，我借你一匹快马。若你日后需要找我，便找一间洁净的屋子烧香，心中想我，我就会来见你。"说完便辞别嘉福起程了。嘉福出门后见神的仆从已为他备好骏马，嘉福上马，片刻之间就到了家门。只听家里传来一片哭声，嘉福奔进屋内，把蒙在妻子脸上的尸布揭开，向她口中吹气，不一会儿妻子就活了过来。全家大喜，村里邻居都前来看望，于是摆酒庆祝了好几天。四五天后，突然另一个嘉福骑着驴和仆人赶了回来，家人正深感惊奇无法分辨时，两个嘉福相遇便合二为一了，原来之前回来的是嘉福的魂灵。

一年多后，仇嘉福再次进京赶考。再次到华岳祠附近时，一时间只听到哭声震天，一打听才知道是邓州崔司法的妻子暴亡，嘉福深表同情。于是去见崔司法，劝他们先别哭，说可以想想办法。崔司法喜出望外。嘉福便在一间净室内焚香祷念少年贵人，少年真的就来到他的面前。少年听完嘉福表述的前因后果后，说："这是山神干的，我可以做到。我帮你送他二百千钱，再想别的法子。"少年画了九张符，然后交给嘉福，叮嘱道："你先烧三张试试，不能复活的话，就再烧六张，到时肯定能再活过来的。"交待完，少年就腾空而去。嘉福把符交给了崔司法让他依神交待的去做，崔司法先烧了三张符，直到天黑也没有活过来。接着烧了余下的六张，妻子果然就复活了。问她到底发生了什么，她说："我刚入店时，看见空中有云母的车降在阶前，还有几百名持刀枪的兵士前呼后拥。云母对我说，天王要见我，于是把我带走了。天王看到我后很高兴，刚要和我交欢，忽然云中又来了三个人，质问天王：'太乙神问你凭什么强抢世间凡人的妻子。'

换五六政官，大获其力也。（出《广异记》）

食羊人

开元末，有人好食羊头者。常晨出，有怪在门焉，羊头人身，衣冠甚伟。告其人曰："吾未之神也，其属在羊。吾以汝好食羊头，故来求汝。辍食则已，若不尔，吾将杀之。"其人大惧，遂不复食。（出《纪闻》）

王晙

王晙气充雄壮，有龙虎之状，慕义激励，有古人之风。驭下整肃，人吏畏而义之。晙卒后，信安王祎，于幽州讨奚告捷，奏称，军士咸见晙领兵为前军讨贼。户部郎中杨伯成上疏，请为晙坟增封域，降使享祭，优其子孙。玄宗从之。（出《谭宾录》）

天王很害怕，却拿出一张文书道：‘这是上天配给我的女人，根本不是我强夺来的。’看当时的情形并不打算让我重回人间的。又过了没多久，又来了五六个大神，手里拿着金棒，十分威严。大王的侍从吓得四处逃散，唯有大王站在树下，恳求六位大神饶命。我才又回到人间。”仇嘉福这才知晓，原来那位少年贵人是东皇太乙神。后来，只要嘉福祝祷思念他，他都会来，为嘉福调动升迁了五六任官，帮了他不少忙。（出《广异记》）

食羊人

开元末年，有一个喜欢吃羊头的人。有一天早晨，他刚出门，就看到门外站着个妖怪，羊头人身，穿戴很高贵的样子。妖怪说：“我是分管未时的神，未时属羊。因你喜欢吃羊头，专门来见你的。日后，你还是不要吃羊的好，倘若不改的话，我就先把你宰了。”这人吓坏了，此后倒是再也不敢吃羊了。（出《纪闻》）

王晙

王晙是名身强体壮的大汉，长得如龙似虎般，为人急公好义，很是有几分古代大将的风骨。在军中，非常严格地对待自己的下属，人们十分敬畏他。王晙死后，信安王祎带兵在幽州讨伐奚乱告捷，在上报朝廷的奏章上写道：将士们都看到已故的王晙领兵在前冲杀的样子。户部郎中杨伯成也在上疏中请求为王晙扩充坟地，派官员祭祀，并优抚他的后代。唐玄宗将这些建议一一照办。（出《谭宾录》）

卷第三百二　神十二

皇甫恂　卫庭训　韦秀庄　华岳神女　王　僩

皇甫恂

皇甫恂，字君和。开元中，授华州参军。暴亡，其魂神若在长衢路中，夹道多槐树。见数吏拥彗，恂问之，答曰：“五道将军常于此息马。”恂方悟死耳，嗟叹而行。忽有黄衣吏数人，执符，言天曹追，遂驱迫至一处。门阙甚崇，似上东门，又有一门，似尚书省门。门卫极众，方引入。一吏曰：“公有官，须别通，且伺务隙耳。”恂拱立候之。须臾，见街中人惊矍辟易。俄见东来数百骑，戈矛前驱。恂匿身墙门以窥。渐近，见一老姥，拥大盖，策四马，从骑甚众。恂细视之，乃其亲叔母薛氏也。恂遂趋出拜伏，自言姓名。姥驻马问恂：“是何人？”都不省记。恂即称小名，姥乃喜曰：“汝安得来此？”恂以实对。姥曰：“子侄中惟尔福最隆，来当误尔。且吾近充职务，苦驱驰，汝就府相见也。”言毕遂过。逡巡，判官务隙命入。见一衣冠，昂然与之承迎，恂哀祈之。谓恂曰：“足下阳中有功德否？”恂对曰：“有之。”俯而笑曰：“此非妄语之所。”顾左右曰：“唤阉，古瓦反。割家来。”恂甚惶惧。忽闻疾报声，王有使者来，判官遽趋出，拜受命。恂窥之，见一阉人传命毕，方去。判官拜送门外，却入，谓恂：“向来大使有命，言足下未合来，所司误耳。足下自见大使，便可归也。”

皇甫恂

皇甫恂，字君和。唐开元年间，授官华州参军时，突然死了，死后魂魄游走在一条漫长的道路上，两旁种满了槐树。几个人正用扫帚清扫，于是问为什么清道。回答说："五道将军的马时常歇在这里。"皇甫恂这才知道原来自己死了，感叹之际。几个穿黄衣的官员手执符纸催他快离开，说天曹在追他，皇甫恂仓皇地赶到一处高大的殿堂门外。大门庄严，像人间皇城的上东门。另一个门与尚书省的门有几分相似，门口的守卫森严。有人刚要带他进去，其中一位官员阻止："大人正在处理紧急公务，等一会儿再去通报。"皇甫恂只能等着。突然间，街上的人群惊慌失措四处躲避，几百个骑马执枪的人从东而来，皇甫恂躲在墙角偷看。没过多久，只见一位老妇人坐着一驾有伞盖的四匹马车在众多随从的簇拥下过来了。定睛一看，竟是去世的婶娘薛氏。皇甫恂赶紧跑出来跪拜在地，报了姓名。老妇人停下后问道："你是何人？"我怎么不记得了？皇甫恂又报了自己的小名。老妇人听后笑了，又问："你如何到这儿来了？"皇甫恂回答说自己死了。老妇人说："在我的众多子侄中，属你福气最大，定是他们弄错了。可我最近公务太过繁忙，而今又有急事要处理，日后你到我府上来详谈吧。"说完匆匆离开。没一会儿，判官公务处理完后有了时间，传皇甫恂上殿。一个身着官服又傲气十足的人从殿上走下来，皇甫恂向他苦苦哀求希望还阳。判官问：你想还阳，那你说说在阳世你积下了什么功德吗？皇甫恂说："有功德。"判官俯耳笑道："这里可不是能让你胡说八道的地方。"说完就命左右："把他的阳物割下来。"皇甫恂一听就吓坏了。忽然听见外面有人报，阎王派来的使者到，判官赶紧下殿去迎接，并跪拜听命。皇甫恂偷看，只见一位太监模样的人向判官传达了命令后就走了。送走使者后，判官回来数吏引去，西行三四里，至一府郡，旌旗拥门，恂被命入。仰视，乃见叔母据大殿，命上令坐，恂俯伏而坐，羽卫森然。旁有一僧趺宝座，二童子侍侧，恂亦理揖。叔母方叙平生委曲亲族，诲恂以仁义之道，陈报应之事。乃曰：“儿岂不闻地狱乎？此则其所也，须一观之。”叔母顾白僧：“愿导引此儿。”僧遂整衣，而命恂：“从我。”恂随后行。比一二里，遥望黑风，自上属下，烟涨不见其际。中有黑城，飞焰赫然。渐近其城，其黑气即自去和尚丈余而开。至城，门即自启，其始入也。见左右罪人，初剥皮吮血，砍刺糜碎，其叫呼怨痛。宛转其间，莫究其数，楚毒之声动地。恂震怖不安，求还。又北望一门，炽然炎火，和尚指曰：“此无间门也。”言讫欲归，忽闻火中一人呼恂。恂视之，见一僧坐铁床，头上有铁钉钉其脑，流血至地。细视之，是恂门徒僧胡辨也。惊问之，僧曰：“生平与人及公饮酒食肉，今日之事，自悔何阶。君今随和尚，必当多福，幸垂救。”曰：“何以奉救？”僧曰：“写《金光明经》一部，及于都市为造石幢，某方得作畜生耳。”恂悲而诺之。遂回至殿，具言悉见。叔母曰：“努力为善，自不至是。”又曰：“儿要知官爵否？”恂曰：“愿知之。”俄有黄衣抱案来，敕于庑下发视之。见京官至多。又一节，言太府卿贬绵州刺史，其后掩之。吏曰：“不合知矣。”遂令二人送恂归，再拜而出。出门后，问二吏姓氏，一姓焦，一姓王。

告诉皇甫恂，使者是来传大王命令的，你来这里，是主管你方的司官搞错了。你去见见使者，就能还阳。”

于是几位官员领皇甫恂走出判官大殿，向西走三四里，到一座府邸前，门外旗帜飘扬，很是森严，请他进去。再抬头看大殿上端坐着的是他的婶娘，婶娘命他上殿坐下，他就战战兢兢地坐下了。婶娘旁边另有一个宝座，宝座上有一个和尚在打坐，两边各站一名童子，皇甫恂向和尚拜了一拜。婶娘对皇甫恂说：以前自己做了许多对不住乡亲族人的事，让他以后一定要重仁义，相信世间有因果报应。还说：“孩子，你应该听说过地狱，而此处就是地狱，既然你都来了，就看看吧。”说完对在一旁打坐的和尚说：“你带他去吧。”和尚整理了衣裳，让皇甫恂跟他走。走了一二里地时，只见远处黑烟滚滚，无边际地从上到下翻卷着，黑烟里有一座黑城，城里烈火冲天。城外一丈远的地方，黑烟在和尚面前分开，城门自动开启。进城后，四处都是一些受刑的罪犯，有被剥皮吸血的，有被斧剁磨辗的，拷打声和罪犯的号叫声充满了四周，真是惨不忍闻。皇甫恂都吓坏了，只求快些离开这个地方。来到另一个门前，门内烈焰万丈，和尚告诉他说这里叫无间门，说完准备回去，这时，烈火中突然有人喊皇甫恂的名字，只见在烧红的铁床上坐着一名和尚，和尚的脑袋上钉了个大铁钉，血流如注。皇甫恂仔细辨认，这个和尚叫胡辨，是他的门徒。忙问：你怎么会到这等田地？胡辨说：“只因我平素以来爱与人喝酒吃肉，犯下了佛门大戒，现在后悔莫及。还请您救救我吧！”皇甫恂问：“我要怎样才能救得了你？”胡辨说：“你为我抄一部《金光明经》，再帮我在城里造一个刻了经文的石柱，我就可以转世投胎做一只畜牲了。”皇甫恂内心十分难过，但也答应了。回到大殿，把这一趟的所见详细说给婶娘听。婶娘说：“多行善事，就不会受到那样的惩罚的。”又问皇甫恂对于阳间的官运是否想知道，皇甫恂回答说想知道。一会儿，一位身着黄衣的官员抱来了一堆大簿子，允许他在殿下看。皇甫恂见簿子里很多都是京官，再翻一页，总算找到了自己的名字，上面记载的是先任大府卿，后来贬到四川绵州当刺史。他想接着看，黄衣官员忙把簿子合上，说：“后面的事不能让你知晓。”于是，相与西行十余里，有一羊三足，截路吼啖，骂恂曰："我待尔久矣！何为割我一脚？"恂实木省，且问之，羊曰："君某年日，向某县县尉厅上，夸能割羊脚。其时无羊，少府打屠伯，屠伯活割我一脚将去，我自此而毙。吾由尔而夭。"恂方省之，乃卑词以谢，托以屠者自明。焦王二吏，亦同解纷。羊当路立，恂不得去。乃谢曰："与尔造功德可乎？"羊曰："速为我写《金刚经》。"许之，羊遂喜而去。二吏又曰："幸得奉送，亦须得同幸惠，各乞一卷。"并许之。更行里余，二吏曰："某只合送至此，郎君自寻此径。更一二里，有一卖浆店，店旁斜路，百步已下，则到家矣。"遂别去。

恂独行，苦困渴。果至一店，店有水瓮，不见人。恂窃取浆饮，忽有一老翁大叫怒，持刀以趁，骂云："盗饮我浆。"恂大惧却走，翁甚疾来。恂反顾，忽陷坑中，恍然遂活。而殓棺中，死已五六日。既而妻觉有变，发视之，绵绵有气。久而能言，令急写三卷《金刚经》。其夜忽闻敲门声，时有风欻欻然。空中朗言曰："焦某王某，蒙君功德，今得生天矣。"举家闻之。更月余，胡辨师自京来，恂异之，而不复与饮。其僧甚恨，恂于静处，略为说冥中见师如此，师辄不为之信。既而去至信州，忽患顶疮，宿昔溃烂，困笃。僧曰："恂言其神乎？"数日而卒。恂因为市中造石幢。幢工始毕，其日市中豕生六子，一白色。自诣幢，环绕数日，疲困而卒。今幢见存焉。恂后果为太府卿，贬绵州刺史而卒。（出《通幽记》）

婶娘命两位官员送皇甫恂回阳世，皇甫恂向婶娘拜别。问两位送他的官员贵姓，说一个姓焦一个姓王。

往西走了十多里时，一只三条腿的羊堵住了去路，并不断狂叫道：“皇甫恂，我已在此等你很久了，你为何割我一只蹄子？”你说！皇甫恂当时真的不清楚，问羊到底从何说起。羊说：“某年某日在某县的县尉大厅上，你夸口说你可能活剁羊蹄。当时没有羊，你们就打屠夫，屠夫只得剁我一只蹄子送给你，我就此死掉了。难道这还不是你犯下的罪过吗？”皇甫恂这才记起，赶紧给羊陪罪，并说还阳后一定转告那个屠夫，也让他知道他犯下的罪果。送他的焦、王两位官员也上前劝解，但那只羊还是不肯放行。皇甫恂说：“我为你造些功德可好？”羊说：“当然，你为我写一部《金刚经》吧！”皇甫恂答应了，羊儿便高兴地让开了。两位官员说，我俩有幸送你一路，你也给我们各写一卷经可不可以？皇甫恂同意了。三人又走了一里多路，两位官员说：“我们也只能送你到这里了，余下的路你自己走吧。往前走个一二里，有一处卖茶水的小铺子，店旁有条小路，走百来步你就到家了。”然后就离开了。

送他的官吏走后，皇甫恂独自往前，在感到又累又渴时。真的看见到一个小店铺，店里无人，只有一个大瓮，里面装了水，他取来喝，一个老头拿刀逼过来，大喝道：“你竟敢偷喝我的水？”皇甫恂吓得夺路而逃，老头在后面紧追不舍。皇甫恂边逃边回头，一只脚陷进了一个坑里，惊吓之下就复活了。此时，他在阳世已经死了五六天了，尸身都盛殓在棺材里了。他的妻子觉得不对劲儿，揭开棺材，发现皇甫恂还残存着微弱的气息。好久后才会说话，说：“快抄三卷《金刚经》！”这天夜里，听到一阵敲门声，一阵阵风声吹进屋内。紧接着听到空中有人喊道：“焦某王某感恩于你的功德，今天要转世投生了！”全家人都听到了。一个多月后，受火刑的和尚胡辨从京城来了，皇甫觉得纳闷，却也不与他喝酒。和尚生气了，皇甫恂将他拉到一边，把在地狱看到的他受刑的事简单地告诉了他，和尚完全不信。过了几天，和尚去了信州，头上突然就生了疮，一夜之间就烂透了，痛苦不已，心想皇甫恂和我说的是真的吗？没几天，和尚就死了。皇甫

卫庭训

卫庭训，河南人，累举不第。天宝初，乃以琴酒为事，凡饮皆敬酬之。恒游东市，遇友人饮于酒肆。一日，偶值一举人，相得甚欢，乃邀与之饮。庭训复酬，此人昏然而醉。庭训曰："君未饮，何醉也？"曰："吾非人，乃华原梓桐神也。昨日从酒肆过，已醉君之酒。故今日访君，适醉者亦感君之志。今当归庙，他日有所不及，宜相访也。"言讫而去。

后旬日，乃访之。至庙，神已令二使迎庭训入庙。庭训欲拜，神曰："某年少，请为弟。"神遂拜庭训为兄，为设酒食歌舞，既夕而归。来日复诣，告之以贫。神顾谓左右："看华原县下有富人命衰者，可收生魂来。"鬼遍索之，其县令妻韦氏衰，乃收其魂。掩其心，韦氏忽心痛殆绝。神谓庭训曰："可往，得二百千与疗。"庭训乃归主人，自署云："解医心痛。"令召之。庭训入神教，求二百千，令许之。庭训投药，即愈如故。儿女忻忭，令亦喜，奉钱留宴饮。自尔无日不醉，主人谕之曰："君当隐贫窘，何苦使用不节乎？"庭训曰："但有梓桐神在，何苦贫也！"主人以告令，令召问之，具以实告。令怒，逐庭训而焚梓桐神庙。

庭训夜宿村店，忽见梓桐神来日："非兄之过，乃弟合衰。弟恂遵守在地狱时对和尚的承诺，为他在城里造了一个刻了经文的石柱。石柱造起那天，城里有头猪生了六只小猪羔，有一只是白色的。这只白猪竟独自跑到那根石柱前，围着石柱转了好几天，最后累死在石柱下。这个石柱还立在城中。皇甫恂果然当上了太府卿，后来贬为绵州刺史，死在了任上。（出《通幽记》）

卫庭训

卫庭训河南人，参加了几次科考都没有考取功名。天宝初年，整日里弹琴饮酒，还要邀请朋友同饮，常与朋友前往东市酒楼。一天，与一位举人相遇，两人相谈甚欢，举人约他一起喝酒。庭训又回请举人，举人却醉了。庭训说："我都还没来得及回请你，你怎么就醉了呢？"举人说："我并非凡人，我是华原县的梓桐神。昨天与你喝醉了，因此感念于你特来看望你的。我该回庙里了。日后你遇到什么难事，尽管来找我。"说完就走了。

过了十多天，庭训就去庙里看他。刚到庙前，已派了两个人前来迎接他。进庙后，庭训想行礼，梓桐神说："我比你年幼，就是你的弟弟。"于是神给他行了礼，摆下宴席和歌舞，欢饮到夜晚庭训才回去。第二天，庭训又来看梓铜神，说自己很穷困。梓桐神对左右吩咐道："你去看华原县有没有生病的富人，把他的魂拘来。"在县里到处找，发现县令的妻子韦氏身体衰弱，于是收来了她的魂。堵住她的心脉，韦氏立刻心痛不已。神对庭训道："你去给她医治心病，向她收取二百千钱诊金。"庭训到县衙对管事的说："我能医治心痛病。"县令请他给妻子医治，庭训要二百千钱才医治，县令同意了。韦氏吃了庭训的药，立刻就好了。县令和家人都十分高兴，不仅给了钱，还留庭训饮酒。庭训有了钱后每日狂饮无度，有人告诫他说："你不能这样挥霍还是装穷困的好。"庭训说："我有梓桐神在，怕什么穷啊！"那人把庭训的话告诉了县令，县令叫庭训来问话，庭训如实相告。县令大怒，赶走庭训，一把火烧了梓桐神庙。

夜里庭训在一个乡村小店里投宿，梓桐神来了。神说："这事不能怨你，我命中本就该遭此祸。我现在要去濯锦江立庙，那里比这今往濯锦江立庙，极盛于此，可诣彼也。”言讫不见。庭训又往濯锦江，果见新庙。神见梦于乡人，可请卫秀才为庙祝。明日，乡人请留之。岁暮，神谓庭训曰：“吾将至天曹，为兄问禄寿。”去数日归，谓庭训曰：“兄来岁合成名，官至泾阳主簿。秩不满，有人迎充判官。”于是神置酒饯之。至京，明年果成名，释褐授泾阳县主簿。在任二载，分务闲暇，独立厅事，有一黄衫吏，持书而入，拜曰：“天曹奉命为判官。”遂卒于是夕。（出《集异记》）

韦秀庄

开元中，滑州刺史韦秀庄，暇日来城楼望黄河。楼中忽见一人，长三尺许，紫衣朱冠。通名参谒，秀庄知非人类，问是何神。答曰：“即城隍之主。”又问何来，答云：“黄河之神，欲毁我城，以端河路，我固不许。克后五日，大战于河湄，恐力不禁，故来求救于使君尔。若得二千人，持弓弩，物色相助，必当克捷。君之城也，惟君图之。”秀庄许诺，神乃不见。至其日，秀庄帅劲卒二千人登城。河中忽尔晦冥，须臾，有白气直上十余丈，楼上有青气出，相萦绕。秀庄命弓弩乱射白气。气形渐小，至灭，唯青气独存，逶迤如云峰之状，还入楼中。初时，黄河俯近城之下，此后渐退，至今五六里也。（出《广异记》）

华岳神女

近代有士人应举之京，途次关西，宿于逆旅舍小房中。俄有贵人奴仆数人，云：“公主来宿。”以幕围店及他店四五所。人初里更兴盛一些，你可以去那里找我。”说完就消失了。于是庭训赶到濯锦江，真的有一座新庙在那里。梓桐神又托梦给人们，说请卫秀才来庙里当管事。第二天，人们请他当了庙祝。年末时，神对庭训说：“我去天庭查看你的官运和寿数。”几天后神回来后对庭训说：“明年你能考中，能做泾阳县主簿。不到十年，会有人迎你做判官。”于是梓桐神备酒为庭训赶考饯行。第二年，庭训到京，真的考中了。被委派为泾阳县主簿。在任上两年，一天，公务不忙，他站在公堂，看到一个身着黄衣的官员拿着文书对他说：天曹要委派你去当判官。就在那晚，卫庭训就离世了。（出《集异记》）

韦秀庄

开元年间，滑州刺史韦秀庄，办公闲暇时到城楼上远眺黄河。忽然看见楼中有一人，身着紫衣头戴红帽，三尺高。此人向韦秀庄自报家门并进行参拜，韦秀庄知道此人并非凡人，于是问他是何方神祇。回答说是本城的城隍。又问他找自己何事，城隍说：黄河神为使河道畅通，想将这座城池摧毁，我不同意。五天后，我与黄河神之间将在河岸大战一场，我担心到时候败给他，今天特地向你求援。请你派两千名弓箭手来帮我，这样我战胜他就有十足的把握了。这座城归你管辖，就看你的意思了。韦秀庄同意了，然后此人便消失了。五天后，韦秀庄率两千名精壮士兵登上城楼，只见河面上漆黑一团，一股十多丈高的白气冒了出来，与此同时，一股青气也从城楼上冒出，与河面上的白气合为一体。韦秀庄命令弓箭手们朝白气发箭，渐渐地白气变小直到最后消失，余下青气蒸腾而上，化入云端，飘进望河楼里。起初，黄河水已逼近城下，后来又慢慢退了回去。一直退到现在离城五六里的地方。（出《广异记》）

华岳神女

以前，有位书生赴京赶考，到关西时住进一家旅店。有几个仆从对店家说：“公主也要住这家店。”然后用幛幕把旁边的几家店一并惶遽，未得移徙。须臾，公主车声大至，悉下。店中人便拒户寝，不敢出。公主于户前澡浴，令索房内。婢云："不宜有人。"既而见某，群婢大骂。公主令呼出，熟视之曰："此书生颇开人意，不宜挫辱。"第令人房，浴毕召之，言甚会意。使侍婢洗濯，舒以丽服。乃施绛帐，铺锦茵，及他寝玩之具，极世奢侈，为礼之好。

明日相与还京。公主宅在怀远里，内外奴婢数百人，荣华盛贵，当时莫比。家人呼某为驸马，出入器服车马，不殊王公。某有父母，在其故宅。公主令婢诣宅起居，送钱亿贯，他物称是。某家因资，郁为荣贵。如是七岁，生二子一女，公主忽言，欲为之娶妇，某甚愕，怪有此语。主云："我本非人，不合久为君妇，君亦当业有婚媾，知非恩爱之替也。"其后亦更别婚，而往来不绝。婚家以其一往辄数日不还，使人候之。见某恒入废宅，恐为鬼神所魅。他日，饮之致醉，乃命术士书符，施衣服中，及其形体皆遍。某后复适公主家，令家人出止之，不令入。某初不了其故，倚门惆怅。公主寻出门下，大相责让云："君素贫士，我相抬举，今为贵人，此亦于君不薄，何故使妇家书符相间，以我不能为杀君也？"某视其身，方知有符，求谢甚至。公主云："吾亦谅君此情，然符命已行，势不得住。"悉呼儿女，令与父诀，某涕泣哽咽。公主命左右促装，即日出城。某问其居，兼求名氏，公主云："我华岳第三女也。"言毕诀去，出门不见。（出《广异记》）

围起来。店内的客人很是惊慌，还没来得及搬走就听到公主的车驾在外面了，店中人关上房门不敢出。公主住下后要沐浴，命侍女查看屋内不能有人。躲在门后的书生被侍女们发现，书生被侍女大骂一通。公主把书生叫到面前，仔细端详后道：“这人看上去还不错，不要为难他。”公主去洗浴，命书生待在屋内。公主洗浴后，和书生相谈甚欢，于是命侍女领书生去洗浴，并为他换上华贵服。在屋里挂上华丽的红帐，床上铺上了锦缎被褥，极尽奢华，公方与书生一同就寝了。

第二日，两人一并前往京城。公主家住在怀远里，家中有仆从婢女几百名，富贵无人能比。家中人唤书生为驸马，书生的用度排场和其他王公贵族一样。公主还派了人前往书生家问候，并送去了许多钱银及贵重物品。因此，书生家也过上了富足的生活。直到七年后，公主生下了两子一女，公主对书生说：我将为你再娶妻子，书生很是不解。公主说：“我不是凡人，不能一直陪伴你左右，你应该有自己的妻室，书生最终明白，其实并不是公主对书生没有感情了。”后来书生另娶了一房妻子，和公主还是经常来往。妻子察觉书生经常好几天不回家，于是派人跟着书生，发现书生经常去一处破败的宅府，妻子怀疑书生被鬼怪迷惑。一天，家人把书生灌醉，把请道士写的符咒放进书生衣服里，当书生再去见公主时，公主的仆人在门外就把他挡住了。书生不明其中缘由，心中难过不已，并靠在门边不走。公主出来，将书生狠狠责备一番，说：“你不过是一介穷书生，遇到我才让你过上了这般富足的日子，我待你这么好，为何你还让妻子请道士画符咒我，难道我还斗不过你吗？”书生检查自己的衣服，才发现有符咒在身上，忙向公主赔罪。公主说：“我原谅你了，但符咒已经发挥了作用，我们不能再来往了。”说完叫来三个儿女，让他们与书生诀别，书生失声痛哭，公主命仆人马上收拾行李，即刻出城。书生问公主家住何处，求公主告诉自己姓名。公主说：“我是华山君的三女儿。”然后与书生诀别，出门后就消失了。（出《广异记》）

王僴

王僴者，少应通事舍人举。开元末，入京。至阙西，息槐树下，闻传诏声。忽见数骑，状如中使，谓僴曰：“为所宣传，真通事舍人矣。”因以后骑载僴。僴亦不知何人，仓卒随去。久之，至华岳神庙中。使置僴别院，诫云：“慎无私视。”便尔入内。僴独坐，闻棒杖楚痛之声，因前行窃窥。见其妇为所由系颈于树，以棒拷击。僴悲愁伫立，中使出，见惨怛而问其故。僴涕泗，具言其事。使云：“本欲留君，妻既死，理不可住。若更迟延，待归之后，即不能救。君宜速还开棺，此即放妻活。”乃命左右取驿马，送王舍人。俄见一狐来，僴不得已，骑狐而骋。其疾如风，两日至舍。骑狐乃其魂也，僴本身自魂出之后，失音不言。魂既至家，家人悲泣。僴命开棺，其妻已活，谓僴曰：“何以至耶？”举家欢悦。后旬日，本身方至。外传云：“王郎归！”失音已十余日。魂云：“王郎到矣。”出门迎往，遂与其魂相合焉。（出《广异记》）

王 僴

开元末年，有位名叫王僴的人去应考通事舍人。进京后，到皇宫西门外一棵槐树下歇息。突然传来了宣读诏书的声音。看见几个骑马的人走来，他们像是宫中的使者，他们对王僴说："王舍人，我们是奉命前来传你的！"王僴并不知道他们是谁，但还是骑上马仓促地随他们而去。跟着跑了半天，进了华岳庙。使者把王僴安排在另一个院落里，并警告他说："不许偷看。"随后就进去了。王僴呆坐着，听到阵阵拷打和哭叫声传来，于是跑去偷看，发现被吊在树上拷打的竟是自己的妻子。王僴除了痛苦地站在那里看着，并没有其他办法。没过多久，使者前来，见王僴面色凄苦，问他所为何事。王僴不禁哭了起来，将刚才所见之事告知。使者说："我原计划是把你留下来的，如今你妻子已死，就不留你了。要是再耽误了时间，你妻子救不回来了。你快赶回去开棺，我们马上放她回去。"然后命左右牵来快马，送王僴回去。不一会儿，属下却牵来了一只狐狸，王僴也没法，只得骑上狐狸回家去。那只狐狸跑起来如风一样，两天就到了家。其实骑着狐狸回来的是王僴的了，王僴则不能开口说话。他的魂到家后，马上把棺材打开，妻子复活，妻子问王僴："你怎么回来了？"全家上下也无比高兴。十几天后，王僴肉身回家。听说王僴回来后有十几天说不了话，直至他的魂说了一句："王僴回来了。"魂和肉身才合在一起。（出《广异记》）

卷第三百三　神十三

韩光祚

桃林令韩光祚，携家之官，途经华山庙，下车谒之。入庙门，而爱妾暴死。令巫请之，巫言："三郎好汝妾，既请且免，至县当取。"光祚至县，乃召金工，为妾铸金为观世音菩萨像，然不之告。五日，妾暴卒，半日方活，云："适华山府君，备车骑见迎。出门，有一僧，金色，遮其前，车骑不敢过。神曰：'且留，更三日迎之。'"光祚知其故，又以钱一千，图菩萨像。如期又死，有顷乃苏曰："适又见迎，乃有二僧在，未及登车。神曰：'未可取，更三日取之。'"光祚又以千钱召金工，令更造像。工以钱出县，遇人执猪，将烹之。工愍焉，尽以其钱赎之，像未之造也。而妾又死，俄既苏曰："已免矣。适又见迎，车骑转盛，二僧守其门，不得入。有豪猪大如马，冲其骑，所向颠仆，车骑却走。神传言曰：'更勿取之。'于是散去。"光祚怪何得有猪拒之，金工乃言其故。由是盖信内教。（出《纪闻》）

韩光祚

桃林县令韩光祚，带家眷去到任上，在途经华山庙时，下车去拜，走到庙门口，他的爱妾突然死了。韩光祚请来了巫师，请巫师向华山神求情，放他的爱妾还阳。巫师说："华山神家的三郎看上了你的爱妾，我已经向他求情了，却也只能暂时免她一死。等你到了县里，三郎还是会来娶她。"等光祚到了县，他悄悄请金匠为爱妾铸了一尊观世音菩萨像，这一切爱妾并不知晓。五天后，爱妾又死了。半日后又活过来，告诉他说："华山神家的三郎派车马来迎我。只是一出门就看到一座金色的菩萨挡在路中，车马不敢过。三郎说：'暂且先放我回来，三天后会再来接我。'"光祚知道是那尊金菩萨发挥了作用，于是又拿一千钱画了一幅菩萨像。三天后，果然爱妾又死了，没一会儿又活了过来，说："刚刚华山神又派人来接我，这次挡在路上的是两个菩萨。华山神说：'暂时先放我回来，三天后还是要来接我。'"于是光祚又给了金匠一千钱，叫他再做一尊菩萨像。金匠带着钱出了县府，看到有人在杀猪，金匠为人慈悲，把用来造金像的钱买了那头猪，并将猪放了，于是就没有造成金像。三天后县令的妾再一次死而复生，对韩县令说："这次我是彻底免死了。刚才华山神又来接我，这次派的车马更多，但两个金菩萨守着我们家门，他们无法进来。紧接着又跑出一头有马那么高大的猪，那只猪对着车马横冲直撞，人们四散而逃。没有办法，华山神三郎只得放弃娶我的念头。"韩光祚不明白怎么会有那么大只猪出来，后来金匠向他说明原因。此后，韩光祚更信佛了。（出《纪闻》）

宣州司户

吴俗畏鬼，每州县必有城隍神。开元末，宣州司户卒，引见城隍神。神所居重深，殿宇崇峻，侍卫甲仗严肃。司户既入，府君问其生平行事，司户自陈无罪，枉见录。府君曰："然，当令君去。君颇相识否？"司户曰："鄙人贱陋，实未识。"府君曰："吾即晋宣城内史桓彝也，为是神管郡耳。"司户既苏言之。（出《纪闻》）

崔 圆

天宝末，崔圆在益州。暮春上巳，与宾客将校数十百人，具舟楫游于江，都人纵观如堵。是日，风色恬和，波流静谧，初宴作乐，宾从肃如。忽闻下流十数里，丝竹竞奏，笑语喧然，风水薄送，如咫尺。须臾渐近，楼船百艘，塞江而至。皆以锦绣为帆，金玉饰舟，旄纛盖伞，旌旗戈戟，缤纷照耀。中有朱紫十数人，绮罗妓女凡百许，饮酒奏乐方酣。他舟则列从官武士五六千人，持兵戒严，泝沿中流，良久而过。圆即令访问，随行数里，近舟，舟中方言曰："天子将幸巴剑，蜀中诸望神祇，迁移避驾，幸无深怪。"圆骇愕，因罢会。时朝廷无事，自此先为其备。明岁南狩，圆应卒无阙矣。（出《集异记》）

郑仁钧

郑仁钧，钦说之子也，博学多闻，有父风。洛阳上东门外有别墅，与弟某及姑子表弟某同居。弟有妹，嫁杨国忠之子。时表弟因时疾丧明，眉睫覆目毵毵然。又自发际，当鼻准中分，至于颔下，

宣州司户

吴人怕鬼，因此各个州县都供奉城隍神。开元末年，宣州司户死后被城隍神召去。神住在一个十分宏大的宫殿，侍卫众多，十分森严。城隍见到司户后，问他这一生都做过些什么，司户说，我没做过坏事，不该现在死。神说：“是的，那放你还阳吧。不过，你我相识吗？”司户说：“我就一介凡人，哪里会认识你呢！”神说：“我叫桓彝，马上要晋升为宣城内史，成为主管整个郡的神了。”这些都是司户复活后说的。（出《纪闻》）

崔圆

天宝末年清明时，益州官员崔圆。带着宾客和下属差不多百人乘船游江，如此盛况引来岸上好多人来看热闹。那天风和日丽，江上风平浪静，开宴乐奏起时，宾客、仆从庄严肃静。忽然听到从下游十几里外传来了欢歌笑语之声，随着水面的风传来距离不远。不一会儿，来了一支庞大的船队，百多艘高大的楼船差不多把整个江面都堵了。彩色绸缎做的船帆，镶金嵌玉的船体，旌旗伞盖等仪仗排列在船上，光彩夺目。正中间的一条船上有好几十个穿红、紫袍的人，近百的歌女舞伎正饮酒奏乐兴致正浓，另外的船上有武士和仆从随扈五六千人，船队浩浩荡荡地沿江而过，过了很久。崔圆派人跟着船队打听，走了好久才靠近船队。有船上的人对派来的人说：“皇帝要去四川剑阁巡幸，所以四川各路小神小仙必须回避，还请见谅。”听到汇报后崔圆大吃一惊，于是不再游江了。但这时的朝廷并无事发生，崔圆还是提前防备。第二年乱起，皇帝真的南行幸蜀，而崔圆武备接应齐全。（出《集异记》）

郑仁钧

郑钦说的儿子郑仁钧，博学多才，见识广泛，有家父之风。有座别墅在洛阳上东门外，和姑姑、弟弟、表弟一起住。表妹嫁给了杨国忠的儿子。表弟突然双目失明，但睫毛长得又长又密。将双眼盖住，其左冷如冰而色白，其右热如火而色赤。姑与弟皆哀怜之，不知其何疾也。

时洛中有郑生者，号为卜祝之士。先是御史大夫崔琳，奉使河朔，路经洛阳，知郑生有术，乃召与俱行。及使回，入洛阳。郑生在后，至上东门道，素知仁钧庄居在路傍，乃诣之。未入里门，而郑生遽称死罪，或言合死，词色慑惧。仁钧问之，郑生无他言，唯云合死。仁钧固诘之，郑生曰："某才过此，不幸饥渴，知吾宗在此，遂为不速之客。岂知殊不合来，此是合死于今日也。"仁钧曰："吾与姑及弟在，更无异人，何畏惮如此？"郑生股栗愈惧。仁钧初以无目表弟，不之比数，忽念疾状冷热之异，安知郑生不属意于此乎？乃具语表弟之状。郑生曰："彼天曹判官，某冥中胥吏。今日偶至此，非固有所犯。然谒之亦死，不谒亦死，礼须谒也。"遂书刺曰："地府法曹吏郑某再拜谒。"时仁钧弟与表弟，堂上掷钱为戏。仁钧即于门屏呼引郑生，读其刺通之。郑生趋入，再拜谢罪而出。表弟再顾，长睫飒然，如有怒者。仁钧为谢曰："彼不知弟在此，故来。愿贳其罪可乎？"良久朗言曰："为兄恕之。"复诘之再三，终不复言。姑闻之，召于屏内，诱之以母子之情，感激使言，终不肯述其由。

后数年，忽谓母曰："促理行装，此地当有兵至，两京皆乱离。且挈我入城，投杨氏姊，丐三二百千，旬日便谋东归江淮避乱而且从额头沿着鼻梁一直长到下巴颏。他的左脸如冰船凉而白，右脸却又如火般热且通红。姑姑和弟弟不知他患了哪种病，内心又伤心又焦急。

当时洛中有个名叫郑生的人，自称能预知人的未来。御史大夫崔琳奉命出使河朔，途经洛阳，得知郑仁钧表弟突患怪病，知道郑生会法术，于是一起出行。在崔琳出使河朔之后就带着郑生回洛阳。郑生走在崔琳身后，上东门道，还没到郑仁钧家门，郑生连说自己犯了死罪，今天非死不可。郑仁钧问他怎么了，郑生除了说自己今天肯定会死外，其他什么也不说。仁钧一定要他说出其中缘由，郑生才说："我初次来贵地，因又渴又饿，只想到同姓人家里讨些吃喝，早知我今日非死不可，无论如何也是不会来的。"仁钧说："这里只有我弟弟和姑姑，无其他人，怎么怕成这样？"郑生不说话，两腿不停地打抖。仁钧并没有告诉郑生家中另有一位表弟生了怪病，看到郑生害怕的样子，想是不是表弟的怪病已被郑生知道了？干脆告诉他，看看他的反应。于是仁钧将表弟的症状讲给郑生。郑生听后说：你表弟是天上的判官，而我仅仅是阴曹地府的一名小吏而已。今天我偶然来，冒犯他并非我本意，如今我见不见他都是死路一条，我还是按规矩去拜见他吧。于是写了名帖，名帖上写着"地府法曹吏郑某再拜谒"几个大字。此时，表弟正和弟弟在屋里玩扔钱的游戏。仁钧领郑生到门边，念着郑生名帖上的话请求表弟接见郑生，表弟答应后，郑生就进屋了。仁钧在门外听到屋里郑生在不断地向表弟告罪请求得到宽恕。郑生出来后，表弟的长睫毛随风飘动，很生气的样子。仁钧赶紧为郑生求情说："郑生不知道你在这儿，不是有意冒犯你的，你就宽恕他吧。"表弟沉默半晌才说："看在表哥的面子上，这次就原谅他了。"再问其他的，表弟再也不肯吐露了。姑姑听了这事，把表弟悄悄拉到一边，动之以情晓之以理，劝他将实情说出，表弟依旧闭口不谈。

几年后，表弟突然对姑姑说：娘，马上收拾行装，这里要打仗了，两京将要大乱。我们去投奔姐姐，去向她要些钱，十天后再去江南避乱。（杨国忠全家一百多口人被叛军杀死，独有杨国忠的儿媳和也。此时杨氏百口，皆当诛灭，唯姊与甥，可以免矣。”母居常已异之，乃入京，馆于杨氏。其母具以表弟之言告于女。其姊素知弟有郑生之言，及见其状貌，益异之，密白其夫，以启其父。国忠怒曰：“姻亲须钱，何不以直告，乃妖言相恐耶？”终无一钱与之。其女告母曰：“尽箱箧所有，庶可得办，何以强吾舅？”时母子止杨氏，已四五日矣。表弟促之曰：“无过旬日也。”其女得二三十万，与母去。临别，表弟谓其姊曰：“别与我一短褐之袍。”其姊以紫绫加絮为短褐，与之而别。

明年，禄山叛。驾至马嵬，军士尽灭杨氏，无少长皆死。其姊闻乱，窜于旅舍后，潜匿草中得脱。及兵去之后，出于路隅，见杨氏一家，枕籍而死。于乱尸中，得乳儿青衣，已失一臂，犹能言。姊问：“我儿在否？”曰：“在主人榻上，先以比者紫褐覆之。其姊遽往视之，则其儿尚寐，于是乃抱之东走。姊初走之次，忽顾见一老妪继踵而来，曰：“杨新妇缓行，我欲汝偕隐。”姊问为谁，曰：“昔日门下卖履妪也。”兵散后能出及得儿者，皆此老妪导引保护，全于草莽。是无目表弟，使物保持也，不然者，何以灭族之家，独漏此二人哉！（出《戎幕闲谈》）

季广琛

河西有女郎神。季广琛少时，曾游河西，憩于旅舍。昼寝，梦见云车，从者数十人，从空而下，称是女郎，姊妹二人来诣。广琛初甚忻悦，及觉开目，窃见仿佛犹在。琛疑是妖，于腰下取剑刃之。神乃骂曰：“久好相就，能忍恶心！”遂去。广琛说向主人，主外孙幸免于难，这是后话。）姑姑知道表弟不同凡人，听了他的话带他入京，客居在杨国忠家。姑姑把他的话说给女儿听，女儿早就听说弟弟能预卜未来，等见了自家弟弟，惊奇不已，于是把弟弟的话告知了丈夫，让丈夫告诉公公杨国忠，说天下会大乱且向他们要些钱财去江南避乱。杨国忠大怒，对儿子说："你家小舅子想要钱就直说，怎么这般妖言惑众？"最终一分钱也没给。女儿对母亲说："我把我的私房钱和贵重物品给你们就行，不一定要问我公公要。"姑姑和弟弟不同意，而这时他们在杨家已经住了四五天，弟弟催促道："在这里不能逗留超过十天。"快走吧！于是姐姐带了二三十万钱和母亲离开了杨家。临行时，弟弟对姐姐说："给我做一件短袍子，我有用。"姐姐用紫缎给他做了件短袍留下。

后来安禄山反叛，圣驾行至马嵬坡，叛军杀了杨国忠全家，大小老少一个不留。唯有姐姐听到叛兵到来后逃了，躲藏在草丛中。叛军退后，姐姐从草丛中出来，杨国忠一家已是尸横遍地，姐姐在乱尸里看到一个杨家使女，使女的一只胳膊已被砍掉了。姐姐忙问："我儿子还活着吗？"那使女回答说："在主人的床上，且一件紫缎短袍子盖着。"姐姐赶紧跑去看，见她的儿子正盖着紫袍睡觉呢，慌忙抱着儿子往东走。走了没多远，只见一位老太太匆匆赶来，老太太喊道："杨夫人等等我，我跟你一起逃难。"姐姐问："你是谁？"老太太说："我以前在你家门前卖鞋子的。"原来，这老太太是奉郑仁钧的表弟的命令前来保护她们母子二人的，不然，乱世之中，杨国忠一家大小全都被杀害，怎么可能独有她们母子二人幸存呢？（出《戎幕闲谈》）

季广琛

河西有女郎神，季广琛年轻时去这一带游玩，一次，在旅店午睡，梦中有云车从天而降，跟着几十名随从，说女郎神姊妹二人前来探望。广琛一开始还挺高兴，醒后又觉得姊妹二人还在屋中。想了想，疑心是妖怪，于是抽出宝剑想将她们杀掉。只听姊妹二人说："一直以来觉得你为人很好，想跟交你个朋友，没想到你竟然有这人曰："此是女郎神也。"琛乃自往市酒脯作祭，将谢前日之过，神终不悦也。于是琛乃题诗于其壁上，墨不成字。后夕，又梦女郎神来，尤怒曰："终身遣君不得封邑也。"（出《广异记》）

刘可大

刘可大，以天宝中举进士，入京。出东都，途遇少年，状如贵公子，服色华侈，持弹弓而行，宾从甚伟。初与可大相狎，数日同行。至华阴，云："有庄在县东。"相邀往，随至庄所。室宇宏壮，下客于厅。入室良久，可大窃于中门窥觇，见一贵人，在内厅理事。庭中囚徒甚众，多受拷掠，其声酸楚。可大疑非人境，惶惧欲去。初少年将入，谓可大慎无私视，恐有相累。及出曰："适以咨白，何尔负约？然以此不能复讳，家君是华山神，相与故人，终令有益，可无惧也。"须臾下食，顾从者，别取人间食与刘秀才。食至相对，各饱，兼致酒叙欢，无所不至。可大求检己簿，当何进达，今年身事复何如，回视黄衫吏为检。有顷吏云："刘君明年当进士及第，历官七政。"可大苦求当年，吏云："当年只得一政县尉。"相为惜此，可大固求之，少年再为改。吏去，屡回央央，惜其减禄。可大恐鬼神不信，固再求之，后竟以此失职。明年辞去，至京及第，数年拜荥阳县尉而终。（出《广异记》）

般坏的心思，真是可恶！”于是广琛告诉店主这件事，店主说：“哎呀，她们是女郎神啊！”广琛马上买来了酒、肉，摆上后向空中祭祷，请女郎神原谅前日自己的鲁莽。但女郎神最终还是不肯原谅他。广琛想写首诗在墙上表白自己的心迹，可墙上怎么也写不出字来。夜晚，女郎神又来了。女郎神依旧生气地说：“你这一辈子也别想做那种可以封地的大官！”（出《广异记》）

刘可大

天宝年间，秀才刘可大进京赶考。途中偶遇一个衣着华丽公子，少年公子手里拿弹弓，有很多随从跟着。少年对刘可大友善，一起赶了好几天的路。行至华阴县时，少年说在县城以东就是自家庄园，约刘可大去歇息两天，刘可大跟着去了。庄园内屋舍宏伟，少年把刘可大安排在前厅歇息，然后就后就出去了。刘可大偷偷从中门往后院大厅里看，只见一个大官模样的人正在厅里问案，有很多囚犯在后院，正在严刑拷打很多犯人，只听到一片悲惨的哭声。秀才心生恐惧，怀疑这里不是人间，想快些离去。而此时少年回来了，却见秀才偷看到了后院的景象，于是质问刘可大：“不是说了不许偷看吗，怎么不听？你受到牵连怎么办？”既然你都看到了，也用不着瞒你了。我父亲是华山神。既然你我朋友一场，你不用害怕，你会得到帮助的。没多久要开饭了，少年对左右说：拿些人间的食物，给刘秀才吃。左右把酒饭拿来，两人边饮酒边叙话，刘秀才照顾得无微不至。秀才请少年帮他查介这辈子官运怎么样，今年是否可以高中。少年命一位身着黄衣的官员去查。黄衣官回来禀告说：“刘秀才明年能高中进士，今生能做七任官。”刘秀才心急，请求少年帮他改成今年就考中作官。黄衣官说：“要是您坚持今年中，那你今生就只能当一任县尉小官，请您对自己的前程多加珍惜。”刘可大执意央求，少年只好改了本子上他的运数。黄衣官员无不遗憾地摇头：这人真是的，多番要求却减了自己的官路。刘可大担心鬼神的话不作数，又坚持再去求那少年，后来因此失去很多官职。第二日，可大向少年辞行，进京赶考，最终当了荥阳县县尉，没几年就死了。（出《广异记》）

奴苍璧

相国李林甫家一奴，号苍璧，性敏慧，林甫怜之。忽一日暴死，经宿复苏。林甫问之，奴曰：“死时固不觉其死，但忽于门前见仪仗，拥一贵人经过，有似君上。方潜窥之，遽有数人走来擒之。随去，至一峭拔奇秀之山，俄及大楼下。须臾，有三四人黄衣小儿至，急唤苍璧人。经七重门宇，至一大殿下。黄衣小儿曰：‘且立于此，候君命。’见殿上卷一珍珠帘，一贵人临阶坐，似剸割事。殿前东西立仗侍卫，约千余人。有一朱衣人，携一文簿奏言：‘是新奉命乱国革位者安禄山，及相次三朝乱主。兼同时悖乱贵人先定案。’殿上人问朱衣曰：‘大唐君隆基，君人之数，虽将足矣，寿命之数何如耶？’朱衣曰：‘大唐之君，奢侈不节俭，本合折数。但缘不好杀，有仁心，固寿命之数在焉。’又问曰：‘安禄山之后，数人僭伪为主，杀害黎元。当须速止之，无令杀人过多，以伤上帝心，虑罪及我府。事行之时，当速止之。’朱衣奏曰：‘唐君绍位临御以来，天下之人，安堵乐业，亦已久矣。据期运推迁之数，天下之人，自合罹乱惶惶。至于广害黎元，必不至伤上帝心也。’殿上人曰：‘宜便先追取李林甫、杨国忠也。’朱衣受命而退。俄又有一朱衣，捧一文簿至。奉言：‘是大唐第六朝天子复位，及佐命大臣文簿。’殿上人曰：‘可惜大唐世民，效力甚苦，方得天下治，到今日复乱也。虽嗣主复位，乃至于末，终不治也。’谓朱衣曰：‘但速行之。’朱衣又退。及将日夕，有一小儿下，急唤苍璧令对见。苍璧方子细，见殿上一人，坐碧玉床，衣道服，戴白玉冠，谓苍璧曰：‘当却回，寄语林甫，速来我紫府，应知人间之苦。’苍璧寻得放回。”林甫知世不久将乱矣，遂潜恣酒色焉。（出《潇湘录》）

奴苍璧

苍璧是宰相李林甫家的奴仆，做事聪明能干，李林甫很器重他。一天，苍璧突然死了，一夜后又复活了。李林甫问他是怎么回事，苍璧说：“死的时候并不觉自已死了，只记得来了一队仪仗，一个像皇帝的人被簇拥着过去了。我一旁偷看，突然被几个人抓走。押到一座险峻的山上，那里有座大楼。没多久，三四个身着黄衣的少年叫我进楼，过了七道门，到了一座大殿。黄衣少年对我说：“先站在这里，等君王的旨意。”殿上的珠帘卷着，一位大官坐在大殿上，象主管决断的官员。殿前东西两侧站了上千名卫士。一名穿红衣的人，正奏报道：“而今呈报的是安禄山反党和往后三朝那些治国无方和谋朝篡位的案件。”殿上的大官问：“皇帝李隆基如何了？他皇帝的气数尽了，他做人的阳寿还有没有？”红衣人回答道：“皇帝李隆基平日里不懂节俭极尽奢华，本该减了他的阳寿，但他为人慈善，不枉杀人害命，还有阳寿。”又问“安禄山造反后，好几个自称为王，杀了不少无辜百姓，要尽快制止，不得让他们杀太多人，到时天帝伤心，我们也吃罪不起。只要他们闹事，你就马上制止。”红衣人回奏道，“唐朝皇帝即位以来，百姓们已经安居乐业太长时间了，依世事规律，肯定得乱一段时间，只要出现乱世，百姓就会遭劫和死亡，这是在劫难逃，天帝不会怪罪的。”殿上的官员说，‘李林甫、杨国忠这两个先抓了来吧。’这时，另一名红衣人捧着簿子前来奏报唐朝第六任皇帝复位和朝中大臣的情况。殿上的官员说，‘李世民好不容易才让天下太平，而今却乱成这般模样，可惜了。第六位皇帝虽然复位了，乱世未平，你还是先设法处理一下吧！’然后红衣人退下。天色已经暗了，一位少年叫我到殿上朝见。一个穿道服戴白玉冠的人坐在殿上的碧玉床上，他对我说，‘你回去对李林甫说，让他早到来报到，人间将要再遭大乱了。’我这才重回人世。”李林甫听苍璧这番话，觉得天下即将大乱，便不问政事，只每日在酒色之中沉浸。（出《潇湘录》）

南缵

唐广汉守南缵，常为人言：至德中，有调选同州督邮者，姓崔，忘其名字。轻骑赴任，出春明门，见一青袍人，乘马出，亦不知其姓字，因相揖偕行，徐问何官。青袍云：“新受同州督邮。”崔云：“某新授此官，君岂不误乎？”青袍笑而不答。又相与行，悉云赴任。去同州数十里，至斜路中，有官吏拜迎。青袍谓崔生曰：“君为阳道录事，我为阴道录事。路从此别，岂不相送耶？”崔生异之，即与联辔入斜路。遂至一城郭，街衢局署，亦甚壮丽。青袍至厅，与崔生同坐。伍伯通胥徒僧道等讫，次通词讼狱囚，崔之妻与焉。崔生大惊，谓青袍曰：“不知吾妻何得至此？”青袍即避案后，令崔生自与妻言。妻云：“被迫至此，已是数日，君宜哀请录事耳！”崔生即祈求青袍，青袍因令吏促放崔生妻回。崔妻问犯何罪至此，青袍曰：“寄家同州，应同州亡人，皆在此厅勘过。盖君管阳道，某管阴道。”崔生淹留半日，请回，青袍命胥吏拜送曰：“虽阴阳有殊，然俱是同州也，可不拜送督邮哉？”青袍亦饯送，再三勤款挥袂，又令斜路口而去。崔生至同州，问妻，云病七八日，冥然无所知，神识生人才得一日，崔生计之，恰放回日也。妻都不记阴道，见崔生言之，妻始悟如梦，亦不审记忆也。（出《玄怪录》）

王常

王常者，洛阳人。负气而义，见人不平，必手刃之；见人饥

南缵

唐朝广汉太守南缵时常和人说这样一件事：他说，至德年间，有位姓崔的人被派到同州当督邮，崔某独身一人上路，出春明门，与一位穿青袍的人遇上了，二人便一起走。崔某问青袍人是什么官，青袍人说他刚被任命为同州督邮。崔某说："我也才被任命为同州督邮，你会不会搞错了？"青袍人只是笑了笑，便什么也不说。二人继续同行，在离同州几十里的一个分岔路口，一位小官员在路口迎接。青袍人这才对崔某说："你是阳间督邮，而我是阴间督邮，咱们就在这里分开，难首你不送我一程？"崔某感到很惊奇，于是与青袍人一起走上岔道的一条斜路。他们进了一座城池，街道布局雄伟壮观。青袍人领崔某进了衙门大堂，和崔某一起坐下。衙门里的下属们汇报一些日常公务，然后又汇报司法刑狱方面的事，然后问案。在问案时，崔某无意中看到自己的妻子竟在囚犯中，大吃一惊，便问青袍人："我的妻子怎么会来这里？"青袍人回避了，让崔某和妻子当面说。崔妻说："我都被抓来好几天了，你为我求求情吧。"崔某向青袍人求情，然后妻子被放回阳世了。崔某又问青袍人，他的妻子到底触犯的是哪条律法？青袍人说："只要是同州界内死去的人，都要到这儿过堂，只有过了堂才会定罪名。你管着阳世我管的阴间，如今你清楚了吧。"崔某呆了半日便要回。青袍人让手下拜送崔某，并说："我俩虽然各管阴阳两界，但同是同州人，不能不送你督邮大人啊！"然后设酒送行，两人依依惜别，并要崔某还是从岔路上的斜道回去。崔某抵达同州后，妻子病了七八天了，人事不省，原来阴间的七八天便是阳间的一天，崔某算了一下，妻子生病时，正是他在阴间求情的时候，她这才得以还阳。当他把这件事说给妻子听时，妻子依旧无法理解，只是恍然如梦地想起了什么，竟是梦也记得模糊。（出《玄怪录》）

王常

洛阳王常，为人急公好义，路见不平一定拔刀相助；看到有人寒，至于解衣推食，略无难色。唐至德二年，常入终南山，遇风雨，宿于山中。夜将半，雨霁，月朗风恬，慨然四望而叹曰："我欲平天下祸乱，无一人之柄以佐我，无尺土之封以资我；我欲救天下饥寒，而衣食自亦不充。天地神祇福善，顾不足信。"言讫，有神人自空中而下，谓常曰："尔何为此言？"常按剑良久曰："我言者，平生志也。"神人曰："我有术，黄金可成，水银可化，虽不足平祸乱，亦可济人之饥寒。尔能授此术乎？"常曰："我闻此乃是神仙之术，空有名，未之睹也。徒闻秦始、汉武好此道，而终无成，只为千载讥诮耳！"神人曰："昔秦皇、汉武，帝王也。处救人之位，自有救人之术而不行，反求神仙之术，则非也。尔无救人之位，而欲救天下之人，固可行此术。"常曰："黄金成，水银化，真有之乎？"神人曰："尔勿疑。夫黄金生于山石，其始乃山石之精液，千年为水银。水银受太阴之气，固流荡而不凝定，微偶纯阳之气合，则化黄金于倏忽也。金若以水银欲化黄金，不必须在山即化，不在山即不化。但偶纯阳之气合，即化矣。君当受勿疑。"常乃再拜。神人于袖中取一卷书，授常，常跪受之。神人戒曰："异日当却付一人。勿轻授，勿终秘；勿授之以贵人，彼自有救人之术；勿授之以不义，彼不以饥寒为念。济人之外，无奢逸。如不然，天夺尔算。"常又再拜曰："愿知何神也。"神人曰："我山神也。昔有道人藏此书于我山，今遇尔义烈之人，是付尔。"言讫而灭。常得此书读之，成其术。尔后多游历天下，以黄金赈济乏绝。（出《潇湘录》）

饿了冷了，宁可自己挨饿受冻，也会给人解衣送食。唐至德二年，王常进终南山遇上刮风下雨，只好在山中过夜。半夜里雨停了，月白风清，王常望天感叹道："我想治国安邦，却没有权力，没有任何资助；我想救天下穷困之人，自己都缺衣少食的。那些说神灵佑护好人的纯属无稽之谈！"话音刚落，便有一位神人从天而降，问王常："你为什么这样讲？"王常手按佩剑，好久才道："我只是在感叹平生愿望得不到实现。"神说："我会点石成金，化水为银的法术，虽不能帮你平乱安邦，却能救人饥寒。你想学吗？"王常说："这种法术我只听说过却没有见过。听说秦始皇、汉武帝很喜欢研究这个法术，不但没有结果，千百年来都是个笑话。"神说："秦皇汉武他们是帝王，本身就处于着救人权利和地位，他们拥有救人法子，不去救人，反求神仙法术，错得离谱。你没有能救人的权力地位，却有救天下人于水火的志向，就能学和使用这个法术。"王常问："这种法术真的有吗？"神人说："你用不着怀疑。黄金和水银是山石的精华。水银受阴气才流荡不空，若是与纯阳之气交合，水银能马上变成黄金。你就好好让我传授给你吧。"王常拜谢，神从袖中拿出一卷书交给他，王常跪下接过书。神告诫王常："这个法术万万不能再传授给其他人，更不能泄密，绝不能教给达官贵人，他们自会有自己的救人之法；这种法术绝不能传授给那些不仁不义之人，这些人根本不管他人疾苦。你学会了这套法术后，除了济世救人，绝不能做奢侈富贵的本钱。不然的话，你的法术会失灵的。"王常再次跪拜感谢，将神的话全都答应了下来，于是问，您是哪方神仙呢？神说，我是山神。很久以前，有个道士把这卷书藏在我这里，现在我见你是位仁爱侠义之人，才愿意把这本书给你。说完，山神便不见了。王常从这卷书学会了法术。后来他四方游历，用点化的金子帮助深受饥寒穷困之苦的人们。（出《潇湘录》）

卷第三百四　神十四

开业寺

至德二年，十月二十三日，丰乐里开业寺，有神人足迹甚长，自寺外门至佛殿。先是阍人宿门下，梦一人长二丈余，被金甲执槊，立于寺门外。俄而以手曳其门，扃鐍尽解，神人即俯而入寺。行至佛殿，顾望久而没。阍人惊寤，及晓视其门，已开矣。即具以梦白于寺僧，寺僧共视，见神人之迹。遂告于京兆，京兆以闻。肃宗命中使验之，如其言。（出《异室记》）

女娲神

肃宗将至灵武一驿。黄昏，有妇人长大，携双鲤，咤于营门曰："皇帝何在？"众以为狂。上令潜视举止。妇止大树下，军人有逼视，见其臂上有鳞，俄天黑失所在。及上即位，归京阙。虢州刺史王奇光，奏女娲坟云："天宝十三载，大雨晦冥忽沉。今月一日夜，河上有人觉风雷声，晓见其坟涌出。上生双柳树，高丈余，下有巨石。"上初克复，使祝史就其所祭之，至是而见。众疑妇人是其神也。（出《酉阳杂俎》）

王　籍

王籍者，太常璿之族子也。乾元中，客居会稽。其奴病死，

开业寺

唐代至德二年，十月二十三日，京城丰乐里开业寺中，发现了天神的大脚印，脚印从寺门外直到佛殿。看门人说；自己晚上梦见一个人有两丈多高，穿金铠甲，拿着长矛，到庙门外。大神用手一推，门上的锁就开了，低头走进来，一直走到佛殿里。四下张望了很久然后不见了。守门人惊醒后去看寺门，门真的开着。于是把梦中的景象告诉寺里的和尚，和尚们来看，便看到了神人的大脚印。庙里将此事报知京城的官员。肃宗皇帝派人到寺内查看，还真有此事。（出《异室记》）

女娲神

唐肃宗巡幸灵武时，在一个驿站。傍晚时分，一个个子很高的女人，手拿两条鲤鱼，在驿站门外大喊："皇帝在哪儿？"所有人都觉得她是个疯女子。肃宗命人暗地里监视她。监视的人看见女人停在一棵大树上，而且她的胳膊上长了鱼鳞，天黑后那女人便消失了。肃宗即位后，虢州刺史王奇光奏报，说："天宝十三年，在看到长鱼鳞的女人的某月一天，瓢泼大雨，天昏地暗，女娲的坟突然陷到地下，一时间大河上空风雪滚滚，而天亮时，女娲坟又升到地面，但坟上却多了两棵一丈多高的柳树，树上有块大石。"于是肃宗派使者到女娲坟前祭祀，人们说，那个到驿站前的高个子女人，就是女娲神。（出《酉阳杂俎》）

王籍

王籍，太常王璿的后人。乾元年间，在会稽县旅居时。他一个仆数日复活，云，地下见吏，吏曰："汝谁家奴？"奴具言之。吏云："今见召汝郎作五道将军，因为著力，得免回。"路中多见旌旗队仗，奴问为何所，答曰："迎王将军尔。"既还数日，籍遂死。死之日，人见车骑缤纷，队仗无数。问其故，皆是迎籍之人也。（出《广异记》）

畅 璀

畅璀自负才气，年六十余，始为河北相卫间一宰。居常慷慨，在县唯寻术士日者，问将来穷达，而竟不遇。或窃言于畅曰："何必远寻，公部下伍伯，判冥者也。"畅默喜。其日入，便具簪笏，召伍伯，升阶答拜，命坐设食。伍伯恐耸，不如所为。良久谓之曰："某自揣才业不后于人，年已六十，官为县宰。不辞碌碌守职，但恐终不出下流。要知此后如何，苟能晚达，即且守之，若其终无，即当解绶入山，服饵寻道。未能一决，知公是幽冥主者，为一言也。"伍伯避席色沮曰："小人蒙公异礼如此，是今日有隐于公，即负深恩；不隐即受祸，然势不得已而言也。某非幽明主者，所掌亦冥中伍伯耳。但于杖数量人之死生。凡人将有厄，皆先受数杖，二十已上皆死，二十已下，但重病耳。以此斟酌，往往误言于里中，未尝差也。"畅即诘之曰："当今主者为谁？"曰："公慎不可泄露，邻县令某是也。闻即当来此，公自求之，必不可言得之于某。"

人死了，几天后，仆人又返阳了，仆人说在阴间见了一名官员，官员问他的主人是谁，答说是王籍。那位官员说：“你家主人马上就要召来这里任五道将军了。仆人又说，因自己做事尽力，能免了他的罪，于是放他回来。”回来的路上遇见了一大队旌旗仪仗，仆人问他们要去往何处？那官员说，我们是去迎接你的主人五将军的呀。仆人回来没几天，王籍就死了。死的那天，人们看到了好多车马仪仗，问是怎么回事，都说是来接王籍的。（出《酉阳杂俎》）

畅璀

畅璀自认为自己是怀才不遇，六十多岁才做了河北相州、卫州间的一个小小县官。平时满腹牢骚，四处找可以预知未来的人，想算算自己的前程，却一直没找到。有人悄悄告诉他说：“您用不着到处找，您衙里的伍伯，就是阴间的判官，你问他就知道了。”畅璀十分高兴。于是请了伍伯过来，穿上官服拿着朝笏，恭恭敬敬的向伍伯叩拜，再摆酒招来歌待。伍伯受宠若惊，一时不知所措。最后畅璀才说：“我自认为自己的才华不比别人差，可我都六十多岁才当了县令。我不怕而今碌碌无为，只是让我这一生都居于末流实在不甘心。我就是想知道我日后会如何。若是还可以高升一步，我就继续好好干。若是今生就是个县令，我就辞官修道去。如今我摇摆不定，只好请你来，你是冥府的主管，我的前程如何还请告知一二。”伍伯听完后，惶恐不安的道：“在下受大人如此礼遇，不说实话就太不仁义了，可我说了实话，就会遭大祸。不如我还是实话实说。我并不是主管判官，只不过是阴曹的一个伍伯。我的任务是以打板子的数目来衡量人的死生。若是有的凡人命运不济，到了阴间我先用板子打他，打二十板以上的肯定活不成，二十板子以下的，只是大病一场。那些人说我有多么历害，都是瞎传的。”畅璀又问冥府的主管是谁，伍伯说：“我告诉你，你千万要保密。”而今的冥府主管，就是邻县县宰。听说他过几天他会来，你不妨直接问他。但你一定不能说我把这些告诉你了！

旬日，邻宰果来，与畅俱诣州季集。畅凌晨远迎，馆于县宅，燕劳加等。既至，乃一老翁，七十余矣。当时天下承平，河北簿尉，皆豪贵子弟。令长甚选名士，老宰谢畅曰：“公名望高，某寒贱。以明法出身，幸因邻地，岂敢当此优礼？”词色感愧，乃与之俱诣郡。又与同归，馆于县宅，益为欢洽。明日将别，其夜，延于深室，具簪笏再拜，如问伍伯之词，而加恳切。老宰厉声曰：“是谁言耶？”词色甚怒，曰：“不白所言人，终不为公言也。”如是久之，畅不得已，乃告伍伯之名，既而俯首拗怒。顷刻，吏白曰：“伍伯于酒垆间暴卒。”畅闻益敬惧，而乞曰转恳。乃徐谓畅曰：“愧君意深礼重，固不可隐，宜洒扫一院，凡有孔隙，悉涂塞之。严戒家人，切不得窥，违者祸及其身。堂上设一榻，置案笔砚纸七八幅。”其夕宰入之，令畅躬自扃鐍。天明，持籥相迓于此。畅拂旦秉简，启户见之，喜色被面而出。遥贺畅曰：“官禄甚高，不足忧也。”乃遗一书曰：“慎不可先览，但经一事，初改一官，即闻之。”后自此县辟从事，拜殿中侍御史，入为省郎谏议大夫。发其书，则除授时日皆不差。及贬辰州司马，取视之曰：“为某事贬也。”征为左丞，终工部尚书，所记事无有异词。（出《戎幕闲谈》）

乔龟年

乔龟年者，善篆书。养母甚孝。大历中，每为人书大篆字，得钱即供甘旨。或见母稍失所，必仰天号泣，自恨贫乏。夏月，因自几天后，邻县县宰真的要来，准备约畅璀一起去参加每季州里的聚会。畅璀清早就出城去迎接，事先为他在县衙安排好房间，想一定好好款待。等接到了才发现邻县县宰竟然是位七十多的老翁。当时天下太平，河北的官员大都是富家子弟。朝廷下令各县的县令必须是有才名的长者担任。邻县县宰因为畅璀的隆重接待十分感动，说："你的名望很高，而我去出身寒微。只因懂些律法才当了县宰，你我是邻县，你这般厚待于我实在愧不敢当。"安顿县宰住下后，两人相谈甚欢。一起到郡里，然后又一同回县。要分别的当夜，畅璀把县宰请到密室，郑重的向他行了跪拜礼，并告知自己的请求。老县宰一听，怒问："是谁告诉你的？"你要不说清楚，我是不会同意你的请求。畅璀无法，只好供出了伍伯。老县宰听后，低头压制心中的怒气。这时，一个小吏前来报告，说伍伯突然死在了酒馆里。因此畅璀更加惊恐，对老县宰了却更加佩服了，于是更加诚恳地请求他。老县宰缓声慢语地道，你对我如此敬重，我便不瞒你了。你准备一个干净的院子，堵上院中全部的洞。告诫你的家人，万万不能偷看，不然的话会引祸上身。屋中放置了一张床，桌上放了笔砚和七八张纸。把一切准备就绪，老县宰进了院子，命畅璀锁上院门直到天亮后再来开门。天亮后，畅璀来开门，老县宰满面喜色的向他道贺说：你放心，你的官运很好。交给他一个本子，说："切切不可先看，以后你每历一次大事，调动一次职务，再把本子打开查。"此事过了没多久，畅璀便升任为从事，又升为殿中侍御史，后来又升任为省郎谏议大夫。每次畅璀查看，本子上都记录得明明白白。之后，他被贬为展州司马，打开一看，本子上竟连被贬的原因都写了出来。再后来，他当了左丞，死时官至工部尚书，这些事在本子里都有同样的记载。（出《戎幕间谈》）

乔龟年

乔龟年擅长写篆字，十分孝敬母亲。大历年间，常常写字换钱，然后买来各色美食孝奉母亲。要是哪天母亲稍有不如意，就会悲痛就井，汲新水奉母。忽有一青衣人，自井跃出，立于井傍，谓龟年曰：“君之贫乏，自前定也。何每因母稍失所，必号泣诉天也？”龟年疑是神灵，遂拜而对曰：“余常恨自不能取富贵，以丰侍养。且母年老，而旨甘每阙，虽不惮勤苦于佣笔，其如所得资助，不足以济。是以不觉仰天号泣耳。”神人曰：“君之孝已极，上天知之矣。君当于此井中，收取钱百万，天之赐也。”言讫而灭。龟年乃取之，得钱一百万。每建珍馔以奉母，仍多不出游贵达门。后三年，母亡，龟年号慕几灭性，仍尽以余钱厚葬其母，复又贫乏。累年，因闲步，至先得钱之井，怅然而言曰：“我往日贫，天赐我钱。今日贫，天不赐之。若天以我为孝子以赐我，岂今日我非孝子耶？”俄尔神人复自井跃出，谓龟年曰：“往日天知尔孝养老母，故赐尔钱，以为甘旨，非济尔贫乏。今日无旨甘之用，那得恨也。若尔，则昔日之意不为亲，乃为己也。”龟年惊愕惭惧，复遂再拜。神人又曰：“尔昔者之孝，闻于上天。今日之不孝，亦闻上天也。当自驱驰，不然，则冻馁而死。今日一言，罪已深矣，不可追也。”言讫复灭。龟年果贫困而卒。（出《潇湘录》）

张光晟

贼臣张光晟，其本甚微，而有才用，性落拓嗜酒。壮年为潼关卒，屡被主将鞭笞。因奉役至华州，盛暑驱驰，心不平。过岳祠，遂脱衣买酒，致奠金天王，朗言曰：“张光晟身负才器，未遇知己。富贵贫贱，不能自料，惟神聪鉴，当赐诫告。”祀讫，因极饮不已，仰天大哭，怪自己太穷了不能让母亲安享晚年。有一年丰天，到井边打水，一个穿黑衣的人突然从井里跳出来，在井旁对龟年说：“你今生受穷是前世就注定了的。为什么你只要母亲稍不如意就向天哭诉？”龟年觉得这个黑衣人是位神灵，施礼道：“我时常恨自己不能富贵，不能让母亲享福，我母亲年纪越来越大了，却吃不好穿不好，我写字换来的那点儿钱，完全不够用。心中越想越觉得苦闷，无意中就向天哭泣了。”神人说，你的孝心上天都感动了，你从这口井里能取钱百万，这是上天给予你的赏赐。说完便消失了。龟年从井里真的取出了一百万钱。从此以后，便常买珍肴美味给母亲吃，也不写字换钱了。三年后龟年的母亲去世，他悲痛万分都快发疯了，余下的钱全都用来办母亲的丧事。于是他又成了穷光蛋。有一天，他再次来到那口井边，无不惆怅地说，之前我穷的时候，上天可以赐给我钱。而今我又变穷了，老天为什么就不赐钱给我了呢。老天爷过去觉得我是孝子才给我钱，难道现在的我就不是孝子吗？一会儿，黑衣神人再次从井里跳出来，对龟年说，以前老天知道你没钱孝敬母亲，赐钱给你去买好东西，不是救你的穷。现在你用不着孝敬老母了，自然不会再赐钱给你了，你有什么可怨老天的？若是你心存怨恨，那就说明你对母亲并不是真的有孝心，你是存了私心的。龟年听过这翻训诫后感到十分惭愧，忙行礼告罪。神人又说：“以前你的孝心上天知晓，而今你的私心上天也是知晓的。奉劝往后你还是自谋生路的好，不然你就会冻死饿死。今天你怨怪上天，已经是大罪了，后悔也没用。”说完又不见了。后来，龟年真的贫困交加，冻死饿死了。（出《潇湘录》）

张光晟

叛臣张光晟，出身低微，却颇有几分才干，生性放浪，喜欢喝酒。中年时在陕西潼关当兵，经常被上级鞭打。有一次，他奉上级命令去华州公干，由于天气炎热，却还要骑马奔走卖命，心中很是愤愤不平。过华岳神时，把衣服脱了又买了些酒，祭祀金天王，他大声地对天王说：“我张光晟一身本事，却一直没有赏识我的人。人一生的大醉，昼寝于碑堂。忽梦传声云："唤张光晟。"迫蹙甚急，即入一府署，严邃异常。导者云："张光晟到。"拜跪讫，遥见当厅贵人，有如王者，谓之曰："欲知官禄，但光晟拜相，则天下太平。"言讫，惊寤洽汗，独怪之。后频立战功，积劳官至司农卿。及建中，德宗西狩，光晟奔从。已至开远门，忽谓同行朝官曰："今日乱兵，乃泾卒回戈耳！无所统，正应大掠而过。如令有主，祸未可知。朱泚久在泾源，素得人心。今者在城，傥收泾卒扶持，则难制矣。计其仓遑，未暇此谋。诸公能相逐径往至泚宅，召之俱西乎？"诸公持疑，光晟即奔马诣泚曰："人主出京，公为大臣，岂是宴居之日？"泚曰："愿从公去。"命驾将行，而泾卒已集其门矣。光晟自将逃去，因为泚所縻。然而奉池甚力，每有战，常在其间。及神麛之阵，泚拜光晟仆射平章事，统兵出战，大败而还。方寤神告为征矣。（出《集异记》）

淮南军卒

陈少游镇淮南时，尝遣军卒赵某使京师，遗公卿书。将行，诫之曰："吾有急事，候汝还报。以汝骁健，故使西去。不可少留，计日不至，当死。"赵日驰数百里，不敢怠。

富贵贫贱，自己无法预料，大神您可以看清楚的，恳求您告诉我实情吧。”祭祀完后，喝了个酩酊大醉，大白天就在祠庙的碑堂里睡着了。梦中，忽然听到有人喊他的名字，很急的样子。他跟随喊他的人来到了一座府第前，这座府第十分森严。领他进府的人高声喊，张光晟到！张光晟马上跪拜。远远就看到大厅上有一个贵人坐在那，像一位大王，只听那位大王说：“你就是想问你的前程吗？只要你当了丞相，天下就太平了。”说完他就惊醒了，身上有不少冷汗，只是他越想越奇怪。后来，张光晟多次立下战功，升任了司农卿。直到建中年间，德宗西行巡狩，张光晟随侍皇帝左右。当走到开远门时，张光晟对同行的官员们说：“今天会有兵变，经源的部队倒戈造反了。现在他们还没有统率，这些乱兵只是一盘散沙四处抢掠。若是有人统率了这些乱兵，肯定会酿成大祸。朱泚长期驻守泾源，一直以来都很得民心。朱泚要是统率了乱兵一起造反，那就奈何不了他了。如今事发太突然，时间仓促，朱泚还没有时间图谋。各位能不能随我一起到朱泚府上，召他和我们一起随皇帝西巡？”官员们都在游移不定时，张光晟已策马直奔朱府，见了朱泚，张光晟说，皇上出京西巡，你是朝中大臣，在家里饮酒作乐成什么样子呢？朱泚说，那我随你去吧。刚准备出发，朱府门外就聚集了泾原的乱兵。朱泚果然做了叛军的统帅发动了叛乱。张光晟原本是要逃走的，却被朱泚策反，全心全意地扶佐朱泚，每场战事张光晟都参加，神麢之战后，朱麢拜张光晟为相仆射平章事，职位相当于丞相，让他统兵出战，最后大败，最后朱泚之乱被平定。而张光晟才参悟出当年神说的话，就是对他提前发出的警告。（出《集异记》）

淮南军卒

陈少游镇守淮南时，派一位姓赵的士兵到京城给公卿送信。赵某要出发时，陈少游郑重地叮嘱：“这封信中提到的事万分火急，我等着京中的回信。只因你身体健壮做事又有几分精明，这才派你去。途中千万不能耽搁。我预估了你回来的日子，要是你不在那天赶回，我会把你处死。”赵某上路后，一天走了几百里地，不敢有丝毫至华阴县，舍逆旅中，寝未熟，忽见一人绿衣，谓赵曰："我吏于金天王，王命召君，宜疾去。"赵不测，即与使者偕行。至岳庙前，使者入白："赵某至。"既而呼赵，趋拜阶下。其堂上列烛，见一人据案而坐，侍卫甚严，徐谓赵曰："吾有子婿，在蜀数年，欲驰使省视，无可为使者。闻汝善行，日数百里，将命汝使蜀，可乎？"赵辞以"相国命西使长安，且有日期，不然当死。今为大王往蜀，是弃相国命也，实不敢还广陵。且某父母妻子俱在，忍生不归乡里。非敢以他辞不奉教，唯大王察之"。王曰："径为我去，当不至是。自蜀还由长安，未晚也。"即留赵宿庙后空舍中，具食饮。忧惑不敢寐。遂往蜀，且惧得罪；固辞不往，又虑祸及，计未决。

俄而渐晓，闻庙中喧阗有声，因出视，见庭中虎豹麋鹿，狐兔禽鸟，近数万。又有奇状鬼神千数，罗列曲躬，如朝谒礼。顷有诉讼者数人偕入，金天断理甚明，良久退去。既而谓左右呼赵，应声而去。王命上阶，于袖中出书一通，付赵曰："持此为我至蜀郡，访成都萧敬之者与之。吾此吏辈甚多，但以事机密，虑有所泄，非生人传之不可。汝一二日当疾还，无久留。"因以钱一万遗之，赵拜谢而行。至门，告吏曰："王赐以万钱，我徒行者，安所赍乎？"吏曰："置怀中耳。"赵即以钱贮怀中，辄无所碍，亦不觉其重也。行未数里，探衣中，皆纸钱耳，即弃道傍。俄有追者至，以数千钱遗之，曰："向吾误以阴道所用钱赐君，固无所用，今别赐此矣！"赵受之，昼夜兼行，逾旬至成都。访萧敬之，以书付之。敬之启视，松懈。

到华阴县，住宿在一个旅店，刚睡着，就看到一个身着绿衣的人，对赵某说："我是金天王的属下，奉天王命特来召你，要快！"赵某还来不及弄清原因，就和绿衣人走了。到了岳庙前，绿衣人先去通报，姓赵的到了！然后赵某进庙拜见金天王。只见大堂上烛火通亮，有一人坐在大案后，堂上的侍卫很是威严的样子，金天王不急不徐地对赵某说："我有个女婿，在蜀中好多年了。我想派人前去替我看望，可一直没有找到合适的人选。听说你行路快，一天能走好几百里，就想请你去蜀中替我走一趟，如何？"赵某十分为难地推辞道："相国陈少游派我去长安送信，算好了我的归期，若是误了归期我就会被处死。我要是我为大王您去了蜀中，这不是有负相国给我的使命吗？我回去后又要如何交差？我父母妻儿都在，又怎么忍心不回去呢？但我决不是不听大王的派遣而找借口，还请大王明察。"金天王说："你尽管先去为我办理，从蜀中回来后你再去长安，耽误不了你的事。"天王留赵某住在庙后的屋子里，并备下饭菜款待他。然而赵某为难到失眠。心想，我若是去蜀中，一定会被陈少游问罪。不去的话，金天王得罪了也是惹上了大祸。一时不知如何是好，天却亮了。

听得庙里有喧哗声，出屋一看，庙院里有数万只虎豹麋鹿和狐兔禽鸟，还有奇形怪状的鬼神好几千。他们都列队向金天王叩拜，就像是文武百官朝见皇帝时的情景。没过多久，又来了几个告状的人，金天王断案果决，没过多久这些人就都退下去了。金天王命人传赵某，赵某应声而到。金天王叫赵某上殿前，从袖子里取了一封信说："你带着这封信去成都，把信交给一个叫肖敬之的人。我有很多下属，但此事要保密，派我的人送信泄密的风队比较大，不得已我只有找个凡人去才保险。你一两天快去快回，别在成都多做停留。"说完命人给了赵某一万钱，赵某拜别金天王，出门后，向一名小官问道，大王给了我一万钱，我只身上路，这些钱怎么带呀？那小官说："你把钱揣在怀里就好了呀。"于是赵某把一万钱揣在怀里，既不重也不碍事。走了没多远，再从怀里掏出来一看，竟全都是冥府纸钱，于是全都扔在路旁。这时后面有人赶来，给了赵某几千人间的钱，并喜甚，因命席，谓赵曰："我人也，家汝郑间。昔岁赴调京师，途至华阴，遂为金天王所迫为亲。今我妻在，与生人不殊。向者力求一官，今则遂矣。故命君驰报。"即留赵一日，赠缣数段，以还书遣焉。

过长安，遂达少游书。得还报，日夜驰行。至华阴，金天见之大喜，且慰劳："非汝莫可使者。今遣汝还，设相国讯汝，但言为我使，遣汝为裨将，无惧。"即以数十缣与之，曰："此人间缣帛，可用之。"赵拜谢而径归淮南，而少游讯其稽留，赵具以事对。少游怒不信，系狱中。是夕，少游梦一人，介金甲仗剑曰："金天王告相国，向者实遣赵某使蜀。今闻得罪，愿释之。"少游悸寤，奇叹之且久。明日晨起，话于宾僚，即命释赵，署为裨将。元和中犹在。（出《宣室志》）

元载 张谓

元载布衣时，常与故礼部侍郎张谓友善。贫无仆马，弊衣徒行于陈蔡。一日天暮，忽大风雷，原野曛黑，二人相与诣道左神庙中以避焉。时有盗数辈，皆仗剑佩弧矢，匿于庙宇下。元张二人忽见之，惶惧益甚，且虑为其所害。二人即负壁而立，不敢动。俄闻庙中有呼者曰："元相国、张侍郎且至，群盗当疾去，无有害于贵人。"群盗相目而惊，遂驰去。二人因偕贺："吾向者以殍死为忧，今日真神人之语也。"且喜且叹。其后载果相代宗，谓终礼部侍郎。（出《宣室志》）

说："刚才是我弄错了，把阴间的钱给了你，你肯定是用不了的，现在再把这些人间的给你用。"赵某接了钱，日夜兼程的赶路，十几天的时间就赶到了成都，把信交给了肖敬之。肖敬之看了信后，十分高兴，命人设下宴席，对赵某说：我是凡人，家住汝州、郑州一带。几年前调往京师时，途经华阴县，金天王强行让我和他女儿成亲。现在我妻子也在，她与常人没有差别。前段时日我向金天王求了个官职，他给做成了，着急告诉我，这才劳你跑一趟。肖敬之留赵某住了一天，送了一些绢绸给赵某，并把回信交给他。

赵某又成都赶往长安，将陈少游送到后，又日夜兼程的往回赶。到了华阴县，把肖敬之的回信交给金天王。天王十分高兴，说："这趟差事还真是只有你办得到。现在你赶回淮南去，你们相国要是降罪于你，你就说是我派你给我办事去了，让他提升你为副将，不必担心。"赵某拜谢后急急赶回淮南。陈少游问为何耽误了这些时间，赵某将路上的事如实禀告。陈少游不相信，十分生气，命人将赵某关进监狱。当夜，陈少游梦见一个身着金盔甲，执宝剑的人对他说："金天王通知相国，他是真的派赵某去了一趟蜀中，听闻赵某因此被降罪，劝你放了他。"陈少游从梦中惊醒，感叹这事太奇妙了。第二天便将此事告诉了下属，并下令放了赵某，提升他做了副将。元和年间赵某都还活着。（出《宣室志》）

元载　张谓

元载还是个小老百姓时，曾和礼部侍郎张谓是好朋友。当时他们两个都不富有，仆人车马也没有，穿的衣服也很破旧，走路去陈蔡。一天傍晚，一时间狂风大作雷鸣电闪，田野漆黑一片，两人只好进到路边的一座神庙避一避。一群强盗也在庙檐下避雨，他们每人都带着刀枪弓箭。元、张二人看到后害怕极了，担心会被他们杀掉。紧紧依墙而站动也不敢动，忽然听见庙里有个声音大喊："元相国、张侍郎在此，盗匪快走，不得对贵人不敬！"吓得强盗们相互看了看，然后都逃走了。他们两人互相祝贺，只以为今生我们俩要穷得饿死，没想到以后还能做大官，刚才那些话一定是神仙说的了！两人兴

颍阳里正

颍阳里正说某不得名，曾乘醉还村，至少妇祠醉，因系马卧祠门下。久之欲醒，头向转，未能起。闻有人击庙门，其声甚厉。俄闻中间是何人，答云所由，令觅一人行雨。庙中云："举家往岳庙作客，今更无人。"其人云："只将门下卧者亦得。"庙中人云："此过客，那得使他。"苦争不免，遂呼某令起。随至一处，濛濛悉是云气，有物如骆驼。其人抱某上驼背，以一瓶授之，诫云："但正抱瓶，无令倾侧。"其物遂行。瓶中水纷纷然作点而下。时天久旱，下视见其居处，恐雨不足，因尔倾瓶。行雨既毕，所由放还。至庙门，见己尸在水中，乃前入便活，乘马还家。以倾瓶之故，其宅为水所漂，人家尽死。某自此发狂，数月亦卒。（出《广异记》）

奋得感叹不已。后来元载真的做了宰相，张谓也官至礼部侍郎。（出《宣室志》）

颍阳里正

颍阳里正说：有个无姓名的人，有天喝醉了往家走，到少妇祠时走不动了，拴好马后倒头便睡在祠门下。好久后醒了些，想起来走时，却发现除了脑袋外其他地方都动弹不得。这时，听到有人正在敲庙门，庙里有人问是谁，敲门人说，要找个人去行雨。庙里的人说：“家里人都去岳庙作客了，没人去行雨。”外面的人说：“那就要躺在门口的这人去吧。”庙里说：“人家只是过路的，怎么让人家去？”就这样庙里庙外的争好长时间。最后还是把醉酒的那人给叫了起来，领到一个云雾蒸腾的地方，还有一个动物有点像骆驼的。那个人被抱上骆驼，又有人给了他一个瓶子，并叮嘱道：“瓶子一定要抱正，千万不能让瓶子歪了。”骆驼开始跑，水也一路洒出来，就变成了雨。当时正逢大旱，那人到自己家乡上空时，害怕雨不够大，于是把瓶子倾斜了些，想着让雨下大些。行雨结束后，他再次来到庙门，看到他的肉体飘在水上，往前一走，魂灵进到肉体，又活了过来。于是骑马回家。因他行雨时倾倒了瓶子在自家上空，家里就被大水淹了，家人全都被淹死了。从此以后那人就疯了，过了几个月就死了。（出《广异记》）

卷第三百五　神十五

王法智　李佐时　韦　皋　窦　参　李伯禽　萧复弟　李　纳
崔　汾　辛　秘

王法智

桐庐女子王法智者，幼事郎子神。大历中，忽闻神作大人语声，法智之父问："此言非圣贤乎？"曰："然。我姓滕，名传胤。本京兆万年人，宅在崇贤坊。本与法智有因缘。"与酬对，深得物理，前后州县甚重之。桐庐县令郑锋，好奇之士，常呼法智至舍。令屈滕十二郎，久之方至。其辨对言语，深有士风，锋听之不倦。每见词人，谈经诵诗，欢言终日。常有客僧诣法智乞丐者，神与交言，赠诗云："卓立不求名出家，长怀片志在青霞。今日英雄气冲盖，谁能久坐宝莲花。"又曾为诗赠人云："平生才不足，立身信有余。自叹无大故，君子莫相疏。"六年二月二十五日夜，戴孚与左卫兵曹徐晃，龙泉令崔向，丹阳县丞李从训，邑人韩谓、苏修，集于锋宅。会法智至，令召滕传胤，久之方至，与晃等酬献数百言。因谓诸贤："请人各诵一章。"诵毕，众求其诗，率然便诵二首云："浦口潮来初淼漫，莲舟摇飏采花难。春心不惬空归去，会待潮平更折看。"云："众人莫厮笑。"又诵云："忽然湖上片云飞，不觉舟中雨湿衣。折得莲花浑忘却，空将荷叶盖头归。"自云："此作亦颇蹀躞。"又嘱法智弟与锋献酬数百言，乃去。（出《广异记》）

王法智

桐庐县有个叫王法智的姑娘，从小就供奉郎子神。大历年间，忽然有一天，神像发出说话声，法智的父亲问："是圣贤在说话吗？"神像回答说："是我在说话。我叫滕传胤，是京兆万年人，家住崇贤坊。法智姑娘和我前世有缘。"和圣贤一番唱和，深得世理。邻近不论是从州官到县令，都对他敬重。当时桐庐县的县令叫郑锋，是位传学之士，把法智请到他的府宅，让她请出滕十二郎，很久才来，郎子神不论是对诗还是辨经，谈锋很健，如饱学之士一般才华横溢，县令听得都入迷了。只要遇到那些会作诗的人，便与他作诗朗诵，整日欢谈不停。有个游方的和尚来找法智姑娘化缘，郎子神与那和尚谈得很是投机，并赠了和尚一首诗：卓立不求名出家，长怀片志在青霞。今日英雄气冲盖，谁能久坐宝莲花，善意的开了个玩笑。曾经赠人一首诗：平生才不足，立身信有余。自叹无大故，君子莫相疏。赞扬了他的情操。大历六年二月二十五日夜晚，戴孚、左卫兵曹徐晃、龙泉县令崔向、丹阳县丞李从训，县里的士人韩谓、苏修等人，在桐庐县令郑锋府上相聚。法智恰好也在，于是请她召来滕传胤，过了一会儿才到，徐晃等人对了几百字的诗后。又请诸位贤人各献诵一首，都做完了后又请郎子神作诗，他张口就来："浦口潮来初淼浸，莲舟摇荡采花难。春心不惬空归去，会待潮平更折看。"诵完说："你们别笑。"我再诵一首。又吟道："忽然湖上片云飞，不觉舟中雨湿衣。折得莲花浑忘却，空将荷叶盖头归。"谦虚道：见笑了。又要法智继续和县令酬对好多首诗后才离开的。（出《广异记》）

李佐时

山阴县尉李佐时者，以大历二年遇劳，病数十日中愈，自会稽至龙丘。会宗人述为令，佐时止令厅数日。夕复与客李举，明灯而坐。忽见衣绯紫等二十人，悉秉戎器，趋谒庭下。佐时问何人，答曰：“鬼兵也。大王用君为判官，特奉命迎候，以充驱使。”佐时曰：“己在哀制，如是非礼。且王何以得知有我？”答云：“是武义县令窦堪举君。”佐时云：“堪不相知，何故见举？”答云：“恩命已行，难以辞绝。”须臾堪至，礼谒，蕴籍如平人，坐谓佐时曰：“王求一子婿，兼令取甲族，所以奉举，亦由缘业使然。”佐时固辞不果。须臾王女亦至，芬香芳馥，车骑云合。佐时下阶迎拜，见女容姿服御，心颇悦之。堪谓佐时曰：“人谁不死，如君盖稀。无宜数辞，以致王怒。”佐时知终不免。久之，王女与堪去，留将从二百余人，祗承判官。翌日，述并弟造，同诣佐时。佐时且说始末，云：“的以不活，为求一顿食。”述为致盛馔。佐时食雉臛，忽云：“不见碗。”呵左右：“何以收羹？”仆于食案，便卒。其妻郑氏在会稽，丧船至之夕，婢忽作佐时灵语云：“王女已别嫁，但遣我送妻还。”言甚凄怆也。(出《广异记》)

韦皋

韦皋初薄游剑外，西川节度使兵部尚书平章事张延赏以女妻之，既而恶焉，厌薄之情日露。公郁郁不得志，时入幕府，与宾朋

李佐时

山阴县尉李佐时，于大历二年时身患重病，几十天后略有好转，从会稽到龙丘。县令李述是他的同宗，于是留佐时在县衙住了几天。有天晚上，李佐时正在和李举亲议事，看到有二十多个身着红衣紫袍，手执兵器的人到廊下。佐时问：何人？回答说："是鬼卒。大王命你当判官，我们是被派来接你的，听候大人差遣。"佐时说："如今我正在丧期，现在给我这个职位与礼法不合。而且大王从何得知的我这个人？"回答说："武义县县令窦堪举荐的你。"佐时又问："他都不认识我，哪里会举荐我？"回答说："大王下了命令了，不得推迟。"不一会儿，窦堪到了，他温文尔雅地给李佐时施礼，十分宽和的如平常人般对他说："大王想招个女婿，想让女婿兼管贵族的事情，因此我把你举荐给了大王，这也是你们本来就有的缘份。"李佐时还是坚决不同意。然后大王的女儿也来了，车骑如云，散发着芬芳的体香，李佐时赶紧到台阶下拜见。佐时见大王的女儿美艳华贵，便也生出了几分爱慕之意。窦堪又对佐时说，谁人能不死，但如你这般有福分的确太少了，就不要再推辞了，不然大王会生气的。李佐时知道自己在劫难逃，过了很久，大王的女儿和窦堪都消失了，二百多随从却留下了，随从们恭敬地护送李佐时去当判官。第二天，李述和他弟弟李造两人前来探望李佐时，佐时把那些事告诉了他们，然后说："反正我也活不了了，给我弄些好吃的吧！"于是李述便备下一桌好酒好菜。佐时要吃野鸡肉羹，没有了碗，喝斥左右："为什么把肉羹撤了？"说完，一头扑在桌上就死了。李佐时的灵柩装上船运回老家会稽，船到家乡的晚上，他妻子的一个丫鬟被佐时魂灵附体，佐时的魂灵说："大王的女儿已另嫁他人，如今让我把妻子送回家乡。"说这话时声音十分悲喽。（出《广异记》）

韦皋

韦皋当年到剑门关外游历时，西川节度使、兵部尚书相国张延赏把女儿嫁他为妻，但没久就开始不喜欢他了，而且表现得越来越厌从游，且摅其忿。延赏愈恶之，谓皋曰：“幕僚无非时奇，延赏尚敬惮之，韦郎无事，不必数到。”其轻之如此。他日，其妻尤悯之曰：“男儿固有四方志，今厌贱如此不知，欢然度日，奇哉！妾辞家事君子，荒隅一间茅屋，亦君之居；炊菽羹藜，箪食瓢饮，亦君之食。何必忍愧强安，为有血气者所笑。”于是入告张行意，延赏遗帛五十匹。夫人薄之，不敢言。时有女巫在焉，见皋入西院，问夫人曰：“向之绿衣入西院者为谁？”曰：“韦郎。”曰：“此人极贵，位过宰相远矣。其禄将发，不久亦镇此，宜殊待之。”问其所以，曰：“贵人之所行，必有阴吏。相国之侍一二十人耳，如韦郎者，乃百余人。”夫人闻之大喜，遽言于延赏，延赏怒曰：“赠薄请益可矣，奈何假托巫妖，以相调乎？”韦行月余日到岐，岐帅以西川之贵婿，延置幕中，奏大理评事。寻以鞫狱平允，加监察，以陇州刺史卒出知州事。俄而朱泚乱，驾幸奉天。陇州有泚旧卒五百人，兵马使牛云光主之。云光谋作乱，不克，率其众奔朱泚。道遇泚使，以伪诏除皋御史中丞，因与之俱还。皋受其命，谓云光曰：“受命必无疑矣，可悉纳器械，以明不相诈。”云光从之。翌日大飨，伏甲尽杀之，立坛盟诸将。泚复许皋凤翔节度，皋斩其使。行在闻之，人心皆奋，乃除陇州刺史、奉义军节度使。及驾还宫，乃授兵部尚书、西川节度使。延赏闻之，将自抉其目，以惩不知人。（出《续玄怪录》）

恶。韦皋闷闷不乐，觉得自己不得志，在幕府经学和宾客朋友们一起出游，以此来表达内心的不满。这样一来相国就更加看不起他了，相国对韦皋说："那些幕僚都是当今奇才，我对他们都存有敬畏之心，你自己没事做也不用每日都去幕府。"由此可见岳父有多轻视他。后来，就连他妻子也无不同情地对他说："好男儿志在四方，我父亲如今这般轻视你，你没有感觉吗？还在那高兴，也是奇怪了。我就算离开相府，哪怕是跟你到那荒野里住一间破草房；哪怕是自己砍柴烧饭，挖野菜充饥也活得舒心畅意，何必要像这样忍气吞声，被外面的男儿耻笑。"于是妻子对相国说，要随韦皋一起走。张延赏给了五十匹绸缎打发他们走。虽然相国夫人觉得太少了，也不敢说什么。当时有个在相府的女巫，看见韦皋到西院去，问相国夫人，刚刚往西院去的那位穿着绿衣服的人是谁？老夫人说，是我女婿韦郎。巫婆说，这是位极尊贵的贵人，马上他的官运就要来了，日后比老爷的官高很多，不久他就会被派到此地镇守，你们要好好待他。相国夫人问："何以见得。"巫婆说，但凡贵人，行走时会有阴间的官员保护。相国大人的阴间随从官员不过一二十人，而韦郎的阴间随从有一百多人最终！夫人听了后大喜，马上前去告诉张延赏。张延赏听后大怒："他要是嫌我们送的东西少大可以商量，竟假借巫婆之口来骗我！"韦皋带着妻子离开了相府，经月余后到岐山。岐山的长官因他是节度使的贵婿，先请他在幕府任职，后又任命他为大理评事，专管刑狱方面。由于他在刑狱方面有着出色的表现，审案公正，又升任为监察。陇州刺史死后，他又补任了知州。不久后朱泚造反，皇上离京到奉天。这时陇州有五百朱泚的旧部，领头人牛云光是兵马使。牛云光想作乱却失败了，于是带兵投奔朱泚。路遇朱泚的使者，使者手持朱泚的伪诏，任命韦皋为御史中丞。然后一齐来见到韦皋，韦皋先是假意接受任命，对牛云光说："我已经接受了任命，你们就该信任我，请你的人把武器全都收起来，表示你们也信任我。"牛云光照办。第二日，韦皋摆酒宴犒赏军队，事先设下埋伏，把叛军都杀掉了，又设下祭坛和诸将盟誓归顺朝廷。朱泚知道了，又派使者升韦皋为凤翔节度使，韦皋把使者杀掉，皇上在行宫中得到消息，振奋人心。皇上任

窦参

窦参常为蒲圻县令，县有神祠，前后令宰皆祀之，窦至即欲除毁，有日矣。梦神谓己曰："欲毁吾所居，吾害公未得者，盖以公当为相。然幸且相存，自知与君往来，可以预知休咎。"既惊觉，乃自入祠祭酹，以兄事之。后凡有迁命，皆先报之，颇与神交焉。其神欲相见，必具盛馔于空室之内，围以帘幕。窦入之后，左右闻二人笑语声。窦为柳州别驾，官舍有空院，窦因闭之。俄闻有呼声三四，寻之则无人。窦心动，乃具服仰问之曰："得非几兄乎？"曰："是也。君宜促理家事，三两日内有北使到，君不免矣。"窦依言处置讫，坐待使。不数日，王人遽至，果有后命。（出《戎幕闲谈》）

李伯禽

贞元五年，李伯子伯禽，充嘉兴监徐浦下场籴盐官。场界有蔡侍郎庙，伯禽因谒庙。顾见庙中神女数人，中有美丽者，因戏言曰："娶妇得如此，足矣。"遂沥酒祝语之。后数日，正昼视事，忽闻门外有车骑声。伯禽惊起，良久，具服迎于门，乃折旋而入。人吏惊愕，莫知其由。乃命酒殽，久之，祗叙而去。后乃语蔡侍郎来。明日又来，傍人并不之见。伯禽迎于门庭，言叙云："幸蒙见录，得事高门。"再拜而坐，竟夕饮食而去。伯禽乃告其家曰："吾已许蔡侍郎论亲。"治家事，别亲党，数日而卒。（出《通幽记》）

韦皋为陇州刺史兼奉义军节度使，平息了朱泚之乱后，圣驾回宫，韦皋升任兵部尚书西川节度使。张延赏得到消息后，恨不得把眼珠子抠出来，怪当初有眼无珠。（出《续玄怪录》）

窦参

窦参曾当过蒲圻县令，县里有座神庙，每任县令都会去那座神庙祭祀，窦参到任后，却想把它给拆了，这个想法有很久了。一天，窦参梦见神对他说："你想毁了我的房子，实话和你说，我早就可以加害于你，只因你日后是要当相国的人，才没行动。希望你也留着我的房子，以后咱们常来往，我能预知你的将来。"窦参从梦中惊醒后，就进庙祭祀，把庙神当自己兄长般敬重。后来只要是有升迁调动，神都会提前告知他。他和神之间交往很频繁，神想见窦参了，就会在一个空屋里摆上酒席，用帐幕把四周围上。窦参进去后，能听到里面传来的欢声笑语。窦参被贬郴川别驾时，官宅里有处空院，把它关了，听到院中有人喊了几声，找了好久却没见到人，于是窦参整好衣冠向天拜问："是兄长来了吗？"空中回答说："是我。你赶快把家中事务料理了，朝廷的北使三两天内就来，这次你必死无疑。"窦参急忙料理完事务等着，没过两天，北使王臣就到了，真的有邕州赐死。（出《戎幕闲谈》）

李伯禽

贞元五年，李伯的儿子伯禽，任嘉兴监徐浦下场籴盐官。盐场内有个蔡侍郎庙，伯禽到庙里去，堂上有几座泥塑的神女像，其中有一座神女像很漂亮，于是开玩笑说："要是我能娶上这般貌美的老婆就心满意足了。"说完还往地上洒酒祝告。几天后，他正在办事，门外传来了车马声。惊讶地起身，穿好衣服后出门迎接，又很快回到屋内，命人赶紧摆上酒宴，过了很久，又和人边说话边走出去，大家看到后都觉得奇怪，根本不知道他在与谁喝酒聊天，后来听他说，是庙神蔡侍郎来过了。第二天，蔡侍郎又来了，其他人都看不见，伯禽

萧复弟

萧复亲弟，少慕道不仕。服食芝桂，能琴，尤善《南风》。因游衡湘，维舟江岸。见一老人，负书携琴。萧生揖坐曰：“父善琴，得《南风》耶？”曰：“素善此。”因请抚之，尤妙绝，遂尽传其法。饮酒数杯，问其所居，笑而不答。及北归，至沅江口，上岸理《南风》。有女子双鬟，挈一小竹笼曰：“娘子在近好琴，欲走报也。”萧问何来此，曰：“采果耳。”去顷却回，曰：“娘子召君。”萧久在船，颇思闲行，遂许之。俄有苍头棹画舸至。萧登之，行一里余，有门馆甚华。召生升堂，见二美人于上，前拜。美人曰：“无怪相迎，知君善《南风》，某亦素爱，久不习理，忘其半，愿得传受。”生遂为奏，美人亦命取琴。萧弹毕，二美人及左右皆掩泣。问生授于何人，乃言老父，具言其状。美人流涕曰：“舜也。此亦上帝遣君子受之，传与某，某即舜二妃。舜九天为司徒，已千年别，受此曲年多，忘之。”遂留生啜茶数碗。生辞去，曰：“珍重厚惠。”然亦不欲言之于人。遂出门，复乘画舸，至弹琴之所。明日寻之，都不见矣。（出《逸史》）

又在门外迎接，并听伯禽对蔡侍所说："承蒙您的抬爱，让我有机会入你高门。"又拜了拜才坐下，喝了一夜的酒蔡侍郎才走。伯禽和家里人说："我要做蔡侍郎的女婿了。"然后将家中事务料理好，和亲友们告别，几天后就死了。（出《通幽记》）

萧复弟

肖复的弟弟年轻时不求科考当官，喜欢在家求道问仙，常常吃灵芝丹桂之类的，会弹琴，古曲《南风》是弹的最好的。他游湖南衡阳时，将船靠岸，看到一老翁背书抱琴，拜了老翁，坐下问道：老伯会弹琴，那会弹《南风》吗？老翁说："我就善长弹《南风》。"肖生求老翁弹奏一曲，听后只觉余音绕梁太妙了，于是请教老翁把这首曲子弹奏的诀窍传他。与老翁对饮时问他家住何处，老翁只笑不语。后来肖生北上归家，到沅江口，停船上岸，弹起那首《南风》曲。一位梳双髻的女子，手提小竹篮，对肖生说，我家娘子住附近，她也喜欢抚琴，我这就去告知她。肖生问她怎么会来这里，回答说是来采果子的。女子走了没多久就又来了，说，我家娘子请您移步。肖生坐船了太长时间，正想出去闲逛一下，就应了。不一会儿就看到一信老仆摇着一只华丽的船来了。肖生上船走了一里多地，上岸后有一座华贵的府宅。仆从请肖生去厅堂休息，厅堂里坐着两位美人，就拜见了。美人说："还请莫要怪罪我们接你来。知道你《南风》曲弹得好，我们也喜欢弹这首曲子，但太长时间没有练习了，有一半都忘记了，还想请你教教。"于是肖生弹了起来，美人也取来了琴。一曲《南风》弹过后，两位美人，还有在座的仆从都被感动得哭了。美人问他的琴艺是谁传授的，肖生说是一位老翁，并告知了老者的样子。美人哭着说："那老翁是舜啊！也许这就是老天的安排吧，他把这绝技传授给你，你又教给我们。我们是舜的两个妃子。舜如今在天界当司徒，我们已分别了一千年。这首曲子当年我们学会了，由于相隔太多年便忘记了。"留肖生喝了几盏茶，肖生便告辞了。美人叮嘱道，一定要珍视你学到的绝艺，这件事更不要对任何人提起。肖生乘上船回了他原来弹琴的地方。第二天再去，便都不见了。（出《逸史》）

李纳

贞元初，平卢帅李纳病笃，遣押衙王祐，祷于岱岳。斋戒而往，及岳之西南，遥见山上有四五人，衣碧汗衫半臂。其余三四人，杂色服饰，乃从者也。碧衣持弹弓，弹古树上山鸟。一发而中，鸟堕树，从者争掩捉。王祐见前到山下人，尽下车却盖，向山齐拜。比祐欲到，路人皆止祐下车："此三郎子、七郎子也。"遂拜碧衣人。从者挥路人，令上车，路人踌躇，碧衣人自挥手，又令人上。持弹弓，于殿西南，以弹弓斫地俯视，如有所伺。见王祐，乃召之前曰："何为来？"祐具以对。碧衣曰："君本使已来矣，何必更为此行，要见使者乎？"遂命一人曰："引王祐见本使。"遂开西院门引入，见李纳荷校灭耳，踞席坐于庭。王祐惊泣前伏，抱纳左脚，噬其肤。引者曰："王祐可退。"却引出。碧衣犹在殿阶，谓祐曰："要见新使邪？"又命一人从东来，形状短阔，神彩可爱。碧衣曰："此君新使也。"祐拜讫无言。祐似欠嚏而迟者久之，忽无所见，惟苍苔松柏，悄然严静。乃荐奠而回。见纳，纳呼入卧内。问王祐，祐但以荐奠毕，掷樗蒲投，具得吉兆，告纳。纳曰："祐何不实言？何故噬吾足？"于是举足，乃祐所噬足迹也。祐顿首，具以实告。纳曰："适见新使为谁？"祐曰："见则识，不知其名也。"纳乃召三人出，至师古，曰："此是也。"纳遂授以后事，言毕而卒。王祐初见纳荷校，问曰："仆射何故如此？"纳曰："平生为臣之辜也，盖不得已如何，今日复奚言也？"（出《集异记》）

李纳

贞元初年，平卢帅李纳身患重病，派当押衙王祐替他去泰山庙祈祷。王祐吃斋沐浴了后就出发了。到了泰山西南，远远的就看到山上站了四五个人，其中一人身穿绿色露臂汗衫，其余几人衣服颜色杂，是侍从。穿绿衣的用弹弓射古树上的鸟，一击即中，鸟儿便从树上掉下来，随从抢上前去捉鸟。王祐看见比他先到山下的人，纷纷下车除下伞盖，且朝大山叩头齐拜。等王祐到山脚时，那些朝拜的人要王祐止步下车，说："那是泰山神的三公子和七公子。"王祐听后，赶紧向绿衣人叩拜。随从们驱赶路人，让他们上车。绿衣人也挥手让人们上车。又见绿衣人用弹弓砍地，一边砍一边低头看，像是在等什么。看见王祐，召他前来问话。王祐如实相告，绿衣人说，你家主人都来这了，你还来为他祈求做什么。你要见见你主人吗？命令一个下属道："领他去见他主人。"那人领王祐去了西院门，王祐一看，李纳戴着刑具，被割掉了耳朵，蹲在那儿呢。王祐哭着趴到李纳面前，抱起李纳的左脚咬了一口。领他来的人大喝："王祐快退下！"又将他领出西院。那绿衣人又问："你想看看你的新主人吗？"从东面叫过来一名个子不高，但看上去很有风度的人，对王祐说："这是你的新主人。"王祐拜了一拜，只张了嘴却发不出声音。眼前的一切瞬间消失，只见庙内苍松翠柏，很是肃静，立记得上香祭祀，然后赶路回来。李纳把他叫到内室，问王祐情况怎样。王祐说已经祭祀了，既抽了签也占了卜，都很吉利。李纳说，你怎么不说实话？你咬我的脚做什么？伸出脚来，果真脚上留着他咬的牙印。王祐赶快叩头告罪，将实情告知。李纳说："你的新主人是谁？"王祐说："他的名字我也不知道，如果见到人我肯定认得出来。"李纳叫来三个人来。王祐指着三人中的师古，说他就是。李纳把自己的后事交待给师古，交待完就死了。王祐看见李纳戴着刑具时，曾问过他：老爷为什么会这样？李纳说：这都是我之前做官犯下的罪孽，我能说什么呢？（出《集异记》）

崔汾

澧泉尉崔汾，仲兄居长安崇贤里。夏夜，乘凉于庭际。月色方午，风过，觉有异香。俄闻南垣土动簌簌，崔生意其蛇鼠也。忽见一道士，大言曰："大好月色。"崔惊惧避之。道士缓步庭中，年可四十，风仪清古。良久，妓女十余，排大门而入，轻绡翠翘，艳色绝世。有从者具香茵，列坐月下。崔生疑其妖魅，以枕击门惊之。道士小顾，怒曰："我以此差静，复贪月色。初无延伫之意，敢此粗率！"乃厉声曰："此处有地界耶？"欻有二人，长才三尺，巨首儋耳，唯伏其前。道士颐指崔生所止曰："此人合有亲属入阴籍，可领来。"二人趋出。俄见其父母及兄悉至，卫者数人，捽拽批抶之。道士叱曰："我在此，敢纵子无礼乎？"父母叩头曰："幽明隔绝，诲责不及。"道人叱遣之。复顾二鬼曰："捉此疑人来。"二鬼跳及门，以赤物如弹丸，遥投崔生口中，乃细赤绠也。遂钓出于庭，又叱辱。崔惊失音，不得自理，崔仆妾悉号泣。其妓罗拜曰："彼凡人，因讶仙官无状而至，似非大过。"怒解，乃拂衣由大门而去。崔生病如中恶，五六日方差。因迎祭酒醮谢，亦无他。崔生初隔隙见亡兄，以帛抹唇，如损状。仆使共讶之，一婢泣曰："几郎就木之时，面衣忘开口，其时匆匆就剪，误伤下吻。然旁人无见者，不知幽冥中二十余年，尤负此苦。"（出《酉阳杂俎》）

崔汾

澧泉县尉崔汾，他的二哥在长安崇贤里住。一个夏夜，在院子边乘凉。月上中天时，一股奇特的香气随风而来，南墙上的土唰唰往下掉，心想应该是蛇鼠之类的东西，忽然看到一个道士，那道士大声说："多月色真美啊！"吓得崔生赶紧躲进屋内。却见道士缓缓走到院中，有四十岁左右，如古人般风度翩翩。过了很久，十多位能歌善舞的女子把大门推开，进了院子，每个都身着转纱做的衣服，戴着珠翠首饰，娇艳绝伦。仆从们铺下坐垫，大家坐在月下。崔生怀疑这些是妖怪，就用枕头打门吓吓他们。道士稍稍向四周望了一眼，生气地道，我是看这个地方安静，想在这里赏月，不会在此长住，这么粗鲁无礼为哪般！又怒喝一声："这里有没有管事的？"有两个大头小耳三尺多高的小鬼立刻冒了出来，跪伏在道士面前。道士指指崔生的屋子，这家有没有人是在阴间的，给我带上来！两个小鬼跪下去，没多久便把崔生死去多年的父母和大哥带了上来，押送他们的人拳打脚踢，又推又拽。道士责骂说："我在这里，竟敢纵容你们的儿子放肆？"崔生的父母叩头说："阴阳隔绝，我们责备教育不到他呀。"道士命人把他们押了下去，对两个小鬼说："把那个家伙带上来！"两个小鬼跳到门边，把一颗红色弹丸般的东西，隔很远就扔进崔生的口中，原来那红色的是细绳子，崔生如一条鱼般被钩了出来。道士对崔生一番辱骂斥责，吓得说不出半个字，没能为自己辩护。崔家的僮仆妻妾纷纷哭号起来。道士身边的一位舞伎替他求情道，他是个凡人，仙官您突然到访，他怎么可能不害怕，这也不是大错，大人还是原谅他吧。道士这才平息了几分怒气，一甩衣袖便离去了。崔生大病一场，过了五六天才有所好转。病好后赶紧设道场摆酒祭祀谢罪，后来便再也没有发生这样的事了。崔生从门缝里偷看时，发现他的亡兄一直用手帕擦嘴唇，嘴唇好像破了，仆人们也觉得奇怪。一个丫鬟哭着说："当时装入棺材时，盖脸的布衣忘了开口，匆忙之间我剪开的，剪子误伤到他的下唇。当时并没有人看见。不曾想，二十多年了他的伤口还没好，还在阴间受罪啊！"（出《酉阳杂俎》）

辛秘

辛秘五经擢第后，常州赴婚。行至陕，因息于树阴。旁有乞儿箕坐，痂面虮衣。访辛行止，辛不对即去，乞儿亦随之。辛马劣，不能相远，乞儿强言不已。前及一衣绿者，辛揖而与之俱行里余。绿衣者忽前马骤去，辛怪之，独言："此人何忽如是？"乞儿曰："彼时至，岂自由乎？"辛觉语异，始问之曰："君言时至何也？"乞儿曰："少顷当自知之。"将及店，见数十人拥店门，问之，乃绿衣者卒矣。辛惊异，遽卑下之，因解衣衣之，脱乘乘之。乞儿初无谢意，语言往往有精义。至汴，谓辛曰："某止是矣，公所适何事也？"辛以娶约语之。乞儿笑曰："公士人，业不可止此行。然非君妻，公婚期甚远。"隔一日，乃扛一器酒与辛别，指相国寺刹曰："及午而焚，可迟此而别。"如期，刹无故火发，坏其相轮。临去，以绫帊复赠辛，带有一结，语辛："异时有疑，当发视也。"积二十余年，辛为谓南尉，始婚裴氏。洎裴生日，会亲宾客，忽忆乞儿之言。解帊复结，得幅纸，大如手板，署曰："辛秘妻河东裴氏，某月日生。"乃其日也。辛计别乞儿之日，妻尚未生。（出《酉阳杂俎》）

辛 秘

辛秘考了五次后终于考中，然后到常州去结婚。经陕县时，在一处树阴下歇脚。有个小乞丐蹲坐在旁边，脸上长了疮疤，衣服上到处是虱子。乞丐问辛秘要去哪儿，辛秘不理他走了，小乞丐也跟着他走。辛秘的马走不快，那乞丐却一直和他说话。前面有个穿绿的人，辛秘赶上他两人认识后就一同走。走了一里多地，绿衣人突然打马急行离去。辛秘觉得不解，然后自言自语地说，这是忙什么的啊！小乞丐搭话说："他到时间了，自由了。"辛秘觉得这话也奇怪，就问小乞丐，你说到时间了是什么意思？小乞丐说："待会儿你就知道了。"辛秘到一家旅店前，就看到几十人拥堵在店门前，一打听，那个绿衣人死了。辛秘惊讶不已，对小乞丐立刻就客气了许，将自己的衣服脱下来给乞丐穿，自己的马让给乞丐骑。乞丐没有和他客气，却时常说些意味深长的话。到了汴州，小乞丐对辛秘说："我到地方了。你去那个地方是要做什么？"辛秘说，是去结婚的。小乞丐笑了笑说："你是读书人，肯定不会信我的话不结这个婚。但我告诉你，你结婚的这个女人并不是你的妻子，你的婚期还远着呢。"第二天，小乞丐扛了坛酒为辛秘饯别，指着不远处的相国寺说："它今天中午会着火，它着火后你再出发。"到了中午，相国寺果然无缘无故的着了大火，把相国神象的相轮都烧坏了。分别时，小乞丐把一个绸包送给了辛秘，带子把那包捆着。小乞丐说，以后你有不明白的事，就把这个包打开。二十年后，辛秘任谓南尉时，才与一个姓裴的女子结婚。裴氏过生日时，辛秘请来宾客亲友，突然记起小乞丐当年的话，打开绸包，里面装着一块手掌大的纸片，纸片上写着辛秘妻河东裴氏，出生年月日都对。再一算，辛秘遇见小乞丐时，他的妻子还没出世呢。（出《酉阳杂俎》）

卷第三百六　神十六

陈袁生　冉遂　魏耽　卢佩

陈袁生

贞元初，陈郡袁生者，尝任参军于唐安。罢秩游巴川，舍于逆旅氏。忽有一夫，白衣来谒。既坐，谓生曰："某高氏子也，家于此郡新明县。往者常职军伍间，今则免矣。故旅游至此。"生与语，其聪辩敏博，迥出于人，袁生奇之。又曰："某善算者，能析君平生事。"生即讯之，遂述既往事，一一如笔写，生大惊。是夕，夜既深，密谓袁生曰："我非人也，幸一陈于君子，可乎？"袁生闻之惧，即起曰："君非人，果鬼乎？是将祸我耶？"高生曰："吾非鬼，亦非祸君。所以来者，将有托于君耳。我赤水神，有祠在新明之南。去岁淫雨数月，居舍尽圮，郡人无有治者，使我为风日所侵铄。且日为樵牧者欺侮，里中人视我如一坏土耳。今我诉于子，子以为可则言，不则去。无恨也。"袁生曰："神既有愿，又何不可哉！"神曰："子来岁当调补新明令，傥为我重建祠宇，以时奠祀，则真幸之甚者。愿无忘。"袁生诺之。既而又曰："君初至邑时，当一见诣。然而人神理隔，虑君仆吏有黩于我，君当屏去其吏，独入庙中。冀尽一言耳。"袁生曰："谨奉教。"

是岁冬，袁生果补新明令。及至任，讯之，果有赤水神庙，在县南数里。旬余，遂诣之。未至百余步，下马屏车吏，独入庙中。见其檐宇摧毁，蓬荒如积。伫望久之，有一白衣丈夫自庙后来，高生也。色甚喜，既拜。谓袁生曰："君不忘前约，今日乃诣我，幸何甚

陈袁生

贞元年初，陈郡有位姓袁的人，曾经在唐安做过参军。卸任后到四川一带游历，在一家旅店住宿。忽然看到一个身穿白衣的人前来求见。白衣人坐下后对袁生说："我姓高，家住本郡新明县。曾在军中任职，卸职后也是到这儿游历的。"言谈之间袁生觉得他聪慧且精明，比一般人要博学广闻，觉得有几分奇怪。白衣人又说："我擅长算卦，你的过去和未来我都能算出来。"于是袁生让他给算一算。白衣人果然将袁生的过往悉数说出，就如特意用笔记录过一般，袁生更惊奇。两人一直畅谈到深夜，高生神秘地说："我不是凡间的人，但有件事还是要告诉你。"袁生一听站起害怕地问，你不是凡人，那是鬼吧，莫不是要加害于我？高生说："我也不是鬼，不会害你，我来是请你办一件事的。我是赤水神，我的庙在新明县以南。去年接着下了好几个月的雨，我的庙塌了，这件事在郡里没人管，使得我饱受风吹日晒，连那些砍柴人放牛娃都来欺负我，人们把我看作废土一堆了。我今日来向你诉说求告，你要是认为可以做到就做，做不到我就走，不会责怪于你。"袁生说，既然神有这个愿望，没什么不行的，你说吧。高生说："明年你会调补到新明当县令，若是你上任后能帮我重修祠庙，按时奠祀，那就太好了。希望你把这件事记在心上。"袁生答应了。高生又说："你到新明县上任后，我俩就见上一见。"但人与神兵相隔，我怕你的仆从下属会轻视我，到时你单独到庙里，这样我们才能谈得尽兴。袁生说记住了。

袁生果然在这年冬天补任新明县令。上任后一打听，真的有座赤水神庙在县南数里。十多天后，袁生就去到庙里。离庙百余步远时，他屏退车马仆从只身进庙。里面一看，庙堂果然破烂不堪，四周都被荒草堆积。过了半晌，从庙后走出来一个白衣人，真的是高哉！”于是偕行庙中。见阶垣下有一老僧，具桎梏，数人立其旁。袁生问曰：“此何为者？”神曰：“此僧乃县东兰若道成师也。有殃，故吾系之一岁矣。每旦夕则鞭捶之。从此旬余，当解之。”袁生又曰：“此僧既存，安得系于此乎？”神曰：“以生魄系之，则其人自沉疾，亦安能知吾之为哉！”神告袁生曰：“君幸诺我建庙，可疾图之。”袁生曰：“不敢忘。”

既归，将计其工。然贫甚，无以为资。因自念曰：“神人所言，系道成师之魄，当沉疾。又云，从此去旬余，当解之。吾今假以他语，俾建其庙宇，又安有疑乎？”于是径往县东兰若问之，果有成师者，卧疾一岁矣。道成曰：“某病且死，旦夕则一身尽痛。”袁生曰：“师疾如是，且近于死矣，然我能愈之。师能以缗货建赤水神庙乎？”道成曰：“疾果愈，又安能以缗货为事哉！”袁生即绐曰：“吾善视鬼，近谒赤水神庙，见师魂，具桎梏縶于垣下。因召赤水神问其事，曰：‘此僧有宿殃，故縶于此。’吾怜师之苦，因告其神：‘何为縶生人，可疾解之。吾当命此僧以修建庙宇，慎无违也。’神喜而诺我曰：‘从此去旬余，当舍其罪。’吾故告师疾将愈，宜修赤水神庙也。无以疾愈，遂怠其心。如此则祸且及矣。”道成伪语曰：“敬受教。”

后旬余，果愈。因召门弟子告曰：“吾少年弃家，学浮屠氏法，迨今年五十，不幸沉疾。向者袁君谓我曰：‘师之病，赤水神所为也，疾锸可修补其庙。’夫置神庙者，所以祐兆人，祈福应。今既有害于我，安得不除之乎？”即与其徒，持锸诣庙，尽去神像及祠宇，无一遗者。又明日，道成谒袁生。袁生喜曰：“师病果愈乎？吾之语岂妄耶？”道成曰：“然，幸君救我，何敢忘君之恩乎！”袁生生。高生很是高兴的拜过了袁生，说：“你记得对我的承诺，真的来看我，真是太高兴了。”于是两人在庙里巡看，墙边有一个老和尚披枷戴锁被几个人押着，袁生就问其中缘由。高生说：“这是县东寺庙里的道成和尚，因为犯了罪，把他押在这里已经一年了，每天早晚都会拷问他。等十几天后，我就放了他。”袁生问：“这和尚看着是个活人，你怎么能把他押在这里？”高生说：“他的魂被我拘押，他本人只是得一场大病。”他并不知道是我作的。又说，既然你已经承诺了给我修庙，希望你快点吧。袁生说知道了。

袁生回到县里就张罗修庙的事，但太穷了没有钱。心想，既然赤水神说他把道成僧的魂拘押了，让他生了病，还说十几天后会放他的魂，不如借神的话要道成和尚修庙，和尚肯定不会怀疑的。于是他来到县东寺庙，一打听，真的有位道成和尚，身患重病都一年了。袁生对道成说：“你生这般重病，怕是快要不行了。可我有办法使你痊愈。你只要出钱修建赤水神庙就好了。”道成说：“我确实是快不行了，特别是早上和晚上身上痛得不得了。如果病能好，我是不会在乎修庙的那点钱的。”袁生撒谎说：“我可以看到鬼，最近去赤水神庙时，你的魂正披着枷锁在墙下捆绑着，我问赤水神个中原因，他说：‘你以前犯了罪才被拘押的。’我对你所遭受的痛苦十分同情，便对赤水神说拘押世上的活人是不可以的，快些放了，我要和尚给你修庙，和尚肯定是会修的。神答应了，还说过个十几天就会免罪把你放了。我是来告诉你病快好了，望你快些把赤水神庙修好，万万不能病好了就不修了，这样的话会招来祸事的。”道成和尚听了后，嘴上假装答应。

十几天过后，他的病真的好了，于是召来庙中的弟子，对他们说：“我自小离家入庙，已经学习佛事五十年了，之前不幸大病一场。县令袁君告诉我，我的病是赤水神搞的鬼，要我病好后修缮赤水庙。修建寺庙的本意就是为了能祐护亿万人，为黎民祈福的。赤水庙里的神却加害于我，不除掉它怎么可以？”于是道成和尚率领弟子，带着镐锹到赤水神庙，拆毁了寺庙，扔掉了神像，什么都没留下。过了两天，道成去见袁生。袁生高兴地道，你的病真的好了，我说的是真曰："可疾计修赤水神庙也，不然，且惧为祸。"道成曰："夫神所以赖于人者，以其福可延，戾可弭，旱亢则雩之以泽，潦淫则禜之以霁。故天子诏天下郡国，虽一邑一里，必建其祠，盖用为民之福也。若赤水神者，无以福人，而为害于人焉，可不去之。已尽毁其庙矣。"袁生且惊且惧，遂谢之。道成气益丰，而袁生惧甚。

后月余，吏有罪，袁生朴之。无何吏死，其家诉于郡，坐徙端溪。行至三峡，忽遇一白衣，立于路左。视之，乃赤水神也。曰："向托君修我祠宇，奈何致道成毁我之舍，弃我之像？使一旦无所归，君之罪也。今君弃逐穷荒，亦我报仇耳！"袁生既谢曰："毁君者道成也，何为罪我？"神曰："道成师福盛甚，吾不能动。今君禄与命衰，故我得以报。"言已不见。生恶之，后数日，竟以疾卒。（出《宣室志》）

冉遂

冉遂者，齐人也，父邑宰。遂婚长山赵玉女。遂既丧父，又幼性不惠，略不知书，无以进达，因耕于长山。其妻赵氏，美姿质，性复轻荡。一日独游于林薮间，见一人衣锦衣，乘白马，侍从百余人，皆携剑戟过之。赵氏曰："我若得此夫，死亦无恨。"锦衣人回顾笑之。左右问赵氏曰："暂为夫可否？"赵氏应声曰："君若暂为我夫，我亦怀君恩也。"锦衣遽下马，入林内。既别，谓赵氏曰："当生一子，为明神，善保爱之。"赵氏果有孕，及期生一儿，发赤面青，遍身赤毛，仅长五寸，眼有光耀。遂甚怪之，曰："此必妖也，可杀之。"赵氏曰："此儿托体于君，又何妖？或是异人，何杀之耶？必杀反为害，若何？"遂惧而止，赵氏藏之密室。

的吧。道成说，对，是你救了我，你的大恩大德我是不会忘的。袁生说，那你赶紧的去修赤水神庙吧，不然我怕会招来祸事。道成说，我们凡人敬重神，为的是神能帮我们施福免罪，天旱时给人间降雨，地涝了可以放晴晒干。皇帝这才让全国各地都修寺建庙，目的是为民造福，但赤水神这般不仅不为民造福还加害于人的神，怎么可以不把它除掉呢？我已经彻底拆毁了赤水神庙。袁生吓坏了，说：这真是罪过啊！道成却毫不在意。袁生却恐惧不已。

一个多月后，有位官员犯了罪，袁生杖打了他。那位官员没多久就死了，官员的家人说是袁生害的，于是把他告到郡里，袁生被贬至端溪。走到三峡时，忽然看到一个白衣人在路边站着。竟是赤水神。赤水神说："我曾托你帮我修庙，你竟然让道成把我的住所给毁了，把我的像扔了，让我无家可归，这些都是你的错！你如今被贬至这穷乡僻壤，是我在向你报仇！"袁生忙解释说："你的庙是道成毁了，怎么怪罪于我呢？"赤水神说："道成和尚现在运气正旺，我动不了他。但你的官运和气数都不怎么样，我就能报复你。"说完后就消失了，袁生对赤水神十分痛恨，没过几天就病死了。（出《宣室志》）

冉遂

山东有个人名叫冉遂，父亲是当地的地方官。冉遂娶长山赵玉的女儿为妻。冉遂的父亲死后，因自己生来不够聪明，又没读多少书，也没法术功应等，只得在岳父家种地。妻子赵氏生得漂亮，却举止轻浮。有一天，她独自在林中散步，见有一位衣着华丽的人，骑着白马，身后还有一百多名持兵器的侍卫走过，说道："要是我能有这样的一位丈夫就好了，死了心甘情愿。"骑白马上的人回头对着她笑了笑。侍卫们问赵氏："他做你的临时丈夫可好？"赵氏立即同意："就算是做他一天的妻子，我也永记他的恩德。"于是骑在白马上的人当即下马，与那赵氏钻进了树林里。分别时那人对赵氏说："你会生下一个儿子，这个儿子是神。生下后你一定要好好爱护他。"后来赵氏真的怀孕，生下的儿子却只有五寸长，而且长着黑脸红发，双目熠熠闪光。丈夫冉遂十分惊讶，认为那个是妖精，想把这个婴儿杀掉。赵及七岁，其儿忽长一丈。俄又自空有一大鸟飞下，儿走出，跃上鸟背飞去，其母朝夕哭之。经数月，儿自外来，擐金甲，佩剑弯弓，引兵士可千余人。至门直入，拜母曰："我是游察使者子，幸托身于母。受生育之恩，未能一报，我今日后，时一来拜觐，待我微答母恩，即不来矣。"赵氏曰："儿自为何神也？"儿曰："母慎勿言，我已补东方擒恶将军。东方之地，不遵明祇，擅为恶者，我皆得以诛之。"赵氏取酒炙以饲之，乃谓儿："我无多酒炙，不可以及将士。"儿笑曰："母但以一杯酒洒空中，即兵士皆饮酒也。"母从之。见空中酒下如雨，兵士尽仰面而饮之。儿乃遽止曰："少饮。"临别，谓母曰："若有急，但焚香遥告，我当立至。"言讫，上马如风雨而去。

后一年，赵氏父亡，赵氏往葬之。其父家，每月有鬼兵可千余，围其宅。有神扣门言曰："我要为祠宇，尔家翁见来投我，尔当速去，不然，皆杀之。"赵氏忽思儿留言，乃焚香以告。其夕，儿引兵士千余至，令一使诘之，神人茫然收兵为队，自缚于儿前。儿呵责，尽杀其众。谓母曰："此非神也，是强鬼耳。生为史朝义将，战亡之后无所归，自收战亡兵，引之来此，欲擅立祠宇耳。"母曰："适闻言，家翁已在我左右，尔试问之。"其儿令擒神人间之曰："尔所谋事，我尽知之，不须言也。但何以无故追赵玉耶？今在何处？"其人泣告曰："望将军哀念。生为一将，不能自立功，而死于阵前。死后欲求一神，又不能良图。今日有犯斧钺，若或将军不以此罪告上天，容在麾下，必效死节。"又问曰："赵玉何在？"神曰：

氏说："这明明就是你的孩子，怎么可以是妖精呢？可能等长大后会与凡人有所不同，为何要把他杀了？要是把他杀了，可能会招来祸事呢。你看如何是好？"冉遂害怕会招祸就没有下手。赵氏把孩子藏到密室中。

到了七岁，这孩子突然间长到了一丈高，一只大鸟从天而降，那孩子出来骑上鸟就飞走了。赵氏在家中日日以泪洗面，几个月后，那孩子又回来了，身披金钺甲，腰带宝剑弓箭，一千多士兵来在身后，向母亲跪拜后说："我是天神游察使者的儿子，有幸托生于母亲肚子里。受你养育之恩，没来得及报答你，从今以后，我会时常来看你，等我报答一些你的母恩，便不会再来了。"赵氏问儿子是哪路神仙，儿子说："我告诉你，你可千万不能对别人说。我现在是东方擒恶将军。凡是东方那边对神明不敬的人和作恶的人，我都会杀掉。"赵氏备下酒肉给儿子吃，说："酒肉太少，不能供你的将士们都吃。"儿子笑道："只要母亲拿一杯酒洒在空中，将士们就都有酒喝了。"赵氏按他的话去做，果然像下雨似的有酒从空中落下，将士们都仰着脸喝起来。儿子让雨停，然后说，别喝多了。临别时，儿子对母亲说，要是日后有急事，烧香向远方祷告，我就会立刻来。说罢，上马如同乘着风雨的走了。

一年后，赵氏的父亲死了。赵氏回去为父亲料理丧事。父亲家到了晚上常有上千的鬼兵包围，还有神敲门说，你父亲去了我那里，你给我造一座庙宇，否则的话我就把你们都杀了！赵氏想起儿子临行前留下的话，马上烧香祷告。晚上，儿子就带了一千多兵士来，命下属问围了住宅的神，那位神人立刻下令撤兵，把自己绑上在赵氏儿子面前跪下。儿子把那神一顿训斥，把他的士兵全部杀了，对赵氏说，这个根本不是神，是个有几分本事的鬼。在世时，他是叛贼史朝义的部将，战死之后没有归处，才把那些战死的将士召集起来，想立个祠庙而已。赵氏说："他说你外公也被带来了，你问他。"那个神再次被带了上来问话，道："你的计划我也清楚了，不必多言，可你害我外公赵玉又是为什么？"神哭道："求您能了解我的苦衷。我我活着的时候也是一员大将，只是没有立下大功就战死，死后想成神，却又

“寄在郑大夫冢内。”儿乃立命于冢内取赵玉至，赵玉寻苏。赵氏切劝儿恕神之罪，儿乃释缚，命于部内为小将。乃辞其母，泣而言曰：“我在神道，不当频出迹于人间，不复来矣，母善自爱。”又如风雨而去，迩后绝然不至矣。（出《奇事记》）

魏耽

贞元中，吉州刺史魏耽，罢任居洛。有女子，年甫十六，颜色甚美丽。夏中，俱纳凉于庭。急仰视天裂，有长人于裂处下，直至耽前。衣紫佩金，黑而髯，曰：“我姓朱，天遣与君为女婿。”耽不敢阻，请俟排比，再三乃许。约期后月，乃腾空而去。耽与其妻，虽甚忧迫，亦具酒食而俟之。有圉人突入拜耽，耽曰：“何不秣马而突入，太无礼也。”圉人曰：“窃见使君有忧色，故请言其事。”耽曰：“尔何要知之？”圉人固请，耽因告之。圉人曰：“使君不足忧，小事耳。”言讫而出。佩金者及期而至，圉人复突入，佩金者见之，趋下再拜。圉人作色而叱之曰：“天恕尔，罚汝在人间，奈何又复扰人如是？”对曰：“死罪。”复拜。圉人辄升堂而坐，召佩金者坐，命酒。圉人于大沙锣，取饮数器，器可三斗余。饮讫，又取一铁杵，折而嚼之。乃以沙锣饮佩金者，佩金者甚有惧色，乃饮之。唯言死罪，更无他词。圉人曰：“送天狱禁百日。”乃腾空而去。圉人曰：“吾乃使君北斗本命星也，魏使君昼夜焚修，今乃报之。适无礼者，即贼星也，今已禁之，请去他虑。”言讫而去。（出《闻奇录》）

没有成神的资格。今日是我冒犯了将军，将军要是替我隐瞒今天的罪过，我愿意留在你帐下，拼死为你效力！”儿子又问他：“赵玉现在在哪里？”那神说：“在郑大夫的坟墓里寄押着。”儿子立刻派人去郑大夫的坟中把赵玉带了出来，赵玉很快就复活了。赵氏在儿子面前不停的为那神人求情，让儿子把神人的罪免去。儿子让下属给他松了绑，并让他在自己帐下当一名小将，然后向赵氏辞行。哭着对赵氏说：“我是神，不能常来人间，以后我们便不能再见了，望母亲千万珍重！”说完又如风似雨般走了，后来真的再也没有来了。（出《奇事记》）

魏耽

贞元年间，吉州刺史魏耽，退休后定居洛阳。他有个长得很漂亮的女儿，十六岁了。盛夏，魏耽在庭院里乘凉。抬头时看到天空像是裂了个大口子，一位身材魁梧的人从裂口处落到地上。身穿紫衣佩金饰，皮夫很黑，还有很长的胡子。那人走到魏耽面前说：“我姓朱，我是天帝派来的，让我做你的女婿。”魏耽不敢拒绝，请神给他些时间去准备。经再三请求，姓朱的神才同意，定在一个月后娶亲，然后便腾空而去。尽管魏耽和妻子两人忧心忡忡，却还是把酒食准备好等着。一天，魏耽的马夫进屋突然跪拜。魏耽问：“你个马夫不喂马，来我这厅堂上做什么，太没规矩了。”马夫说，我见大人您愁容不展，便想前来问问您有什么为难的事。魏耽说，你问这做什么？马夫再三请求，魏耽便如实讲了出来。马夫说，这真的是小事一桩，大人不用愁。说完起身走了。那姓朱的神人如期而至，马夫也闯了进来。姓朱的见了马夫后，立刻跪拜。马夫大怒着责骂道，上天宽恕你，将你罚到人间，你就该老实本分些，怎么还去干害人的事？姓朱的叩头说，小的有罪，小的该死。马夫进屋后坐下，拿大锣当酒杯喝酒，喝了好几斗酒，一根铁棍子折断后吃了起来。然后又让姓朱的也用大锣喝酒，姓朱的战战兢兢的喝了，边喝边陪罪，也没有别的话。等他喝完后马夫说，我送你去天牢，关押一百天！姓朱的便腾空而去了。马夫对魏耽说：“我是你的本命星北斗。你平时日夜烧香敬神，

卢佩

贞元末，渭南县丞卢佩，性笃孝。其母先病腰脚，至是病甚，不能下床榻者累年，晓夜不堪痛楚。佩即弃官，奉母归长安，寓于长乐里之别第，将欲竭产而求国医王彦伯治之。彦伯声势重，造次不可一见，佩日往祈请焉。半年余，乃许一到。佩期某日平旦，是日亭午不来，佩候望于门，心摇目断。日既渐晚，佩益怅然。忽见一白衣妇人，姿容绝丽，乘一骏马，从一女僮，自曲之西，疾驰东过。有顷，复自东来，至佩处驻马，谓佩曰："观君颜色忧沮，又似有所候待来，请问之。"佩志于王彦伯，初不觉妇人之来，既被顾问再三，乃具以情告焉。妇人曰："彦伯国医，无容至此。妾有薄技，不减王彦伯所能，请一见太夫人，必取平差。"佩惊喜，拜于马首曰："诚得如此，请以身为仆隶相酬。"

佩即先入白母，母方呻吟酸楚之次，闻佩言，忽觉小瘳。遂引妇人至母前，妇人才举手候之，其母已能自动矣。于是一家欢跃，竞持所有金帛，以遗妇人。妇人曰："此犹未也，当要进一服药，非止尽除痼疾，抑亦永享眉寿。"母曰："老妇将死之骨，为天师再生，未知何阶上答全德。"妇人曰："但不弃细微，许奉九郎巾栉，常得在太夫人左右则可，安敢论功乎？"母曰："佩犹愿以身为天师奴，今反得为丈夫，有何不可？"妇人再拜称谢，遂于女僮手，取所持小妆奁中，取药一刀圭，以和进母。母入口，积年诸苦，释然顿平。

我这才来报答你。刚才的那人是一颗贼星，他已经被我关起来了，你就不用愁了。”说完也走了。（出《闻奇录》）

卢佩

贞元末年时，渭南县丞卢佩，是个十分孝顺的人。卢佩母亲的腰、腿患了病，而且病情越来越严重，连着几年都下不了炕，白天黑夜都痛得无比煎熬，卢佩毅然辞去官职，护送母亲回长安，在长乐里的别墅中住下，打算变卖家产求当时的名医王彦伯来给母亲治病。王彦伯是名医，为人甚是清高，一般人他是不会见的，卢佩每日都去求。直到半年后才同意去看病。卢佩按约好的日子一大早就上门等，到了中午都还没来。卢佩始终守在那里等，望眼欲穿，直到傍晚十分也没看到王彦伯的人影。心中是又怨又急。忽然一个穿白衣的女子，容貌端庄秀丽，骑着骏马，带着使女，从巷曲西边向东驰去。不多久又从东奔回来，来到卢佩面前停了下来，道：“我看您愁容满面，是在等什么人？”卢佩一直等着王彦伯，全神贯注，直到那女子连问他好几次，他才说出实情。女子说：“王彦伯是国医，不一定能把他请来。我也略通医术，不一定就比他差，请带我去见你母亲，就知道谁行了。”卢佩大喜，在马前拜礼说：“如果您真能把我母亲的病治好，我愿给您当牛做马。”

说完进去告诉母亲，母亲正在床上痛苦地呻吟着，一听这事，身上就松快了不少。卢佩把那女子带到母亲床前，女子刚将手停到老太太身上，老太太的身体就可以动了。全家都高兴不已，争相拿金钱和各色礼物答谢那女子，女子说：“还要再吃一副药才行，这药吃了后产仅能除了病根，还可以延年益寿。”母亲说：“我一个将要死去的老人，能被天师您起死回生，要如何才能报答您的恩情呢？”女子说：“您要是不嫌我卑微，让我与您儿子卢九郎成亲，让我永远侍奉您就知足了，说什么报答呢？”老太太说：“我儿九郎原只求做你的奴仆，现在却做了丈夫，有何不可的呢？”女子再三行礼感谢，从女仆拿着的梳妆匣里，取一小包药用匙调好给母亲喝。喝了一口，多年来的病痛便一扫而光。

即具六礼，纳为妻。妇人朝夕供养，妻道严谨。然每十日，即请一归本家。佩欲以车舆送迎，即终固辞拒，唯乘旧马，从女僮，倏忽往来，略无踪迹。初且欲顺适其意，不能究寻，后既多时，颇以为异。一旦，伺其将出，佩即潜往窥之。见乘马出延兴门，马行空中。佩惊问行者，皆不见。佩又随至城东墓田中，巫者陈设酒殽，沥酒祭地，即见妇人下马，就接而饮之。其女僮随后收拾纸钱，载于马上，即变为铜钱。又见妇人以策画地，巫者随指其处曰："此可以为穴。"事毕，即乘马而回。佩心甚恶之，归具告母，母曰："吾固知是妖异，为之奈何？"自是妇人绝不复归佩家，佩亦幸焉。

后数十日，佩因出南街中，忽逢妇人行李，佩呼曰："夫人何久不归？"妇人不顾，促辔而去。明日，使女僮传语佩曰："妾诚非匹敌，但以君有孝行相感，故为君治太夫人疾，得平和，君自请相约为夫妇。今既见疑，便当决矣。"佩问女僮："娘子今安在？"女僮曰："娘子前日已改嫁靖恭李谘议矣。"佩曰："虽欲相弃，何其速欤？"女僮曰："娘子是地祇，管京兆府三百里内人家丧葬所在。长须在京城中作生人妻，无自居也。"女僮又曰："娘子终不失所，但嗟九郎福祐太薄，向使娘子长为妻，九郎一家，皆为地仙矣。"卢佩第九也。（出《河东记》）

于是家里备好聘礼，娶女子为妻。女子婚后遵守妇道，把婆母侍奉得无微不至。但女子每隔十天就要回娘家一次。每次卢佩要用车马送接，女子都拒绝，只骑着那匹马和使女，去得快回得也快，没有露出一点破绽。一开始，家里人都顺着女子的意愿，不予细究。后来时间一长，总觉得其中有蹊跷。有天早上，女子又要回娘家，一出门，卢佩偷偷跟在后面。只见女子骑马出延兴门，马就腾空而起。卢佩惊讶地问路人，路人都说什么也没看见。卢佩跟到城东的一处墓地，一位巫师摆了酒菜在地上，正在洒酒祭祀。然后看见女子下了马，拿起酒喝。使女将地上的纸钱拾起装在马上，纸钱便变成了铜钱。又见女子用马鞭在地上画圈，巫师说，这里能做坟地。然后便上马离去。看到这些事，卢佩对女子心生厌恶，回来将看到的事告知母亲。母亲说："我早就知她是妖怪，可又有什么别的法子呢？"那女子自此便没有回卢佩家，卢佩暗自高兴。

几十天后，卢佩去了南街，忽然又看到了女子。卢佩问她："你怎么这么久都不回家？"女子不理他，然后打马而去。第二天，她让身边的使女转告卢佩说："我不配做你的妻子，只被你的孝心感动，才给你母亲治病。太夫人病好你请求我们结为夫妻。既然你对我有所怀疑，就只能分手了。"卢佩问使女："娘子现在在哪儿？"使女说："几天前改嫁靖恭李谘议了。"卢佩说："就算是想和我分手，这也太快了些吧。"使女说："娘子是冥府的地神，主管京城三百里的丧葬事物，一守要在京城给人间的人做妻子，她没有自己的居所。"和你分手，娘子也有家，只是九郎你福薄。你们如果长久做夫妻，九郎一家都会成为人间的神仙。卢佩正好排行第九。（出《河东记》）

卷第三百七　神十七

沈聿

贞元中，庶子沈华致仕永崇里。其子聿尉三原。素有别业，在邑之西，聿因官遂修葺焉。于庄之北，平原十余里，垣古埏以建牛坊。秩满，因归农焉。

一日昼寝堂之东轩。忽惊寤，见二黄衣吏谓聿曰："府司召郎。"聿自谓官罢，无事诣府，拒之未行。二吏坚呼，聿不觉随出。经历亲爱洎家人，挥霍告语，曾无应者。二吏呵驱甚迫，遂北行可二十里。至一城署，人民稀少，道路芜荟，正衙之东街，南北二巨门对启。吏导入北门，止聿屏外。入云："追沈聿到。"良久，厅上读状，付司责问。聿惶惧而逃，莫知所诣，遂突入南门。门内有厅，重施帘幕，聿危急，径入帘下。则见紫衣贵人，寝书案后。聿欣有所投，又惧二吏之至，因声气撼动，紫衣遂寤。熟视聿曰："子为何者？"聿即称官及姓名。紫衣曰："吾与子亲且故，子其知乎？"聿惊惑未对。又曰："子非张氏之弥甥乎？吾而祖舅也。子在人间，亦知张谓侍郎乎？"聿曰："幼稚时则闻之。家有文集，尚能记念。"紫衣喜曰："试为我言。"聿念："樱桃解结垂檐子，杨柳能低入户枝。"紫衣大悦。二吏走至前庭曰："秋局召沈聿。"因遥拜，呼紫衣曰"生曹"，礼谒甚恭。紫衣谓曰："沈聿吾之外孙也，尔可致吾意于秋局，希缓其期。"二吏承命而出。俄返曰："敬依教。"紫衣曰："尔死矣，宜速归。"聿谢辞而出，吏伺聿于门，笑谓聿曰："生曹之德，其可忘哉！"因引聿而南。聿大以酒食钱帛许之。忽若梦觉，日已夕矣。亦不以告人，即令致奠二吏于野外。

沈聿

贞元年间，沈华辞官回到永崇里。他的儿子沈聿在三原任县尉。他家有一个庄园在城西，因沈聿做了官，于是想把庄园修整一番。庄园北边有十多里平地，是之前的坟地，于是围起来做了牛圈。沈聿任满后，回庄园内务农了。

有天他正在东屋窗下午睡，然后被惊醒，两个身着黄衣的官员进来对他说：“府司召见你。”沈聿说我都不当官了，没有公事要去见府司的，便不同意去。两位黄衣官员坚持叫让他去，不知不觉地他便跟着走了。与亲人们挥手告别，家人没任何反应。两位黄衣官员催促得急，带着他一路往北二十多里。进了城里，城中人不多，路上全是荒草，东街上是正衙，南北两扇大门对开。官员领沈聿进到北面衙门，让他在外面等候。然后自己进去了汇报，说：“已经捉到沈聿。”过了很久，就听见大堂上有人在念状子，还有判官问案的声音。沈聿吓得掉头就跑，一时惊惶不知该逃往何处，慌乱间逃去了南面的衙门。见门内大厅的门上有厚厚的门帘遮挡，沈聿赶紧躲到帘子后，看到有个穿紫衣的人在书桌后睡着。沈聿为找到藏身之处而高兴，还是怕黄衣官会追来，喘气声很重，把睡觉的紫衣人给惊醒了。紫衣人看着沈聿良久后，问道：“你是什么人？”沈聿报了姓名和官职。紫衣人说：“我们是亲戚，你知道吗？”沈聿很是惊讶，却一时也回答不出来。紫衣人又说：“你是张某外甥的儿子吧，我是你的舅爷爷。难道你不知道张谓张侍郎吗？”沈聿说：“小时候听人说起过您。我家还有您的诗文集，我读过还记得一点。”紫衣人心情愉悦地说：“你能背几首给我听听。”沈聿背了：“樱桃解结垂檐子，杨柳能低入户枝的诗句。”紫衣人更开心了。而此时那两位黄衣官进来了，见了紫衣人很恭敬，称紫衣人为生曹然后跪下叩拜，然后说：“秋局命我等带沈聿亦无恙。

又五日，聿晚于庄门复见二吏曰："冤诉不已，须得郎为证。"聿即询其事犯，二吏曰："郎建牛坊，平夷十古冢，大被论理，候郎对辩。"聿谓曰："此主役之家人银钥擅意也。"二吏相顾曰："置郎召奴，或可矣。"因忽不见。其夜，银钥气蹶而卒。数日，忽复遇二吏，谓聿曰："银钥称郎指教，屈辞甚切，郎宜自往。"聿又勤求，特希一为告于生曹，二吏许诺。有顷复至，曰："生曹遣郎今夕潜遁，慎不得泄。藏伏三日，事则济矣。"言讫不见。聿乃密择捷马，乘夜独游。聿曾于同州法轮寺寓居习业，因往诣之。及至，遇所友之僧出，因投其房。留宿累日，惧贻严君之忧，则径归京，不敢以实启。庄夫至云："前夜火发，北原之牛坊，已为煨烬矣。"聿终免焉。（出《集异记》）

党国清

晋阳东南二十里，有台骀庙，在汾水旁。元和中，王锷镇河东时，有里民党国清者，善建屋。一夕，梦黑衣人至门，谓国清曰：

聿过堂。”紫衣人说，沈聿是我外孙，去向秋局转达我的意思，请对沈聿缓期执行。两位黄衣官员走了，没多久又回来给紫衣人复命说：“大人说按您的意思。”紫衣人对沈聿说：“这里是阴曹，你来到这里就是你死了，现在把你放了，快些回去吧。”沈聿拜谢后马上退了出来，见那两位官员在门外等候，笑着对沈聿首：“生曹对你的恩情你可一定要铭记啊！”然后就领着他往南走。沈聿对这两位官员说：回去后我一定报答你们的恩情。然后沈聿突然就醒了，太阳都下山了。他没有对任何人提起这件事，马上带着酒饭纸钱到野外祭奠两位官员，便再也没有事发生了。

五天后的夜里，在庄园门外沈聿又看到那两位官员来了，他们对沈聿说：“牵扯于你案子的原告一直喊冤，实在是追得很紧，你必须去对案作证。”沈聿问：“究竟自己犯了哪个案。”两个官员说：“你家盖牛圈，平了十个古墓，人家把你告了，等你去对证。”沈聿说，是我的管家平的坟，他叫银钥。两个官员你看我，我看看你，于是把他留下。去把管家银钥抓了，也许可以。说完就消失了。这天夜里，管家气绝而亡。几天后，两个官员又来了，对沈聿说，银钥说是你命令他平坟的，一直在为自己叫屈呢，你还是去一趟吧。沈聿于是求情，希望他们把这件事告诉给当生曹的舅爷爷，两个官员同意了。没多久回来对沈聿说，你舅爷爷让你今晚出去躲一躲，这话可一定要保密。躲个三天就好。说完又消失了。沈聿立刻骑上快马，乘天黑偷偷跑了。他曾在同州的法轮寺读书，打算到那里去躲。到了法轮寺，找到一位与他关系不错的和尚，在他房里住了几天，因怕父亲挂念，便赶回京城，没敢将这事告诉给别人。庄园的仆人说：“前晚庄园突然失火，北原的牛圈烧做灰烬。”沈聿这才逃脱这场劫数。（出《集异记》）

党国清

晋阳东南二十里处，在汾河边上有座台骀神庙。元和年间，王锷镇守河东，有个叫党国清的百姓，很会盖房子。有天夜里，国清梦中有一个黑衣人对他说：“台骀要召见你。”于是他就跟着走了。出

“台骀神召汝。”随之而去。出都门，行二十里，至台骀神庙。庙门外有吏卒数十，被甲执兵，罗列左右，国清恐悸不敢进。使者曰：“子无惧。”已而入谒。见有兵士百余人，传导甚严，既再拜。台骀神召国清升阶曰：“吾庙宇隳漏，风日飘损，每天雨，即吾之衣裾几席沾湿。且尔为吾塞其罅隙，无使有风雨之苦。”国清曰：“谨受命。”于是抟涂登庙舍，尽补其漏。既毕，神召黑衣者，送国清还。出庙门，西北而去，未行十里，忽闻传呼之声，使者与国清俱匿于道左。俄见百余骑，自北而南，执兵设辟者数十。有一人具冠冕，紫衣金佩，御白马，仪壮魁伟，殿后者最众。使者曰：“磨笄山神也，以明日会食于李氏之门，今夕故先谒吾君于庙耳。”国清与使者俱入城门，忽觉目眦微惨，以手搔之，悸然而寤。明日，往台骀庙中，见几上有屋坏泄雨之迹。视其屋，果有补葺之处。及归，行未六七里，闻道西村堡中有箫鼓声，因往谒焉。见设筵，有巫者呼舞，乃醮神也。国清讯之，曰：“此李氏之居也。李存古尝为衙将，往年范司徒罪其慢法，以有军功，故宥其死，摈于雁门郡。雁门有磨笄山神，存古常祷其庙，愿得生还，近者以赦获归。存古谓磨笄山神所祐，于是醮之。”果与国清梦同也。（出《河东记》）

太原小吏

王锷镇太原，尝一日亭午之际，有小吏，见一神人，长丈余，介金仗剑，自衙门缓步而来。既而伫立久之，若有所伺。小吏见之惧甚，白于衙将靳坦、张和。偕视之，如小吏言。俄有暴风起，因忽不见。后月余而锷薨，时元和中也。（出《宣室志》）

城门走了二十多里，到了台骀神庙。庙两旁列着几十个穿铠甲持刀枪的兵丁，吓得国清不敢进。黑衣人让他别害怕，带他进庙拜见。庙内有一百多侍卫，戒备森严，一个紧挨着一个地让他向着走，国清赶紧再下拜。台骀神召国清上殿，对他说："我的庙宇漏了，风吹日晒，一下雨就会淋湿我的衣服用具。请你把修补好房子的漏处，让我不再受这风吹雨淋之苦。"国清说："我一定照办。"于是把泥和好，把房子漏的地方都堵上了。干完后，命黑衣人送他回家。出庙门往西北没走十里地，忽然听见喝道声，黑衣人和国清一起藏在道旁。只见由北向南来了一百多骑着马的人，其中拿兵器的侍卫有几十人，一个头戴官帽身穿紫色官服且佩带金饰的人拥在中间，这人骑白马，生得仪表堂堂，跟在后面的卫队人数更众。黑衣人告诉国清那是磨笄山山神，明天要去一位姓李的人家参加宴会，今晚先来约请我们台骀神。国清和黑衣人进了城，忽然两眼有点痛，用手一揉便醒了。第二天他到台骀庙，看到台案上有漏雨的水渍，屋顶果然有修补堵漏的痕迹。回来走了六七里地，听到路西边村子里有鼓乐声，看到有家人正设祭坛摆酒宴祭神，有跳大神的载歌载舞。打听到这家人姓李。因他家有一个李存古的军官，因目无王法犯下死罪，上司范司经徒因他有军功，免去李存古死罪，流放到雁门郡。雁门有磨笄山神庙，李存古时常去庙里去上供祷告，祈求可以活着回乡。最近被赦免回来。李存古说这都是磨笄山神的保佑，才摆设祭坛谢神。国清一听，和自己梦里的果真一样。（出《河东记》）

太原小吏

元和年间，王锷镇守太原，一天中午，一名小官看到一个有一丈多高的神人，穿金甲执宝剑，从衙门那边缓缓走来。站住后停了很长时间，像是在等人。小官害怕，于是告诉衙将靳坦、张和，两人一同来看，和小官说的一样。突然狂风大作，那大神便不见了。一个多月后，王锷便去世了，这件事发生在元和年间。（出《宣室志》）

村人陈翁

云朔之间尝大旱，时暑亦甚，里人病热者以千数。有甿陈翁者，因独行田间，忽逢一人，仪状甚异，擐金甲，左右佩弧矢，执长剑，御良马，朱缨金佩，光采华焕，鞭马疾驰。适遇陈翁，因驻马而语曰："汝非里中人乎？"翁曰："某农人，家于此已有年矣。"神人曰："我天使，上帝以汝里中人俱病热，岂独骄阳之所为乎？且有厉鬼在君邑中，故邑人多病，上命我逐之。"已而不见。陈翁即以其事白于里人。自是云朔之间，病热皆愈。（出《宣室记》）

乐 坤

乐坤，旧名冲，累举不第。元和十二年，乃罢举东归，至华阴，夜祷岳庙，以卜进退之计。中夜，忽梦一青绶人，检簿书来报云："来年有乐坤名已到，冥簿不见乐坤也。"冲遂改为坤。来年如其说。春闱后，经岳祈谢，又祝官位所至。梦中称官历四资，郡守而已，乃终于郢州。（出《云溪友议》）

永清县庙

房州永清县，去郡东百二十里，山邑残毁，城郭萧条。穆宗时，有县令至任逾年，其弟宁省，乍睹牢落，不胜其忧。暇日，周览四隅，无非榛棘，见荒庙岿然，土偶罗列，无门榜牌记，莫知谁氏。访之邑吏，但云永清大王而已。令弟徙倚久之，昏然成寐，与神相接。神曰："我名迹不显久矣。郁然欲自述其由，恐为妖怪。今吾子致问，得伸积年之愤。我毗陵人也，大父子隐，《吴书》有传。诛南山之虎，斩长桥之蛟，与民除害，阴功昭著。余素有壮志，以功佐时。余名廓，为上帝所命，于金商均房四郡之间，捕鸷

村人陈翁

曾经云朔一带大旱，天气异常炎热，村里数以千计的人患上了热病。有位种地的陈姓老人，那天他一个人在田里耕作，忽然遇见一个穿着金铠甲，盔上戴着红缨，衣上佩着金饰，腰里带着弓箭，手执长剑，骑着高头大马的神人，十分魁梧，神人骑马飞奔。停下来问陈翁道：“你是这个村子里的人吗？”陈翁说：“我是种田人，在这村里住了很多年了。”神人说：“我是上天的使者，你们村的人得了热病，并不是太阳晒的，是你们村里有恶鬼作怪，天帝命我来撵鬼。”说完就不见了。陈翁讲给了村里人。后来云朔一带得热病的人全好了。（出《宣室记》）

乐　坤

乐坤原名乐冲，参加多次科举都没考中。元和十二年落第后，离京回乡，走到华阴县，夜里去华岳神庙敬香，抽签算今后的运程。梦见一个身穿黑衣佩着印绶的人，手里拿着本子对他说：“乐坤明年会中举，这个本子上已有他的名字，阴司簿子上却没有乐冲这个名字。”于是乐冲更名为乐坤。第二年，乐坤真的中举。京试结束后，乐坤再次途经岳庙，又进去祷告，并问官运怎样，夜里神说他能做四任官，最高能做到郡守。后来乐坤真的官至郢州郡守。（出《云溪友议》）

永清县庙

在房州郡以东一百二十多里的地方有个永清县，是个篇僻而又贫穷的小山城，残垣断壁，城内一片萧条景象。穆宗时期，有个永清县县令，到任一年后，他的弟弟来看他，县令的弟弟在城里转了转，破败萧条得让他心里很难过。闲暇时到四处转了转，看到一座破庙，庙内排列着一些神像，庙门连匾额标识也没有，不知是座什么庙。向当地的小吏打听，说这是永清大王庙。县令的弟弟竟倚在庙门上睡去，在梦中，庙神来见他，说：“我在此地默默无闻好久。很想把我的处境说说，又怕人们把我当成妖怪。你今天来关心我，我就对你诉说兽。余数年之内，剿戮猛虎，不可胜数，生聚顿安。虎之首帅在西城郡，其形伟博，便捷异常，身如白锦，额有圆光如镜，害人最多，余亦诛之。居人怀恩，为余立庙。自襄汉之北，蓝关之南，凡三十余处，皆余憩息之所也。岁祀绵远，俗传多误，以余为白虎神。幸君子访问，愿为显示，以正其非。”他日，令弟言于襄阳从事，乃书版置于庙中。尘侵雨渍，文字将灭，大中壬申岁，襄州观察判官王澄，刻石于庙。（出《集异记》）

崔泽

王锷镇太原，有清河崔泽者，长庆中刺坊州。常避暑于庭，时风月清朗。忽见一丈夫身甚长，峨冠广袖，自堂之前轩而降，立于阶所，厉声而呼，凡三呼而止。崔氏一家皆见，泽惧而且恶，命家僮逼之，已亡见矣。是夕，泽被疾。至明日，发使献书，愿解官归老，相府不许。后月余，卒于郡。（出《宣室志》）

韩愈

吏部侍郎韩愈，长庆四年夏，以疾不治务。至秋九月免，疾益甚。冬十一月，于靖安里昼卧，见一神人，长丈余，被甲仗剑，佩弧矢，仪状甚峻，至寝室，立于榻前。久而谓愈曰：“帝命与卿计事。”愈遽起，整冠而坐曰：“臣不幸有疾，敢以踞见王。”神人曰：“威粹骨蓖国，世与韩氏为仇，今欲讨之而力不足。卿以为何这么多年来我的忧愤吧。我原是毗陵人，祖上的子隐是位名人，吴书上有他的传记。他曾杀过南山猛虎，斩过长桥蛟龙，都是为民除害，阴功昭著。我心存抱负，想立下济世大功。我叫廓，是受天帝指派捕杀在金、商、房、均四州地界内的恶禽猛兽。几年来我杀掉了不计其数的猛虎，因此人民才得以安居乐业。在西城郡藏着虎群的王，虎王身上长得如白色锦缎，额头上长着像镜子般的圆光，虎王害的人最多，我把它也杀掉了。百姓们感念我的恩德，给我建了庙。从襄汉以北到蓝关以南，三十多个祠庙都是立给我的。每年供奉祭祀，香火旺盛。后来民间传说有误，错把我当成白虎神。幸亏你今天来了，那就请你帮我在庙门上挂块匾，把这错误的传说给纠正过来。”县令的弟弟后来把这事告诉襄阳从事，写上牌板放在庙里。后来时间久了，版上的文字很快又模糊了，大中壬申年间，襄州观察判官王澄又命人放了块石碑在庙内。(出《集异记》)

崔泽

王锷任太原镇守使，有个叫崔泽的清河人，长庆年间在坊州任刺史。一次，崔泽在院中纳凉，此时月朗风清。忽然有个人从屋子窗前的上空落下来，这人身材高大，戴很高的帽子，有十分宽大的衣袖，这人在台阶上大叫三声。这情景崔泽全家人都有看到，崔泽又害怕又嫌弃，命家中仆人把他赶走，仆人去赶时又不见了。当晚，崔泽就生病了。第二天，派人给上司送去辞官还乡的信件，相府没批。一个多月后，崔泽死在了郡里。(出《宣室志》)

韩愈

长庆四年夏，吏部侍郎韩愈病到无法处理公务。于是九月辞官，病情更严重了。十一月的一天，他在靖安家中午睡，看见一个有一丈多高的神人，身穿盔甲手持宝剑，腰带着弓箭，神情严肃地走到室内，在他床前站了很久，说：“天帝有件事要和你商量。”韩愈赶紧起来，将衣冠整理好后，坐下说：“我病得无法站立了，坐着见大王哪里敢

如？”对曰：“臣愿从大王讨之。”神人颔而去。于是书其词，置于座侧，数日不能解。至十二月而卒。（出《宣室志》）

李逢吉

故相李逢吉，尝为司空范希朝从事于单于府。时金城寺有老僧无为者，年七十余。尝一日独处禅斋，负壁而坐，瞬目数息。忽有一介甲持殳者，由寺而至。食顷，闻报李从事来，自是逢吉将游金城寺。无为辄见向者神人先至，率以为常。衙将简郢，与无为弟子法真善，常为郢语之。（出《宣室志》）

樊宗训

硖石县西有圣女神祠，县令韦谋，与前县令樊宗训游焉。宗训性疏复，不以神鬼为意，以鞭划其墙壁，抉剔其衣袪，言笑慢亵。归数日，邑中有狂僧，忽突入县门大呼曰：“县令当持法，奈何放纵恶人，遣凌轹恣横？”谋遣人逐出，亦不察其意也。旬余，谋小女病，召巫者视之曰：“圣女传语长官，土地神灵，尽望长官庇护，岂有教人侵夺？前者遣阿师白于长官，又不见喻。”韦君曰：“恶人是谁？即与捕捉。”曰：“前县令樊宗训，又已发，无可奈何。以后幸长官留意，勿令如此。小娘子疾苦即应愈。”韦君谢之，令人焚香洒扫，邑中皆加敬畏，其女数日即愈。（出《述异记》）

呢？”神人说：“有个叫威粹骨蓖的国家，世代都与韩氏为敌，如今想讨伐，但力量不足。你看要如何？”韩愈说：“我愿随大王一起去讨伐。”神人点头便离去。韩愈将神人话记录下来，放到座位边，想了好多天都没有弄清楚其中的意思，十二月，韩愈便离世了。（出《宣室志》）

李逢吉

已经离世的相国李逢吉，曾在单于都护府任幕僚。当时有个叫无为的和尚在金城寺，七十多岁。有天他在禅房里靠墙打坐，忽然看到一个穿甲胄，持长枪的人从庙里走来。只有一顿饭的时间，有人禀告道：李逢吉李从事到。此后，凡是李逢吉到庙里来，无为和尚都会看见那个持长枪的神人先到，慢慢的也就不觉得奇怪了。有个叫简郢的军官是李逢吉衙里的，是弟子法真的朋友，法真对简郢提起过这件事。（出《宣室志》）

樊宗训

硖石县城西面有一座圣女神祠，有天，县令韦谋与前任县令樊宗训到圣女祠游玩。樊宗训为人轻浮独特，不相信世上有鬼神，进圣女祠后，用马鞭在庙墙上随意乱画，用鞭子挑神像的衣袖，说些亵渎神灵的玩笑话。从神礼祠回来没几天，一个疯和尚闯进县衙大叫：“县老爷为什么放纵坏人，让坏人横行不执法？”韦谋让下属把他赶出去了，不清楚他话中的意思。十多天后，韦谋的小女儿生了病，请来巫师医治。巫师说，圣女神给大人传话，说土地神灵本应受到地方官的保护，否则会受到侵害。几天前圣女神派师傅到县衙向你告状，你却没有管。韦谋问，谁是坏人？我马上把他抓了。巫师说：“是前任县令樊宗训，他都卸任了，无法惩治他。希望您日后小心，这样的事不要再发生了。你小女儿病会好的。”韦谋向圣女神赔礼，命人到庙里清扫上供，让老百姓敬重神灵。过了几天，他小女儿的病就好了。（出《述异记》）

裴度

裴度少时，有术士云："命属北斗廉贞星神，宜每存敬，祭以果酒。"度从之，奉事甚谨。及为相，机务繁冗，乃致遗忘。心恒不足，然未尝言之于人，诸子亦不知。京师有道者来谒，留之与语。曰："公昔年尊奉天神，何故中道而止？崇护不已，亦有感于相公。"度笑而已。后为太原节度，家人病，迎女巫视之。弹胡琴，颠倒良久，蹶然而起曰："请裴相公，廉贞将军遣传语：'大无情，都不相知耶？'将军甚怒，相公何不谢之。"度甚惊。巫曰："当择良日洁斋，于净院焚香，具酒果，廉贞将军亦欲见形于相公。其日，度沐浴，具公服，立于阶下，东向奠酒再拜。见一人金甲持戈，长三丈余，北向而立。裴公汗洽，俯伏不敢动，少顷即不见。问左右，皆云无之。度尊奉不敢怠忽也。（出《逸史》）

张仲殷

户部郎中张滂之子，曰仲殷，于南山内读书，遂结时流子弟三四人。仲殷性亦聪利，但不攻文学，好习弓马。时与同侣挟弹，游步林薮。去所止数里，见一老人持弓，逐一鹿绕林，一矢中之，洞胸而倒。仲殷惊赏。老人曰："君能此乎？"仲殷曰："固所好也。"老人曰："获此一鹿，吾无所用，奉赠君，以充一饭之费。"仲殷等敬谢之。老人曰："明日能来看射否？"明日至，亦见老人逐鹿。复射之，与前无异，复又与仲殷，仲殷益异之。如是三度，仲殷乃拜乞射法。老人曰："观子似可教也。明日复期于此，不用令他人知也。"

裴度

裴度年少时听有个算卦的说："他是北斗廉贞星神，要心存敬畏，时常要备好祭品果酒供奉星神。"裴度深信不疑，经常祭祀属于他的星神。后来裴度拜了相，因公务太过繁忙，把这事便忘了。认为敬不敬也不太重要。只是这样的想法只在他心里，别人并不知晓。有一次有个京中的道士前来拜见，裴度留他说话。道士说："过去您尊奉天神，后来怎么就不敬奉了呢？因守护神感恩于你的供奉，才保佑你有今天。"裴度但笑不语。裴度谢任太原节度使时，家人生病，请女巫前来跳大神医治。女巫弹着胡琴，颠三倒四昏昏沉沉搞了半天，突然跳起来说："有请裴相公，廉贞将军传话说：'你无情无义，不记得他了。'将军很生气，相公为何不向廉贞将军请罪？"裴度大吃一惊。女巫又说，你选个吉日，净身斋戒，在干净的院子里烧上香，摆上酒果，廉贞将军将现身与你相见。这天，裴度沐浴净身后穿着官服，站在院中朝东方洒酒祭拜。只见一个三丈多高的大神出现在眼前，穿金甲持长矛，面朝北而站。裴度吓出一身的汗，跪伏在地动也不敢动。大神很快便消失不见了。裴度问左右，都说没看见。此后他对大神更为尊奉敬畏，不敢存有丝毫怠慢之心。（出《逸史》）

张仲殷

户部郎中张滂的儿子张仲殷，在南山读书时，与几个同年子弟交好。仲殷得生聪明机灵，不喜欢读书却喜骑马射箭，经常带上弓箭与同伴们到树林里玩。有一次，他们走出三四里地，遇见一个老人手持弓箭追赶一只鹿，老人一箭就把鹿射中，箭穿鹿胸。仲殷十分钦佩。老人问他："你的箭法到了哪个级别？"仲殷说："我也希望可以射得像您这么好。"老人说："这鹿于我用处不大，给你们拿去吃吧。"仲殷和同伴们很是感谢。第二天，老人又追一头鹿，又是一箭射中，射中后又把鹿送给仲殷他们，第三天还是这般。仲殷即感到惊异又很是佩服，于是求老人教他箭法。老人说："我可以传授给你，明天到这儿来，不能让别人知道。"

仲殷乃明日复至其所。老人还至，遂引仲殷西行四五里，入一谷口。路渐低下，如入洞中，草树有异人间，仲殷弥敬之。约行三十余里，至一大庄，如卿相之别业焉。止仲殷于中门外厅中，老人整服而入，有修谒之状。出曰："姨知君来此，明日往相见。"仲殷敬诺而宿于厅。至明日，敕奴仆与仲殷备汤沐，更易新衣。老人具馔于中堂，延仲殷入拜母。仲殷拜堂下，母不为起，亦无辞让。老人又延升堂就坐，视其状貌，不多类人，或似过老变易，又如猿玃之状。其所食品物甚多，仲殷食次，亦不见其母动匕箸，倏忽而毕。久视之，敛坐如故，既而食物皆尽。老人复引仲殷出，于厅前树下，施床而坐。老人即命弓矢，仰首指一树枝曰："十箭取此一尺。"遂发矢十只，射落碎枝十段，接成一尺，谓仲殷曰："此定如何？"仲殷拜于床下曰："敬服。"又命墙头上立十针焉，去三十步，举其第一也。乃按次射之，发无不中者也。遂教仲殷屈伸距跗之势。但约臂腕骨，臂腕骨相拄，而弓已满。故无强弱，皆不费力也。

数日，仲殷已得其妙。老人抚之，谓仲殷曰："止于此矣。勉驰此名，左右各教取五千人，以救乱世也。"遂却引归至故处。而仲殷艺日新，果有善射之名。受其教者，虽童子妇人，即可与谈武矣。后父卒除服，偶游于东平军，乃教得数千人而卒。其老人盖山神也。善射者必赶度通臂，故母类于猿焉。（出《原化记》）

凌华

杭州富阳狱吏曰凌华，骨状不凡。常遇施翁相曰："能舍吏，第二天仲殷如约而至，老人也来了，老人领着仲殷朝西走了四五里，进到一个山口，路势渐低，像是走进一个洞里，洞里长着的花草树木和外界的不同，仲殷对老人敬服不已。大约走了三十里地，看到一座大庄园，看上去像是王公大臣的别院。老人让仲殷等在中门外，整好衣冠后才走进去，感觉对谁行大礼一般郑重。过了一会儿，老人出来对他说："姨知道你来了，让你明天去见她。"仲殷在前厅住下后等候接见。第二天，老人命仆人给他备下热水洗浴更衣，摆了酒席在大厅，请仲殷去参拜老太太。仲殷立刻跪拜，老太太没起身，什么礼让客气的话都没说。老人请仲殷入席，仲殷看老太太长得不太像人，猜测是太老变了形，和大猿猴有点相像。酒菜十分丰盛，仲殷吃好了也没看到老太太动筷，但转瞬间，桌上的酒菜全不剩了，仲殷又对老太太细细观察，见她依然是动也不动地坐在那。吃完后老人领仲殷到院里，在树下放了一张床。然后老人把弓箭拿来，指着一根树枝说："我用十箭射下一尺树枝。"然后连发十箭，十段树枝射了下来，仲殷将射下来的碎枝连起来一量，正好是一尺。老人问他箭法如何，仲殿跪拜在地，连声说，佩服得五体投地！老人命人扎十根针在墙头，三十步开外，从第一根依序根根全中。老人又教仲殷各种射箭的姿势和诀窍，如臂在拉弓时尽量内弯，碰到腕骨也能把弓拉满，这样的话，不论拉的是强弓还是弱弓，都不费力。

没几天，仲殷便将其中的诀窍掌握了。老人高兴地说："教你的这些足够你用的了，今后你成名了，再教五六千个善射的人，在家国有乱时平定乱世。"然后老人领仲殷到来时的山口。仲殷的箭法越来越精进，只要经他指点，就算是妇女和孩子，都能精通武艺兵法。仲殷父亲死后，他料理完父亲的丧事，到东平军中，教几千将士箭术后才去世。原来那位教他箭术的老人山神。善射箭的人双臂都会特别健壮，因此那位老太太就有些像猿猴。（出《原化记》）

凌华

杭州富阳，有个典狱官叫凌华，骨相很奇特。曾有位姓施的老者给他相面，然后说："要是你不当小典狱官，从你骨相上来看，以后当为上将军。”华为吏酷暴，每有缧绁者，必扼喉撞心，以取贿赂。元和初，病一夕而死。将死，见黄衫吏赍诏而前，宣云：“牒奉处分，以华昔日曾宰剧县，甚著能绩。后有缺行，败其成功。谪官圜扉，伺其修省。既迷所履，太乖乃心。玉枕巍然，委于庸贱。念兹贵骨，须有所归。今镇海军讨逆诸臣，合为上将。骨未圆实，难壮威棱。宜易之以得人，免块然而妄处。付司追凌华，凿玉枕骨送上。仍令所司，量事优恤。”于是黄衫吏引入。有绿冠裳者隔帘语曰：“今日之来，德之不修也。见小吏而失禄，窃为吾子惜焉。”命左右取钳槌。俄顷，有缁衣豹袖执斤斧者三人。绿裳赐华酒五杯，昏然而醉。唯闻琢其脑，声绝而华醉醒。复止华于西阶以听命。移时，有宣言曰：“亡贵之人，理宜裨补。量延半纪，仍赍十千。”宣讫，绿裳延华升阶语曰：“吾汉朝隐屠钓之人也。盖求全身，微规小利。既殁之后，责受此官。位卑职猥，殊不快志。足下莫叹失其贵骨，此事稍大，非独一人。”命酒与华对酌别。饮数杯，冥然无所知。既醒，宛然在废床之上。扪其脑而骨已亡，其侪流赙助，凡十千焉。后十五年而卒。（出《集异记》）

是能做大将军的。”凌华管监狱的方式十分残暴，常常对送来的犯人，插喉咙撞人心口，犯人经常向他行贿。元和初年，凌华病了一夜后便死了。快要死时，一个穿黄衣的官员，带着公文到他床前宣读：“我奉命处理你，你曾在艰苦的条件下处理公事，立下了许多功劳。可后来你又犯下了很多罪错，让你没成大事。现在贬去你的官职，命你闭门思过，反省自己的罪过。既然你心存恶念，走上犯罪的路，让你高贵的骨相与你卑劣的行径不符。但你那高贵的骨相要有归属，镇海将军是现在平乱的有功之臣，很快就会上升为上将，但他的骨相不好，作为上将军并不威壮。因此要把你高贵的骨相给上将军换上，不让贵骨依附于你这卑劣的肉身。现在找到你，就是要把你的玉枕骨凿下来。会命令官员给予你适当的体恤和照顾。”黄衣官员于是领着凌华去了一个地方。有个绿衣人隔着帘子说：“今天你到这里来受罚，只因你无当官的品行。”为了一个小官而没了上将军的前程，可惜了你那样好的骨相啊！然后命人取来钳子铁锤。不一会儿，三个身穿黑衣，挽豹皮袖的人手持刀斧进来。绿衣人给凌华倒了五杯酒，凌华喝下后便人事不醒了，只听到斧子凿脑袋的声音。凿声停后，凌华便醒了，又命他立于台阶下听候发落。接着又说，既然凌华已经没有了高贵的骨相，有所补偿才是。经再三考虑，决定给他十千钱。说完绿衣人请凌华到大厅，对凌华说，我是汉朝时一位想做官却在民间隐居的人，希望有一天可以被朝廷赏识。自身为了追求那微薄的名利，死后罚做了专管给人换骨头的官，官位卑小，做的事也很卑劣，你为失去了贵人骨相惋惜，虽是微不足道的事，但受此类刑罚的不仅仅只有你一人啊。说完叫人拿上酒，和凌华对饮后饯别。凌华喝了几杯，又迷迷糊糊的不省人事了。等再醒来时，自己已经在一张破旧的床上躺着。摸了摸发现脑袋还在，但脑袋的骨头却没有了。一打听，他的朋友们办丧事送的钱，刚好十千。凌华过了十五年后才死的。（出《集异记》）

卷第三百八　神十八

李回　李序　蔡荣　刘元迥　郑翦　柳澥　马总　崔龟从

李回

唐故相李回，少时常久疾。兄軿，召巫觋，于庭中设酒食，以乐神。方面壁而卧，忽闻庭中喧然。回视，见堂下有数十人，或衣黄衣绿，竞接酒食而啖之。良久将散，巫欲彻其席，忽有一人自空而下，左右两翅。诸鬼皆辟易而退，且曰："陆大夫神至矣。"巫者亦惊曰："陆大夫神来。"即命致酒食于庭。其首俯于筵上，食之且尽，乃就饮其酒。俄顷，其貌赪然，若有醉色。遂飞去，群鬼亦随而失。后数日，回疾愈。（出《宣室志》）

李序

元和四年，寿州霍丘县有李六郎，自称神人御史大夫李序。与人言，不见其形。有王筠者，为之役。至霍丘月余，赁宅住，更无余物，惟几案绳床而已。有人请事者，皆投状。王筠铺于案侧，文字温润，须臾满纸。能书，字体分明，休咎皆应。时河南长孙郢为镇遏使，初不之信，及见实，时与来往。先是官宅后院空宽，夜后或枭鸣狐叫，小大为畏。乃命李六郎与疏理，遂云诺。每行，似风雨霎霎之声，须臾闻笞捶之声。遣之云："更不得来。"自是后院遂安。时御史大夫李湘为州牧，侍御史张宗本为副史。岁余，宗本行县。先知有李序之异而不信，乃长孙郢召之，须臾而至。宗本求一札，欲以呈于牧守，取纸笔而请。序曰："接对诸公，便书可乎？"张曰："可也。"初，案上三管笔，俄而忽失一管，旋见文字

李回

唐朝的李回当过宰相，他小时候病了很久都不见好。哥哥李軿为李回请来了男巫师还有女巫师医治，把酒食供果摆在院子里，以求神灵保佑。李回脸朝墙躺在屋内，忽然间听到院内人声嘈杂。只见院内来了几十个鬼，有穿黄衣的有穿绿衣的，争先抢后的吃摆设的酒食。很久后，人们要散去，巫师想将桌子撤掉，有个人突然间从空而降，两边长着翅膀。鬼怪们吓得四下奔逃，一边跑一边喊："陆大夫神来了！"巫师也呆了："真的是陆大夫神到了！"于是赶忙让人重新摆上酒菜。陆大夫神扒在桌上，把菜都吃完了，又喝了些酒，一会儿就喝得满脸通红，有些醉意了才飞走。那群鬼也消失了。几天后，李回的病便痊愈了。（出《宣室志》）

李序

元和四年，寿州霍丘县有个叫李六郎的，称自己是御史大夫李序。他和别人交谈时他是隐身的。他的仆人叫王筠。李序主仆二人到霍丘县一个多月，在租来的一个房间住下，屋内除了一张桌子一个吊铺，便没有其他的摆设。有人来请李序预卜自己的吉凶，李序就将写下来。王筠把纸在桌上铺好，很快就写满了。行文流水，字也写得很不错，上面写着的吉凶事后来全都应验了。当时的镇遏使是河南人，名叫长孙郢，一开始别人这么说时，他不相信，等眼见为实时，便和李序经常来往了。长孙郢的府第有个很空旷的后院，常有夜猫子狐狸在半夜里号叫，一家大小都害怕得不得了。于是把李序请来帮忙，李序同意了。他来府第时都没人能看见他，先是一片风雨飒飒声，然后就是拷打哭叫声，李序怒声斥责声："都快滚，不许再来！"从这以后，长孙郢家的后院就安宁了。当时的御史大夫李湘，派了一个副史张宗满纸。后云："御史大夫李序顿首。"宗本心服，归而告湘，湘乃令使邀之。遂往来数日，云："是五狱之神之弟也。第七舍弟在蕲州，某于阴道管此郡。"亦饮酒，语声如女人，言词切要，宛畅笑咏。常作笑巫诗曰："魍魉何曾见，头旋即下神。图他衫子段，诈道大王嗔。"如此极多，亦不全记。后云："暂往蕲州看舍弟。"到蕲乃七月中，仍令王筠送新粳米二斗，札一封，与长孙。邻近数州人，皆请休咎于李序。其批判处犹存。（出《博异志》）

蔡荣

中牟县三异乡木工蔡荣者，自幼信神祇。每食必分置于地，潜祝土地，至长未常暂忘也。元和二年春，卧疾六七日。方暮，有武吏走来，谓母曰："蔡荣衣服器用，速藏之，勿使人见，乃速为妇人服饰。有来问者，必给之曰：'出矣。'求其处，则亦意对，勿令知所在也。"言讫走去。妻母从其言。才毕，有将军乘马，从十余人，执弓矢，直入堂中，呼蔡荣。其母惊惶曰："不在。"曰："何往？"对曰："荣醉归，怠于其业，老妇怒而笞之，荣或潜去，不知何在也，十余日矣。"将军遣吏入搜，搜者出曰："房中无丈夫，亦无器物。"将军连呼地界，教藏者出曰："诺。"责曰："蔡荣出行，岂不知处。"对曰："怒而私出，不告所由。"将军曰："王后殿倾，须此巧匠，期限向尽，何人堪替？"对曰："梁城乡叶幹者，巧于蔡荣。计其年限，正当追役。"将军者走马而去。有顷，教藏者复来曰："某地界所由也，以蔡荣每食必相召，故报恩耳。"遂去。母视本。年尾时张宗本到各县巡视，听说了李序的事迹，也是深表怀疑。于是长孙郢把李序召了来，李序到了后，张宗本请李序给李湘写封信。等纸笔取来后李序问道："就当着诸公的面前写可好？"张宗本同意了。一开始桌上有三支笔，突然少了一支，然后纸上就写满了，末尾还写着御史大夫李序顿首再拜的知。张宗本不再质疑，他回去后将此事告知州官李湘，李湘派人请来李序，两个经过几天交流。李序说："我是五狱神的弟弟。我的七弟在薪州，在冥间我是管本郡的官员。"喝了酒的李序，声音像女人，善于辞令，谈笑风生。有一首嘲讽巫师的诗说："魍魉何曾见，头旋即下神。图他衫子段，诈道大王嗔。"这类的诗很多，就不一一详述了。后来，李序要去薪州探望弟弟。七月中旬他到薪州，让王�给长孙郢送去二斗新米和一封信。当时，附近州里的人，都请李序去避灾，他批写的字到如今都还留存着呢。（出《博异志》）

蔡荣

中牟县三异乡，有个木匠叫蔡荣，从小就相信有神灵。每次吃饭的时候，都会放些饭食在地上祭祀土地神，长大后也一直如此。元和二年春，蔡荣病了六七天。一天傍晚，有个武官跑来对蔡荣母亲说："快帮蔡荣穿上女子的衣服，他平日里穿的用的都赶紧藏起来，别让人看见。"要是有人来问你就说，蔡荣不在家，问却了哪里，别说具体地方大概指个方向就行。说完武官就不见了。蔡荣母亲和妻子听了武官的话。刚给蔡荣换上女人衣服，就有个将军骑马而来，跟着十多名佩带弓箭的随从，闯到屋中就喊蔡荣。母亲惊慌不已地道：蔡荣不在家中。将军问，他到哪儿去了？母亲说，蔡荣喝醉了酒，不好好给我干活，我用鞭子抽打了他一通，他就赌气跑了，都十多天没回来。将军命人搜，搜查的人回禀："这个屋子里没男人，男人用的东西都没有。"将军连声呼喝来土地神，之前的那个武官便出来了。将军责问，蔡荣去了哪里，你土地神怎么会不知道？土地神说："蔡荣是一怒之下离家出走，又没说上哪儿去。"将军说："大王的神殿后面有些倾斜，需要找蔡荣这样的能工巧匠去修。期限快到了，有谁可荣，即汗洽矣。自此疾愈。俄闻梁城乡叶幹者暴卒。幹妻乃荣母之犹子也。审其死者，正当荣服雌服之时。有李复者，从母夫杨曙，为中弁团户于三异乡，遍闻其事。就召荣母问之，回以相告。其泛祭之见德者，岂其然乎？（出《续玄怪录》）

刘元迥

刘元迥者，狡妄人也。自言能炼水银作黄金，又巧以鬼道惑众，众多迷之，以是致富。李师古镇平卢，招延四方之士，一艺者至，则厚给之。元迥遂以此术干师古，师古异之，面试其能，或十铢五铢，皆立成焉。盖先以金屑置于汞中也。师古曰："此诚至宝，宜何用？"元迥贵成其奸，不虞后害，乃曰："杂之他药，徐烧三年，可以飞仙；为食器，可以避毒；以为玩用，可以辟邪。"师古大神之，因曰："再烧其期稍缓，子且为我化十斤，将备吾所急之器也。"元迥本炫此术，规师古钱帛，逡巡则谋遁去。为师古縻之，专令烧金。其数极广，元迥无从而致，因以鬼道说师古曰："公绍续一方，三十余载，虽戎马仓廪，天下莫与之俦，然欲遣四方仰归威德，所图必遂者，须假神祇之力。"师古甚悦，因而询之，元迥则曰："泰岳天齐王，玄宗东封，因以沉香刻制其像，所以玄宗享国永年。公能以他宝易其像，则受福与开元等矣。"师古狂悖，甚然之。元迥乃曰："全驱而至，或恐卒不能办。且以黄金十五斤，铸换其首，因当获祐矣。"师古曰："君便先为烧之，速成其事。"元迥大笑曰："天齐虽曰贵神，乃鬼类耳。若以吾金为其首，岂冥鬼敢依至灵之物哉！是则斥逐天齐，何希其福哉！但以山泽以替他去？”土地神说：“梁城乡有个木匠叫叶干，比蔡荣的手艺还好。而他的阳寿将尽，该让他去。”将军听完后上马离去。不一会儿武官又回来了，对蔡母说：“我是这儿的土地神，蔡荣每顿饭都请我一起吃，我是为了报答他。”说完走了。母亲去看蔡荣，见他全身出了一场大汗，然后病就好了，不久就有人说梁城乡的叶干死了。叶干的妻子，是蔡荣母亲的干女儿。算了下叶干死的时辰，正是蔡荣穿女装的时候。李复的姨夫杨曙，在三异乡当中弁团户，对这件事很清楚，就来问蔡荣的母亲，将荣母说的事情的前因后果告诉李复。如此虔诚的敬重神灵，这不能算是一种回应吗？（出《续玄怪录》）

刘元迥

刘元迥为人十分狡猾奸诈。他说他能把水银提炼成黄金，又用花言巧语，讲神论鬼迷惑了很多人，骗了不少钱财，因此生活很富足。李师古任平卢节度使，招纳四方有才有能居士，凡有一技之长的人，都会获得厚待。于是元迥跑去投奔了李师古，说他会炼金术，师古有所怀疑，当面试他，他出了好几钱金子，但刘元迥事先把碎金末悄悄放在水银里，骗过了师古。师古说：“这个技术真是了不起，但要如何使用呢？”刘元迥本想狠狠把李师古算计一番，决定不计后果，就对师古说：“在水银里加些药物炼上三年，吃了就能成仙；用来做食器能防毒；用来作玩物能避邪。”师古完全信了，说，你慢慢烧炼，先炼十斤出来给我，以备急用。刘元迥只是想炫耀他的炼金术用来骗人的，打算骗了师古的钱就找机会逃掉。但师古器重刘元迥后，却让他专心炼金。要的数量还不小。元迥作不了假，于是又有鬼神这一套骗师古说：“大人您镇守一方，三十多年以来，你的车马、库存财产足能富甲天下，但若是想四方百姓都能感念您的威德，你所求的必能实现，却一定要借助于神灵的帮助。”师古兴奋不已，问：“怎么个借助神力法？”元迥说，你供奉泰山的天齐王。唐玄宗当年东巡泰山，用沉香木刻制了天齐王像供奉，后来玄宗便当了皇帝。您以更贵重的把玄宗皇帝的那尊天齐王神像换下来的话，那你会和唐玄宗一样富贵了。师古是个很有野心的人，对他的话深信不疑。元迥纯金而易之，则可矣。”师古尤异之，则以藏金二十斤，恣元迥所为，仍命元迥就岳庙而易焉。元迥乃以铅锡杂类，镕其外而易之。怀其真金以归，为师古作饮食器皿，靡不办集矣。师古尤加礼重，事之如兄。玉帛姬妾居第，资奉甚厚。

明年，师古方宴僚属将吏，忽有庖人，自厨径诣师古。于众会之中，因举身丈余，蹈空而立，大诟曰：“我五岳之神，是何贼盗，残我仪质？我上诉于帝，涉岁方归。及归，我之甲兵军马，帑藏财物，皆为黄石公所掠去。”则又极骂，复耸身数丈，良久履地。师古令曳去。庖人无复知觉，但若沉醉者数日。师古则令画作戎车战士，戈甲旌旗，及纸钱绫帛数十车，就泰山而焚之。尚未悟元迥之奸。方将理之，而师古暴疡。不数日，脑溃而卒。其弟师道领事，即令判官李文会、虞早等按之。元迥辞穷，戮之于市。（出《集异记》）

郑翦

穆宗有事于南郊，将谒太清宫。长安县主簿郑翦主役，于御院之西序，见白衣老人云：“此下有井，正值黄帝过路，汝速实之。不然，罪在不测。”翦惶遽，使修之。其处已陷数尺，发之则古井说："把整个天齐像换下来不现实，但用十五斤黄金铸成神的头，再换下来，你就能得到天齐神的祐护了。"师古命他马上炼金做神像的头，赶紧把此事办成。元迴大笑道："您以为天齐神是大神，实际上他就是个鬼怪。要是用我炼出的那么贵重的金给他铸头，鬼怪们不可能还依附于天齐神，他们会把天齐神赶走，那您怎么能受到他的祐护？你把我们常用的黄金给天齐神铸头就好了。"师古觉得更为惊异，于是将家里的二十斤黄金给元迴让他去铸金头，然后到泰岳庙换天齐神的头。刘元迴将李师古给他的二十斤黄金归为己有，弄铅、锡之类铸头到庙里给天齐神换上。又用师古送来其中的一少部分做了饮食器具，再送给师古，说是用自己炼的金子作的，师古对他更为器重了，不仅敬他为兄长，还赠给他财物、美女和宅院。

第二年，有天，李师古设宴招待下属官员和将士时，有个厨师突然从厨房跑到李师古面前。突然变成了一丈多高的身材，跳到了空中对宴会上的众人愤愤地说："我是五岳庙里的天齐神，是哪个盗贼加害于我，把我的头换了？我去天帝那里申诉，去了一年多，回来发现我的车马卫队，仓库里的钱财竟被黄石公抢掠一空！"天齐神越骂越凶，越长越高，身高长到了好几丈。很久后，那厨师一下就落到地上。师古让人把厨师拖走。厨师一直昏迷不醒，如喝醉了一般昏沉了好几天也没醒。师古命人画了许多兵车士兵、刀枪战旗，装了几十车纸钱去泰山烧化。当时的李师古还没有看穿刘元迴的鬼计诡计，刚想弄个清楚，就得了暴病。没几天，师古便脑袋溃烂而死了。李师古的弟弟李师道继任平卢节度使，命判官李文会和虞早共同审讯刘元迴，刘元迴无话可辩，于是判了他死刑，拖到集市上斩首。（出《集异记》）

郑翦

唐穆宗有事到南郑，计划到太清宫去祭祀。长安县的簿郑翦负责保护皇帝的安全和起居，在行宫西院当值，忽然有个白衣老人对他说："这地下面有口井，正是皇帝要去的地方，你快些将他填上，否则会犯下大罪。"郑翦内心害怕不已，赶紧让人把地皮挖开，已下也。惊顾之际，已失老人所在。功德使护军中尉刘弘规奏之。帝至宫朝献毕，赴南郊，于宫门驻马。宰臣及供奉官称贺，遂命翰林学士韦处厚撰记，令起居郎柳公权，书于实井之上，名曰《圣瑞感应纪》。仍赐郑翦绯衣。（出《唐统纪》）

柳澥

柳澥少贫，游岭表。广州节度使孔戣，遇之甚厚，赠百余金，谕令西上。遂与秀才严烛、曾黯数人，同舟北归。至阳朔县南六十里，方博于舟中，忽推去博局，起离席，以手接一物。初视之，若有人投刺者。即急命衫带，泊舟而下。立于沙岸，拱揖而言曰："澥幸得与诸君同事。符命虽至，当须到桂州。然议行李，君宜前路相候。"曾严见澥之所为，不觉懔然，亦皆肹蚃如有所睹。澥即却入舟中，偃卧吁嗟，良久谓二友曰："仆已受泰山主簿，向者车乘吏从毕至，已与约至桂州矣。"自是无复笑言，亦无疾。但每至夜泊之处，则必箕踞而坐。指挥处分，皆非生者所为。阳朔去州尚三日程，其五十滩，常须舟人尽力乃过，至是一宿而至。澥常见二紫衣，具军容，执锤，驱百余卒，在水中推挽其舟。澥至桂州，修家书才毕而卒。时唐元和十四年八月也。（出《河东记》）

马总

马总为天平节度使。暇日方修远书，时术人程居在傍。总凭几，忽若假寐，而神色惨蹙，不类于常。程不敢惊，乃徐起，诣其陷去了好几尺深，原来这里是一口古井。惊讶感叹之余，想想再找白衣老人时，已经消失了。于是立刻命人把古井填好。功德使护军尉刘弘规将此事上奏皇上。皇上从太清宫祭祀完毕回宫，在宫门处下马，文武百官们齐声恭祝皇帝平安归来。穆宗命翰林学士韦处厚撰写文章，命当起居郎的柳公权记录下来并刻成碑文，碑就竖立在填实后的古井上，碑文名叫《望瑞感应记》。皇上为此特准郑翦可以穿红袍。（出《唐统记》）

柳澥

柳澥年少时家中很是贫穷。他在广州时，广州节度使孔戣对他很不错，拿了很多钱给他，要他西上奔前程。于是柳澥和秀才严烛、曾黯三人一起坐船也发。船行到阳朔县南六十里，三人在船中赌着打发时间，突然柳澥把赌具推开，从天空接下一张名帖样的东西，让船夫马上停船，穿戴整齐后上岸，向空中作拜道："我柳澥有幸日后能与各位共事。虽然我的任命已到，现在应当去桂州。但还有许多行李私事没来得及处理，请在前面等我。"同船的曾黯、严戣见此情形又惊又怕，他们也看到空中有模模糊糊的东西。柳澥回到船里叹了半天气后，才对两位朋友说："现在我被任命为阴间的泰山主簿，就在刚才，接我的车马仆从都到了，我与他们约好，等我到了桂林后再去。"说完便不再说笑，没有任何病症。每天夜里船停后，他便躬身而坐，处理公事，说话处事都与活人不同。从阳朔到桂林需坐三天船，经五十个险滩，费很大的力气船夫才能过去，而这条船却只用了一天时间就到了阳朔。柳澥看到两个穿紫衣的军官，手执锤，指挥一百多兵士在水里帮着推船。柳澥到桂林后，写完一封家书后便死去了。这件事发生在唐朝元和十四年八月。（出《河东记》）

马总

天平节度使马总。有天在处理完公务后给远方的友人写信，有位叫程居的术士就在他身边。马总写着写着打起了瞌睡，脸色十分佐相元封告之。俄而总召元封，屏人谓曰：“异事异事，某适有所诣，严邃崇闳，王者之居不若也。为人导前，见故杜十丈司徒，笑而下阶相迎曰：‘久延望。甚喜相见。’因留连日：‘祐之此官，亦人世之中书令耳。六合之内，靡不关由。然久处会剧，心力殆倦，将求贤自代。公之识度，诚克大用，况亲且故，所以奉邀。敬以相授。’总因辞退，至于泣下。良久，杜乃曰：‘既未为愿，则且归矣。然二十年，当复相见？’”总既寤，大喜其寿之遐远。自是后二年而死，岂马公误听，将祐增其年，以悦其意也？（出《集异记》）

崔龟从

崔龟从，长庆三年，以大理评事从事河中府。一夕，梦与人入官署，及其庭，望见室内有人当阳，仪卫甚盛。又一人侧坐，容饰略同。皆隆准盱目，搦管视状，若决事者。因疾趋及阶，拜唯而退。行及西庙，视庑下牖间，文簿堆积于大格，若今之吏舍。有吏抱案而出，因迎问之：“此当是阴府，某愿知禄寿几何。”吏应曰：“二人后且皆为此州刺史，无劳阅簿也。”及出门，又见同时从事，席地而摴蒱。归寤，大异之，仿佛在目。唯所与同行者，梦中问之，其姓名是常所交游，及觉，遂妄其人。明日入公府，话于同舍，皆以为吉。解曰：“君梦得君，而又见摴蒱者，蒲也。君后当如主公，节临蒲州矣。”尔后每入祠庙，辄思所梦，尝屡谒河渎。及为华州，拜西岳庙宇神像，皆非梦中所见。

仓白，与平时打瞌睡不同。程居不敢惊动，悄悄走出去告诉了马总的左相元封。不一会儿，马总叫来元封，命左右退下。然后说："怪事怪事，刚才我去了一个府第高大森严的地方，那里和帝王的宫殿差不多。有人领我进去，竟看到了死去的司徒杜十丈，杜司徒边笑边下台阶对我说：'已盼了你很久，真高兴再见到你。'我在阴间的职务，与阳间的中书令相当，而天地间的事都归我管。但长时间处理这些繁杂的公务，令我心力交瘁承受不了，希望有个贤能的人能接替我。你有才有识，可以担此大任，在阳世时我们又是好友，我这才特意把你请来，想把我阴间的官位授给你。"我一直推辞，都哭了。很久后杜司徒才说：'既然你拒绝，那你先回去好了。不过二十年后，我们还是会再见的。'"我这才回来了，马总醒后，十分高兴地对人说，他还有二十年可以活。然而，两年后他就死了。不是马总听错了，而是阴间杜司徒故意把两年后说成了二十年，好让马总高兴些罢了。（出《集异记》）

崔龟从

长庆三年，崔龟从任大理评事，在河中府做从事。一天夜里，梦见他和一人一起走进一座官府，进了大厅，有仪态威严的人正面坐在那儿，还有一位侧面生着，容貌服饰和中间的人一样。都是高鼻子大眼。那人执笔看公文，像是有大事要决断。崔龟从赶紧拜礼告罪退出。走到西庙，屋檐下窗子里一排一排架格堆放着各种卷宗档案，应该是办公处所。一位官员正抱着卷宗从那走出来。于是迎上去问道："这里是冥府吗？我想知道我阳寿多少，官运怎样？"那官员说："你们俩都会是这个州的刺史，不用查簿子了。"崔龟从走出大门，看见他的一个同事，坐在地上正用樗蒲玩赌博的游戏。梦醒后他觉得很奇怪，梦到的事就在眼前发生过一样。那个和他一起的人，梦里说和自己是熟人，醒后却怎么也不记得了。第二天崔龟从到衙里将梦说给同僚，大家都说这是个好梦，还解说："梦见玩樗蒲，就是说将来你会到蒲州当节度史。此后，崔龟从每到一座神庙，都会想起那个梦。"他到过河神庙，到华州时也去过西岳庙，看过所有的神像，都和梦中的人事不一样。

开成中，自户部侍郎，出为宣州，去前梦二十年矣。五月至郡，吏告曰："敬亭神实州人所严奉，每岁无贵贱，必一祠焉。其他祈祷报谢无虚日。以故廉使辄备礼祠谒。"龟从时病，至秋乃愈，因谒庙。及门恍然，屏上有画人，抱案而鞠躬，乃梦中之吏也。入庙所经历，无非昔梦，唯无同行者。归以告妻子。

明年七月，龟从又病，苦下泄，尤不喜食，暮夜辄大剧。因自诊前梦，以为："吏所告者，吾其终于此乎？"因心祷之。既寐，又梦晨起视事如常时。将就便室，及侧门，有家吏姚珪者，附耳言曰："左府君使人传语。"闻之心悸而毛竖，意其非常人。就室未及坐，有一人，戎服提刀，奔趋而入。视其状魁岸，面黝而加赤，不类人色。紫衣腕剥，乃敬亭庙中阶下土偶人也。未及语，龟从厉声言曰："我年得几许？"遽应曰："得六十几。"梦中记其言，及觉，遂忘其奇载，意者神不欲人逆知其终欤？迟明，自为文以祝神，具道所以。命儿侄将酒牢庙中以祷。

先是疾作，医言疾由寒而发，服热药辄剧。遂求医于浙西，医沈中遂乘驿而至。既切脉，直言公之疾，热过而气壅，当以阳治之，药剂以甘草犀角为主。如其言，涉旬而稍间，经月而良已。自以为必神之助，又自为文以祝神。因出私俸，修庙之坏隳，加置土偶人，写垣墉之画绘皆新之。大设乐以享神，自举襟袖以舞。始长庆感梦之时，绝不为五木之戏。及至江南，方与从事复为之。龟从后入相，罢为少保归洛。大中七年卒。（出《龟从自叙》）

开成年间，他从户部侍郎调到宣州任刺史，这时，那个梦已经过二十年了。五月到蒲州郡，郡里的官员和他说："当地人特别信奉敬亭神，每年不管是贵贱穷富，都是要进祠祭祀的。庙里平日香火不断，每一任州官上任都会备上祭礼到庙中祭祀。"崔龟从当里正在病中，直到秋天病好后才去敬亭神庙上香。进了庙门恍然大悟，墙上画中有个抱着案卷在行礼，正是二十年前做的那个梦里的官员。进庙后看到的所有都和二十年前的那个梦境相符。但还是没有找到那个同行的人。从庙里回来便将这些告诉了妻子。

第二年七月，崔龟从又生病了，腹泻不止，到了夜里病情就会加重，饭也吃不了，回忆二十年前的那个梦，心想那人说的是我会死在这里的意思？内心不断的祷告。睡着后又梦见自己和平日一样进衙办公。到休息室侧门，家中管事人就附在他耳边说："左府君派使者给你传话。"崔龟从吓得头发都竖起来，心想肯定是阴间派人来了。还没坐下，就看到一个身穿军服提着刀的人闯进来，这人身材魁梧，面色黑红，紫衣服都掉色了，仔细一看，竟是敬亭神庙大殿前的那座泥神像。不等那人开口，崔龟从厉声问道："我阳寿究竟有几年？"那人很快答道："六十多年。"就记住了梦中的这句话，醒来后，又忘了那神人说的到底是六十几年了，心想可能神人不方便透露他具体活到哪年。天亮后，写了篇文章，将这些事都记载了下来，然后让子侄带上酒、肉去敬亨庙中祭神。

他一开始生病时，大夫说是感染了风寒，开了热性药给他服用，结果病情越来越重了。于是另请浙西一位名医，医生骑马赶来，一号脉，直接说：你的病是因热引起的，要服以甘草、犀角为主的清热的药。于是就按这位大夫的话服药，十天后就好转，一月后痊愈。他想这肯定是神的佑护，又写了一篇祭神的文章。拿出个人的钱，将庙里破败的地方都修补起来，把大殿前的神像重塑，墙上的壁画也重画了，请来鼓乐班子，他也情不自禁的随乐声起舞。自长庆年间梦到去了阴间后，再也不玩用樗蒲赌博的游戏，到了江南，才和同僚们再玩起来，崔龟从后来官拜相国，任太子少保时卸任回洛阳，大中七年去世。（出《龟从自叙》）

卷第三百九　神十九

蒋 琛　张遵言

蒋 琛

霅人蒋琛，精熟二经，常教授于乡里。每秋冬，于霅溪太湖中流，设网罟以给食，常获巨龟，以其质状殊异，乃顾而言曰："虽入余且之网，俾免刳肠之患。既在四灵之列，得无愧于鄙叟乎？"乃释之。龟及中流，凡返顾六七。后岁余，一夕风雨晦冥。闻波间汹汹声，则前之龟扣舷人立而言曰："今夕太湖霅溪松江神境会，川渎诸长，亦闻应召。开筵解榻，密迩渔舟。以足下淹滞此地，持网且久，纤鳞细介，苦于数网。脱祸之辈，常怀怨心。恐水族乘便，得肆胸臆。昔日恩遇，常贮悫诚，由斯而来，冀答万一。能退咫尺以远害乎？"琛曰："诺。"遂于安流中，缆舟以伺焉。

未顷，有龟鼍鱼鳖，不可胜计，周匝二里余，鼍波为城，遏浪为地。辟三门，垣通衢，异怪千余。皆人质螭首，执戈戟，列行伍，守卫如有所待。续有蛟蜃数十，东西驰来，乃嘘气为楼台，为琼宫珠殿，为歌筵舞席，为座榻裀褥，顷刻毕备。其尊罍器皿玩用之物，皆非人世所有。又有神鱼数百，吐火珠，引甲士百余辈，拥青衣黑冠者，由霅溪南津而出。复见水兽亦数百，衔耀，引铁骑二百余，拥朱衣赤冠者，自太湖中流而来。至城门，下马交拜，溪神曰："一不展觌，五纪于兹，虽鱼雁不绝，而笑言久旷。勤企盛德，衷肠惄然。"湖神曰："我心亦如之。"揖让次，有老蛟前唱曰："安

蒋琛

蒋琛，湖南冀县人，精通诗经、书经，曾在乡村教书。每逢秋冬时节，就会在霅溪或太湖中张网打鱼，一次，他捕到一只大龟，大龟长得与众不同，于是对大龟说："你虽然到了我的渔网中，但我还是免去你烹煮开膛之苦，把你放了吧！"人们都说龟属四灵之一，你能给我这穷老头什么报答吗？大龟向湖中游去时，回头看了六七次。一年多后的一天，突然间湖面上风雨大作，湖中波涛汹涌，只见一只大龟伏在蒋琛船边，和人一样站着说："今夜太湖神、霅溪神和松江神会在此聚会，还有很多的江神、河神也都会参加。他们到时要饮酒作乐，可能会靠近你的鱼船。你老在这里长年打渔，捕了很多的鱼鳖虾蟹。就算是那些有幸从你网中逃走的，对你也是心怀怨恨。他们这次会乘着大聚会的机会报复你，发泄长久以来对你的仇怨。你痼放我一条生路，我心存感激，因此今天特地前来告知你，以报恩于你。希望你能远离这是非之地，以免受伤。"蒋琛十分感激地说，我知道了。于是将船停泊在一处僻静港湾，系好后在岸边看。

一会儿，就有成千上万的鱼鳖虾蟹涌出水面，在二里宽的水面上兴起波浪，波浪就变成了城，弄平了，水面成了土地。城有三个门，城里有宽阔的街道。有成千的水族，长着人身龙头，手持刀枪，整齐有序地列队，像在等着什么。然后从东方游来几十个蛟龙和大蛤蜊。吐出的气马上变成楼台宫殿，还变出了歌舞宴席、座椅褥垫，准备好这些都只在片刻之间。宫殿内的用品和陈设都不曾在人间见过。几百条神鱼口吐火珠，带领着一百多名士兵，拥着一位身穿黑衣头戴黑帽的大王，从霅溪南河口游过来。还有几百个水雪嘴里叼着闪闪的灯引导二百多名骑士，拥着一位身着红衣头戴红帽的大王，从太湖中流过来。到了城门口时，两位大王都下马相互见礼。溪神说：

流王上马。”于是二神立候焉。则有衣虎豹之衣，朱其额，青其足，执蜡炬，引旌旗戈甲之卒，凡千余，拥紫衣朱冠者，自松江西泝而至。二神迎于门，设礼甚谨。

叙暄凉竟，江神曰：“此去有将为宰执者北渡，而神貌未扬，行李甚艰。恐神不识不知，事须帖屏翳收风，冯夷息浪。斯亦上帝素命，礼宜躬亲。候吾子清尘，得免举罚否。然窃于水滨拉得范相国来，足以补其尤矣。”乃有披褐者，仗剑而前，溪湖神曰：“钦奉实久。”范君曰：“凉德未泯，吴人怀恩，立祠于江渍，春秋设薄祀。为村醪所困，遂为江公驱来。唐突盛筵，益增惭栗。”于是揖让入门。

既即席，则有老蛟前唱曰：“湘王去城二里，俄闻軿阗车马声。”则有绿衣玄冠者，气貌甚伟，驱殿亦百余。既升阶，与三神相见。曰：“适辄与汨罗屈副使俱来。”乃有服饰与容貌惨悴者，伛偻而进。方即席，范相笑谓屈原曰：“被放逐之臣，负波涛之困，谗痕谤迹，骨销未灭，何惨面目，更猎其杯盘？”屈原曰：“湘江之孤魂，鱼腹之余肉，焉敢将喉舌酬对相国乎？然无闻穿七札之箭，不射笼中之鸟；刜洪钟之剑，不剸几上之肉。且足下亡吴霸越，功成身退，逍遥于五湖之上，辉焕于万古之后。故鄙夫窃仰重德盛名，不敢以常意奉待。何今日戏谑于绮席，恃意气于放臣？则何异射病鸟于笼中，剸腐肉于几上？窃于君子惜金镞与利刃也。”于是湘神动色，命酒罚范君。

“转眼我们都分别五百年了，虽经常通信，却没机会见面让我受到指教，时常内心感到空旷寂寞。”湖神说：“我内心也和你一样啊！”两人再次相互作揖谦让一番才进城。这时有只老蛟在远处喊报：“安流王上马了！”于是溪、湖二神恭敬地站在那恭候。就看到一位身穿虎豹皮衣，额头赤红双脚乌黑的神人，手里举着火把，引领几千旌旗仪仗和士兵，拥着一位身穿紫衣头戴红帽的大王，从松江西面来到城前。溪神和湖神在城门口处无比恭敬地迎接，礼仪十分周到。

问安康后，松江神说：“有一位未来做宰相的将要从这里然后北去，这位宰相长得一般，也没有很多侍从仪仗。各位神仙可能不识得他，还望大家多多关照他，不要在此兴波作浪，让他借道平安赶路。这位宰相也是奉天命去办事，按理我要去护送他，但我想这里的各位都德高望重，应该不会因我没有去护送而为难他吧。我今天硬是把范蠡相国邀来我们的聚会，算是弥补我的失礼吧。”这时就来了一位身披斗篷，手执宝剑的人。溪湖神说：“对范相国我是仰慕很久了呀。”范蠡说：“我因生前为官有德，江南人感恩，便在江边为我立了祠，人们常以酒肉供奉我，我今天便是喝醉了，于是被松江神拉来了。能参加这等高贵的聚会，实在令我感到惶恐又荣幸。”

于是六神一同入席就坐，这时老蛟又在远处喊道：“湘水神离城办有二里远了，不一会儿，就听见车声隆隆。”一位身穿绿衣头戴黑帽的人，领着几百名随从，气宇轩昂地走进了宫殿，和三神、范相施礼后说：“我是与汨罗江屈副使一起来的。”只见屈原躬着身子，身上的衣服又破又旧，面容十分憔悴的走进来。一入席范相国就笑话屈原说：“你这个被朝廷放逐的小官，在水里都待了这么多年，当年被诬陷的事还没洗净，才这么悲愁吗？”还把屈原面前的杯盘都抢了过来。屈原说：“我湘江的一个孤魂，被鱼虾吃剩下的身子，和高贵的相国你如何争辩？但你就没听说过，可以穿透七层竹板的箭，不射笼中的小鸟；可以劈开大钟的剑，不用来切桌上的肉。范相国生前灭吴国使越国成霸主，功成身退，活着逍于江湖，死后也被万世传颂。我一直以来都对你范蠡的功德和盛名敬仰不已，不敢有半分不敬，可你今天却在这等隆重的宴会上当众嘲笑我这个被诬陷放逐的君将饮，有女乐数十辈，皆执所习于舞筵。有俳优扬言曰：“皤皤美女，唱《公无渡河歌》。”其词曰：“浊波扬扬兮凝晓雾，公无渡河兮公竟渡。风号水激兮呼不闻，提衣看入兮中流去。浪排衣兮随步没，沉尸深入兮蛟螭窟。蛟螭尽醉兮君血干，推出黄沙兮泛君骨。当时君死兮妾何适，遂就波澜兮合魂魄。愿持精卫衔石心，穷取河源塞泉脉。”歌竟，俳优复扬言：“谢秋娘舞《采桑曲》。”凡十余叠，曲韵哀怨。

舞未竟，外有宣言：“申徒先生从河上来，徐处士与鸱夷君自海滨至。”乃随导而入。江溪湘湖，礼接甚厚。屈大夫曰：“子非蹈瓮抱石抉眼之徒与？”对曰：“然。”屈曰：“余得朋矣。”于是朱弦雅张，清管徐奏。酌瑶觥，飞玉觞。陆海珍味，靡不臻极。舞竟，俳优又扬言：“曹娥唱《怨江波》。”凡五叠，琛所记者唯三。其词云：“悲风淅淅兮波绵绵，芦花万里兮凝苍烟。虬螭窟宅兮渊且玄，排波叠浪兮沉我天。所覆不全兮身宁全，溢眸恨血兮徒涟涟。誓将柔荑抉锯牙之啄，空水府而藏其腥涎。青娥翠黛兮沉江壖，碧云斜月兮空婵娟。吞声饮恨兮语无力，徒扬哀怨兮登歌筵。”歌竟，四座为之惨容。

江神把酒，太湖神起舞作歌曰：“白露沣兮西风高，碧波万里兮翻洪涛。莫言天下至柔者，载舟复舟皆我曹。”江神倾杯，起舞作歌曰：“君不见，夜来渡口拥千艘，中载万姓之脂膏。当楼船泛泛于叠浪，恨珠贝又轻于鸿毛。又不见，潮来津亭维一舠，中有一士青其袍。赴宰邑之良日，任波吼而风号。是知溺名溺利者，不免为水府之腥臊。”湘王持杯，霅溪神歌曰：“山势萦回水脉分，水人，这和用利箭射笼中的病鸟，用宝剑切桌上的烂肉，有何区别呢？真是可惜了你的利箭和快刀啊！”屈原一番话让湘神感动不已，于是罚范蠡喝酒。

范相国刚要举杯喝酒，几十名舞女献歌舞为宴会助兴，有一位舞女大声报幕说：“请最美女子唱《公无渡河歌》。”歌中唱道：“浊波扬扬兮凝晓雾，公无渡河兮公竟渡。风号水激兮呼不闻，捉衣看入兮中流去。浪排衣兮随步没，沉尸深入兮蛟螭窟。蛟螭尽醉兮君血干，推出黄沙兮泛君骨。当时君死兮妾何适，遂就波澜兮合魂魄。愿持精卫衔石心，穷取河源塞泉脉。”唱完后，报幕的又报说：“现在请谢秋娘舞采桑曲。谢秋娘伴着《采桑曲》翩然起舞。”曲子十余次反复不断，乐声哀怨。

舞没跳完，外面有人报说：“申徒先生从河上来，徐处士与鸱夷君从海上来了。”三位被引进宫殿，江、溪、湘、湖四神对这三位礼遇有加。屈原问：“三位就是因忠于国家而被奸臣陷害屈死的名臣吧？”三人回答说是。屈原说：“我今天终于找到了知音好友了。”这时笙管、笛箫和大琴奏起，宴会上珏杯闪光，山珍海味不停地送上来，好大的阵仗。谢秋娘跳完舞后，报幕人又报：“现在请曹娥献唱《怨江波》。”曹娥便在宴前开始唱，《怨江波》共有五段，蒋琛只记得三段。歌词是：“悲风淅淅兮波绵绵，芦花万里兮凝苍烟。虬螭窟宅兮渊且玄，排波迭浪兮沈我天。所复不全兮身宁全，溢眸恨血兮往涟涟。誓将柔荑扶锯牙之啄，空水府而藏其腥涎。青娥翠黛兮沉江壖，碧云斜月兮空婵娟。吞声饮恨兮语无力，徒扬哀怨兮登歌宴。”曹娥唱完，座上的人无不为之哀伤。

江神举起酒杯，请太湖神起来边歌边舞，唱道：“白露溥兮西风高，碧波万里兮翻洪涛。莫言天下至柔者，载舟复舟皆我曹。”江神干尽杯中酒，也载歌载舞地唱道：“君不见，夜来渡口拥千艘，中载万姓之脂膏。当楼船泛泛于叠浪，恨珠贝又轻于鸿毛。又不见，潮来津亭维一舠，中有一士青其袍。赴宰邑之良日，任波吼而风号。是知溺名溺利者，不免为水府之腥臊。”紧接着湘王拿着酒杯请霅溪神歌唱道：“山势萦回水脉分，水光山色翠连云。四时尽入诗人咏，役杀

光山色翠连云。四时尽入诗人咏，役杀吴兴柳使君。”酒至溪神，湘王歌曰：“渺渺烟波接九嶷，几人经此泣江篱。年年绿水青山色，不改重华南狩时。”

于是范相国献《境会夜宴诗》曰：“浪阔波澄秋气凉，沉沉水殿夜初长。自怜休退五湖客，何幸追陪百谷王。香袅碧云飘几席，觥飞白玉滟椒浆。酒酣独泛扁舟去，笑入琴高不死乡。”徐衍处士献《境会夜宴并简范诗》曰：“珠光龙耀火熣熣，夜接朝云宴渚宫。凤管清吹凄极浦，朱弦闲奏冷秋空。论心幸遇同归友，揣分惭无辅佐功。云雨各飞真境后，不堪波上起悲风。”

屈大夫左持杯，右击盘。朗朗作歌曰：“凤骞骞以降瑞兮，患山鸡之杂飞。玉温温以呈器兮，因碔砆之争辉。当侯门之四辟兮，墐嘉谟之重扉。既瑞器而无庸兮，宜昏暗之相微。徒刳石以为舟兮，顾沿流而志违。将刻木而作羽兮，与超腾之理非。矜孑孑于空阔兮，靡群援之可依。血淋淋而滂流兮，顾江鱼之腹而将归。西风萧萧兮湘水悠悠，白芷芳歇兮江篱秋。日晼晼兮川云收，棹四起兮悲风幽。羁魂汩没兮，我名永浮。碧波虽涸兮，厥誉长流。向使甘言顺行于曩昔，岂今日居君王之座头？是知贪名徇禄而随世磨灭者，虽正寝而死兮，无得与吾俦。当鼎足之嘉会兮，获周旋于君侯。雕盘玉豆兮罗珍羞，金卮琼斝兮方献酬。敢写心兮歌一曲，无诮余持杯以淹留。”

申屠先生献《境会夜宴诗》曰：“行殿秋未晚，水宫风初凉。谁言此中夜，得接朝宗行。灵鼍振冬冬，神龙耀煌煌。红楼压波起，翠幄连云张。玉箫冷吟秋，瑶瑟清含商。贤臻江湖叟，贵列川渎王。谅予衰俗人，无能振颓纲。分辞皆乱世，乐寐蛟螭乡。栖迟幽岛间，几见波成桑。尔来尽流俗，难与倾壶觞。今日登华筵，稍觉神扬扬。方欢沧浪侣，遽恐白日光。海人瑞锦前，岂敢言文章？聊歌灵境会，此会诚难忘。”

吴兴柳使君。”酒令传到溪神，湘王唱道：“渺渺烟波接九嶷，几人经此泣江篱。年年绿水青山色，不改重华南狩时。”

相国范蠡接着献诗一首以贺夜宴：“浪阔波澄秋气凉，沉沉水殿夜初长。自怜休退五湖客，何幸追陪百谷王。香袅碧云飘风席，觥飞白玉滟椒浆。酒酣独泛扁舟去，笑入琴高不死乡。”徐衍徐处士紧接范蠡献诗一首：“珠光龙耀火熀熀，夜接朝云宴渚宫。凤管清吹凄极浦，朱弦间奏冷秋空。论心幸遇同归友，揣分惭无辅佐功。云雨各飞真境后，不堪波上起悲风。”

屈原大夫左手举杯，右手敲盘子。声音朗朗地作了一首歌：“凤骞骞以降瑞兮，患山鸡之杂飞。玉温温以呈器兮，因碱砆之争辉。当侯门之四辟兮，瑾嘉谟之重扉。既瑞器而无庸兮，宜昏暗之相微。徒刳石以为舟兮，顾沿流而志违。将刻木而作羽兮，与超腾之理非。矜孑孑于空阔兮，靡群援之可依。血淋淋而傍流兮，顾江鱼之腹而将归。西风萧萧兮湘水悠悠，白芷芳歇兮江篱秋。日晼晼兮川云收，棹回起兮悲风幽。羁魂汨没兮，我名永浮。碧波虽涸兮，厥誉长流。向使甘言顺行于曩昔，岂今日居君王之座头。是知贪名徇禄而随世磨灭者，虽正寝而死兮，无得与我俦。当鼎足之嘉会兮，获周旋于诸侯。雕盘玉豆兮罗珍羞，金卮琼斝兮方献酬。敢写心兮歌一曲，无诮余持杯以淹流。”

接着申屠先生献诗助兴说：“行殿秋未晚，水宫风初凉。谁言此中夜，得接朝宗行。灵鼍振冬冬，神龙耀煌煌。红楼压波起，翠幄连云张。玉箫冷吟秋，瑶瑟清含商。贤臻江湖叟，贵列川渎王。谅予衰俗人，无能振颓纲。分辞昏乱世，乐寐蛟螭乡。栖迟幽岛间，几见波成桑。尔来尽流俗，难与倾壶觞。今日登华筵，稍觉神扬扬。方欢沧浪侣，遽恐白日光。海人瑞锦前，岂敢言文章？聊歌灵境会，此会诚难忘。”

鸱夷君衔杯作歌曰："云集大野兮血波汹汹，玄黄交战兮吴无全垄。既霸业之将坠，宜嘉谟之不从。国步颠蹶兮吾道遘凶。处鸱夷之大困，入渊泉之九重。上帝愍余之非辜兮，俾大江鼓怒其冤踪。所以鞭浪山而疾驱波岳，亦粗足展余拂郁之心胸。当灵境之良宴兮，谬尊俎之相容。击箫鼓兮撞歌钟，吴讴赵舞兮欢未极。遽军城晓鼓之冬冬，愿保上善之柔德，何行乐之地兮难相逢。"

歌终，霅郡城楼早鼓绝，洞庭山寺晨钟鸣，而飘风勃兴，玄云四起，波间车马音犹合沓。顷之，无所见。曙色既分，巨龟复延首于中流。顾眄琛而去。（出《集异记》）

张遵言

南阳张遵言，求名下第，涂次商山山馆。中夜晦黑，因起厅堂督刍秣，见东墙下一物，凝白耀人。使仆者视之，乃一白犬，大如猫，须睫爪牙皆如玉，毛彩清润，悦怿可爱。遵言怜爱之，目为捷飞，言骏奔之甚于飞也。常与之俱，初令仆人张志诚袖之，每饮饲，则未尝不持目前。时或饮食不快，则必伺其嗜而啖之。苟或不足，宁遵言辍味，不令捷飞之不足也。一年余，志诚袖行，意以懈怠，由是遵言每行，自袖之。饮食转加精爱，夜则同寝，昼则同处，首尾四年。

后遵言因行于梁山路，日将夕，天且阴，未至所诣，而风雨骤来。遵言与仆等隐大树下，于时昏晦，默无所睹。忽失捷飞所在，遵言惊叹，命志诚等分头搜讨，未获次。忽见一人，衣白衣，长八这时鸱夷君也干了杯中酒，写了一首歌："云集大野兮血波汹汹，玄黄交战兮吴无全垄。既霸业之将坠，宜嘉谟之不从。国步颠蹶兮吾遘凶。处鸱夷之大困，入渊泉之九重。上帝愍余之非辜兮，俾大江鼓怒其冤踪。所以鞭浪山而疾驱波岳，亦粗足展余拂郁之心胸。当灵境之良宴兮，谬尊俎之相容。击箫鼓兮撞歌钟，吴讴赵舞兮欢未极。遽军城晓鼓之冬冬。愿保上善之柔德，何行乐之地兮难相逢。"

这首唱完，雪郡城楼的更鼓敲尽，洞庭山庙的晨钟响起，一时间江面上什么也没有了，然风声阵阵，黑云四起，还能隐约听到水波间车马声伴着浪涛声。片刻后便什么声音也没有了。天快亮时，那只大龟在湖中又把头伸出，看了蒋琛几眼后没入湖中。（出《集异记》，明钞本作出《纂异记》）

张遵言

南阳张遵言，科举没考中，回乡时在商山一个旅店住宿。夜里天太黑，张遵言起来查看仆人是否给马添了草料，忽然看见东墙下有个非常白，很耀眼的东西。叫仆人去看，原来是一条白色的狗，只有猫般大小，身上的皮毛、爪子、牙齿如玉般，色泽光洁，特别可爱。遵言很喜欢这条小狗，取名为捷飞，有跑的时候像飞的一样快。他时常和白狗一起，一开始要仆人张志诚把它装在袖子，每次张遵言吃饭的时候，都把白狗弄到面前，要是这条狗不想吃东西，就想方设法做一些它喜欢的食物来喂它。若是饭食不够吃，自己不吃都要省给白狗吃。一年多来白狗一直呆在仆人袖子里，仆人有些不耐烦了，张遵言便把白狗放在自己袖中，喂养得更加细心。晚上和狗一起睡，白天和狗呆在一处，就这样过了整整四年。

张遵言有次去梁山，天快黑了且越来越阴，还没到地方，忽然间还下起了大雨。张遵言和仆人只好在大树下避雨，一时间天昏地暗，什么都看不到，突然间发现小白狗不见了。遵言非常焦急，让仆人到处找，找的时候，看见一个人八尺多高的人，身穿白衣，长得十分英尺余，形状可爱。遵言豁然如月中立，各得辨色。问白衣人何许来，何姓氏，白衣人曰："我姓苏，第四。"谓遵言曰："我已知子姓字矣。君知捷飞去处否？则我是也。君今灾厄合死，我缘爱君恩深，四年已来，能活我至于尽力辍味，曾无毫厘悔恨，我今誓脱子厄。然须损十余人命耳。"言讫，遂乘遵言马而行，遵言步以从之。

可十里许，遥见一冢上有三四人，衣白衣冠，人长丈余，手持弓箭，形状瑰伟。见苏四郎，俯偻迎趋而拜，拜讫，莫敢仰视。四郎问何故相见，白衣人曰："奉大王帖，追张遵言秀才。"言讫，偷目盗视遵言。遵言恐，欲蹐地。四郎曰："不得无礼，我与遵言往还，君等须与我且去。"四人忧恚啼泣，而四郎谓遵言曰："勿忧惧，此辈亦不能戾吾。"更行十里，又见夜叉辈六七人，皆持兵器，铜头铁额，状貌可憎恶，跳梁企踯，进退狞暴。遥见四郎，戢毒栗立，惕伏战悚而拜。四郎喝问曰："作何来？"夜叉等霁狞毒为戚施之颜，肘行而前曰："奉大王帖，专取张遵言秀才。"偷目盗视之状如初。四郎曰："遵言我之故人，取固不可也。"夜叉等一时叩地流血而言曰："在前白衣者四人，为取遵言不到，大王已各使决铁杖五百，死者活者尚未分。四郎今不与去，某等尽死。伏乞哀其性命，暂遣遵言往。"四郎大怒，叱夜叉，夜叉等辟易，崩倒者数十步外，流血跳迸，涕泪又言。四郎曰："小鬼等敢尔，不然，且急死。"夜叉等啼泣喑呜而去。四郎又谓遵言曰："此数辈甚难与语，今既去，则奉为之事成矣。"行七八里，见兵仗等五十余人，形神则常人耳，又列拜于四郎前。四郎曰："何故来？"对答如夜叉等。又言曰："前者夜叉牛叔良等七人，为追张遵言不到，尽以付法。某等惶惧，不知四郎有何术，救得某等全生。"四郎曰："第随我来，或希冀耳。"凡五十人，言可者半。

俊可爱。当时像是站在月下，一切都能看得清楚。于是问白衣人来自何方，姓甚名谁。白衣人说："我姓苏，排行第四。"又对遵言说："我知道你的姓名。你的白狗不是不见了吗？我就是它啊。你目前正逢必死的大难，可我对你很是敬爱，四年来都是你养着我，甚至把自己的饭食舍出来喂我，从不后悔。所以今天我要救你逃脱大难。可这样的话会搭上十多条性命。"说完，便骑上遵言的马，遵言步行跟在马后。

走出十里地，隔很远就看到一座坟上有三四个人，他们穿白衣戴白帽子，都有一丈多高，手拿刀剑，十分威严。他们在见到苏四郎后，立刻跪伏在地迎接，拜完后也不敢抬起头来。四郎问他们：有何事，他们说："奉大王之命，前来捉拿秀才张遵言。"说完，不停地偷看张遵言。遵言十分害怕，差点儿跌倒在地上上。苏四郎说："不得无礼，我与遵言同行同止，你们快给我让路。"四个白衣人吓哭了，四郎对遵言说："您不用担心，他们不敢把我怎样。"又走了十里，有几个长得像夜叉的，手里都拿着刀枪，每个都是铜头铁额，样子十分吓得，他们蹦蹦跳跳看上去很凶残的样子。但当他们见了苏四郎后，立刻老老实实的站在那里，然后战战兢兢地对着四郎叩拜。四郎喝问道："你们来这干什么？"夜叉们马上把刚才狰狞的面孔收起，换上一副老实可怜的样子，用胳膊爬到四郎跟前说："我们奉大王之命，前来抓张遵言秀才。"然后又贼眉鼠眼的悄悄打量着张遵言。四郎说："张遵言是我朋友，你们不准抓他。"夜叉们立刻不停叩头，头都叩出血来了。他们说："前面那四个白衣人，因没抓到张遵言，大王让罚了他们每人挨五百铁棍，现在都不知他们是死是活。你不准我们抓走张遵言，我们肯定也活不成了。请您救我们一命，让张遵言暂时让我们带走。"四郎气愤不已，将夜叉们一通痛骂，夜叉们被吓得屁滚尿流，有些都跪到几十步以外去了，却还是淌着血流着泪不停的请求。四郎说："小鬼好大的胆子，再不滚开，我让你们现在就死。"夜叉们大哭着跪在地上了。四郎对遵言道："这些人很难缠，说不通，他们已经被我赶走，事情就成功了。"又往前走了七八里，有四五十人手执刀枪，长得和普通人一般。他们列队在四须臾，至大乌头门。又行数里，见城堞甚严。有一人具军容，走马而前。传王言曰："四郎远到，某为所主有限，法不得迎拜于路。请且于南馆小休，即当邀迓。"入馆未安，信使相继而召，兼屈张秀才。俄而从行，宫室栏署，皆真王者也。入门，见王披衮垂旒，迎四郎而拜，四郎酬拜，礼甚轻易，言词唯唯而已。大王尽礼，前揖四郎升阶，四郎亦微揖而上。回谓遵言曰："地主之分，不可不迩。"王曰："前殿浅陋，非四郎所宴处。"又揖四郎。凡过殿者三，每殿中皆有陈设盘榻食具供帐之备。至四重殿中方坐，所食之物及器皿，非人间所有。

食讫，王揖四郎上夜明楼。楼上四角柱，尽饰明珠，其光如昼。命酒具乐，饮数巡，王谓四郎曰："有佐酒者，欲命之。"四郎曰："有何不可。"女乐七八人，饮酒者十余人，皆神仙间容貌妆饰耳。王与四郎各衣便服，谈笑亦邻于人间少年。有顷，四郎戏一美人，美人正色不接。四郎又戏之，美人怒曰："我是刘根妻，不为奉上元夫人处分，焉涉于此，君子何容易乎？中间许长史，于云林王夫人会上轻言，某已赠语杜兰香姊妹。至多微言，犹不敢掉谑，君何容易欤？"四郎怒，以酒卮击牙盘一声，其柱上明珠，觳觳而落，瞑然无所睹。

郎面前跪拜，四郎问："你们来做什么？"他们和夜叉同样的回答。又说："之前的夜叉、牛叔良七人，因没抓到张遵言全被处死了。我们内心特别害怕，不知四郎你有什么法子能让我们逃过一死。"四郎说："你们都排好队随我来，也许有办法。"那四五十人，一半随四郎走。

穿过一处大黑城门，又走了几里，城楼上戒备森严，有位骑马的军官到四郎面前，传大王命令，我本应出城迎接四郎，但我权力有限，不得在路上迎拜你。请四郎先到南馆稍做休息，我立刻迎接您。四郎在南馆刚刚坐下，大王的信使就来请了，还让张遵言跟着一同前去。他们一起走。只见这里的楼阁宫殿，和人间帝王的一样华贵。进了宫门，只见大王披着长袍、帽子垂着流苏，前来迎接四郎，而且恭敬行礼，四郎随意地还了礼，态度也不恭敬敬。但大王对四郎却礼仪周到，揖拜迎下阶来，四郎随意拜了下就进了前殿，回头对遵言小声道："他是这里的主人，礼仪不能不郑重周到。"大王说："前殿太简陋，在这里宴请您不合适。"又请四郎跟着穿过三个大殿，每个殿内的陈设都十分华丽，摆上酒食设有床榻。直到第四个大殿，才请四郎和张遵言入席。所吃的食物，用的器具，和人间都不一样。

吃了饭，又请四郎登上夜明楼。楼上四个角落的柱子上都用明珠装饰，四周照得如白天一般。大王安排酒宴音乐，请四郎宴饮，酒过几巡后，大王对四郎说："我想找些歌舞来助助兴，不知行不行。"四郎说："有何不可？"于是上来七八个舞女，还有十多个酒量不错的人，都是神仙般的容貌和装饰。然后大王和四郎都换了便服，在一起说话谈笑，像人间两个少年朋友一样。过了一会儿，四郎与其中的一个美人调笑，那美人很严肃，并不理睬四郎。四郎再调戏她，那美人怒道："我是刘根的妻子，若不是上元夫人安排，我怎可能到这里来？你最好放尊重些。曾有位许长史，在云林王夫人宴会上对我口出轻薄之言。我对杜兰香说了这事。她也不过口出轻薄之语，不敢太过无礼，四郎怎么能这般轻狂？"四郎大怒，将酒杯用力的敲了下盘子，震得柱子上的明珠扑扑往下掉，四郎完全像没看见似的。

遵言良久懵而复醒，元在树下，与四郎及鞍马同处。四郎曰：“君已过厄矣，与君便别。”遵言曰：“某受生成之恩已极矣。都不知四郎之由，以归感戴之所。又某之一生，更有何所赖耶？”四郎曰：“吾不能言。汝但于商州龙兴寺东廊缝衲老僧处问之，可知也。”言毕，腾空而去。天已向曙，遵言遂整辔适商州，果有龙兴寺。见缝衲老僧，遂礼拜。初甚拒遵言，遵言求之不已。老僧夜深乃言曰：“君子苦求，吾焉可不应？苏四郎者，乃是太白星精也；大王者，仙府之谪官也，今居于此。”遵言以他事问老僧，老僧竟不对，曰：“吾今已离此矣。”即命遵言归，明辰寻之，已不知其处所矣。（出《博异记》）

过了一会儿，张遵言像是大梦初醒一般。看下四周，自己还在那棵树下避雨。四郎说："你现在已经避开了大难，咱们该分手了。"遵言说："我受了你如此大的恩惠，日后想报答你一二，不知你是在哪里，这生我又能依靠谁？"四郎说："我的所在对你无可奉告。但你到商州龙兴寺，去找一位在东廊下缝补袈纱的和尚，去问他。"然后腾空而去。此时天色微明，遵言备好马匹，准备上路。到商州后一打听，真有个龙兴寺。见到那位补袈纱的和尚，赶昆上前拜见，问四郎将往哪里，所在何处？一开始和尚无论如何也不告诉遵言，但架不住遵言苦苦哀求，老和尚在夜深人静时对遵言说，既然你这般求我，我就告诉你。四郎，是太白星精；大王，只是仙界贬下来的官，现在主管这一方而已。遵言想再问其他的，老和尚什么也不答了，说了句我已经不在这了。老和尚让遵言快快离去。遵言第二天再去，已不知老和尚去向了。（出《博异记》）

卷第三百一十　神二十

张无颇　王 锜　马 朝　郄元位　夏阳赵尉　卢嗣宗
三史王生　张 生

张无颇

长庆中，进士张无颇，居南康，将赴举，游丐番禺。值府帅改移，投诣无所。愁疾卧于逆旅，仆从皆逃。忽遇善易者袁大娘，来主人舍，瞪视无颇曰："子岂久穷悴耶？"遂脱衣买酒而饮之，曰："君窘厄如是，能取某一计，不旬朔，自当富赡，兼获延龄。"无颇曰："某困饿如是，敢不受教。"大娘曰："某有玉龙膏一合子。不惟还魂起死，因此亦遇名姝。但立一表白，曰，能治业疾。若常人求医，但言不可治；若遇异人请之，必须持此药而一往，自能富贵耳。"无颇拜谢受药，以暖金合盛之。曰："寒时但出此合，则一室暄热，不假炉炭矣。"

无颇依其言，立表数日，果有黄衣若宦者，扣门甚急，曰："广利王知君有膏，故使召见。"无颇志大娘之言，遂从使者而往。江畔有画舸，登之甚轻疾。食顷，忽睹城宇极峻，守卫甚严。宦者引无颇入十数重门，至殿庭。多列美女，服饰甚鲜，卓然侍立。宦者趋而言曰："召张无颇至。"遂闻殿上使轴帘，见一丈夫。衣王者之衣，戴远游冠，二紫衣侍女，扶立而临砌，招无颇曰："请不拜。"王曰："知秀才非南越人，不相统摄，幸勿展礼。"无颇强拜，王罄折而谢曰："寡人薄德，远邀大贤，盖缘爱女有疾，一心钟念，知君有神膏。傥获痊平，实所愧戴。"遂令阿监二人，引入

张无颇

长庆年间，进士张无颇住在南康。在赶考之前，到广东番禺县找一位相识的府帅帮忙。然而他到了后才知道府帅已换人。他投靠无门，在一间旅店里愁得病倒了，他的仆人也都抛下他走了。这时，这间旅店来了位算命的袁大娘，对着无颇仔细端详后说：“您不会一直像现在这样穷困的。”无颇把自己的一件衣服卖掉后请袁大娘喝酒。袁大娘说：“你在这里这么穷，我告诉你一个方法，若是你这么做，不到半月你就会富起来，还能延长你的寿命。”无颇说：“我现在又穷又饿，你要我怎么做我就怎么做。”大娘说：“我有一盒玉龙膏，是能帮人起死回生的妙药，你可以用这个药得到一位身份高贵的女子。你贴个布告，上面写你是神医。若是平常人来求医，你就不帮他们治。如果有那些身份高贵的人求医，你就去治，用这个药就可以了。”说完给了无颇一个暖金盒，里面装的就是玉龙膏。袁大娘又说：“天冷时你把这个暖金盒拿出来，屋内立刻会变得十分暖和，都不用生炉子。”

无颇向袁大娘拜谢，听从袁大娘的建议贴了个布告出来，过了几天，有个身穿黄衣的人，像是宫中的太监，十分焦急地来敲无颇的门，对无颇说：广利王知道你这里有灵药，派我来召你。无颇记着袁大娘的话，于是随太监走了。江边停着一只画船，船走的很轻快。约一顿饭的功夫，就到一座城前，那里守卫森严。太监领着无颇穿过十几道大门才来到大殿，殿前站着许多衣着华丽的美女。太监上殿奏报道：“大王您召见的张无颇到了。”有人将殿门的帘子打开，殿上坐了位穿皇帝衣服的人，头戴远游冠，两个穿紫衣的侍女将他搀扶着走下殿阶。紫衣侍女对无颇：“不必行礼。”大王说：“你不是南越人，也不是我的臣民，不必多礼。”无颇坚持行礼跪拜，大王立刻鞠贵主院。无颇又经数重户，至一小殿。廊宇皆缀明玑，翠珰楹楣，焕耀若布金钿，异香氲郁，满其庭户。俄有二女褰帘，召无颇入。睹真珠绣帐中，有一女子，才及笄年，衣翠罗缕金之襦。无颇切其脉，良久曰："贵主所疾，是心之所苦。"遂出龙膏，以酒吞之，立愈。贵主遂抽翠玉双鸾篦而遗无颇，目成者久之。无颇不敢受，贵主曰："此不足酬君子，但表其情耳。然王当有献遗。"无颇愧谢。阿监遂引之见王。王出骇鸡犀翡翠碗丽玉明瑰，而赠无颇，无颇拜谢。宦者复引送于画舸，归番禺。主人莫能觉，才货其犀，已巨万矣。

无颇睹贵主华艳动人，颇思之。月余，忽有青衣，扣门而送红笺。有诗二首，莫题姓字。无颇捧之，青衣倏忽不见。无颇曰："此必仙女所制也。"词曰："羞解明珰寻汉渚，但凭春梦访天涯。红楼日暮莺飞去，愁杀深宫落砌花。"又曰："燕语春泥堕锦筵，情愁无意整花钿。寒闺欹枕不成梦，香炷金炉自袅烟。"顷之，前时宦者又至，谓曰："王令复召，贵主有疾如初。"无颇忻然复往。见贵主，复切脉次。左右云："王后至。"无颇降阶，闻环珮之响，宫人侍卫罗列。见一女子，可三十许，服饰如后妃。无颇拜之，后曰："再劳贤哲，实所怀惭。然女子所疾，又是何苦？"无颇曰："前所疾耳，心有击触而复作焉。若再饵药，当去根干耳。"后曰："药何在？"无颇进药合，后睹之默然，色不乐，慰喻贵主而去。后遂白王曰："爱女非疾，私其无颇矣。不然者，何以宫中暖金合，得在斯人处耶？"王愀然良久曰："复为贾充女耶？吾亦当继其事而成最深的躬还记。并道："是我太过冒昧了，将你这位贤人从那么远的地方请来。我最疼爱的女儿病了，听说你有神药，要是你能将我最爱的女儿的病治好，我将感激不尽。"然后命人把无颇领去公主的宫殿，无颇又跟着过了好几道门，来到一座小殿。殿内楼阁画廊的帘上都是用珍珠装饰，门楣上镶着宝石，宫殿内外都镶金挂银，空气中弥漫着一种特殊的香气。不一会儿，两个宫女打开珠帘，召无颇到公主寝宫。只见珍珠绣帐内躺着一位十六七岁的女子，身着红色绸缎镶金边的衣裙。无颇给公主切脉良久，然后道："公主是心火所苦，将玉龙膏拿出后请公主就酒水服下，公主的病马上好转。"于是公主将一个用翠玉做成的双鸾篦从头发上拔下来，送给无颇。无颇不敢受，公主说："我只是用它来表达我的心意，并不是付给你报酬，我父王会给你正式的酬谢。"无颇拜谢收下公主的礼物。太监领无颇再次去见大王，大王将骇鸡犀、悲翠碗等特别贵重的金玉珠宝赐给无颇。无颇拜谢后接受了，太监领无颇出宫并送他上来时的画船。无颇回到番禺，仅是那只骇鸡犀就就卖了好几万银钱。

那位公主生得美丽娇艳且楚楚动人，无颇对公主很是想念。一个多月后，有位青衣使女送来一封红信笺。上面题着两首诗，诗上面没有落款，无颇接过诗笺，青衣使女就消失了。无颇想，写诗的一定是位仙女。两首诗是：羞解明珰寻汉渚，但凭春梦访天涯。红楼日暮莺飞去，愁杀深宫落砌花。燕语春泥堕锦筵，情愁无意整花钿。寒闺欹枕梦不成，香炷金炉自袅烟。没一会儿，上次的那位太监来了，对无颇说："大王召你去，公主又病了，病症和之前一样。"无颇高兴地随太监前往。见到公主后，又给她切脉。就在这时，侍女们说王后到。无颇赶紧出门到台阶下相迎。传来了女人的环珮之声，只见一位三十多岁的女人，在一大群宫女的簇拥下朝公主宫殿走来，应该是王后，无颇马上跪拜。王后说："劳驾你再次前来，实在惭愧。可我女儿病了，又不知究竟是什么病。"无颇说："是病根没清除，公主心中有事才再次犯病的。我给她再服一次药，一定可以将病根去除。"王后问："药在哪里？"于是无颇把暖金药呈给皇后。皇后看到药盒，沉默了很久，面上特别不高兴，草草安慰了公主几句后便走了。王后回之，无使久苦也。”

无颇出，王命延之别馆，丰厚宴犒。后王召之曰：“寡人窃慕君子之为人，辄欲以爱女奉托，如何？”无颇再拜辞谢，心喜不自胜。遂命有司，择吉日，具礼待之。王与后敬仰愈于诸婿，遂止月余，欢宴俱极。王曰：“张郎不同诸婿，须归人间。昨夜检于幽府云，当是冥数，即寡人之女，不至苦矣。番禺地近，恐为时人所怪。南康又远，况别封疆，不如归韶阳甚便。”无颇曰：“某意亦欲如此。”遂具舟楫，服饰异珍，金珠宝玉。无颇曰：“唯侍卫辈即须自置，无使阴人，此减算耳。”遂与王别，曰：“三年即一到彼，无言于人。”

无颇挈家居于韶阳，人罕知者。住月余，忽袁大娘扣门见无颇。无颇大惊，大娘曰：“张郎今日赛口，及小娘子酬媒人可矣。”二人各具珍宝赏之，然后告去。无颇诘妻，妻曰：“此袁天纲女，程先生妻也，暖金合即某宫中宝也。”后每三岁，广利王必夜至张室。后无颇为人疑讶，于是去之，不知所适。（出《传奇》）

王锜

天兴丞王锜，宝历中，尝游陇州。道憩于大树下，解鞍籍地去后对大王说："咱女儿根本就没病，而是对无颇有了情。否则，宫里的暖金盒怎么会在无颇那里？"大王无不感叹地道："既然我们的女儿想学汉代贾充的女儿爱上了韩公子，我们也只好成全了他们，别让她再受苦了。"

无颇从公主寝宫出来后，大王把他请到另一间房住下，赐给他无比丰厚的礼物，还设宴招待他。又召见无颇说："寡人对你的为人十分敬慕，想将公主许配给你，你意下如可？"无颇喜出望外，连着好多次拜谢大王。于是大王命宫中管事，选了良辰吉日，为无颇和公主举行了盛大而隆重的婚礼，大王和王后对无颇比其他女婿更尊重。在宫中住了一个多月，每日都是欢宴游乐。大王说："张郎和其他女婿不一样，必须回到人间。昨夜我去冥府查了生死簿，好在你阳寿还长。这样，我也不用担心女儿会长守空房了。若是你回番禺，我们离得又太近，来往会让人生疑。让你到南康去，又离我们太远了，南康还不是我管辖的地界。依我看来，你回韶阳比较好，两边都方便。"无颇说："我也正有此意。"于是大王给无颇备下了许多华服珍宝，还备了船。无颇说："我的侍卫和仆从还是由我来安排，用阳间的人。"一切准备就绪后，无颇向大王辞行。临别时大王说："以后每隔三年我们去看你们一次，你一定要保密。"

无颇与公主在韶阳安定下来，人们无从知道他们的来历。住下一个多月，有天袁大娘来敲门，无颇见后很是吃惊。袁大娘说："张郎如今过上了好日子，你和你小娘子得多谢我这个大媒人吧！"无颇和妻子拿了很多贵重珍品感谢袁大娘，大娘便走了。无颇问妻子，妻子说："袁大娘是袁天纲的女儿，穆先生的夫人。而暖金盒是我宫中的宝物。"后来每隔三年，广利王夜晚就会来张无颇家看望女儿女婿，后来因引起他人怀疑，便搬走了。搬去了哪里，无人知晓。（出《传奇》）

王锜

宝历年间，天兴县丞王锜去陇州时。半路在一棵大树下休息，将而寝。忽闻道骑传呼自西来，见紫衣乘车，从数骑，敕左右曰：“屈王丞来。”引锜至，则帐幄陈设已具。与锜坐语良久，锜不知所呼，每承言，即徘徊卤莽。紫衣觉之，乃曰：“某潦倒一任二十年，足下要相呼，亦可谓为王耳。”锜曰：“未谕大王何所自？”曰：“恬昔为秦筑长城，以此微功，屡蒙重任。洎始皇帝晏驾，某为群小所构，横被诛夷。上帝仍以长城之役，劳功害民，配守吴岳。当时吴山有岳号，众咸谓某为王。其后岳职却归于华山，某罚配年月未满，官曹移便，无所主管，但守空山。人迹所稀，寂寞颇甚。又缘已被虚名，不能下就小职，遂至今空窃假王之号。偶此相遇，思少从容。”锜曰：“某名迹幽沉，质性孱懦，幸蒙一顾之惠，不知何以奉教？”恬曰：“本缘奉慕，顾展风仪，何幸遽垂厚意，诚有事则又如何？”锜曰：“幸甚。”恬曰：“久闲散，思有以效用。如今士马处处有主，不可夺他权柄。此后三年，兴元当有八百人无主健儿。若早图谋，必可将领。所必奉托者，可致纸钱万张，某以此藉手，方谐矣。”锜许诺而寤，流汗霡霂，乃市纸万张以焚之。乃太和四年，兴元节度使李绛遇害，后节度使温造，诛其凶党八百人。（出《河东记》）

马朝

马朝者，天平军步卒也。太和初，沧州李同捷叛，诏郓师讨马鞍解下来后铺在地上睡觉。忽然听见从西边传达来一阵马蹄声，车里坐着一个紫衣人，几个骑马的随从跟在后面。停车后紫衣人对随从说："请王锜县丞过来。"随从领王锜来见紫衣人，紫衣人已经在一个陈设齐备的帐篷里坐下了。两人在帐中聊了很久，王锜却还不知该如何称呼他的官衔，因此答话时时常很失礼的在那吞吞吐吐。紫衣人有所察觉，就说："我都潦倒了二十年，您可以称呼我大王。"王锜就问："不知大王从哪里来？"紫衣人说："我是秦代大将军蒙恬。我为秦始皇修建长城，因这份功劳曾多次蒙受重任。但秦始皇驾崩后，我被小人诬告陷害被杀。死后，天帝认为修建长城是一件劳民伤财的事，害了不少百姓，将我发配到吴岳担任了一个管山岳的职务。管山的官都有称号，人们管我叫大王。后来吴山划到华山管辖，而我罚配期限又还没到。管理吴山的实权已交给华山君，我便什么也不用管，守着一座空山罢了，山中人烟稀少，十分寂寥。又因我已虚有大王的名头，放下架子当更小的官是不可能了，现在只是有个大王的名头而已。你我在此相遇，想请您帮我个忙。"王锜说："我也就是个无名小县丞，懦弱又无能，见到大王已是我的荣幸，又能为大王做什么呢？"蒙恬说："我是对您心有敬慕才和您相见的，一看您就是个正直而有风度的人。若是您能对我关照下，为我办点事如何？"王锜说："我一定遵命。"蒙恬就说："我闲散了太久，希望能再有点作为。但如今哪儿都没空缺，兵马也有主管，我不能去抢了别人官职。三年后，兴元会有八百士兵无人统领，我想早做打算，做这八百人的统领。我所托之事就是烦请你给我一万张纸钱，我用来做军饷就能成事了。"王锜当即同意了，惊醒后吓出一身汗。于是买了一万张纸钱烧了。太和四年，兴元节度使李绛被害，新上任的节度使温造把参加叛乱的八百名士兵全杀了，这就是蒙恬梦中所说的八百名士兵的事。（出《河东记》）

马朝

马朝是天平军中的一个普通士兵。太和初年，李同捷在沧州发之，朝在是行。至平原南，与贼相持累旬。朝之子士俊，自郓馈食，适至军中。会战有期，朝年老，启其将曰："长男士俊，年少有力，又善弓矢。来日之行，乞请自代。"主将许之。及战，郓师小北，而士俊连中重疮，仆于斗场，夜久得苏。忽有传呼，语言颇类将吏十数人者。且无烛，士俊窥之不见。但闻按据簿书，称点名姓。俄次士俊，则呼马朝。傍有人曰："不是本身，速令追召。言讫遂过，及远，犹闻其检阅未已。士俊惶惑，力起徐归。四更方至营门，营吏纳之，因扶持送至朝所。朝谓其已死，及见惊喜，即洗疮傅药。乃曰："汝可饮少酒粥，以求寝也。"即出汲水。时营中士马极众，每三二百人，则同一井。井乃周圆百步，皆为隧道，渐以及泉，盖使众人得以环汲也。时朝以罂缶汲水，引重之际，泥滑，颠仆于地。地中素有折刀，朝心正贯其刃。久而士俊惧其未回，告于同幕者。及到则已绝矣。士俊旬日乃愈。（出《河东记》）

郄元位

河东衙将郄元位者，太和初，常奉使京辇。行至沙苑，会日暮。见一人，长丈余，衣紫佩金，容状丰伟。御白马，其马亦高丈余。导从近十辈，形状非常，执弧矢，自南来。元位甚惊异，立马避之。神人忽举鞭西指，若有所见，其导从辈俱随指而望。元位亦西望，寂然无睹。及回视之，皆不见矣。元位瘁然汗发，髀战心栗，不觉堕马。因病热，肩舆以归，旬余方愈。时河东连帅司空李愿卒。（出《宣室志》）

生叛乱，下令在郓城驻守的军队前往平叛，马朝就是平叛军中的一员。军队在平原南面和叛军对峙了十多天。马朝的儿子马士俊，从郓城到军队中来给父亲送饭。马上就要和叛军会战了，马朝年纪大了，于是向主将说，我大儿子马士俊，年轻有力且善于射箭，请同意让他代我参加会战。主将同意了。战斗打响后，郓城军队受挫后撤退，马士俊身受重伤，在战场上昏倒。半夜里忽然听到点名声，有大小军官十几人在附近。当时天很黑，士俊看不清那些人，有人按照本子上的名字挨个点名。到马士俊时，喊的却是父亲马朝的名字。旁边的人说："这个人不是马朝。"于是点名的人下令把马朝捉来。说完这些人就走了，走了很远，都还能听到他们点名的声音。士俊内心特别害怕，不知发生了什么事，挣扎着慢慢往回走，四更天时才到军营。营里的军官收留了他，搀扶着他找到了父亲。马朝以为士俊已经阵亡，见他回来是又惊又喜，立刻给他洗伤口和换药，对他说："你喝些兑了酒的粥，就能睡着了。"然后就出去打水了。军营里人多马多，二三百人才有一口井。井四周一百多步都挖了水沟，为的是把井水引进沟里，方便让士兵们围着打水。马朝用水罐打水，提起来时，脚下打滑，于是跌倒在地。不巧地上有一段折断的军刀，一下子就将马朝的胸口穿透了。马士俊在帐中不见父亲回来，怕出了事，告诉同伴后，同伴到井边时马朝已经死了。而十多天后士俊就痊愈了。（出《河东记》）

郄元位

河东衙将郄元位，于太和初年奉命护送使者前往京城。行至沙苑时天快黑了，看到一位有一丈高的人，穿着紫袍，佩戴金饰，仪表威严，骑的白马也有一丈多高。近十名侍卫在前面开路，一看就与凡人不同，都带着弓箭，从南面奔驰而来。郄元位很是惊异，停马躲避。那位神人举起鞭子指向西方，侍从们跟着往西面张望。郄元位也往西面看，却什么都没看到。等他回头时，那群人全不见了。元位吓出一身汗，双腿直打哆嗦，不小心跌下马来，生了场热病，只得被抬回来。后来得知，河东连帅司空李愿在那天死了。（出《宣室志》）

夏阳赵尉

冯翊之属县夏阳，据大河。县东有池馆，当太华中条，烟霭岚霏，昏旦在望。又有瀵泉穴其南，泉水清澈，毫缕无隐。太和中，有赵生者，尉于夏阳。尝一夕雨霁，赵生与友数辈，联步望月于瀵泉上。忽见一人，貌甚黑，被绿袍，自水中流，沿泳久之。吟曰："夜月明皎皎，绿波空悠悠。"赵生方惊，其人忽回望水滨，若有所惧，遂入水，惟露其首，有顷亦没。赵生明日又至泉所。是岸傍数十步，有神祠，表其门曰瀵水神。赵生因入庙，见神坐之左右，抟埴为偶人，被绿袍者，视其貌，若前时所见水中人也。赵生曰："此瀵壤也，尚能惑众，非怪而何？"将用刬其庙。有县吏曰："此神庙，且能以风雨助生植。苟若毁其屋，适足为邑人之患。"于是不果隳。（出《宣室志》）

卢嗣宗

蒲津有舜祠，又有娥皇、女英祠，在舜祠之侧。土偶之容，颇尽巧丽。开成中，范阳卢嗣宗，假职于蒲津。一日，与其友数辈，同游舜庙。至娥皇女英祠，嗣宗戏曰："吾愿为帝子之隶，可乎？"再拜而祝者久之。众皆谓曰："何侮易之言，黩于神乎？"嗣宗笑益酣。自是往往独游娥皇祠，酒酣，多为亵黩语。俄被疾，肩舁以归。色悸而战，身汗如沥，其夕遂卒。家僮辈见十余人，捽拽嗣宗出门，望舜祠而去。及视嗣宗尸，其背有赤文甚多，若为所扑。蒲之人咸异其事。（出《宣室志》）

夏阳赵尉

冯翊管辖的范围内有个夏阳县，靠着黄河，县东有个池塘位于太华山中部。平日里山头总是雾气迷漫，云烟缭绕，白天黑夜都看得见。城南有个瀵泉，泉水清澈见底，水中所有都能看得清清楚楚。太和年间，有位姓赵的县尉到夏阳任阵。有天雨过天晴后，他约了几位好友到瀵泉附近赏月。忽然看见一个脸很黑的人，这人穿着绿袍子，在水流中游来游去，一边游一边唱着："夜月风皎皎，绿波空悠悠。"赵生大吃一惊，那人回头朝岸上望，也很吃惊的样子，快速的沉入水中，只露出个脑袋，一会儿后便不见了。第二天，赵生又来到这里，见在离岸旁十步远的地方有一座庙，庙上题的是瀵水神庙。赵生进到庙内，只见神坐的两旁有几个泥做的塑像排列着，其中一个就身着绿袍，看上去与昨天水里的那个人很像。赵生说："这个瀵水神竟让自己属下的人在眼皮子底下做怪，那还了得！"想把庙拆了。有个官员劝道："这座神庙能够帮庄稼兴风雨助生长，要是把庙毁了，怕是会给当地人带来灾祸。"最后只好作罢。（出《宣室志》）

卢嗣宗

蒲津县有座舜的祠庙，庙旁还建着娥皇、女英祠。两位女神仙塑像的容貌被塑得十分秀美。开成年间，范阳人卢嗣宗到蒲津代理地方官。一天，他和几位好友一同游舜庙，后来又进了娥皇女英祠。卢嗣宗对着两座女神神象开玩笑说："我要是跟着这二位女神去，就是让我做奴仆也是愿意的，怎么样？"说完，还不停地拜礼祝祷。朋友们都劝他说："你怎么能用如此不敬的话侮辱女神呢？"卢嗣宗大笑，且毫不在意。后来他时常独游娥皇祠，酒醉后就会胡言乱语，调笑侮辱女神。有天嗣宗生了病，被人从庙里抬回来。当时他满脸恐惧，浑身颤抖，汗如雨下，当夜就死了。这夜，仆人看到十几个人闯进家中，连打带拖的将卢嗣宗拉出家门，直奔舜祠而去。后来在他尸体的后背发现了很多条红道子，像被鞭子抽打过一样。蒲县人都觉得这是件很奇怪的事。（出《宣室志》）

三史王生

有王生者，不记其名，业三史，博览甚精。性好夸炫，语甚容易。每辩古昔，多以臆断。旁有议者，必大言折之。尝游沛，因醉入高祖庙，顾其神座，笑而言曰："提三尺剑，灭暴秦，翦强楚，而不能免其母'乌老'之称。徒歌'大风起兮云飞扬'，曷能威加四海哉！"徘徊庭庑间，肆目久之，乃还所止。

是夕才寐而卒。见十数骑，擒至庙庭。汉祖按剑大怒曰："史籍未览数纸，而敢亵黩尊神。'乌老'之言，出自何典？若无所据，尔罪难逃。"王生顿首曰："臣常览大王《本纪》，见司马迁及班固云：'母刘媪。'而注云乌老反。释云：'老母之称也。'见之于史，闻之于师，载之于籍，炳然明如白日。非臣下敢出于胸襟尔。"汉祖益怒曰："朕中外泗水亭长碑，昭然具载矣。曷以外族温氏，而妄称乌老乎？读错本书，且不见义，敢恃酒喧于殿庭，付所司劾犯上之罪！"

语未终，而西南有清道者，扬言太公来。方及阶，顾王生曰："斯何人而见辱之甚也？"汉祖降阶对曰："此虚妄侮慢之人也，罪当斩之。"王生逞目太公，遂厉声而言曰："臣览史籍，见侮慢其君亲者，尚无所贬。而贱臣戏语于神庙，岂期肆于市朝哉！"汉祖又怒曰："在典册，岂载侮慢君亲者？当试征之。"王生曰："臣敢征大王可乎？"汉祖曰："然。"王生曰："王即位，会群臣，置酒前殿，献太上皇寿。有之乎？"汉祖曰："有之。""既献寿，乃曰：'大人常以臣无赖，不事产业，不如仲力。今某之业，孰与仲多？'有之乎？"汉祖曰："有之。""殿上群臣皆呼万岁，大笑为

三史王生

有位唤王生的人，真正的名字无从考详，专精读三史。王生喜欢夸耀自己的学问，说话不严谨。每每在书中读到古代的故事，常常主观判断。如果有人不同意他的看法，他就大肆攻击。王生到沛县游玩时，喝醉酒后去了汉高祖庙。对着高祖的神像说："你可以提着你的三尺宝剑，把残暴的秦国灭掉，强大的楚国除去，却无法免去你母亲被叫'乌老'如此不雅的名字。你作歌说'大风起兮云飞扬，威加海内兮归故乡'难道你真的能威镇四海吗？"王生在庙堂里走来走去，放肆的盯着高祖神像看了很久。

回家后睡下当夜就死了。有十几个骑士闯进家中把他抓到汉高祖庙，高祖手按宝剑大怒道："你都没读过几页史书，就敢亵渎于我，你说我母亲叫乌老，是哪本书里记载的？你要是找不到出处，你便罪责难逃！"王生磕头道："我曾拜读过关于您的传记，司马迁、班固都在传记中记载，您母亲刘媪，注释中说'媪：乌老反'。可见乌老就是你母亲的名字了。"王生又说："这事在史书上有记载，学堂的先生也是这样教的，像白天的阳光一样明白，并非是我凭空捏造！"汉高祖更为生气地说道："我宫中和泗水亭上都立有碑纪，上面清楚地记载了我母亲的姓名，你竟敢用外族的'媪氏'，称我母亲为'乌老'？读错史书，不明书中真义，还敢借酒醉到我大殿上胡言乱语，那就以犯上之罪处置你！"

高祖的话没说完，外面西南方就有人喝唱道，说是太公来了。太公刚一进大殿，就看到王生，便问高祖这是何许人，为什么你要对他这般辱骂？高祖赶紧下阶迎接，说："这个人狂妄无礼，犯下了斩首的大罪！"这时，王生盯着太公解释说："我读遍了史书，但历史上并没有因嘲笑君王而获罪的，我最多只是在庙里说了几句玩笑话，这难道比那些在街上或宫廷里出言不逊的人还要罪大吗？"汉高祖质问道："难道史书上还对嘲笑君王的事有记载？你举例说明！"王生说："那我举大王你的例子可以吗？"高祖说："可以。"王生说："你登基后大宴群臣，给太上皇献寿，有没有此事？"高祖说："有啊。"王生说："献寿时，您对太上皇说：'父亲过去时常说我就是个乐，有之乎？”曰：“有之。”王生曰：“是侮慢其君亲矣。”太公曰：“此人理不可屈，宜速逐之。不尔，必遭杯羹之让也。”汉祖默然良久曰：“斩此物，污我三尺刃。令搦发者掴之。”一掴惘然而苏，东方明矣，以镜视腮，有若指踪，数日方灭。（出《纂异记》）

张 生

进士张生，善鼓琴，好读孟轲书。下第游蒲关，入舜城。日将暮，乃排闼耸辔争进，因而马蹶。顷之马毙，生无所投足。遂诣庙吏，求止一夕。吏止檐庑下曰：“舍此无所诣矣。”遂止。

初夜方寝，见绛衣者二人，前言曰：“帝召书生。”生遽往，帝问曰：“业何道艺之人？”生对曰：“臣儒家子，常习孔孟书。”帝曰：“孔圣人也，朕知久矣。孟是何人？得与孔同科而语？”生曰：“孟亦传圣人意也。祖尚仁义，设礼乐而施教化。”帝曰：“著书乎？”生曰：“著书七千二百章，盖与孔门之徒难疑答问，及《鲁论》《齐论》，俱善言也。”帝曰：“记其文乎？”曰：“非独晓其文，抑亦深其义。”帝乃令生朗念，倾耳听之。念：万章问：“舜往于田，号泣于旻天。何为其号泣也？”孟子曰：“怨慕也。”万章问曰：“父母爱之，喜而不忘；父母恶之，劳而不怨。然则舜怨乎？”答曰：“长息问于公明高曰：‘舜往于田，则吾得闻命矣。号泣于旻天，怨于父母，则吾不知也。’”

无赖，没有置下家业，没有弟弟好。您现在看我的家业和弟弟相比谁的多？’有没有这事？”高祖说：“有。”王生问：“群臣听后都高呼万岁而且大笑，有没有这事？”高祖说：“有。”王生说：“难道你这不是在嘲笑和侮慢太上皇吗？”太公听后对高祖说：“这人讲的有几分道理，你快把他放了吧。不然，你就要把你盘中的食物让给他了。”汉高祖沉默不语，过了好久才悻悻地说：“杀了你，怕脏了我的宝剑。但还是命人扯着王生的头发打耳光。”一耳光便把王生给打醒了，当天亮了。照了照镜子，脸上有红红的指印，好几天才能消除。（出《纂异记》）

张　生

进士张生擅长抚琴，喜欢读孟子的著作。赴考回乡时游蒲关，进舜帝城。当时天快黑了，进城的人争先恐后的进城。张生更是打马飞驰，但马跌倒后没多久就死了。张生没有地方投宿，找到一座庙，求小庙吏让他留宿一晚。小庙吏指着庙侧的厢房说，只有这一处地方了。张生只好凑合着住下。

夜里刚睡下，张生就看到两个穿着红色衣服的人朝他走来，说道：“舜帝召见你。”张生赶忙起身跟着走。见到舜帝后，舜帝问他：“你有什么特长没有？”张生答道：“臣就是个读书人，常读孔、孟的著作。”舜帝说：“孔子是位大圣人，朕早有耳闻。孟子又是何许人也，你怎么把他和孔子相提并论？”张生说：“孟子也是一位传达圣人意志的人。一直以来他都崇尚仁义，设礼乐对民众进行教化。”舜帝问：“孟子也写书吗？”张生说：“孟子著作达七千二百章，是记录孔子的弟子们辩论和回答的。他的《鲁论》《齐论》都讲述了很多。”舜帝又问：“你记得孟子的文章吗？”张生说：“我不仅能把孟子的文章背诵出来，还知晓文章中的深意。”舜帝让张生朗读孟子的文章，他认真听。当念到《万章问》时，张生背诵原文：舜往于田，号泣于旻天。何为其号泣也？孟子曰，“怨慕也。”万章问曰，“父母爱之，喜而不忘，父母恶之，劳而不怨。然则怨乎？”答曰，“长息问于公明高曰，舜往于田，则吾得闻命矣。号泣于旻天，怨于父母，则吾不得帝止生之词，怃然叹曰："盖有不知而作之者，亦此之谓矣。朕舍天下千八百二十载，暴秦窃位，毒痛四海，焚我典籍，泯我帝图，蒙蔽群言，逞恣私欲。百代之后，经史差谬。辞意相及，邻于诙谐。常闻赞唐尧之美曰：'垂衣裳而天下理。'盖明无事也。然则平章百姓，协和万邦，至于滔天怀山襄陵。下民其咨，夫如是则与垂衣之义乖矣。亦闻赞朕之美曰：'无为而治。'乃载于典则云：'宾四门，齐七政，类上帝，禋六宗，望山川，遍群神，流共工，放驩兜，殛鲧，窜三苗。'夫如是与无为之道远矣。今又闻号泣于旻天，怨慕也，非朕之所行。夫莫之为而为之者，天也；莫之致而致之者，命也。朕泣者，怨己之命，不合于父母，而诉于旻天也。何万章之问，孟轲不知其对？传圣人之意，岂宜如是乎？"嗟不能已。

久之谓生曰："学琴乎？"曰："嗜之而不善。"帝乃顾左右取琴，曰："不闻鼓五弦，歌《南风》，奚足以光其归路？"乃抚琴以歌之曰："南风薰薰兮草芊芊，妙有之音兮归清弦。荡荡之教兮由自然，熙熙之化兮吾道全，薰薰兮思何传。"

歌讫，鼓琴为《南风弄》。音韵清畅，爽朗心骨，生因发言曰："妙哉！"乃遂惊悟。（出《纂异记》）

知也。”

……背到这里，舜帝让张生暂停，感慨不已地道：“原来也有不明其中之道却写文章的人，这就是例子啊。朕离天下臣民已经一千八百二十年了，这其中有秦始皇窃取了天下，凶狠暴虐，残害黎民，把我的文献典籍烧毁，我的帝系被毁灭，蒙蔽百姓，独断专行，为了一己私欲能得到满足无休无止。而经过百代之后，经史上的记载更是错误百出，一些记载和事实完全不符，就像是个笑话。比如说史书上赞颂唐尧盛世，上面记录说尧坐在皇帝宝座上，衣服都不动便治理好了天下，上面的意思是说唐尧时期天下太平。然而尧帝平抚百姓骚乱，协调国与国之间的矛盾，这不充分说明当时并不是太平时期吗？至于后来洪水泛滥，把平原淹没，在山陵间汹涌，百姓因失去生计而悲痛不已，这些事实和与‘垂衣而治’这个说法相差得甚远不是吗？我也在史书上看到赞扬我功绩的，说我‘无为而治’，是说我对天下事听之任之，然后就天下太平了。可偏偏史书上又对我‘接待四方来的宾朋，把各类重大政事都管得很好，如天帝一样威严。祭祀祖先，视察高山大河，为民祭告各方神灵。流放允兜和共工，把治水不利的鲸给杀了，赶跑了三苗’都有记载，我做了这么多事，这和‘无为而治’不是相差太远吗？孟子又说我向苍天哭号只因我心中太多积怨，这完全不是我做的。我认为，无法做成的事最后做到了，这是上天的祐护，不能达到的目的最终达到了这是命运。我哭号是在怨我的命运，和父母无关，只好向苍天哭诉了。在《万章问》里，万章的问题孟子答不出来便信口开河，如此传达圣人的意志，完全不对。”说完后又感叹良久。

然后舜帝问张生有没有学弹琴，张生说，喜欢弹，但弹得不好。舜帝让人取来琴，对张生说：“你不听听我弹的五弦琴，唱《南风》曲，回去怎么能有夸耀的资本呢？”于是一边弹琴一边唱道：“南风薰薰兮草芊芊，妙有之音兮归清弦。荡荡之教兮由自然，熙熙之化兮吾道全，薰薰兮思何传。”

唱完，又弹奏《南风》曲，音律清新流畅，令人心情清爽。张生不禁夸赞道：“太美妙了！”然后从梦中惊醒。（出《纂异记》）

卷第三百一十一　神二十一

萧旷　史遂　田布　进士崔生　张偃　裴氏子　韦驺

萧旷

太和处士萧旷，自洛东游。至孝义馆，夜憩于双美亭，时月朗风清。旷善琴，遂取琴弹之。夜半，调甚苦。俄闻洛水之上，有长叹者。渐相逼，乃一美人。旷因舍琴而揖之曰："彼何人斯？"女曰："洛浦神女也。昔陈思王有赋，子不忆耶？"旷曰："然。"旷又问曰："或闻洛神即甄皇后，谢世，陈思王遇其魄于洛滨，遂为《感甄赋》。后觉事之不正，改为《洛神赋》，托意于宓妃。有之乎？"女曰："妾即甄后也。为慕陈思王之才调，文帝怒而幽死。后精魄遇王洛水之上，叙其冤抑，因感而赋之。觉事不典，易其题，乃不缪矣。"

俄有双鬟，持茵席，具酒殽而至。谓旷曰："妾为袁家新妇时，性好鼓琴。每弹至《悲风》及《三峡流泉》，未尝不尽夕而止。适闻君琴韵清雅，愿一听之。"旷乃弹《别鹤操》及《悲风》。神女长叹曰："真蔡中郎之俦也。"问旷曰："陈思王《洛神赋》如何？"旷曰："真体物浏漨，为梁昭明之精选尔。"女微笑曰："状妾之举止云'翩若惊鸿，婉若游龙'，得无疏矣。"旷曰："陈思王之精魄今何在？"女曰："见为遮须国王。"旷曰："何为遮须国？"女曰："刘聪子死而复生，语其父曰：'有人告某云，遮须国

萧旷

太和年间，有一位叫萧旷的处士，从洛阳向东游历。到了孝义馆，夜间在双美亭休息，当时月光皎洁、惠风和畅。萧旷擅长弹琴，于是拿出琴来弹奏。半夜的时候，曲调让人感觉非常苦闷。过了一会儿，听见洛水的水面上，有一个人在长声叹息。渐渐向那个方向靠近，发现是一个美丽的女子。萧旷于是撇开琴向她作揖说："你是什么人啊？"那位女子说："我是洛水的神女。以前陈思王曹植有一篇《洛神赋》，你不记得了吗？"萧旷说："当然能记得。"萧旷又问洛神："有的传闻说洛神就是甄皇后，在她去世的时候，陈思王在洛水之滨遇到了她的魂魄，于是写成了《感甄赋》。后来觉得这件事情是不合规矩的，于是改成了《洛神赋》，用它来寄托对甄宓的情意。有这样的事吗？"洛神说："我就是甄皇后，因为倾慕陈思王的才情，魏文帝非常生气，将我囚禁赐死。后来我的魂魄在洛水旁遇见了陈思王，我叙述了其中的冤情，陈思王因为有所感怀而写了《洛神赋》，因为觉得这件事不合规矩，才更改了它的题目，这样才不会犯错。"

过了一会儿，她的头上有了两个环形发髻，手里拿着草席，准备了酒和美食前来。对萧旷说："我做袁熙的新娘的时候，天性喜欢弹琴。每次弹奏到《悲风》和《三峡流泉》的时候，从来没有太阳还没有落山就停止的。刚刚听闻你琴声中的韵律清新雅致，想要再听一听。"萧旷于是弹奏了《别鹤操》和《悲风》。神女长声赞叹说："真的可以说是能够和蔡邕匹敌的人了。"洛神问萧旷说："陈思王的《洛神赋》怎么样？"萧旷说："真可谓体察事物清朗明亮，是梁朝萧统《昭明文选》精心选择的作品。"洛神微笑着说："《洛神赋》中描述我的姿态和风度说'翩若惊鸿，婉若游龙'，恐怕有些不切实久无主，待汝父来作主。’即此国是也。”

俄有一青衣，引一女曰：“织绡娘子至矣。”神女曰：“洛浦龙王之处女，善织绡于水府。适令召之尔。”旷因语织绡曰：“近日人世或传柳毅灵姻之事，有之乎？”女曰：“十得其四五尔，余皆饰词，不可惑也。”旷曰：“或闻龙畏铁，有之乎？”女曰：“龙之神化，虽铁石金玉，尽可透达，何独畏铁乎？畏者蛟螭辈也。”旷又曰：“雷氏子佩丰城剑，至延平津，跃入水，化为龙。有之乎？”女曰：“妄也。龙，木类，剑乃金。金既克木，而不相生，焉能变化？岂同雀入水为蛤，野鸡入水为蜃哉！但宝剑灵物，金水相生，而入水雷生，自不能沉于泉。信其下搜剑不获，乃妄言为龙。且雷焕只言化去，张司空但言终合，俱不说为龙。任剑之灵异，且人之鼓铸锻炼，非自然之物。是知终不能为龙，明矣。”旷又曰：“梭化为龙如何？”女曰：“梭，木也，龙本属木，变化归木，又何怪也？”旷又曰：“龙之变化如神，又何病而求马师皇疗之？”女曰：“师皇是上界高真，哀马之负重引远，故为马医，愈其疾者万有匹。上天降鉴，化其疾于龙唇吻间，欲验师皇之能。龙后负而登天，天假之。非龙真有病也。”旷又曰：“龙之嗜燕血，有之乎？”女曰：“龙之清虚，食饮沆瀣。若食燕血，岂能行藏？盖嗜者乃蛟蜃辈。无信造作，皆梁朝四公诞妄之词尔。”旷又曰：“龙何好？”曰：“好睡，大即千年，小不下数百岁。偃仰于洞穴，鳞甲间聚其沙尘。或有鸟衔木实，遗弃其上。乃甲拆生树，至于合抱，龙方觉悟。遂振迅修行，脱其体而入虚无，澄其神而归寂灭。自然形之与气，随其化用。散入真空，若未胚腪，若未凝结。如物有恍惚，精奇杳冥。当此之时，虽百骸五体，尽可入于芥子之内。随举止，无所不之。自际。”萧旷说：“陈思王的魂魄现在在哪里？”洛神说：“现在是遮须国的国王。”萧旷说：“什么是遮须国？”洛神说：“刘聪的儿子死而复生，然后对他的父亲说：‘有人告诉我说遮须国很久没有国主了，等你父亲来做国主。’就是这个国。”

过了一会儿，有一个婢女领来一个女子说：“织绡娘子到了。”洛神说：“她是洛水龙王没有出嫁的女儿，在水府中擅长织绡。刚刚让人把她招到这里。”萧旷于是对织绡说：“最近人间有人传言说柳毅和神灵联姻的事，有这种事吗？”织绡娘子说：“十分之四五，其他的都是人们粉饰夸张的词语，不能被迷惑在其中。”萧旷说：“有人说龙害怕铁，有这样的事情吗？”织绡娘子说：“龙的变化神妙，即使是铁石金玉的质地，也能够全部通达无阻，为什么独独害怕铁呢？害怕铁的生灵是蛟龙一类的。”萧旷又说：“雷焕的儿子佩带丰城剑，到延平津，剑跳进水里，化身成龙，有这样的事情吗？”织绡娘子说：“这是荒诞的。龙，属于木，剑，属于金。金既然和木犯冲，并且不互为因果，又怎么能够转化呢？这不就和麻雀进入水变成蛤蟆，野鸡进入水变成蛤蜊一样吗？只是宝剑是灵物，金和水互为因果，但是进入水就会生成雷，是不能沉进泉水里的。相信是他的属下搜寻不到宝剑，于是胡乱说它变成了龙。并且雷焕只是说它变化飞升而去，张司空只是说和水最终合在一起，并没有说化身成龙。任凭剑有多么不同寻常，又加上人的冶炼铸造，并不是自然之中的物体，所以知道它最终不会化身成龙，这是非常明确的。”萧旷又说：“梭化身成龙又怎么说呢？”织绡娘子说：“梭，属木。龙，本身也属木，变化归属木，又有什么奇怪的呢？”萧旷又说：“龙的变化迅速而神奇，又为什么会生病直到求助马师皇治疗呢？”织绡娘子说：“马师皇是天界得道成仙的人，哀怜马负重奔波，所以成为马医，治愈患病的马匹数量达到了上万匹。上天俯察，把疾病化生在龙的嘴唇中间，想要检验马师皇的能力。龙后来把他背到了天上，那是上天假借龙如此安排。并不是龙真的有病。”萧旷又说：“龙非常喜欢喝燕血，有这样的事情吗？”织绡娘子说：“龙是清洁虚空的，吃的是夜间的水汽。如果是喝燕血，又怎么能够隐藏自己的行踪。大概喜欢得还元返本之术，与造化争功矣。”旷又曰：“龙之修行，向何门而得？”女曰：“高真所修之术何异？上士修之，形神俱达；中士修之，神超形沉；下士修之，形神俱堕。且当修之时，气爽而神凝，有物出焉。即老子云‘恍恍惚惚，其中有物也’。其于幽微，不敢泄露，恐为上天谴谪尔。”

神女遂命左右，传觞叙语。情况昵洽，兰艳动人，若左琼枝而右玉树，缱绻永夕，感畅冥怀。旷曰：“遇二仙娥于此，真所谓双美亭也。”忽闻鸡鸣，神女乃留诗曰：“玉箸凝腮忆魏宫，朱丝一弄洗清风。明晨追赏应愁寂，沙渚烟销翠羽空。”织绡诗曰：“织绡泉底少欢娱，更劝萧郎尽酒壶。愁见玉琴弹别鹤，又将清泪滴真珠。”旷答二女诗曰：“红兰吐艳间夭桃，自喜寻芳数已遭。珠佩鹊桥从此断，遥天空恨碧云高。”神女遂出明珠、翠羽二物赠旷曰：“此乃陈思王赋云‘或采明珠，或拾翠羽’，故有斯赠，以成《洛神赋》之咏也。”龙女出轻绡一匹赠旷曰：“若有胡人购之，非万金不可。”神女曰：“君有奇骨异相，当出世。但淡味薄俗，清襟养真，妾当为阴助。”言讫，超然蹑虚而去，无所睹矣。后旷保吃燕血的是蛟龙和蛤蜊一类的动物。你不要相信这样的捏造，这些都是梁朝四位公侯的荒诞言辞罢了。”萧旷又说：“龙有什么爱好？”织绡娘子说：“喜欢睡觉，时间长的话就睡上千年，时间短的也不会短于百年。在洞穴中俯仰，它的鳞甲中间聚集了沙土。有时候有鸟衔来树木种子，丢弃在它身上。于是草木发芽，种子外皮裂开生长出一棵树，成长到两个人合抱那样粗壮，龙才觉醒。于是抖动身体修习，脱离它的本体进入虚空，让它的神志清澄最后走向消逝。自然用气给它塑形，任凭它化用。散入了真空。就像没有混沌，就像没有凝结。和物体隐约模糊、不可辨认一样，精致奇妙、高深悠远。每当这个时候，即使是人的全身，也都可以进入极其微小的事物里。跟随它的行动，没有到达不了的。自从获得了回到事物本来形态的方法，就开始和自然争夺功利。”萧旷又说：“龙的修行方法是从什么地方获得的呢？”织绡娘子说：“和得道成仙的人所修习的法术有什么区别呢？上士修习它，形体和精神都能够达到完美的境界；中士修习它，精神超逸但身体腐朽；下士修习它，身体和精神都会损毁。并且当他修习的时候，心情舒畅，精神凝聚，有物体从身体中出来，这就是老子所说的‘恍恍惚惚，其中有物也’。其中的深奥精微之处，不敢泄露，害怕被上天谴责而贬谪。”

洛神于是命令左右的人在宴饮中传递酒杯劝酒说话。情形亲热融洽，萧旷觉得她们都美丽动人，左边的像琼枝一般，右边的像玉树一样，真想和她们时时情意缠绵，难舍难分，心情舒畅，情怀深沉。萧旷说道：“在这里遇见两位神女，真的可以说此地是双美亭了。”忽然听到了公鸡的鸣叫，洛神于是留下一首诗：“玉筋凝腮忆魏宫，朱丝一弄洗清风。明晨追赏应愁寂，沙渚烟销翠羽空。”织绡娘子的诗是：“织绡泉底少欢娱，更劝萧郎尽酒壶。愁见玉琴弹别鹤，又将清泪滴珍珠。”萧旷酬答两位神女的诗是：“红兰吐艳间夭桃，自喜寻芳数已遭。珠佩鹊桥从此断，遥天空恨碧云高。”洛神于是拿出明珠、翠羽两个宝物赠给萧旷说：“这个就是陈思王《洛神赋》中所说的‘或采明珠，或拾翠羽’。因为有这样的赠予，才成就了《洛神赋》的咏叹。”龙王的女儿拿出一匹轻绡赠给萧旷说：“如果有胡人

其珠绡，多游嵩岳。友人尝遇之，备写其事。今遁世不复见焉。（出《传记》）

史遂

会昌中，小黄门史遂，因疾退于家。一日，忽召所亲，自言初得疾时，见一黄衣人，执文牒曰：“阴司录君二魂对事。量留一魂主身。”不觉随去。出通化门，东南入荒径，渡灞浐，陟蓝田山。山上约行数十里，忽见一骑执黑幡，云：“太一登殿已久，罪人毕录。尔何迟也。”督之而去。至一城，甲士翼门。直北至一宫，宫门守卫甚严。有赤衣吏，引使者同入。萧屏间，有一吏自内出曰：“受教受教。”使者鞠躬受命。宣曰：“史遂前世括苍山主录大夫侍者，始则恭恪，中间废堕，谪官黄门，冀其省悟。今大夫复位，侍者宜迁，付所司准法。”遂领就一院，见一人，白须鬓，紫衣，左右十数列侍。拜讫仰视，乃少傅白居易也。遂元和初为翰林小吏，因问曰：“少傅何为至此？”白怡然曰：“侍者忆前事耶？”俄如睡觉，神气顿如旧。诸黄门闻其疾愈，竞访之。是夕，居易薨于洛中。临终，谓所亲曰：“昔自蓬莱，与帝有阎浮之因。帝于阎浮为麟德之别。”言毕而逝，人莫晓也。较其日月，当捐馆之时，乃上宴麟德殿也。（出《唐年补录》）

来购买它，没有一万金的话一定不要卖。”洛神说：“你有奇异的骨相，应当脱离人世束缚，只是粗茶淡饭远离轻薄的俗气，修养保持本性，我会暗中相助你的。”说完，超脱飘逸地腾空离去，什么都看不见了。后来萧旷保存了她们的明珠和轻绡，多次在嵩山游历。有朋友曾经遇到他，详尽地写下了他的事迹。现今他已经隐世不能够再见到了。（出《传记》）

史 遂

会昌年间，宦官史遂因为身体有病离职在家。一天，他忽然邀请他所有的亲戚，说自己当初得病的时候，看见一个穿着黄衣服的人，手里拿着一份文牒说：“阴间要召见你的两个精魂去对质。只留下你的一个精魂管控你的身体。”他不自觉地就跟随他走了，出了通化门，向东南方进入一条荒芜的小路，向前渡过灞河和浐河，之后登上兰田山，在山上走了大概几十里路，忽然看见一个在马上拿着黑旗的人，说：“太一已经上殿很久了，罪人们都到齐了，你为什么会迟到呢？”催促他们快走之后就离去了。来到了一个城池前，有身披铠甲的士兵在城门两边，一路向北直走到达一座宫殿，宫殿门口的守卫非常森严。有一个穿红色衣服的官吏，引领黄衣使者和他一同进入。在萧墙的后面，有一个官员从里面走出来说：“快来接旨。”黄衣使者弯腰行礼接受命令。那位官员宣读说：“史遂的前世曾经是在括苍山任录大夫的侍者，刚开始的时候恭敬谨慎，后来就废弃不举了，因此贬成宦官，希望有所醒悟。现今大夫官复原职，侍者也应该升迁，交付所在主管部门批准施行。”于是把他领到了一个院落，看见一个人，长着白色的胡须和鬓发，身穿紫色的衣服，他的身边有十几行的侍卫。行礼后仰头看时，发现竟然是少傅白居易。史遂元和初年是翰林院的小官，因此问他说：“少傅因为什么到这个地方啊？”白居易笑着说：“侍者你想起前世的事情了吗？”史遂说完这些，过了一会儿就像睡着了一样，精神和气色突然就像以前一样了。其他宦官听说他的病好了，都来拜访他。这天晚上，白居易在洛阳城中去世了。他在临死前，对所有亲眷说：“我以前在蓬莱，和唐武宗有阎浮提的

田布

唐相崔铉镇淮南。卢耽罢浙西，张择罢常州，俱经维扬，谒铉。铉因暇日，与二客方奕，吏报女巫与故魏博节度使田布偕至，泊逆旅某亭者。铉甚异之，复曰："显验与他巫异，请改舍于都候之廨。"铉趣召巫者至，乃与神迭拜曰："谢相公。"铉曰："何谢？"神答曰："布有不肖子，黩货无厌，郡事不治。当犯大辟，赖公阴德免焉。使布之家庙血食不绝者，公之恩也。"铉矍然曰："异哉。铉为相日，夏州节度奏银州刺史田秽，犯赃罪，私造铠甲，以易市边马布帛。帝赫怒曰：'赃自别议。且委以边州，所宜防盗。以甲资敌，非反而何？命中书以法论，将赤其族。'翌日，铉从容言于上曰：'鐬赃罪自有宪章。然是弘正之孙，田布之子。弘正首以河朔入觐，奉吏员。布亦成父之命，继以忠孝，伏剑而死。今若行法以固边圉，未若因事弘贷，激劝忠烈。'上意乃解，止黜授远郡司马。而铉未尝一出口于亲戚私昵，已将忘之。今神之言，正是其事。"乃命廊下素服而见焉。谓之曰："君以义烈而死，奈何区区为愚妇人所使乎？"神曰："布尝负此妪八十万钱，今方忍耻偿之。"铉与二客及监军使幕下，共偿其钱。神乃辞去，因言事不验。（梁楫李琪作传）

前因。唐武宗在阁浮提作麟德之别。”说完就去世了，在场的人没有明白他说什么的。推算日期，他去世那天，是皇帝在麟德殿设宴的日子。（出《唐年补录》）

田布

唐代宰相崔铉镇守淮南的时候，在浙西被罢官的卢耽，在常州被罢官的张择，都经过扬州，前来拜见崔铉。崔铉因为有空暇，正在和两位客人下棋，这时候，有小吏报告说有一个女巫和已经去世的魏博节度使田布一起过来了，他们暂住在叫什么亭的旅店。崔铉感到非常惊异，回复小吏说：“这个显然很灵验，和其他巫师不一样，请让他们改道到都衙的官舍中，等待处理。”崔铉急促地把巫师召到官衙，和神魂多次屈身行礼，神魂说：“谢谢崔相公。”崔铉说：“为什么要谢我啊？”神魂回答说：“田布我有个不贤孝的儿子，做官贪得无厌，不治理郡县的事务，理应处以死刑，全凭您的相助才得以幸免，让田布我家族的香火能够不断绝，这是您对我的恩德。”崔铉惊惧地说：“这可太惊奇了。我作为宰相的时候，夏州节度使上奏说银州节度使田釤犯下了贪污受贿罪，私自铸造铠甲，用来交易边境的马匹和布帛。皇上勃然大怒说：‘贪污这件事另当别论，就让我将边境交给他，他的职责应当是防御盗贼和敌人。他现在用铠甲资助敌人，这不是造反又是什么呢？’于是命令中书省依法惩处，将他的族人除掉。第二天，我舒缓地对皇上说：‘田釤犯了贪污罪自然有相对应的法律惩处，然而他是田弘正的孙子，田布的儿子。田弘正起初从河朔地区入宫觐见，被封为官员。田布也承继他父亲的遗命，继续尽忠尽孝，最终用剑自刎而死。现在如果奉行国法杀了田釤来巩固边境，不如凭借这件事宽恕他，用他爷爷和父亲的忠烈事迹激励他。’皇上的怒意才消解了。只是罢黜了他，把他调到了边远的郡县做司马。但是崔铉我从没有对亲戚和朋友说过，已经快要将它忘记了，现在神魂的言论，正说的是那件事。”于是下令在廊下穿着素服拜见田布的神魂，对他说：“你因正义忠烈而死，为什么被小小的巫婆驱使呢？”神魂说：“田布我曾经欠了这个女巫八十万钱，现在我还在忍

进士崔生

进士崔生，自关东赴举，早行潼关外十余里。夜方五鼓，路无人行，惟一仆一担一驴而已。忽遇列炬呵殿，旗帜戈甲，二百许人，若方镇者。生映树自匿，既过，行不三二里，前之导从复回，乃徐行随之。有健步押茶器，行甚迟，生因问为谁。曰："岳神迎天官崔侍御也。秀才方应举，何不一谒，以卜身事？"生谢以无由自达，健步许侦之。

既及庙门，天犹未曙，健步约生伺之于门侧。入良久出曰："白侍御矣。"遽引相见，甚喜。逡巡岳神至，立语，便邀崔侍御入庙中。陈设帐幄，筵席鼓乐极盛。顷之，张乐饮酒。崔临赴宴，约敕侍者，祗待于生，供以汤茶所须，情旨敦厚。

饮且移时，生倦，徐行周览，不觉出门。忽见其表丈人，握手话旧。颜色憔悴，衣服褴褛。生曰："丈人久辞人间，何得至此？"答曰："仆离人世，十五年矣，未有所诣。近作敷水桥神，倦于送迎，而窘于衣食。穷困之状，迨不可济。知侄与天官侍御相善，又宗姓之分，必可相荐，故来投诚。若得南山觜神祇，即粗免饥穷。此后迁转，得居天秩矣。"生辞以"乍相识，不知果可相荐否，然试为道之"。

受耻辱偿还她。”崔铉和两个客人以及监军使的幕僚们一起偿还了她的钱。田布的神魂因此也离去了，从此之后，女巫所说的事都得不到应验。（梁楫李琪作传）

进士崔生

有一个崔姓的进士，从关东地区进京赶考，起早赶路走到了潼关外十几里。这夜刚刚过了五更，路上没有人行走，只有一个挑着行李的仆人和一头驴罢了。忽然遇到排列的火炬和喝令行人让道的随从人员，手中拿着旗帜和兵器，身穿铠甲，大约两百人，像是一方的镇守者。崔生隐藏在树后面遮蔽自己。等到他们过去之后才出来继续行走，走了还不到两三里，之前的那群人又折回来了，于是崔生跟在他们后面慢走。有一个脚步快而有力的人押运着茶器，走得很缓慢，于是崔生问他那个人是谁。他回答说：“这是岳神在迎接天官崔侍御。秀才你正好进京赶考，为什么不前去拜谒，来卜测身上将要发生的事情呢？”崔生说自己没有办法能够得见，那个脚步轻快的人承诺为他暗中查看。

已经到了庙门，天还没有亮，那个脚步轻快的人约崔生在庙门等候，进去很久之后出来说：“已经告诉侍御了。”即刻引领崔生前去相见，崔生十分欢喜。过了一会儿岳神来了，立刻告诉了他，就邀请崔侍御进入庙里。陈列了帐篷，摆了十分盛大的宴席，过了一会儿，音乐响起，在座的人开始喝酒，崔侍御来到宴会上，告诉手下侍奉的人，要好好招待崔生。

喝了一会儿酒，崔生觉得有些疲倦，就四处漫步游览，不知不觉就出了庙门。忽然看见他的表丈人，于是上前和他握手闲话，看见表丈人面容憔悴，衣服有些破旧，崔生说：“表丈人很久之前就离开了人世，怎么会到这里呢？”表丈人回答说：“我离开人世已经有十五年了，还没有什么造诣。近来做了敷水桥的桥神，对于迎来送往已经疲倦，但是又十分窘迫，吃不饱穿不暖，处于穷困的境地，但却一点也得不到救济。知道侄儿你和天官侍御相处得比较好，又有宗姓的缘分，一定可以推荐，所以前来找你。如果能得到南山觜神的职位，就侍御寻亦罢宴而归，谓曰：“后年方及第，今年不就试亦可。余少顷公事亦毕，即当归去，程期甚迫，不可久留。”生因以表丈人所求告之。侍御曰：“胔神似人间选补，极是清资，敷水桥神卑杂，岂可便得？然试为言之，岳神必不相阻。”即复诣岳神迎奉。生潜近伺之，历闻所托，岳神果许之。即命出牒补署。俄尔受牒入谢，迎官将吏一二百人，侍从甚整。生因出贺，胔神泣曰：“非吾侄之力，不可得此位也。后一转，便入天司矣。今年渭水泛溢，侄庄当飘坏。一道所损三五百家，已令为侄护之，五六月必免此祸。更有五百缣相酬。”须臾，胔神驱殿而去，侍御亦发，岳神出送。

生独在庙中，欻如梦觉。出访仆使，只在店中，一无所睹。于是不复入关，回止别墅。其夏，渭水泛溢，漂损甚多，惟崔生庄独免。庄前泊一空船，水涸之后，船有绢五百匹。明年果擢第矣。（出《录异记》）

张偃

进士张偃者赴举，行及金天王庙前，遇大雨，于庙门避雨，至暮不止。不及诣店，遂入庙中门宿。至四更，闻金天视事之声，嗢喝甚厉。须臾，闻唤张偃，来日午时，行至某村，为赤狸虎所食。偃闻之甚惧，候庭下静，遂于门下匍匐而入。自通名而拜，金能够稍稍缓解饥饿和贫穷了，在这之后再升职，就可以成为天界中的一员了。”崔生以“刚刚结识，不知道能不能接受我的推荐，但愿意为表丈人游说”为言辞应承了下来。

崔侍御不久也下了宴席回来了，对崔生说：“你后年才能考中，今年不去应考也行，我过一会儿公事也办完了，就应当立即回去，回程的日期紧迫，不能够在这里停留很久。”于是崔生把表丈人所请求的事情告诉了崔侍御。崔侍御说：“南山觜神像是人间的官员候补，需要极其清贵的人才能担任，敷水桥的桥神官职卑微，怎么能够很容易就得到呢？但是我试着替你向岳神说说，岳神想必不会阻拦的。”立刻再请岳神，崔生偷偷返回到庙门等待，听到了崔侍御所有的说辞，岳神果然答应了他。马上命令办好公文补任官职。过了一会儿表丈人就接到公文进入庙里拜谢，迎接的官员侍从有一二百人，排列得十分整齐。崔生就走出来向他拜贺，觜神哭着说：“不是我侄儿的力量，我得不到这个职位。下次调职，我就可以进入天界了。今年渭水将会泛滥成灾，侄儿你所在的村庄就会被毁坏，一起受到损害的还有三五百家，我已经命人替侄儿你守护它了，在五六月的时候一定会避免这样的灾祸，此后还有五百匹的绢布作为酬劳。”过了一会儿，觜神离开庙门腾空而去，崔侍御也出发了，岳神走出来相送。

只留下了崔生独自在庙里，恍惚就像从梦中苏醒。出去问自己的仆人，仆人说他只是在庙里面，什么也没有看见。于是他没有再前往关内，而是回到自己的家乡，那年夏天，渭水泛滥，很多村庄都被损毁，只有崔生所在的村庄幸免于难。村庄前还停着一只空船，洪水退了以后，发现船上有五百匹绢，第二年果然考中了。（出《录异记》）

张偃

有个叫张偃的进士赴京赶考，走到金天王庙前面的时候，遇到了大雨，就在庙门前避雨，等到夜色降临的时候大雨也没有停止，因来不及到达旅店，就进入庙中投宿。到了四更天，听见金天王考察世事的声音，怒喝声非常大。过了一会儿，听到有人大声说张偃将在第二天中午，走到某个村子，被赤狸虎吃了。张偃听了之后非常害怕，天曰："汝生人，何事而来？"遂具以前事告金天。金天曰："召虎来。"须臾虎至。金天曰："与二大兽食而代偃。"虎曰："冤家合食，他物代之不可。"金天曰："检虎何日死？"有一吏来曰："未时为某村王存射死。"金天曰："命张偃过所食时即行。"及行至前路，果见人喧闹，问之，乃曰："某村王存，射杀赤狸虎。"果金天所言。偃遂自市酒，求鹿脯，亲往庙谢之。（出《闻奇录》）

裴氏子

天水彭郡裴氏子，咸通中，于东阆学孤林法。淫其亲表妇女，事发系狱。每日供其饮食，悉是孤林法神为致之。狱吏怪而谓其神曰："神既灵异，何不为免此刑？"神曰："受吾法者，只可全身远害，方便济人。既违戒誓，岂但王法，神亦不容也。今之殷勤，以酬香火之功。"竟笞杀之。（出《录异记》）

韦驺

韦驺者，明五音，善长啸，自称逸群公子。举进士，一不第便已。曰："男子四方之志，岂屈节于风尘哉！"游岳阳，岳阳太守以亲知见辟，数月谢病去。驺亲弟騤，舟行，溺于洞庭湖。驺乃水滨恸哭。移舟湖神庙下，欲焚其庙，曰："千里估胡，安稳获济。吾弟穷悴，乃罹此殃。焉用尔庙为？"忽于舟中假寐，梦神人盛服来谒，谓驺曰："幽冥之途，无枉杀者。明公先君，昔为城守，方闻谠等到庭下安静的时候，就从门的下方匍匐着爬进去。自己通报姓名后拜见，金天王说："你是活人，为了什么事情前来？"张偃于是上前把之前的事情都告诉了金天王。金天王说："召唤赤狸虎前来。"过了一会儿老虎到了。金天王说："给你吃两只大的猛兽替代张偃。"赤狸虎说："冤家应该被吃，用其他物体替代是不行的。"金天王说："检视一下赤狸虎什么时候死亡。"有一个小吏来报告说："在未时被某村的王存射杀而死。"金天王说："命令张偃过了他被吃的时间再出发。"等走到前面的路段，果然听见人声喧哗，问他们，于是说："是某村的王存，射杀了赤狸虎。"果然像金天王说的一样。张偃于是自己前往集市买酒，求购鹿肉，亲自到金天王庙感谢他。（出《奇录》）

裴氏子

咸通年间，天水的彭郡有个姓裴的人，在东阆学习孤林法术。奸淫了他亲戚中的妇女，事情被揭发后被囚禁在狱中。每天提供他的吃喝，都是孤林法神为他张罗的。看管监狱的官吏十分奇怪，因而对他的法神说："神灵既然是神通的，为什么不替他免除这样的刑罚呢？"法神说："修炼我法术的人，只能保全身体远离侵害，方便救助别人。他既然违背了诫命和誓言，别说是人间王法难容，神灵也不会容忍。我现在如此周到，是酬谢他烧香火的功劳而已。"最后，这个姓裴的人被鞭子打死了。（出《录异记》）

韦　驺

韦驺，通晓五音，擅长长啸，自号逸群公子。去参加进士考试，一次没有考中就不再应考了。说："男儿应该有四方之志，怎么能失节归附官途呢？"游历到岳阳的时候，岳阳的太守因为亲戚朋友的关系任用了他，过了几个月后韦驺因为疾病辞任后离开了。韦驺的亲弟弟韦騄，在洞庭湖乘船游行时淹死了，韦驺因而在洞庭湖旁痛哭。等到船行到湖神庙旁边的时候，韦驺想要烧了湖神庙，说："花费了千金正，鬼神避之。撤淫祠甚多，不当废者有二。二神上诉，帝初不许，固请十余年，乃许与后嗣一人，谢二废庙之主。然亦须退不能知其道，进无以补于时者，故贤弟当之耳。傥求丧不获，即我之过，当令水工送尸湖上。”驺惊悟，其事遽止。遂命渔舟施钩缗，果获弟之尸于岸。是夕，又梦神谢曰：“鬼神不畏忿怒，而畏果敢，以其诚也。君今为人果敢。昔洞庭张乐，是吾所司。愿以至音酬君厚惠，所冀观咸池之节奏，释浮世之忧烦也。”忽睹金石羽籥，铿锵振作。驺甚叹异，以为非据，曲终乃寤。（出《甘泽谣》）

又如何，本来是为了在航行中安定平稳地渡过。我的弟弟困顿憔悴，又遭遇了这样的灾难，还要这样的湖神庙有什么用呢？”恍惚在船里打盹的时候，梦见穿着整齐庄重的神仙前来拜谒，对韦驺说：“阴间的路途，没有被冤枉而杀死的人。你的父亲以前在这里作为守城的官员，正直有道，博洽多闻，鬼神都回避他。他裁撤邪恶不正的祠庙非常多，其中不应该废除的有两个。这两位神仙向天帝投诉，天帝起初没有答应，于是两个人一直申请了十几年，才答应在他的后人中找一位，来给两个被废除祠庙的主人谢罪。但是这个人得是以前不能够深明人世道理，以后对这个时代没有任何贡献的，所以你弟弟就充当了这个人。如果你是想要求得到弟弟的人身来进行丧葬却不能得到的话，这就是我的过失了，我应当让水鬼把你弟弟的尸体送到湖上。”韦驺大惊后明白了，这件事于是就结束了。于是让渔船放下钩和绳子，果然在岸边得到了弟弟的尸体。这天晚上，又梦见神仙感谢他说：“鬼神并不怕愤怒，害怕的是果断勇敢，因为它凭借的是诚心。你现今做人非常果断勇敢。以前洞庭湖所奏的音乐，是我主管的，我愿意用极致的音乐来酬谢你优厚的恩惠，我所希望的不过是你观赏到天上的音乐，可以释放人世的忧愁而已。”韦驺忽然看见金石羽龠，奏起了声音响亮、节奏分明的音乐。韦驺十分感叹，因为曲子没有任何凭据，曲子结束以后韦驺就醒了。（出《甘泽谣》）

卷第三百一十二　神二十二

楚州人

近楚泗之间，有人寄妻及奴婢数人于村落。客游数年，一日归至。村中长少，相率携酒访之，延入共饮，酒酣甚乐。村人唯吹笛为《乐神曲》。殆欲彻曙，忽前舞者为著神下语云："大王欲与主人相见，合与主人论亲情。"此子大惊，呵责曰："神道无欺，我且无儿女，与汝何亲情？"神曰："我合聘得君妻，可速妆梳，少顷即来迎娶。"此子大怒，村人各散，以为舞者村人，醉言无识。少顷即天明，忽闻门外马嘶鸣，此子大怪，欲出自叱之。乃见一胡神，紫衣多髯，身长丈余，首出墙头。唤曰："娘子可发去也。"此子不知所以，其妻于室中仆倒而卒。（出《原化记》）

陷河神

陷河神者，嶲州嶲县有张翁夫妇，老而无子。翁日往溪谷采薪以自给。无何，一日，于岩窦间刃伤其指。其血滂注，滴在一石穴中，以木叶窒之而归。他日复至其所，因抽木叶视之，乃化为一小蛇。翁取于掌中，戏玩移时。此物眷眷然，似有所恋，因截竹贮而怀之。至家则啖以杂肉，如是甚驯扰。经时渐长。一年后，夜盗鸡犬而食。二年后，盗羊豕。邻家颇怪失其所畜，翁妪不言。其后县

楚州人

在湖北的泗水周围，有一个人让自己的妻子和奴婢好几个人寄住在村庄中。他在外面游历了好几年，有一天回到这个村庄中来了。村中的老老少少们一个接一个带着酒前来造访，他把大家请到家里一起饮酒，酒喝到尽兴的时候，大家十分开心。村中会吹笛子的那个人吹奏了《乐神曲》。天快要亮的时候，忽然有一个之前跳舞的人被神附身后说："大王想要和主人你相见，应该和主人共商结亲的事情。"这个人大吃一惊，怒斥他说："神是没有欺骗的，我尚且没有儿女，怎么和你共商结亲的事呢？"神说："我应该娶你的妻子，让她现在隆重梳妆，我过一会就来迎娶。"这个人非常愤怒，村里的人也各自离开了，认为是跳舞的这个人喝醉了，不知道自己在说什么。过了一会儿天就亮了，忽然听到门外有马的鸣叫，这个人大为奇怪，想要出去亲自斥责。却看见一个长得像胡人的神，身上穿着紫色的衣服，脸上长了许多胡须，身高一丈多，他的头已经超出墙头了，向里面喊道："娘子可以出发离开了。"这个人还没有明白发生了什么，他的妻子就在屋子里突然倒地而死。（出《原化记》）

陷河神

陷河神这件事指的是，嶲州嶲县有一对姓张的夫妇，年纪很大了却没有自己的孩子。老翁每天都前往小溪流淌的山谷里，一天，在岩石间被锋利的石头划伤了手指，血流如注，滴在一个石穴中，老翁用树叶把石穴盖上就回家了。过了几天他再次来到石穴这个地方，把树叶抽走查看，竟然变化成一条小蛇了。老翁把它拿出来放在手掌中，把玩了一段时间。这条蛇竟然表现出依依不舍的样子，好像对老令失一蜀马，寻其迹，入翁之居，迫而访之，已吞在蛇腹矣。令惊异，因责翁蓄此毒物。翁伏罪，欲杀之。忽一夕，雷电大震，一县并陷为巨湫，渺弥无际，唯张翁夫妇独存。其后人蛇俱失，因改为陷河县，曰蛇为张恶子。

尔后姚苌游蜀，至梓潼岭上，憩于路傍。有布衣来，谓苌曰："君宜早还秦，秦人将无主。其康济者在君乎！"请其氏，曰："吾张恶子也，他日勿相忘。"苌还后，果称帝于长安。因命使至蜀，求之弗获，遂立庙于所见之处，今张相公庙是也。僖宗幸蜀日，其神自庙出十余里，列伏迎驾。白雾之中，仿佛见其形，因解佩剑赐之，祝令效顺，指期贼平。驾回，广赠珍玩，人莫敢窥。王铎有诗刊石曰："夜雨龙抛三尺匣，春云凤入九重城。"（出《王氏见闻》）

蹇宗儒

黔南军校姓蹇者，不记其初名。性鲠直，贫而乐。所居邻宣父庙，家每食，必先荐之，如是累年。咸通二年，蛮寇侵境，廉使阅兵，择将未获。蹇忽梦一人，冠服若王者，谓曰："吾则仲尼也。愧君每倾心于吾，吾当助若。仍更名宗儒，自此富贵矣。"既觉，喜而请行，兼请易名。是时人尽难之，忽闻宗儒请行，遂遣之。一战而翁有所依恋，于是老翁砍了一节竹子，把它收纳在里面放在怀中，到家里后就给它喂食杂肉，如此这般很是驯服柔顺。经过一段时日，蛇渐渐长大。一年以后，小蛇会在夜里偷吃鸡和狗。两年以后，会偷吃羊和猪。邻居家比较奇怪自家畜的失踪，那对老夫妇也没有说什么。再以后，县令丢了一匹来自四川的马，派人追随它的踪迹，进入老翁的家，急迫地查询踪迹，发现已经被蛇吞到肚子里去了。县令非常惊讶，因此责怪老翁蓄养这种毒物，老翁认罪，想要把它杀了。忽然有一天晚上，电闪雷鸣，嶲县整个县城都陷入了巨大的水潭，烟波浩渺，一望无际，只有那对姓张的夫妇独自存活下来。后来他们和蛇都不见了，于是这个地方改名叫陷河县，称呼大蛇为张恶子。

在此之后姚苌游历蜀地，走到梓潼岭上的时候，在路旁休息，有一个老百姓模样的人走上前来，对姚苌说："你应该早点回到秦地，秦地的人即将没有主公，这个地域安民济世的人是你啊！"姚苌问他的姓名，他回答说："我就是张恶子，以后不要忘了我。"姚苌回到秦地以后，果然在长安做了皇帝。因此他派遣使者到蜀地，求见张恶子却没有见到，于是在他看见张恶子的地方建了一座祠庙，就是现在的张相公庙。唐僖宗逃亡到蜀地的时候，张相公庙里的神灵从祠庙中走出十几里路，排列匍匐迎接唐僖宗。在白雾中，恍惚看见了张恶子的身影，于是解下所带的佩剑赏赐给他，希望他能够为自己效劳平定叛乱，不久，叛乱就被平定了。唐僖宗回到京城，送给张恶子很多珍贵的古玩，别人都不敢偷窥，王铎有一首刊刻在石头上的诗说："夜雨龙抛三尺匣，春云凤入九重城。"（出《王氏见闻》）

蹇宗儒

黔南军校有一位姓蹇的人，不记得他最初的姓名是什么了，性情刚硬正直，虽然很贫困，但却乐在其中。他所居住的地方在孔庙的旁边，家里每次吃饭的时候，总是先祭献孔子，像这样过了很多年。咸通二年，蛮邦强徒进犯边境，按察使检阅军队，想要任命将领但没有如愿。姓蹇的人忽然梦见一个人，穿戴得很像一位国王，对他说："我就是孔子，很惭愧你每次竭尽诚心对待我，我应该帮助你。

大破蛮寇，余孽皆遁。黔帅表上其功，授朗州刺史。秩满诣京师，累迁司农卿，赐赉复多。数年卒官。（出《南楚新闻》）

滑能

唐咸通中，翰林待诏滑能，棋品最高。有张生者，年可四十，来请对局。初饶一路，滑生精思久之。方下一子，张随手应之。或起行庭际。候滑生更下，又随应之。及黄寇犯阙，僖宗幸蜀，滑将赴行在，欲取金州路人，张曰："不必前适，某非棋客，天帝命我取公棋耳。"滑惊愕，妻子啜泣，奄然而逝。（出《北梦琐言》）

柳晦

柳晦，河东人，少有文学，始以荫补。咸通末，官至拾遗，因上疏不纳，乃去官，庐于终南山。一日入城，访故友于宣阳里。忽遇一人求食，晦与之。此人但三齅而已，晦怪而问之，答曰："吾阴府掌事者，蒙君设食，深愧于心。君自此三年，当为相。"言讫不见。晦未之信也。及黄巢犯阙，求能檄者，或荐晦。巢乃驰骑迎之，逼使为檄。檄达行在，僖宗知晦所作，乃曰："晦自求退，非朕弃遗。何讪谤之甚耶？"贼平，议不赦。巢命晦为中书舍人，寻授伪相。（出《补录记传》）

你就改名叫宗儒，从此以后就能够大富大贵了。”醒来以后，非常开心地前去请求作战，并且请求更改自己的名字。当时的人都觉得攻打进犯边境的蛮邦强徒很困难，忽然听说蹇宗儒请求作战，于是就派遣他前去。蹇宗儒第一次作战就让蛮邦强徒大败，剩下的残兵都逃走了。黔南的将军向皇帝上奏表述他的功劳，被授予朗州刺史。等到任期满了之后到了京城，多次升官到司农卿，赏赐的更加多了。过了好几年，蹇宗儒在官任上去世了。（出《南楚新闻》）

滑能

唐代咸通年间，有一位翰林院待诏名叫滑能，棋艺非常高。有一个名叫张生的人，年龄将近四十了，前来请求和他对弈一局。刚开始先让一路棋，滑能考虑了很久，才落下一个棋子，张生随手就跟上一枚棋子，有时起来在庭院里行走，等滑能再下了一子，又随手跟上。等到黄巢反叛，唐僖宗逃到蜀国，滑能将要赶赴行宫，想要从金州取道到蜀地，张生说：“你不用去了，我并不是下棋的人，是天帝让我带你去天庭下棋。”滑能非常惊诧，他的妻儿都哭了起来，滑能忽然就去世了。（出《北梦琐言》）

柳晦

柳晦是河东人，少年的时候就有学问，一开始是继承先世的荫庇补官。咸通末年，做官做到拾遗，因为向皇上奏请没有被采纳，于是辞去官职，在终南山建房而居。一天，进入城中，在宣阳里拜访老朋友的时候，忽然遇见一个人向他乞讨食物吃，柳晦给了他。但这个人只是闻了三下就作罢了，柳晦感到非常奇怪就问他，那个人回答说：“我是阴间的掌事人，承蒙您赠给我食物，对此我心中感到十分羞惭，您从今以后三年，应该会成为宰相。”说完他就不见了，柳晦也没有相信他。等到黄巢反叛的时候，想要找一个能够写檄文的人，有人推荐了柳晦。黄巢于是骑马去迎接他，逼着他为自己写檄文。檄文送到行宫的时候，唐僖宗知道是柳晦所写的，于是说：“是

刘山甫

唐彭城刘山甫，中朝士族也。其父官于岭外，侍从北归，舟于青草湖。登岸，见有北方天王祠，因诣之。见庙宇摧颓，香火不续。山甫少有才思，因题诗曰："坏墙风雨几经春，草色盈庭一座尘。自是神明无感应，盛衰何得却由人。"是夜梦为天王所责。自云："我非天王，南岳神也，主张此地，何为见侮？"俄而惊觉。风浪暴起，殆欲沉溺，遽起悔过，令撤诗板，然后方定。（出《山甫自序》）

尔朱氏

咸通中，有姓尔朱者，家于巫峡，每岁贾于荆益瞿塘之壖。有白马神祠，尔朱尝祷焉。一日，自蜀回，复祀之，忽闻神语曰："愧子频年相知，吾将舍兹境，故明言与君别耳。"客惊问："神安适耶？"曰："吾当为湖南城隍神，上帝以吾有薄德于三峡民，遂此升擢耳。然天下将乱，今天子亦不久驭世也。"尔朱复惊曰："嗣君谁也？"曰："唐德尚盛。"客请其讳，神曰："固不可泄。"客恳求之，乃云："昨见天符，但有双日也。"语竟，不复言。是岁懿皇升遐，僖宗以晋王即位。（出《南楚新闻》）

柳晦自己想要辞官的，并不是我弃他不用的，为什么要如此诽谤我呢？”等到叛乱被平定，柳晦被判定为大不赦罪，黄巢任命柳晦作中书舍人，不久就任用他当了伪朝的宰相。（出《补录记传》）

刘山甫

唐代彭城有位刘山甫，是朝中的士族。他的父亲在岭外做官，刘山甫服侍他回到北方，在青草湖停船登上岸边，看见有一座北方天王祠，因此前往拜访它。看见被侵蚀得衰颓的庙宇，香火也没有得以延续。刘山甫年少的时候就很有才华，因而在墙上题诗说：“坏墙风雨几经春，草色盈庭一座尘。自是神明无感应，盛衰何得却由人。”这天夜里他梦见自己被北方天王所责怪：“我不是天王，我是南岳神，这里是我掌管的地界，为什么被你侮辱？”过了一会儿他被惊醒了。湖上的波浪像网一样忽然被掀起来，他们几乎要沉没在浪花中，刘山甫迅速升起了悔过之心，让人撤下那块写诗的木板，这以后湖上的风波就平息了。（出《山甫自序》）

尔朱氏

咸通年间，有个姓尔朱的人，家住在巫峡，每年都会在荆州、益州、瞿塘峡之间经商。有一个白马神祠，尔朱经常去祈祷。一天，他从蜀地回来，再次到白马神祠祭祀，忽然听见白马神说：“有愧于你每年经常来祭祀，我即将离开这里，所以用明确的话语和你道别。”香客尔朱惊讶地问：“白马神你将要去哪里？”回答说：“我应该是去做湖南的城隍庙神，天帝因为我对三峡两岸的百姓有些许恩德，所以让我有这样的晋升。但是天下即将陷入乱世，现在的皇帝也不能统治很长时间了。”尔朱又一次惊讶地问道：“继任的君主是谁呢？”回答说：“唐代的气数还很长。”香客尔朱请求知晓他的名讳，白马神说：“这是不能够泄露的。”香客尔朱恳请他说出来，于是说：“昨天看见天符，会有两个太阳。”说完之后，就不再言语了。这一年唐懿宗去世，唐僖宗凭借晋王的名分登基。（出《南楚新闻》）

李仲吕

姑臧李仲吕，咸通末，调授汝之鲁山令。为政明练，吏不敢欺。遇旱，请祷群望，皆不应。仲吕乃洁斋，自祷于县二十里鲁山尧祠，以所乘乌马及驺人张翰为献。祭毕，将下山，云雾暴起，及平泽而大雨，仆马皆暴殒。于是仲吕复设祭，图仆马于东壁。（出《三水小牍》）

新昌坊民

青龙寺西廊近北，有绘释氏部族曰毗沙门天王者，精彩如动，祈请辐凑。有居新昌里者，因时疫，百骸绵弱，不能胜衣，医巫莫能疗。一日，自言欲从释氏，因肩置绘壁之下。厚施主僧，服食于寺庑。逾旬，梦有人如天王之状，持筋类绠，以食病者。复促迫之。咀嚼坚韧，力食衺丈，遽觉绵骨木强。又明日能步，又明日能驰，逾月以力闻。先是禁军悬六钧弓于门，曰："能引其半者，倍粮以赐，至满者又倍之。"民应募，随引而满，于是服厚禄以终身。（出《唐阙史》）

裴氏女

唐黄巢之乱，有朝士裴某，挈妻子，南趋汉中。才发京都，其室女暴亡，兵难挥霍，不暇藏瘗。行及洛谷，夜闻其女有言，不见其形。父母诘之，女云："我为浐水神之子强暴，诱我归其家。其

李仲吕

咸通末年，姑臧地区的李仲吕被调到了汝州的鲁山做县令。他在任上的时候做事明达纯熟，官吏们不敢有所欺瞒。在遭逢大旱的时候，请求祈祷受祭于天子的山川星辰，都没有得到回应。李仲吕于是沐浴吃斋，亲自在离县城二十里的鲁山尧祠中祈祷，用他乘坐的乌马和为他驾驭车马的张翰作为祭献。献祭结束，在他刚要下山的时候，云团和雾气忽然全都聚拢，大雨把河湖都下满了，他的仆人和马都突然消失不见了。于是李仲吕再次设立祭坛，把他的仆人和马画在庙中东面的墙壁上。（出《三水小牍》）

新昌坊民

青龙寺的西边走廊上接近北边的地方，有一幅画着佛家毗沙门天王的画，精妙新颖，栩栩如生，前来祈祷请求的人非常多。有个居住在新昌里的人，因为得了当时的疫病，身体绵软无力，连衣服都不能撑起来，医生和巫师都不能治疗。一天，自己说想要皈依佛门，于是就把他抬到庙里那幅画的下面，给了住持丰厚的布施，让他在寺庙里吃住。过了十几天，梦见一个像天王的人，拿着像绳子一样的筋来喂食病了的人，又督促强逼他吃下去。他放在嘴里咀嚼的时候，觉得十分坚固而有韧性，如此努力吃下去一丈长，突然觉得绵软的身体顿时像木棍一样刚强。第二天就能够下床走路了，再一天就能够奔跑了，过了一个月就因有力量而远近闻名了。之前禁军在门上悬挂了一百八十斤重的弓，说："能拉一半的人，赏给他成倍的粮食，能拉满的再赏他成倍的粮食。"这个人就去应征，结果随手就拉满了，因此赏赐了他可以享用一生的丰厚俸禄。（出《唐阙史》）

裴氏女

唐代黄巢之乱的时候，有一位姓裴的官员，带着他的妻子，向南逃往汉中地区。刚从京都出发的时候，他的女儿就突然去世了，当时战事迅速蔓延，没有时间埋葬她。等走到洛谷的时候，夜里面听见父责怒，以妄杀生人，遽笞之。兼逊谢抚慰，令人送来。而且夕未有所托，且欲随大人南行，俾拔茅为抱致于箱笥之中，庶以魂识依止。”饮食语言，不异于常。尔后又言已有生处，悲咽告辞而去。（出《北梦琐言》）

夏侯祯

汝州鲁山县西六十里，小山间有祠，曰女灵观。其像独一女子焉，低鬟嚬蛾，艳冶而有怨慕之色。祠堂后平地，左右围数亩，上擢三峰，皆十余丈，森如太华。父老云，大中初，斯地忽暴风疾雨，一夕而止，遂有此山。其神见形于樵苏者曰：“吾商於之女也，帝命有此百里之境。可告乡里，立祠于前山，山名女灵，吾持来者也。”咸通末，县主簿皇甫枚，因时祭，与友人夏侯祯偕行。祭毕，与祯纵观。祯独眷眷不能去，乃索卮酒酹曰：“夏侯祯少年无有匹偶，今者仰觌灵姿，愿为庙中扫除之隶，既舍爵乃归。”其夕，夏侯生惝恍不寐，若为阴物所中。其仆来告，枚走视之，则目瞪口噤，不能言矣。谓曰：“得非女灵乎？”祯颔之。枚命吏祷之曰：“夏侯祯不胜盏斝之余，至有慢言，黩于神听，今疾作矣。岂降之罚耶？抑果其请耶？若降之罚，是以一言而毙一国士乎？违好生之德，当专戮之辜，帝岂不降鉴，而使神滋虐于下乎？若果其请，是以一言舍贞静之道，播淫佚之风；念张硕而动云軿，顾交甫而解明珮。若九阍一叫，必贻帏箔不修之责言。况天下多美丈夫，何必是也？神其听之。”奠讫，夏侯生康豫如故。（出《三水小牍》）

他的女儿在说话，但看不见她的身形。她的父母问她，女儿说："我被浐水神的儿子强暴，他诱惑我到他家中。他的父亲因为他随意杀人而怒气冲冲地责备他，还用鞭子抽打他。向我道歉谢罪并且安抚宽慰我，让人把我送回来。但是一时之间我还没能找到投胎的地方。就想要和你们一起向南行走，请您拔茅草结成人形放在箱子里，或许可以让我的灵魂依附。"她吃饭说话，和平常没什么两样。在这之后，又说已经有投胎的地点了，哭着和父母告辞后离去了。（出《北梦琐言》）

夏侯祯

汝州的鲁山县向西六十里，在小山的中间有一座祠庙，叫女灵观。它里面的塑像只有一个女子，鬟发低垂，眉头微皱，面容鲜妍但又愁怨。祠堂的后面有一片平地，方圆有几亩地，上面拔起了三座山，都高达十几丈，高耸入云，像太华山一样。当地的老一辈人说，在大中初年，这个地方突然刮起了大风，下起了大雨，一晚上就停止了，然后就有了这三座山。女神的身形在打柴人面前显现，并对他说："我是商於的女儿，听从天帝的任命管理这方圆百里的地方，可以对乡亲们说，在前山建一座祠庙，山的名字叫女灵，因为是我带来的。"咸通末年，县里的主簿皇甫枚，因为到了四时的祭祀，和朋友夏侯祯一同前往。拜祭完毕之后，和夏侯祯到处游览。夏侯祯眷恋不已，依然不愿离去，于是讨要了一杯酒说："我夏侯祯年少，没有匹配的伴侣，现在看到神女这样灵动的姿容，甘愿作为祠庙里打扫的仆人。"然后放下杯子就走了。这天夜晚，夏侯祯恍惚之间睡不着，就像被什么东西暗中击中了一样。他的仆人前来告诉皇甫枚，皇甫枚前来探望他，他已经瞪大眼睛，嘴巴紧闭，不能够说话了。皇甫枚对他说："难道是因为神女？"夏侯祯点点头。皇甫枚命令小吏向神女祷告说："夏侯祯不胜酒力，以至于有轻薄怠慢的言语，亵渎了神灵，现在他已经疾病发作了。这是对他降下的惩罚吗？还是答应了他的请求？如果是对他降下的惩罚，就因为一句话就要杀死一位国家中最优秀的人物吗？这违背了爱惜生命，不嗜杀戮的美德，如果是杀戮了无辜的

徐焕

弋阳郡东南，有黑水河，河漘有黑水将军祠。太和中，薛用弱自仪曹郎出守此郡，为政严而不残。一夕，梦赞者云："黑水将军至。"延之，乃魁岸丈夫，须目雄杰，介金附鞬。既坐，曰："某顷溺于兹水，自以秉仁义之心，得展上诉于帝。帝曰：'尔阴位方崇，遂授此任。'郎中可为立祠河上，当保祐斯民。"言许而寤。遂命建祠设祭，水旱灾沴，祷之皆应。用弱有葛溪宝剑，复梦求之，遂以为赠。仍刳神前柱，并匣置之，外设小扉，加扃鐍焉。乾符戊戌岁，大理少卿徐焕，以决狱平允，授弋阳郡。秋七月出京，时方霖霪，东道泥泞。历崤函，度东周，由许蔡，略无霁日。既渡长淮，宿于嘉鹿馆，则弋阳之西境也。时方苦雨凄风，徒御多寒色。焕具酒祈之，其夕乃霁。焕由是加敬，每春秋常祀，必躬亲之。明年冬十月，贼党数千人，来攻郡城。焕坚守，城不可拔，乃引兵西入义阳。时有无赖者，以庙剑言于贼裨将。将乃率徒，破柱取去。既而晓出纵掠，气雾四合，莫知所如。忽遇一樵童，遂执之，令前导。既越山雾开，乃义营张周寨也。卒与贼遇，尽杀之，张周亲擒其首，解其剑，复归诸庙，至今时享不废。（出《三水小牍》）

人，天帝怎么能不明察秋毫，而让神女滋生虐待生灵的想法呢？如果是答应了他的请求，那就是因为一句话舍弃了贞洁娴静的修行方法，滋长了纵欲放荡的世风；想念张硕而乘坐云车下凡，想念郑交甫而解下自己身上的玉佩。就像是如果我们在九天门前申告，一定会斥责你不遵守淑女风范。何况天下的美男子非常多，为什么一定要是夏侯祯呢？请神女听从我的劝说。”祭祀完毕，夏侯祯的病就立即好了，就像从前一样。（出《三水小牍》）

徐焕

弋阳郡的东南方，有一条黑水河，河岸边有一座黑水将军的祠庙。太和年间，薛用弱从仪曹郎的任上调出任职弋阳郡守，他处理事情严格但不残酷。一天傍晚，他梦见一个唱赞礼的人说：“黑水将军来了。”薛用弱于是把他请进去，看见他是一个身材魁梧的男子汉，他的胡须和眼睛非常出众，身穿铠甲，腰上带着箭袋。坐下来之后，说：“我在黑水河溺亡，自认为凭借秉承的仁义之心，得以辗转向上申告给天帝。天帝说：‘你在阴间的职位正盛，所以将这个官职授予你。’你可以在河上面给我建一座祠庙，我就能够保佑这个区域的人民。”薛用弱应承之后就醒了。于是让人建了一座祠庙，设立的祭坛，无论是水灾还是旱灾，只要祈祷都会应允。薛用弱有一把葛溪宝剑，黑水将军再次进入他的梦境希望得到它，于是薛用弱就将这把宝剑赠给他。就将神庙前的柱子挖了个洞，把剑和匣子一并放在里面，外面设置了一个小门，又把它锁上了。乾符戊戌年间，大理少卿徐焕，因为断案公允，被授予弋阳郡守。这年秋天七月他从京城出发，当时正下着连绵不断的秋雨，向东的道路泥泞不堪。途经了崤山、函谷关，经过东周，历经许州、蔡州，基本上没有晴天，后来渡过淮河，在嘉鹿馆借宿，这就到了弋阳郡西方的边界了。当时天气十分恶劣，为他挽车御马的人大多被冻僵了。徐焕准备了酒向黑水将军祈祷，这天傍晚天就晴了。徐焕因此更加尊敬他，每到春秋两季固定祭祀的时候，一定会亲自参与。第二年冬十月，叛党率领几千人来攻打弋阳郡。徐焕坚守城门，叛军见城门攻不破，就率军队向西攻打义阳，当

罗弘信

中和年，魏博帅罗弘信，初为本军步射小校，掌牧圉之事，曾宿于魏州观音院门外，其地有神祠，俗号白须翁。巫有宗千者，忽诣弘信谓曰："夜来神忽有语，君不久为此地主。"弘信怒曰："欲危我耶？"他日，复以此言来告，弘信因令密之。不期岁，果有军变，推弘信为帅。弘信状貌丰伟，多力善射，虽声名未振，众已服之。累加至太尉临淮王。（出《北梦琐言》）

李峣

唐乾宁中，刘昌美为夔州刺史。属夏潦，峡涨湍险。里俗云："滟滪大如马，瞿塘不可下。"于是行旅辍棹以候之。学士李峣，挈家，自蜀沿流，将之江陵。昌美以水势正恶，止之。峣忽遽而行，俄尔舟覆，一家溺死焉。唯乳妪一人，隔夜为骇浪推送江岸而苏。先是永安盐灶户陈小奴，棹空船下瞿塘。见崖下有一人，裹四缝帽，著窄白衫，青裤，执铁蒺藜。问峣行程，自云迎候。及乳妪既苏，亦言于刺史云，李学士至一官署上事，朱门白壁，寮吏参贺。又闻云，此行无乳妪名，遂送出水。（出《北梦琐言》）

时有一个无赖，把庙中藏剑的地方告诉了叛军的副将，副将于是带领士兵将柱子击碎，拿走了宝剑。刚刚破晓的时候，叛军四处抢掠，没一会儿四周的雾气就合在一起，不知道怎么走，忽然看见一个打柴的孩子，于是把他抓了，让他在前面带路。翻过山之后，雾气就散了，这是张周率领的义军驻扎的军营，突然和叛军相遇，就把他们全杀了，张周亲自擒拿了他们的首领，截下了他的剑，再次送回黑水将军的庙前，到现在他的祠庙的香火都没有断绝过。（出《三水小牍》）

罗弘信

中和年间，魏博的节度使罗弘信，本来是本地军队的步射小校，掌管的是饲养牲畜的事，他曾经在魏州观音门外借宿，这个地方有一个神祠，百姓叫祠里的神“白须翁”。一天，一位叫宗千的巫师，忽然前来造访罗弘信，对他说：“夜间神灵忽然造访对我说，你不久后就是这个地方的长官。”罗弘信生气地说：“你是想加害我吗？”一天，巫师又前来说那些话，罗弘信因此让他对所说的话保密。不到一年，果然有兵变，大家都推举罗弘信为统帅。罗弘信长得丰满魁梧，力大无穷，擅长射箭，虽然声望还没有传播出去，但大家已经顺服于他了。后来，罗弘信多次升官，升到太尉临淮王。（出《北梦琐言》）

李　峣

唐朝乾宁年间，刘昌美被任命为夔州刺史。正逢夏天因久雨而形成的大水，三峡涨水，水势急速险恶。当地有一句俗语：“滟滪大如马，瞿塘不可下。”因此来往的行人只能停下船只等候。大学士李峣，带领全家，从四川沿着河流，将要到达江陵。刘昌美因为水势险恶，劝说他停止前行，但李峣还是匆忙走了，不一会儿小船就翻了，他的全家都淹死了，只有一个乳母，第二天被大浪推到江边苏醒了。在此之前，永安的盐贩陈小奴乘了一只空船顺着瞿塘峡漂流而下，看见悬崖下面有一个人裹着四缝帽，穿着窄白衫、青裤，手里拿着铁蒺藜，问李峣的行程，说自己前来迎接等候。等到乳母醒来后，就告诉

刘昌美说，学士李峣要到官衙里上任，红色的门，白色的墙壁，官员们都来迎接祝贺，又听说，这次行程中没有乳母的名字，于是就把她送出水面。（出《北梦琐言》）

卷第三百一十三　神二十三

杨　镳

唐杨镳，相国收之子，少年为江西从事。秋祭大孤神，镳悦神像之容，偶以言戏之。祭毕回舟，而见空中云雾，有一女子，容质甚丽，诣镳，呼为杨郎，云："家姊多幸，蒙杨郎采顾，便希回桡，以成礼也，故来奉迎。"镳惊怪，乃曰："前言戏之耳。"神女曰："家姊本无意辄慕君子，而杨郎先自发言。苟或中辍，立恐不利于君。"镳不得已，遂诺之。希从容一月，处理家事。归家理命讫，仓卒而卒，似有鬼神迎也。补阙薛泽，与镳有姻，尝言此事甚详。近者故邓州节度判官史在德郎中，子光泽，甚聪俊，方修举业。自别墅归，乘醉入泰山庙，谓神曰："与神作第三儿可乎？"自是归家精神恍惚，似有召之者，逾月而卒。（出《北梦琐言》）

张　璟

庐山书生张璟，乾宁中，以所业之桂州。至衡州犬嗥滩，损船上岸，寝于江庙，为神所责。璟以素业对之，神为改容。延坐从容，云："有巫立仁者，罪合族，庙神为理之于岳神，无人作奏。"璟为草之，既奏，岳神许之，庙神喜，以白金十鋌为赠。刘山甫与校书郎廖鹭。亲见璟，说其事甚详。（出《北梦琐言》）

杨镳

唐代的杨镳，是宰相杨收的儿子，少年的时候做过江西的从事。秋天祭祀大孤神，杨镳喜欢神像的姿容，偶然说了对神像不敬的话语。祭祀完毕回到船上的时候，看见空中的一团云雾中有一个女子，姿容非常美丽，召见杨镳，称呼他为杨郎，说："我的姐姐非常荣幸，能够被杨郎赏识，希望你划回去，好和姐姐完成婚礼，所以前来迎接。"杨镳非常惊奇，于是说："我之前说的话是开玩笑的。"神女说："我的姐姐本来没有意愿倾慕你，但你先说了那样的话。如果你中途停止，立刻就会对你产生不利。"杨镳没有办法，只好应承了。但希望神女宽限一个月，处理好家事。回到家里，刚处理完事情，他就突然去世了，就好像是有鬼神迎接他。补阙薛泽，和杨镳有姻亲关系，曾经很详细地说过这件事。近来前登州节度使判官，郎中史在德，他的儿子史光泽，十分聪明俊秀，刚修完学业，从学堂回到家，乘着醉意进入泰山祠庙，对神灵说："给神灵你做第三个儿子，可以吗？"自此以后回到家，他就神志不清了，就好像有人在召唤他，过了一个月就去世了。（出《北梦琐言》）

张璟

乾宁年间，庐山的书生张璟，因为学业去往桂州。到达衡州犬嗥滩的时候，船坏了，他不得不上岸，在江边的祠庙中借宿，被神责怪。张璟就用平时的学业对答，神灵因此改变了他的神色。请他坐下休息，说："有一个叫巫立仁的人，犯了灭族的罪，我想替他在岳神面前申告，但是没有人写奏状。"张璟替他草拟了一份状纸，等到呈奏上去之后，岳神允许了，庙神特别开心，将十块白金赠给他。刘山

崔从事

福建崔从事，忘其名，正直检身，幕府所重。奉使湖湘，复命，在道遇贼。同行皆死，唯崔仓皇中，忽有人引路获免。中途复患痁疾，求药无所。途次延平津庙，梦为庙神赐药三丸，服之，惊觉顿愈。彭城刘山甫自云，外祖李敬彝为郎中，宅在东都毓财坊，土地最灵。家人张行周，事之有应。未大水前，预梦告张，求饮食。至其日，率其类遏水头，并不冲圮李宅。（出《北梦琐言》）

王审知

福州海口黄碕岸，横石巉峭，常为舟楫之患。王审知为福建观察使，思欲制置，惮于役力。乾宁中，因梦金甲神，自称吴安王，许助开凿。及觉，言于宾寮。因命判官刘山甫往设祭，祭未终，海内灵怪俱见。山甫憩于僧院，凭高观之。风雷暴兴，见一物，非鱼非龙，鳞黄鬣赤。凡三日，风雷乃霁。已别开一港，甚便行旅。驿表以闻，赐号甘棠港。闽从事刘山甫，乃中朝旧族也，著《金溪闲谈》十二卷，具载其事。（出《北梦琐言》）

甫和校书郎廖隙，曾经亲眼见过张璟，这件事他们说得很详细。（出《北梦琐言》）

崔从事

福建有一位从事，姓崔，忘了他叫什么名字，为人公正刚直，检点自身，是幕府所器重的人。他奉命出使湖州湘州，执行命令后返回报告，在路途中遇到盗贼。和他同行的人都死了，只有崔从事在匆忙慌张中，忽然有一个人前来为他领路而幸免于难，在路途上又得了疟疾，没有地方求医。住在延平津旁的祠庙里，梦里面被药神赐了三粒药，吃下去后，突然惊醒，病也好了。彭城的刘山甫说，他家的亲戚中有一个郎中李敬彝，住在东都毓财坊，那里的土地神最为灵验。他家中有一个仆人名叫张行周，有事前去祈祷都很灵验。在发大水之前，土地神提前告诉了张行周，向他要吃的东西，等到那一天，土地神率领他的同类堵住水，水就没有冲倒李家。（出《北梦琐言》）

王审知

福州的海口处的黄碕岸边，石头险峻陡峭，经常会成为危害船只的罪魁祸首。王审知作为福建观察使的时候，想要处理好这件事，但是害怕人力不足。乾宁年间，他梦见了身穿金甲的神灵，自称吴安王，许诺帮助他挖掘河道。等到他醒来的时候，把这些话告诉了他的下属和客人。于是命令判官刘山甫前往陈设祭品，祭祀还没有结束，大海里的神灵怪物都出现了。刘山甫在寺院里休息，站在高处观望。海上飓风和雷电暴起，中间有一个物体，不是鱼也不是龙，身上的鳞是黄色的，领旁边的小鳍是红色的。总共三天，才风停雷消。已经重新开辟了一个港湾，特别便于商旅来往。用奏折将消息呈给皇帝，皇帝给它赐名甘棠港。福建从事刘山甫，家族是本朝的世家大族，写了一本十二卷的《金溪闲谈》，详细地记载了这件事。（出《北梦琐言》）

张怀武

南平王锺傅，镇江西。遣道士沈太虚，祷庐山九天使者庙。太虚醮罢，夜坐廊庑间。恍然若梦，见壁画一人，前揖太虚曰："身张怀武也，常为军将。上帝以微有阴功及物，今配此庙为灵官。"既寤，起视壁画，署曰"五百灵官"。太虚归，以语进士沈彬。彬后二十年，游醴陵，县令陆生客之。方食，有军吏许生后至，语及张怀武，彬因问之。许曰："怀武者，蔡之裨将，某之长史也。顷甲辰年大饥，闻预章独稔。即与一他将，各率其属奔豫章。既即路，两军稍不相能。比至五昌，一隙大构。克日将决战，禁之不可。怀武乃携剑上戍楼，去其梯，谓其徒曰：'吾与汝今日之行，非有他图，直救性命耳。奈何不忍小忿，而相攻战。夫战，必强者伤而弱者亡。如是则何为去父母之国，而死于道路耶？凡两军所以致争者，以有怀武故也。今为汝等死，两军为一。无构难矣。'遂自刎，于是两军之士，皆伏楼下恸哭。遂相与和亲，比及豫章，无一人逃亡者。"许但怀其旧恩，亦不知灵官之事，彬因述记，以申明之。岂天意将感发死义之士，故以肸蚃告人乎？（出《稽神录》）

李玫

天祐初，舒州有仓官李玫，自言少时因病，遂见鬼，为人言祸福，多中。淮南大将张颢，专废立之权，威振中外。玫时宿于灊山司命真君庙。翌日，与道士崔繟然数人，将入城。去庙数里，忽

张怀武

南平王钟傅，在江西镇守的时候派遣道士沈太虚在庐山九天使者庙祈祷。沈太虚做完法事后，夜间坐在堂前的廊屋中间，恍惚间像是在做梦，看见壁画上有一个人，上前来对沈太虚作揖说：“我是张怀武，曾经是一位将军。天帝因为我积了一些阴德，现今让我在这祠庙里当仙官。”等到醒来的时候，站起来观察壁画，名字是五百灵官。沈太虚回到官衙后，把这些话告诉了进士沈彬。沈彬在二十年后游览醴陵地区，当地的县令陆生以宾客之礼招待了他。刚要吃饭的时候，有一位叫许生的军官也来了，说到了张怀武，沈彬因此问了这个人。许生说：“张怀武，是蔡州的副将，是我的长史。当时甲辰年发生了大饥荒，听说只有豫章地区有收成，于是就和另外一个将士，各自率领部队共同奔向豫章，刚上路的时候，两军有些不和睦。等到五昌的时候，他们之间的嫌隙更大了。约定日期进行决战，统帅也无法禁止。张怀武于是带着剑走上戍楼，把它的梯子撤走了，对他的属下说：‘我和你们此次出行，并没有其他企图，只求救大家的性命而已。谁料你们不能忍受小小的愤怒，却相互战斗。战斗，一定会出现强者受损弱者死亡。如果是这样还怎么回到故乡去见父母？只能死在道路旁。现在两军的将士相争，是因为有张怀武。现今我为你们而死，两军合二为一，不会再出现矛盾了。’于是就自刎了，两军的将士，都趴在楼下痛哭。自此大家互相和睦亲善，等到到豫章的时候，没有一个逃亡的。”许生只是怀念张怀武旧日的恩德，也不知道灵官的事情，沈彬因此把这件事记下来，为了向人们说明这件事。这难道不是上天也为守节义而死的人感动，因而将他们的事情散播给世人吗？（出《稽神录》）

李玫

天佑初年，舒州有位叫李玫的仓官，自己说小时候有病，于是能够看见鬼，替别人说祸福的事情，大多数都能够应验。淮南的大将张颢，掌管着废除和设立君主的大权，权威震慑朝廷内外。李玫当时止同行于道侧，自映大树以窥之。良久乃行，绅然曰："复见鬼耶？"曰："向见一人，桎梏甚严，吏卒数十人卫之，向庙而去，是必为真君考召也。虽意气尚在，已不自免矣。"或问为谁，久之乃肯言曰："张颢也。"闻者皆惧，共秘之，不旬日而闻颢诛。李宗造开元寺成，大会文武僧道于寺中。既罢，玫复谓繟然曰："向坐中有客，为二吏固揖之而去，是不久矣。"言其衣服容貌，则团练巡官陈绛也。不数日，绛暴疾卒。道士邵修默，崔之弟子，亲见之。（出《稽神录》）

赵瑜

明经赵瑜，鲁人，累举不第，困厄甚。因游太山，祈死于岳庙。将出门，忽有小吏自后至曰："判官召。"随之而去。奄至一厅事，帘中有人云："人所重者生，君何为祈死？"对曰："瑜应乡荐，累举不第。退无躬耕之资，湮厄贫病。无复生意，故祈死耳。"良久，闻帘中检阅簿书，既而言曰："君命至薄，名第禄仕皆无分。既此见告，当有以奉济。今以一药方授君，君以此足给衣食。然不可置家，置家则贫矣。"瑜拜谢而出。至门外，空中飘大桐叶至瑜前，视之，乃书巴豆丸方于其上，亦与人间之方正同。瑜遂自称前长水令，卖药于夷门市。饵其药者，病无不愈，获利甚多。道士李德阳，亲见其桐叶，已十余年，尚如新。（出《稽神录》）

借宿在灊山司命真君的祠庙中。第二天，他和道士崔繟然几个人，将要进入城中。在距离祠庙几里的地方，忽然他将同行的人劝停在道路的一旁，自己则藏在大树的后面偷看。过了很久才出行，崔繟然说："又见到鬼啦？"李玫回答说："之前看到一个人，带着很重的脚镣手铐，有几十个官兵护着他，向真君的祠庙走去，想必是真君召唤他前来的。虽然他的精神还在，但是却难免一死了。"有的人问是谁，很久之后才肯说："是张颢。"听说的人都特别恐惧，大家商量一起保守这个秘密，没过几天就听说张颢被诛杀了。李宗建成了开元寺后，在寺庙中召集了很多能文善武的僧道。结束以后，李玫再次对崔繟然说："之前坐着的客人中有一个人，被两个官员给请走了，表明他快要死了。"描述他穿的衣服和他的长相，是团练巡官陈绛。没过几天，陈绛就突然得病去世了。道士邵修默，是崔繟然的弟子，亲眼见到这件事。（出《稽神录》）

赵瑜

赵瑜，是山东人，多次应考都没有中举。生活特别穷困，因此去泰山游览，在岳庙中求死，将要出门的时候，忽然有小官员从后面赶上来说："判官召你前去。"赵瑜于是跟随他去了。忽然到了一个厅堂里，帘幕中有一个人说："人最为看重的是生，为什么你会求死呢？"回答说："我去参加乡试，多次考试都没有考中。回来之后没有耕种的钱财，又沉沦在贫苦和病痛之中，不再有生的意愿，所以前来求死。"过了很久，听见帘幕中有查阅书簿的声音，不一会儿听到有人说："你的命非常薄。名次和做官都不会有缘，既然我把这些都告诉你了，我会对你有所帮助，现在我把一个药方传授给你，你可以凭借这个会有丰足的衣服和食物。但是你不能成家，成家就会再次陷入贫困。"赵瑜拜谢他以后就出去了。到门外的时候，空中飘下一片大桐叶到赵瑜的面前，赵瑜一看，它上面写有巴豆丸的药方，和人间的药方是一样的。赵瑜于是自称之前当过长水的县令，在夷门的集市前卖药。买他药的人，没有一个不痊愈了，他也因此获得了很大的利润。有一位叫李德阳的道士，亲眼见过写着药方的桐叶，已经十几年

关承湍妻

青城县岷江暴涨，漂垫民居。县民关承湍妻计氏，有孩提子在怀抱，乃上木柜，为骇浪推漾大江。唯见赤帻佩刀者，洎朱衣秉简者，安存之，令洎县溉植。乃随流泛泛，至县溉，为舟子迎拯而出，子母无恙。(出《北梦琐言》)

李冰祠

天祐七年夏，成都大雨，岷江涨，将坏京口江灌堰上。夜闻呼噪之声，若千百人，列炬无数，大风暴雨而火影不灭。及明，大堰移数百丈，堰水入新津江。李冰祠中所立旗帜皆湿。是时，新津嘉眉水害尤多，而京江不加溢焉。(出《录异记》)

郑君雄

郑君雄为遂州刺史，一日晚，忽见兵士数千人，在水东灞内，旗帜戈甲，人物喧闹，与军行无异。不敢诘问，警备而已。未晓，密侦之，大军已去，只三五人在后。侦者问之，曰："江□神也。数年川府不安，移在峡内。今远近安矣，却归川中。"复视之，有下营及火幕踪迹，一一可验焉。(出《录异记》)

锺离王祠

遂州东岸唐村，云：昔有一人，衣大袖，戴古冠帻，立于道左。

过去了，还和新的一样。（出《稽神录》）

关承湍妻

青城县的岷江突然涨水，以至于百姓的房子都被水淹没了。县民关承湍的妻子计氏，怀里抱着一个孩子，在一个木柜上，被惊涛骇浪推向了洪流。只见一个戴着红色头巾、腰间配着一把刀的人，和一个身穿红色衣服拿着竹筒的人，保护他们安全，让他们到青城县的护城河。于是随着流水浮游，到达青城县的护城河时，被撑船的人迎面拯救出来，母子平安。（出《北梦琐言》）

李冰祠

天佑七年夏天，成都下了大雨，江水猛涨，将要冲垮京口的护江大堤。夜里听见嘈杂的叫喊，有上千人和无数个火把，虽然是狂风暴雨，但是火把没有被浇灭。等到天亮的时候，堤坝移动了几百丈，堤坝内的水灌入新津江。李冰祠庙中所竖立的旗帜沾湿了。当时，新津江的嘉州和眉州的水灾最多，但京江却一直没有涨水。（出《录异记》）

郑君雄

郑君雄担任遂州刺史时，一天晚上，忽然看见几千士兵，在灞河东面，所举起的旗帜，穿着的铠甲，人物之间的喧哗和军队出行的一模一样。郑君雄不敢上前询问，仅仅是保持警惕心罢了。天还没亮的时候，派人秘密前往侦查，大军已经离开了，只有三五个人还走在后面。侦查的人前去询问，回答说："是江神，几年前四川大乱，转移到峡谷内。现在远近都比较安定了，就回四川了。"再次前往检视，有扎营和生火的痕迹，全都可以看得十分清楚。（出《录异记》）

锺离王祠

遂州东岸有一个唐村子，传说，从前有一个人，穿着宽大的绣语村人曰：“我锺离王也。旧有庙在下流十余里，因水摧损。今像溯流而止，将至矣。汝可于此为我立庙。”村人诣江视之，得一木人，长数尺，遂于所见处立庙，号唐村神。至今祷祈皆验。或云：初见时如道士状。（出《录异记》）

盘古祠

广都县有盘古三郎庙，颇有灵应。民之过门，稍不致敬，多为殴击，或道途颠蹶。县民杨知遇者，尝受正一明威箓。一夕醉甚，将还其家。路远月黑，无伴还家，愿得神力，示以归路。俄有一炬火，自庙门出，前引至其家。二十余里，虽狭桥编路，无蹉跌，火炬亦无见矣。乡里之人尤惊。（原缺出处，今见《录异记》卷四。）

狄仁杰祠

魏州南郭狄仁杰庙，即生祠堂也。天后朝，仁杰为魏州刺史，有善政，吏民为之立生祠。及入朝，魏之士女，每至月首，皆诣祠奠酸。仁杰方朝，是日亦有醉色。天后素知仁杰初不饮酒，诘之，具以事对。天后使验问，乃信。庄宗观霸河朔，尝有人醉宿庙廊之下。夜分即醒。见有人于堂陛下，罄折咨事，堂中有人问之，对曰：“奉符于魏州索万人。”堂中语曰：“此州虚耗，灾祸频仍，移于他处。”此人曰：“诺。请往白之。”遂去。少顷复至，则曰：“已移命于镇州矣。”语竟不见。是岁，庄宗分兵讨镇州，至于攻下，两军袍，戴着古代的头巾，站在道路的左边，对村里人说："我是钟离王。以前有一个神像，在下游距离这里十几里的地方，因为大水被冲毁了。现今我的神像逆流而上，将被冲到这里。你们可以在这里给我建一座祠庙。"村里人到江边检视，看到一个木像，身长几尺，于是在看见木像的地方建了一座祠庙，给它取名唐村神。到现在对着它祈祷都会应验。有的人说，刚刚看见他时像是一个道士。（出《录异记》）

盘古祠

广都县有一座盘古三郎庙，很是灵验。如果有百姓在经过门前的时候，有一点点不尊敬，大多数不是被打，就是在半路摔跟头。广都县有一个叫杨知遇的县民，曾经学过《正一盟威录》。有一天晚上喝得特别醉，快要回家的时候，因为路特别远，又没有月亮，没有人陪伴他回家，希望得到神的帮助，告诉他回家的路。过了一会儿，出现一个火把，从庙门里出来，引领他向前回到家。总共走了二十多里路，虽然桥很狭窄，路也很偏僻，但是没有失足跌倒，到家后火炬也见不到了。乡里的人听说之后特别惊讶。（原缺出处，今见《录异记》卷四。）

狄仁杰祠

魏州的南城有一座狄仁杰的祠庙，就是他还活着的时候设立的祠庙。武则天时期，狄仁杰作为魏州刺史时，有良好的管理，所以官吏和百姓为他建了一座生祠。等到入朝为官的时候，魏州的成年男女，每到月初的时候，都到他的生祠里奠酒。狄仁杰这天刚上朝的时候，也带着醉意。武则天向来知道狄仁杰不喝酒，因此询问他，狄仁杰于是把事情详细地告诉了武则天。武则天派人前去检验，才相信了他说的话。庄宗月初省视灞河的时候，曾经有人喝醉以后借宿在祠庙的檐廊下，半夜的时候醒了，看见有个人在堂阶下面，谦恭地拿着奏折想要询问政事，庙堂中有人问他什么事。回答说："奉命在魏州

所杀甚众焉。（出《玉堂闲话》）

葛氏妇

兖之东钞里泗水上有亭，亭下有天齐王祠，中有三郎君祠神者。巫云，天齐王之爱子，其神甚灵异。相传岱宗之下，樵童牧竖，或有逢羽猎者，骑从华丽，有如侯王，即此神也。鲁人畏敬，过于天齐。朱梁时，葛周镇兖部署，尝举家妇女游于泗亭，遂至神祠。周有子十二郎者，其妇美容止，拜于三郎君前，熟视而退。俄而病心痛，踣地闷绝久之。举族大悸，即祷神，有顷乃瘳。自是神情失常，梦寐恍惚，尝与神遇。其家惧，送妇往东京以避之。未几，其神亦至，谓妇曰："吾寻汝久矣，今复相遇。"其后信宿辄来，每神将至，妇则先伸欠呵嚏，谓侍者曰："彼已至矣。"即起入帷中，侍者属耳伺之，则闻私窃语笑，逡巡方去。率以为常。其夫畏神，竟不敢与妇同宿，久之妇卒。（出《玉堂闲话》）

马希声

湖南马希声，嗣父位。连年亢旱，祈祷不应。乃封闭南岳司天王庙，及境内神祠，竟亦不雨。其兄希振，入谏之，饮酒至中夜而索取一万人的性命。”庙堂中的人回答说：“这个州已经很穷困，天灾人祸还非常频繁，还是转移到别的地方去吧。”这个人说：“是，请让我向上去报告。”于是离开了。过了一会儿又回来了，说：“已经把它转移到镇州了。”说完，人就不见了。这一年，庄宗分派兵力讨伐镇州，等到攻占的时候，两军战士被杀的有很多。（出《玉堂闲话》）

葛氏妇

兖州的东钞里泗水之上有一个亭子，亭子下方有一座天齐王祠庙，中间有一个名叫三郎君的神像。有巫师说：“他是天齐王非常钟爱的儿子，他的神像也最为灵验。”相传在泰山下面，砍柴或放牧的儿童，有的曾经见过打猎的人，所带的侍从穿着华丽，就像王侯一般，就是三郎君。山东人对他的敬畏程度，比对天齐王的还深。朱梁年间，葛周镇守兖州时，曾经带领全家在泗水上的亭子里游玩，然后就走进了天齐王的神祠。葛周有一个叫十二郎的孩子，他的妻子容貌美丽，举止得体，在三郎君前面跪拜，盯了三郎君很久才退下。过了一会儿，她就犯了心痛症，跌在地上，晕倒了很久。全家都非常害怕，立即前往祠庙祈祷，过了一会儿她才稍好一些。但是从此以后精神失常，梦里面经常神志不清，常常遇到三郎神。她的家人都很害怕，送她到东京躲避。没过多久，三郎神也到了。对她说：“我找你好久了，现在才再次相遇。”在这以后，他每隔两夜都会来，每次三郎君将要来的时候，她就会伸懒腰打哈欠，对侍女说：“他已经来了。”就起身进入帐幕中，侍女在帐幕外探察偷听，就听见帐幕里悄悄谈笑，过了一会儿就离开了，侍女对这种状况已经习以为常。她的丈夫因为害怕神灵，竟然不敢和他的妻子一同居住，过了很长时间，他的妻子死去了。（出《玉堂闲话》）

马希声

湖南的马希声，承继了父亲的职位。当时连年旱灾，百姓的祈祷也没有应验，于是他把南岳司天王庙以及湖南境内的一切祠庙都封退。闻堂前喧噪，连召希振复入，见希声倒立于阶下，衣裳不披，其首已碎。令亲信舆上，以帛蒙首。翌日发丧，以弟希范嗣位。先是，大将周达自南岳回，见江上云雾中，拥执希声而去，秘不敢言。夕有物如黑幕，突入空堂，即时而卒。（出《北梦琐言》）

庞式

唐长兴三年，进士庞式，肄业于嵩阳观之侧，临水结庵以居。一日，晨往前村未返。庵内唯薛生，东郡人也，少年纯悫，师事于式。晨兴，就涧水盥漱毕，见庵之东南林内，有五人，皆星冠霞帔，或缝掖之衣，衣各一色，神彩俊拔，语音清响，目光射人，香闻十余步。薛生惊异，遍拜之。问薛曰："尔何人？"生具以对。又问："尔能随吾去否？"薛辞以父母年老，期之异日。又曰："尔既不去，吾当书尔之背志之。"遂令肉袒。唯觉其背上如风之吹，书毕，却入林中，并失其处。斯须庞式至，具述，且示之背，见朱书字一行，字体杂以篆籀，唯两字稍若官体贵人字，余皆不别。薛生又以手扪之，数字挲破，色鲜如血，数日，香尚不销。后庞式登第，除乐乡县令，为叛帅安从进所杀，薛氏子寻归滑台，殂于家。（出《玉堂闲话》）

闭了，最终还是没下雨。他的哥哥马希振，前来劝谏他，喝酒喝到半夜才回去。听到厅堂前吵闹声很大，连忙再次请马希振进入院中，看见马希声倒在阶梯下面，没有披着衣裳，他的头已经碎了。让他的亲信赶快把他抬到车上，用布帛蒙着他的头。第二天为他办理丧事，让他的弟弟马希范承继官职。之前就有一名大将周达，从南岳回来，看见江上的云雾中，有鬼兵相拥着押解马希声离开，他把这件事藏在心中，没敢说。晚上的时候有东西像一团黑布，突然闯入了马希声的厅堂，他立马就死了。（出《北梦琐言》）

庞式

唐代长兴三年，有一位叫庞式的进士，在学业还没有结束的时候，就在嵩阳观的旁边，靠水建了一座房子来居住。一天早晨，他去前面的村子没有回来。房子里只有一个薛生，他年少的时候淳朴诚实，拜庞式为老师。薛生早晨起来的时候，就着溪水洗漱完毕，看见房子东南方的树林里，有五个人，都戴着道帽，穿着彩色的道服，有的穿着大袖单衣，衣服的颜色各不相同。精神饱满、卓异出众，说话声清脆洪亮，眼光明亮有神，十几步外都能够闻到身上发出的香味。薛生感到非常惊奇，走过去全都拜见了一遍。他们问薛生说："你是什么人？"薛生具体详细地回答了。又问他："你能跟我们走吗？"薛生因为父母年纪大了，拒绝了他们，和他们约定了他日再去。他们又说："你既然现在不去，我们应该在你的背上写字用来做记号。"于是让他脱下衣服，露出脊背。薛生觉得他的背上像是清风吹拂一般，写完之后，他们转身进入树林中，并且在树林深处消失了。过了一会儿庞式回来了，薛生把刚才发生的事情详细告诉了他，并把背上的字展示给他看，只看见红色的一行字，字体中夹杂着篆文和籀文，只有两个字像是当时的官方文字"贵人"，其他的字都不能辨别。薛生又用手摸这些字，好几个字都被磨破了，颜色鲜亮得像是血一样，几天之后，字上的香味还没有消散。后来，庞式考上了进士，被任职为乐乡的县令，被叛军首领安从进杀了，薛生的儿子不久将他的尸身运回滑台，葬在他的家乡。（出《玉堂闲话》）

卷第三百一十四　神二十四

清泰主

唐清泰主，乃晋高祖之妇兄也。明宗始为太原将帅，二主军职未高。因击鞠，入赵襄子庙，俱见土偶避位而立，甚讶之，潜亦自负。及明宗功高，常危惧。二主曰："赵襄子终能致福邪？"尔后二主迭享大位。（出《北梦琐言》）

仆射陂

乙未岁，契丹据河朔，晋师拒于澶渊。天下骚然，疲于战伐。翰林学士王仁裕，奉使冯翊，路由于郑，过仆射陂。见州民及军营妇女，填咽于道路，皆执错彩小旗子，插于陂中，不知其数。询其居人，皆曰："郑人比家梦李卫公云：'请多造旗幡，置于陂中。我见集得无数兵，为中原剪除戎寇，所乏者旌旗耳。'是以家别献此幡帜。"初未之信，以为妖言，果旬月之间，击败胡虏。及使回，过其陂，使仆者下路，访于草际，存者尚多。（出《玉堂闲话》）

李泳子

蜀大理少卿李泳，尝归郫城别墅。过桥，见一婴儿，以蕉叶

清泰主

后唐清泰年间的君主，是晋高祖妻子的哥哥。明宗时起初担任太原将帅，清泰年间的君主在当时军职还不够高。因为骑马打球，进入赵襄子的祠庙，看见庙里土制的神像都离开了原来的位置，站在一旁，非常惊讶，暗中感到自己很了不起。等到明宗功劳很大的时候，经常感到忧虑恐惧。他说：“赵襄子最终能够让我得到福气吗？”在这以后，轮到他登上了皇位。（出《北梦琐言》）

仆射陂

乙未年间，契丹占据了河朔地区，晋朝的军队在澶渊地区抵抗，天下动荡不安，人们对于征战感到疲惫不堪。翰林学士王仁裕，奉命出使冯翊，沿途经过郑州，过仆射陂的时候，看见郑州的人民和军营中的妇女们，占满了大道，手中都拿着小彩旗，插在陂上，不计其数。他询问居住在这里的人，都说：“郑州人家挨个梦见李卫公说：‘请你们制作大量的旗子，把它们放在陂上。我现在已经集结了无数士兵，替国家铲除进犯的契丹贼寇，我所缺乏的是军旗。’所以家家都给李卫公献上这样的旗子。”刚开始王仁裕还不相信，认为这是蛊惑人心的言论，结果一个月之间，击败了契丹。等到他出使回来，再过仆射陂的时候，派仆人到路旁的草丛中观看，还有很多小彩旗插在那里。（出《玉堂闲话》）

李泳子

蜀国的大理少卿李泳，在回郫城别墅的时候，经过一座桥，看到荐之，泳怜其形相貌异，收归，哺养为子。六七年，能书，善谭笑，父母钟爱之，过于亲子。至十二岁，经史未见者，皆览之如夙习，人皆谓之神智。尝独居一室中阅书，父母偶潜窥之，见一人持簿书，复有二童子接引呈过，其子便大书数行，却授之去。父母异之，来日，因侍立，泳款曲谓之曰："吾夜来窃有所睹，汝得非判阴府事乎？"曰："然。"重问则唯拜不对。泳曰："阴府人间，事意不同，吾不欲苦问，汝宜善保。"子又拜。却后六年，一旦白父母："儿只合与少卿夫人为儿一十八年，今则事毕。来日申时，却归冥司。"因泣下久之，父母亦为之出涕。泳问曰："吾官至何？"答曰："只在大理少卿。"果来日申时，其子卒，故泳有退闲之志。未久，坐事遂罢。（出《野人闲话》）

谯乂俊

罗江县道士谯乂俊，壮年，忽梦太山府君追之，赐以黄敕，补为杖直。昼归阳间，夜赴冥府，如此二十余年。常说人间有命未终为恶者，追生魂笞之，其人在阳间之病或贫乞是也。往见亲戚及里人被笞者，明旦往视之，皆验，然恒愿得免。忽于冥间遇道士，不言姓名，谓曰："尔何不致名香？昼于阳间上告南辰北极，必得免。"乂俊依此虔告。忽尔太山府君却追黄敕，自是遂免。因入道攻《易》，年八十余。（出《野人闲话》）

一个婴儿，用芭蕉叶包裹着，李泳喜欢他不一样的相貌，就把他作为儿子哺育抚养。六七年后，能够写字，擅长谈天说笑，他的父母非常钟爱他，甚至超过了亲生儿子。到十二岁的时候，没有见过的经书和史书，都能够看得像熟习过一样，别人都说他是神童。曾经一个人在屋子里读书，他的父母在暗中观察他，看见一个人手里拿着书，又有两个童子接过呈上去，他的儿子挥笔在上面写了几行字，再给他们拿走。他的父母大为惊异，第二天，因为请安而恭顺地站在一旁侍候，李泳疑惑且委婉地对儿子说："我夜里偷偷地看到了一些事，你难道是在处理冥间的事情吗？"儿子说："是的。"李泳再问时他的儿子就只是作揖却不回答了。李泳说："冥间和人间，事务是不一样的，我也不想再苦苦追问，你应该多加珍重。"他的儿子又对他拜了一次。这之后过了六年，一天他对父母说："我只应该给您和夫人做十八年的儿子，现在这件事情结束了。明天申时，我就会回到冥间。"因此他哭了好久，他的父母也为他流泪了。李泳问："我做官会做到什么位置？"他回答说："只能做到大理寺卿。"果然第二天申时，他的儿子去世了，所以李泳有辞官归隐的想法。没过多久，因为一件案子的牵连就被罢官了。（出《野人闲话》）

谯义俊

罗江县有个道士叫谯义俊，正在壮年时期。忽然有一天梦见泰山府君在追赶他，赐给他黄色的诏书，补任他为杖直。让他白天在阳间，夜里到冥间，就这样过了二十年。经常说人间有寿命没有结束的人在作恶的，会被阴间的人追着灵魂鞭打，在阳间生病或贫穷做乞丐的人就是这样的人。以前曾经见过亲戚和乡邻被鞭打灵魂的，第二天前往探察，都应验了，然后就劝告他们，愿他们永久做好事来避免。忽然在冥间遇到一个道士，对他说："你为什么不给神烧名香？白天在阳间烧香向南辰北极星君申告，你一定会得到赦免。"谯义俊依照他说的虔诚祷告。过了一会儿泰山府君就追回黄色的诏书，从此以后，他得以赦免。于是他就加入道教，攻读《易经》，享年八十多岁。（出《野人闲话》）

刘 峭

辛酉岁，金水主簿刘峭，因游云顶山，睹山庙盛饰一堂，有土偶，朱衣据鞍。峭讶之，诘于山主昭讷，昭讷曰："余三夕连梦见王，语近辟一判官，宜设堂宇，塑朱衣一官而祀之。故有此作。"峭不之信。明年秩满，还成都，遇都官员外孙逢吉。言其事，逢吉曰："顷为安仲古弥留之际，语长幼：'云顶山王已具书马聘礼，辟吾作判官。'言绝，俨然端坐长逝。"（出《撒诚录》）

袁州父老

袁州村中有老父，性谨厚，为乡里所推，家亦甚富。一日有紫衣少年，车仆甚盛，诣其家求食。老父即延入，设食甚至，遍及从者。老父侍食于前，因思长吏朝使行县，当有顿地，此何人哉？意色甚疑。少年觉之，谓曰："君疑我，我不能复为君隐。仰山神也。"父悚然再拜，曰："仰山日厌于祭祀，奈何求食乎？"神曰："凡人之祀我，皆从我求福。我有力不能致者，或非其人不当受福者，我皆不敢享之。以君长者，故从君求食尔。"食讫，辞让而去，遂不见。（出《稽神录》）

朱廷禹

江南内臣朱廷禹，言其所亲泛海遇风，舟将覆者数矣。海师云："此海神有所求。可即取舟中所载，弃之水中。"物将尽，有一黄衣妇人，容色绝世，乘舟而来，四青衣卒刺船，皆朱发豕牙，貌

刘　峭

辛酉年间，金水县的主簿刘峭，因为游览云顶山，看见了被装饰得十分华丽的庙堂，庙里有土制的塑像，穿着红色的衣服骑在马上。李峭非常惊讶，便问寺里面的住持昭讷，昭讷说：“我三个晚上连续梦见山神，告诉我近来新任命了一个判官，应该给他建一座庙宇，造一个红衣的塑像来祭祀他，所以才有了这个塑像。”刘峭不相信他的话。第二年，他的任期满了，回到成都，遇到了都官员外孙逢吉，对他说了这件事，孙逢吉说：“当时安仲古去世之前，对一家老小说：‘云顶山神已经准备好车马聘书，任命我当判官。’说完之后，坐着就去世了。”（出《撒诚录》）

袁州父老

袁州城中有一位老人，性情严谨忠厚，因此被乡里人推崇，他的家里也非常富裕。一天，有一位身穿紫衣的少年，车马和仆人带得非常多，前往他家要些吃食。老人立即把他请到家里，摆上非常好的食物，连仆人们也都给了。老人在摆上食物之前，想到长官和朝廷官员到县里来，应当有招待他们的地方，这是谁呢？他神色疑惑，少年觉察到了他的怀疑，对他说：“你怀疑我，我就不能对你隐瞒了，我是仰山的山神。”老人非常恐惧，再三叩拜后说：“仰山每日的祭祀都是足够的，怎么会来这里要吃食呢？”山神说：“人们向我献祭，是想向我求福。我有尽我所能也做不到的，或者这个人不应该得到他索求的福气，我都不敢享用他的祭祀。因为你年长，受人尊敬，所以向你要些吃的。”吃完后，就告辞离去了，然后就消失了。（出《稽神录》）

朱廷禹

江南有一位在朝廷中做官的朱廷禹，说他的亲戚在海上乘船航行的时候遇到了暴风，乘坐的船好几次都快被掀翻了。驾驶船的人说：“这是海神在对人索要东西。可以立刻拿船上带的东西，把它们甚可畏。妇人竟上船，问有好发髢，可以见与。其人忙怖，不复记，但云："物已尽矣。"妇人云："在船后挂壁箧中。"如言而得之。船屋上有脯腊，妇人取以食四卒。视其手，乌爪也。持髢而去，舟乃达。廷禹又言，其诸亲自江西如广陵，携十一岁儿，行至马当泊，登岸晚望。及还船，失其儿。遍寻之，得于茂林中，已如痴矣。翌日，乃能言，云："为人召去，有所教我。"乃吹指长啸，有山禽数十百只，应声而至，毛彩怪异，人莫能识。自尔东下，时时吹啸，众禽必至。至白沙，不敢复入。博访医巫治之，久乃愈。（出《稽神录》）

僧德林

浙西僧德林，少时游舒州，路左见一夫，荷锄治方丈之地。左右数十里，不见居人，问之，对云："顷时自舒之桐城。至此暴得痁疾，不能去，因卧草中。及稍醒，已昏矣。四望无人烟，唯虎豹吼叫，自分必死。俄有一人，部从如大将，至此下马，据胡床坐。良久，召二卒曰：'善守此人，明日送至桐城县下。'遂上马去，倏忽不见，唯二卒在焉。某即强起问之，答：'此茅将军也，常夜出猎虎，忧汝被伤，故使护汝。'欲更问之，困而复卧。及觉，已日出，不复见二卒，即起而行，意甚轻健，若无疾者。至桐城，顷之疾愈。故以所见之处，立祠祀之。"德林上舒州十年，及回，则村落皆立茅将军祠矣。（出《稽神录》）

抛进水里面。”船里的东西快抛完的时候，突然有一个穿黄色衣服的妇女，风华绝代，乘着船前来，四个身穿青衣的小兵划船，都长着红头发猪牙齿，容貌长得特别让人害怕。那位妇女最终上了船，问有没有好的假发，可以给她的。船上的人非常恐惧，不记得有没有假发，只是说：“所有的东西都没有了。”妇人说：“在船后面挂在墙上的箱子里。”依照她所说的话，果然找到了。船上有干肉，妇人拿它们投喂四个小兵。看她的手，是黑色的爪子。后来，她拿着假发就离开了，船才安全到达了。朱廷禹又说他的亲戚从江西到广陵，带着十一岁的儿子，到马当的时候停船靠岸，他登上岸边望着傍晚的暮色。等回到船上的时候，他的儿子不见了，于是他到处寻找，在茂密的树林中找到了他的儿子，却已经变得像一个痴呆的人了。第二天，才能够说话。他说：“我被人召唤去，教了我一些东西。”于是就把嘴唇放在手指中间吹出哨声，这时有上百只山鸟，随着他的哨声飞来，它们身上的毛色非常奇怪，人们不能辨识，从这里向东走，他经常吹出这样的哨声，大群的鸟一定会到来，到白沙的时候，鸟不敢再次到来。他的家人遍访名医巫师给他医治，过了很久才治好。（出《稽神录》）

僧德林

浙西有一个叫德林的和尚，年少的时候游览舒州，在大路的左边看见一个人，扛着锄头整治一丈见方的土地，在他左右几十里都看不见人家，问他，回答说：“以前从舒州到桐城去，走到这个地方突然得了疟疾，不能到别处去了，于是躺在草丛中，等到稍微清醒的时候，已经到黄昏了。我四处张望，见不到任何人家，只有虎豹的吼叫声，自以为一定会死。过了一会儿，有一个人，看他的随从像是大将军，到我面前下马，靠着坐在胡床上。过了很长时间，召唤两个士兵说：‘好好守着这个人，明天送到桐城县。’于是上马离开，突然就不见了，只剩两个士兵在这里。我立刻强行坐起身来问他们。他们回答说：‘这是茅将军，经常夜间出来打虎，担心你被虎伤害，所以派我们护佑你。’我还想要问他们，但因为太困乏而再次躺下，等到醒来的时候，太阳已经出来了。再没见两个士兵，就立即起身前行，发

司马正彝

司马正彝者，始为小吏。行溧水道中，去前店尚远，而饥渴甚，意颇忧之。俄而遇一新草店数间，独一妇人迎客，为设饮食，甚丰洁。正彝谢之，妇人云："至都，有好粉胭脂，宜以为惠。"正彝许诺。至建业，遇其所知往溧水，因市粉脂遗之。具告其处，既至，不复见店，但一神女庙，因置所遗而去。正彝后为溧水令，相传云，往往有遇之者，未知其审。（出《稽神录》）

刘宣

戊寅岁，吴师征越，败于临安。裨将刘宣伤重，卧于死人中。至夜，有官吏数人，持簿书至，遍阅死者。至宣，乃扶起视之曰："此汉非是。"引出十余步，置路左而去。明日贼退，宣乃得归。宣肥白如瓠，初伏于地，越人割其尻肉，宣不敢动。后疮愈，肉不复生，臀竟小偏。十余年乃卒。（出《稽神录》）

黄鲁

徐三诲为抚州录事参军，其下干力黄鲁者，郡之俚人。年少，颇白皙，有父母在乡中，数月一告归，归旬日复来。一旦，归月余不现身体特别轻快，就像没有得任何疾病的人。到桐城后，立马就痊愈了。所以在我看见他们的地方，建一座祠庙祭祀。”德林在舒州住了十年，等到回来的时候，那座村子到处都建了茅将军的祠庙了。（出《稽神录》）

司马正彝

司马正彝刚开始是一个小官，在到溧水县的途中，离旅店还很远，但他却特别渴，又特别饿。思想上特别担忧。过了一会儿，遇到几间用新的茅草搭建的房子，只有一个妇女在迎待客人，为他摆上了饭菜，特别干净、丰富。司马正彝十分感谢她，妇女说：“等你到京城的时候，如果遇见好的粉和胭脂，给我带来就可以。”司马正彝答应了。到建业的时候，遇到他的旧相识正好要前往溧水，于是买了粉和胭脂让朋友带给她，把具体的地址告诉了他，等他的朋友到那里的时候，没有看见那家店，但有一座神女的祠庙，于是把他给的粉和胭脂放在那里离开了。司马正彝后来做了溧水县的县令，传说，经常有人遇到那个女子，但不知道她的真实身份。（出《稽神录》）

刘　宣

戊寅年间，吴军讨伐越军，在临安大败。副将刘宣受了很重的伤，躺在死人之中。到了夜里，有几个官员，拿着书簿到达这里，一个个翻检死去的人。等翻到刘宣的时候，把他扶起来检视后，说：“这个男子不是。”将他扶出去十几步，放在路的左边就离开了。第二天，越军离开后，刘宣才得以回去。刘宣白白胖胖的，像个大瓠子，一开始是趴在地上，越军割他屁股上的肉，他也不敢动，后来伤疤好后，肉没有再长出来，屁股是歪的。过了十几年才去世。（出《稽神录》）

黄　鲁

许三诲在任抚州录事参军的时候，他的下属中有一位得力干将叫黄鲁，是郡县里的乡下人。他正年轻，皮肤比较白，他的父母在乡至，三诲遣吏至其家召之。家人云："久不归矣。"于是散寻之。又月余，乃见在深山中，黄衣屣履，挟弹而游。与他少年数人，皆衣服相类。捕之不获。鲁家富，乃多募人，伏草间以伺之。数日，果擒之，而诸少年皆走。既归，问其故，曰："山中有石氏者，其家如王公，纳我为婿。"他无所言。留数日，复失去，又于山中求得之，如是者三。后一日竟去，遂不复见。寻石氏之居，亦不能得。此山乃临川人采石之所，盖石之神也。（出《稽神录》）

张铤

张铤者，累任邑宰，以廉直称。后为彭泽令，使至县宅。堂后有神祠，祠前巨木成林，乌鸢野禽，群巢其上，粪秽积于堂中。人畏其神，故莫敢犯。铤大恶之，使巫祈于神曰："所为土地之神，当洁清县署，以奉居人，奈何使腥秽如是邪？尔三日中，当尽逐众禽。不然，吾将焚庙而伐树矣！"居二日，有数大鹗，奋击而至，尽坏群巢。又一日大雨，粪秽皆净。自此宅居清洁矣。（出《稽神录》）

郭厚

李宗为舒州刺史，重造开元寺。工徒始集，将浚一废井。井□□□□□□□□□□□□□□□□□□□□□□□□"土寇犯阙，下，他每隔几个月就请假回家，回家十几天就回来。有一次，回家后一个多月也没有回来，许三诲派遣小官到他家召请他。他的家人说："已经很久没有回来了。"于是派人四下寻找。又过了一个多月，才在深山中发现他。他身穿黄衣，拖着鞋子走路，手中拿着弹弓到处游逛。和他在一起的几个年轻人，都穿着相似的衣服，人们没有抓到他。黄鲁家境富裕，于是又招募了很多人，趴在草丛中等待时机抓捕。过了几天，果然抓到了，但其他的年轻人都走了。抓到他以后，问这其中的原因，回答说："山里有一家姓石的，他家看起来像是王侯之家，把我纳为女婿。"之后他就再没说什么了。停留了几天，就再次失去踪影，又在山中发现了他，就这样反复几次。后来有一天，他最终消失了，于是就再没找到。找寻石氏的居住地，也找不到。这座山是临川人采集石头的场所，大概所说的是石头神吧。（出《稽神录》）

张 铤

张铤，在当县令的时候，因为清廉正直而被人称道，后来改任彭泽县令，让他住到县衙。县衙的后面有座祭祀神仙的祠庙，祠庙前有巨大的树木组成的树林，乌鸦和老鹰等一众野鸟，一起在上面筑巢，它们的粪便就堆积在县衙里。人们害怕县衙后面的神，所以不敢冒犯它们。张铤对此大为厌恶，派巫师向神祈祷说："所谓的土地神，应该清洁县衙，来供养住在这里的人，为什么会这样腥气、污秽呢？你在三天之内，应当驱逐所有的禽类。如果不这样，我将把这座庙烧了，把树砍了！"过了两天，有几只大的鱼鹰奋力飞来，把所有的鸟巢都破坏了，又有一天，下了一场大雨，把所有的鸟粪污秽都冲干净了，从此以后县衙就十分干净了。（出《稽神录》）

郭 厚

李宗做舒州刺史的时候，重新修筑了开元寺。工匠们刚开始会集的时候，将要疏浚一口废弃的井。井中的文字有遗漏："中如言而得天下乱。僧辈利吾行资，杀我投此井中，今骸骨在是。为我白李公，幸葬我，无见弃也。”主者以告宗，翌日亲至井上，使发之，果得骸骨。即为具衣衾棺椁，设祭而葬之。葬日，伍伯复仆地。鬼告曰：“为我谢李公，幽魂处此，已三十年，籍公之惠，今九州社令，已补我为土地之神，配食于此矣。”寺中至今祀之。（出《稽神录》）

浔阳县吏

庚寅岁，江西节度使徐知谏，以钱百万施庐山使者庙。浔阳令遣一吏典其事。此吏尝入城，召一画工俱往，画工负荷丹彩杂物从之。始出城，吏昏然若醉，自解腰带投地。画工以为醉，而随之。须臾，复脱衣弃帽，比至山中，殆至裸身。近庙涧水中，有一卒，青衣，白韦蔽膝。吏至，乃执之。画工救之曰：“此醉人也。”卒怒曰：“交交加加，谁能得会。”竟擒之，坐于水中。工知其非人也，走往庙中告人。竞往视之，卒已不见，其吏犹坐水中，已死矣。乃阅其出给之籍，则已干没过半。进士谢岳亲见之。（出《稽神录》）

朱元吉

乌江县令朱元吉，言其所知泛舟至采石。遇风，同行者数舟皆没，某既溺，不复见水，道路如人间。其人驱之东行，可在东岸山下，有大府署，门外堆坏船板木如丘陵，复有人运诸溺者财物入之船屋上有脯腊妇人取以食四卒视其手”“王寇犯阙，天下乱。僧辈利吾行资，杀我投此井中，今骸骨在是。为我白李公，幸葬我，无见弃也”。主事的人把这些见到的字告诉了李宗，第二天李宗亲自到井边，让人挖掘井底，果然挖到了骸骨。立即给它准备了衣服和棺椁，为它设立了祭坛然后安葬了它。送葬的那天，伍伯再次趴在地上，鬼魂说：“请替我谢谢李宗，我的魂魄在这个地方已经三十年了，凭借李公的恩惠，现在九州发出命令，已经将我补任为土地神，在这个地方享用香火。”在祠庙中到现在还供奉着这个土地神。（出《稽神录》）

浔阳县吏

庚寅这年，江西的节度使徐知谏，布施了百万的钱财给庐山的使者庙。浔阳县的县令派了一个小官吏掌管这件事。这个小官吏曾经进城，召请了一位画工和他一同前往，画工背着画笔颜料和一些杂物跟随他。刚刚出城，这个小官吏意识不清就像喝醉了，自己解开自己的腰带扔在地上。画工以为他喝醉了，就跟着他。过了一会儿，再次把衣服脱了，把帽子抛了，等到了山中时，已经接近赤裸了。接近庙宇的溪水中，有一个小兵，穿着青色的衣服，白色的软皮裹在膝盖上。那个小官吏到的时候，就被绑了。画工救下他说：“这是醉了的人。”那个小兵生气地说：“纷纷扰扰，谁管得了那么多。”最终还是抓了他，在水里坐着。画工这才知道，他不是人。就跑到庙里找人。大家都前去观看，小兵却已经消失不见了，那个小官吏还坐在水中，已经死了。查看他的账本，发现已经贪污了大半。这是进士谢岳亲自看见的事件。（出《稽神录》）

朱元吉

朱元吉，是乌江县令，说他的一个朋友乘船到采石矶，遇见了大风。和他一同出行的几个只船都沉没了，他也落水了，但落下去的时候看不到水，道路和人间是一样的，这个人沿着这条路向东走，在库中，甚众。入门，堂上有官人，遍召溺者，阅籍审之。至某独曰：“此人不合来，可令送出。”吏即引去，复至舟所。舟中财物，亦皆还之。恍然不自知，出水，已在西岸沙上矣。举船俨然，亦无沾湿。（出《稽神录》）

沽酒王氏

建康江宁县廨之后，有沽酒王氏，以平直称。癸卯岁，二月既望夜，店人将闭外户，忽有朱衣数人，仆马甚盛，奄至户前，叱曰：“开门，吾将暂憩于此。”店人奔走告其主。其主日出迎，则已入坐矣。主人因设酒食甚备，又犒诸从者，客甚谢焉。顷之，有仆夫执捆绳百千丈，又一人执橛杙数百枚，前白：“请布围。”紫衣可之。即出，以杙钉地，系绳其上，围坊曲人家使遍。良久白事讫，紫衣起至户外。从者曰：“此店亦在围中矣。”紫衣相谓曰：“主人相待甚厚，免此一店可乎？”皆曰：“一家尔，何为不可？”即命移杙，出店于围外。顾主人曰：“以此相报。”遂去，倏忽不见。顾视绳杙，已亡矣。俄而巡使欧阳进逻巡夜，至店前，问何故深夜开门，又不灭灯烛何也。主人具告所见，进不信。执之下狱，将以妖言罪之。居二日，建康大火，自朱雀桥西至凤台山，居人焚之殆尽。此店四邻皆为煨烬，而王氏独免。（出《稽神录》）

东岸山下，有一个大的衙门，门外堆积的坏船上的木板像丘陵一样，还有很多人把淹死的人的财物运到仓库中。走进去，厅堂之上有一个官员，把所有淹死的人集合在一起，按卷宗一个个检视，到这个人的时候说："这个人不应该来，让人把他送出去吧。"有个小官立刻来把他领走，再次回到船所在的地方，船中的财物，也都还给他了。这个人恍恍惚惚，没有什么意识，等到出水的时候，发现自己已经在西岸的沙滩上，船像之前一样完整，也没有沾湿。（出《稽神录》）

沽酒王氏

建康的江宁县县衙的后方有一个姓王的卖酒人，凭借公平正直的为人称道。癸卯年间，二月十六日的夜间，小二即将关门，忽然有好几个身穿红衣的人，带着很多的仆人车马，到他的门前，大声喊叫说："开门！我们将要在这里暂住休息。"小二跑去把这件事告诉了这家店的主人，店主说："外出迎接。"等到他来的时候，那些人已经坐在里面了。店主于是摆上了特别齐全丰富的酒菜，又犒劳了各位随从，客人十分感谢他。过了一会儿，有一个仆人拿着一个百千丈的捆绳，又有一个人拿着几百枚木桩，上前说："请现在就围起来。"穿紫衣的人允许了。他们立刻就出去了，把木桩钉在地上，把绳子系在木桩上，把街坊中整个住家的人全都围在里面了。过了很久之后报告说事情做完了，穿紫色衣服的人起身走到门外。跟随他的人说："这家店也被围在里面了。"穿紫色衣服的人对他说："店主对我们很好，赦免这一家可以吗？"都说："只是一家，有什么不行的呢？"立刻命令把木桩移除，将这家店放在包围圈的外面。回头对主人说："我用这个来报答你。"然后离开，转眼就不见了。回头看木桩，已经消失了。过了一会儿，巡使欧阳进巡夜，来到店铺前，问店主为什么深夜把门打开，又不把蜡烛熄灭。店主把所见到的详细地告诉了他，欧阳进不相信，把他抓进了监狱，要用妖言惑众的罪行判决他。过了两天，建康发生了大火，从朱雀桥向西到凤台山的区域，所居住的人家全都被烧光了。这家店周围的邻居都被烧尽了，只有王家酒店幸免于难。（出《稽神录》）

鲍回

鲍回者，尝入深山捕猎，见一少年，裸卧大树下，毛发委地。回欲射之，少年曰："我山神也，避君不及。勿杀我，富贵可致。"回以刃刺其口，血皆逆流，遂杀之。无何回卒。（出《稽神录》）

刘皞

汉宗正卿刘皞，忽梦一人，手执文簿，殆似冥吏，意其知人命禄，乃诘之，仍希阅己将来穷达。吏曰："作齐王判官，后为司徒宗正卿。"皞自以朝籍已高，不乐却为王府官职。梦觉，历历记之，亦言于亲友。后衔命使吴越，路由郓州，忽于公馆染疾。恍惚意其曾梦为齐王判官，恐是太山神天齐王也。乃令亲侍就庙，陈所梦，炷香掷茭以质之。一掷果应，宗卿以家事未了，更将明恳神祈，俟过海回，得以从命。频掷不允，俄卒于邮亭。（原缺出处，明抄本作出《玉堂闲话》）

崔练师

晋州女道士崔练师，忘其名，莫知所造何道。置辎车一乘，佣而自给。或立小小阴功，人亦不觉。一旦，车于路辗杀一小儿，其父母诉官，追摄驾车之夫，械之。欲以其牛车偿死儿之家，其人曰："此物是崔练师处租来。"官司召练师，并縶之。太守栾元福，夜梦冥司崔判官谓曰："崔练师我之侄女，何罪而縶之？"梦觉，召练师，以梦中之言告之。练师对曰："某虽姓崔，莫知是何长行。"俄而死儿复活。周高祖闻而异之，召崔练师入京，仍择道

鲍 回

有一个叫鲍回的人，曾经进入深山打猎，看见一个少年，在大树下光着身子躺着，他的头发托在地上，鲍回想要射杀他，少年说：“我是山神，来不及避开你，请你不要射杀我，我可以让你大富大贵。”鲍回用刀刃刺他的嘴巴，他的血都是倒着流，于是把他杀了。过了一会儿，鲍回也死了。（出《稽神录》）

刘 皞

汉代的宗正卿刘皞，忽然梦见一个人，手里拿着文书，和冥间的官吏非常相似，心想他知道人的寿命和官运，于是问他，希望他告诉自己将来的官运。那个官员说：“你是齐王的判官，后来成为司徒宗正卿。”刘皞自认为在朝廷的职位很高，不乐意做王府的官员。梦醒之后，一点一滴地记下梦中的事情，也将它告诉了自己的亲戚朋友。后来奉命出使吴越，经过郓州，忽然在公馆生病了。意识不清的时候想到他曾经做梦成为齐王的判官，恐怕指的是泰山山神齐王。于是命令随从到进出的庙里，说自己所做的梦，烧一炷香掷茭打卦来询问神灵。一扔，果然有回应，刘皞以家中事务还没有处理完为理由，请求神明等自己过海回来之后再复命。投掷了好几次都没有答应，过了一会儿就在公馆里去世了。（原缺出处，明抄本作出《玉堂闲话》）

崔练师

晋州有一位叫崔练师的女道士，忘记了她的名字，也不知道她所学的是什么道门。她租给别人一辆车，以此来维持自己的生活。有时候积了一点小小的阴德，别人也察觉不了。一天，她的车在路上碾死了一个小孩，他的父母报了官，官衙追捕驾车的车夫，把他押起来了。想要用他驾驶的牛车补偿死了孩子的那家人，驾车的这个人说：“这辆车是从崔练师那里租借来的。”官府召见崔练师，并且拘捕了她。太守栾元福，夜里梦见冥界的崔判官对他说：“崔练师是我的侄

士，往晋州紫极宫修斋焉。（出《玉堂闲话》）

女，你因为什么将她入罪并且拘捕了她？”梦醒之后，传唤崔练师，把梦中崔判官说的话告诉了她。崔练师回答说：“我虽然姓崔，但不知道崔判官是我什么亲戚。”过了一会儿，那个死去的孩子复活了。周高祖听说这件事觉得很奇异，就召请崔练师到京城，仍是让她当道士，前往晋州的紫极宫执行斋会。（出《玉堂闲话》）

卷第三百一十五　神二十五淫祠附

梨山庙

建州梨山庙，土人云，故相李回之庙。回贬为建州刺史，后卒于临川。卒之夕，建安人咸梦回乘白马，入梨山。及凶问至，因立祠焉，世传灵应。王延政在建安，与福州构隙，使其将吴某，帅兵向晋安。吴新铸一剑，甚利。将行，携剑祷于梨山庙，且曰："某愿以此剑，手杀千人。"其夕，梦人谓己曰："人不当发恶愿，吾祐汝，使汝不死于人之手。"既战败绩，左右皆溃散。追兵将及，某自度不免，即以此剑自刎而死。（出《稽神录》）

吴延瑫

广陵豆仓官吴延瑫者，其弟既冠，将为求妇。邻有媒妪，素受吴氏之命。一日，有人诣门云："张司空家使召。"随之而去。在政胜寺之东南，宅甚雄壮。妪云："初不闻有张公在是。"其人云："公没于临安之战。故少人知者。"久之，其家陈设炳焕，如王公家。见一老姥，云是县君，之坐。顷之，其女亦出，姥谓妪曰："闻君谓吴家求婚，吾欲以此女事之。"妪曰："吴氏小吏贫家，岂当与贵人为婚邪？"女因自言曰："儿以母老，无兄弟，家业既大，事托善人。闻吴氏子孝谨可事，岂求高门邪！"妪曰："诺，将问之。"

梨山庙

建州有一座梨山庙。当地人说这是已经去世的宰相李回的祠庙。李回被贬为建州刺史，后来在临川去世。他去世的当天晚上，建安人都梦见四匹白马进入梨山。等到李回的死讯传来，于是当地人给他修筑了祠庙。大家都说这很灵验。王延政在建安的时候，和福州产生了嫌隙，让他的大将吴某带领军队攻打晋安。吴将军新铸造了一把剑，非常锋利。将要出行的时候，带着他的剑在梨山庙祈祷，并且说："我愿用这把剑，亲手杀死一千人。"这天夜晚，吴将军梦见别人对自己说："人不应该许下邪恶的愿心，我便保佑你，让你不死在别人的手中。"后来吴某战败了，士兵都溃败逃散了。追击的士兵将要到了，吴某自忖不能够免于一死，就用这把剑自杀了。（出《稽神录》）

吴延瑫

广陵有一个叫吴延瑫的豆仓官，他的弟弟已经到弱冠之年，将要为他娶妻子。他的邻居中有一个媒婆，向来受吴延瑫所托。一天，有人上门拜访说："张司空家派我来请你。"媒婆跟着他去了。他家在政胜寺的东南，宅院特别威武勇壮。媒婆说："之前我怎么没听过张司空家在这儿呢？"那个人说："张司空死于临安之战。所以很少有人知道。"先前知道他家的陈设光彩耀眼，像是王侯之家。看见一个老妇人，说自己是县君，媒婆坐下以后，过了一会儿，她的女儿也出来了，老妇人对媒婆说："听说你替吴家说媒，我想要把这个女儿许配给他。"媒婆说："吴家是小户人家，哪应该和贵人结为姻归以告延瑫，异之，未敢言。

数日，忽有车舆数乘，诣邻妪之室，乃张氏女与二老婢俱至。使召延瑫之妻即席，具酒食甚丰，皆张氏所备也。其女自议婚事，瑫妻内思之，此女虽极端丽，然可年三十余。其小郎年节少，未必欢也。其女即言曰：“夫妻皆系前定，义如有合，岂老少邪？”瑫妻耸然，不敢复言。女即出红白罗二匹曰：“以此为礼，其他赠遗甚多。”至暮，邀邻妪俱归其家，留数宿，谓妪曰：“吾家至富，人不知耳，他日皆吴郎所有也。”室中三大厨，其高至屋，因开示之。一厨实以金，二厨实以银。又指地曰：“此中皆钱也。”即命掘之，深尺余，即见钱充积。又至外厅，庭中系朱鬣白马，傍有一豕。曰：“此皆礼物也。”厅之西复有广厦，百工制作毕备。曰：“此亦造礼物也。”至夜就寝，闻豕有如惊，呼诸婢曰：“此豕不宜在外，是必为蛇所啮也。”妪曰：“蛇岂食猪者邪？”女曰：“此中常有之。”即相与秉烛视之，果见大赤蛇，自地出，萦绕其豕，复入地去，救之得免。

明日，方与妪别，忽召二青衣，夹侍左右，谓妪曰：“吾有故近出，少选当还。”即与青衣凌虚而去，妪大惊。其母曰：“吾女暂之天上会计，但坐，无苦也。”食顷，乃见自外而入，微有酒气，曰：“诸仙留饮，吾以媒妪在此，固辞得还。”妇归，益骇异而不亲呢？”她的女儿因此自己陈述说：“我因为母亲年纪大了，又没有兄弟。家产很大，想要将它托付给良善的人。听说吴家的孩子做事孝顺恭谨，我们还希求什么高贵门第呢？”媒婆说：“好，我问问他家。”回来以后说给吴延瑫，吴延瑫感到非常惊异，但没敢说什么。

过了几天，忽然有几辆车马，拜访他的邻居媒婆的家，是张家女儿和两位年老的婢女一起来的。让她召请吴延瑫的妻子来参加宴席，准备了非常丰盛的酒菜，都是张氏准备的。张氏女在席间提及了自己的婚事，吴延瑫的妻子暗自思忖，这位张氏女虽然非常美丽，但是看着像三十几岁的样子。他家的兄弟年纪还小，不一定欢喜。张氏女立即说：“夫妻结合是前世定下的，如果两个人合得来，年纪大小又有什么关系？”吴延瑫的妻子非常惊惧，不敢再说什么。张氏女立即拿出红白两种颜色的丝绸说：“我用这个作为定礼，其他的礼品还有很多。”等到傍晚的时候，邀请邻居媒婆一起回到她家，留了几个晚上，对媒婆说：“我家里特别富有，别人是不知道的，以后都归吴家所有了。”她的家中有三个橱柜，橱柜高达屋顶，张氏女将它们打开给媒婆看。第一个橱柜用金子填满，第二个橱柜用银子填满，又指着地上说：“这里面都是钱。”立刻命令仆人挖开。挖了一尺多，就见到了满坑的钱财。又走到外厅，庭院中拴着颈部长着红毛的白马，旁边有一头猪。说：“这都是礼物。”外厅的西面还有宽广高大的房屋，各种手艺和精制品都很齐全。说：“这也是礼品。”到夜间睡觉的时候，听猪的叫声就像受惊了一样，呼唤侍女说：“这头猪适才放在外面，一定是被蛇咬了。”媒婆说：“蛇怎么吃猪呢？”张氏女说：“在这里这种事是经常发生的。”就立刻和媒婆拿着蜡烛去检视，果然看见一条大红蛇，从地里钻出来，缠着猪，再次往地下拖去，张氏女把它救下才使它免于一死。

第二天，才和媒婆饯别，忽然召见两个穿青衣的人，让她们站在左右侍奉，对媒婆说：“我有事要出去，过一会儿就回来。”说着就和青衣侍女们腾空飞去，媒婆大为惊叹。她的母亲说：“我的女儿暂时去天上管理事务，你稍坐一会，不要如此苦恼。”吃了一会，就看见张氏女从外面进来，有些许的醉意，说：“仙人们留我喝了点敢言。

又月余，复召妪去。县君疾亟，及往，其母已卒。因妪至葬，葬于杨子县北徐氏村中，尽室往会。徐氏有女，可十余岁。张女抚之曰："此女有相，当为淮北一武将之妻，善视之。"既葬，复后赠妪，举家南去，莫知所之，婚事亦竟不成。妪归，访其故居，但里舍数间。问其里中，云："住此已久，相传云张司空之居，竟不得其是。"后十年，广陵乱，吴氏之弟归于建业，亦竟无恙。（出《稽神录》）

淫祠

余光祠

汉灵帝初平三年，起裸游馆。盛夏避暑，长夜饮宴醉，迷于天晓。内官以巨烛投于殿下，帝乃惊悟。及董卓破京师，焚其馆宇。至魏咸熙中，其投烛之所，冥夜有光如星。时人以为神光，于此立室，名曰"余光祠"，以祈福。至明帝末，稍除焉。（出《拾遗记》）

鲌父庙

会稽石亭埭，有大枫树，其中朽空。每雨，水辄满。有估客携生鲌至此，辄放一头于朽树中。村民见之，以鱼鲌非树中之物，咸神之。乃依树起室，宰牲祭祀，未尝虚日，目为鲌父庙。有祷请酒，我因为媒婆在这里，就执意推辞回来了。”媒婆回去后，更加惊骇，不敢说话了。

又过了一个多月，再次召请媒婆前去。老母亲突然得了疾病，等到过去的时候，她的母亲已经去世了。于是就帮忙打理丧事，把她葬在杨子县北边的徐氏村子里，所有的张氏都前去参加了。徐氏有一个女子，大概十几岁。张氏女抚摸着她说：“这个女孩子有好命相，应当会成为淮北一位武将的妻子，应当好好对待她。”等她母亲下葬后，再次赠给媒婆非常优厚的礼品，整个家迁到南方去了，没有人知道她到什么地方去了，最后也没有结成婚。媒婆回去后，再来拜访她从前的房子，只剩了几间里面的屋舍。问住在里面的人，说已经住在这里很久了，传说是张司空的家宅，但最终也不知道是不是。又过了十年，广陵发生了战乱，吴延瑫的弟弟回到建业，最后也没有什么不妥的。（出《稽神录》）

淫祠

余光祠

汉灵帝中平三年，建起了裸游馆，用来夏天避暑，整夜饮酒，迷迷糊糊中到了天亮。当太监将巨大的蜡烛投掷在大殿之下的时候，汉灵帝才被惊醒。等到董卓攻破京城的时候，把裸游馆烧了。到了魏咸熙年间，他当年投掷蜡烛的地方，夜里面有像星星一样的微光。当时的人们以为那是神光，就在这里建了一座祠庙，叫作“余光祠”，用来祈福。到明帝末年的时候，这种做法才渐渐消减了。（出《拾遗记》）

鲍父庙

会稽县有一个石亭埭，那里有一棵大枫树，它的中间已经腐朽空虚了。每次下雨的时候，水就会把它灌满。有一位商人带着鲍鱼到这里，就把一条鲍鱼放在枯树中。村民看见这种情况，都认为鲍鱼

及秽慢，则祸福立至。后估客复至，大笑，乃求鲌腥食之，其神遂绝。（出刘敬叔《异苑》）

鲍君

昔汝南有人，于田中设绳罝，以捕獐而得者。其主未觉，有行人见之，因窃取獐去，犹念取之不俟其主。有鲍鱼，乃以一头置罝中而去。本主来，于罝中得鲍鱼，怪之以为神，不敢持归。于是村里因共而置屋立庙，号为鲍君。后转多奉之者，丹楹藻棁，钟鼓不绝。病或有偶愈者，则谓有神。行道经过，莫不至祠焉。积七八年，鲍鱼主后行过庙下，问其故，人具为说。乃曰："此是我鲍鱼耳，何神之有？"于是乃息。（出《抱朴子》）

张助

南顿人张助者，耕于田中。种禾，见一李核，意欲持归，乃掘取之，以湿土封其根，置空桑中，遂忘取之。助后作远职，不在。其后里中人见桑中忽生李，谓之神。有病目痛者，荫息此桑下，因祝之，言"李君能令我目愈者，谢一豚"。其目偶愈，便杀豚祭之。传者过差，便言此树能令盲者得视。远近翕然，互来请福。其下常车马填溢，酒肉滂沱。如此数年，张助罢职来还，见之，乃曰："此是我昔所置李核耳，何有神乎？"乃斫去。（出《风俗通》）

不是树中的生物，觉得它很神奇。于是靠着树建了一座祠庙，杀了牲畜祭祀，没有一天中断的，把它叫作“鉏父庙”，说有祈祷请求和怠慢的，他们的福祸立马就应验了。后来商人又一次来了，看见这样的情景，笑得特别大声，于是把鉏鱼煮着吃了，它的神迹才逐渐消逝。（出刘敬叔《异苑》）

鲍君

从前汝南有个人，在田中摆了绳网，用来捕捉獐子并捕到了，但这个人并未发觉，有一个过路人见到了，把獐子偷去了，但想到没有等到主人就把它拿走，自己有鲍鱼，就把其中的一只放在网中离开了。绳网的主人来了，看见网中得到了一只鲍鱼，非常奇怪，以为是神，不敢把它带回家。村里人因此而建立一座祠庙，叫它鲍君庙。后来辗转传开，祭祀的人越来越多，红色的庙柱，画上体面水藻图案的梁上短柱，钟鼓声从不断绝。生病的人祈祷后有的治愈了，就说是有神灵。过路的人经过这里，没有不到祠庙里的。就这样过了七八年，那只鲍鱼的主人走过这座祠庙，问这种情况出现的缘故。别人把具体情况告诉了他。于是他说：“这是我的鲍鱼，哪来的神？”因此这种祭祀才停息。（出《抱朴子》）

张助

张助，是南顿人，正在田里耕种，看见一个李子的核，想把它带回去，于是把它挖起来，用湿润的土把它的根封起来，放在空了的桑树中，却忘了把它取出来了。张助后来去外地任职，不在家中，他村子里的人看见桑树中忽然长出了李树，说它是神树。有一个眼睛疼痛的人，在这棵树的树荫下休息，因此向它祝祷，说：“李君如果能让我的眼睛变好，我就杀一头猪祭祀你。”后来他的眼睛偶然变好了，他就杀了一头猪祭祀李君。再后来传得事情失度，就成了说这棵树能让盲人再看见。远近的人一致前来祈求福气。这棵桑树下面经常塞满了车马，堆满了酒肉。就这样过了很多年，张助被罢官回到家乡，看

著饵石人

又汝阳有彭氏墓，近大道，墓口有一石人。田家老母到市，买数片饵以归。天热，过荫彭氏墓口树下，以所买饵，暂著石人头上。及去，忘取之。后来者见石人头上有饵，求而问之，或人调云："此石人有神，能治病，病愈者以饵来谢之。"如此转以相语，云："头痛者，摩石人头。腹痛者，摩石人腹，亦还以自摩，无不愈者。"遂千里来就石人治病。初具鸡豚，后用牛羊，为立帷帐，管弦不绝。如此数年，前忘饵母闻之，乃为人说，无复往者。（出《抱朴子》）

洛西古墓

洛西有古墓，穿坏多时，水满墓中，多石灰汁，主治疮。夏日行人，有病疮烦热，见此墓中水清好，因自洗浴，疮偶便愈。于是诸病者闻之，悉往自洗。转有饮之以治腹内者。近墓居人，便于墓所立庙舍，而卖此水。而往买者，又当祭庙中。酒肉不绝，而来者转多。此水行尽，于是卖者常夜窃运他水以益之。其远道人不能往者，皆因行使，或持器遗信买。于是卖水者大富。或言其无神，官家禁止，遂填塞之，乃绝。（出《抱朴子》）

见这棵树，于是说：“这是我以前放进去的李子的核罢了，哪里是有神啊！”于是将这棵树砍了。（出《风俗通》）

著饵石人

汝阳有一座彭氏的墓碑，靠近大陆，墓的入口处有一个石人。田家老母亲到集市上去，买了好几片糕饼回家。天气很热，经过彭氏的墓碑旁的树荫下，把买的糕饼暂时放在石人的头上。等到她走的时候，忘了取走它。后面来的人看见石人的头上有糕饼，就推求答案并询问别人，有人开玩笑说：“这个石人能显灵，可以治病，治好病的人拿糕饼来感谢他。”就这样互相转告，说：“头痛的人，摩挲石人的头；肚子疼的人，摩挲石人的肚子，然后再摸自己，没有治不好的。”所以千里之外的人也来求石人治病。一开始是准备鸡、猪，后来准备牛羊，还为它建了一个帐幕，音乐不断绝。就这样过了好几年，之前忘了糕饼的老母亲听说后，于是告诉人真相，就不再有前往的人了。（出《抱朴子》）

洛西古墓

洛西有座古墓，已经坍圮了很长时间，水已经灌满了墓地，里面有很多石灰水，能治疮。夏天有从这里路过的人，得了疮病，觉得烦躁而闷热，看见这座墓中的水清凉，于是就用它洗疮，疮偶然好了。因此各位生病的人听说后，都前来清洗自己。转而有人喝这里的水求治腹内的病。在墓地附近居住的人，就在墓地所在的地方建了一座祠庙，来卖这里的水。来这里买水的人，又要在庙里祭祀。因此，祠庙中酒和肉没有断绝过，但是来的人却更加多。这里的水快要枯竭了，因此卖水的人经常夜间偷偷运其他水来增加水位，远些地方的人不能够行走前往，就会托人拿着器具去买。因此卖水的人发了大财。后来有的人说他卖的水不再灵验，被官府禁止，于是填了古墓，这件事才算结束。（出《抱朴子》）

豫章树

唐洪州有豫章树，从秦至今，千年以上，远近崇敬。或索女妇，或索猪羊。有胡超师，云，隐于白鹤山中，时游洪府。见猪羊妇女遮列，诉称此神枉见杀害，超乃积薪将焚之，犹惊惧。其树上有鹳雀窠数十，欲烧前三日，鹳翔空中，徘徊不下。及四边居宅栉比，皆是竹木，恐火延烧。于时大风起，吹焰直上，旁无损害，遂奏其地置观焉。（出《抱朴子》）

狄仁杰檄

唐垂拱四年，安抚大使狄仁杰，檄告西楚霸王项君将校等，其略曰："鸿名不可以谬假，神器不可以力争。应天者膺乐推之名，背时者非见几之主。自祖龙御宇，横噬诸侯。任赵高以当轴，弃蒙恬而齿剑。沙丘作祸于前，望夷覆灭于后。七庙隳圮，万姓屠原。鸟思静于飞尘，鱼岂安于沸水？赫矣皇汉，受命玄穹。膺赤帝之贞符，当四灵之钦运。俯张地纽，彰凤纪之祥；仰缉天纲，郁龙兴之兆。而君潜游泽国，啸聚水乡。矜扛鼎之雄，逞拔山之力。莫测大符之所会，不知历数之有归。遂奋关中之翼，竟垂垓下之翅。盖实由于人事，焉有属于天亡。虽驱百万之兵，终弃八千之子。以为殷监，岂不惜哉！固当匿魄东峰，收魂北极。岂合虚承庙食，广费牲牢？仁杰受命方隅，循革攸寄。今遣焚燎祠宇，削平台室，使蕙帷销尽，羽帐随烟。君宜速迁，勿为人患。檄到如律令。"（出《吴兴掌故集》）

豫章树

唐代的洪州有一棵豫章树，从秦代到现在，已经有一千多岁了，远近的人都对它很是崇敬。有的人会用妇女祭祀，有的会用猪羊祭祀。有一个叫胡超的道士，在白鹤山中隐居，当时在洪州游历。看见猪羊和妇女罗列着，便告诉他们这个神不能见到杀害生灵。胡超于是堆柴要把它烧了。大家仍旧很害怕，那棵树上有几十个鹳雀的巢，想要烧毁它的前三天环飞在空中，不落到树上。再加上这树的周围到处是房屋，都是用竹木所制，害怕出现火灾。那时，大风把火焰直吹上天空，旁边没有损害，于是在被烧的地方建造了一座祠庙。（出《抱朴子》）

狄仁杰檄

唐朝垂拱四年，安抚大使狄仁杰写了一篇檄文控告西楚霸王项羽和将校等人，他的文章说："伟大的名字不可以假冒，权力不能争抢。顺应天意才能够受到推崇，违背天时的人没有看到几个能成主人的。自从秦始皇掌权后，吞并了其他诸侯，他任用赵高作为重臣，弃用蒙恬并将他杀害。前有沙丘之乱，后有望夷宫兵变。祠庙被毁坏，百姓被杀害。鸟儿想在飞动的尘土间静止，鱼儿怎么可以在沸水中安定？显盛的汉朝，是受命于天而产生的，它有炎帝的庇佑，是四灵亲自指派的时运。低头问土地，显示出凤的吉祥；抬头看天，天上出现龙的迹象。但是项羽只是暗中游历南国，在水乡聚合了一批人。凭借扛鼎和拔山的蛮力自大称雄，不能推测预言未来的神秘文书所画的是什么，不知道天命是早已经安排好的。所以在关中起义，最后在垓下失败。实际上是因为人的所作所为，哪有什么上天要灭亡他。虽然驱策百万大军，最终还是葬送了八千子弟的性命，以此作为借鉴，难道不是太可惜了吗？所以应当把七魄藏在东方的山峰，将三魂收在北方偏远之处。怎么能够在庙中享受祭祀，浪费人间的供奉呢？狄仁杰接受任命整治这个地域，遵循改革，将这檄文托寄给你。现今派人烧毁项羽祠庙，拆除庙台堂舍，使得帐幕焚烧殆尽。你应该快

飞布山庙

正文原缺，共六行，行二十二字。

画琵琶

原缺首二行，行二十二字。泊船。书生因上山闲步。入林数十步，上有一坡。见僧房院开，中有床。床塌，门外小廊数间，傍有笔砚。书生攻画，遂把笔，于房门素壁上，画一琵琶，大小与真不异。画毕，风静船发。僧归，见画处，不知何人，乃告村人曰："恐是五台山圣琵琶。"当亦戏言，而遂为村人传说，礼施求福甚效。书生便到杨家，入吴经年，乃闻人说江西路僧室，有圣琵琶，灵应非一。书生心疑之，因还江西时，令船人泊船此处。上访之，僧亦不在。所画琵琶依旧，前幡花香炉。书生取水洗之尽，僧亦未归。书生夜宿于船中，至明日又上。僧夜已归，觉失琵琶。以告，邻人大集，相与悲叹。书生故问，具言前验，今应有人背着，琵琶所以潜隐。书生大笑，为说画之因由，及拭却之由。僧及村人信之，灵圣亦绝耳。（出《原化记》）

壁山神

合州有壁山神，乡人祭，必以太牢，不尔致祸，州里惧之。每岁烹宰，不知纪极。蜀僧善晓，早为州县官，苦于调选，乃剃削为

快离开，不要造成人们的祸害。这篇檄文就像律度法令一样。”（出《吴兴掌故集》）

飞布山庙

［正文原缺。共六行。行二十二字。］

画琵琶

（原书缺开头的两行，每行二十二字）……停船。书生于是上山散步。在树林中走了几十步，看见上面有一个斜坡，上面庙里的门是开着的，中间有张床，床已经塌了，门外有几间小的堂前廊屋，旁边有毛笔和砚台。书生擅长画画，于是拿着笔，在房门前的白墙壁上，画了一把琵琶，琵琶的大小和真的没有什么区别。画完之后，风已经停止，书生就随着船出发了。僧人回来后，看见画，不知道是什么人画的，于是告诉村中人说：“恐怕是五台山的圣琵琶。”他说的应当是玩笑话，但是村中人信以为真并相互传布，说布施后向它祈祷十分灵验。书生到了杨家，在吴地好几年，听说江西的一座寺庙，有圣琵琶，非常灵验。书生很是怀疑，于是在回到江西的时候，让人停船在这个地方。上岸回访那座寺庙，僧人还是不在。他画的琵琶还在。它的前面供奉有经幡和香炉。书生取了水将它洗干净了，僧人还没有回来。于是书生夜间睡在船中，第二天又上岸前往庙中。僧人夜里面已经回来，觉得失去了琵琶，以此相告，邻居们大为惊讶，聚在一起悲伤感叹。书生上前询问，人们详细告诉他以前的琵琶有多么灵验，现在应该是有人有违天道，圣琵琶因此隐去了。书生听了之后哈哈大笑，告诉他们画画的前后经过以及把它擦掉的理由。僧人和村中人相信了他说的话，因此圣琵琶也绝迹了。（出《原化记》）

壁山神

合州有个壁山神，乡里人祭祀他，一定用太牢之礼，如果不这样就会导致祸患，合州的百姓都十分惧怕他。每年烹饪宰杀的牲畜，不沙门，坚持戒律，云水参礼。行经此庙，乃曰：“天地郊社，荐享有仪，斯鬼何得僭于天地？牛者稼穑之资，尔淫其祀，无乃过乎！”乃命斧凿碎土偶数躯，残一偶，而僧亦力困。稍苏其气，方次击之。庙祝祈僧曰：“此一神从来蔬食，由是存之。”军州惊愕，申闻本道，而僧端然无恙。斯以正理责之，神亦不敢加祸也。（出《北梦琐言》）

知道数量的限度。蜀地有一个僧人叫善晓，早年的时候作为州县的地方官，苦恼官场的选调，于是削发为僧，坚守佛道。居无定所，前往名寺参拜。路经这座祠庙的时候，于是说："天地间的祠庙，祭祀都是根据法度的。这一定是什么地方的鬼潜藏在这个地方。牛是人们耕种的资本，你过度享受祭祀，不觉得自己有罪过吗？"于是让人拿来斧头击碎了好几个神像，还留下一个，僧人这时候也有点累了。稍稍缓和了一下他的气息，刚想接着把剩余的神像击碎。庙祝向僧人祈求说："这个神一直吃素。"因为这个把它留下了。州里的人听说后大吃一惊，上奏到道台那里。但是僧人一直都很好，没有任何异样。大概是因为用正理责备，神也不敢加害他。（出《北梦琐言》）

卷第三百一十六　鬼一

韩 重

吴王夫差，小女曰玉，年十八。童子韩重，年十九。玉悦之，私交信问，许为之妻。重学于齐鲁之间，属其父母使求婚。王怒不与，玉结气死，葬阊门外。

三年重归，问其父母，父母曰："王大怒，玉结气死，已葬矣。"重哭泣哀恸，具牲币往吊。玉从墓侧形见，谓重曰："昔尔行之后，令二亲从王相求，谓必克从大愿。不图别后，遭命奈何。"玉左顾宛颈而歌曰："南山有乌，北山张罗。志欲从君，谗言孔多。悲结生疾，没命黄垆。命之不造，冤如之何？羽族之长，名为凤凰。一日失雄，三年感伤。虽有众鸟，不为匹双。故见鄙姿，逢君辉光。身远心近，何尝暂忘。"歌毕，歔欷涕流，不能自胜。要重还冢，重曰："死生异道，惧有尤愆，不敢承命。"玉曰："死生异路，吾亦知之。然一别永无后期，子将畏我为鬼而祸子乎？欲诚所奉，宁不相信？"重感其言，送之还冢。玉与之饮宴，三日三夜，尽夫妇之礼。临出，取径寸明珠以送重曰："既毁其名，又绝其愿，复何言哉！愿郎自爱，若至吾家，致敬大王。"

重既出，遂诣王自说其事，王大怒曰："吾女既死，而重造讹言，以玷秽亡灵。此不过发冢取物，托以鬼神。"趣收重，重脱

韩重

吴王夫差的小女儿叫吴玉，十八岁。少年韩重，十九岁。吴玉倾心于他，私下传信询问，许诺结为夫妻。韩重在齐鲁之地游学，嘱咐他的父母为他求婚。吴王夫差非常愤怒，并不答应。吴玉心气郁结，去世了。吴王把他葬在阊门外面。

三年后，韩重游学归来，问他父母求婚的情况，他的父母说："吴王听说之后非常生气，吴玉心气郁结，去世后已经下葬。"韩重非常悲痛，大哭。准备了祭礼前往吊唁，吴玉从墓碑的一边现出身形，对韩重说："从前，你走后，让你的父母来吴王宫求亲，我认为一定会满足我的心愿。没想到离别以后，命运却如此之坏。"吴玉看向左边唱道："南山有乌，北山张罗。志欲从君，谗言恐多。悲结生疾，没命黄垆。命之不造，冤如之何？羽族之长，名为凤凰。一日失雄，三年感伤。虽有众鸟，不为匹双。故见鄙姿，逢君辉光。身远心近，何尝暂忘。"唱完之后，抽噎流泪，不能控制自己。邀请韩重一起到墓中，韩重说："阴阳两界是不同的，我害怕这样做会再出什么错误，因此不敢答应你。"吴玉说："阴阳相隔，我也知道。但是我们这次离别后再没有后会之期，你是害怕我是鬼而让你受到损害吗？我对你一番赤诚，难道你不信我吗？"韩重被她的一番说话感动了，送她回到了墓中。吴玉和他一起宴饮了三天三夜，尽了夫妻之间的礼数。韩重将要出墓的时候，吴玉拿来一寸大的明珠送给韩重说："既然我的名字已经被销除，又已经断绝了所有愿想，还能说什么呢？只愿你爱惜自己，如果你要去我家，将这颗明珠奉送给我的父亲。"

韩重出墓之后，就前去拜访吴王，说他见到的事情，吴王大怒，说："我的女儿已经去世，你还造谣，玷污她的亡灵。这个只不过是你盗墓得来的东西，还假称鬼神。"想要把韩重抓起来，韩重逃走走，至玉墓所诉玉。玉曰："无忧，今归白王。"玉妆梳忽见，王惊愕悲喜，问曰："尔何缘生？"玉跪而言曰："昔诸生韩重来求玉，大王不许。今名毁义绝，自致身亡。重从远还，闻玉已死，故赍牲币，诣冢吊唁。感其笃终，辄与相见。因以珠遗之，不为发冢，愿勿推治。"夫人闻之，出而抱之，正如烟然。（出《录异传》）

公孙达

任城公孙达，甘露中，陈郡卒官，将敛，儿及郡吏数十人临丧。达五岁儿，忽作灵语，音声如父，呵众人哭止。因呼诸子，以次教诫。儿等悲哀不能自胜，及慰勉之曰："四时之运，犹有始终。人修短殊，谁不致此？"语千余言，皆合文章。儿又问曰："人亡皆无所知，惟大人聪明殊特，有神灵耶？"答曰："鬼神之事，非尔所知也。"因索纸笔作书，辞义满纸，投地遂绝。（出《列异传》）

鲜于冀

后汉建武二年，西河鲜于冀为清河太守，作公廨，未就而亡。后守赵高，计功用二百万，五官黄秉、功曹刘適言四百万钱。冀乃鬼见，白日导从入府。与高及秉等，对共计校，定为適秉所割匿。冀乃书表自理，其略言："高贵尚小节，亩垄之人，而踞遗类，研密失机，婢妾其性，媚世求显，偷窃狠鄙，有辱天官，《易》讥负乘，诚高之谓。臣不胜鬼言，谨因千里驿闻，付高上之。"便西北去了，到吴玉的墓前把这件事告诉了她。吴玉说："不要担忧，我现在回去告诉他。"吴玉梳妆打扮好，忽然在吴王面前出现，吴王非常惊讶，悲喜交加。问她："你因为什么能再次活过来？"吴玉跪拜后说："从前书生韩重前来向大王求婚，但您没有答应，现在我的名字和愿想都已经销毁，自己郁结而死。韩重从远方回来，听说我已经去世，所以带着祭礼，来到我的墓前吊唁。我感怀于他送葬的礼制，就和他见面了，因此把明珠送给他，并不是盗墓所得，希望你不要惩罚他。"吴王的妻子听说后，跑出来抱住女儿，但是吴玉却像青烟一样。（出《录异传》）

公孙达

任城有一个公孙达，甘露年间在陈郡做官时死在任上，将要殓葬的时候，他的儿子和郡县中的官员总共几十人参与葬礼。公孙达五岁的儿子，忽然说起来神鬼的话，他的声音很像他的父亲，喝令众人停止哭泣。然后呼唤各个儿子，一个个加以训导。他的儿子都悲痛得不能控制自己，就安慰勉励他们说："四季的运转，也是有始有终的，人的寿命有长有短，谁又能够不死呢？"说了上千字的话，写在一起可以成为文章。他的儿子又问道："人死后都没有任何知觉，只有父亲特别聪慧，是因为有神灵吗？"回答说："鬼神的事，不是你们应该知道的。"因此要了纸笔写下来，写了满满一页辞章，然后就倒在地上断气了。（出《列异传》）

鲜于冀

后汉建武二年，西河的鲜于冀在清河太守的职位上，修筑官署，还没有建成，他就去世了。后来的太守赵高，总计修筑费用两百万钱。但王朝的官员黄秉、功曹刘适却说是四百万钱。鲜于冀于是现出身形，白天带人进入府衙，和赵高、黄秉等人，共同计算校对，判定是刘适、黄秉贪污虚报。鲜于冀于是亲自上奏，他的文章说："高贵的人重视细微琐碎的行为。耕田的俗人，才会占据残存的东西。周密

三十里。车马皆灭，不复见。秉等皆伏地物故，高以状闻。诏下，还冀西河田宅妻子焉，兼为差代，以弭幽中之讼。（出《水经》）

卢 充

卢充，范阳人，家西三十里，有崔少府墓。充年二十，充冬至一日，出宅西猎，射獐中之，獐倒而起，充逐之。不觉忽见道北一里许，高门瓦屋，四周有如府舍。不复见獐，门中一铃下，唱客前，有一人投一襆新衣，曰："府君以遗郎。"充着讫进见，少府语充曰："尊府君不以仆门鄙陋，近得书，为君索小女为婚，故相迎耳。"便以书示充。父亡时，充虽小，然已识父手迹。即歔欷无复辞免。便敕内，卢郎已来，便可使女妆严，既就东廊。

至黄昏，内白女郎妆严毕，崔语充："君可至东廊。"既至，女已下车，立席头，却共拜，时为三日。给食三日毕，崔谓充曰："君可归。女生男，当以相还，无相疑；生女当留养。"敕内严车送客。充便辞出，崔送至中门，执手涕零。

出门见一犊车，驾青衣。又见本所着衣及弓箭，故在门外。寻的研算也会有漏洞，这是婢女一类才有的特性，他们求悦世人，是为了追求显达，这一类偷盗的行为应该狠狠鄙夷，而且这样做辱没了公职，也很容易让人嘲笑他们有负公职，如果真的是像赵高那样说的，我承受不了，因此申辩，不远千里写下奏章，让赵高替我呈奏给您。”写完之后就向西北走了三十里，然后车马都消失了，再也看不见了。黄秉等人都趴在地上去世了，赵高把奏折呈给了皇帝。皇帝下了诏令，发还了鲜于冀河西的田宅和妻儿，让他们接任鲜于冀的官职，用来平息这冥间来的官司。（出《水经》）

卢充

卢充，是范阳人，在距离他家西边三十里的地方，有一座崔少府的墓。卢充二十岁，在冬至这一天，走出家门往西边捕猎，射中了一只獐子，獐子倒地后再次起身，卢充跟在后面追逐。无意之间忽然看见大路的北边大约一里的地方，有一间门特别高的瓦房，它的四周就像王府一样。没有再看见獐子，门中间一个铃铛的下面，有人大喊请客人上前，有一个人放了一包袱的新衣服，说：“这是府君送给你的。”卢充穿好之后前去相见。少府对卢充说：“你的父亲不嫌弃我家贫寒，最近写来书信，为你向我的女儿求婚，所以我就把你接来了。”然后把书信给卢充看。父亲去世时，卢充虽然很小，但是已经能够认识父亲的笔迹了。不觉叹气，但也没说推辞的话。少府就告诉里面：“卢充已经到了，让女儿好好梳妆，梳妆完毕后即刻到东廊。”

到了黄昏，里面的人说他的女儿已经梳妆完毕。崔少府对卢充说：“你现在可以去东廊了。”卢充到的时候，崔少府的女儿已经下车，站在座位前，和他同拜，总共三天。供给食用三天结束后，崔少府对卢充说：“你可以回去了，我的女儿如果生了男孩子，我就会把孩子送还，不要产生怀疑，如果生了女儿，我就会留下她抚养。”告诉里面的人整备车辆送走客人。卢充便告辞出府，崔少府的女儿送到中门，哭着拉着他的手。

出门看见一头牛拉着的车，驾车的人是一个穿着青衣的仆人。又看见本来所穿的衣服和弓箭，还摆在门外。不久派一个人把一个遣传教将一人捉襆衣与充。相问曰："姻缘始尔，别甚怅恨。今故致衣一袭，被褥自副。"充上车，去如电逝，须臾至家。母见，问其故，充悉以状对。

别后四年三月，充临水戏，忽见傍有犊车，乍沉乍浮，既而上岸，同坐皆见。而充往开其车后户，见崔氏女与三岁男共载。女抱儿以还充，又与金碗，并赠诗曰："煌煌灵芝质，光丽何猗猗。华艳当时显，嘉异表神奇。含英未及秀，中夏罹霜萎。荣耀长幽灭，世路永无施。不悟阴阳运，哲人忽来仪。今时一别后，何得重会时？"充取儿碗及诗，忽然不见。充后乘车入市卖碗，冀有识者。有一婢识此，还白大家曰："市中见一人乘车，卖崔氏女郎棺中碗。"大家即崔氏亲姨母也。遣儿视之，果如婢言。乃上车叙姓名，语充曰："昔我姨嫁少府，女未出而亡，家亲痛之，赠一金碗著棺中。可说得碗本末。"充以事对，此儿亦为悲咽，赍还白母。母即令诣充家迎儿还。诸亲悉集，儿有崔氏之状，又复似充貌。儿碗俱验，姨母曰："我外甥也，即字温休。"温休者，是幽婚也。遂成令器，历郡守。子孙冠盖相承至今，其后植字幹，有名天下。（出《搜神记》）

谈生

谈生者，年四十，无妇，常感激读书。忽夜半有女子，可年十五六，姿颜服饰，天下无双，来就生为夫妇，乃言："我与人不包袱送给卢充，说："我和你的姻缘才刚刚开始，就要离别，很是惆怅，所以现在送给你一套衣服和一张被褥。"卢充上车后，像闪电一样离开了，不一会儿就到家了。他的母亲看到他，问他原因，卢充把情况全部告诉了母亲。

离别四年零三个月后，卢充在水边玩耍，忽然看见旁边有一辆牛车，一会儿沉下去，一会儿浮上来，过了一会儿就上岸了，和他一起的人都看见了。卢充就前去打开了那辆车的后门，看见崔少府的女儿和一个三岁的男孩坐在里面。她把抱着的男孩交给了卢充，又给了他一只金碗，并且赠给了他一首诗："煌煌灵芝质，光丽何猗猗。华艳当时显，嘉异表神奇。含英未及秀，中夏罹霜萎。荣耀长幽灭，世路永无施。不悟阴阳运，哲人忽来仪。今时一别后，何得重会时？"卢充接过男孩、金碗和诗后，她突然就不见了。卢充后来乘着车去集市卖碗，希望有人能够认得那只碗。有一个婢女认识这碗，回去告诉主人说："在集市中看见一个人乘着车，在卖崔少府家女儿棺材中的金碗。"这个女主人就是崔氏的亲姨母。于是她派自己的儿子前去检视，发现果然像婢女所说的那样。于是上了那辆车自报家门，对卢充说："从前我的姨娘嫁给崔少府，他的女儿还没有出嫁就去世了，家里人非常悲痛，就送了一只金碗放在她的棺材中，你能不能告诉我得到这金碗的始末呢？"卢充将自己身上发生的事告诉了他，这个男孩子也十分悲痛，回家以后就告诉了他的母亲。他的母亲立刻让他前往卢充家迎接卢充的儿子回家。他的亲戚们都会集在他家，这个男孩子既有长得像崔氏的地方，又有长得像卢充的地方。男孩子和金碗都已经验证过了，崔氏的姨母说："这是我的外甥，立即赠他温休的名字，温休，是指阴阳通婚。"就让他成为优秀的人才，历任郡县长官。他的子孙绵延到现在，他有一个后代叫卢植，字干，是闻名天下的人。（出《搜神记》）

谈生

谈生，四十岁，没有娶妻，平常奋发读书。忽然有一天，半夜有一个女孩子，十五六岁，看她的容貌着装，天下没有第二个能够和她同，勿以火照我也。三年之后，方可照。”为夫妻，生一儿，已二岁。不能忍，夜伺其寝后，盗照视之，其腰上已生肉如人，腰下但有枯骨。妇觉，遂言曰：“君负我，我垂生矣，何不能忍一岁而竟相照也？”生辞谢。涕泣不可复止，云：“与君虽大义永离，然顾念我儿，若贫不能自偕活者，暂随我去，方遗君物。”生随之去，入华堂，室宇器物不凡。以一珠袍与之曰：“可以自给。”裂取生衣裾，留之而去。后生持袍诣市，睢阳王家买之，得钱千万。王识之曰：“是我女袍，此必发墓。”乃取拷之。生具以实对，王犹不信。乃视女冢，冢完如故。发视之，果棺盖下得衣裾。呼其儿，正类王女，王乃信之。即召谈生，复赐遗衣，以为主婿。表其儿以为侍中。（出《列异传》）

陈蕃

陈蕃微时，尝行宿主人黄申家。申妇夜产，蕃不知。夜三更，有扣门者，久许，闻里有人应云：“门里有人，不可前。”相告云：“从后门往。”俄闻往者还，门内者问之：“见何儿？名何？当几岁？”还者云：“是男，名阿奴，当十五岁。”又问曰：“后当若为死？”答曰：“为人作屋，落地死。”蕃闻而不信。后十五年，为豫章太守，遣吏征问昔儿阿奴所在。家云，助东家作屋，堕栋亡没。（出《幽明录》）

相比的，主动来和他结为夫妇。说："我和别人不一样，不要用火光照着我，三年之后，才能照。"二人结为了夫妻，生了一个儿子，已经两岁了。但谈生已经不能够忍受好奇心，夜间等她睡觉后，偷偷用火光照着看她，她的腰以上已经长出像人一样的皮肉，腰以下还有枯骨。他的妻子醒了，于是说："你辜负了我的信任，我将要重生了，为什么不能等一年再拿火光来照呢？"谈生连忙谢罪。她哭得停不住，说："虽然只能和你永别，但是非常挂念我的儿子。如果你贫困到不能养活他，暂时把他交给我。我刚刚也准备了东西送给你。"谈生跟随她前去，进入一个富丽堂皇的房屋，屋子和里面陈设的东西都不一般。她拿了一件缀满珍珠的衣袍交给他说："这个能够让你自给自足了。"然后撕下了谈生衣服的下摆就离开了。后来谈生拿着衣袍到集市上，睢阳的王家买下了它，得到了千万钱财。睢阳王认出了衣袍并说："这是我女儿的衣袍，这一定是盗墓所得。"于是把谈生抓来拷问他。谈生把具体情况如实告诉了他，睢阳王还是不信，于是去检视女儿的坟墓，坟墓完好如初。把它打开检视，果然在棺材盖的下面得到谈生衣服的下摆。请他把儿子带来，长得正像他的女儿，睢阳王这才相信了。立即召请谈生，把衣袍还给了他，并把他认作公主的女婿，赐给他儿子侍中的职位。（出《列异传》）

陈蕃

陈蕃还没有出名的时候，曾经在出行时投宿在黄申家。黄申的夫人夜间生产，陈蕃不知道，夜里三更的时候，有人来敲门，很久以后才有人答应。听见里面有人应门说："门里面有人，不能前往。"又告诉他，从后门走。过了一会儿，去的人回来了，门内的人问他："看见什么孩子了？叫什么名字？应该活到多大？"回来的人说："是个男孩子。名字叫阿权，应当活到十五岁。"里面的人又问："后来因什么而死？"回答说："为他人建房子，跌落而死。"陈蕃听了之后，并不相信。十五年以后，陈蕃在豫章太守的任上，派遣官吏前往询问，当日那个叫阿权的孩子在什么地方。他的家人说，帮东家盖房，从房梁上跌下来去世了。（出《幽明录》）

刘 照

刘照，建安中，为河间太守。妇亡，埋棺于府园中。遭黄巾贼，照委郡走。后太守至，夜梦见一妇人往就之。后又遗一双锁，太守不能名。妇曰："此萎蕤锁也，以金缕相连，屈申在人，实珍物。吾方当去，故以相别，慎无告人。"后二十日，照遣儿迎丧。守乃悟云云，儿见锁感恸，不能自胜。（出《录异传》）

张汉直

陈国张汉直，至南阳，从京兆尹延叔坚，学《左氏传》。行后数月，鬼物持其妹，为之扬言曰："我病死，丧在陌上。常苦饥寒，操一三量不借，挂屋后楮上。傅子方送我五百钱，在北牖下。皆忘取之。又买李幼牛一头，本券在书箧中。"往索，悉如其言，妇尚不知有此。妹新归宁，非其所及。家人哀伤，益以为审。父母兄弟，椎结迎丧。去精舍数里，遇汉直与诸生相随。汉直顾见家人，怪其如此。家见汉直，良以为鬼也。惝恍有间，汉直乃前，为父说其本末如此，得知妖物之为。（出《风俗通》）

范 丹

陈留外黄范丹，字史云，少为尉从佐，使檄谒督邮。丹有志节，自恚为厮役小吏。及于陈留大泽中，杀所乘马，捐弃官帻，诈逢劫者。有神下其家曰："我史云也，为劫人所杀，疾取我衣于陈

刘 照

建安年间，刘照在河间任太守，他的妻子去世了，棺材埋在府园里。后来遭遇黄巾军起义，刘照丢下河间郡逃跑了。下一任的太守来到这里，夜间梦见一个妇女前来和他同房，后来又留下一个双锁，这位太守不知道它是什么。那个妇女说："这个是萎蕤，它用金线连接，可以在人的操控下伸缩自如，着实是珍贵的物品。我马上就该走了，所以用这个来赠别，请一定不要告诉别人。"二十天后，刘照派他的儿子迎接他妻子的棺材，太守才明白所说的是什么。刘照的儿子见到萎蕤锁以后特别悲痛，不能够控制自己。（出《录异传》）

张汉直

陈国的张汉直，到南阳跟随京兆尹延叔坚学《左传》。出行后的几个月，有鬼附在他妹妹身上，用张汉植的口吻说："我已经病死了，葬在路上。我经常苦于饥饿和寒冷，秤挂在房屋后的楮树上，没有借给别人。傅子方送给我的五百钱，放在北边的窗户底下，都希望你们取出来。我又买了李幼的一头牛，买牛的契约在书箱中。"按照他所说的前去拿取，都像他所说的那样，他的妻子都不知道这些。他的妹妹刚刚出嫁回娘家，她也不可能知道这些事，因此他的家人十分悲伤，更加认为这是真的事情。他的父母和兄弟，拿着棒子一起前往迎他的尸骨回家。在距离讲学的处所几里的地方，遇到张汉植和各位书生在一起。张汉植看见家人，非常奇怪为什么这样。家人们看见张汉植，很长时间都认为是看见鬼了。他们都愣了很久，张汉植才走上前，他的父亲说清了事情的前因后果。得出这是鬼怪做的。（出《风俗通》）

范 丹

陈留的外黄有一位范丹，字史云，年少的时候是县尉的随从，被派去给督邮松公文。范丹有志向和节操，恨自己只是个被人差遣的小随从。等到了陈留的大泽乡时，便杀了他所骑的马，扔了官家的帽巾，留大泽中。”家取得一帻，丹遂之南郡，转入三辅。从英贤游学，十三年乃归，家人不复识焉。陈留人高其志行，及殁，号曰“贞节先生”。（出《搜神记》）

费季

吴人费季，客贾数年。时道多劫，妻常忧之。季与同辈旅宿庐山下，各相问去家几时，季曰：“吾去家已数年。临来，与妻别，就求金钗以行，欲观其志，当与吾否耳。得钗，仍以著户楣上。临发忘道，此钗故当在户上也。”尔夕，妻梦季曰：“吾行遇盗，死已二年。若不信吾言，吾取汝钗，遂不以行。留在户楣上，可往取之。”妻觉，揣钗得之。家遂发丧。后一年余，季行来归还。（出《搜神记》）

周式

汉下邳周式，尝至东海，道逢一吏，持一卷书，求寄载。行十余里，谓式曰：“吾暂有所过，留书寄君船中，慎勿发之。”去后，式盗发视书，皆诸死人录，下条有式名。须臾吏还，式犹视书，吏怒曰：“故以相告，何忽视之？”式扣头流血，良久曰：“感卿远相载，此书不可除。卿今日已去，还家，三年勿出门，可得度也。勿道见吾书。”式还不出，已二年余，家皆怪之。邻人卒亡，父怒，使往吊之，式不得止。适出门，便见此吏，吏曰：“吾令汝三年勿出，而今出门，知复奈何？吾求不见，连相为得鞭杖。今已见汝，假称自己遇到了打劫的人，有一个神到他家说："我是史云，被人劫杀，快到陈留的大泽乡把我的衣服拿回来。"家人听说后前往找到了一个头巾。范丹后来辗转到了南郡，又转往三辅，跟随德才杰出的人游历学习。十三年后才回到家乡，他的家里人已经不能认出他了。陈留人赞赏他的志向和行为，等他去世后，称他"贞节先生"。（出《搜神记》）

费季

吴地人费季，在他乡经商好几年。当时的道路上有很多强盗，他的妻子经常为此忧患。费季和同伴在庐山下的旅店投宿，相互问对方离开家多久了，费季说："我离开家已经好几年了，我在临走前，和妻子道别的时候，向她要头上的金钗，想要看她的意向，会不会给我。我得到了金钗后，就把它插在了门楣上，临走的时候忘了拿，这支金钗应当还在门楣上。"这天晚上，他的妻子梦见费季说："我在路上遇见了强盗，已经死了两年，如果你不相信我说的话，我拿了你的金钗，但是却没有带走，留在门楣上，你可以前去拿来。"他的妻子醒来后，果然找到了她的金钗。他的家人于是为他办了丧事，在这以后一年多，费季却经商回来了。（出《搜神记》）

周式

汉代的周式是下邳人，曾经在去往东海的路上遇见一个官员，他的手里拿着一卷书，请他带着。走了十几里，对周式说："我暂时有点事，留下这卷书寄放在你的船里，请你一定不要看它。"那个人离开后，周式偷偷打开那本书来看，都是各个已经死去的人的名册，下面有周式的名字。过了一会，那个官员回来了，周式还在看那本书，那个官员愤怒地说："我特意告诉你不要看，你为什么忽视我所说的？"周式将头磕出了血，很久之后那个官员说："我感怀你把这本书带了很远，这本书上的名字是不能抹除的。你从今天开始回家，到家后三年不要出门，就可以免除一死了，不要向别人说见过我的无可奈何，后三日日中，当相取也。”式还涕泣，具道如此。父故不信，母昼夜与相守涕泣，至三日日中时，见来取，便死。（出《法苑珠林》）

陈阿登

汉会稽句章人，至东野还。暮不及门，见路傍小屋然火，因投宿。至，有一少女，不欲与丈夫共宿，呼邻家女自伴。夜共弹箜篌，歌曰：“连绵葛上藤，一绶复一絙。汝欲知我姓，姓陈名阿登。”明至东郭外，有卖食母在肆中。此人寄坐，因说昨所见。母惊曰：“此是我女，近亡，葬于郭外尔。”（出《灵怪集》）

书。”周式回到家后就闭门不出，已经两年多了，他的家人都觉得他的行为很奇怪。他的邻居去世了，父亲很是愤怒，让他前去凭吊，周式不能够制止父亲。刚出门，就看见了那个官吏，那个官吏说：“我让你三年不要出门，你现在出门，我也不再有办法了。我因为没有抓你到阴间，连着被鞭打了好几次，今天已经见到你，实在没办法了，三日后的中午，我就会来取你性命了。”周式回来后哭着说了事情的原委，他的父亲还是不相信，他的母亲日夜和他相互守着哭泣，等到第三天中午，看见那个官员来取周式的性命，他立刻就去世了。（出《法苑珠林》）

陈阿登

汉代的会稽句章有一个人从东城城外回来，等到晚上还没到家门口，看见路旁边的小屋里烧着火，于是进去借宿。到了那儿，看见有一个少女，不想和他的丈夫一起睡，找来了邻居家的女孩作为自己的同伴，夜里共同弹奏箜篌，唱的歌词是：“连绵葛上藤，一缓复一絙。汝欲知我姓，姓陈名阿登。”第二天天亮的时候到了东城外，有一个卖饭的老妇人在店里，这个人在店里坐下，因而说到了他昨晚所看见的事情。这位老妇人大吃一惊，说：“这个是我女儿，最近去世了，埋在东城外。”（出《灵怪集》）

卷第三百一十七　鬼二

吴祥

汉诸暨县吏吴祥者，惮役委顿，将投窜深山。行至一溪，日欲暮，见年少女子，彩衣甚美，云："我一身独居，又无乡里，唯有一孤妪，相去十余步耳。"祥闻甚悦，便即随去。行一里余，即至女家。家甚贫陋，为祥设食，至一更竟。闻一妪唤云："张姑子。"女应曰："诺。"祥问是谁，答云："向所道孤妪也。"二人共寝至晓，鸡鸣，祥去。二情相恋，女以紫巾赠祥，祥以布手巾报。行至昨所遇处，过溪，其夜水暴溢，深不可涉。乃回向女家，都不见昨处，但有一冢耳。（出《法苑珠林》）

周翁仲

汝南周翁仲，初为太尉掾，妇产男。及为北海相，吏周光能见鬼，署为主簿。使还致敬于本郡县，因告之曰："事讫，腊日可与小儿俱侍祠。"主簿事讫还，翁仲问之，对曰："但见屠人，弊衣蠡髻而踞神坐，持刀割肉。有衣冠青墨绶数人，彷徨堂东西厢，不进，不知何故。"翁仲因持剑上堂，谓妪曰："汝何故养此子？"妪大怒曰："君常言，儿体貌声气喜学似我。老翁欲死，作为狂语。"翁仲具告之，祠祭如此，不具服，子母立截。妪泣涕言："昔以年长无男，不自安，实以女易屠者之男，畀钱一万。"此子年已十八，遣归

吴祥

汉代诸暨县的县官吴祥，害怕因为差事而疲累，就想要逃到深山里。当他走到一条小溪旁时，天色将晚，忽然出现一位年轻的女孩子，她的姿容和衣着都十分美丽，说："我一个人独自居住，也没有邻居，周围只有一个孤寡老妇人，离我家十几步。"吴祥听说后十分开心，立刻就随她前去了。走了一里多，就到了那个女子的家。她的家中十分清贫，女子为吴祥摆上了酒食，到了一更天，听见一个老妇人喊她："张姑子。"女子应答："是。"吴祥问喊她的人是谁。回答说："是之前我所说的孤寡老妇人。"两个人一同睡到天亮，鸡叫的时候吴祥离去。两个人恋恋不舍，女子赠给吴祥紫色的纱巾，吴祥回赠给她布巾。当吴祥走到昨天两个人相遇的地方，想要跨过溪水，但夜间溪水暴涨，深不可测，没办法走过去，于是吴祥转身回女子的家，却发现那个地方什么都不见了，只有一座坟墓。（出《法苑珠林》）

周翁仲

周翁仲，汝南人，刚开始是太尉的副官佐，他的妻子生了一个男孩。等到他做北海相的时候，有个叫周光的属官能见到鬼，被任为主簿，让他回阳间向本郡县的人表达敬意，于是告诉他说："等到事情完成了，十二月祭祀时和我儿子一起陪从。"周光完成事情后回来了，周翁仲问他，他回答说："我只是看见了屠夫，穿着破败的衣服挽着像瓢一样的发髻坐在神位上，拿着刀在割肉。有几个穿着青衣戴着青帽中间系着黑色绶带的人，神色慌乱地在东西厢房里，不知道为什么不进去。"周翁仲因此拿着剑走到堂上，对他的妻子说："你为什么养了这个儿子？"老妇人大怒说："你不是常常说，儿子

其家。迎其女，已嫁卖薤者妻。后适西平李文思，文思官至南阳太守。（见《风俗通》）

田 畴

田畴，北平人也。刘虞为公孙瓒所害，畴追慕无已，往虞墓，设鸡酒之礼哭之。音动林野，翔鸟为之凄鸣，走兽为之悲吟。畴卧于草间，忽有人通云："刘幽州来，欲与田子泰言生平之事。"畴神悟远识，知是刘虞之魂，既进而拜。畴泣不自止，因相与进鸡进酒。畴醉，虞曰："公孙瓒购求子甚急，宜窜伏避害。"畴对曰："君臣之道，生则尽其义。今见君之灵，愿得同归九泉。骨且不朽，安可逃乎？"虞曰："子万古之高士也，深慎尔仪。"奄然不见，而畴醉亦醒。（出《王子年拾遗记》）

文 颖

汉南阳文颖，字叔长，建安中，为甘陵府丞。过界止宿，夜三鼓时，梦见一人跪前曰："昔我先人，葬我于此。水来湍墓，棺木溺，渍水处半，然无以自温。闻君在此，故来相依。欲屈明日，暂住须臾。幸为相迁高燥处。"鬼披衣示颖，而皆沾湿。颖心怆然，即寤，访诸左右，曰："梦为虚耳，何足怪？"颖乃还眠，向晨，复的身体样貌、声音气质、喜好学识都像你吗？你想死啊？说这么些疯话。”周翁仲把之前的事详细地告诉了她，祭祀说是这样的，如果不服，母子的关系会立刻破裂。老妇人哭着说道：“从前因为年龄大了还没有儿子，自己坐立不安。就把女儿和一个屠夫的儿子调换了，并且给了他一万钱，这个孩子已经十八岁了，就把他送回家，又迎回了自己的女儿，我已经把她嫁给了卖饼的人当妻子，后来又改嫁给西平的李之思，听说李之思已经做官做到了南阳太守。”（见《风俗通》）

田畴

田畴，北平人。刘虞被公孙瓒所杀害，田畴因对刘虞无休止地追念仰慕，就前往刘虞的墓地，摆出鸡肉和酒祭祀并大哭。他的哭声震动了山林田野，飞翔的乌鸦也为他哀号，行走的动物们也和他一起伤心。田畴睡在草丛中，忽然有人前来通报说：“刘虞从幽州前来，想要和田畴说他平生所经历的事情。”田畴本就是个非常聪明，有远见卓识的人，知道前来的是刘虞的魂魄，所以就前去参见跪拜。田畴哭个不停，和刘虞一起吃鸡喝酒，田畴喝醉了，刘虞说：“公孙瓒悬赏众人，想要快速捉拿你，你应该潜伏起来躲避伤害。”田畴回答说：“君臣之间的道义就是活着的时候竭尽自己的忠义。现在，我看见了你的魂灵，希望能和你一起到九泉之下。尸骨都可以不腐朽，我怎么能够逃走呢？”刘虞说：“你是难得一见的高尚之士，希望你永久留存你的气节。”说完突然就不见了，田畴这时也酒醒了。（出《王子年拾遗记》）

文颖

汉代的南阳人文颖，字叔长，建安年间，被任命为甘陵府丞。停在越过地界的地方借宿，夜里敲过第三次鼓的时候，梦见一个人在他前面跪着说：“以前我的祖先把我埋在这里，水冲击了我的墓地，我所在的棺木也被淹了一半，但是我没有办法温暖自己，听说你在这里，所以前来投靠。想要你明天屈尊在这里，暂时停留一会，梦见，谓颍曰："我以穷苦告君，奈何不相愍悼乎？"颍梦中问曰："子为谁？"对曰："吾本赵人。今属汪芒氏之神。"颍曰："子棺今何所在？"对曰："近在君帐北十数步，水侧枯杨树下，即是吾也。天将明，不复得见，君必念之。"颍答曰："诺。"忽然便寤。天明可发，颍曰："虽云梦不足怪，此何太过。"左右曰："亦何惜须臾，不验之耶？"颍即起，率十数人将导，顺水上，果得一枯杨。曰："是矣。"掘其下，未几，果得棺，棺甚朽坏，没半水中。颍谓左右曰："向闻于人，谓之虚矣。世俗所传，不可无验。"为移其棺，葬之而去。（出《搜神记》）

王 樊

《燉煌实录》云，王樊卒，有盗开其冢。见樊与人樗蒱，以酒赐盗者。盗者惶怖，饮之。见有人牵铜马出冢者。夜有神人至城门，自云："我王樊之使，今有发冢者，以酒墨其唇讫。旦至，可以验而擒之。"盗既入城，城门者乃缚诘之，如神所言。（出《独异志》）

秦巨伯

琅邪秦巨伯，年六十。尝夜行饮酒，道经蓬山庙。忽见其两希望你能把我迁移到又高又干燥的地方。”鬼把披着的衣服给文颖看，衣服都被沾湿了。文颖心里感到很凄凉，立即醒了。问自己身边的人，说：“梦是假的，有什么奇怪的呢？”于是文颖再次睡下，快到天亮的时候，又再次梦见了那个人，他对文颖说：“我把我的困顿告诉了你，你为什么不哀怜我呢？”文颖在梦中问他：“你是谁？”他回答说：“我本来是赵地人，现在属于河芒神管辖。”文颖说：“你现在的棺木在哪里？”回答说：“近得离你营帐北边只有几十步，在水边枯槁的杨树下面，那就是我的棺木。天快要亮了，我不能再见到你了，你一定要记住啊。”文颖回答道：“是。”答应之后突然之间就醒了。天亮之后可以出发了，文颖说：“虽然说梦不值得奇怪，但我这个梦过于真实。”左右的人说：“还怕耽误这一点时间？为什么不验证一下呢？”文颖立即动身，率领十几人顺着水前去，果然看见一棵枯槁的杨树。说：“就是这儿了。”就往下挖，不一会儿，果然看见一口棺材，棺木已经坏得比较厉害了，有一半已经被淹没在水里了。文颖对左右的人说：“以前对别人说，梦都是虚的，世上的传闻，不能不去验证啊。”于是替那个人把他的棺材转移到高而干燥的地方，埋葬之后就离开了。（出《搜神记》）

王樊

《敦煌实录》这本书说：王樊去世后，有盗贼偷偷打开了他的坟墓，看见王樊正在和别人玩樗蒲，将酒赏给了盗墓的人。盗墓的人非常惶恐，喝下了酒。看见有人牵着铜马走出了坟墓。夜里有个神人到城门前，自述说：“我是王樊派来的使者，现在有一个盗墓的人，王樊用酒染黑了他的嘴唇，天亮后他会到这里，你们可以验证之后把他抓起来。”盗贼不久之后就到了城门前，守城的人把他绑了审问，果然和神人说的一样。（出《独异志》）

秦巨伯

琅邪县的秦巨伯，已经六十岁了。曾经在夜间走路的时候喝酒，孙迎之，扶持百余步，便捽伯颈着地，骂：“老奴，汝某日捶我，我今当杀汝。”伯思惟，某时信捶此孙。伯乃佯死，乃置伯去。伯归家，欲治两孙。孙惊惋叩头，言为子孙，宁可有此，恐是鬼魅。乞更试之，伯意悟。数日，乃诈醉，行此庙间，复见两孙来扶持伯。伯乃急持，动作不得。达家，乃是两人也。伯著火灸之，腹背俱焦坼，出著庭中，夜皆亡去，伯恨不得之。后月，又佯酒醉夜行，怀刀以去，家不知也。极夜不还，其孙又恐为此鬼所困，仍俱往迎之，伯乃刺杀之。（出《搜神记》）

宗岱

宗岱为青州刺史，禁淫祀，著《无鬼论》。甚精，无能屈者。邻州咸化之。后有一书生，葛巾，修刺诣岱。与之谈甚久，岱理未屈。辞或未畅，书生辄为申之。次及《无鬼论》，便苦难岱，岱理欲屈。书生乃振衣而起曰：“君绝我辈血食二十余年。君有青牛髯奴，未得相困耳。今奴已叛，牛已死，令日得相制矣。”言绝，遂失书生，明日而岱亡。（出《杂语》）

郑奇

后汉时，汝南汝阳西门亭有鬼魅，宾客宿止多死亡，或亡发失精。郡侍奉掾宜禄郑奇休，去亭六七里，有美妇人乞寄载，奇初经过蓬山庙。忽然看见他的两个孙子来迎接他，扶着他走了一百多步，就揪着他的脖子往地上按，并且骂道："老东西，你有一天打了我，我现在应该把你给杀了。"秦巨伯回想：有一天确实打了这个孙子。于是他就装死，他们便扔下他离开了。秦巨伯回到家，想整治两个孙子。他的两个孙子惊恐到向他磕头，说作为孙子，怎么可能会让这件事发生，恐怕是鬼做的。恳请他再试一次，秦巨伯领会了。过了几天，他假意喝醉了，走到蓬山庙前，又见到两个孙子前来扶着他，秦巨伯于是快速制服他们，让他们不能动弹。到家的时候，发现还是那两个人。秦巨伯于是点了火来烧他们，他们的肚子和背部都被烧焦了，将他们放到庭院中，他们趁着夜色逃走了，秦巨伯遗憾没有抓住他们。一个月后，又佯装醉酒夜间行走，怀中揣着刀，他的家人并不知道。等到很晚还没有回家，他的孙子害怕又被那两只鬼困住，就一起前往迎接，秦巨伯把他们全都杀死了。（出《搜神记》）

宗岱

宗岱做青州刺史的时候，禁止人们胡乱祭祀，写了一本《无鬼论》，他的论述极为精辟，没人能够驳倒他。相邻州县的人都被他的道理说服了。后来有一个书生，头戴着葛布巾，递了名帖来拜见宗岱。和宗岱谈了很久，宗岱依然坚持自己的观点。其间，他有的时候用词不流畅，书生就替他申辩。后来说到无鬼论，他就竭力质问宗岱，宗岱的理论将要被驳倒。书生于是就整理衣服站起身说："你断绝了我们的祭祀二十多年，你有青牛和长胡子奴仆，使你没有受到过困扰，现在你的奴仆已经背叛了你，青牛也已经死去，今天我们也要治你一治了。"话一说完，书生就不见了。第二天，宗岱就去世了。（出《杂语》）

郑奇

后汉的时候，汝南的汝阳西门亭有鬼，在这里投宿的客人大多都死去了。或者有的失去了头发，有的精神不正常。郡县中有个做侍难之。然后上车。入亭，趋至楼下，吏卒白楼不可上。奇曰：“我不恶也。”时亦昏冥，遂上楼。与妇人接宿，未明发去。亭卒上楼扫除，见死妇，大惊，走白亭长。击鼓会诸庐吏，共集诊之，乃享西北八里吴氏妇，新亡，夜临殡火灭，及火至失之。其家即持去。奇发，行数里，腹痛。到南顿利阳亭，加剧物故。楼遂无敢复上。（出《风俗通》）

锺繇

锺繇忽不复朝会，意性有异于常。寮友问其故，云：“常有妇人来，美丽非凡间者。”曰：“必是鬼物，可杀之。”后来止户外，曰：“何以有相杀意？”元常曰：“无此。”殷勤呼入。意亦有不忍，乃微伤之，便出去，以新绵拭血，竟路。明日，使人寻迹，至一大冢，棺中一妇人。形体如生，白练衫，丹绣裲裆。伤一髀，以裲裆中绵拭血。自此便绝。（出《幽明录》）

夏侯玄

夏侯玄被司马景王所诛，宗人为设祭。见玄来灵座，脱头于边，悉敛果鱼酒肉之属，以内颈中毕，还自安其头。既而言曰：“吾得请于帝矣，子元无嗣也。”寻有永嘉之役，军还，世宗殂而无子。（出《异苑》）

奉佐助的宜禄人叫郑奇，在距离亭子六七里的地方，有一个美丽的妇女恳请让她搭车，郑奇一开始非常为难，后来答应让她上车，进入西门亭，跟到楼下，兵士说楼上不能去。郑奇说："为什么？"当时天色也昏暗了，于是就上楼了。他和那个妇女同睡了，天没亮就启程了。亭里的仆人上楼打扫，看见一个死去的妇女，吃了一惊，赶紧跑去告诉亭长。亭长击鼓召集各个村庄的管理者一起检视，才认出是西门亭西北八里吴氏的妻子，刚去世不久，夜间她棺材前的长明灯突然灭了，等到再点亮的时候尸体就不见了。于是她的家人就把她领回家了。郑奇出发几里路后，肚子突然疼了起来，到南顿的利阳亭的时候，疼痛加剧，然后就去世了。因此那楼上就没有人再敢上去了。（出《风俗通》）

锺繇

钟繇有一天忽然不去上朝了，他的性情和平常也不一样了。他的同僚问他这是为什么，他说："经常有个女子前来，美得不像人间的。"听到的人说："一定是鬼，应该把她杀了。"后来那个女子停在门外，说："为什么会起了杀意？"钟繇说："并没有。"殷勤地把她请进去。钟繇的心中还是不忍，于是轻微地割伤了她，就出去了，用新棉花擦拭流出来的血，血最终滴在路边。第二天，派人顺着血迹，找到一座大的坟墓，棺材中有一个妇女，身形看起来像是活人，穿着白色的熟绢衣衫，红色刺绣的背心，一边的大腿伤了，是用背心里的棉花擦拭血液的。从此，那个女子再也没有来过。（出《幽明录》）

夏侯玄

夏侯玄被司马景王杀了之后，他的族人为他摆上酒肉祭祀。忽然夏侯玄来到他的灵牌旁坐下，把头取下放在一边，把果鱼酒肉之类的东西，全都放在脖颈中，然后还把自己的头放回原处。接着说："我的请求天帝已经允许了，子元将会没有子嗣。"不久就发生了永嘉之乱，世宗去世了，没有子嗣。（出《异苑》）

嵇康

嵇康灯下弹琴，忽有一人，长丈余，著黑单衣，革带。康熟视之，乃吹火灭之曰："耻与魑魅争光。"尝行，去路数十里，有亭名月华。投此亭，由来杀人，中散心神萧散，了无惧意。至一更操琴，先作诸弄。雅声逸奏，空中称善。中散抚琴而呼之："君是何人？"答云："身是故人，幽没于此。闻君弹琴，音曲清和，昔所好。故来听耳。身不幸非理就终，形体残毁，不宜接见君子。然爱君之琴，要当相见，君勿怪恶之。君可更作数曲。"中散复为抚琴，击节，曰："夜已久，何不来也？形骸之间，复何足计？"乃手挈其头曰："闻君奏琴，不觉心开神悟，恍若暂生。"遂与共论音声之趣，辞甚清辩。谓中散曰："君试以琴见与。"乃弹《广陵散》，便从受之，果悉得。中散先所受引，殊不及。与中散誓，不得教人。天明，语中散："相与虽一遇于今夕，可以远同千载，于此长绝。"不胜怅然。（出《灵鬼志》）

倪彦思

吴时，嘉兴倪彦思，居县西埏里。有鬼魅在其家，与人语，饮食如人，唯不见形。彦思奴婢，有窃骂大家者，云"今当以语"。彦思治之，无敢詈之者。彦思有小妻，魅从求之。彦思乃迎道士逐之。酒殽既设，鬼乃取厕中草粪，布著其上。道士便盛击鼓，召请诸神。魅乃取虎伏，于神座上吹作角声音。有顷，道士忽觉背上冷，惊起解衣，乃伏虎也。于是道士罢去。彦思夜于被中，窃与妪

嵇康

嵇康在灯下弹琴，忽然来了一个人，一丈多长，穿着黑色的单衣，腰间的绶带是皮革的。嵇康仔细地打量着他，于是吹灭烛火说："我以和魑魅争夺火光为耻。"他曾经有一次走在路上，距离洛阳几十里的地方，有一个亭子叫月华亭，在这个亭子里投宿，这个亭子以前经常杀人。嵇康性情潇洒，一点也不害怕。到了一更的时候，他弹起了古琴，先是弹了各种曲调，高唱雅正之乐，空中传来了叫好声。嵇康抚弄着琴弦喊道："你是什么人？"回答说："我是以前的人，在这里死去，听你弹琴，音调和乐曲清雅和谐，这是以前我喜欢的，所以来这里听。我的身体很不幸没有得到应有的埋葬，形体已经被摧残，不适合和你见面，但是我喜欢你的琴声，想要和你相见，请你不要惊怪憎恶，你再弹几支曲子吧！"嵇康又为他弹琴，鬼和着曲子打着节拍。嵇康说："夜已经深了，你为什么还不出来呢？你的长相，又有什么值得计较的呢？"于是他就用手拿着头说："听您弹琴，会让我不经意间心旷神怡，就好像又活过来了一样。"于是和他一起谈论琴声中的意趣，他的言辞很清晰明辨。对嵇康说："你试着把琴给我。"于是弹了一曲《广陵散》。嵇康听了便要求鬼教授他，果然就全教给他。嵇康之前曾经学过，但远不如鬼弹得好。鬼让嵇康发誓，不能教给别人。天亮了，他对嵇康说："我们相处虽然只有今晚，但是友情可以长远到千年，就在这儿永别吧。"说完，两个人心中都十分惆怅悲伤。（出《灵鬼志》）

倪彦思

吴时嘉兴地区有个人叫倪彦思，住在县城西面的西埏里，有只鬼魅在他家里，它和人说话，吃饭和人一样，只是看不见它的身形。倪彦思的女婢偷偷骂主人时，鬼魅就说："我现在就告诉主人。"倪彦思听了后就惩治她们，之后就没有敢偷骂主人的了。倪彦思有一个小妾，鬼魅总是缠着她。倪彦思于是请了道士回家驱逐它。酒菜都已经准备好了，鬼于是取来厕所中的粪，放在菜上。道士使劲敲鼓语，共患此魅。魅即屋梁上，谓彦思曰：“汝与妇道吾，吾今当截汝屋梁。”即隆隆有声。彦思惧梁断，取火照视，魅即灭火，截梁声愈急。彦思惧屋坏，大小悉遣出，更取火，视梁如故。魅大笑，问彦思：“复道吾不？”郡中典农闻之曰：“此神正当是狸物耳！”此魅即往谓典农曰：“汝取官若干百斛谷，藏著某处，为吏污秽，而敢论吾。今当白于官，将人取汝所盗谷。”典农大怖而谢之，自后无敢道。三年后去，不知所在。（出《搜神记》）

沈季

吴兴沈季，吴天纪二年，为豫章太守。白日，于厅上见一人，著黄巾练衣，自称汝南平与许子将，求改葬，倏然不见。季求其丧，不知所在，遂招魂葬之。（出《豫章记》）

糜竺

糜竺用陶朱公计术，日益亿万之利，赀拟王侯，有宝库千间。竺性能振生死，家马厩屋侧，有古冢，中有伏尸。竺夜寻其泣声，忽见一妇人，袒背而来，云：“昔汉末为赤眉所发，扣棺见剥，今袒肉在地，垂二百余年，就将军求更深埋，并乞弊衣自掩。”竺即令为石椁瓦棺。设祭既毕，以青布裙衫，置于冢上。经一年，行于路曲，忽见前妇人葬所，青气如龙蛇之形。或有人问竺曰：“将非龙呼唤各位神灵，它就拿起一个滚轮，在神座上吹出了角声。过了一会儿，道士忽然觉得背部发冷，惊吓得起身解开了衣服，发现是滚轮，于是道士只好作罢离开了。倪彦思夜间在被子里，偷偷和妻子商量共同除去这只鬼魅。它就在屋梁上对倪彦思说："你和你妻子说我，我现在就截断你的房梁。"房梁上立刻传来了轰隆隆的声音。倪彦思害怕房梁断了，拿来烛火照向屋梁，它立即把烛火吹灭了，并且截断房梁的声音频率越来越快。倪彦思害怕屋子坏了，就让家中老小全部躲出去了，再次点起烛火，看屋梁还是像以前一样。那只魑魅大笑问倪彦思："你还说不说我了？"郡县里的典农官听说之后说："这个神怪应该是狐狸。"它立即前往对典农官说："你盗取了千百斛官粮，藏在某个地方，作为官吏贪污，还敢议论我。我现在应该把这一切告诉官府，让人搜出你偷盗的官粮。"典农官大为害怕，连忙谢罪，在这以后再不敢偷盗。三年后它离开了，不知道到哪里去了。（出《搜神记》）

沈季

吴兴地区有一个人叫沈季，吴时天纪二年，被任为豫章太守，白天的时候，在厅堂上看见一个人，穿着绸衣戴着黄色头巾，自己说自己是汝南平兴的许子将，请求将他的坟地改迁。说完突然就不见了。沈季寻找他的丧葬地，不知道在哪里，于是设祭坛招魂将他安葬了。（出《豫章记》）

縻竺

縻竺用陶朱公的经商之道，每天都会增加亿万的利润，他的资产比得上王侯之家，有一千间宝库。縻竺天生能够消除阴阳界限。他家马厩旁有一间古墓，古墓中有一具尸体。縻竺夜里面听到哭泣的声音，忽然看见一个妇女，裸露着脊背走来，说："我的墓在汉代末年被赤眉军发掘，他们把我的棺材倒扣让我袒露肉体躺在地上，接近两百年，前来请求将军把我埋得更深，并请求给我一件衣服用来怪耶？”竺乃疑此异，乃问其家童，云：“时见青芦杖，自然出入于门，疑其神也，不敢言。”竺为性多忌，信厌术之士，有言中忤，即加刑戮，故家童不言。竺赀货如丘山，不可算记，内以方诸为具。及大珠如卵，散满于庭，故谓之宝庭，而外人不得窥。

数日，忽见有青衣童子数人来云：“糜竺家当有火厄，万不遗一。赖君能恻愍枯骨，天道不辜君德，故来禳却此火，当使君财物不尽。自今已后，亦宜自卫。”竺乃掘沟渠，周绕其库内。旬日，火从库内起，烧其珠玉，十分得一，皆是阳燧得旱烁，自能烧物也。火盛之时，见数十青衣童子来扑火，有青气如云，覆火上即灭。童子又云，多聚鹳乌之类以禳灾，鹳能聚水巢上也。家人乃收集鵁鶄数千头，养于池渠之中，厌火也。竺叹曰：“人生财运有限，不得盈溢。”竺惧为身之患，时三国交兵，军用万倍。乃输其珍宝车服，以助先主。黄金一亿斤，锦绮绣毡罽，积如丘山，騣马千匹。及蜀破后，无所有，饮恨而终。（出《王子年拾遗记》）

王弼

王弼注《易》，辄笑郑玄为儒，云：“老奴无意。”于时夜分，掩盖裸露的身体。”麋竺立刻派人为她做了石椁和瓦棺，摆设祭礼完成后，将青色的布帛裙衫，盖在她的墓上。过了一年，行走到路转弯的地方，忽然看见之前妇女埋葬的处所，上面环绕的青色雾气就像龙蛇的形状。有人问麋竺说：“刚刚的是不是龙怪？”麋竺也非常疑惑这个奇异景象的产生，于是问他的家仆，回答说：“时常看见一根青芦杖，自然地进出墓地的门，怀疑是神灵，但不敢说。”麋竺生性多疑忌，会听信谗言，如果有人的话中有忤逆的成分，就会立即严刑拷打，所以他家的家仆没有说。麋竺的资产堆得像山丘一样，不能够计算，家里人用在月下承露取水的器物作为工具盛放像鸡蛋一样大的珍珠，直到布满了一院子。所以称它为“宝庭”，但外人是不能看的。

几天后，忽然看见有几个身穿青衣的童仆来说：“麋竺家将要发生火灾，所有的东西都会被烧毁。全赖你可以怜悯枯骨，上天不辜负你的阴德，所以派我们来救火，让你的财产不至于烧光。从今天以后，你也应当自我防护。”麋竺于是围绕他的库房一周挖了防火的沟渠，十几天后，火从库房内烧起来了，烧得他的珠宝只剩了十分之一。这是因为阳光太强烈造成干旱，以至于晒了很久的东西本身就能够自燃。火光非常旺盛的时候，看见几十个穿着青衣的童子前来救火，有像云一样的青气覆盖到火上，火就熄灭了。童子又说：“多聚集鹳雀之类的禽类可以消灾，因为鹳雀可以把水聚集在窝里。”于是仆人们收集了几千只鹳雀，把它们养在池子里，用来防火。麋竺感叹说：“人生的财运是存在限度的，不能够超出。”麋竺害怕招来杀身之祸，当时三个国家交战，军费比平时超出了太多。于是麋竺将他家的珍宝、车子、服装送给军队，来帮助刘备。他总共进献了黄金一亿斤，堆积如山的绸缎罗绮、刺绣地毯和上千匹骏马。等到蜀国灭亡，他已经一无所有，含恨而终。（出《王子年拾遗记》）

王弼

王弼注解《易经》的时候，经常嘲笑郑玄是儒生，说：“这个老忽闻外阁有著屐声，须臾便进，自云郑玄，责之曰："君年少，何以轻穿凿文句，而妄讥诋老子也。"极有忿色，言竟便退。弼恶之，后遇疠而卒。

陈仙

吴时，陈仙以商贾为事。驱驴行，忽过一空宅，广厦朱门，都不见人。仙牵驴入宿，至夜，闻有语声："小人无畏，敢见行灾。"便有一人，径到仙前，叱之曰："汝敢辄入官舍。"时笼月暧昧，见其面上黡深，目无瞳子，唇褰齿露，手执黄丝。仙既奔走后村，具说事状。父老云："旧有恶鬼。"明日，看所见屋宅处，并高坟深隧。（出《幽明录》）

胡熙

吴左中郎广陵相胡熙，字元光。女名中，许嫁当出，而欻有身，女亦不自觉。熙父信，严而有法，乃遣熙妻丁氏杀之，欻有鬼语腹中，音声啧啧曰："何故杀我母，我某月某日当出。"左右惊怪，以白信。信自往听，乃舍之。及产儿遗地，则不见形，止闻儿声，在于左右。及长大，言语亦如人，熙妻别为施帐。时自言，当见形，使姥见。熙妻视之，在丹帷裹，前后钉金钗，好手臂，善弹琴。时问姥及母所嗜欲，为得酒脯枣之属以还。母坐作衣，儿来抱膝缘背数戏，中不耐之，意窃怒曰："人家岂与鬼子相随！"即于旁怒曰："就母戏耳，乃骂作鬼子。今当从母指中，入于母腹，使母知之。"中指即直而痛，渐渐上入臂髀，若有贯刺之者。须臾欲死，家伙并不了解《易经》的真意。”在这天的夜间，忽然听见外间屋子里有明显的脚步声，不一会儿就进来了，自己说自己是郑玄，责怪他说：“你年纪还小，为什么轻易注解，穿凿附会，还狂妄地讥笑挖苦我呢！”脸上的怒色很盛，说完就离开了。王弼十分嫌恶他，后来碰到瘟疫病死了。

陈仙

吴时，陈仙在外经商，赶着驴往前走，忽然经过一座已经废弃的房屋，高大的房屋红色的大门，周围一个人也看不见。陈仙牵着驴进去借宿，到夜里，听见有说话的声音：“这个人胆子真大，竟然不怕惹上灾祸。”这时候有一个人，径直走到陈仙面前，呵斥他说：“你怎么敢闯入我的官舍？”当时月色朦胧，看见他的脸上非常黑，他的眼里面没有眼珠子，嘴唇翻起，牙齿露在外面，手里面拿着黄绳子。陈仙立刻奔向后面的村子，详细地告诉人们他所见到的情状。村中人说：“以前那里有恶鬼。”第二天，看见之前见到屋子的地方，排列着坟墓。（出《幽明录》）

胡熙

吴时的左中郎广陵相胡熙，字元光。他的女儿名字叫胡中，已经许给了别人家，正在待嫁中，却突然有了身孕。他的女儿也没有发现。胡熙的父亲胡信，执行家规严厉而有法度，于是派胡熙的妻子丁氏去杀她，忽然胡中的肚子里有鬼在说话，惊叹道：“你们为什么杀我的母亲？我在某月某日就会出生了。”她身边的人感到特别惊异，把见到的告诉了胡信。胡信亲自前往听到后，才打消了杀胡中的念头。等到孩子呱呱坠地，没看到它的身形，只能听见孩子的声音在他们的身边。等到孩子长大了，它的声音和说话都像人一样，胡熙的妻子特别给它布置了床帷。它时常说，应该现出身形，让姥姥看看。胡熙的妻子一看，它在一块红布里，前后缀着金钗，长了一双很好看的手臂，擅长弹琴。它经常问姥姥和母亲喜欢什么，带来酒食之类的

熙妻乃设馔，祝请之，有顷而止。（出《录异传》）

鲁肃

孙权病，巫启云："有鬼著绢巾，似是故将相，呵叱初不顾，径进入宫。"其夜，权见鲁肃来，衣巾悉如其言。（出《幽明录》）

东西报答她们。它的母亲坐着缝补衣服，它就抱着她的膝盖、爬上她的背，几次三番地嬉戏玩耍，胡中不耐烦，暗中生了怒意，说："人怎么能够和鬼孩子在一起。"它在一旁生气地说："我不过和母亲玩玩，你就责骂我是鬼孩子，我现在就从你的手指中，爬到你的肚子里，让你知道什么是鬼孩子。"胡中的手指立刻僵直疼痛起来，渐渐地它爬上了手臂和大腿，就像有人贯穿身体一样，一会儿胡中便疼得要晕死过去，胡熙于是摆了祭祀的物品，向它祷告，过了一会儿，疼痛停止了。（出《录异传》）

鲁肃

孙权生病了，有一个巫师前来禀告说："有一个鬼带着绢做的头巾，像是已故的将军，一开始喊他没有回头，径直走入了宫殿。"这天夜里，孙权看见鲁肃前来。所穿的衣服和戴着的头巾都像巫师说的一样。（出《幽明录》）

卷第三百一十八　鬼三

陆　机

陆机初入洛，次河南。入偃师，时阴晦，望道左，若有民居，因投宿。见一少年，神姿端远，置《易》投壶。与机言论，妙得玄微。机心伏其能，无以酬抗，既晓便去。税骖逆旅，逆旅妪曰："此东十数里无村落，有山阳王家冢耳。"机往视之，空野霾云，拱木蔽日。方知昨所遇者，信王弼也。（出《异苑》）

赵伯伦

秣陵人赵伯伦，曾往襄阳。船人以猪豕为祷，及祭，但狏肩而已。尔夕，伦等梦见一翁一姥，鬓首苍素，皆著布衣，手持桡楫，怒之。明发，辄触沙冲石，皆非人力所禁。更施厚馔，即获流通。（出《幽明录》）

朱　彦

永嘉朱彦，居永宁。披荒立舍，便闻弦管之声，及小儿啼呼之音。夜见一人，身甚壮大，吹杀其火。彦素胆勇，不以为惧，即不移居，亦无后患。（出《异苑》）

陆机

陆机第一次去洛阳，到河南的时候，先进入偃师，当时天色昏暗，看见道路的左边，像是有人居住，因此前去投宿。看见一个少年，长相端正，神采超然，身边放着《易经》，正在玩投壶，和陆机谈论义理，玄妙而深奥。陆机心中十分佩服他的能力，因没办法和少年相对抗，天亮后就离开了。在旅馆解下骖马，旅馆的老妇说："在旅馆往东十几里的地方没有村庄，有的是山阳王家的坟墓罢了。"陆机前往检视，空旷的原野，空中的黑云，垂拱的树木遮蔽了太阳。这才知道昨天遇见的人，是王弼。(出《异苑》)

赵伯伦

赵伯伦，是秣陵人，曾经去过襄阳。看见船上的人用猪肉作祝祷，等到祭祀的时候，只剩下猪的肩了。这天夜晚，赵伯伦等人梦见一个老翁和一个老妇，两鬓和头发都是灰白的，穿着布做的衣服，手中拿着船桨，非常愤怒。第二天出发后，船时常碰到礁石，都不是人能够控制的。他们只好摆上更为丰厚的祭品，不久船的行驶就顺利起来。(出《幽明录》)

朱彦

朱彦，是永嘉人，住在永宁。开发了荒地，建了一间房屋，便听见有音乐和小孩子啼哭的声音。夜里面看见一个人，身体特别强壮，把他生的火吹灭了。朱彦向来胆子非常大，这种状况并没有让他很害怕，也不腾出地方给他，结果也没有什么事。(出《异苑》)

桓回

并州祭酒桓回，以刘聪建元三年，于途遇一老父。问之云：“有乐工成凭，今何职？我与其人有旧，为致清谈，得察孝廉。君若相见，令知消息。”回问姓字，曰：“我吴郡麻子轩也。”言毕而失。回见凭，具宣其意，凭叹曰：“昔有此人，计去世近五十年。”中郎荀彦舒闻之，为造祝文，令凭设酒饭，祀于通衢之上。（出《异苑》）

周子长

周子长，居武昌五大浦东冈头。咸康三年，子长至寒溪中嵇家，家去五大数里，合暮还五大，未达。先是空冈，忽见四匝瓦屋当道，门卒便捉子长头，子长曰：“我佛弟子，何足捉我？”吏曰：“若是佛弟子，能经呗不？”子长先能诵《四天王》及《庶子经》。诵之三四过，捉故不置，便骂之曰：“武昌痴鬼，语汝，我是佛弟子，为汝诵经数偈，故不放人。”捉者便放，不复见屋，鬼故逐之。过家门前，鬼遮不得入，亦不得作声。而将鬼至寒溪寺中过，子长便擒鬼胸云：“将汝至寺中和尚前。”鬼擒子长胸，相拖渡五丈塘，西行。后鬼谓捉者曰：“放为，西将牵我入寺中。”捉者曰：“已擒不放。”子长复为后者曰：“寺中正有秃辈，乃未肯畏之？”后一鬼小语曰：“汝近城东逢秃时，面何以败？”便共大笑。子长比达家，已三更尽矣。（出《灵鬼志》）

桓回

并州的祭酒桓回，在刘聪做皇帝时的建元三年，在路中遇到了一个老翁。就问他："有一个叫成凭的乐工，现在是什么职位？我和他是旧交，因为我将他清新淡雅的言论呈上去，所以他得以被推举孝廉。你如果见到他，让他知道我的消息。"桓回问老人的姓名，回答说："我是吴郡的麻子轩。"说完就消失了。桓回见到成凭的时候，具体述说了老人的意思，成凭感叹说："以前是有这样一个人，算来已经去世将近五十年了。"中郎荀彦舒听说后，为他写了一篇祭祝文，让成凭准备了祭祀的酒食，在大路口祭奠了老翁。（出《异苑》）

周子长

周子长居住在武昌五大浦东冈头，在咸康三年，他到寒溪的嵇家去，他的家离五大浦有几里路，等到暮色降临的时候回五大浦，还没有到家。之前空旷的山野，周围忽然出现几间瓦屋挡住了道路，看门的小兵上前抓住周子长的头，周子长说："我是佛门子弟，你凭什么抓我？"那个小兵说："如果你是佛家子弟，能诵经吗？"周子长先是背诵了《佛说四天王经》和《鹿子经》，背了三四遍，那个人还是抓着他的头，并没有放了他，于是就骂道："武昌的傻鬼，我已经告诉你，我是佛家弟子，已经为你背了好几遍经文，你为什么还是不放我？"抓他的人听到这里就放了他，瓦屋也不见了，但鬼还是在他后面追。走过他家门前，鬼堵住他家门口，他进不去，也不能够说话。于是他把鬼抓到了寒溪寺，周子长因此抓着鬼的胸口说："我要把你抓到庙里的和尚面前。"鬼也抓住周子长的胸口，他们俩相互拖着渡过五丈塘向西走。后面一个鬼对捉子长的那个鬼说："放了他吧，再往西走，我就被带到寺庙中了。"抓周子长的鬼说："我也被抓着，不能放。"周子长又对后面的鬼说："寺庙中可是有和尚，你难道不怕？"后面的鬼小声地说："你在靠近城东时碰见和尚的时候，脸色为什么变了呢？"他们听了后就一起大笑起来。周子长到家的时候，已经过了三更了。（出《灵鬼志》）

荀泽

颍川荀泽，以太元中亡。恒形见还，与妇鲁国孔氏，嬿婉绸缪，遂有娠焉。十月而产，产悉是水。别房作酱，泽曰：“我知丧家不当作酱，而故为之。今上官责我数豆粒，致令劬不复堪。”经少时而绝。（出《异苑》）

桓轨

桓轨，太原中为巴东太守，留家江陵。妻乳母姓陈，儿道生，随轨之郡，堕濑死。道生形见云：“今获在河伯左右，蒙假二十日，得暂还。”母哀至，轨有一黑乌，以翅掩其口，舌上遂生一瘤，从此便不得复哭。（出《异苑》）

朱子之

东阳郡朱子之，有一鬼，恒来其家。子之儿病心痛，鬼语之：“我为汝寻方。”云：“烧虎丸饮即差。汝觅大戟与我，我为汝取也。”其家便持戟与鬼，鬼持戟去，须臾还。放戟中庭，掷虎丸著地，犹尚暖。（出《齐谐记》）

杨羡

孝武帝太元末，吴县杨羡，有一物似猴，人面有发。羡每食，鬼恒夺之。羡妇在机织，羡提刀杀鬼，鬼走向机，妇形变为鬼，羡因斫之。见鬼跳出，抚掌大笑。鬼去，羡始悟。视妇成十余段，妇妊身殆六月，腹内儿发已生，羡惋痛而死。（出《广古今五行记》）

荀泽

颍川的荀泽在太元年间就去世了。他常常现出自己的身形，和他的妻子鲁国孔氏继续缠绵欢好，因此他的妻子怀孕了。十个月之后就生产了，生下来的都是水。她家别的房间都在做酱。荀泽说："我知道自己已经死了，家里不该做酱，但是你们还是做了。现在天官责令我数豆粒，让我十分疲惫。"过了一段时间，他的鬼魂就不再来了。（出《异苑》）

桓轨

桓轨在太元年间担任巴东太守，把自己的家眷留在江陵。他妻子的奶妈姓陈，和他的儿子道生一起跟随桓轨上任，坠下水被淹死了。后来道生现出身形说："我现在陪伴在河伯身边，他给了我二十天假期，因此我可以暂时回来。"他的母亲特别伤心，桓轨有一只黑鸟，用翅膀捂住她的嘴巴，因此她的嘴巴上长了一个瘤，自此以后就不能再哭了。（出《异苑》）

朱子之

朱子之，是东阳郡人。有一个鬼，经常来他家。朱子之的儿子得了心痛症，鬼告诉他："我替你寻找药方。"并说："将虎丸做成汤就可以治好。你找一个大戟给我，我给你取来。"他的家人于是就拿了一个大戟给他，鬼拿着大戟就离开了，过了一会儿就回来了。把大戟放在庭院中，把虎丸扔在地上，那虎丸还是温热的。（出《齐谐记》）

杨羡

孝武帝太元末年，吴县有一个杨羡，他家有一个像猴子的鬼，长着人的脸，有头发。杨羡每次吃饭的时候，鬼总是把它夺过来。杨羡的妻子在织布，杨羡提着刀去杀鬼，鬼往织机的方向走，他妻子的身形变成了鬼，杨羡因此砍向她，却看见鬼跳出来，拍着手大笑。鬼离

王肇宗

太原王肇宗病亡，亡后形见，于其母刘及妻韩共语。就母索酒，举杯与之。曰："好酒。"语妻曰："与卿三年别耳。"及服终妻疾，曰："同穴之义，古之所难。幸者如存，岂非至愿。"遂不服药而殁。（出《述异记》）

张 禹

永嘉中，黄门将张禹，曾行经大泽中。天阴晦，忽见一宅门大开，禹遂前至厅事。有一婢出问之，禹曰："行次遇雨，欲寄宿耳。"婢入报之，寻出，呼禹前。见一女子，年三十许，坐帐中，有侍婢二十余人，衣服皆灿丽。问禹所欲，禹曰："自有饭，唯须饮耳。"女敕取铛与之，因燃火作汤，虽闻沸声，探之尚冷。女曰："我亡人也，冢墓之间，无以相共，惭愧而已。"因歔欷告禹曰："我是任城县孙家女，父为中山太守，出适顿丘李氏。有一男一女，男年十一，女年七岁。亡后，李氏幸我旧使婢承贵者。今我儿每被捶楚，不避头面。常痛极心髓，欲杀此婢。然亡人气弱，须有所凭，托君助济此事，当厚报君。"禹曰："虽念夫人言，缘杀人事大，不敢承命。"妇人曰："何缘令君手刃？唯欲因君为我语李氏家，说我告君事状。李氏念惜承贵，必作禳除。君当语之，自言能为厌断之法。李氏闻此，必令承贵莅事，我因伺便杀之。"禹许诺。及明而出，遂语李氏，具以其言告之。李氏惊愕，以语承贵。大惧，遂求救于禹。既而禹见孙氏自外来，侍婢二十余人，悉持刀刺开了，杨美才知道自己做了什么。看着被砍成十几段的妻子，他的妻子已经怀胎六月，她肚子里的孩子的头发已经长出来了，杨美十分悲痛，哀叹着死去了。（出《广古今五行记》）

王肇宗

太原的王肇宗因为生病去世了，去世以后现出自己的身形，和他的母亲刘氏和妻子韩氏一起说话，向他的母亲要酒喝，母亲举起杯子给他倒了酒。说："好酒。"对他的妻子说："和你分别三年罢了。"等到服丧三年结束，他的妻子生病了，说："夫妻同穴，自古以来就很难做到。如果存在，这难道不是最大的愿望吗？"于是不吃药而离世。（出《述异记》）

张禹

永嘉年间，黄门将张禹外出曾经路过一片大湖。当时天色阴暗，忽然看见一家的大门大开着。张禹于是上前走到厅堂上。有一个婢女出来询问他，张禹说："走到这里遇到下雨，想在这里寄宿。"婢女离开去禀报，不久就出来了，招呼张禹走上前去。张禹看见一个女子，大概三十岁，坐在帷幕中，周围有二十多位婢女，她们穿的衣服都很华丽。问张禹想要什么，张禹说："我自己带了吃的，只是想要点喝的。"婢女让人拿来锅给他，并点燃火煮汤，虽然听到了水沸腾的声音，但是摸上去却是冷的。那个女子说："我是已经去世的人，这坟墓的中间，没什么和人间一样的，只剩下惭愧了。"因此哀咽着告诉张禹："我是任城县孙家的女儿，我的父亲是中山太守，我嫁给顿丘的李氏为妻，生了一男一女，男孩子十一岁了，女孩子七岁了。我去世后，李氏又娶了我以前的婢女，叫承贵，现在我的孩子每次都被她痛打，她从来不避开头和脸。我经常恨极了她，想要杀了这个婢女。但是已经去世的人气息很弱，需要有所依附，想要拜托你帮助我完成这件事，我一定会重重地报答你。"张禹说："我虽然很同情夫人所说的，但是因为杀人的事影响太重大，我不敢答应你。"那个女子

承贵，应手扑地而死。未几，禹复经过泽中，此人遣婢送五十匹杂彩以报禹。（出《志怪》）

邵公

邵公者，患疟，经年不差。后独在墅居，痁作之际，见有数小儿，持公手足。公因阳瞑，忽起，捉得一小儿，化成黄鹢，其余皆走。仍缚以还家，悬于窗，将杀食之。及曙，失鹢所在，而疟遂愈。于时有患疟者，但呼邵公即差。（出《录异传》）

吴士季

嘉兴令吴士季者，曾患疟。乘船经武昌庙过，遂遣人辞谢，乞断疟鬼焉。既而去庙二十余里，寝际，忽梦塘上有一骑追之，意甚疾速，见士季乃下。与一吏共入船后，缚一小儿将去，既而疟疾遂愈。（出《录异传》）

周子文

元帝末，谯郡周子文，小字阿鼠，家在晋陵郡延陵县。少时猎说："哪里是让你亲自杀了她？只是想要你替我告诉李家，说我告诉你的那些话，李氏爱惜承贵，一定会祭神除灾。这时你告诉他，你能够为她消灾。李氏听你这么说，一定会让承贵亲自参加祭祀，这时我就会伺机杀了她。"张禹答应了。等到天明，张禹走出坟墓，就将孙氏女告诉他的事详细地说给李氏听。李氏十分惊怪，把这件事又告诉了承贵。承贵特别害怕，于是向张禹求救。过了一会儿，张禹看见孙氏女从外面走过来，身边有二十多个婢女，都拿着刀刺向承贵，承贵被刺得倒地死去了。没过多久，张禹又经过那片大湖，这个女子派婢女送了五十匹各色丝织品来报答张禹。（出《志怪》）

邵公

邵公，一个患了疟疾的人，多年都没有治愈。后来一个人居住在别墅里，疟疾发作的时候，看见好几个小孩，抓着他的手脚。邵公因为太阳已经落下，忽然起身，抓住了一个小孩，这个小孩变成了一只黄鹢，其他的都逃走了。于是他把这只鸟绑回家，挂在窗子旁边，想要杀了吃。等到天亮的时候，那只黄鹢不在了，他的疟疾也好了。当时有患了疟疾的人，只要喊一声："邵公！"就可以立马痊愈。（出《录异传》）

吴士季

嘉兴有个县令叫吴士季，曾经得过疟疾。他坐船从武昌庙经过时，就让人到庙里祷告，希望能够赶走疟疾。然后在离开庙二十多里的地方，正在睡觉时，忽然梦见水塘上有人骑着马追他，感觉好像有急事，看见吴士季就下马了。他和一个官员一同进入船以后，那个官员绑了一个小孩走了，不一会儿吴士季的疟疾就治好了。（出《录异传》）

周子文

元帝末年，谯郡人周子文，小名叫阿鼠，家住晋陵郡延陵县，年射，常入山射猎，伴侣相失。忽山岫间见一人，长五尺许，捉弓箭。箭镝头广二尺许，白如霜雪。此人忽出唤曰："阿鼠！"子文不觉应诺。此人牵弓满，向子文，便伏，不能复动，遂不见此人。猎伴寻求子文，都不能语，舆还家，数日而卒。（出《广古今五行记》）

王恭伯

晋世王恭伯，字子升，会稽人，美姿容，善鼓琴。为东宫舍人，求假休吴。到阊门邮亭，望月鼓琴。俄有一女子，从一女，谓恭伯曰："妾平生爱琴，愿共抚之。"其姿质甚丽，恭伯留之宿，向晓而别。以锦褥香囊为诀，恭伯以玉簪赠行。俄而天晓，闻邻船有吴县令刘惠基亡女，灵前失锦褥及香囊。斯须，有官吏遍搜邻船，至恭伯船，获之，恭伯惧，因述其言："我亦赠其玉簪。"惠基令检，果于亡女头上获之。惠基乃恸哭，因呼恭伯以子婿之礼。其女名稚华，年十六而卒。（出邢子才《山河别记》）

李经

桂阳人李经，与朱平带戟逐焉。行百余步，忽见一鬼，长丈余，止之曰："李经有命，岂可杀之？无为，必伤汝手。"平乘醉，直往经家，鬼亦随之。平既见经，方欲奋刃，忽屹然不动，如被执缚，果伤左手指焉。遂立庭间，至暮，乃醒而去。鬼曰："我先语汝，云何不从？"言终而灭。（出《幽明录》）

少的时候喜欢打猎，经常到山里打猎，有一次和同伴走散了，忽然在山间看见一个人，身高五尺多，手拿弓箭，箭头宽两尺左右，颜色像霜雪一样白。这个人忽然出声喊道："阿鼠！"周子文不经意间答应了。这个人因此将拉满的弓箭对准周子文，周子文立刻趴下，不能够再动弹，然后这个人就不见了。和他一起打猎的同伴找到了周子文，但是他已经不能说话了，他们将他抬回家，几天后就去世了。（出《广古今五行记》）

王恭伯

晋代的世家中有一位王恭伯，字子升，是会稽人，容貌俊秀，擅长弹琴。他是东宫舍人，请假回到吴地休息，到阊门驿站的亭子中，看着月亮弹琴。过了一会儿，有一个女子带着一位侍女，对王恭伯说："我生性喜欢弹琴，希望能和你一起弹琴。"那个女子的容貌特别美丽，王恭伯留她一起住，等快到天亮时分别。那个女子赠给他一个锦褥、一个香囊作为道别的礼物，王恭伯赠给她一支玉簪作为送行的礼物。过了一会，天亮了，听说旁边的船上有吴县令刘惠基已经去世的女儿，她的灵位前少了一个锦褥、一个香囊。过了一会儿，有官员到旁边的船上搜查，搜到王恭伯的船的时候，搜到了，王恭伯特别害怕，于是详细说了这件事并说："我也赠了她玉簪。"刘惠基让人前去检视，果然在已经去世的女儿的头上得到了。刘惠基于是大哭，因此召请王恭伯完成了女婿的礼节。他的女儿叫刘稚华，十六岁就去世了。（出刑子才《山河别记》）

李　经

李经，贵阳人，被朱平拿着戟追赶，跑了一百多步，忽然看见一个鬼，身长一丈多，拦住朱平说："李经的寿命还有，怎么能杀他呢？如果你不停手，我一定会让你的手受伤。"朱平乘着醉意，径直往李经家走去，鬼见状也跟着他。朱平见到李经后，刚刚想举起刀，忽然就站在那里动弹不了，像是被绑起来一样，果然，他的左手手指受

谢邈之

谢邈之为吴兴郡，帐下给使邹览，乘樵船在部伍后。至平望亭，夜风雨，前部伍顿住。览露船，无所庇宿，顾见塘下有人家灯火，便往投之。至有一茅屋，中有一男子，年可五十，夜织薄。别床有小儿，年十岁。览求寄宿，此人欣然相许。小儿啼泣歔欷，此人喻止之不住，啼遂至晓。览问何意，曰："是仆儿，其母当嫁，悲恋故啼耳。"将晓览去，顾视不见向屋，唯有两冢，草莽湛深。行逢一女子乘船，谓览曰："此中非人所行，君何故从中出？"览具以昨夜所见事告之，女子曰："此是我儿，实欲改适，故来辞墓。"因哽咽。至冢号咷，不复嫁。（出《录异传》）

彭虎子

彭虎子，少壮有膂力，常谓无鬼神。母死，俗巫诫之云："某日殃煞当还，重有所杀，宜出避之。"合家细弱，悉出逃隐，虎子独留不去。夜中，有人排门入，至东西屋，觅人不得。次入屋，向庐室中，虎子遑遽无计，床头先有一瓮，便入其中，以板盖头。觉母在板上，有人问："板下无人耶？"母云："无。"相率而去。（出《稽神录》）

伤了。于是就这样站在庭院中，到了傍晚才醒过来离开了。鬼说：“我事先已经告诉你了，你为什么不听呢？”话刚说完就消失了。（出《幽明录》）

谢邈之

谢邈之要到吴兴郡上任，他的属下有个给使叫邹览，乘坐装柴的船跟在大部队的后面，船走到平望亭的时候，夜间刮起风，下起了雨，前面的队伍停住了。邹览在船上露宿，没有投宿的地方，回头看见塘下的村庄里有灯火，就前往借宿。到了一茅屋前，看见里面有一个男子，大概五十岁，夜间在编薄席，另外一张床上有一个十岁的小孩子。邹览前去请求让自己借宿，这个人很高兴地答应了。小孩子一直在哭，这个人怎么哄也不能让他停止哭泣，一直哭到快要天亮。邹览问他小孩子为什么哭，他说：“这个是我的儿子，他的母亲要改嫁，他舍不得，所以一直哭。”天快亮的时候邹览离开了，回头看的时候没再看见之前的茅屋，只有两个坟墓，野草长得特别深，路上遇见一个乘船的女子，对邹览说：“这里面不是人走的，你为什么从里面走出来？”邹览把昨晚看到的事情详细地告诉了那个女子，那个女子哽咽着说：“这是我的儿子啊，我想要改嫁，所以来向他道别。”因此走到墓地嚎啕大哭，不再改嫁了。（出《录异传》）

彭虎子

彭虎子，正值青年，非常有力，经常说世间没有鬼神。他的母亲去世了，巫师告诫他：“某日殃煞要到你家来，有人他就杀，你应该离开家躲一下。”他的全家都逃出去藏起来了，只有彭虎子一个人留下没有离去，夜间，有人推开门进来了，走到东边和西边的屋子，想找人但找不到。又进屋的时候，前往卧室，彭虎子非常害怕，他实在没有办法，看见床头有一个瓦罐，就躲了进去，把板盖在头上。感觉母亲在板上，有人问她：“板下面没人吗？”他的母亲回答说：“没有。”于是就领着他们走了。（出《稽神录》）

司马恬

邓艾庙在京口，止有一草屋。晋安北将军司马恬，于病中梦见一老翁曰："我邓公，屋舍倾坏，君为治之。"后访之，乃知艾庙，为立瓦屋。隆安中，有人与女子会于神座上，有一蛇来，绕之数四匝。女家追寻见之，以酒脯祷祠，然后得解。（出《幽明录》）

阮德如

阮德如，尝于厕见一鬼，长丈余，色黑而眼大，著白单衣，平上帻，去之咫尺。德如心安气定，徐笑而谓之曰："人言鬼可憎，果然。"鬼赧而退。（出《幽明录》）

陈庆孙

颍川陈庆孙家后有神树，多就求福，遂起庙，名"天神庙"。庆孙有乌牛，神于空中言："我是天神，乐卿此牛，若不与我，来月二十日，当杀尔儿。"庆孙曰："人生有命，命不由汝。"至日，儿果死。复言："汝不与我，至五月杀汝妇。"又不与，至时，妇果死。又来言："汝不与我，秋当杀汝。"又不与，至秋，遂不死。鬼乃来谢曰："君为人心正，方受大福。愿莫道此事，天地闻之，我罪不细。实见小鬼得作司命度事干，见君妇儿终期，为此欺君索食耳，愿深恕亮。君录籍年八十三，家方如意，鬼神祐助。吾亦当奴仆相事。"遂闻稽颡声。（出《幽明录》）

司马恬

邓艾的祠庙在京口，庙只不过是一间草屋。晋代的安北将军司马恬，在生病期间梦到了一个老翁对他说："我是邓艾，我的祠庙坍塌了，你为我修整一下。"后来他前往询问，才知道是邓艾的祠庙，就为他盖了一间瓦屋。隆安年间，有一个男人和一个女子在庙的神座上会面，有一条蛇前来，绕了好几圈，女子的家人赶来看见了，用酒肉向神灵祈祷，然后他们才得以解脱。（出《幽明录》）

阮德如

阮德如曾经在厕所看见一只鬼，身高一丈多，皮肤很黑但是眼睛很大，穿着白色的单衣，戴着扁平的头巾，距离他只有一尺多。阮德如心平气和，微笑着对他说："人们说鬼的面目可憎，果真是这样。"鬼羞赧地退下了。（出《幽明录》）

陈庆孙

颍川的陈庆孙家后面有一棵神树，因为要迁就越来越多的祈福的人，所以就建了一座祠庙，叫天神庙。陈庆孙有头黑牛。神在天空中说："我是天神，喜欢你这头牛，如果你不给我，下个月的二十号，我就会杀你的儿子。"陈庆孙说："人生来是有自己的命数的，命数不是你掌控的。"等到那一天，他的儿子真的去世了。他又说："如果你不给我你的黑牛，我在五月会杀了你妻子。"又没有给他，到了五月，他的妻子果然去世了。那个天神再次前来说："如果你不给我，秋天的时候我就会杀了你。"还是没有给他，等到秋天的时候，却没有死。这时鬼跑过来向他赔罪说："你为人正直，不久会得到很大的福气，希望你不要告诉别人这件事，如果让天地听说了，我的罪可不小。我看见阴间管理人间寿命的小鬼，看见你的妻子和儿子的寿命期限，就拿这个骗你的吃喝。希望你能够饶了我。你在寿命簿上的年龄是八十三，家境刚刚十分如意，这是有鬼神的帮助。我很愿意给你做仆人。"于是陈庆孙听见了磕头的声音。（出《幽明录》）

甄冲

甄冲，字叔让，中山人，为云社令。未至惠怀县，忽有一人来通，云："社郎，须臾便至。"年少，容貌美净，既坐寒温，云："大人见使，贪慕高援，欲以妹与君婚，故来宣此意。"甄愕然曰："仆长大，且已有家，何缘此议？"社郎复云："仆妹年少，且令色少双，必欲得佳对，云何见拒？"甄曰："仆老翁，见有妇，岂容违越？"相与反覆数过，甄殊无动意。社郎有恚色，云："大人当自来，恐不得违尔。"

既去，便见两岸上有人著帻，捉马鞭，罗列相随，行从甚多。社公寻至，卤簿导从如方伯，乘马轝，青幢赤络，覆车数乘。女郎乘四望车，锦步障数十张，婢子八人，夹车前，衣服文彩，所未尝见。便于甄傍边岸上，张幔屋，舒荐席。社公下，隐膝几坐，白旃坐褥，玉唾壶。以玳瑁为手巾笼，捉白麈尾。女郎却在东岸，黄门白拂夹车立，婢子在前。社公引佐吏令前坐，当六十人，命作乐，器悉如琉璃。社公谓甄曰："仆有陋女，情所钟爱，以君体德令茂，贪结亲援。因遣小儿，已具宣此旨。"甄曰："仆既老悴，已有室家，儿子且大。虽贪贵聘，不敢闻命。"社公复云："仆女年始二十，姿色淑令，四德克备。今在岸上，勿复为烦，但当成礼耳。"甄拒之转苦，谓是邪魅，便拔刀横膝上，以死拒之，不复与语。社公大怒，便令呼三斑两虎来，张口正赤。号呼裂地，径跳上。如此者数十次，相守至天明，无如之何，便去。留一牵车，将从数十人，欲以迎甄。甄便移至惠怀上县中住，所迎车及人至门中。有一人著单衣帻，向之揖，于此便住，不得前。甄停十余日，方敢去。故见二人著帻捉马鞭，随至家。至家少日而染病，遂亡。（出《幽明录》）

甄冲

甄冲，字叔让，是中山县人，去云社县当县令。还没到惠怀县，忽然有一个人前来通报，说："社郎马上就来了。"社郎，年纪很轻，长得很英俊，坐下一番寒暄过后，说："我的父亲因为敬慕你，想要高攀，将我的妹妹嫁给你，所以派我来表明一下。"甄冲惊愕地说："我年纪很大了，并且已经成家了，为什么会有这种提议？"社郎又说："我的妹妹年纪很小，并且她长得风华绝代，一定会选一个好的配偶，你为什么会拒绝呢？"甄冲说："我已经是老翁，还有妻子，这怎么能僭越呢？"两人反复争论了几次，甄冲的心思一点也没有动摇。社郎脸上出现了怒意，说："我父亲会亲自前来，这你恐怕不能够违抗了。"

他离开后不久，就看见岸上有人戴着头巾，抓着马鞭，后面跟着排列整齐的随从，人数众多。社郎的父亲不久就到了，侍从和警卫看起来像是王侯，他乘着马车，青色的垂幔、红色的丝线，遮盖着好几辆车。女子们乘着四望车，周围有几十张锦质屏障，八个婢女来到车前，她们身上穿的衣服的色彩和图案，是甄冲以前没有见过的。她们在甄冲附近的岸边，搭建了营帐，摆开了座席。社郎的父亲走下了轿子，把自己的膝盖隐藏起来坐在桌子前，白色的座毯，玉质的痰盂。把玳瑁作为手巾笼，手里拿着白色的拂尘。女郎在东岸，黄门侍郎拿着白拂尘在车旁站着，婢女在她的前面。社郎的父亲让官员带来甄冲让他坐在前面，官员有六十人，命令他们演奏音乐，所有的乐器都像是用琉璃制作的。社郎的父亲对甄冲说："我有一个样貌丑陋的女儿，对你很是钟情，因为你先天德行很好，想要和你结婚，于是先前派我的儿子具体向你说明了这件事。"甄冲说："我年老体衰，已经成立了家室，儿子也已经很大了。虽然想要贪求您的聘亲，但实在不敢遵从命令。"社郎的父亲说："我的女儿才二十岁，姿容和温和之气，什么都已经具备，现在在岸上，请不要再让我烦扰，还是赶紧成婚吧！"甄冲见拒绝得越来越难，便认为他是鬼魅，于是把刀拔出来横放在膝盖上，誓死相拒，不再和社郎的父亲辩白。社郎的父亲特别愤怒，于是就唤来了两只三道斑纹的老虎，它们张开血盆大

口，呼啸的声音能使大地崩裂，上蹿下跳。就这样反复几十次，和甄冲相持到天亮，见不能拿他怎么样，就离开了。留下了一辆车和十几个侍从，想要接甄冲去。甄冲于是移到惠怀县的上一个县里居住，想接他的车和人也到了门前，有一个穿着单衣戴着帽子的人向他作揖："你们就在这里停下，不能再往前了。"甄冲停了十几天，才敢离开。不过，仍看见两个戴着头巾抓着马鞭的人跟着他到了家中。到家没几天就得病了，然后就去世了。（出《幽明录》）

卷第三百一十九 鬼四

张子长

晋时，武都太守李仲文，在郡丧女。年十八，权假葬郡城北。有张世之代为郡，世之男字子长，年二十，侍从在廨中。梦一女，年可十七八，颜色不常。自言前府君女，不幸早亡，会今当更生，心相爱乐，故来相见就。如此五六夕，忽然昼见，衣服薰香殊绝，遂为夫妻。寝息衣皆有洿，如处女焉。后仲文遣婢视女墓，因过世之妇相问。入廨中，见此女一只履，在子长床下，取之啼泣，呼言发冢。持履归，以示仲文。仲文惊愕，遣问世之："君儿何由得亡女履耶？"世之呼问，儿具陈本末，李张并谓可怪。发棺视之，女体已生肉，颜姿如故，唯右脚有履。子长梦女曰："我比得生，今为所发，自尔之后，遂死肉烂，不得生矣。万恨之心，当复何言？"泣涕而别。（出《法苑珠林》）

桓道愍

晋桓道愍，谯人也，隆安四年丧妇，内顾甚笃，缠痛无已。其年，夜始寝，视屏风上，见一人手。擎起秉炬，照屏风外，乃其妇

张子长

晋朝时有一个名叫李仲文的武都太守，在武都郡任职时失去了自己的女儿，他的女儿十八岁了，暂时被埋在郡城的北边。后来张世之暂代为郡守，张世之的儿子字子长，二十岁，当时在衙门中当侍从。梦见一个女子，年龄十七八岁，姿容特别美丽，不像是常人。说自己是前任郡守的女儿，不幸早死，恰逢现在快要生还，心中爱慕子长，所以就前来和他相见。就这样过了五六个夜晚，忽然在白天出现，她所穿的衣服和身上的香薰特别奇异，于是结为夫妻。每次夜间睡完觉后，她的衣服上都有血渍，就像处女一样。后来李仲文派婢女去看女儿的墓地，路过张世之家，因此走到张世之妻子面前询问，走进衙门，看见李仲文女儿的一只鞋，放在张子长的床下面，便拿在手中哭了起来，喊着说他们盗墓。拿着鞋子回到李家，把鞋子给李仲文看。李仲文特别惊讶，质问张世之说：“你的儿子怎么能拿到我女儿的鞋子呢？”张世之把自己的儿子叫来质问，张世之的儿子将事件的本末详细地告诉了他。李仲文和张世之都认为这件事很奇怪。打开棺盖检视，他女儿的身体已经长出了肉，容貌和以前一样，只是右脚穿着鞋。张子长梦见这个女子说：“我快要重生了，现在我的墓被你们挖掘了。从此以后，只能肉烂人死，不可能再重生了。我悲愤的心情，又该怎么说呢？”哭着和他道别。（出《法苑珠林》）

桓道愍

晋朝有一个谯州人叫桓道愍，在隆安四年，他的妻子去世了，夫妻的感情很好，因此他十分悲痛。过了一年，有一天夜里刚刚睡下，看见屏风上有一只人手，就拿起蜡烛，照向屏风的外面，发现是他的也。形貌妆饰具如生，道懋了不畏惧，遂引共卧。言语往还，陈叙存亡，道懋曰："卿亡来初无音影，今夕那得忽还？"答曰："欲还何极。人神道殊，各有司属，自由自任耳。新妇生时，差无余罪，止恒疑君怜爱婢使，以此妒忌之心，受报地狱，始获免脱。今当受生为人，故来与君别也。"道懋曰："当生何处？可得寻之不？"答曰："但知当生，不测何处。一为世人，无容复知宿命，何由相寻求耶？"至晓辞去，涕泗而别。道懋送至步廊下而归，已而方大怖惧，恍惚时积。（出《法苑珠林》）

周临贺

晋义兴人姓周，永和年中，出郭乘马，从两人行。未至村，日暮。道边有一新小草屋，见一女子出门望，年可十六七，姿容端正，衣服鲜洁，见周过，谓曰："日已暮，前村尚远，临贺讵得至？"周便求寄宿。此女为燃火作食。向一更，闻外有小儿唤阿香声，女应曰："诺。"寻云："官唤汝推雷车。"女乃辞行，云："今有事当去。"夜遂大雷雨。向晓女还，周既上马，看昨所宿处，止见一新冢，冢口有马尿及余草，周甚惊惋。至后五年，果作临贺太守。（出《法苑珠林》）

妻子。她的样子和装扮都和生前一样，桓道愍一点也不害怕，于是将她领到床上一起睡。你一言我一语，叙述生死离别的事。桓道愍说："自从你去世后一直没有任何音讯，今天晚上怎么忽然回来了？"他的妻子回答说："想要回来哪那么容易啊。人和神的道路是不同的，各自有各自的主管，是无法想做什么就做什么的。我在活着的时候，几乎没有任何罪过，只是怀疑过你怜爱婢女，因为这个而有嫉妒之心，在地狱接受惩罚，刚刚才被免除罪罚。现在我要转世重生为人了，所以才来和你道别。"桓道愍说："你在什么地方投胎？我能去找你吗？"妻子回答说："只是知道可以投胎，但不知道在什么地方，一旦成为人，就不会再知道前世的事情了，你还怎么找我呢？"等到天亮的时候离开，两人哭着道别。桓道愍送她到廊檐下才回来，过了一会儿才觉得特别恐惧，就像是很久以前的事了。（出《法苑珠林》）

周临贺

晋代有一个姓周的义兴人，在永和年间，骑着马和两个人一起出城。还没到村庄，天就黑了。道路旁有一间新建的小草屋，看见一个女子出门张望，年纪十六七岁，长相非常端正，身上穿的衣服干净鲜艳，看见姓周的人路过，对他说："天色已经晚了，前面的村子还远，临贺你怎么到这里来了？"他听后就请求借宿。这个女子为他们点火做饭。接近一更的时候，听见外面有小孩子叫阿香的声音，女子应声道："是！"不久就说："官人让你去推雷车。"这个女子于是向他们告辞，说："我现在有事要离开。"夜里下了一场大雷雨。快要天亮的时候，那个女子回来了，姓周的人已经上马，回头看昨天睡觉的地方，却只看见一座新坟，墓的出口处有马尿和没吃完的草。姓周的人大吃一惊，这以后五年，他果然做了临贺郡的太守。（出《法苑珠林》）

胡茂回

晋淮南胡茂回，能见鬼，虽不喜见，而不可止。后行至扬州，还历阳。城东有神祠，正值民将巫祝祀之。至须臾，有群鬼相叱曰："上官来。"各迸走出祠去。茂回顾，见二沙门来，入祠中。诸鬼两两三三相抱持，在祠边草中，望见沙门，皆有怖惧。须臾沙门去后，诸鬼皆还祠中。茂回于是精诚奉佛。（出《法苑珠林》）

阮 瞻

阮瞻素秉无鬼论。有一鬼通姓名，作客诣之，寒温，聊谈名理。客甚有才情，末及鬼神事，反覆甚苦。客遂屈之，仍作色曰："鬼神古今圣贤所共传，君何独言无？"即变为异形，须臾便灭。阮嘿然，意色大恶，年余病死。（出《幽冥录》）

临湘令

隆安初，陈郡殷氏为临湘令。县中一鬼，长三丈余，跂上屋，犹垂脚至地。殷入，便来命之。每摇屏风，动窗户，病转甚。其弟观亦见，恒拔刀在侧，与言争。鬼语云："勿为骂我，当打汝口破。"鬼忽隐形，打口流血。后遂喎偏，成残废人。（出《幽明录》）

顾 氏

吴中人姓顾，往田舍。昼行，去舍十余里，但闻西北隐隐。因举首，见四五百人，皆赤衣，长二丈，倏忽而至。三重围之，顾气奄

胡茂回

晋代的胡茂回能看见鬼，虽然他不喜欢看见鬼，但却不能阻止他见到鬼。后来走到扬州，回历阳的时候，城东有一座神祠，正赶上百姓在巫师的带领下祭祀。到那里没一会儿，就有一群鬼相互喊道：“大官来了。”他们各自逃窜出神祠。胡茂回回头一看，看见两个和尚来到这里，进入了神祠。那一群鬼，三三两两相互抱着，在神祠旁边的草中，看见和尚，都非常害怕。过了一会儿，和尚们走后，那一群鬼又回到了神祠中。胡茂回从此虔诚地供佛。（出《法苑珠林》）

阮瞻

阮瞻向来奉行无神论。有一个鬼和他互通姓名，来他家拜访做客，一番寒暄之后，谈论着名家的理论。这个客人十分有才华，到最后谈论到了鬼神的事，两人反复争论，相当激烈。客人想让他屈服，就怒气冲冲地说：“鬼神是古今的圣贤们共同传承的，为什么只有你说没有呢？”然后他立刻变出了不一样的形象，过了一会儿就消失了。阮瞻顿时沉默无言，脸色特别差，一年多后就病死了。（出《幽冥录》）

临湘令

隆安初年，陈郡的殷氏做了临湘县令。县里有一只鬼，身高三丈多，爬上屋顶，脚仍然能够垂到地上，殷氏一到县衙，他就来捣乱。每次都是摇屏风，晃窗户，还愈演愈烈。他的弟弟看见了，就一直拔刀站在他旁边，和他吵架。鬼说：“你不要再骂我了，再骂我就打烂你的嘴。”鬼忽然隐去了身形，打得他弟弟嘴角流血。后来他的嘴就歪了，成了残废。（出《幽明录》）

顾氏

吴地有个姓顾的人在白天回乡村的家去，在距离自己家十几里的地方，忽然听见西北方有窸窸窣窣的声音，于是抬头看，看见四五百奄不通，辗转不得。旦至晡，围不解。口不得语，心呼北斗。又食顷，鬼相谓曰：“彼正心在神，可舍去。”豁如雾除。顾归舍，疲极卧。其夕，户前一处，火甚盛而不燃，鬼纷纭相就。或往或来，呼顾谈，或入去其被，或上头而轻于鸿毛，开晨失。（出《幽明录》）

江州录事

晋桓豹奴为江州时，有甘录事著，家在临川郡治下。儿年十三，遇病死，埋著家东群冢之间。旬日，忽闻东路有打鼓倡乐声，可百许人，径到甘家，问：“录事在否？故来相诣。贤子亦在此。”止闻人声，亦不见其形也。乃出数罂酒与之，俄顷失去，两罂皆空。始闻有鼓声，临川太守谓是人戏，必来诣己。既而寂尔不到，闻甘说之，大惊。（出《幽明录》）

陈 素

晋昇平元年，剡县陈素家富，娶妇十年无儿。夫欲娶妾，妇祷祠神明，忽然有身。邻家小人妇亦同有，因货邻妇云：“我生若男，天愿也；若是女，汝是男者，当交易之。”便共将许。邻人生男，此妇后三日生女，便交取之。素忻喜，养至十三。当祠祀，家有老婢，素见鬼，云：“见府君家先人，来至门首便住。但见一群小人，来座所食啖此祭。”父甚疑怪，便迎见鬼人至。祠时转令看，言语皆同。素便人问妇，妇惧，且说言此事。还男本家，唤女归。（出《幽明录》）

个人，都穿着红色的衣服，身高两丈，突然就到了他面前，将他围了三层，顾氏觉得自己的气息微弱将绝，也转不了身。从早晨到下午，包围圈就没有散开。顾氏嘴里说不了话，心中在呼唤北斗神，又过了一顿饭的时间，鬼们互相说："这个人潜心拜神，应该放了他。"突然，包围他的鬼就像雾一样消散了。顾氏回到家，疲惫地躺在床上。这天晚上，他家窗户前的一个地方，火特别旺，但是不燃烧，鬼们纷纷凑在旁边，一会去一会来，招呼顾氏和他们谈话，有的还钻到他的被子里，有的在他头上，但他感觉轻如鸿毛，等到天亮的时候就消失了。（出《幽明录》）

江州录事

晋代的桓豹奴在做江州刺史的时候，有一位姓甘的录事，家乡在临川郡的治理下。他的儿子十三岁了，得病去世了。埋在家东面的一群墓地中。过了十几天，忽然听见东边的道路上有打鼓奏乐的声音，大约一百人，一直走到甘家，并问："甘录事在吗？特意前来拜访，他的儿子也在这里。"只能听见人的声音，但看不见他们的身形。于是拿出来两坛酒招待他们，过了一会儿就都消失了，两个坛子也空了。刚开始听得到有鼓声，临川太守认为是艺人演戏，一定会来拜访自己。但是过了一会儿还是非常安静，并没等到，听甘录事如此一说，大吃一惊。（出《幽明录》）

陈　素

晋代升平元年，剡县的陈素家境富裕，娶了一个妻子，但是十年没有儿子。丈夫想要纳妾，妻子就到祠庙里向神明祈祷，突然就有了身孕。他邻居一个矮子的妻子同时也有了身孕。于是就和邻居的妻子交易说："我如果生了男孩，是老天遂了我的心愿；如果我生了女儿，你生了男孩，你就和我交换。"那个人同意了。邻居家生了个男孩，陈素的妻子三天后生了个女儿，于是她俩就把孩子换过来了。陈素特别开心，将他养育到十三岁。碰到祭祀祖先的事，他家里有一个

胡 章

郯县胡章，与上虞管双，喜好干戈。双死后，章梦见之，跃刃戏其前，觉甚不乐。明日，以符贴壁。章欲近行，已泛舟理楫。忽见双来攀留之，云："夫人相知，情贯千载，昨夜就卿戏。值眠，吾即去。今何故以符相厌，大丈夫不体天下之理，我畏符乎？"（出《幽明录》）

苏 韶

苏韶，字孝先，安平人也，仕至中牟令，卒。韶伯父承，为南中郎军司而亡。诸子迎丧还，到襄城。第九子节，夜梦见卤簿，行列甚肃，见韶，使呼节曰："卿犯卤簿，罪应髡刑。"节俯受剃，惊觉摸头，即得断发。明暮，与人共寝，梦见韶曰："卿髡头未竟。"即复剃如前夕。其日暮，自备甚谨，明灯火，设符刻，复梦见韶。髡之如前夕者五。节素美发，五夕而尽。间六七日，不复梦见。

后节在车上，昼日，韶自外入。乘马，著黑介帻，黄练单衣，白袜幽履。凭节车辕，节谓其兄弟曰："中牟在此。"兄弟皆愕视，无老奴，平常能看见鬼，说："我看到府君家的祖先，刚来到门口就停住了。因为看见一群小矮人，来他们的牌位旁吃祭祀的物品。"陈素听说后感到特别奇怪，于是就将老奴找过来，在祭祀的时候让她再看看，说还是和之前一样。陈素就问他的妻子，他的妻子很害怕，就说了事情的始末。于是就将男孩子还给了邻居家，把她的女儿接回家了。（出《幽明录》）

胡章

郯县的胡章和上虞县的管双，都很喜欢舞刀弄枪。管双去世之后，胡章梦见了他，拿着刀跳到他面前戏耍，觉得非常不开心。第二天，将镇符贴在墙壁上。胡章最近想要外出，已经举桨行舟，忽然看见管双前来挽留他，说："人间的知己，情意应该贯穿千年的，昨天晚上想和你玩耍。碰上你在睡觉，我就走了。今天为什么用镇符让我疏远，大丈夫你不理会天下的真理，我会怕镇符吗？"（出《幽明录》）

苏韶

苏韶，字孝先，是安平人，做官做到中牟县的县令，死在了任上。苏韶的伯父苏承，是南中郎军司，也是在任上去世的。苏承的儿子们前来迎回他们的尸骨，到达了襄城。他的第九个儿子苏节，夜里梦见仪仗队，队伍整肃，看见了苏韶。就把苏节叫到面前说："你冒犯了仪仗队，应该受到髡刑。"苏节于是低下头受刑，突然惊醒，摸摸自己的头，立刻摸到了断发。第二天夜晚，和别人一起睡，梦见苏韶说："你的头还没有剃完。"立刻就像前夜那样再次剃头。又过了一个夜晚，他准备得更加谨慎，点着烛火，摆了镇符，但还是梦见了苏韶。就又像前五天那样剃头。苏节一直有一头非常漂亮的头发，五天后就被剃光了。后来有六七天，就不再梦见苏韶了。

后来苏节在车上的时候，那时是白天，苏韶从外面进来了。骑着马，戴着黑色头巾，穿着黄布单衣，白色的袜子和黑色的鞋。扶着苏所见。问韶："君何由来？"韶曰："吾欲改葬，即求去。"曰："吾当更来。"出门不见，数日又来。兄弟遂与韶坐，节日："若必改葬，别自敕儿。"韶曰："吾将为书。"节授笔，韶不肯，曰："死者书与生者异。"为节作其字，像胡书也，乃笑，即唤节为书曰："古昔魏武侯，浮于西河，而下中流，顾谓吴起曰：'美哉河山之固，此魏国之宝也。'吾性爱好京洛，每往来出入，瞻视邙上，乐哉，万世之墓也。北背孟津，洋洋之河；南望天邑，济济之盛。此志虽未言，铭之于心矣，不图奄忽，所怀未果。前去十月，便速改葬。在军司墓次，买数亩地，便足矣。"节与韶语，徒见其口动，亮气高声，终不为傍人所闻。

延韶入室，设坐祀之，不肯坐。又无所飨，谓韶曰："中牟平生好酒鱼，可少饮。"韶手执杯饮尽，曰："佳酒也。"节视杯空，既去，杯酒乃如故。前后三十余来，兄弟狎玩。节问所疑，韶曰："言天上及地下事，亦不能悉知也。颜渊、卜商，今见在为修文郎。修文郎凡有八人，鬼之圣者。今项梁、成贤者、吴季子。"节问死何如生，韶曰："无异，而死者虚，生者实，此其异也。"节曰："死者何不归尸体？"韶曰："譬如断卿一臂以投地，就剥削之，于卿有患不？死之去尸骸，如此也。"节曰："厚葬以坟垅，死者乐此否？"韶曰："无在也。"节曰："若无在，何故改葬？"韶曰："今我诚无所在，但欲述生时意耳。"弟曰："儿尚小，嫂少，门户坎轲，君顾念否？"韶曰："我无复情耳。"节曰："有寿命否？"韶曰："各有。"节曰："节等寿命，君知之否？"曰："知语卿也。"节节的车轮。苏节对他的兄弟说："中牟令在这里。"他的兄弟都特别惊讶地看他，因为他们什么也没看见，便问苏韶："你从哪里来？"苏韶说："我想要迁葬，然后就要走。"说："我下次再来。"说完走出门就消失了，过了几天又来了，他的兄弟们于是和苏韶坐在一起，苏节说："如果一定要迁葬，应当自己告诉你的儿子啊。"苏韶说："我这就写一封家书。"苏节把毛笔拿给他，苏韶不肯写，说："死人书写的字和活人不一样。"于是给苏节写了字，像出自胡人之手，于是苏节笑了，立刻让苏节给他代笔，说道："古代的魏武侯，在西河上乘船，来到中游，看着吴起说：'这江山是多么壮美啊，这是魏国的宝藏啊。'我天性爱好京城洛阳，每次来去京城，仰观邙山之上，这是多么美妙啊，应当成为世世代代的墓地。它北靠孟津，浩浩荡荡的大河；向南可以看见京都，繁盛美好。这个心志我虽然没有说过，但是在我心中已经铭刻很久了，只是没想到我去世得那么突然，使得我的愿望没有达成。再往后就是十月了，希望你们快快给我迁葬。在伯父的坟墓前面给我买几块地，就足够了。"苏节和苏韶说话，只是见到他的嘴巴在动，声音响亮，但始终不能被旁人所听见。

苏节请苏韶进入室内，给他设了一个神座祭祀，但他不肯坐下，又没有什么可受享的，苏节就对苏韶说："你平生喜欢喝酒吃鱼，可以少喝一点点。"苏韶拿起酒杯，一饮而尽，说："这是好酒。"苏节明明看见酒杯空了，可等苏韶离开之后，那杯酒还是像之前一样。前前后后来了三十几次，他们兄弟在一起尽兴玩笑。苏节向苏韶说出了他心中的疑问，苏韶说："如果是说天上和地下的事，我还是不能够全都知道。颜渊、卜商，现在在天上做修文郎。修文郎总共有八个人，都是鬼中的圣人。现在有项梁、成贤者、吴季子。"苏节问死和生有什么不同，苏韶说："没有什么区别，只是死者是虚幻的，生者是真实的，这就是它们的区别。"苏节说："死了的人，魂魄为什么不回到自己的尸体上呢？"苏韶说："这就好比砍断你的一只手臂扔在地上，然后再在断臂上砍削，对你还能造成疼痛吗？死了的人抛却自己的尸体，就和这个道理是一样的。"苏节说："将死人厚葬，他们会开心吗？"苏韶说："这个他们不在意。"苏节说："如果不在意，你曰："今年大疫病何？"韶曰："刘孔才为太山公，欲反，擅取人以为徒众。北帝知孔才加此，今已诛灭矣。"节曰："前梦君剪发，君之卤簿导谁也？"韶曰："济南王也。卿当死，吾念护卿，故以刑论卿。"节曰："能益生人否？"韶曰："死者时自发意念生，则吾所益卿也。若此自无情，而生人祭祀以求福，无益也。"节曰："前梦见君，岂实相见否？"韶曰："夫生者梦见亡者，亡者见之也。"节曰："生时仇怨，复能害之否？"韶曰："鬼重杀，不得自从。"节下车，韶大笑节短，云："似赵麟舒。"赵麟舒短小，是韶妇兄弟也。

韶欲去，节留之，闭门下锁钥，韶为之少住。韶去，节见门故闭，韶已去矣。韶与节别曰："吾今见为修文郎，守职不得来也。"节执手，手软弱，捉觉之，乃别。自是遂绝。（出王隐《晋书》）

夏侯恺

夏侯恺，字万仁，病亡。恺家宗人儿狗奴，素见鬼，见恺数归，欲取马。及其弟阮公将去，阮逃狗奴家，解喻，及冬得止。恺长子统，向其家说："昨梦人见缚，与力大争，尔乃得解。"语讫，阁门忽有光明如昼，见恺著平上帻单衣，入坐如生平。坐西壁大又为什么要迁葬呢？”苏韶说：“我现在的确不在意，我只是说了我活着时候的意愿。”他的弟弟说：“你的儿子还小，嫂子也还年轻，你家的命运波折，你会思念他们吗？”苏韶说：“我再没有人间的情感了。”苏节说：“还有寿命吗？”苏韶说：“各个鬼有各个鬼的寿命。”苏节说：“苏节等人的寿命，你知道吗？”回答说：“我知道后会告诉你的。”苏节说：“今年发生的大瘟疫是因为什么？”苏韶说：“刘孔才在太山公的任上，想造反，擅自捉拿世间人替他征战。北帝知道刘孔才这样做，就把他杀了。”苏节说：“之前梦见你把我的头发剪了，你的仪仗队是护卫谁的？”苏韶说：“是济南王。这种情况下你罪应当死，是我护下了你，所以才用髡刑给你论罪。”苏节说：“鬼也能对活人有益吗？”苏韶说：“死人有的时候会自行产生意念，那时候是我对你动了情感。如果那个鬼本身没有情意，那么活人再怎么祭祀祝祷，都是没有用的。”苏节说：“我之前梦见你，是真的和你相见了吗？”苏韶说：“活着的人梦见去世的人，这是去世的人现出身形了。”苏节说：“如果活着的时候有仇怨，死后还能杀了他吗？”苏韶说：“鬼杀人需要慎重，不能由着自己。”苏节下了车，苏韶大笑苏节个子矮小，说：“像赵麟舒了。”赵麟舒很矮，是苏韶妻子的兄弟。

苏韶想要离去，苏节挽留他，关门并且上锁了，苏韶于是留了一小会，就离开了，苏节看见门还像之前一样关着，但苏韶已经离开了。苏韶和苏节道别说：“我今天被封为修文郎，要守在职位上，就不能来了。”苏节拉了他的手，他的手很软，只有拿在手中才能够觉察到，就这样分别了，从此以后他就没再来过。（出王隐《晋书》）

夏侯恺

夏侯恺，字万仁，因得病而去世了。夏侯恺同宗的孩子叫狗奴，经常能看见鬼，看见夏侯恺回来过很多次，想要取马，却遭他弟弟阮公牵走，阮公逃到狗奴家，向他解释让他明白了一切，说等到冬天就可以了。夏侯恺的长子夏统对他的家人说：“昨天我梦见被人绑起来了，和他全力挣扎，才能够得到解脱。”说完，阁门忽然出现像白天一床，悲笑如生时，声讫，便切齿作声，言：“人易我门户，诬统藏人。祖衫见缚，赖我遣人救之，得解。将数十人，大者在外，小行随恺。”阮牵床离壁，恺见语阮：“何取床？”又说：“家无主，不成居。”阮答何不娶妻。恺曰：“卿与共居尔许年，而作此语也。诸鬼中当有一人达。”阮问谁，恺曰：“儿辈意，不足悦也。”呼见孙儿，云：“少者气弱，勿令近我。”又说：“大女有相，勿辄嫁之。”恺问阮：“欲见亡女，可呼之。”阮曰：“女亡已久，不愿见也。”恺曰：“数欲见父，而禁限未得见。”又说：“我本未应死，尚有九年。官记室缺，总召十人，不识，书不中，皆得出。我书中，遂逼留补缺。”（出王隐《晋书》）

刘 他

刘他在下口居，忽有一鬼，来住刘家。初因暗，仿佛见形如人，著白布裤。自尔后，数日一来，不复隐形，便不去。喜偷食，不以为患，然且难之，初不敢呵骂。吉翼子者，强梁不信鬼，至刘家，谓主人：“卿家鬼何在？唤来，今为卿骂之。”即闻屋梁作声。时大有客，共仰视，便纷纭掷一物下，正著翼子面。视之，乃主人家妇女亵衣，恶犹著焉。众共大笑为乐，吉大惭，洗面而去。有人语刘，此鬼偷食乃食尽，必有形之物，可以毒药中之。刘即于他家煮冶葛，取二升汁，密赍还。向夜，令作糜，著于几上，以盆覆之。后闻鬼外来，发盆取糜。既吃，掷破瓯出去。须臾，闻在屋头吐，嗔样的光亮，看见夏侯恺戴着头巾穿着单衣，进来坐下，一切就和以前一样。坐在西边墙壁下的大床上，哭笑声和他还在世的时候一样，寒暄结束后，就咬牙切齿地说："有人轻慢我的门第，诬陷夏统窝藏了贼人。衣衫敞开着被绑了，全凭我派人才把他救下。领来几十个人，大人在外面，小孩跟着我。"阮公把床拉出来了。夏侯恺对阮公说："为什么要拉床？"又说："一个家如果没有家主，就不能成为家而居住。"阮公回答道："你为什么不娶妻子？"夏侯恺说："你和我一起生活了很久，为什么会说出这样的话？这些鬼中间有一个人会飞黄腾达。"阮公问是谁，夏侯恺说："是儿子辈的，不值得开心。"召孙儿前来相见，说："小孩子气息很弱，不要靠近我。"又说："大女儿有好命相，不要让她就这样嫁出去。"夏侯恺问阮公："你要是想见死去的女儿，我可以请她过来。"阮公说："女儿去世已经很久了，我不愿再见到她。"夏侯恺说："她几次想见你，但是因为管制得太严而没办法看见你。"又说："我本来是不应该死的，还应该有九年的阳寿。他们缺一个记事官，总共召集了十个人，他们写的字都没被看中，都被放回来了。我写的字被选上了，所以逼迫我在阴间补任官缺。"（出王隐《晋书》）

刘他

刘他在下口居住的时候，忽然来了一个鬼，住在了他家。最初因为昏暗，看见他的身形好像是个人，穿着白色的裤子。从那天以后，几天就来一次，不再隐藏自己的行踪，来了还不离开。喜欢偷东西吃，不能说是祸患，但是也很惹人厌。一开始也不敢呵斥责骂。有一个叫吉翼子的人，性情倔强，从来不相信鬼神，就到刘家对主人说："你家的鬼在什么地方？你把他叫来，我现在替你责骂他。"立马听到屋梁上出现了声音。当时刘家有甚多客人在，他们一起抬头看，于是鬼就扔下一个东西，正好砸在吉翼子的脸上。众人一看，原来是刘他妻子的内衣，这种行径更加恶劣。众人一起大笑，认为很可笑，吉翼子非常惭愧，洗完脸就走了。有人告诉刘他，这个鬼偷吃并且会吃完，一定是有形状的物体，可以用毒药将他毒倒。刘他立即在别人

怒非常，便棒打窗户。刘先以防备，与斗，亦不敢入户，至四更中，然后遂绝。（出《续搜神记》）

王 戎

安丰侯王戎，尝赴人家殡敛。主人治棺未竟，送者悉在厅事上。安丰车中卧，忽见空中有一异物，如鸟，熟视转大。渐近，见一乘赤马车，一人在中，著帻赤衣，手持一斧。至地下车，径入王车中，回几容之。谓王曰："君神明清照，物无隐情，亦有身，故来相从。然当赠君一言，凡人家殡殓葬送，苟非至亲，不可急往。良不获已，可乘青牛，令髯奴御之。及乘白马，则可禳之。"谓戎："君当致位三公。"语良久，主人内棺当殡，众客悉入，此鬼亦入。既入户，鬼便持斧，行棺墙上。有一亲趣棺，欲与亡人诀，鬼便以斧正打其额，即倒地，左右扶出。鬼于棺上视戎而笑，众悉见，鬼亦持斧而出。（出《续搜神记》）

王仲文

王仲文为河南郡主簿，居缑氏县北。得休应归，道经水泽，见后有一白狗，仲文甚爱之。欲便取，忽变如人，长六尺，状似方相。目赤如火，磋齿嚼舌，甚有憎恶。欲击之，或却，或欲上车。仲家煮了冶葛，倒了两升冶葛汁水，秘密地拿回来。这天夜晚，让妻子做了肉粥，放在桌子上，用盆盖上。后来听到鬼从外面来，打开盆取出肉粥。吃完，就把破瓦罐扔出去了。过了一会儿，听见他在房顶呕吐，非常愤怒，提着棍棒使劲敲打窗户。刘他早前就已经做好防备，和他缠斗，鬼也不敢再进屋子，到四更的时候，就离开了，以后再也没回来。（出《续搜神记》）

王 戎

安丰侯王戎，曾经去别人家参加葬礼。主人家的棺材还没有制作完成，送葬的人都已经在厅堂上了。王戎在车子中间睡觉，突然看见空中有一个特别的东西，像鸟一样，仔细看它又变大了。渐渐地离他越来越近，就看见一辆红色的马车，一个人坐在中间，戴着头巾，穿着红色的衣服，手里面拿着一把斧头。落地的时候他下了车，径直进入王戎的车子中，车子刚好能容得下他们。对王戎说："你的神采清澈明亮，所有事物在你面前没有任何隐情，也有身份，所以前来和你一起。但是我要赠给你一句话，只要是别人家的葬礼，如果不是自己的亲人，就不要那么快赶去。确实不得已，可以骑着青牛，让老奴驾车。与乘坐白马相比，就可以消除灾殃。"又对王戎说："你会升到三公那样高的职位。"说了很长时间，主人的棺材已经准备好，可以下葬了，各位客人都已经到了，这时鬼也到了。刚刚进去，鬼就拿着斧头，在棺木上行走。有一个亲人靠近棺材，想要和亲人诀别，鬼就用斧头打在他的额头上，他立刻就倒在地上了，身边的人扶他出去了。鬼在棺材上看着王戎大笑，众人都看见了，鬼就拿着斧头出去了。（出《续搜神记》）

王仲文

王仲文任河南郡的主簿，住在缑氏县北。请假得到允许，回家沿途经过一片湖泊，看见后面有一只白狗，王仲文特别喜欢它。想要去抱它，它忽然变成了人，身高六尺，长得像方相。眼睛红得像火，文大怖，便使奴打，不能奈何。因下车，佐奴共又打，亦不禁。并力尽，不能复打，于是舍走。告人家，合十余人，持刀捉火，自来视之，便不知所在。月余日，仲文忽复见之，与奴并走，未到人家，伏地俱死。（出《续搜神记》）

参差不齐的牙齿嚼着舌头，让人感到特别害怕。想要打它，它时而退后，时而想要上车。王仲文特别害怕，就派奴仆打它，但却不能把它怎么样。因此就走下车，和奴仆一起打，还是没有用。他们的力气都用尽了，不能够再打，于是丢下它走了。回到家后，告诉了家人，总共聚集了十几个人，拿着刀，擎着火把，亲自前往检视，但是却不知道鬼去哪里了。过了一个多月，王仲文突然又见到了那个鬼，就和仆人一起逃走了，还没到家，就一起倒地去世了。(出《续搜神记》)

卷第三百二十　鬼五

蔡　谟

蔡谟征为光禄大夫，在家，忽闻东南啼哭声，有若新死。便见一少年女，死人并离啼哭。不解所为，恐是人家忿争耳。忽闻呼魂声，便见生女，从空中去上天，意甚恶之。少时疾患，遂薨。（出《灵异志》）

又

一说，谟在厅事上坐，忽闻邻左复魄声。乃出庭前望，正见新死之家，有一老妪，上著黄罗半袖，下著缥裙，飘然升天。闻一唤声，辄回顾，三唤三顾。徘徊良久，声既绝，亦不复见。问丧家，云："亡者衣服如此。"（出《幽明录》）

姚元起

河内姚元起，居近山林，举家恒入野耕种。唯有七岁女守屋，而渐觉瘦，父母问女，女云："常有一人，长丈余而有四面，面皆有七孔。自号高天大将军，来辄见吞，径出下部。如此数过。"云："慎勿道我，道我，当长留腹中。"阖门骇惋，遂移避。（出《灵鬼志》）

蔡谟

蔡谟被征用为光禄大夫，正在家中，突然听见东南方有哭声，就好像有谁刚刚去世了。忽然看见一个年轻的女子，离死人远远地在那里哭泣。不知道她为什么这么做，恐怕是因为和人家有仇怨和争执吧。忽然听见叫魂的声音，就看见这个女子升到半空中而往天上去了，他心中觉得很是厌恶。没多久就得病了，然后就去世了。（出《灵异志》）

又

另一个说法是，蔡谟在厅堂上坐着，忽然听见左边的邻居家有招魂的声音。于是他走出家门前往观望，正好看见刚刚去世的一家中，有一个老妇人，上面穿着丝织的黄色半袖衫，下面穿着青白色的丝织裙，飘飘然升上了天。听到一声呼唤就回一次头，三次呼唤回了三次头。流连了很久，招魂的声音没了，就不再看见她了。问那家人，说：“死去的人穿的衣服就是那样。”（出《幽明录》）

姚元起

姚元起，是河内人，他的家靠近山林，他的全家都出去耕地。只有一个七岁的女儿守着屋子，渐渐地他们发现女孩越来越瘦，她的父母问女孩，女孩说：“经常来一个人，身高一丈多，且有四张脸，每张脸上都有七窍。说自己是离天大将军。来这里就会把我吞下去，然后再径直从下面出来。这样做了很多次。并且说：‘请不要向别人提起我，提起我，我就把你永远留在我的肚子里。’”她的全家都很

闾勦

吴兴武唐闾勦，凌晨闻外拍手，自出看。见二乌帻吏，径将至渚，云："官使乘船送豆至。"乃令勦柂，二吏絙挽。至嘉兴郡，暂住逆旅。乃平望亭，潜逃得归。十余日，外复有呼声，又见二吏云："汝何敢委叛？"将至船，犹多菽，又令捉柂船，二吏絙挽。始前至嘉乐故冢，谓勦曰："我须过一处，留汝在后，慎勿复走。若有饮食，自当相唤。"须臾，一吏呼勦上。见高门瓦屋，欢宴盈堂。仍令勦行酒，并赐炙啖。天将晓，二吏云："而见去，汝且停。"顷之，但见高坟森木。勦心迷乱，其家寻觅，经日方得。寻发大疮而死。（出《灵鬼志》）

孙稚

晋孙稚，字法晖，齐般阳县人也。父祚，晋太中大夫。稚幼奉佛法，年十八，以咸康元年八月亡。

祚后移居武昌，至三年四月八日，沙门于法阶行尊像。经家门，夫妻大小出观，见稚亦在人众之中，随侍像行。见父母，见跪问讯，随共还家。祚先病，稚云："无他祸祟，不自将护所致耳。"五月当差，言毕辞去，其年七月十五日复归。跪拜问讯，悉如生时。说其外祖父为泰山府君，见稚，说母字曰："汝是某甲儿耶？未应便来，那得至此。"稚答伯父将来，欲以代谪，有教推问，欲鞭罚之，稚救解得原。

害怕，于是就举家迁移到别的地方躲起来了。（出《灵鬼志》）

闾勦

闾勦，是吴兴武塘人，有一天凌晨听见外面有拍手的声音，就跑出去看。看见两个戴着黑帽子的官吏，径直把他抓到了水中的小块陆地上，说："官府让你坐船把豆子送去。"于是让闾勦划桨，那两个人拉绳子。到了嘉兴郡，暂时住在旅馆里。刚刚到平望亭，他就偷偷跑回来了。过了十多天，外面又开始有喊他的声音，又听见两个官吏说："你怎么敢抗命逃跑？"又把他抓到船上了，还是那么多豆子，又让他划桨，他们两个拉绳子。刚到嘉乐的一块墓地，对闾勦说："我必须到一个地方去，把你留在后面，你别再逃走了。如果有吃的，我们会喊你的。"过了一会儿，一个官吏喊闾勦上去。看见有着高门的大瓦房，满屋子的人正在摆宴。还让闾勦喝酒，并且赏了一块肉给他吃。天快亮的时候，两个官吏说："我们现在要离开了，你暂且停在这里。"过了一会儿，只看见高大的墓地和阴森的树林。闾勦见状心中迷惑慌乱，他的家人前来寻找，过了几天才找到。不久，身上就长了疮，然后死去了。（出《灵鬼志》）

孙稚

晋代的孙稚，字法晖，是齐地般阳县人。他的父亲孙祚，是晋代的太中大夫。孙稚幼年的时候就已经信奉佛法，在咸康元年，才十八岁就去世了。

孙祚后来迁居到五昌，在咸康三年四月八日，和尚把寺庙的佛像抬出来游行。经过他家，一家老小都走出来观望，看见孔稚也在人群中，随行侍奉神像。孙稚看见了自己的父母，跪拜着问他们近来的状况，于是跟着他们一起回家。孙祚这时候已经生病了，孙稚见到说："没有其他的灾祸，只是没有能够维护好自己罢了。"五月的时候就会痊愈，说完之后他就离开了。这一年七月十五，他又回来了。跪拜后问家中最近的情况，就像他活着的时候一样。说他的外祖父是稚兄容，字思渊，时在其侧，稚谓曰："虽离故形，在优乐处。但读书，无他作，愿兄勿忧也，他但勤精进，福自随人矣。我二年学成，当生国王家。同辈有五百人，今在福堂，学成，皆当上生第六天上。我本亦应上生，但以解救先人，因缘缠缚，故独生王家耳。到五年七月七日复归。"说郏城当有寇难，事例甚多，悉皆如言。家人秘之，故无传者。又云："先人多有罪谪，宜为作福。我今受身人中，不须复营，但救先人也。愿父兄勤为功德，作福食时，务使鲜洁，一一如法者受上福，次者次福。若不能然，徒费设耳。当使平等，心无彼我，其福乃多。"祚时有婢，稚未还时，忽疾殆死，通身皆痛。稚云："此婢欲叛，我前与鞭，不复得去耳。"推问婢云，前实欲叛，与人为期，日垂至而便住云耳。（出《法苑珠林》）

索逊

昇平中，徐州刺史索逊，乘船往晋陵。会暗发，回河行数里，有人寄索载，云："我家在韩冢，脚痛不能行，寄君船去。"四更时，至韩冢，此人便去。逊二人牵船，过一渡，施力殊不便。骂此人曰："我数里载汝来，径去，不与人牵船，欲与痛手。"此人便还，泰山的府君，看见孙稚，说到他母亲的名字时问："你是某某的儿子吗？阳寿还没有结束，怎么就到这里来了？"孙稚说："是伯父快要来，我是想要代他受罚，就看见有人前来推究审问，想要鞭打他，我的营救才使得他被原谅。"

孙稚的哥哥孙容，字思渊，当时在他身旁，孙稚对他说："我虽然离开了原来的形体，但现在也是在优游安乐的地方。每天只是读书，没有其他事情，但愿兄长你没有任何忧虑，他日如果你勤奋学习，专心求进，福气自然就会跟随你了。我两年后就学业有成了，将要出生在帝王之家。我的同伴有五百多人，现在在福堂，学成之后都会到六重天上当神仙。我本来也应该在那里当神仙，但因为我曾经救下自己的长辈，有人世间因缘的纠缠，所以只能独自投生在帝王之家。到第五年的七月七日才会回到六重天上。"他还说郏城会有流寇犯上作乱，说的事情特别多，后来发生的事情都和他说的一样。他的家里人一直对外保密，所以没有向外传出去。又说："祖先们有很多人有罪过，你们应该替他们设祭祈福。我现在快要投胎，不需要再来设祭，还是救一下先祖们。希望父亲和哥哥们经常做功德，制作祈福的祭祀食物，一定要新鲜干净，一等洁净的就会得到最好的庇佑，差一点的就差一等庇佑。如果不这么做，只是白白设祭罢了。应该平等地对待，心中不分你我，他的福气才会很多。"孙祚那时候有婢女，孙稚还没有回来的时候，忽然得病，全身都特别痛，很快去世。孙稚说："这个婢女想要逃跑，我之前鞭打了她，她再也不能逃跑了。"后来审问这个婢女，之前确实想要逃跑，是和他人约好了日期，等太阳下山后，那个婢女就留在孙家了。（出《法苑珠林》）

索逊

升平年间，有一个叫索逊的徐州刺史，要乘船前往晋陵。天黑的时候出发，在河中前行了几里路，看见有一个人想要搭载索逊的船，说："我家住在韩冢，因为脚非常疼痛不能走，希望搭载你的船前行。"四更的时候，就到了韩冢，这个人就离开了。索逊两个人划船，经过一个渡口，要发力特别不方便。就责骂那个人说："我载着与牵，不觉用力而得渡，人便径入诸冢间。逊疑非人，使窃寻看，此经冢间，便不复见。须臾复出，至一冢呼曰：“载公。”有出者应。此人说：“我向载人船来，不为共牵，奴便欲打我，今当往报之。欲暂借甘罗来。”载公曰：“坏我甘罗，不可得。”此人曰：“无所苦，我试之耳。”逊闻此，即还船。须臾，岸上有物来。赤如百斛篙，长二丈许，径来向船，逊便大呼：“奴载我船，不与我牵。不得痛手，方便载公甘罗。今欲击我，今日要当打坏奴。”甘罗忽然失却，于是遂进。（出《续搜神记》）

冯述

上党冯述，晋元熙中，为相府将。假归虎牢，忽逢四人，各持绳及杖，来赴述，述策马避焉。不肯进，四人各捉马一足，倏然便倒河上。问述：“欲渡否？”述曰：“水深不测，既无舟楫，何由得过？君正欲见杀耳？”四人云：“不相杀，当持君赴官。”遂复捉马脚，涉河而北。述但闻波浪声，而不觉水。垂至岸，四人相谓曰：“此人不净，那得将去。”时述有弟服，深恐鬼离之，便当溺水死，乃鞭马作势，径登岸，述辞谢曰：“既蒙恩德，何敢复烦劳！”（出《续搜神记》）

任怀仁

晋升平元年，任怀仁年十三，为台书佐。乡里有王祖复为令你走了几里路前来，就这样离开了，不帮我撑船，好像是怕你的手疼痛。”这个人就回来了。和他们一起划船，没有觉得他用力就已经过去了，那个人就径直走向了那群坟墓的中间。索逊疑心他并不是人。让人偷偷地前往查看，这个人经过了群墓中间，就不见了，过了一会儿再次出来，到一个墓前大声喊道：“载公。”有人应声而出，这个人说：“我之前搭载别人的船过来，不和他们一起划，他们就要打我，我现在要前去报仇。想要暂时把甘罗借来。”载公说：“要是把甘罗打坏了，就不行了。”这个人说：“没有什么病痛，我可以试试。”索逊听到这里，立刻回到船上。过了一会儿，岸上有一团物体前来。红得像能盛一百斗的圆仓，长两丈多，径直向船跑来，索逊见状大喊：“那个人搭载我的船，却不帮我们划船，又不会手痛，现在却坐着载公的甘罗。现在想要打我，我现在就把你打烂。”甘罗忽然就消失了，于是他们就继续上路了。（出《续搜神记》）

冯述

上党的冯述，在晋代元熙年间，作为相府将，放假的时候回虎牢关，忽然遇到四个人，各自拿着绳子和木杖，径直向冯述奔来，冯述策马想要避开。但马却不肯前进，那四个人每人抓了马一条腿，突然就倒在河上了。问冯述：“你想要过河吗？”冯述说：“水深不可测，既然没有船，怎么能过河呢？你们不是正好可以杀了我吗？”四个人说：“我们不会杀了你，会把你抓到官府。”于是再次抓住马腿，渡过河向北。冯述只是听见波浪的声音，但是不觉得有水。快要到岸上时，四个人相互商量着说：“这个人不干净，哪能带他去。”当时冯述正在给他的弟弟服丧，特别害怕鬼离开他，就会掉到水里面淹死，于是做出打马的架势，径直登上岸，冯述谢别：“既然已经领受了你们的恩德，哪还敢再烦劳你们！”（出《续搜神记》）

任怀仁

晋代升平元年，任怀仁十三岁就当了台书佐。乡里有一个王祖复史，恒宠之。怀仁已十五六矣，颇有异意，祖衔恨。至嘉兴，杀怀仁，以棺殡埋于徐祚家田头。祚后宿息田上，忽见有冢。至朝中暮三时食，辄分以祭之，呼云："田头鬼，来就我食。"至瞑眠时，亦云："来伴我宿。"如此积时。后夜忽见形云："我家明当除服作祭，祭甚丰厚，君明随去。"祚云："我是生人，不当相见。"鬼云："我自隐君形。"祚便随鬼去。计行食顷，便到其家。家大有客，鬼将祚上灵座，大食灭，合家号泣，不能自胜，谓其儿还。见王祖来，便曰："此是杀我人。"犹畏之，便走出。祚即形露，家中大惊，具问祚，因叙本末。遂随祚迎丧，既去，鬼便断绝。（出《幽明录》）

王 明

东莱王明儿，居在江西，死经一年，忽形见。还家经日，命招亲好，叙平生，云："天曹许以暂归。"言及将离，语便流涕。问讯乡里，备有情焉。敕儿曰："吾去人间，便已一周，思睹桑梓。"命儿同观乡闾。行经邓艾庙，令烧之，儿大惊曰："艾生时为征东将军，没而有灵，百姓祠以祈福，奈何焚之？"怒曰："艾今在尚方摩铠，十指垂掘，岂其有神？"因云："王大将军亦作牛，驱驰殆毙。桓温为卒，同在地狱。此等并困剧理尽，安能为人损益？汝欲求多福者，正当恭慎，尽忠孝顺。无恚怒，便善流无极。"又令可录指爪甲，死后可以赎罪。又使高作户限，鬼来入人室内，记人罪过，越限拨脚，则忘事矣。（出《幽明录》）

被任用为令史，一直宠爱他。任怀仁十五六岁的时候，对王祖复已经有了叛离之心了，王祖复对此有含恨之心。到了嘉兴，就把任怀仁杀了，用棺材把他埋在徐祚家的田间地头上。徐祚后来在田间地头休息，忽然看见有一个坟墓。从早到晚的三餐，都分一点出来祭祀他，呼唤他："田头鬼，来和我一起吃饭吧。"等到晚上睡觉时，也说："来和我一起睡吧。"就这样过了很长时间。后来有一天夜晚忽然现出身形说："我家明天是脱去丧服进行祭祀的日子，祭礼十分丰富，你明天跟我一起去。"徐祚说："我是外人，不应当前去。"鬼说："我自然会隐去你的身形。"徐祚就跟着鬼去了。算算一顿饭的时间他们就到了任怀仁的家。家里有很多客人，鬼把徐祚放在灵座之上，把所有食物都吃光了，他全家都在哀号，不能够控制自己，都说他的儿子回来了。这时他看见王祖复来了，就说："这是杀我的人。"王祖复特别害怕，就赶紧逃离了。徐祚立即露出身形，任怀仁家里的人大吃一惊，都来问徐祚，因此徐祚将事情的原委告诉了他们。于是他们就跟随徐祚前去迎接尸骨回乡，从此以后，鬼就不在了。（出《幽明录》）

王明

东莱有个叫王明儿的人，住在江西，已经死了一年了。忽然现出自己的身形。回家过了好几天，命令家人找来亲朋好友，叙述生平，说："天上的官署允许我暂时回家。"当他说到快要离开的时候，就哭了起来。询问乡里人的近况，十分重视情意。对他的儿子说："我离开人间已经一年了，但很是思念家乡。"让他的儿子和他一起去看家乡的各个地方。路过邓艾祠庙的时候，让他儿子把庙烧了。他的儿子大惊失色，说道："邓艾活着的时候是征东大将军，死后也有神灵，百姓给他建立祠庙来祈福，你为什么要把它烧了？"他大怒道："邓艾现在在阴间磨铠甲，十根手指都弯着，十分粗劣，这样的他哪还有什么神灵啊？"又说："王大将军也在做牛，被驱策得快要累死了。桓温也只是冥界的小兵，他们都在地狱里。这等人物处在极端困苦又无理的境况下，还怎么为人带来福气？你如果想要求得更多的福

王彪之

晋王彪之，年少未官。尝独坐斋中，前有竹。忽闻有叹声，彪之惕然，怪似其母，因往看之。见母衣服如昔，彪之跪拜歔欷。母曰："汝方有奇厄，自今以去。当日见白狗，若能东行出千里，三年，然后得免灾。"忽不复见。彪之悲怅达旦，既明，独见一白狗。恒随行止，便经营行装，将往会稽。及出千里外，所见便肃然都尽。过三年乃归，复还先斋住。忽闻前声，往见母如先，谓："从吾，故来庆汝。汝自今已后，年逾八十，位班台司。"皆如母言。（出《幽明录》）

王凝之

晋左军琅邪王凝之，夫人谢氏，顿亡二男，痛惜过甚，衔泪六年。后忽见二儿俱还，并著械，慰其母曰："可自割，儿并有罪谪，宜为作福。"于是得止哀，而勤为求请。（出《幽明录》）

姚牛

须县民姚牛，年十余，父为乡人所杀，牛尝卖衣服，市刀戟，气，应当恭敬谨慎，竭尽忠诚孝敬恭顺，不愤怒，这样就是极大的善行了。”又让他们把指甲剪下来留存，这样死后可以用来赎罪。又让家人把门槛提高一点，这样鬼来人的卧室里记录人的罪行时，跨门槛的时候就会被绊，这样他们便会把所记的罪行忘记。（出《幽明录》）

王彪之

晋代有个王彪之，年龄很小，没有当官。曾经独自坐在书斋里，书斋前面有竹林。忽然听见叹气的声音，王彪之坐得笔直，听到这声音像他的母亲，觉得很奇怪，因此前往检视。看见母亲穿的衣服像以前的一样，王彪之哽咽着向母亲跪拜。他的母亲说：“你不久会有大的灾难，从现在到以后。你会每天都看见一只白狗，如果你可以向东走一千多里，三年后，你的灾难就会免除。”说完突然就消失了。王彪之悲哀愁苦到天亮，天亮后，果然见到一只白狗，一直跟着他，于是他就收拾行装，往会稽走去，等到走了一千多里，他所看见的就全都消失了。过了三年之后才回家，还是回到原来的书斋住下。忽然听见前面有声音，走到那里看见和以前一样的母亲，说：“跟我来，我是来祝贺你的。你从今天开始，会活到八十多岁，做官做到班台司。”后来他果然像他母亲说的一样。（出《幽明录》）

王凝之

晋代的琅邪人左军王凝之，他的两个儿子突然去世，他的妻子谢氏因此过于痛苦，哭了六年。后来忽然看见两个儿子回来了，两人都戴着枷锁，安慰他们的母亲说：“您可以割舍下我们了，我们俩都有罪过，请为我们祈福。”因此她的悲伤才停止，并且常常为他们祈福。（出《幽明录》）

姚　牛

须县的县民姚牛，十几岁了。他的父亲被乡里人杀死了，姚牛曾图欲报仇。后在县门前相遇，手刃之于众中，吏擒得。官长深矜孝节，为推迁其事，会赦得免。又为州郡论救，遂得无他。令后出猎，逐鹿入草中，有古深井数处。马将趣之，忽见一翁，举杖击马。马惊避，不得及鹿。令奴引弓将射之，翁曰："此中有井，恐君堕耳。"令曰："汝为何人？"翁长跽曰："民姚牛父也，感君活牛，故来谢。"因灭不见。（出《幽明录》）

桓恭

桓恭为桓石民参军，在丹徒，所住廨，床前一小陷穴，详视是古墓，棺已朽坏。桓食，常先以鲑饭投穴中，如此经年。后眠始觉，见一人在床前云："吾终没以来，七百余年，后绝嗣灭，蒸尝莫寄。君恒食见播及，感德无已。依君籍，当应为宁州刺史。"后果如言。（出《幽明录》）

阮瑜之

晋太元十年，阮瑜之居在始兴佛图前。少孤贫不立，哭泣无时。忽见一鬼，书砖著前云："父死归玄冥，何为久哭泣？即后三年中，君家可得立。仆当寄君家，不使有损失，勿畏我为凶，要为君作吉。"后鬼恒在家，家须用者，鬼与之。二三年，君小差，为鬼作食，共谈笑语议。阮问姓，答云："姓李名留之，是君姊夫耳。"阮问："君那得来？"鬼云："仆受罪已毕，今暂生鬼道，权寄君家。后四五年当去。"曰："复何处去？"答云："当生世间。"至期，果别而去。（出《幽明录》）

经把衣服卖了，买了刀和戟，想要给自己的父亲报仇。后来他们在县衙门前相遇，在人群中亲手把仇人杀死了，捕快们把他抓了去。当地的县官特别怜惜他的孝行节操，为他开脱罪名，希望他得到宽赦，免除一死。又为他向州郡的长官写文章营救，最后终于被赦免了。县令后来有一次出猎，追逐小鹿进入草丛之中，草丛中有好几处古代的深井。马儿将要踏进古井的时候，忽然看见一个老翁，拿起木杖敲击马，马儿受惊躲避，因此没有追上猎到那只小鹿。县令让下属们拉满弓箭射杀老翁，老翁说："这草丛中有古井，害怕你坠进去。"县令说："你是什么人？"老翁长跪说："我是姚牛的父亲，感念你营救姚牛，所以前来感谢。"说完就消失不见了。（出《幽明录》）

桓恭

桓恭是桓石民的参军，住在丹徒，他居住的官衙，床的前面有一个小的洞，仔细看发现是古墓，棺木已经腐朽了。桓恭吃饭的时候，经常先把鱼肉和饭投放进洞穴里，就这样过了很多年。后来有一天，他刚刚睡醒，看见有一个人在床前说："我从去世以来，七百多年，后代已经没有祭祀我的人，什么都没有吃过了。你一直在吃饭的时候给我投食，我非常感谢，看了你的文书，你会做宁州刺史。"后来果然就像他说的一样。（出《幽明录》）

阮瑜之

晋代太元十年，阮瑜之住在始兴佛像前。他年少的时候就成了孤儿，家中十分贫困不能自立，常常哭泣。忽然看见一只鬼，在他面前的砖上写了一首诗："父死归玄冥，何为久哭泣？即后三年中，君家可得立。仆当寄君家，不使有损失，勿畏我为凶，要为君作吉。"后来鬼经常在他家，家中有什么需要的东西，鬼就给他。过了两三年，他家的情况稍微好转，就给鬼做饭，一起谈天说地。阮瑜之问他的姓名，他回答说："我姓李，名叫留之，是你的姐夫。"阮瑜之问："你从哪里来？"鬼说："我已经受完所有的罪了，现在暂时托生在鬼道，

刘 澄

晋义熙五年，彭城刘澄，常见鬼。及为左卫司马，与将军巢营廨宇相接。澄夜相就坐语，见一小儿赭衣，手把赤帜，团团似芙蓉花。数日，巢大遭火。（出《幽明录》）

刘道锡

刘道锡与从弟康祖，少不信有鬼。从兄兴伯，少来见鬼。但辞论，不能相屈。尝于京口长广桥宅东，云："有杀鬼，在东篱上。"道锡笑，便问其处，牵兴伯俱去，捉大刀欲斫之。兴伯在后唤云："鬼击汝。"道锡未及鬼处，便闻如有大杖声。道锡因倒地，经宿乃醒，一月日都差。兴伯复云："厅事东头桑树上有鬼，形尚孺，长必害人。"康祖不信，问在树高下，指处分明。经十余日，是月晦夕，道锡逃暗中，以戟刺鬼所住，便还，人无知者。明日，兴伯早来，忽惊曰："此鬼昨夜那得人刺之，殆死，都不能复动，死亦当不久。"康大笑。（出《幽明录》）

赵 吉

郧县故尉赵吉，常在田陌间。昔日有一蹇人死，埋在陌边。后二十余年，有一远方人，过赵所门外。远方人行十余步，忽作蹇，赵怪问其故，远人笑曰："前有一蹇鬼，故效以戏耳。"（出《幽寄居在你家。四五年后就应该离开了。”阮瑜之又问：“你还会到哪里去？”他回答说：“会在人世间重生。”到了约定的期限，果然辞别离开了。（出《幽明录》）

刘　澄

晋代义熙五年，彭城的刘澄经常能看见鬼。等到他当了左卫司马，他的府衙和将军的军营屋宇相连，刘澄夜里和将军坐在一起聊天，看见一个穿着红褐色衣服的小孩，手里拿着红色的旗帜，转得像荷花。几天以后，军营就失了火。（出《幽明录》）

刘道锡

刘道锡和他的堂弟刘康祖，小时候就不相信有鬼。他的堂兄刘兴伯，小时候就能看见鬼。但他们言辞辩驳，并不能够说服对方。曾经在京口的长广桥的宅子的东面，刘兴伯说：“在东边的篱笆上，有一个杀鬼。”刘道锡听到后笑了，就问鬼在那里，牵着兴伯一起过去，手拿大刀想要砍鬼。刘兴伯在后面喊道：“鬼袭击你了！”刘道锡还没走到鬼的地方，就好像听到了大棍的声音，刘道锡因而被打得扑倒在地，经过一夜才醒来，一个月才好得差不多。刘兴伯又说：“在厅堂东边的桑树上，有个鬼，他的形貌看起来还小，长大了一定会害人。”刘康祖不信，问他在树的哪里，刘兴伯很清楚地指了出来。过了十几天，这个月月末的夜晚，刘道锡藏到黑暗的地方，用戟刺向鬼住的地方，刺完就回去了，并没有人知道。第二天，刘兴伯来得很早，忽然惊讶地说：“这个鬼昨天不知道被谁刺了，快死了，都已经不能动了，应该不久就会死了。”刘康祖大笑。（出《幽明录》）

赵　吉

郫县过去的县令赵吉，经常在田间。以前有一个跛足的人去世了，埋在田边。二十多年后，有一个从远方来的人，经过赵吉的门前。远方来的人走了十几步，忽然就变跛足了，赵吉对他这么做感到很奇

明录》)

司马隆

东魏徐，忘名，还作本郡卒，墓在东安灵山。墓先为人所发，棺柩已毁。谢玄在彭城，将有齐郡司马隆、弟进及东安王箱等，共取坏棺，分以作车。少时三人悉见患，更相注连，凶祸不已。箱母灵语子孙云："箱昔与司马隆兄弟，取徐府君墓中棺为车，隆等死亡丧破，皆由此也。"(出《幽明录》)

怪，远方的人笑着说：“前面有一个跛足的鬼，所以开玩笑地模仿他。”（出《幽明录》）

司马隆

东魏有一个姓徐的人，忘记他叫什么名字了，是在回到本郡当太守的时候去世的，他的墓址在东安灵山。他的墓之前被人盗掘，所以棺材已经毁坏。谢玄在彭城的时候，齐郡的司马隆、司马隆的弟弟司马进和东安的王箱等人，共同把墓里面的棺板拿来制成车。不久三个人就都得病了，祸患一个接一个没有停止过，王箱的母亲显灵对他的子孙说：“王箱以前和司马隆兄弟拿了徐郡守墓地中的棺木制成车子，司马隆等人的死和家道中落，都是因为这个。”（出《幽明录》）

卷第三百二十一　鬼六

郭翻

晋郭翻，字长翔，武昌人，敬言之弟子也，征聘不起。亡数日，其少子忽如中恶状，不复识人，作灵语，音声如其父。多知阴世，所问皆答。而昔时庾亮欲取为上佐，不就，家问曰："君生有令德，没为神明，今岂有官职也？"答曰："我本无仕进之志，以庾公欲见取，不愿，放得脱。今复为羁絷，不得从初愿，故尔戚戚也。"问："庾今何官？"答云："为天所用，作抚军大将军。现居东海之东，统领神兵。取吾为司马，本欲取谢仁为祖之选官，以为资望未足，且蒋大侯先取为都尉，是以不能。"因问："陶太尉何官？"答云："陶辛苦不可言，方在罪谪之候。过此，大得叙用也。"又问："王丞相今何职？"答曰："王公为尚书郎，大屈事更万机。位虽不及生时，而贵势无异也。"诸人曰："亡后还思后人否？"长翔曰："亡已久则不复念生人，如吾始死，私心未歇，犹自有念也。"灵语儿，求纸笔，欲作书与亲旧，捉笔以命儿书之。皆横行，似胡书，已成一纸，曰："此是鬼书，人莫能识。"使人持纸，口授作书。书毕，诸人言，苏孝先多作此语久下作复授作诗二首曰："神散登旻苍，性躯忽以亡。追念畴昔志，精魂还逍遥。秉心不得令，不免时所要。薄言告所亲，恐谓言妖忘。"大没无识在昔有苏韶，于是绝响而去。

郭翻

晋代的郭翻，字长翔，是武昌人，是敬言的弟子，朝廷征召他，他却一直不愿做官。他去世已经好几天后，他的小儿子忽然像中邪一样，不再认识人，反而说起了鬼话，他的声音很像他的父亲。知道很多阴间的事情，问他的事情都能够回答。以前庾亮想要任用他为上佐，没有答应，他的家人问："你生前有高尚品德，死后成为神灵，现在难道是有官职吗？"回答说："我本来没有做官的志向，因为庾公想要录取我，我不愿意，才得以解脱。现今又被束缚，不能够遵从我最初的愿望，所以有些忧伤。"家人问："庾亮现在是什么官职？"庾亮回答说："被天庭任用，是抚军大将军。现在住在东海的东面，统率天上的神兵。将我录用为司马，本来是想要录用谢仁为他祖先的承继者，认为他的资质和声望还没有达到，并且蒋大侯将他先录为都尉了，所以不能够选用。"又问："陶太尉任什么官职？"回答说："陶太尉的辛苦不可言说，还在服罪期间。过了这段时间就会受到重用了。"又问："王丞相现在是什么职务？"回答说："王丞相现在是尚书郎，日理万机。职位虽然不如活着的时候，但是位高和权势和生前没什么两样。"他的家人说："你去世后还会想念后人吗？"长翔说："已经去世很久了，就不会再想活着的人，像我刚刚去世的时候，尘世的心还没有断绝，还是很想念的。"说鬼话的那个孩子，向家人要了纸和笔，想要写封信给自己的亲朋故旧，拿住笔来命令小儿子写，都是横着写的，像是胡人的字，已经写满一张纸，说："这是鬼的字，人是不能够辨认的。"就让人拿着纸，口头讲述。写完后，大家都说："苏孝先很久以前就说过很多次这样的话。"然后又口述让家人写下两首诗："神散登旻苍，性躯忽以亡。追念畴昔志，精魂还

王瑗之

广汉王瑗之，为信安令。在县，忽有一鬼，自称姓蔡名伯喈。俄复谈议诗，撡知古今，靡所不谙。问是昔日蔡邕否，答云：“非也，与之同姓字耳。”问前伯喈今何在，云：“在天上作仙人，甚是受福，甚快乐。非复畴昔也。”（出《齐谐记》）

牵腾

牵腾，以咸和三年为沛郡太守。出行不节，梦乌衣人告云：“何数出不辍，唯当断马足。”腾后出行，马足自断。腾近行廓外，忽然而暗，有一人，长丈余，玄冠白衣。遥叱将车人，使避之，俄而长人至，以马鞭击御者，即倒。既明，从人视车空，觅腾所在，行六七十步，见在榛莽中，隐几而坐，云：“了不自知。”腾五十日被诛。（出《幽明录》）

新鬼

有新死鬼，形疲瘦顿。忽见生时友人，死及二十年，肥健，相问讯曰：“卿那尔？”曰：“吾饥饿，殆不自任。卿知诸方便，故当以法见教。”友鬼云：“此甚易耳，但为人作怪，人必大怖，当与卿食。”新鬼往入大墟东头，有一家奉佛精进，屋西厢有磨，鬼就推此磨，如人推法。此家主语子弟曰：“佛怜吾家贫，令鬼推磨，乃辇麦与之。”至夕，磨数斛，疲顿乃去，遂骂友鬼：“卿那诳我？”又曰：“但复去，自当得也。”复从墟西头入一家。家奉道，门傍逍遥。秉心不得令，不免时所要。薄言告所亲，恐谓言妖忘。”忘大没无识，在昔有苏韶，然后就无影无声地离去了。

王瑗之

广汉的王瑗之，在信安担任县令一职。一天，他在县衙忽然看见一只鬼，鬼说自己叫蔡伯喈。过了一会儿他们谈论到诗理，学贯古今，没有什么是他不懂的。问他是不是以前的蔡邕，回答说：“不是，我只是和他的字相同。”问以前的蔡伯喈在哪里，回答说：“在天上做神仙，有很多人祭祀，非常开心。不是以前的他能够比的。”（出《齐谐记》）

牵 腾

牵腾，在咸和三年担任沛郡太守。他的出行不知道节制，梦见黑衣人告诉他说：“为什么连续不断地多次出行，只好砍断你的马脚。”牵腾后来出行的时候，马的脚就自动断了。牵腾最近到城外，天忽然就黑了，有一个人，身高一丈多，戴着黑色的帽子，穿着白色的衣服。很远就呵斥驾车的人，让其躲避，用马鞭打驾车的人，驾车的人立即就被击倒了。等到天亮的时候，随从的人看见车是空的，就去找牵腾，向前走了六七十步，看见他在榛树丛中，隐藏在桌子后面坐着，说：“什么也不知道。”牵腾五十天以后就被诛杀了。（出《幽明录》）

新 鬼

有个新死的鬼，身体疲乏，瘦弱不堪。忽然看见活着时候的朋友，已经死了二十年，身体肥胖健硕，问新鬼说：“你怎么这样了呀？”新鬼说：“我是因为饿的，也不是自己想要这样的。你知道这里各种讨巧的事情，应该教教我这种法子啊。”他的鬼朋友说：“这个特别容易，就到人家里作怪，人们一定会害怕，那时候就会给你吃的。”新鬼听了之后就去大村落的东边，有户虔诚信佛的人家，屋子的西边有个石磨，鬼就像人一样在推那个石磨。这家的主人对他有碓，此鬼便上碓，如人舂状。此人言：“昨日鬼助某甲，今复来助吾，可辇谷与之。”又给婢簸筛。至夕，力疲甚，不与鬼食。鬼暮归，大怒曰：“吾自与卿为婚姻，非他比，如何见欺？二日助人，不得一瓯饮食。”友鬼曰：“卿自不偶耳，此二家奉佛事道，情自难动。今去可觅百姓家作怪，则无不得。”鬼复去，得一家，门首有竹竿，从门入。见有一群女子，窗前共食。至庭中，有一白狗，便抱令空中行，其家见之大惊，言自来未有此怪。占云：“有客鬼索食，可杀狗，并甘果酒饭，于庭中祀之，可得无他。”其家如师言，鬼果大得食，自此后恒作怪，友鬼之教也。（出《幽明录》）

刘青松

广陵刘青松，晨起，见一人著公服，赍板云：“召为鲁郡太守。”言讫便去，去后亦不复见。至来日复至，曰：“君便应到职。”青松知必死，入告妻子，处分家事。沐浴至晡，见车马吏侍左右，青松奄忽而绝。家人咸见其升车，南出百余步，渐高而没。（出《幽明录》）

的孩子们说：“佛祖可怜我们家贫苦，让鬼给我们推磨，于是就搬来麦子给他。”到了夜里，已经磨了好几斛，疲惫不堪，于是就离开了。因此责骂鬼朋友，说：“你怎么能骗我呢？”又说：“你只要再去一次，就一定可以吃到了。”就去了村落西边的一家，这家人信奉道教。他家的大门旁边有石碓，这个鬼就上了石碓，替人舂米。这个人说：“昨天鬼帮了某个人，今天又来帮我，可以运一些谷子给他。”又让婢女们用筛子簸。到了晚上，他特别疲累，但是人却不给他吃的。鬼傍晚的时候回去了，特别愤怒地说：“我自小和你是姻亲，不是其他人可以相比的，为什么要欺骗我呢？我连续两天帮助人，但却得不到一点吃的。”他的鬼朋友说：“你也太没有运气了，这两家侍奉佛道，自然难以引起他们害怕的情绪。你现在可以去找一户老百姓的家，就不会没有任何收获。”鬼再次出动，去了门口有竹竿的一家，他从门口进入。看见有一群女子在窗前一起吃饭，走到庭院中间，有一只白狗，就把它抱起来让它悬在半空中，那家人看见之后特别惊讶，说自从来了之后，从没有见过这样的怪事。占卜的人说：“有一个外来鬼想要吃的，你们可以把那只狗杀了，再摆上果品酒饭，在庭院中祭祀，就可以消灾了。”这家人照着巫师的话去做了，鬼果然得到了很多食物，从此以后，他就经常作怪，这就是他的鬼朋友教的。（出《幽明录》）

刘青松

刘青松，是广陵人，他早晨起床的时候，看见一个人穿着官服，怀抱笏板说：“召请你做鲁郡太守。”说完之后就走了，走后就再没见过。等到第二天，他又来了。说：“你应该立即赴任了。”刘青松知道自己一定要死，就进去告诉他的妻子，处理家事。洗浴到傍晚，看见车马和旁边的随从，刘青松突然就去世了。他的家人都看见他的车马升空，车子向南奔出一百多步，渐渐升高直至消失。（出《幽明录》）

庾亮

庾亮镇荆州，亮登厕，忽见厕中一物。如方相，两眼尽赤，身有光耀，渐渐从土中出。庾乃攘臂，以拳击之，应手有声，缩入地。因而寝疾，遂亡。（出《甄异录》）

司马义

金吾司马义妾碧玉，善弦歌。义以太元中病笃，谓碧玉曰："吾死，汝不得别嫁。当杀汝。"曰："谨奉命。"葬后，其邻家欲娶之，碧玉当去。见义乘马入门，引弓射之，正中其喉。喉便痛亟，姿态失常，奄忽便绝。十余日乃苏，不能语，四肢如被挝损。周岁始能言，犹不分明。碧玉色甚不美，本以声见取，既被患，遂不得嫁。（出《甄异录》）

李元明

前唐李元明，尝在床上卧，时夜半，忽闻人呼云："元明元明。"久乃出应，有二人便牵将去。入屋下，舍去，不知所在。至逾时，竟鲜所见。徐扪所坐床，是棺木，四壁皆是冢。恐怖不安，欲去，难如升天，不复能出。家人左右索，不知所往，因率领仆从乃共大呼其名，元明于冢中闻，遥应之，乃凿门出之。

庾亮

庾亮镇守荆州的时候，他有一次上厕所，忽然看见厕所中有一个东西。就像方相，两只眼睛通红，身上发着光，渐渐从土里面钻出来。庾亮于是撸起袖子，出拳击打他，被手击打后会有声音回应，缩到了地底下。庾亮回去就病了，然后就去世了。（出《甄异录》）

司马义

执金吾司马义有一个妾叫作碧玉，擅长弹琴。司马义在太元年间病重，对碧玉说："我死了，你不能嫁给别人。那样我会杀了你。"碧玉回答说："我一定遵从命令。"将司马义下葬后，她的邻居家想要娶她，碧玉就答应了。突然看见司马义骑着马进门，拉满弓箭来射杀她，正好射中了她的喉咙。她的喉咙就疼痛到了极点，失去了常有的姿态，突然就断气了。十几天后才醒过来，但是已经不能说话，她的四肢就像被打坏了一样。过了一年才能够说话，但还是说不清楚。她的容貌也不是很美，本来是因为声音而被看重，既然声音损毁，也就不能嫁出去了。（出《甄异录》）

李元明

前唐的李元明，曾经在床上躺卧，当时是半夜，忽然听见有人呼唤他："元明！元明！"很久之后才出声回应，这时出现两个人，将他带走了。到了一个房屋下面，就丢下他走了，他不知道自己在什么地方。过了很长时间，最终看见了自己从来没见过的景象。于是他慢慢地摸索到自己所坐的床边，却是棺材，四面墙都是坟墓。他特别害怕，想要离开，但却比升天还难，就这样不再能出去。他的家人到处寻找，不知道他去了哪里，于是率领仆人一起大声呼喊他的姓名，李元明在墓地中听见了，远远地回应着，后来家人把墓室的门打开救出了他。

张 闿

□城张闿，以建武二年，从野还宅。见一人卧道侧，问之，云：“足病，不能复去，家在南楚，无所告诉。”闿悯之，有后车载物，弃以载之。既达家，此人了无感色，且语闿曰：“向实不病，聊相试耳。”闿大怒曰：“君是何人，而敢弄我也？”答曰：“我是鬼耳，承北台使来相收录。见君长者，不忍相取，故佯为病卧道侧。向乃捐物见载，诚衔此意。然被命而来，不自由，奈何？”闿惊，请留鬼。以豚酒祀之，鬼相为酹享。于是流涕，固请求救，鬼曰：“有与君同名字者否？”闿日：“有侨人黄闿。”鬼曰：“君可诣之，我当自往。”闿到家，主人出见，鬼以赤摽摽其头，因回手，以小铍刺其心。主人觉，鬼便出，谓闿曰：“君有贵相，某为惜之，故亏法以相济。然神道幽密，不可宣泄。”闿去后，主人暴心痛，夜半便死。闿年六十，位至光禄大夫。（出《甄异录》）

庾绍之

晋新野庾绍之，小字道覆，湘东太守。与南阳宗协，中表昆弟，情好绸缪。绍元兴末病亡，义熙中，忽见形诣协。形貌衣服，具如平生，而两脚著械。既至，脱械置地而坐。协问何由得来顾，答云：“暂蒙假归，与卿亲好，故相过也。”协问鬼神之事，言辄漫略，不甚谐对。唯云：“宜勤精进，不可杀生，若不能都断，可勿宰牛。食肉之时，勿啗物心。”协云：“五脏与肉，乃有异耶？”答曰：“心者藏神之宅也，其罪尤重。”具问亲戚，因谈世事。末复求酒，

张闿

某城人张闿，在建武二年，从田间回家，看见一个人躺在道路的一旁，就上前询问，回答说："脚上有病，不能够再走，家在南楚，没办法给家里送消息。"张闿非常怜悯他，本来他的车子上装了东西，就把它们丢在一旁用来搭载他。到他家以后，这个人一点感激的样子也没有，并且对张闿说："之前我实际上没有病，只是想试试你罢了。"张闿非常愤怒地说："你是什么人，竟然敢玩弄我？"那个人回答道："我是鬼，奉台北使的命令来将你收了。看见你是一个长者，不忍心取你性命，所以装作有病躺在道路的一旁。之前你把东西丢弃在一旁来让我搭载，足以显示你的诚意。但我是奉命而来，身不由己，能怎么办呢？"张闿大吃一惊，请鬼留下。用猪肉和酒来祭祀他，鬼就和他一起分享了祭品。因此他流下泪来，请鬼救自己，鬼说："你知道有和你名字一样的人吗？"张闿说："有一个外地人叫黄闿。"鬼说："你可以前去拜访他，我就跟着你前去。"张闿便去了外地人黄闿的家，主人黄闿出来和他相见，鬼用红绳子绑了他的头，然后缩回手，用两刃小刀刺向他的心脏。主人刚刚感觉到，鬼就出来了，对张闿说："那个人有大贵之相，我因为很替你感到惋惜，所以才用这种破坏法令的方式来救你。但是这是神道的秘密，不能对外传播。"张闿离开后，外地人黄闿突发心痛，半夜就去世了。张闿活到六十岁，做官做到光禄大夫。（出《甄异录》）

庾绍之

晋朝新野有一位庾绍之，字道覆，是湘东太守。和南阳的宗协是亲密友好的兄弟，两人的感情非常好。庾绍之在元兴末年病逝，在义熙年间，忽然现出身形前来拜谒宗协。他的容貌和所穿的衣服，都和他活着的时候一样，但是两只脚上有镣铐。到这里的时候，把镣铐放在地下后坐下。宗协问怎么可以来探望他，回答说："承蒙批准请假得以暂时回来，因为和你亲密友好，所以来看看你。"宗协问他鬼神的事，他的言语模糊简略，都不怎么能对得上。只是说："你协时与茱萸酒，因为设之，酒至杯不饮，云有茱萸气。协曰：“为恶耶？”答云：“下官皆畏之，非独我也。”绍之为人，语声高壮，比言论时，不异恒日。有顷，协儿邃之来。绍闻屐声，极有惧色，谓协曰：“生气见陵，不复得住，与卿三年别耳。”因贯械而起，出户便灭。协后为正员郎，果三年而卒。（出《冥祥记》）

韦 氏

安定人姓韦，北伐姚泓之时归国，至都，住亲知家。时□□扰乱，齐有客来问之，韦云：“今虽免虑，而体气惙然，未有气力。思作一羹，尤莫能得，至凄苦。”夜中眠熟，忽有叩床而来告者云：“官与君钱。”便惊出户，见一千钱在外，又见一乌纱冠帻于执板背户而立。呼主人共视，比来已不复见，而取钱用之。（出《幽明录》）

胡馥之

上郡胡馥之，娶妇李氏，十余年无子而妇卒。哭之恸：“汝竟无遗体，怨酷何深？”妇忽起坐曰：“感君痛悼，我不即朽。可人定后见就。依平生时，当为君生一男。”语毕还卧。馥之如言，不应该勤加努力，专心上进，不要杀生，如果不能够全部断绝，就别再宰杀牛。吃肉的时候，不要吃动物的心。”宗协说：“动物的五脏和肉，还有区别吗？”回答说：“心是藏神的地方，吃它的罪行会特别重。”庾绍之在对话中详细地问了亲戚们的状况，转而谈了世间的情况。最后又向他要了酒，宗协那时候给了他茱萸酒，于是用它给他设祭，酒已经倒进杯子里，但是他不喝，说是有茱萸的气息。宗协说：“为什么会讨厌呢？”回答说：“下面的人都害怕，不仅仅是我。”庾绍之在当人的时候，说话的声音很大，这时候说话，和以前没有什么两样。过了一会儿，宗协的儿子从远方回来了。庾绍之听见鞋子的声音，脸上显出非常害怕的样子，对宗协说：“生者的灵气已经超过了我能承受的范围，我不能再在这里住下了，和你要分别三年罢了。”于是将镣铐戴上站起身，出了门就消失了。宗协后来担任正员郎，三年之后果真去世了。（出《冥祥记》）

韦氏

有一个姓韦的安定人，在军队向北讨伐姚泓之的时候回到自己的国家，到了京都，住在亲友的家里。当时□□纷扰混乱，齐地来的客人来问候他，韦氏回答说：“现在虽然不用担忧了，但是身体还没有力气。想要做一碗汤，都不能够做到，特别凄凉。”晚上韦氏正在熟睡，忽然有人敲他的床来告诉他：“官府送给你钱。”他被惊醒了，走出门外，忽然看见门外有一千钱，又看见一个头上戴乌纱帽的人拿着笏板在外面背对着门站着。于是他呼唤主人前来看，等到主人来的时候，那个人已经不见了，于是他就把钱拿过来使用了。（出《幽明录》）

胡馥之

胡馥之，是上郡人，娶了李氏为妻，十多年都没有孩子，妻子也死了。胡馥之痛哭道：“你竟然没留下孩子就离开了，是何等残酷啊！”他的妻子忽然坐起来说：“感谢你沉痛地悼念我，我不久就腐取灯烛，暗而就之。复曰："亡人亦无生理，可侧作屋见置。须伺满十月然后殡。"尔后觉妇身微暖，如未亡。即十月后，生一男，男名灵产。（出《幽明录》）

贾雍

豫章太守贾雍，有神术。出界讨贼，为贼所杀，失头。上马回营，胸中语曰："战不利，为贼所伤。诸君视有头佳乎，无头佳乎？"吏涕泣曰："有头佳。"雍曰："不然，无头亦佳。"言毕遂死。

宋定伯

南阳宋定伯，年少时，夜行逢鬼。问之，鬼言："我是鬼。"鬼问："汝复谁？"定伯诳之，言："我亦鬼。"鬼问："欲至何所？"答曰："欲至宛市。"鬼言："我亦欲至宛市。"遂行数里，鬼言："步行太迟，可共递相担，何如？"定伯曰："大善。"鬼便先担定伯数里。鬼言："卿太重，不是鬼也。"定伯言："我新鬼，故身重耳。"定伯因复担鬼，鬼略无重。如是再三。定伯复言："我新鬼，不知有何所恶忌。"鬼答言："唯不喜人唾。"于是共行。道遇水，定伯令鬼渡，听之了然无水音。定伯自渡，漕漼作声。鬼复言："何以有声？"定伯曰："新死，不习渡水故尔，勿怪吾也。"行欲至宛市，定伯便担鬼著肩上，急执之。鬼大呼，声咋咋然，索下，不复听之。径至宛市中，下著地，化为一羊，便卖之。恐其变化，唾之。得钱千五百，乃去。当时有言：定伯卖鬼，得钱千五。（出《列异传》）

朽了。你可以在夜深人静的时候和我像活着的时候一起睡，我就会给你生一个男孩。”说完之后又倒下了。胡馥之就像他妻子所说的那样，不拿灯火，在黑暗中和她一起睡。又说：“死去的人没有复活的道理，你可以在旁边盖一间房屋把我放置在那里。必须服侍我满十个月才能够出殡。”后来他觉得妻子的身体微微发热，就像没有死一样。十个月之后，生了一个男孩儿，男孩儿的名字叫胡灵产。（出《幽明录》）

贾雍

贾雍，是豫章太守，有神奇的仙术。他出豫章地界去征讨叛贼，被叛贼杀了，失去了自己的头后。爬上马奔回自己的营地，胸中传来说话声，说：“征战失利了，头是被叛贼伤了的。你们看我是有头好呢，还是没头好呢？”官员们哭着说：“有头好。”贾雍说：“不，没有头也很好。”说完就死了。（出《幽明录》）

宋定伯

南阳的宋定伯，在年少的时候，夜间行走时遇见了鬼，就问他是谁，鬼说：“我是鬼。”鬼也问他是谁。宋定伯骗他说：“我也是鬼。”鬼问：“你要去什么地方？”宋定伯回答说：“宛市。”鬼说：“我也是去宛市。”于是走了几里路，鬼说：“步行太慢了。我们可以相互接力背着对方走，怎么样？”宋定伯说：“非常好。”鬼于是背着宋定伯走了几里路。鬼说：“你太重了，肯定不是鬼。”宋定伯说：“我是新鬼，所以身体显得很重。”宋定伯把鬼背在身上的时候，鬼一点重量也没有，像这样很多次。宋定伯再次说：“我是新鬼，不知道鬼有什么禁忌。”鬼说：“我们只是不喜欢人的唾沫。”于是一起前行。在路上遇到水，宋定伯让鬼先渡河，听他过河的时候水一点声音也没有。宋定伯自己过河的时候，水哗哗地响。鬼再次问：“为什么会有声音呢？”宋定伯说：“我才死，不习惯过河而已，请不要怪我。”快要到宛市的时候，宋定伯就把鬼扛在肩膀上，快速地抓住

吕光

吕光承康元年，有鬼叫于都街曰："兄弟相灭百姓弊。"徼吏寻视之，则无所见。其年光死，子绍代立。五日，绍庶兄篡，杀绍自立。（出《述异记》）

他。鬼见状大声嚷叫，呼喊声响个不停，想让宋定伯把他放下来，但宋定伯不再听他的。走到宛市中，把他放在地上，鬼变成了一只羊，就把他卖了。害怕他再变成鬼，就向他吐了唾沫。得到了一千五百钱，就离开了。当时的人说："宋定伯卖鬼，得到了一千五百钱。"（出《列异传》）

吕光

吕光登基的成康元年，有一个鬼在京城的街市上叫道："兄弟互相屠杀，百姓遭殃。"派遣官吏前去检视，但什么也没有看见。过了一年，吕光死了，他的儿子吕绍代为处理政事。五天后，吕绍庶出的哥哥篡位，杀了吕绍自己登基了。（出《述异记》）

卷第三百二十二　鬼七

陶侃

陶侃，字士行，曾如厕，见数十人，悉持大印。有一人单衣平上帻，自称后帝，云："君长者，故出见。三载勿言，富贵至极。"侃便起，旋失所在。有大印作公字，当其秽所。杂五行书曰："厕神曰后帝也。"（出《异苑》）

谢尚

夏侯弘自云见鬼，与其言语。镇西谢尚，所乘马忽死，忧恼甚至，谢曰："卿若能令此马生者，卿真为见鬼也。"弘去良久，还曰："庙神乐君马，故取之。当活。"尚对死马坐，须臾，马忽自门外走还，至马尸间，便灭，应时能动起行。谢曰："我无嗣，是我一身之罚？"弘经时无所告，曰："顷所见小鬼耳，必不能辨此源由。"后忽逢一鬼，乘新车，从十许人，着青丝布袍。弘前提牛鼻，车中人谓弘曰："何以见阻？"弘曰："欲有所问，镇西将军谢尚无儿，此君风流令望，不可使之绝祀。"车中人动容曰："君所道，正是仆儿。年少时，与家中婢通，誓约不再婚而违约。今此婢死，在天诉之。是故无儿。"弘具以告。尚曰："吾少时诚有此事。"弘于江陵，见一大鬼，提矛戟，有小鬼随从数人。弘畏惧，下路避之。大鬼过后，捉得一小鬼。问此何物，曰："杀人以此矛戟，若中心腹

陶侃

陶侃，字士竹，曾经在上厕所的时候，看见几十个人，手里都拿着大印。有一个人身穿单薄的衣衫，头上戴着平头帽，自己说是后帝，说：“你是长辈，所以出来见你，你三年不要说，会有极大的富贵。”陶侃站起身，他立即就消失了。在厕所有大印印下的公字，应该是他所在的场所，中间夹杂着五个行书字体，是“厕所曰后帝”。（出《异苑》）

谢尚

夏侯弘说自己能够见到鬼，能和鬼说话。镇西大将军谢尚骑的马忽然死了，非常烦恼，于是谢尚说：“如果你能让这匹马重生，你就能证实你真的能见到鬼。”夏侯弘离开了很长时间，回来说：“庙神喜欢你的马，所以将它带走了。它还可以活。”谢尚面对死马坐在那里，过了一会儿，有马忽然从门外走回来，走到马的尸体前，就消失了，这时马就可以动弹，能够起身行走了。谢尚说：“我没有子嗣，这是对我的惩罚吗？”夏侯弘在很长一段时间里都没有告诉他为什么，只是说：“我见过的是小鬼，一定不知道原因。”后来忽然看见一个鬼，坐着一辆新车，他的随从有十几个人，都穿着青丝布袍。夏侯弘上前提着牛的鼻子，车中的人对夏侯弘说：“为什么阻拦我？”夏侯弘说：“我有想要问你的事情，镇西将军谢尚没有儿子，这个人才华出众，有很高的名望，不能让他断了子嗣啊。”车里面的人被他的言语感动了，说：“你所说的正是我的儿子。他在年轻的时候，和家里的婢女私通，和她发誓说不再结婚，但是他违背了自己的誓言。

者，无不辄死。”弘曰：“治此病有方否？”鬼曰：“以乌鸡薄之，即差。”弘又曰：“今欲何行也？”鬼曰：“当至荆扬二州。”尔时比日行心腹病，无有不死者，弘乃教人杀乌鸡以薄之，十不失八九。今有中恶，辄用乌鸡薄之，弘之由也。（出《志怪录》）

襄阳军人

晋太元初，苻坚遣将杨安侵襄阳。其一人于军中亡，有同乡人扶丧归，明日应到家，死者夜与妇梦云：“所送者非我尸，仓乐面下者是也。汝昔为吾作结发犹存，可解看便知。”迨明日，送丧者果至。妇语母如此，母不然之。妇自至南丰细检他家尸，发如先分明是其手迹。（出《幽明录》）

吕顺

吕顺丧妇，更娶妻之从妹，因作三墓。构累垂就，辄无成。一日顺昼卧，见其妇来就同寝，体冷如冰。顺以死生之隔，语使去。后妇又见其妹，怒曰：“天下男子复何限，汝乃与我共一婿，作冢不成，我使然也。”俄而夫妇俱殪。（出《幽明录》）

现在那个婢女去世了，在天上投诉他。正是因为这样，所以他才没有儿子。”夏侯弘将所听到的详细告诉谢尚。谢尚说：“我年轻的时候确实有这样的事情。”夏侯弘在江陵的时候，看见一个大鬼，拿着矛戟，有好几个小鬼跟随着他。夏侯弘很害怕，走下大路躲避他们。大鬼走过去后，夏侯弘抓着一个小鬼，问那个矛戟是什么，小鬼说：“我们用这个矛戟杀人，如果刺中了人的心腹，没有不立刻就死的。”夏侯弘问：“治疗这样的病有药方吗？”鬼说：“用乌鸡敷在那里，立即就会好了。”夏侯弘又问：“你们现在要去哪里啊？”鬼说：“我们应该去荆州和扬州。”那时流行心腹病，没有不死的，夏侯弘于是教人杀了乌鸡敷在上面，十之八九都好了。现在有认为中邪的都用乌鸡敷在上面，是从夏侯弘开始的。（出《志怪录》）

襄阳军人

晋代太元初年，苻坚派遣大将杨安侵袭襄阳。其中一个人在军中阵亡，他的同乡人护送他的灵柩回家，第二天就应该到家了，这个人夜里托梦给他的妻子说：“他们送的不是我的尸体，在仓乐的脸朝下的才是，你以前给我的结发还在，你解开一看就知道了。”等到第二天，护送灵柩的人果然来了，他的妻子对婆婆说了昨夜的事情，她的婆婆不以为然。他的妻子自己到南丰细细检视其他尸体，看到她丈夫的尸体中，头发像之前一样，就是出自她的手。（出《幽明录》）

吕　顺

吕顺在他的妻子去世之后，要娶他妻子的堂妹，于是他要建三座坟墓。在墓每次快修好的时候，就不能修成。一天白天，吕顺在睡觉，看见他的妻子前来和他一起睡觉，她的身体像冰一样冷。吕顺以阴阳两隔为理由，让他的妻子离去。后来他的妻子又看见了她的堂妹，怒气冲冲地说：“天下间的男子没有任何限制，你却要和我共同嫁给一个人，墓地修不成，是我在作乱。”过了一会儿，那对夫妇就都死了。（出《幽明录》）

桓 恭

桓恭为桓安民参军，在丹阳，所住廨，床前有一陷穴。详见古冢，视之果有坏棺。恭每食，常先以饭投穴中。如此经年，忽见一人在床前，云："吾没已来七百余年，嗣息绝灭，蒸尝莫及。常食见餐，感君之德，报君以宁州刺史也。"未几果迁。（出《幽明录》）

庾 崇

庾崇者，建元中，于江州溺死。尔日即还家见形，一如平生，多在妻乐氏室中。妻初恐惧，每呼诸从女作伴。于是作伴渐疏，时或暂来。辄恚骂云："贪与生者接耳。反致疑恶，岂副我归意耶？"从女在内纺绩，忽见纺绩之具在空中，有物拨乱，或投之于地。从女怖惧皆去，鬼即常见。有一男，才三岁，就母求食，母曰："无钱，食那可得？"鬼乃凄怆，抚其儿头曰："我不幸早世，令汝穷乏，愧汝念汝，情何极也。"忽见将二百钱置妻前，云："可为儿买食。"如此经年，妻转贫苦不立，鬼云："卿既守节，而贫苦若此，直当相迎耳。"未几，妻得疾亡，鬼乃寂然。（出《幽明录》）

曹公船

濡须口有大船，船覆在水中，水小时便出见。长老云："是曹公船。"常有渔人夜宿其旁，以船系之。但闻竽笛弦歌之音，又香

桓恭

桓恭在给桓石民担任参军的时候，在丹阳驻扎，他所住的衙门里，床前面有一个陷进去的洞。仔细看能够看见古墓，检视它果然有一个已经坏了的棺材。桓恭每次吃饭的时候，常常先把饭投到洞穴里，就这样过了好几年，忽然看见一个人站在床前，说："自从我去世已经过了七百多年，子嗣已经断绝，很久没有吃过饭了。经常吃到你分给我的饭，感念你的恩德，我要告诉你的是，你会当上宁州刺史。"没过多久，他果然升任为宁州刺史。（出《幽明录》）

庾崇

建元年间，庾崇在江州被淹死。当日他就回家，现出身形，就像他活着的时候一样，大多数时间在他的妻子乐氏的房屋中。他的妻子最初很害怕，每天都要叫她的女伴陪着她。后来女伴渐渐疏远，只能偶尔来一次。庾崇就责骂他的妻子说："我想要和活着的你接近，反倒让你产生了嫌恶，这怎么符合我归来的心意呢？"她的女伴在里面纺织，忽然看见纺织的工具在半空中，有的东西被拨乱了，有的东西被扔在了地上，他妻子的女伴非常害怕，都逃走了。鬼就常常现形。他们有一个儿子，刚刚三岁，缠着他的母亲要饭吃，他的母亲说："没有钱，哪来吃的呢？"鬼于是觉得非常凄凉，抚摸他儿子的头说："我惨遭不幸，很早就去世了，让你们很穷困，我对不起你，也想念你到了极点。"忽然现形，将二百钱放在他妻子的面前，说："你可以为孩子买点吃的了。"就这样过了很长时间，他的妻子还是很穷困，没办法养活自己。鬼说："你既然为我守节，又贫困到了这个地步，我应当前去迎接你了。"没过多久，他的妻子生病去世了，鬼也销声匿迹了。（出《幽明录》）

曹公船

濡须口有艘大船，船沉没在水中，水变少的时候船就会出现。老人们说："这是曹公船。"经常有渔民睡在旁边，把船系在那艘大船

气非常，渔人始得眠。梦人驱遣云："勿近官妓。"传云，曹公载妓船覆于此，至今在焉。（出《广古今五行记》）

王志都

马仲叔、王志都，并辽东人也，相知至厚。叔先亡，后年忽形见，谓曰："吾不幸早亡，心恒相念。念卿无妇，当为卿得妇。期至十一月二十日，送诣卿家，但扫除设床席待之。"至日，都密扫除施设，天忽大风，白日昼昏，向暮风止。寝室中忽有红帐自施，发视其中，床上有一妇，花媚庄严，卧床上，才能气息。中表内外惊怖，无敢近者，唯都得往。须臾便苏，起坐。都问卿是谁，妇曰："我河南人，父为清河太守。临当见嫁，不知何由，忽然在此。"都具语其意，妇曰："天应令我为君妻。"遂成夫妇。往诣其家，大喜，亦以为天相与也，遂与之。生一男，后为南郡太守。（出《幽明录》）

唐邦

恒山唐邦，义熙中，闻扣门者。出视，见两朱衣吏。云："官欲得汝。"遂将至县东岗殷安冢中，冢中有人语吏云："本取唐福，何以滥取唐邦？"敕鞭之，遣将出。唐福少时而死。（出《异苑》）

上面。夜里能听见管弦的声音，又散发着浓烈的香气，渔民才睡着。梦里面有人驱散他们说："不要靠近官妓。"传说，曹公载着官妓的船翻在这里，到现在都在。（出《广古今五行记》）

王志都

马仲叔、王志都，都是辽东人，他们是相交特别亲厚的知心朋友。马仲叔先去世了，一年后突然现出身形，对他说："我非常不幸，很早就亡故了，心里时常想念你。想到你还没有娶妻，应该为你娶一个媳妇。约定了到十一月二十日，送她到你家，你要将家里打扫一番，准备好床被等待她来就可以了。"等到约定的那天，王志都秘密打扫了房屋，准备好了各项设施，天忽然起了大风，白天像黄昏一样，等到晚上风就停了。卧室中忽然设好了红帐，打开看它的里面，床上有一个女子，长得端庄秀丽，躺在床上，才刚刚可以喘气。他的兄弟们都特别害怕，没有敢接近的，只有王志都敢于前往。过了一会她便苏醒了，起身坐好。王志都问："你是谁？"那个女子回答说："我是河南人，我的父亲是清河太守。我出嫁在即，但不知道是什么原因，忽然间就到了这个地方。"王志都详细地告诉那个女子事情的原委，那个女子说："是天让我做你的妻子。"于是他们结成夫妇，他们两个人一起回访女子的家，她的家人非常开心，也认为是上天授予他们婚姻的，于是就答应了。后来，他们生了一个男孩，长大后做了南郡太守。（出《幽明录》）

唐邦

义熙年间，恒山的唐邦听到有人敲他的门。出去检视，看见两个穿红衣服的官吏，说："官府想让你去一下。"于是将他带到东岗的阴安群墓中，群墓中有人对官吏说："我本来是要捉唐福，为什么胡乱捉来了唐邦呢？"下令鞭打了他们，派人把唐邦带出去。唐福没过一会就去世了。（出《异苑》）

王矩

衡阳太守王矩，为广州。矩至长沙，见一人长丈余，着白布单衣。将奏在岸上，呼："矩奴子过我。"矩省奏，为杜灵之。入船共语，称叙希阔。矩问："君京兆人，何时发来？"答矩朝发。矩怪问之，杜曰："天上京兆，身是鬼，见使来诣君耳。"矩大惧，因求纸笔，曰："君必不解天上书，乃更作。"折卷之，从矩求一小箱盛之，封付矩曰："君今无开，比到广州，可视耳。"矩到数月，悁悒，乃开视，书云："令召王矩为左司命主簿。"矩意大恶，因疾卒。（出《幽明录》）

周义

汝南周义，取沛国刘旦孙女为妻。义豫章艾县令弟，路中得病，未至县十里，义语："弟必不济。"便留家人在后，先与弟至县。一宿死，妇至临尸，义举手别妇，妇为梳头，因复拔妇钗。殓讫，妇房宿，义乃上床，谓妇曰："与卿共事虽浅，然情相重，不幸至此。兄不仁，离隔人室家，终没不得执别，实为可恨。我向举手别，又拔卿钗，因欲起，人多气逼不果。"自此每夕来寝息，与平生无异。（出《述异记》）

王矩

王矩，是衡阳太守，在广州出差。王矩到长沙的时候，看见一个人高一丈多，穿着白布单衣，拿着文书站在岸边，喊道："王矩，过来！"王矩看了文书，是杜灵之。进船和他一起说话，互道短长。王矩说："你是京兆人，什么时候出发来这儿的？"杜灵之回答王矩说："我是早晨出发的。"王矩非常奇怪，就问他，杜灵之说："天庭上的京兆，身体是鬼，奉命来拜访你。"王矩特别害怕。杜灵之向他要了纸和笔，说："你不认识天上的文字，我重新给你写一遍。"写完之后把它卷起来了，向王矩要了一个小箱子装着，又把它封上交给王矩说："你现在不要开启它，等你到广州的时候，就可以看了。"王矩到了广州几个月，非常忧郁，于是就打开那卷纸，上面写着："文书召王矩担任左司命主簿。"王矩心中感到特别不好，因此得病去世了。（出《幽明录》）

周义

汝南的周义，娶了沛国公刘旦的孙女为妻子。周义是豫章的艾县令的弟弟，在路途中得病，离县城还有十里路，周义说："我一定是不行了。"艾县令便把家人留在后面，先和他弟弟去县里了。有一天晚上，周义去世了，他的妻子到他尸体旁边的时候，周义举起手和他妻子告别，他的妻子给他梳头，周义把他妻子的钗子也拔了。殓装完毕，他的妻子就回房间睡觉了，周义也跟着到了床上，对他的妻子说："我和你在一起的时间虽然很少，但是我们之前的情感很深，惨遭不幸变成这样。兄长不仁，离散我和你，终于让我们不能够互相道别，实在是让人觉得愤恨。我向你举手道别，又把你的钗子拔了，我想要借此起身，但是因为人的精气太过旺盛，所以没有起成。"从这天以后每晚都来睡觉，和他活着的时候没什么两样。（出《述异记》）

袁 乞

吴兴袁乞，妻临亡，把乞手云：“我死，君再婚否？”乞曰：“不忍。”后遂更娶。白日见其妇语云：“君先结誓，何为负言？”因以刀割阴，虽不致死，人理永废也。（出《异苑》）

王恒之

沙门竺法师，会稽人，与北中郎王恒之，周旋甚厚，共论死生罪福报应之事，茫昧难明，因便共要，若有先死，当相报语。后王于庙中，忽见法师来曰：“贫道以某月日命过，罪福皆不虚，应若影响，檀越当勤修道德，以升跻神明耳。先与君要，先死者相报，故来相语。”言讫，不复见。（出《续搜神记》）

刘 遁

安帝义熙中，刘遁母忧在家。常有一鬼，来住遁家。搬徙床几，倾覆器物，歌哭骂詈。好道人之阴私，仆役不敢为罪。遁令弟守屋，遁见绳系弟头，悬著屋梁，狼狈下之，因失魂，逾月乃差。遁每爨欲熟，辄失之。遁密市野葛，煮作糜，鬼复窃之，于屋北乃闻吐声，从此寂灭。故世传刘遁药鬼。遁后为刘毅参军，为宋高祖所杀。（出《广古今五行记》）

袁乞

袁乞，吴兴人，他的妻子临终的时候，拉着他的手问：“我死了以后，你还会再结婚吗？”袁乞说：“我不忍心。”但是他后来又娶了一位，白天看见他妻子的鬼魂，说：“你以前已经发誓，为什么会违背你的誓言呢？”于是用刀将袁乞阉割了，虽然不会导致他的死亡，但是做人的道德模范却永远被废弃了。（出《异苑》）

王恒之

佛门的竺法师，是会稽人，和北中郎王恒之是至交好友，一起讨论死生、祸福和报应的事理，模糊不清，难以说明，于是两个人约定，如果他们中间一个人先死了，就应该给另一个人通报。后来有一天王恒之在庙里面的时候，忽然看见法师前来，说：“我因为某月某日的共同约定，谁先死，谁就通报，所以来告诉你，祸福都不是空的，报应受它的影响，施主你应该更加勤奋修习道德，将来好跻身神仙界。先前与你约定，先死的人应该给另一个人通报，因此前来传达。”说完之后，法师就不见了。（出《续搜神记》）

刘遁

安帝义熙年间，刘遁在家守母丧。经常有一个鬼，前来住在刘遁家。那只鬼把床和桌几搬来搬去，将东西打翻，又唱又哭又骂人。喜欢说人家的隐私，刘遁家的仆人们不敢得罪他。刘遁让弟弟守着屋子，刘遁看见绳子系在弟弟的头上，悬在房梁上，急忙把他解救下来，弟弟因此丢了魂，过了一个月才好。刘遁烧的东西在快熟的时候就不见了。刘遁于是秘密买来野葛，把它煮烂，鬼又把它偷了，后来他在屋子的北边就听见呕吐声，从此以后，那只鬼就不见了。所以世间人都在互传刘遁毒鬼的事。刘遁后来当了刘毅的参军，被宋高祖杀了。（出《广古今五行记》）

王思规

长沙王思规，为海盐令。忽见一吏，思规问是谁。吏云：“命召君为主簿。”因出板置床前。吏又曰：“期限长远，在十月。若不信我，到七月十五日日中时，视天上，当有所见。”思规敕家人，至期看天。闻有哭声，空中见人，垂旐罗列，状如送葬。（出《甄异录》）

华 逸

广陵华逸，寓居江陵，亡后七年来还。初闻语声，不见其形。家人苦请，求得见之。答云：“我困瘁，未忍见汝。”问其所由，云：“我本命虽不长，犹应未尽。坐平生时罚挞失道，又杀卒反奴，以此减筭。”云：“受使到长沙，还当复过。”如期果至，教其二子云：“我既早亡，汝等当勤自勖励。门户沦没，岂是人子？”又责其兄不垂教诲，色甚不平，乃曰：“孟禺已名配死录，正余有日限耳。”尔时，禺气强力壮，后到所期，暴亡。（出《甄异录》）

张君林

吴县张君林，居东乡杨里。隆安中，忽有鬼来助驱使。林原有旧藏器物中破甑，已无所用，鬼使撞瓮底穿为甑。比家人起，饭已熟。此鬼无他须，唯啖甘蔗，自称高褐。或云，此鬼为反语。高褐者葛号，丘垅累积，尤多古冢，疑此物是其鬼也。林每独见之，形如少女，年可十七八许，面青黑色，遍身青衣。乃令林家取白罂，盛水，覆头。明旦视之，有物在中。林家素贫，遂致富。尝语：“毋

王思规

王思规，长沙人，官任海盐令。有一天突然见到一个官吏，王思规问他是谁。那个官吏说：“奉命召请你做主簿。”然后把笏板拿出来放在床前。那个官吏又说：“时间还长，在十月，如果你不相信我，到了七月十五号太阳到中天的时候，你往天上看，应该能看见什么。”王思规告诉家人，到那一天往天上看。听见有哭声，空中能够见到人，引魂幡整齐地排列着，好像是送葬的样子。（出《甄异录》）

华逸

华逸，广陵人，居住在江陵，死后七年回到自己的家乡。一开始只能听见他说话的声音，见不到他的身形。家里人苦苦请求，希望能够见到他的样子。他回答说：“我因为面容枯槁，不忍心和你们相见。”问他为什么变成了这样，他说：“我原来的寿命虽然不长，但是应该还没有结束。因为在活着的时候赏罚无道，又杀害和虐待下属和随从，所以寿命减少了。”又说：“我奉命到长沙去，回来的时候应该还会再回家。”等到了那一天他果然来了，教导他的两个孩子说：“我既然早逝，你们应该勤奋上进，自我勉励。让门第沦落，哪里是作为儿子应该做的事情呢？”又责备他的兄长不教导孩子，脸色很是不好，然后说：“孟禺的名字已经在生死簿上了，他剩下的日子不多了。”那时候，孟禺身强力壮，后来到了所说的期限，突然就去世了。（出《甄异录》）

张君林

张君林，吴县人，家住在东乡的杨里。隆安年间，忽然有一只鬼前来相助供他驱使。张君林的旧东西中有一个破了的饭锅，已经没有什么用了，鬼就把一个已经撞坏的瓮底和破饭锅穿在一起组装成一个新的饭锅。等到他家人起床的时候，鬼已经把饭烧熟了。这只鬼没有其他需求，只需要喝甘蔗水。自己称自己是高褐。有的人说，这是鬼的反话，高褐就是葛号，那里坟墓遍地，尤其有很多古墓，怀疑这个东西

恶我，日月尽自去。”后果去。（出《甄异记》）

蛮兵

南平国蛮兵，义熙初，随众来姑熟，便有鬼附之。声呦呦细长，或在檐宇之际，或在庭树上。若占吉凶，辄先索琵琶，随弹而言。于时郄倚为府长史，问当迁官，云：“不久持节也。”寻为南蛮校尉，予为国郎中，亲领此土。荆州俗语云，是老鼠所作，名曰“鬼侯”。（出《灵鬼志》）

陈皋

平原陈皋，于义熙中，从广陵樊梁后乘船出。忽有一赤鬼，长可丈许，首戴绛冠，形如鹿角，就皋求载，倏尔上船。皋素能禁气，因歌俗家南地之曲，鬼乃吐舌张眼。以杖竿掷之，即四散成火，照于野。皋无几而死。（出《灵鬼志》）

袁无忌

晋陈国袁无忌，寓居东平。永嘉初，得疫疠，家百余口，死亡垂尽。徙避大宅，权住田舍。有一小屋，兄弟共寝，板床荐席数重。夜眠及晓，床出在户外，宿昔如此。兄弟怪怖，不能得眠。后见一妇人，来在户前，知忌等不眠，前却户外。时未曙月明，共窥之，彩衣白妆，头上有花插及银钗象牙梳。无忌等共逐之，初绕屋是鬼。张君林每次单独见到她的时候，她的身形就像是少女一样，年纪十七八岁，面色青黑，全身青衣。每次都会让张君林拿白色的酒器装上水盖上盖。第二天再去看，就会有东西在里面。张君林家向来很贫穷，就这样慢慢富了起来。那鬼曾经对张君林说："不要讨厌我，时间到了我自然会离开的。"后来，她果然离开了。(出《甄异录》)

蛮兵

在义熙初年，南平国的军队跟随众人来姑熟的时候，就有鬼附在他们身上。鬼的声音像鹿一样又细又长，有时在屋檐上，有时在庭院的树上。如果有人向他们问吉凶，他们就会先要一把琵琶，随着弹奏说出吉凶。那时郄倚是府中的长史，就问自己什么时候升官，鬼回答说："过不了多长时间你就会奉命出行。"不久，他就被封为南蛮校尉，成为予为国的郎中，亲自统领这块领土。荆州有一句俗话说："这件事是老鼠做的，叫郄倚'鬼侯'。"(出《灵鬼志》)

陈皋

陈皋，平原人，在义熙年间，从广陵的樊梁后面乘船出来。忽然出现一个红鬼，身高达到一丈多，头上戴着一顶绛色的冠帽，形状像是鹿角，前来请求陈皋让自己搭载，他突然之间就上了船。陈皋向来可以用运气法施行禁术，于是唱了他南方家乡的歌谣，鬼听了就吐舌头瞪眼睛。陈皋用竹杖投掷到他身上，他立即散成一个个火团，照亮了周围。不久陈皋就死了。(出《灵鬼志》)

袁无忌

晋代陈国的袁无忌，家住在东平。永嘉初年，他一家得了瘟疫，一百多口，快要死光了。袁无忌见状就迁离了大宅院，逃到乡下暂且住在农舍里。其中有一间小屋，他们兄弟一起睡，床板上铺了很多层席子。他们从夜里睡到白天的时候，床就会跑到屋子外面，好几个晚上都是这样。他们兄弟都觉得怪异又恐怖，晚上就不能睡着。

走而倒，头髻及花插之属皆堕，无忌悉拾之，仍复出门南走。临道有井，遂入其中。无忌还眠，天晓，视花钗牙梳，并是真物。遂坏井，得一楸棺，俱已朽坏。乃易棺并服，迁于高燥处葬之，遂断。（出《志怪录》）

新蔡王昭平

晋世新蔡王昭平，犊车在厅事上，夜无故自入斋室中，触壁而后出。又数闻呼噪攻击之声，四面而来。昭乃聚众，设弓弩战斗之备，指声弓弩俱发，而鬼应声接矢，数枚皆倒入土中。（出《搜神记》）

远学诸生

有诸生远学，其父母夜作，儿忽至，叹息曰："今我但魂魄耳，非复生人。"父母问之，儿曰："此月初病，以今日某时亡，今在琅邪任子成家。明日当殓，来迎父母。"父母曰："去此千里，虽复颠倒，那得及汝！"儿曰："外有车乘，但乘之，自得至矣。"父母从之，上车忽若睡，比鸡鸣，已至所在，视其驾乘，但魂车木马。遂与主人相见，临儿悲哀，问其疾消息，如其言。（出《续搜神记》）

后来看见一个妇女，来到房门前，知道袁无忌等人都没有睡着，就停在了门外。当时天还没亮，月亮非常明亮，袁无忌和他的兄弟一起偷看，她穿着彩色的衣服，化着淡妆，头上插着花和银钗以及象牙梳。袁无忌和他的兄弟共同驱赶她，一开始她绕着屋子走，后来摔倒了，她挽的头髻和插的花之类的都散落了，袁无忌把它们都捡起来，那个女子就从南门逃走了。在道路的旁边有口井，于是她逃进去了。袁无忌回来继续睡觉，天亮的时候，检视花、钗和象牙梳，都是真的东西。于是将井挖开，看见了一口楸木棺材，都已经毁坏了。于是将她迁到另一口棺材里并给她换了衣服，改葬到高的地方，那女鬼就再没出现了。（出《志怪录》）

新蔡王昭平

晋代时，新蔡有一个人名叫王昭平，他的牛车放在厅堂中，夜间无缘无故闯入了他的卧室里，碰到墙壁后又跑出去了。他又几次听见喊叫和迎战的声音从周围传过来。于是王昭平召集了众人，准备好弓箭等战斗的武器，指着声音出现的地方一起射箭，鬼应声中箭后倒在了地上，有几枚箭都倒着插入了土里。（出《搜神记》）

远学诸生

有位学生到远方求学，他的父母夜间干活儿时，儿子忽然回来了，并叹息着说："如今我只剩魂魄了，不再是一个活人。"他的父母问他为什么，他回答说："这个月月初生病了，在今天的某时去世，现在我的尸身在琅邪任子成的家里。明天他们就会入殓，因此来迎请你们前去。"他的父母说："这里离琅邪有上千里，即使是日夜兼程地赶路，又怎么能到你那里啊！"他说："外面有车子，你们只管坐上去，它自会如期到达。"他的父母听从了他所说的话，上了车之后忽然就像睡着的状态，等到鸡叫的时候，已经到了他们儿子入殓的地方，观察他们所坐的车，只不过是衣冠之车和木头的马。然后他们就和主人家相见了，看见儿子之后非常悲哀，询问主人他们儿子生病的情况，果真和他们儿子说的一样。（出《续搜神记》）

卷第三百二十三　鬼八

张　隆

宋永初三年，吴郡张隆家忽有一鬼，云："汝与我食，当相佑助。"后为作食，因以大刀斫其所食处。便闻数十人哭，哭亦甚悲，云："死何由得棺？"又闻云："主人家有破船，奴甚爱惜，当取为棺。"见取船至，有釜锯声。日既暝，闻呼唤举尸置船中。隆皆不见，惟闻处分。便见船渐升空，入云霄中。及灭后，复闻如有数十人大笑云："汝那能杀我也，但向以恶我憎汝，故隐没汝船耳。"隆便回意奉事此鬼，问吉凶及将来之计，语隆曰："汝可以大瓮著壁角中，我当为觅物也。"十日一倒，有钱及金银铜铁鱼腥之属。（出《幽明录》）

吉岩石

吉未翰从弟名岩石，先作檀道济参军。尝病，因见人著朱衣前来，揖云："特来相迎。"岩石厚为施设，求免。鬼曰："感君延接，当为少停。"乃不复见。岩石渐差。后丁艰，还寿阳，复见鬼曰："迎使寻至，君便可束妆。"岩石曰："君前已留怀，今复得见愍否？"鬼曰："前召欲相使役，故停耳。今泰山屈君为主簿，又使随至，不可辞也。"便见车马传教，油戟罗列于前，指示家人，人

张隆

南朝时宋永初三年，吴郡的张隆家忽然出现了一只鬼。鬼说："你给我吃的东西，我自当庇护你。"后来张隆给他做了吃的，然后用大刀砍向鬼吃饭的地方，接着就听见了几十个人在哭，哭声也特别悲伤，说："死了从哪里得到安葬的棺材啊？"又听见有声音说："主人家有一只破船，他特别爱惜，就把它做成棺材吧。"于是就看见有人把船拉过来，又听见斧子和锯子的声音。太阳下山后，听见举着尸体放进船里的喊叫声。张隆什么都看不见，只是能听见怎么处置的声音。过了一会儿看见船渐渐升到半空中，进入了云里。等到一切消失后，又听见像是有几十人在大笑，说："你怎么能杀了我呢？我只是因为刚才你嫌弃我，我憎恨你，所以才故意把你的船隐藏起来的。"张隆于是改变主意供奉这个鬼，问他自己的吉凶和将来怎么样，那个鬼对张隆说："你可以把大坛子放在墙壁的一个角落，我自当为你找东西放进去。"张隆因此十天倒一次，里面有金银铜铁和鱼虾等一类的东西。（出《幽明录》）

吉峇石

吉未翰的堂弟名叫吉峇石，之前是檀道济的参军。曾经有一次生病，看见有人穿着红色衣服前来，对他作揖说："我特意前来迎接你。"吉峇石为他安排了丰厚的祭品，请求他赦免自己。鬼说："感谢你接待我，我自当为你延迟一段时间。"说完就不见了。吉峇石渐渐痊愈了，后来他遭逢了父母之丧，回到寿阳，再次见到鬼，鬼对他说："迎接你的使者快到了，你现在就可以收拾了。"吉峇石说："你之前就已经放过我一次，能再可怜可怜我吗？"鬼说："之前想要让你

莫见也。岩石介书呼亲友告别，语笑之中，便奄然而尽。（出《幽明录》）

富阳人

宋元嘉初，富阳人姓王，于穷渎中作蟹簖。旦往视，见一材头，长二尺许，在簖裂开，蟹出都尽，乃修治簖，出材岸上。明往看之，见材复在簖中，败如前。王又治簖，再往视，所见如初。王疑此材妖异，乃取纳蟹笼中，系担头归，云："至家当破燃之。"未之家三里，闻中倅倅动，转顾，见向材头变成一物，人面猴身，一手一足，语王曰："我性嗜蟹，此实入水破若蟹簖，相负已多，望君见恕。开笼出我，我是山神，当相佑助，使全簖大得蟹。"王曰："汝犯暴人，前后非一，罪自应死。"此物转顿，请乞放，又频问君姓名为何，王回顾不应答。去家转近，物曰："既不放我，又不告我姓名，当复何计，但应就死耳。"王至家，炽火焚之，后寂无复异。土俗谓之山魈，云："知人姓名，则能中伤人，所以勤问，正欲害人自免。"（出《述异记》）

给使

近世有人得一小给使，频求还家未遂。后日久，此吏在南窗为我做事，所以就延迟了你去世的时间。现在泰山神想要任命你为主簿，派遣的使者又随后就到，不能再推辞了。”于是就看见了车马和在前面列队拿着油漆木戟的随从，用手指指着他们给家人看，别人都不能看见。吉啓石于是留下书信召集亲人告别，在谈笑声中，突然就去世了。（出《幽明录》）

富阳人

南朝宋元嘉初年，富阳有一个姓王的人在小沟里放了蟹簖。早晨前去检视的时候，看见一个长度大概二尺的棺材头，撞裂了蟹簖，螃蟹都跑完了，于是他整修蟹簖，把棺材头拿出来放在岸上。第二天又去看，看见棺材头还在蟹簖里，蟹簖又像之前那样坏了。王某又整修蟹簖，再次前来检视，他所看见的和以前一样。王某怀疑这个棺材头是妖怪，于是拿出来放在蟹笼中，系在扁担的一端回家了，说：“到家就把它砍断烧了。”到了离家三里路的地方，听见里面有响动，回过头看，看见之前的棺材头变成了一个东西，长着人的脸，猴子的身体，一只手一只脚，对王某说：“我天生喜欢吃螃蟹，实际上是我进入水里破坏你的蟹簖，很是对不起你，希望你能够原谅我。你打开蟹笼，把我放出来，我是山神，自当帮助你，让蟹簖装满螃蟹。”王某说：“你侵犯了我，前后行为不一致，你的罪责应当被整死。”这个东西转而向他磕头，请求他把自己放了，又屡屡问他姓甚名谁，但是王某只是回头，没有回答它。距离他家越来越近了，那个东西说：“你既不放了我，又不告诉我你的姓名，我还能怎么办呢，我现在就只能赴死了。”王某到家以后，放火把它烧了，后来也没发生什么事。当地人叫它山魈，说：“知道人的姓名以后就能够伤害那个人，所以它才一遍又一遍地问人的姓名，是想要害人从而逃脱自身的罪责。”（出《述异记》）

给使

最近有人雇了一个小仆役，小仆役几次请求回家都没有得到准下眠。此人见门中有一妇人，年五六十，肥大，行步艰难。吏眠失覆，妇人至床边，取被以覆之。回复出门去，吏转侧衣落，妇人复如初。此人心怪，明问吏："以何事求归？"吏云："母病。"次问状貌及年，皆如所见，唯云形瘦不同。又问母何患，答云："病肿。"而即与吏假，使出。便得家信云："母丧。"追计所见之肥，乃是其肿状也。（出《幽明录》）

甄法崇

宋甄法崇，永初中，为江陵令，在任严明。其时南平缪士为江安令，卒于官。后一年，崇在厅，忽见一人从门而入，云："缪士谨通。"法崇知其亡，因问卿貌何故瘦，答云："我生时所行，善不补恶，罹系苦，复勤剧理墨。"又云："卿县民某甲，负我米千余石，无券书，悍不还。今儿累穷弊，乞为严敕。"法崇曰："卿可作词。"士云："向不赍纸，且又不复书矣。"法崇令省事取笔，疏其语，士口授，其言历历。辞成，谢而去。法崇以事问缪家，云："有此。"登时摄问，负米者畏怖，依实输还。（出《渚宫旧事》）

谢 晦

谢晦在荆州，壁角间有一赤鬼，长可三尺，来至其前，手擎铜许。后来过了很长时间，这个小仆役在南窗下面睡觉。这个主人看见门里面有一个老妇人，年纪五六十岁，身材肥胖，走路都很困难。小仆役睡觉的时候掉了被子，老妇人走到床边，拿起被子盖在他的身上。然后就再次走向门口，离开了，那个小仆役转身的时候衣服又掉落了，老妇人就像之前那样把衣服给他盖好。这个主人感到十分奇怪，第二天问小仆役："你因为什么事要请假回去呢？"小仆役说："因为母亲生病了。"接着又问了他母亲的容貌和年龄，都像他看见的那样，只是他说的身材瘦削和那个人不一样。就又问他的母亲得了什么病，回答说："是浮肿。"于是这个主人立即准了小仆役的假，他一出门就得到了从家里送出的信，信中说："母亲已经去世。"追想之前所看见的肥胖，应该是她浮肿的症状。（出《幽明录》）

甄法崇

南朝时宋代的甄法崇，在永初年间，任江陵县令，他为官严肃公正。当时南平的缪士是江安县令，死在了任上。过了一年，甄法崇在厅堂上，忽然看见一个人从门外进来，说："缪士前来拜访。"甄法崇知道他已经去世，于是问他为什么清瘦了，回答说："我活着的时候，善行无法弥补恶行，于是遭受了苦难，又加上大量不间断地抄写。"又说："你的县里有个人，欠了我一千多担米，没有借据，因此蛮横地就是不还。现在我的儿子被连累得快穷死了，因此请你严加处理。"甄法崇说："你可以写一份状词。"缪士说："我之前没有带纸，而且不再会写字了。"甄法崇让人拿来纸笔，由缪士口述，然后分条列举他所说的话，他的言语清楚。等到状词写成，缪士道谢后离开了。甄法崇问缪士的家人这件事，回答说："有这样的事情。"甄法崇立即就把某人抓来审问，欠米的人非常害怕，就依照实情把米还给了缪士家。（出《诸宫旧事》）

谢晦

谢晦在荆州的时候，他家墙壁的角落里有一个红鬼，长有三尺，

盘，满中是血。晦得乃纸盘，须臾而没。（出《异苑》）

谢灵运

谢灵运以元嘉五年，忽见谢晦，手提其头，来坐别床，血流淋落，不可忍视。又所服貂裘，血淹满箧。及为临川郡，饭中欻有大虫。遂被诛。（出《异苑》）

梁 清

宋文帝世，天水梁清，家在京师新亭。腊月将祀，使婢于爨室造食，忽觉空中有物，操杖打婢。婢走告清，清遂往，见瓯器自运，盛饮斟羹，罗列案上，闻哺餟之声。清曰："何不形见？"乃见一人，著平上帻，乌皮裤褶，云："我京兆人，亡没飘寄，闻卿好士，故来相从。"清便席地共坐，设肴酒。鬼云："卿有祀事云云。"清图某郡，先以访鬼，鬼云："所规必谐。"某月某日除出，果然。鬼云："郡甚优闲，吾愿周旋。"清答："甚善。"后停舟石头，待之五日，鬼不来。于是引路，达彭城，方见至。同在郡数年，还都，亦相随而返。（出《述异记》）

徐道饶

徐道饶，以元嘉十年，忽见一鬼，自言是其先人。于时冬日，天气清朗，先积稻屋下，云："汝明日可曝谷，天方大雨，未有晴时。"饶从其教，鬼亦助辇。后果霖雨。时有见者，形如猕猴。饶就

走到他的面前，手里拿着铜盘，盘中盛满了鲜血。谢晦拿过来的时候变成了纸盘，过一会儿鬼就不见了。（出《异苑》）

谢灵运

谢灵运在元嘉五年，突然见到了谢晦，谢晦手拿着他自己的头，前来坐在另一张床上，鲜血淋漓，让人不忍直视。又看见装他穿的衣服的箱子，已经被血淹没了。等到谢灵运做临川郡守时，吃的饭里面突然出现了大虫，于是他就被杀了。（出《异苑》）

梁 清

宋文帝在位的时候，天水的梁清，家住在京城的新亭。在腊月即将祭祀的时候，让婢女在厨房做祭祀的饭，忽然觉得空中有东西拿着棍棒打她。这个婢女逃跑后告诉梁清，梁清于是前往厨房，看见房间里的器具都在自己移动，所有吃喝的东西都摆在桌子上，可以听得见吃喝的声音。梁清说："为什么不现出自己的身形？"于是看见一个人，戴着平头巾，穿着黑皮裤，说："我是京兆人，去世后就到处飘荡，听说你很好客，所以前来投靠。"梁清于是和他席地而坐，给他摆上了酒食。鬼说："你家有祭祀。"梁清想要到某个郡县当官，先拿这个问了鬼，鬼说："你的规划一定会办成功。"某月某日，升官的消息出来了，果真像鬼说的那样。鬼说："那个郡县非常悠游自在，我想和你一起。"梁清回答："非常好。"后来在石头旁边停下船，等了五天，鬼也没有来。于是他就开路，到达彭城，才看见他已经到了。他们一同在那个郡县待了很多年，任期满了回到京师的时候，鬼也随着他一起回来了。（出《述异经》）

徐道饶

徐道饶在元嘉十年，忽然看见一只鬼，说自己是他的祖先。当时是冬天，天气晴好，在屋檐下有之前堆积的稻谷，说："你明天可以晒一晒稻谷，天将要下大雨，短时间没有晴天。"徐道饶听从了他道士请符，悬著窗户。鬼便大笑：“欲以此断我，我自能从狗窦中入。”虽则此语，而不复进。经数日，叹云：“徐叔宝来，吾不宜见之。”后日果至，于是遂绝。（出《异苑》）

东莱陈氏

东莱有一家姓陈，家百余口。朝炊釜不沸，举甑看之，忽有一白头公，从釜中出。便诣师，师云：“此大怪，应灭门。便归大作械，械成，使置门壁下，坚闭门在内。有马骑麾盖来叩门者，慎勿应。”乃归，合手伐得百余械，置门屋下。果有人至，呼不应。主帅大怒，令缘门入。从人窥门内，见大小械百余。出门还说如此，帅大惶惋。语左右云：“教速来。不速来，遂无复一人当去，何以解罪也？从此北行，可八十里，有一百三口，取以当之。”后十日中，此家死亡都尽。此家亦姓陈。（出《搜神记》）

谢道欣

会稽郡常有大鬼，长数丈，腰大数十围，高冠玄服。郡将吉凶，先于雷门示忧喜之兆。谢氏一族，忧喜必告。谢弘道未遭母艰数月，鬼晨夕来临。及后将转吏部尚书，拊掌三节舞，自大门至中庭，寻而迁问至。谢道欣遭重艰，至离塘行墓地。往向夜，见离塘有双炬。须臾，火忽入水中，仍舒长数十丈，色白如练。稍稍渐还赤，散成数百炬，追逐车从而行。悉见火中有鬼，甚长大，头如的话，鬼也来帮助他运输。后来果然连日阴雨。那只鬼偶尔可以看得见，形貌像是猕猴。徐道饶就去向道士求了一道符，悬挂在窗户上。鬼于是大笑着说：“想要用这个来阻断我，我还能从狗洞进去。”虽然说了这样的话，但却没有再进去。过了几天，叹气说：“徐叔宝将要来这里，我不适合见到他。”过了两天，徐叔宝果然来了，于是那只鬼就不再来了。（出《异苑》）

东莱陈氏

东莱有一户姓陈的人家，一家一百多口人。早晨煮饭，但怎么也煮不沸，打开盖子一看，突然有一个白头发老翁从里面出来。于是前去问巫师，巫师说：“这是个很大的妖怪，会让你家有灭顶之灾。你回去就造很多器械，等造成以后，就把它们放在门的墙壁下面，把门关紧，藏在里面。如果有骑马或坐车的人前来敲门，你一定不要回应。”于是陈氏就回去了，大家总共制造了一百多件器械，放在门的墙壁下面。果然有人来敲门，但没有人回应。主帅特别愤怒，让他们爬门进去。他的下属窥视门里面，看见大大小小的器械一百多件，出去就把自己所看到的告诉了主帅，主帅大为惶惑惋惜。对左右的人说：“叫你们快点来，你们不快点来，现在没有一个人可以抓过去，怎么赎罪啊？从这里向北走，大约八十里，有一百零三口人，取他们的命来充当吧。”后来的十天之内，这家人都死光了。这一家也是姓陈。（出《搜神记》）

谢道欣

会稽郡曾经有一个大鬼，身高有几丈，腰有几十围粗，戴着高高的帽子，穿着黑色的衣服。郡里如果有什么吉凶的事情，他会先在雷门上展示出是忧是喜的征兆。谢氏一族的吉凶，他一定会报告。谢弘道的母亲去世前的几个月，那只鬼早晚都会来，等到他后来转任吏部尚书的时候，鬼拍着手掌跳着三节舞，从大门跳到庭院，不久升迁的消息就传来了。谢道欣遭逢父母双亡，到离塘的墓地送葬的时候，五石篓，其状如大醉者，左右小鬼共扶之。是年孙恩作乱，会稽大小，莫不翼戴。时以为欣之所见，乱之征也。禹会诸侯会稽，防风之鬼也。（出《志怪录》）

沈寂之

吴兴沈寂之，以元嘉中，忽有鬼于空中语笑。或歌或哭，至夜偏盛。寂之有灵车，鬼共牵走，车为坏。寂之有长刀，乃以置瓮中，有大镜，亦摄以纳器中。（出《异苑》）

王 胡

宋王胡者，长安人也。叔死数载，元嘉二十三年，忽形见还家。责胡以修谨有缺，家事不理，罚胡五杖。傍人及邻里，并闻其语及杖声，又见杖瘢，而不见其形。唯胡独得亲接。叔谓胡曰：“吾不应死，神道须吾算诸鬼录。今大从吏兵，恐惊损邻里，故不将进耳。”胡亦大见众鬼纷闹于村外。俄而辞去曰：“吾来年七月七日，当复暂还。欲将汝行，游历幽途，使知罪福之报也。不须费设，若意不已，止可茶食耳。”至期果还，语胡家人云：“吾今将胡游观，观毕当还，不足忧也。”胡即顿卧床上，泯然如尽。

夜里见到离塘有两个火把。过了一会儿，火把突然进入了水里面，仍然能看见几十丈的火舌，颜色白得像是白绸。过了一会儿渐渐变回了红色，散成了几百个火把，追着车跟着一起走。大家都看见了火中间有鬼，特别高大，头像可以装五石的箩筐那样大，他像是喝醉了一样，左右的小鬼都扶着他。这一年孙恩犯上叛乱，会稽郡的老老少少，都受到了牵连。当时的人认为谢道欣所看见的，是乱世的征兆。禹在会稽召集诸侯，也是为了防止风鬼作乱。（出《志怪录》）

沈寂之

吴兴人沈寂之，在元嘉年间忽然听见有鬼在空中谈笑。有时候唱歌，有时候哭泣，到夜里会更加厉害。沈寂之有一辆灵车，鬼们一起拖着它行走，车子就这样被弄坏了。沈寂之有一把长刀，就把它放在大坛子里，有一面大镜子，也被鬼拿走放在这个大坛子里了。（出《异苑》）

王　胡

宋代有一个长安人叫王胡。他的叔叔死了好几年了，元嘉二十三年，忽然现形回到他的家里。责备王胡不恪守礼法，不处理家事，打了他五棍杖。他周围的人和邻居，也一同听见了他的声音和棍杖的声音，又都见到了棍杖打完之后的伤痕，但是看不见他的身形。只有王胡一个人亲自迎接。他的叔叔对他说："我不应该死，是神道中人需要我检视各个鬼的行为记录。今天带了很多随从，恐怕会惊动乡里人，使他们有所损耗，所以我没请他们进来。"王胡也看见了大批的鬼在村子外面吵吵闹闹。过了一会儿他就离开了，离开前说："我明年七月初七可以暂时回来。想要带你一起走，去游历冥间，让你知道罪和福的因果报应。你不必费力祭祀，如果觉得过意不去，就摆一些茶和饭。"到了七月初七，他的叔叔果然回来了，对王胡的家人说："我现在要带王胡去游览冥界，看完了就回来，不必担忧他。"王胡立即倒睡在床上，就好像死了一样。

叔于是将胡遍观群山，备观鬼怪。末至嵩高山，诸鬼道胡，并有馔设，其品味不异世中，唯姜甚脆美。胡怀之将还，左右人笑云："止可此食，不得将远也。"胡又见一处，屋宇华旷，帐筵精美，有二少僧居焉。胡造之，二僧为设杂果槟榔等，胡游历久之，备见罪福苦乐之报，及辞归，叔谓曰："汝既已知善之当修，返家寻白足阿练。此人戒行精高，可师事也。"长安道人足白，故时人谓为白足阿练也。甚为魏虏所敬，虏王事为师。胡既奉此训，遂与嵩山上年少僧者游学。众中忽见二僧，胡大惊，与叙乖阔，问何时来此。二僧云："贫道本住此寺，往日不意与君相识。"胡复说嵩高之遇，众僧云："君谬耳，岂有此耶？"至明日，二僧不辞而去。胡乃具告诸沙门，叙说往日嵩山所见，众咸惊怪。即追求二僧，不知所在。

陶继之

陶继之，元嘉末为秣陵令，尝枉杀乐伎。夜梦伎来云："昔枉见杀，诉天得理，今故取君。"遂跳入陶口，仍落腹中。须臾复出，乃相谓曰："今直取陶秣陵，亦无所用，更议上丹阳耳。"言讫并没。陶未几而卒，王丹阳果亡。（出《述异记》）

朱泰

朱泰家在江陵。宋元徽中，病亡未殡，忽形见，还坐尸侧，慰他的叔叔于是带着王胡看遍了冥间的群山和群鬼。随后到了嵩高山，众鬼和王胡道别，并且摆了丰盛的宴席，它的味道和人世没什么两样，只有生姜特别脆和美味。王胡将它放在怀中打算带回去，左右的鬼笑他说：“只能在这里吃，不能把它带走。”王胡又看见一个地方，房屋华丽宽广，帷帐精巧华美，有两个年轻的僧人在里面居住。王胡前往造访，两个僧人为他摆上了杂果和槟榔等，王胡在里面游览了很长时间，看全了罪福苦乐的因果报应，等到告辞回去的时候，他的叔叔对他说：“你既然已经知道人应该行善积德，回家后就应该去找白脚阿练，这个人恪守戒律的操行非常高，你可以拜他为师。”长安道人的脚很白，所以当时的人叫他“白足阿练”。魏国的那些敌人们很是尊敬他，魏王也拜他为师。王胡立即记住了叔叔的教导，于是和嵩山上的年轻和尚们一起游学。在众人中间忽然看见那两个僧人，王胡大吃一惊，和他们诉说离别之情，问他们什么时候来这里的。那两个僧人说：“我们本来住在这个寺庙，以前也和你不相识。”王胡又对众僧说了嵩山上的事情，众僧说：“你认错了吧？哪有这样的事？”到了第二天，那两个僧人不辞而别。王胡于是将以前在嵩山见到的事详细地告诉了嵩山上的僧人，众僧都非常惊奇。立即前去追寻那两个和尚，但是没人找到他们的踪影。

陶继之

陶继之，在元嘉末年是秣陵县令，曾经错杀了一位乐伎。夜里，他梦见乐伎前来告诉他：“以前我因冤枉而被杀，向上天申诉得以受理，现在来取你的性命。”于是跳到他的嘴里，接着落到他的肚子中，过了一会儿又出来了，然后告诉他说：“我现在直接拿你陶继之的命，也没有什么用，还是找王丹阳一起。”说完之后就隐没了。陶继之没过多久就去世了，王丹阳果真也死了。（出《述异记》）

朱泰

朱泰家住在江陵。宋代元徽年间，他因病去世，但还没有出

勉其母，众皆见之，指挥送终之具，务从俭约，谓母曰："家比贫，泰又亡殁。永违侍养，殡殓何可广费？"（出《述异记》）

戴承伯

宋戴承伯，元徽中，买荆州治下枇杷寺，其额乃误东空地为宅。日暮，忽闻恚骂之声。起视，有人形状可怪，承伯问之，答曰："我姓龚，本居此宅。君为何强夺？"承伯曰："戴瑾卖地，不应见咎。"鬼曰："利身妨物，何预瑾乎？不速去，当令君知。"言讫而没，承伯性刚，不为之动。旬日，暴疾卒。（出《渚宫旧事》）

章授

丹阳郡吏章授，使到吴郡，经毗陵。有一人，年三十余，黄色单衣，从授寄载笥。行数日，略不食，所过乡甲，辄周旋。里中即闻有呼魄者，良久还船。授疑之，伺行后，发其笥，有文书数卷，皆是吴郡诸人名。又有针数百枚，去或将一管。后还，得升余酒，数片脯，谓授曰："君知我是鬼也，附载相烦，求得少酒，相与别。所以多持针者，当病者，以针针其神焉。今所至皆此郡人，丹阳别有使往。今年多病，君勿至病者家。"授从乞药，答言："我但能行病杀人，不主药治病也。"元嘉末，有长安僧什昙爽，来游江南，具说如此也。（出《法苑珠林》）

殡，他的魂灵忽然现形，并且坐在尸身的旁边，安慰勉励他的母亲，众人都看见了，他还告诫料理后事的人，所有的送葬物品，务必节约，对他的母亲说："家里向来就很穷，我又去世了，永远不能再侍奉扶养您，我的葬礼又何必大费周章呢？"（出《述异记》）

戴承伯

宋代的戴承伯，在元徽年间，买了荆州治下的枇杷寺，他在价格上耍花招顺便购买了寺东边的空地，并建了宅院。傍晚的时候，忽然听到有责骂的声音。他起身检视，有一个身形很奇怪的人在那里，戴承伯问为什么骂他，那个人回答说："我姓龚，本来住在这里。你为什么强夺我的家宅？"戴承伯说："是戴瑾把地卖给我的，你不应该怪罪我。"鬼说："你只考虑对自己有益的而妨害了其他的，和戴瑾有什么关系呢？如果你不迅速离去，我就让你知道我的厉害。"说完就隐没了，戴承伯性情刚烈，没有被他的话吓退。过了几天，得了暴病去世了。（出《诸宫旧事》）

章授

丹阳有一位郡守的属官叫章授，奉命到吴郡去，经过毗陵。看见有一个人，三十多岁，穿着黄色的单衣，请求章授让自己的箱子寄存在他的船上。走了好几天，他都不吃东西，所经过的乡镇，他都要去打交道。村子里就会听见招魂的声音，过了很久才回到船上。章授开始怀疑这件事，等到他走了之后，打开他的箱子，发现有几卷文书，都是吴郡各个人的名字。还有几百枚针，他每次走的时候都会拿一管。后来他回来了，得到了一升多酒，几片肉，对章授说："你知道了我是鬼，请你带我和箱子有所叨扰，向别人要了一些酒，来和你道别。我之所以拿那么多针，是因为当我见到那些生病的人时，要用针扎他们的神魂。现在去的都是这个郡的人，丹阳有别的人被派去。今年得病的人很多，你不要去病人的家里。"章授向他求药方，回答说："我只能传播疾病和杀人，但不用药治病。"元嘉末年，有一位

施续门生

吴兴施续，有门生，常秉无鬼论。忽有一单衣白袷客，与共语，遂及鬼神。移日，客辞屈，乃曰：“君辞巧，理不足。仆即是鬼，何以云无？”问鬼何以来，答曰：“受使来取君，期尽明日食时。”门生请乞酸苦，鬼问：“有人似君者否？”云：“施续帐下都督，与仆相似。”便与俱往。与都督对坐，鬼手中出一铁凿，可尺余，安著都督头，便举椎打之。都督云：“头觉微痛。”向来转剧，食顷便亡。（出《搜神记》）

张道虚

吴郡张道虚、张顺，知名士也，居在阊门。遭母丧中，买新宅。日暮，闻人扣门云：“君是佳人，何为危人自安也？”答云：“仆自买宅，得君棺器，为市甓作冢相移，有何负？”鬼曰：“移身著吴将军冢，吾是小人，日夜斗，不可堪忍。不信，君可随我视之。”于是二张恍惚，便至阊门外。二张听之，但闻冢中淘淘打拍。鬼便语云：“当令君知。”少时兄弟俱亡。（出《神鬼录》）

长安的僧人昙爽，前来江南游历，把这件事说得很详细。（出《法苑珠林》）

施续门生

吴兴有一位施续，他有一个门生，经常秉持无鬼论。忽然有一天，一个穿着白色单夹衣的客人前来和他谈话，等谈到了鬼神，谈论了一天，客人谈到理屈词穷，于是说：“你的言辞巧妙，但是理由不通达。我就是鬼，为什么还秉持无鬼论呢？”他就问鬼从哪里来，鬼回答说：“奉命来取你的性命，你的寿命到明天吃饭的时候就终止了。”这个门生苦苦哀求，鬼就问他：“有和你长得相似的吗？”他回答说：“施续帐下的都督，和我长得很像。”鬼就和他一道前往。和都督相对而坐，鬼的手中现出一个铁凿，大约一尺多长，对着都督的头，举起凿子就打。都督说：“头有点疼。”不久疼痛就加剧了，一顿饭的工夫就去世了。（出《搜神记》）

张道虚

吴郡的张道虚、张顺是远近闻名的人，住在阊门。他们在为母亲守丧期间，买了一处新宅子。傍晚的时候，听见有人敲门说：“你们是君子贤人，为什么会做损人利己的事情呢？”他们回答说：“我们买下这处宅院，看见你的棺木，为你买砖给你迁葬，有什么损害到你了呢？”鬼说：“你们把我迁到了吴将军的坟墓中，我是身份卑微的平民，将军他们日夜争斗，我不堪忍受。如果你们不信，可以跟着我去看看。”于是张道虚和张顺恍恍惚惚间就到了阊门外面吴将军的坟地里。他们听见了坟墓中噼里啪啦的打斗声。鬼于是说：“我就让你们知道我的厉害。”没一会儿，张道虚和张顺就都死了。（出《神鬼录》）

卷第三百二十四　鬼九

秦树

沛郡人秦树者，家在曲阿小辛村。尝自京归，未至二十里许，天暗失道。遥望火光，往投之。见一女子，秉烛出云："女弱独居，不得宿客。"树曰："欲进路，碍夜不可前去，乞寄外住。"女然之。树既进坐，竟以此女独处一室，虑其夫至，不敢安眠。女曰："何以过嫌，保无虑，不相误也。"为树设食，食物悉是陈久。树曰："承未出适，我亦未婚。欲结大义，能相顾否？"女笑曰："自顾鄙薄，岂足伉俪？"遂与寝止。向晨树去，乃俱起执别，女泣曰："与君一睹，后面莫期。"以指环一双赠之，结置衣带，相送出门。树低头急去数十步，顾其宿处，乃是冢墓。居数日，亡其指环，结带如故。（出《甄异录》）

竺惠炽

沙门竺惠炽，住江陵四层佛寺，以永初二年卒。葬后，弟子七日会，举寺悉出，唯僧明道先患病，独停。忽见惠炽，谓明曰："我生不能断肉，今落饿狗地狱，令知有报。"（出《异苑》）

秦树

沛郡有一个叫秦树的人，家住在曲阿的小辛村。曾经从京城回家，在离家还有二十多里的时候，天黑得已经看不见道路了。远远望去有一道火光，就前往投宿。看见一个女子，拿着烛台出来说："我一个弱小的女子独自居住，不能留宿客人。"秦树说："我想往前走，但是夜太黑不能够往前走，请求你让我寄住在外面。"那个女子答应了。于是秦树进去坐了，最终还是因为这个女子一个人在卧室里，担心她的丈夫来了，而不敢安睡。那个女子说："为什么疑心这么大呢？不要有任何担忧，彼此不会有误会的。"她为秦树准备了食物，食物都是已经放了很久的。秦树说："你没有出嫁，我也没有结婚。想要和你结为夫妇，能够相互照应吗？"女子笑着说："我的身份卑微，怎么能和您结为夫妻呢？"于是他们一起睡觉。在天亮的时候，秦树要上路了，女子执手和秦树告别，她哭泣着说："和你只有一面之缘，之后再没有相见的时候了。"把一双指环赠送给了秦树，将他的衣带打结，就把他送出门了。秦树低着头快走了几十步，回看他投宿的地方，发现只是墓地。过了几天，那一双指环遗失了，但那个女子打的衣结还像之前一样。（出《甄异录》）

竺惠炽

有个叫竺惠炽的和尚，住在江陵的四层佛寺中，在永初二年去世。在他被葬埋以后，弟子们举行了"头七"，整个寺庙都出动了，只有僧人明道因为之前得病，独自留在寺里。忽然看见了竺惠炽，竺惠炽对他说："我活着的时候不能戒掉吃肉，现在沦落在饿狗地狱，特地来告诉你因果报应的存在。"（出《异苑》）

郭铨

郭铨，字仲衡，义熙初，以党附桓玄被杀。乃元嘉八年，忽乘舆导从，显形谓女婿刘凝之曰："仆有谪事，可四十僧会，得免脱也。"又女梦云："吾有谪罚，令汝夫作福。何以至今，设会不能见矜耶？"女问当何处设斋，答曰："可归吾舍。"倏然复没。办会毕，有人称铨信，与凝之言："感君厚惠，事始获宥。"（出《冥祥记》）

贺思令

会稽贺思令，善弹琴，尝夜在月中坐，临风抚奏。忽有一人，形器甚伟，著械有惨色，至其中庭。称善，便与共语。自云是嵇中散，谓贺云："卿下手极快，但于古法未合。"因授以《广陵散》。贺因得之，于今不绝。（出《幽明录》）

山都

山都，形如昆仑人，通身生毛，见人辄闭眼张口如笑。好居深树中，翻石觅蟹啖之。《述异记》曰，南康有神，名曰山都，形如人，长二尺余，黑色赤目，发黄披身。于深山树中作窠，窠形如卵而坚，长三尺许，内甚泽，五色鲜明。二枚沓之，中央相连。土人云，上者雄舍，下者雌室。旁悉开口如规，体质虚轻，颇似木筒，中央以鸟毛为褥。此神能变化隐形，猝睹其状，盖木客山椮之类也。赣县西北十五里，有古塘，名余公塘。上有大梓树，可二十围，老树空中，有山都窠。宋元嘉元年，县治民有道训、道灵兄弟二

郭铨

郭铨，字仲衡，义熙初年，因为归附桓玄和他结党而被杀。在元嘉八年，忽然有一天乘着车带着随从，在女婿刘凝之面前现出身形，并对他说："我将会遭到贬谪，你要聚集四十个僧人为我设祭，这样我就会被免罪。"又托梦给他的女儿说："我将会遭到贬谪的惩罚，让你的丈夫给我设祭祈福。为什么到现在，还没有因为怜悯我而给我设祭呢？"他的女儿问应该在什么地方备办素食，回答说："可以回到我家里办。"说完立马消失了。为他设祭完毕以后，有人说郭铨给刘凝之传话说："感谢你深厚的恩惠，我的事情已经得到宽恕了。"（出《冥祥记》）

贺思令

会稽的贺思令，非常擅长弹琴，曾经夜间在月光下坐着，迎风弹琴。忽然出现了一个人，他的身形特别奇伟，戴着镣铐，脸色凄惨，走到他的园中。说他弹得很好，就和他一起谈话。那个人说自己是嵇康，并对贺思令说："你的指法太快，但不符合古代弹琴的技法。"于是传授给他《广陵散》。贺思令因此学会了，传到今天没有断绝。（出《幽明录》）

山都

山都，身形长得像昆仑人，全身都长毛，看见人就闭上眼张开嘴像是在笑一样。喜欢居住在繁茂的树林中，翻开石头找螃蟹吃。《述异记》上说：南康有一个神，名字叫山都，身形长得像人，身高两尺多，皮肤是黑色的，眼睛是红色的，浑身长满了黄色的毛发。在深山的树上筑巢，巢的形状像蛋，非常坚固，长大约三尺，里面很有光泽，五彩斑斓。两个巢重叠在一起，中间是相互连接的。当地人说：上面的是雄山都的巢，下面的是雌山都的巢。它们旁边都会开一个圆形的口子，巢的重量很轻，就像是木筒，中间铺上鸟毛作为被褥。这个神可以变化和隐形，忽然间去看他的样子，就像是木客、人，伐倒此树，取窠还家。山都见形，骂二人曰："我居荒野，何预汝事？山木可用，岂可胜数？树有我窠，故伐倒之。今当焚汝宇，以报汝之无道。"至二更中，内处屋上，一时起火，合宅荡尽矣。木客，邓德明《南康记》曰，木客头面语声，亦不全异人，但手脚爪如钩利。高岩绝岭，然后居之。能斫榜，索著树上聚之。昔有人欲就其买榜，先置物树下，随置多少取之。若合其意，便将榜与人，不取亦不横犯也，但终不与人面对与交作市井。死皆加殡殓之。曾有人往看其葬，以酒及鱼生肉遗宾，自作饮食，终不令人见其形也。葬棺法，每在高岸树杪，或藏石窠之中。南康三营伐船兵说，往亲睹葬所，舞唱之节，虽异于人，听如风林泛响，声类歌吹之和。义熙中，徐道覆南出，遣人伐榜，以装舟槛，木客乃献其榜而不得见。（出《南广记》）

区敬之

南康县营民区敬之，宋元嘉元年，与息共乘舫，自县溯流。深入小溪，幽荒险绝，人迹所未尝至。夕登岸，停止舍中，敬之中恶猝死，其子燃火守尸。忽闻远哭声，呼阿舅。孝子惊疑，俯仰间，哭者已至。如人长大，被发至足，发多蔽面，不见七窍。因呼孝子姓名，慰唁之。孝子恐惧，遂聚薪以燃火。此物言："故来相慰，山椮之类的东西。在距离赣县西北十五里的地方，有个叫余公塘的古塘。上面有一棵大的梓树，树干大约二十围粗，老树中间空了的地方，有山都的巢。宋代元嘉元年，县里面有一对名叫道训、道灵的兄弟，把这棵树砍倒了，把其中的巢拿回家了。山都现出身形，责骂他们两个说："我在荒野居住，和你们有什么相干？山上可以用的树木，难道可以数过来吗？是因为树上有我的巢，所以砍倒它。我现在会烧毁你们的房屋，来报复你们的不道德。"到二更时，房屋内外都起了火，所有的房子都烧光了。至于木客，邓清明《南康记》中说：木客的形貌和声音，也不是全和人不一样，但是他的手脚上的爪子像钩子一样锋利。攀爬上高耸的岩石和悬崖绝壁，然后居住在上面。能砍木头，然后把它绑在树上聚集起来。以前有人想要就便买他的木头，就先把给他的东西放在树下面，放多少东西就取多少木头。如果正合他的心意，就把木头给人，从来不多拿也不冲撞人，但是始终不和人面对面做交易。他们之中有死掉的都会殡葬。曾经有人前去看他们的殡葬，他们就会将酒或者鱼、生肉留给他们的宾客，让他们自己制作食物，但始终不让人见到他们的样子。他们用的葬棺法，每次都是在高的岸边的树梢上，或者是藏在石洞里。南康三营驾船的士兵说：以前曾经亲眼看见安葬他们的场所，跳舞和唱歌的环节，虽然和人类不同，听着像是风吹过树林或者潮汎的声响，声音有点像歌和演奏的糅合。义熙年间，徐道复到南边去，派人砍木头，用来组装四方加板的船，有木客献出了他的木头，但人们依然没有见到他。（出《南康记》）

区敬之

南康县的营区的百姓区敬之，在宋元嘉元年，和儿女一起乘坐画舫，从县城逆流而上。当他们进入小溪深处的时候，那里十分荒凉、极度危险，是人从来没到过的地方。傍晚时登上岸边，停在一间屋子里休息，区敬之中邪之后突然死亡，他的儿子点燃篝火，守在尸体旁边。忽然听见远处传来哭声，有人喊着"阿舅"。他的儿子觉得特别奇怪，转瞬间那个哭喊的人已经到了。它像人一般高，头发披着当何所畏？”将须燃火，此物坐亡人头边哭。孝子于火光中窃窥之，见此物以面掩亡人面，亡人面须臾裂剥露骨。孝子惧，欲击之，无兵仗。须臾，其父尸见白骨连续，而皮肉都尽。竟不测此物是何鬼神。（出《述异记》）

刘 隽

元嘉初，散骑常侍刘隽，家在丹阳。后尝遇骤雨，见门前有三小儿，皆可六七岁，相率狡狯，而并不沾濡。俄见共争一匏壶子，隽引弹弹之，正中壶，霍然不见。隽得壶，因挂阁边。明日，有一妇人入门，执壶而泣，隽问之，对曰：“此是吾儿物，不知何由在此？”隽具语所以，妇持壶埋儿墓前。间一日，又见向小儿持来门侧，举之，笑语隽曰：“阿依已复得壶矣。”言终而隐。（出《幽明录》）

檀道济

檀道济居清溪，第二儿夜忽见人来缚己，欲呼不得，至晓乃解，犹见绳痕在。此宅先是吴将步阐所居，谚云：“扬州青，是鬼营。”青溪青扬是也。自步及檀，皆被诛。（出《异苑》）

直到脚踝，头发多得把脸都挡住了，看不见它的七窍。它喊着区敬之儿子的姓名，慰问他。他非常害怕，于是聚集木柴用来使火焰更大。这个东西说：“我特意赶来安慰，你是在害怕什么呢？”他刚要点火，就看见这个东西坐在死人的头旁边哭泣。他在火光中偷偷打量它，看见这个东西用脸把死人的脸盖住了，转眼间死人的脸皮就迅速剥落，露出了头骨。他非常害怕，想要攻击它，但没有兵器和棍棒。没过一会儿，他父亲的尸体就只剩接连的白骨，身上的皮肉都消失了，他到最后也不知道这个东西是什么鬼神。（出《述异记》）

刘隽

元嘉初年，刘隽官任散骑常侍，家住在丹阳。后来有一次遇到暴雨，他看见门前有三个小孩，都在六七岁，看起来都很机灵，然而脸上并没有被淋湿。过了一会儿，看见他们一起争抢一个瓠瓜做的小壶，刘隽用弹弓射那个壶，正好射中了，但那群孩子却突然不见了。刘隽得到那个壶，就把它挂在了房屋旁边。第二天，有一个妇女进门后，拿着壶在哭泣，刘隽问她哭什么，她回答道：“这是我儿子的东西，不知道怎么会在你这里呢？”刘隽把当时的具体情况告诉了她，妇女拿着壶把它葬在了她儿子的墓旁边。中间隔了一天，又看见那个小孩拿着壶到了门前，举着壶笑着对刘隽说：“我又拿到我的壶啦。”说完之后就消失了。（出《幽明录》）

檀道济

檀道济居住在清溪，他的第二个儿子在夜里的时候忽然看见别人来绑自己，他想要叫却没办法出声，到了早晨才解开，还能看见绳子的痕迹。这个宅子之前是吴国将军步阐的居所，有谚语说道：“扬州青，是鬼营。”清溪，就是青扬。从步阐到檀道济，都被诛杀了。（出《异苑》）

石秀之

丹阳石秀之，宋元嘉中，堂上忽有一人，著平巾帻，乌布裤褶，擎一板及门，授之曰："闻巧侔班垂，刻杭尤妙。太山府君故使相召。"秀之自陈："止能造车，制杭不及高平刘儒。"忽持板而没。刘儒时为朝请，除历阳郡丞，数旬而殁。（出《广古今五行记》）

夏侯祖观

元嘉中，夏侯祖观为兖州刺史，镇瑕丘，卒于官。沈僧荣代之，经年，夏侯来谒僧荣，语如平生，每论幽冥事。僧荣床上有一织成宝饰络带，夏侯曰："岂能见与，必以为施，可命焚之。"僧荣令对烧之，烟焰未灭，已见夏侯带在腰上。僧荣明年在镇，夜设女乐，忽有一女人在户外，沈问之，答："本是杜青州弹筝妓采芝，杜以致夏侯兖州为宠妾，唯愿座上一妓为伴戏。"指下坐琵琶。妓啼云："官何忽以赐鬼？"鬼曰："汝无多言，必不相放。"入与同房别，饮酌未终，心痛而死。死气方绝，魂神已复人形，在采芝侧。（出《广古今五行记》）

张承吉

魏郡张承吉息元庆，年十二。元嘉中，见一鬼，长三尺，一足而鸟爪，背有鳞甲。来招元庆，恍惚如狂，游走非所，父母挞之。俄闻空中云："是我所教，幸勿与罚。"张有二卷羊中敬书，忽失

石秀之

丹阳的石秀之，在宋代元嘉年间，忽然看见堂上有一个人，戴着平头巾，穿着黑布裤褶，手里拿着一个笏板走进门内，将笏板给他并说：“听说你的手艺精巧到可以和鲁班相媲美，刻方舟尤其精妙。因此泰山府君特意派遣我前来召请你。”石秀之自我陈述说：“只是能够造车，造船比不过高平的刘儒。”话刚说完，那个人突然拿着笏板隐没了。刘儒当时被朝廷召去，授予历阳郡丞的职位，过了几十天就去世了。（出《广古今五行记》）

夏侯祖观

元嘉年间，夏侯祖观被任命为兖州刺史，镇守瑕丘，死在官任上。沈僧荣替代了他，过了一年，夏侯祖观前来拜谒沈僧荣，说话和他生前一样，经常谈到鬼神的事。沈僧荣床上有一件刚织成的镶嵌着宝石的腰带，夏侯祖观说：“将它赠送给我好吗？如果愿意的话，你可以把带子烧了。”沈僧荣让人当着夏侯祖观的面把它烧了，燃烧的火焰还没有灭掉，就已经看见腰带在夏侯祖观的腰上面。沈僧荣于第二年的一天夜间在所镇守的地方请了歌舞伎，忽然有一个女人站在门外，沈僧荣问她，她回答说：“我本来是杜青州弹筝的乐伎采芝，杜青州把我送给兖州刺史夏侯祖观作为宠妾，我希望找在座的歌舞伎做同伴。”说完用手指着下面坐着的一个琵琶女。琵琶女哭着说：“官人你为什么突然要把我赐给鬼？”鬼说：“你不要多话，我一定不放过你。”就进去和同伴作别，酒还没有喝完，她就得了心痛症死了。她的气息刚刚断绝，魂魄就已经恢复了人形，站在采芝的旁边。（出《广古今五行记》）

张承吉

魏郡的张承吉的儿子，十二岁了。在元嘉年间，看见一个鬼，身高三尺，长着一只脚，脚上长着鸟爪，背上长着鳞甲。前来召请张元庆，他便恍恍惚惚像是发疯一般到处跑，他的父母见到这种情况就所在。鬼于梁上掷还，一卷少裂坏，乃为补治。王家嫁女，就张借口，鬼求纸笔代答。张素工巧，尝造一弹弓，鬼借之，明日送还，而皆折坏。（出《异苑》）

梁清

宋安定梁清，字道脩，居扬州右尚方闲桓徐州故宅。元嘉十四年二月，数有异光，又闻擗箩声，令婢子松罗往看。见二人，问，云："姓华名芙蓉，为六甲至尊所使。从太微紫室仙人，来过旧居。"仍留不去。或鸟首人身，举面是毛。松罗惊，以箭射之，应弦而灭，并有绛污染箭。又睹一物，仿佛如人行树摽，令人刺中其髀，堕地淹没。经日，又从屋上跛行，就婢乞食，团饭授之，顿造二升。数日，众鬼群至，丑恶不可称论。拉攞床障，尘石飞扬，累晨不息。婢采菊，路逢一鬼，著衣帻，乘马。卫从数十，谓采菊曰："我是天上仙人，勿名作鬼。"问何以恒掷秽污。答曰："粪污者，钱财之像也；投掷者，速迁之征也。"顷之，清果为扬武将军北鲁郡太守。清厌毒既久，乃呼外国道人波罗叠诵咒，见诸鬼怖惧，逾垣穴壁而走，皆作鸟声，如此都绝。在郡少时，夜中，松罗复见威仪器械，从众数十人，戴帻。送书粗纸，七十许字，笔迹婉媚，远拟羲、献。又歌云："坐依孔雀楼，遥闻凤凰鼓。下我邹山头，仿佛见梁鲁。"鬼有叙吊，不异世人。鬼传教曾乞松罗一函书，题云："故孔修之死罪白笺。"以吊其叔丧。叙致哀情，甚有铨次。复云，近往西方，见一沙门，自名大摩杀，问君消息，寄五丸香以相与。清先本使燉煌，曾见此僧。清家有婢产，于是而绝。（原缺出处，今见《异苑》卷六）

鞭打他。过了一会儿听见空中传来说话声："这是我叫他这么做的，千万不要惩罚他。"张承吉有两卷羊中敬的书法，忽然就不知道将它们放在哪里了。鬼从屋梁上扔下来还给他，一卷有一些损坏，被他修补好了。王家要嫁女儿，就向张承吉借□，鬼要了纸笔代替张承吉回答。张承吉素来手巧，曾经制作了一个弹弓，鬼向他借过，第二天就还给他了，但是都折坏了。（出《异苑》）

梁清

梁清，是宋代安定人，字道修，住在扬州的右尚方，那是做过徐州官员的姓桓的人闲置的旧宅。元嘉十四年二月，曾经有看见几次怪异的光又听见掰竹箩的声音，他让一个叫松罗的婢女前往观看。看见两个人，就问是谁。回答说："我姓华名芙蓉，是被六甲至尊派来。跟随太微紫室仙人前来访问故居。"说完还留在那里没有离开。见有鸟头人身，整张脸都是毛。松罗被吓得用箭射它，它随着弓弦的响声而消失了，并且有绛红色的脏污沾染在箭上。又看见了一个东西，像人一样在树上走，梁清挥手让人刺中它的大腿，掉在地上不见了。过了一天，它又在屋上面瘸着腿行走，缠着婢女乞讨食物，于是将饭团给它吃，一顿吃了两升。过了几天，一大群鬼结伴而来，又丑又怪，不能够用语言精确描述。它们拉帷帐做床，尘土飞扬，好几个早晨都没有停止。有一个婢女名叫采菊，路上遇到一只鬼，穿着衣服，戴着头巾，骑着马。它的护卫随从有几十个，对采菊说："我是天上的神仙，不要叫我鬼。"就问它为什么总是朝她扔脏东西。回答说："粪便之类的脏污，是钱财的象征；如果扔这个，就是快升官的征兆。"没过多久，梁清果然被任命为扬武将军、北鲁郡太守。梁清讨厌那些鬼的祸害已经很久了，于是请了一个名叫波罗的外国道士不停地吟诵经文，看见各个鬼都很害怕，翻墙钻洞，并且发出鸟叫声而逃走，就这样所有的鬼都绝迹了。刚上任没多久，一天夜里，松罗又看见威武的仪仗，跟随的有几十个人，都戴着头巾。送来的粗纸的信，信上总共有七十多字，字迹柔美，很像以前王羲之、王献之的风格。又唱了一首歌说："坐依孔雀楼，遥闻凤凰鼓。下我邹山头，仿佛见梁鲁。"鬼

崔茂伯

崔茂伯女，结婚裴祖儿。婚家相去五百余里，数岁不通。八月中，崔女暴亡，裴未知也。日将暮，女诣裴门，拊掌求前。提金罂，受二升许。到床前而立，裴令坐，问所由。女曰："我是清河崔府君女，少闻大人以我配君，不幸丧亡。大义不遂，虽同牢未显，然断金已著，所以故来报君耳。"便别以金罂赠裴。女去后，裴以事启父，父欲遣信参之。裴曰："少结崔氏姻，而今感应如此，必当自往也。"父许焉。裴至，女果丧，因相吊唁。裴具述情事，出罂示茂伯，先以此罂送女入瘗，既见罂，遂与裴俱造女墓。未至十余里，裴复见女在墓言语，傍人悉闻声，不见其形。裴怀内结，遂发病死，因以合葬。

巢 氏

元嘉中，太山巢氏，先为湘县令，居晋陵。家婢采薪，忽有一人追之，如相问讯，遂共通情。随婢还家，仍住不复去。巢恐为的吊唁，和世上的人没有什么区别。鬼曾经转告松罗请求写一封书函，题写着："故孔修之死罪白笺。"用来凭吊其叔叔。凭吊的文章所写出的悲痛心情，非常符合祭文的文辞。又说：最近前往西方，看见一个和尚，自己说自己叫大摩杀，问候梁清，寄给梁清五香丸，让他带来。梁清之前出使敦煌的时候，见过这个僧人。梁清的婢女都很富有，于是这些鬼也就不再来了。（原缺出处，今见《异苑》卷六）

崔茂伯

崔茂伯的女儿，许配给裴祖的儿子。两家相距五百多里，好几年都不能互通消息。八月，崔茂伯的女儿突然去世，裴家还不知道。太阳快要落山的时候，崔茂伯的女儿前往拜访裴家，敲门请求进去。她拿着大约能够装二升的金坛子。到裴祖儿子的床前站着，裴祖的儿子让她坐下，问她来这里的理由。女子说："我是清河郡崔茂伯的女儿，小时候听大人们说把我许给了你做妻子，但我不幸去世。不能够和你结婚，虽然不能够相互陪伴，但是在一起的心情是一定的，所以前来告诉你。"于是将金坛子赠给裴氏子来作别。女子离开以后，裴氏子把这件事告诉了父亲，他的父亲听说后要写封书信查问。裴氏子说："小时候和崔氏联姻，现在有这样的感应，一定要亲自前往。"他的父亲允许了。裴氏子到崔家的时候，崔氏女果然去世了，于是表示凭吊。裴氏子详细地说了之前的事情，拿出金坛子给崔茂伯看，崔茂伯之前是将这个金坛子给女儿作为陪葬的，见到这个金坛子后，于是和裴氏子一起前往崔氏女的墓地，在距离那里还有十几里的时候，裴氏子再次看见崔氏女在墓地说话，身旁的其他人也都听见了她的声音，但是看不见她的身形。裴公子心内悲痛郁结而死，因此把他们合葬了。

巢　氏

元嘉年间，泰山的巢氏，之前是湘县的县令，住在晋陵。家中的婢女前去打柴，忽然有一个人追着她，好像是和她互相问候，于是祸，夜辄出婢。闻与婢讴歌言语，大小悉闻，不使人见，见者唯婢而已。恒得钱物酒食，日以充足。每与饮，吹笛而歌，歌云：“闲夜寂已清，长笛亮且鸣。若欲知我者，姓郭字长生。”（出《幽明录》）

胡庇之

宋豫章胡庇之，尝为武昌郡丞，元嘉二十六年入廨，便有鬼在焉。中宵胧月，户牖小开，有人倚立户外，状似小儿。户闭，便闻人行，如著木屐声。看则无所见，如此甚数。二十八年二月，举家悉得时病，空中投掷瓦石，或是干土。夏中病者皆差，而投掷之势更猛。乃请道人斋戒转经，竟从倍来如雨，唯不著道人及经卷而已。秋冬渐有音声，瓦石掷人，肉皆青黯，而亦甚痛。有一老奶，好骂詈。鬼在边大吓，庇之迎祭酒上章，施符驱逐，渐复歇绝。至二十九年，鬼复来，剧于前。明年，丞廨火频四发，狼狈浇沃并息。鬼每有声如犬，家人每呼吃嗌，后忽语音似吴。三更叩户，庇之问：“谁也？”答曰：“程邵陵。”把火出看，了无所见。

数日，三更中，复外户叩掌，便复骂之。答云：“君勿骂我，我是善神，非前后来者。陶御史见遣报君。”庇之云：“我不识陶御史。”鬼云：“陶敬玄，君昔与之周旋。”庇之云：“吾与之在京日，服事衡阳，又不常作御史。”云：“陶今处福地，作天上御史。前后相侵，是沈公所为。此廨本是沈宅，来看宅，聊复投掷狡狯。忿戾和他产生了情感。他就随着婢女回家了，在那里住下就不再走了。巢氏恐怕会惹出祸端，连夜就将婢女赶出去了。听见有人和婢女唱歌谈笑，一家大小全都听见了，但却没见到那个人，能看见的只有那个婢女而已。常常拿些钱财和酒食之类的，让她的日子过得很富足。每次和他对饮的时候，就会边吹笛子边唱歌，歌词说："闲夜寂已清，长笛亮且明。若欲知我者，姓郭字长生。"（出《幽明录》）

胡庇之

宋代豫章的胡庇之，曾经是武昌郡的郡丞，元嘉二十六年进入官衙的时候，那里就已经有鬼在了。半夜的时候，月光很亮，窗户微开，有个人站在门外，长得像个小孩子。门关上后，就能听见有人走过来，就像穿着木屐走路发出的声音。仔细查看却什么也看不见，就这样很多次。元嘉二十八年二月，他全家染了瘟疫，空中突然投来瓦片和石头，或是干土。夏天过半的时候，生病的人都痊愈了，但是扔东西的势头却更猛了。于是请道士诵经斋戒，竟然扔下的东西数量变成双倍，像是下雨一样，只是砸不到道士和经书。等到秋冬之后，渐渐可以听见鬼的声音，把瓦片和石头扔到人的身上，扔得人身上的肉都青了，而且非常疼痛。有一位老妇人，喜欢骂人。鬼在她的身边使劲吓她。胡庇之请祭酒官给天庭呈上奏章，布下符咒驱赶，这样就渐渐地消歇了。到元嘉二十九年，鬼们又来了，情况比以前更恶劣了。第二年，郡丞的官衙经常失火，每次都是竭力浇水扑救才能够停止。鬼每次都会发出像狗叫的声音，郡丞的家人就大喊让鬼受惊，后来鬼突然说出像吴地方言的话语。半夜三更前来敲门，胡庇之问："是谁？"回答说："程邵陵。"拿着烛火出去看，什么也没看见。

就这样过了几天，半夜三更，窗户外又响起了敲门声，胡庇之又开始骂了。回答说："你不要骂我，我是善神，不是之前来的那个鬼，陶御史派我来告诉你。"胡庇之说："我不认识陶御史。"鬼说："陶敬玄，以前和你交情很好的那个人。"胡庇之说："我和他在京城的时候，他在衡阳办事，也没有当过御史。"鬼回答说："陶敬玄现在在福地，当的是天上的御史。之前来作乱的是沈公。这间官衙本来禳却太过，乃至骂詈。命婢使无礼向之，复令祭酒上章，告罪状，事彻天曹。沈今为天然君，是佛三归弟子，那不从佛家请福，乃使祭酒上章。自今唯愿专意奉法，不须与恶鬼相当。”庇之因请诸僧诵经斋戒讫。经一宿后，复闻户外御史相闻：“白胡丞，今沈相讼甚苦。如其所言，君颇无理。若能归诚正觉，习经持戒，则群邪屏绝。依依曩情，故相白也。”（出《法苑珠林》）

索颐

宋襄城索颐，其父为人，不信妖邪。有一宅凶，居者辄死，父便买居之，多年安吉，子孙昌盛，为二千石。当徙家之官，临去，请会内外亲戚。酒食既行，父乃言曰：“天下竟有吉凶否？此向来言凶，自吾居之，多年安吉，又得迁官，鬼为何在？自今以后，便为吉宅，居无嫌也。”语讫如厕，须臾，见壁中有一物，为卷席大，高五尺许。颐父便还取刀斫之，中断，便化为两人。复横斫之，又成四人。便夺取刀，反斫索，杀之。持刀至座上，斫杀其子弟。凡姓索必死，唯异姓无他。颐尚幼，乳母抱出后门，藏他家，止其一身获免。颐字景真，位至湘东太守。（出《法苑珠林》）

是沈家的宅子，他是来看他的旧房子的，扔东西不过是开玩笑罢了。他生气的是你们让他离开的方法太过分了，甚至破口大骂。命令婢女很无礼地对待他，还有让祭酒官向上天呈上奏章，告他的罪，这件事整个天庭都知道了。沈公现在是天然君，是虔诚皈依佛教的弟子，哪有不向佛家请求降福，反而让祭酒官上告的？从现在开始只愿你专心奉行佛规，不要把他当成恶鬼来看。”很快胡庇之就请众僧念经斋戒。做完这些过了一宿，再次听见窗外说：“御史已经听说这件事了，让我对你说，现在沈公一定要控告你，就像他所说的，你特别无理，如果能够皈依佛教，学习经文，坚守清规，那么一切邪祟都会消失。这是陶御史因为念念不忘往日的友情，所以前来相告。”（出《法苑珠林》）

索颐

宋代襄城的索颐的父亲不相信妖邪的存在。有一处凶宅，住进去的人就会立即死亡，他的父亲就把那处房子买来住，很多年后依然很安定，他的子孙后代也昌明兴盛，一个做了有两千石俸禄的官员。所以准备搬家到做官的地方去，临走之前，他宴请了各位亲戚，正在吃喝的时候，他的父亲发言说：“天下还有吉凶吗？这间宅子向来说是凶宅，自从我住在这里，很多年都很安定，现在又得到升迁的机会，鬼在什么地方呢？从今以后，它就是福宅了，就不要有任何嫌恶地住下吧。”说完之后去上厕所，没一会儿，看见墙壁里有一样东西，像卷席一样大，身高五尺多一点。索颐的父亲就拿刀砍它，它就从中间断了，然后变成了两个人，再横着砍它们，又变成了四个。它们见状就把索颐父亲的刀抢了过去，反向向索颐父亲砍来，把他杀了。再拿刀到座位上，杀索家弟子，只要是姓索的人就必须得死，只有异姓幸免于难。索颐当时年幼，被乳母从后门抱出去了，藏在别人家，只有他一个人逃出了这场灾难。索颐，字景真，做官做到湘东太守。（出《法苑珠林》）

卷第三百二十五　鬼十

王骋之

瑯邪王骋之妻，陈郡谢氏，生一男，小字奴子。经年后，王以妇婢招利为妾，谢元嘉八年病终。王之墓在会稽，假瘞建康东冈，既窆反虞，舆灵入屋，凭几忽于空中掷地。便有嗔声曰："何不作挽歌，令我寂寂而行耶？"骋之云："非为永葬，故不具仪耳。"（出《法苑珠林》）

孟　襄

孟襄，字宝称。元嘉十一年，为吴宁令。其妻蔡氏，在县亡。未几，忽有推窗打户，长啸歌吟，撒掷燥土。复于空中挥运刀矛，状欲加人。数数起火，或发箱箧之内，衣物焦而外不觉。因假作蔡氏言语，一如平生。襄因问曰："卿何以短寿？"答曰："是天命耳。然有一罪，为女时曾宰一鸡，被录到地狱三日。闻人说，铸铜像者可免，因脱金指环一双以助之，故获解免。"时县有巫觋者，襄令召而看之，鬼即震惧。良久，巫者云："见二物，其一如豖，一似雄鸡，两目直竖。作亡人言是鸡形者。"时又有慧兰道人，善于咒术，即召之，令诵经咒。鬼初犹学之，有顷，失所在。（出《法苑珠林》）

王骋之

琅邪王骋之的妻子，陈郡的谢氏，生了一个男孩，他的小名叫奴子。过了一年，王骋之又将他妻子的婢女娶为妾，谢氏在元嘉八年因为生病去世。王骋之家的墓地在会稽，就暂且把他妻子的墓地建在东冈，下葬后举行虞祭，灵位入室以后，凭几忽然从空中摔在地上。然后，就有嗔怪的声音说道："为什么不奏丧乐呢？难道是想让我安静地上路吗？"王骋之说："因为不是永远葬在这里，所以没有安排相应的仪式。"（出《法苑珠林》）

孟襄

孟襄，字宝称。元嘉十一年，任吴宁县令。他的妻子蔡氏，在县中去世了。没过多久，忽然听见有人推窗户和敲门，长声呼叫、高声吟唱，并且撒下干土。又在空中挥刀运矛，样子像是要加害人。家中也多次起火，有的是从箱子里开始，衣服烧焦了，但外面却没有一点征兆。还假装蔡氏说话，就像她活着的时候一样。孟襄因此问她说："你为什么这样短命呢？"她回答说："这是天命，是因为曾经犯过一种罪，做女儿的时候杀过一只鸡，被罚到地狱里三天。听别人说，如果铸了铜像可以免除罪过。于是脱下一双金指环捐助，所以才获得了赦免。"当时县里有一个男巫和一个女巫，孟襄把他们召请来，一看，鬼立即表现出震惊恐惧的样子。过了很久，男巫说："看见了两个，一个像猪，一个像雄鸡，两只眼睛一直盯着他。学去世蔡氏说话的就是像鸡的那个。"当时还有一个慧兰道人，擅长禁术，立即前往召请他，让他念经。鬼一开始还学他的语言，没过一会儿，就不见了。（出《法苑珠林》）

司马文宣

司马文宣，河内人也，颇信佛。元嘉元年，丁母艰。弟丧数月，望旦，见其弟在灵座上，不异平日。回遑叹咤，讽求饮食。文宣试与言曰："汝平生勤修行善，若如经言，应得生天，或在人道，何故乃坠此鬼中？"即沉吟俯仰，默然无对。文宣即夕梦见其弟云："生所修善，蒙报生天。灵床之鬼，是魔魅耳，非某身也。恐兄疑怪，故以白兄。"

文宣明旦请僧转《首楞严经》，令人扑击之，鬼乃逃入床下。又走户外，形稍丑恶，举家骇惧，詈叱遣之。鬼云："饥乞食耳，经日乃去。"顷之，母灵床头有一鬼。肤体赤色，身甚长壮。文宣长子孝祖与言，往反答对周悉。初虽恐惧，久稍安习之。鬼亦转相附狎，居处出入，殆同家人。于京师转相报告，往来观者，门限迭迹。

时南林寺有僧，与灵珠寺僧舍沙门，与鬼言论，亦甚款曲。鬼云："昔世尝为尊贵，以犯众恶，受报未竟，果此鬼身。"云："寅年有四百部鬼，大行疾疠。所应罹灾者，不悟道人耳，而犯横极众，多滥福善，故使我来监察之也，僧以食与之。"鬼曰："我自有粮，不得进此食也。"舍曰："鬼多知，我生来何因作道人。"答曰："人中来，出家因缘，本誓愿也。"问诸存亡生死所趣，略皆答对，具有灵验，条次繁多，故不曲载。舍曰："人鬼道殊，汝既不求食，何为久留？"鬼曰："此间有一女子，应在收捕，而奉戒精勤，故难可得。比日稽留，因此故也。藉乱主人，有愧不少。"自此已后，不

司马文宣

司马文宣，是河内人，比较信佛。元嘉元年，遭逢母亲去世。他的弟弟去世几个月以后，有一天凌晨，看见他的弟弟在灵座上，和平时没什么两样。他眩惑恐惧，左顾右盼，愤激而慨叹，并且要求给他吃的和喝的。司马文宣试着和他说："你活着的时候非常勤勉地做好事，如果按照以往的话来说，应该是可以升天做神仙的，或者说在人间，为什么会变成这样一只鬼？"他立刻支支吾吾，一会抬头，一会低头，不再说话。司马文宣这天夜里梦见他的弟弟说："我平生积德行善，因此得到升天的好报。灵座上的鬼，是魔鬼，并不是我的真身。我怕你有所怀疑和惊怪，因此前来告诉兄长。"

第二天司马文宣就请僧人吟诵《首楞严经》，让人逮捕击杀那只鬼，鬼于是逃到了床底下。又跑到了门外，他长得有点儿丑，司马文宣的全家都特别害怕，叫骂着要赶跑他。鬼说："我只是饿了想讨点吃的，过几天就走了。"没过多久，他母亲的灵床上又出现了一只鬼。全身的皮肤是红色的，身体特别高大强壮。司马文宣的长子司马孝祖和他说话，来来往往回答得比较详细。起初他的长相虽然让人很害怕，时间长了也就慢慢习惯了。鬼也变得和大家相互熟悉亲近了，日常生活和出门进门，几乎和家人一样。这件事在京城相互传开，前来观看的人，快要把门槛踩没了。

当时南林寺的一个僧人和灵珠寺一个姓舍的僧人，和鬼之间的辩谈，也十分和谐融洽。鬼说："前世的时候曾经身份尊贵，做了很多坏事，因为得到的报应还没有结束，现在仍然是个鬼。"又说："在寅年的时候有四百群鬼，肆意传播瘟疫。患病的那些人，应该都是不能信奉佛教的人，并且侵害的跨度非常广，很多行善积德的人也会被害，所以让我前来监察。僧人给他吃的。"鬼说："我自已有粮食，是不能吃这些食物的。"姓舍的僧人说："鬼如此见多识广，能知道我为什么做了僧人吗？"鬼回答说："从人世而来，出家的原因，是你自己的愿望。"又问了一些关于生死存亡的问题，都简略地回答了，又详细地说了一些灵验的事，事情很多，就不一件件记述了。姓舍的僧人说："人鬼殊途，你既然不索求食物，为什么要停留这么久呢？"鬼甚见形。复往视者，但闻语耳。时元嘉十年也。

至三月二十八日，语文宣云："暂来寄住，而汝倾家营福，见畏如此，那得久留。"孝祖云："听汝寄住，何故据人先亡灵筵耶？"答曰："汝家亡者，各有所属，此座空设，故权寄耳。"于是辞去。（出《冥报记》）

虞德 严猛

武陵龙阳虞德，流寓益阳，止主人夏蛮舍中。见有白纸一幅，长尺余，标蛮女头，乃起扳取。俄顷，有虎到户而退。寻见何老母摽如初，德又取之，如斯三返。乃具以语蛮，于是相与执杖伺候，须臾虎至，即共格之。同县黄期，具说如此。

又会稽严猛，妇出采薪，为虎所害。后一年，猛行至蒿中，忽见妻云："君今日行，必遭不善，我当相免也。"既而俱前，忽逢一虎，跳梁向猛。妇举手指挧，状如遮护。须臾，有二胡人前过，妇因指之，虎即击胡，婿得无他。（出《异苑》）

说："这中间有一个女子，在应该被抓的行列，但是因为她供奉斋戒专心勤勉，所以很难得手。一天又一天停留，就是因为这个。也因此打扰了主人家，对此感到十分愧疚。"从那天以后，就不怎么现出自己的身形了。再有前去看他的人，就只能听见声音了。那时候是元嘉十年。

到三月二十八日那一天，对司马文宣说："我本来是想暂时寄居在这里的，但是你全家都向神佛祈福，看见你们如此敬畏，我哪能长久地居留呢？"司马孝祖说："任凭你住多长时间，为什么要占据被供奉的灵位呢？"回答说："你家去世的人，后来都有了自己的归属，这个牌位是虚设了，所以就寄住在这里。"说完后他就告辞离开了。（出《冥报记》）

虞德　严猛

虞德，是武陵龙阳人，旅居到益阳，借住在夏蛮的家中。看见他家有一幅白纸，长一尺多，裹在夏蛮女儿的头上，于是就将它拿下来了。过了一会儿，有一只老虎到门口又退回去了。不久看见何老母又跟之前一样，把一尺多长的白纸裹在夏蛮女儿的头上，虞德又把白纸取下来，就这样反复了好几次。后来虞德把之前发生的事详细地告诉了夏蛮，于是两个人拿着棍站在那儿等候，过了一会儿老虎来了，他们就一起和它打斗。同县的黄期，非常详细地讲述了这件事。

又有一个会稽县的严猛，他的妻子出去打柴，被老虎吃了。一年以后，严猛走到了草丛中，忽然看见他的妻子，妻子对他说："你今天出行，一定会遇到坏事，但我可以帮你消灾。"然后就一起向前，忽然看到一只老虎，跳起来扑向严猛。他的妻子举起手来指挥，样子像是遮挡护卫他，过了一会儿，有两个胡人从他们面前经过，他的妻子就用手指向他们，老虎立即就去攻击胡人，她的夫婿因此平安无事。（出《异苑》）

郭庆之

黄州治下，有黄父鬼，出则为祟。所著衣袷皆黄，至人家，张口而笑，必得疫疠。长短无定，随篱高下。自不出已十余年，土俗畏怖。庐陵人郭庆之，有家生婢，名采薇，年少有色。宋孝建中，忽有一人，自称山灵。如人裸身，长丈余，臂脑皆有黄色，肤貌端洁，言音周正，土俗呼为“黄父鬼”。来通此婢，婢云：“意事如人。”鬼遂数来，常隐其身，时或露形。形变无常，乍大乍小。或似烟气，或为石，或作小儿，或妇人，或如鸟如兽。足迹如人，长二尺许，或似鹅迹，掌大如盘。开户闭牖，其入如神，与婢戏笑如人。（出《述异记》）

薄绍之

薄绍之尝为臧质参军，元嘉二十四年，寄居东府之西宾别宅中，与祖法开邻舍。开母刘，寝疾弥旬，以二十二年五月一日夜半亡。二日，绍之见群鼠，大者如豚，鲜泽五色，或纯或驳，或著平上帻，或著笼头。大小百数，弥日累夜。至十九日黄昏，内屋四檐上有一白鼠，长二尺许，走入壁下，入处起火。以水灌之，火不灭，良久自灭。其夜见人，修壮赤色，身光如火，从烧壁中出，径入床下。又出壁外，虽隔一壁，当时光明洞彻，了不觉又隔障。四更，复有四人，或与绍之言相佑，或嗔目吐舌。自暮迄旦，后夕复烧屋。有二人，长九尺许，骑马挟弓矢，宾从数十人，呼为将军。绍之问：“汝行何向？”答云：“被使往东边病人还。”二十一日，群党又至。家先有一白狗，自有鬼怪，暮常失之，至晓辄还。尔夕试系之，须臾，有一女子来云：“勿系此狗，愿以见乞。”答便以相与，投绳

郭庆之

黄州管辖的地区有一个黄父鬼，只要出现就会作怪。他所穿的衣服都是黄色的，到了人家里以后，就张大嘴巴笑，那家人就会得瘟疫。那只鬼高矮不定，跟着篱笆或高或矮。他不出现已经十多年，当地人特别害怕。庐陵人郭庆之，家里有一个奴婢，名字叫采薇，年少的时候就已经非常美丽了。宋代孝建年间，忽然有一个人，说自己是山神。长得像人一样，但是裸露着身体，高一丈多，他的手臂和脑袋上都有黄颜色，皮肤和长相端正洁白，说话的语音十分标准，当地人叫他黄父鬼。前来和这个婢女私会，这个婢女说："他的所有都和人一样。"黄父鬼于是经常前来，经常隐藏他的身形，有时也会现出身形。他的身形是变化多端的，有时高大有时矮小。有时像是烟雾，有时化成石头，有时又变成小孩或者妇女，有时像鸟有时像兽。足迹象人一样，长二尺多，有时候也像鹅掌，脚掌大得像盘子。开门关窗，出入像神一样，和婢女玩笑就像人一样。（出《述异记》）

薄绍之

薄绍之曾经是臧质的参军，元嘉二十四年，寄居在东府的客舍里面，和祖法开是邻居。祖法开的母亲刘氏，已经卧病在床十多天了，在元嘉二十二年五月一日半夜去世了。第二天，薄绍之看见一群老鼠，大的像猪一样，五彩缤纷、色泽光亮，有的是纯色，有的是杂色，有的戴着平头巾，有的套上了笼头。大大小小有上百只，整天整夜出现。到了十九日黄昏，内房的四檐之上有一只白老鼠，长有二尺左右，游走到墙壁下面，它所进入的地方起火了。用水浇洒失火的地方，火不会灭，过了很长时间火竟自动熄灭了。这天夜里看见一个人，身材修长，十分健壮，浑身红色，身上的光亮像火一样，从被烧着的墙壁中走出来，径直走到床的下面。又从墙里面出来，虽然隔着一道墙，当时十分明亮透彻，一点都觉察不到隔着什么。等到四更的时候，又有四个人前来，有的和薄绍之说可以护佑他，有的朝他瞪眼吐舌头，一直从晚上到第二天早晨，后来到了晚上又烧他的房子。有竟不敢解，倏然走出。狗于是呻唤垂死，经日不能动。有一人披锦袍，弯弧注镞，直向绍之。谓："汝是妖邪，敢于恐人！我不畏汝，汝若不速去，令大道神寻收治汝。"鬼弛弦纵矢，策马而去。（出《述异记》）

索万兴

燉煌索万兴，昼坐厅事东间斋中，一奴子忽见一人著帻，牵一骢马，直从门入。负一物，状如乌皮隐囊，置砌下，便牵马出门。囊自轮转，径入斋中，缘床脚而上，止于兴膝前。皮即四处卷开，见其中周匝是眼，动瞬甚可憎恶。良久，又还更舒合，仍轮转下床，落砌西去。兴令奴子逐至司厅事东头灭，恶之，因得疾亡。（出《述异记》）

郭秀之

郭秀之，寓居海陵。宋元嘉二十九年，年七十三，病止堂屋。北有大枣树，高四丈许。小婢晨起，开户扫地，见枣树上有一人，修壮黑色，著皂褋帽，乌韦裤褶，手操弧矢，正立南面。举家出看，见了了。秀之扶杖视之，此人谓秀之曰："仆来召君，君宜速装。"日出便不复见，积五十三日如此，秀之亡后便绝。（出《述异记》）

两个人，身高大约九尺，骑着马拿着弓箭，跟着几十个随从，称呼他为将军。薄绍之问："你们从哪里来？"回答说："被派遣到东边让人生病才回来。"二十一日，那群鬼怪又来了。他的家里之前有一条白狗，自从有鬼怪以后，傍晚经常会丢失，到白天才会回来。他这天晚上试着把它拴起来，过了一会儿，有一个女子前来，说："不要拴着这条狗，请送给我吧。"薄绍之答应后就把狗交给了她，她竟然扔掉绳子不敢牵，突然就出去了。于是狗呻吟叫唤着像快要死了，过了一天也不能动，有一个人披着锦袍，弯弓搭箭，对准了薄绍之。薄绍之说："你是妖邪，竟敢做这些吓人的事！我不怕你，你如果不速速离去，我就让有高深法力的神收了你后整治你。"鬼听了立马收回弓箭，策马逃走了。（出《述异记》）

索万兴

敦煌的索万兴，白天坐在厅堂东边的书斋中，一个奴仆忽然看见一个戴着头巾的人，牵了一匹毛色青白相间的马，径直从门外进来。身上背着一个东西，像是黑皮的包，放在阶梯下，就牵着马走了。那个黑皮的包就自己滚动，径直滚到书斋里，顺着床的脚往上，停在索万兴的膝盖前面。那黑皮就向四面展开，看见那中间四边全都是眼睛，眨动的瞬间让人觉得十分憎恶。过了很久，又卷回原样，仍旧是滚下床，落到阶梯上离开了。索万兴让奴仆追赶，到厅的东边就消失了，因此心有嫌恶，然后索万兴得病去世了。（出《述异记》）

郭秀之

住在海陵的郭秀之，在宋元嘉二十九年，七十三岁的时候，因为生病住在堂屋。它的北边有大枣树，高大约四丈。他家的婢女早晨起床开门扫地的时候，看见枣树上有一个人，身形修长健壮，皮肤黑色，戴着黑色的帽子，穿着熟皮黑裤，手里面拿着弓箭，正对着南边站着。他的全家出来看，看得非常清楚，郭秀之扶着拐杖看他，这个人对郭秀之说："我是来召请你的，你应该迅速准备行装。"等到日

庾季随

庾季随，有节概，膂力绝人。宋元嘉中，得疾昼卧。有白气如云，出于室内，高五尺许。有顷，化为雄鸡，飞集别床。季随斫之，应手有声，形即灭，地血滂流。仍闻蛮妪哭声，但呼阿子，自远而来，径至血处。季随复斫，有物类猴，走出户外，瞋目顾视季随，忽然不见。至晡，有二青衣小儿，直从门入，唱云："庾季随杀官！"俄而有百余人，或黑衣，或朱衣，达屋，齐唤云："庾季随杀官！"季随挥刀大呼，鬼皆走出灭形，还步忽投寺中。子忽失父所在，至寺，见父有鬼逐后，以皮囊收其气。数日遂亡。（出《述异记》）

申翼之

广陵盛道儿，元嘉十四年亡，托孤女于妇弟申翼之。服阕，翼之以其女嫁北卿严齐息，寒门也，丰其礼赂始成。道儿忽室中怒曰："吾喘唾乏气，举门户以相托，如何昧利忘义，结婚微族！"翼大惶愧。（出《搜神记》）

王怀之

王怀之，元嘉二十年，丁母忧。葬毕，忽见□树上有妪，头戴

出的时候就不能看见了，总共五十三天都是这样，郭秀之去世后这种情况就没有了。（出《述异记》）

庾季随

庾季随，很有操守和气概，力大无穷。在宋元嘉年间，他得了病，白天躺在床上。忽然有一团像云一样的白气，出现在室内升起，高大约五尺。过了一会儿，就变成了雄鸡，飞到了另一张床上。庾季随拿刀砍向它，随着手起刀落，传来了声响，那团白气就消失了，地上的血像汹涌的水流。紧接着听见了蛮人老妇的哭声，只是叫喊着“阿子”，从远处到近处，一直到流血的地方。庾季随再次砍向那里，有一个类似猴子的东西，走出门外，睁大眼睛愤怒地看向庾季随，然后突然就不见了。等到了夜间，有两个身穿青衣的小孩子直接从大门进入，唱道：“庾季随杀官！”过了一会儿，又有上百个人出现，有的穿着黑衣，有的穿着红衣，到达屋子以后，一起喊着说：“庾季随杀官！”庾季随挥着刀大声叫，鬼们都四下逃散了，回身又跑到了寺里面。庾季随的儿子忽然发现父亲不见了，等他到寺里面的时候，看见他父亲的身后有鬼在追逐，用皮囊收集他父亲的声气。过了几天他父亲就去世了。（出《述异记》）

申翼之

盛道儿是广陵人，在元嘉十四年去世，将他的女儿托给妻子的弟弟申翼之照顾。等到丧期结束后，申翼之将他的女儿嫁给了北卿严齐息，因为他家门第寒微，拿了丰厚的礼品贿赂申翼之才得以和盛道儿的女儿成亲。盛道儿忽然在屋子中怒声道：“我去世前将整个门户交给了你，你怎么见利忘义，让我的女儿和寒门子弟结婚呢？”申翼之大为惊惶又感到十分惭愧。（出《搜神记》）

王怀之

王怀之，在元嘉二十年失去了母亲。将她葬下以后，忽然看见树大发，身服白褶裙，足不践柯，亭然虚立。还家叙述，其女遂得暴疾，面仍变作向树杪鬼状。乃与麝香服之，寻如常。世云，麝香辟恶，此其验也。（出《异苑》）

柳叔伦

宋孝武大明初，太尉柳叔伦，住故衡阳王故第。大明五年，忽见一脚迹，长二寸。伦有婢细辛，使取水浣衣，空中有物，倾器倒水。伦拔刀唤婢，在侧闻有物行声，以刀斫之，觉有所中。以火照之，流血覆地。后二十日，婢病死。伦即移尸出外，明日觅尸，不知所在。（出《广古今五行记》）

刘廓

宋沈攸之在镇，朱道珍尝为孱陵令，刘廓为荆州户曹，各相并居江陵，皆好围棋，日夜相就。道珍元徽三年六日亡，至数月，廓坐斋中，忽见一人，以书授廓云："朱孱陵书。"题云："每思棋聚，非意致阔。方有来缘，想能近顾。"廓读毕，失信所在，寝疾寻卒。（出《渚宫旧事》）

王瑶

王瑶，宋大明三年，在都病亡。瑶亡后，有一鬼，细长黑色，袒著犊鼻裈，恒来其家。或歌啸，或学人语。常以粪秽投入食中，上有一个老妇，头上戴着假发，身上穿着白罗裙，脚没有踏上树枝，高高地站立在虚空中。回到家说了自己看到的一切，他的女儿就突然得了疾病，面容变成了之前他看见的树枝上鬼的样子，于是给她服用麝香，不久就和之前一样了。世人说，麝香可以辟邪，这就是其中灵验的证明了。（出《异苑》）

柳叔伦

宋代孝武帝大明初年，太尉柳叔伦住在已经去世的衡阳王的旧宅里。在大明第五年，忽然看见一个脚印，有两寸长。柳叔伦有一个叫细辛的婢女，派她去打水洗衣服，突然间，空中出现了一个物体，倾斜着器物倒下水。柳叔伦拔出刀，呼唤着婢女，在他的一侧有东西行走的声音，他就用刀砍向它，觉得好像砍中了什么，用火照向那里，看见满地的鲜血。在这以后二十天，他家的婢女病死了。柳叔伦立即将她的尸体移到外面，第二天再去看尸体，却不知道它去哪里了。（出《广古今五行记》）

刘 廓

宋代时，沈攸之在边境镇守的时候，朱道珍曾经是孱陵令，刘廓是荆州户曹，他们都住在江陵，都喜欢下围棋，没日没夜地在一起下棋。朱道珍在元徽三年某月六日于一滩去世，过了几个月，刘廓坐在书斋中，忽然看见一个人，他把信交给刘廓说："这是朱孱陵的信。"上面的字是："总是回忆到我们聚集在一起下棋的往事，但现在我们之间有并非意念可以跨越的距离。不过我们比较有缘，近来就可以相会了。"刘廓读完以后，信就找不到了，卧病在床后不久就病逝了。（出《诸宫旧事》）

王 瑶

王瑶在宋大明三年于京城病逝。王瑶去世以后，有一个鬼，又细又长，皮肤是黑色的，光着身子穿着犊鼻裤，经常来他家。有时唱又于东邻庾家犯触人，不异王家时。庾语鬼：“以土石投我，了非所畏，若以钱见掷，此真见困。”鬼便以新钱数十，正掷庾额。庾复言：“新钱不能令痛，唯畏乌钱耳。”鬼以乌钱掷之，前后六七过，合得百余钱。（出《述异记》）

王文明

王文明，宋太始末江安令。妻久病，女于外为母作粥，将熟，变而为血。弃之更作，复如初。母寻亡，其后儿女在灵前哭，忽见其母卧灵床上，如平生，诸儿号戚，奄然而灭。文明先爱其妻所使婢，妊身将产。葬其妻日，使婢守屋，余人悉诣墓所。部伍始发，妻便入户打婢。其后诸女为父办食，杀鸡，割洗已竟，鸡忽跳起，轩首长鸣。文明寻卒，诸男相续丧亡。（出《述异记》）

夏侯文规

夏侯文规居京，亡后一年，见形还家。乘犊车，宾从数十人，自云北海太守。家设馔，见所饮食，当时皆尽，去后器满如故。家人号泣，文规曰：“勿哭，寻便来。”或一月或四五十日辄来，或停半日。其所将赤衣驺导，形皆短小，坐息篱间及厢屋中，不知文规当去时，家人每呼令起，玩习不为异物。文规有数岁孙，念之抱来，其左右鬼神抱取以进。此儿不堪鬼气，便绝，不复识人，文规索水噀之，乃醒。见庭中桃树，乃曰：“此桃我所种，子甚美好。”其妇曰：“人言亡者畏桃，君何为不畏？”答曰：“桃东南枝长二尺歌啸叫，有时学人说话。经常把污秽的东西放到食物中，又在东边的邻居庾家捣乱，和在王家时没什么两样。庾家人对鬼说：“你用土和石块投掷我，我一点也不害怕，如果你要用钱砸我，那就真的造成我的困扰了。”鬼就用新钱几十枚，扔向庾家人。庾家人又说：“新钱不能让我感觉到疼痛，只是害怕乌钱。”鬼就用乌钱投掷，前后有六七次，总共得到了一百多钱。（出《述异记》）

王文明

王文明，是宋代太始末年的江安令。他的妻子已经病了很久了，他的女儿在外面给母亲熬粥，将要熬好的时候，忽然变成了血。就把它丢弃了重新煮一锅，但又像之前一样。她的母亲不久就去世了，母亲过世以后，她的儿女在灵位前哭丧，忽然看见母亲躺在灵床上，就像生前一样，她的孩子们都嚎啕大哭，突然间她又消失了。王文明之前曾经喜欢他妻子的婢女，致使她怀孕后将要生产，在埋葬他妻子的那天，让那个婢女留在家里，其他人都去墓地了。送葬的队伍刚刚出发，他的妻子就进入屋子打婢女。在这以后各位女儿替她们的父亲做饭，杀了一只鸡，都已经杀死后处理干净了，可鸡忽然跳起来，昂首打鸣。王文明不久就去世了，他的各个儿子也相继去世。（出《述异记》）

夏侯文规

夏侯文规居住在京城，他去世一年后，现出身形回到家里。乘坐着牛车，随从有几十人，自己说自己是北海太守。他的家里摆上了祭祀的酒饭，看见所摆的饮食，在当时就都吃完了，在他们离开后，所有器物中的饮食又都和以前一样了。他的家人悲号哭泣，夏侯文规说：“不要哭，不久我还回来。”有时一个月或四五十天就会回来一次，有时停留半天。他带来的穿红色衣服的车夫和开道的人，身形都十分矮小，坐在篱笆中间和厢房中休息，不知道文规什么时候走，家人们每次呼唤他们让他们起来和玩游戏都不觉得他们和人有什

八寸，向日者憎之，或亦不畏。”见地有蒜壳，令拾去之，观其意，似憎蒜而畏桃也。（出《甄异记》）

么不同。夏侯文规有一个几岁的孙子，很是想念，就让人抱来，他左右的鬼神就会把小孙子抱过来交给他。这个孩子不能抵御鬼气，就背过气去，不能认识人了，夏侯文规用水喷醒了他。看见庭院中的桃树，于是说："这棵桃树是我所栽的，果实特别好吃。"他的妻子说："别人都说鬼怕桃树，你为什么不怕呢？"他回答说："桃树东南方向的树枝长二尺八寸，向着太阳长的我不喜欢，但我同样不害怕。"看见地上有蒜皮，让人把它取掉，仔细观察他的脸色，像是不喜欢蒜皮而害怕桃树。（出《甄异记》）

卷第三百二十六 鬼十一

袁 炳 费庆伯 刘朗之 长孙绍祖 刘 导 刘 氏
崔罗什 沈 警

袁 炳

宋袁炳，字叔焕，陈郡人。秦始末，为临湘令。亡后积年，友人司马逊，于将晓间如梦。见炳来，陈叙阔别，讯问安否。既而谓逊曰：“吾等平生立意着论，常言生为驰役，死为休息。今日始知，定不然矣。恒患在世为人，务驰求金币，共相赠遗。幽途此事，亦复如之。”逊问罪福应报，定实何如。炳曰：“如我旧见，与经教所说，不尽符同，将是圣人抑引之谈耳。如今所见，善恶大科，略不异也。然杀生故最为重禁，慎不可犯也。”逊曰：“卿此征相示，良不可言，当以语白尚书也。”炳曰：“甚善，亦请卿敬诣尚书。”时司空王僧虔为吏部，炳、逊世为其游宾，故及之。往返可数百语，辞去。逊曰：“阔别之久，恒思少集。相值甚难，何不且住？”炳曰：“止暂来耳，不可得久留。且此辈语，不容得委悉。”揖别而去。初炳来暗夜，逊亦了不觉所以，天明得睹见。炳既去，逊下床送之。始蹑履而还暗，见炳脚间有光，可尺许，亦得照其两足，余地犹皆暗云。（出《冥祥记》）

袁炳

宋代的袁炳，字叔焕，是陈郡人。在秦始末年，官任临湘县令。在他死后的许多年，他的朋友司马逊在天快亮的时候做了一个梦。梦中看见袁炳前来，两人叙述了久别之情，相互问最近怎么样。过了一会对司马逊说："我们一生下定决心表达观点，经常说活着就是为了供人役使，死了是为了休息。现在才知道，根本不是这样。在人世的时候经常忧虑，为了金钱而奔劳，为了互相赠送而忙碌。在冥间这样的事也是一样的。"司马逊问罪福和报应，要如何才能实现。袁炳说："就像我以前的观点一样，和经文宗教所说的不完全一样，或许是圣人抑制情欲而导之以善的言语罢了。现在我所见的善恶两大类别，一点不一样的都没有。然而杀生是最大的禁忌，是需要审慎，不能触犯的。"司马逊说："你将这其中的迹象展示给我，真的是好到不能用语言表达，应该将这些告诉尚书。"袁炳说："非常好，也请你转告尚书。"当时的司空王僧虔正任吏部尚书，袁炳和司马逊是他的宾客，所以说到了他。他们来来去去说了几百句话，袁炳就告辞离去了。司马逊说："我们离别已经很久了，常常想稍微聚一下，相见非常难，为什么只暂住一会呢？"袁炳说："只是暂时能够来这儿，不能够留在这儿很久。并且我刚刚说的那些，是不能让别人都知道的。"说完就作揖离去，袁炳刚来的时候是黑夜，司马逊也没觉得怎么样，天稍亮的时候就见到，袁炳就要离开，司马逊走下床去送他。刚开始穿鞋子的时候天还暗着，看到袁炳两脚中间有亮光，大约一尺，也就仅仅能够找到他的两只脚，其余的地方还是黑暗的。（出《冥祥记》）

费庆伯

宋费庆伯者，孝建中，仕为州治中。假归至家，忽见三驺，皆赤帻，同来云："官唤。"庆伯云："才谒归，那得见召。且汝常黑帻，今何得皆赤帻也？"驺答云："非此间官也。"庆后方知非生人，遂叩头祈之，三驺同词，因许回换，言："却后四日，当更诣君。可办少酒食见待，慎勿泄也。"如期果至，云："已得为力矣。"庆伯欣喜拜谢，躬设酒食，见鬼饮啖不异生人。临去曰："哀君故尔，乞秘隐也。"庆伯妻性猜妒，谓伯云："此必妖魅所罔也。"庆伯不得已，因具告其状。俄见向三驺，楚挞流血，怒而立于前曰："君何相误也？"言讫，失所在。庆伯遂得暴疾，未旦而卒。（出《述异记》）

刘朗之

梁安成王在镇，以罗舍故宅，借录事刘朗之。尝见丈夫衣冠甚伟，敛衿而立，朗之惊问，忽然失之。未久，而朗之以罪见黜，时人谓君章有神。（出《述异记》）

长孙绍祖

长孙绍祖，常行陈蔡间。日暮，路侧有一人家，呼宿，房内闻弹箜篌声。窃于窗中窥之，见一少女，容态闲婉，明烛独处。绍祖微调之，女抚弦不辍。笑而歌曰："宿昔相思苦，今宵良会稀。欲

费庆伯

宋代的费庆伯，在孝建年间，官任州治中。告假回到家里，忽然看见三个侍从，都戴着红色的帽子一同前来说：“官府传唤你前去。”费庆伯说：“我才拜访他回来，怎么又会被召请？并且你们经常戴黑色头巾，为什么今天戴的都是红色头巾呢？”侍从们回答说：“我们不是人间的官员。”费庆伯这才知道他们不是活人，于是磕头向他们求饶。那三个人同意了他的请求，答应他换一个人复命，说：“我们离开后的四天，会再来拜访你。你可以稍稍置办点酒饭招待，一定不要泄露这个秘密。”等到了那一天，他们果然来了，说：“已经替你出力了。”费庆伯非常开心，连忙恭敬地表示感谢，亲自摆上酒宴，看见鬼喝酒吃饭，和常人没有什么不一样。临走的时候他们说：“是因为可怜我们你才这么做的，希望你为我们保密。”费庆伯的妻子生性多疑，对费庆伯说：“这一定是鬼怪在迷惑你。”费庆伯没有办法，详细地把事情的前后告诉了他的妻子。不久就看见三个侍从被打得全身鲜血直流，站在他的前面非常愤怒地说：“你为什么要做错事而让我们受伤害呢？”话说完他们就不见了，费庆伯突然就得了重病，没到天亮就去世了。（出《述异记》）

刘朗之

梁代的安成王在边境镇守的时候，将罗舍以前的旧宅子借给了录事刘朗之。曾经看见一个穿着很华丽的男子，衣襟整肃站在那里，刘朗之惊奇地问他，但他忽然消失了。没过多久，刘朗之就因为犯罪被罢黜，当时的人都说他的情形明显表示有鬼神出现。（出《述异记》）

长孙绍祖

长孙绍祖，经常在陈州和蔡州之间往来。有一天傍晚，看见路的旁边有一户人家，请求前去借宿，房里能听得见弹箜篌的声音。于是他偷偷地在窗户旁窥视，看见一个年轻的女子，文雅美丽，明亮的持留客被，一愿拂君衣。”绍祖悦怿，直前抚慰。女亦欣然曰：“何处公子，横来相干。”因与会合，又谓绍祖曰：“昨夜好梦，今果有征。”屏风衾枕，率皆华整。左右有婢，仍命馔，颇有珍羞，而悉无味。又饮白醪酒，女曰：“猝值上客，不暇更营佳味。”才饮数杯，女复歌，歌曰：“星汉纵复斜，风霜凄已切。薄陈君不御，谁知思欲绝。”因前拥绍祖，呼婢彻烛共寝，仍以小婢配其苍头。将曙，女挥泪与别，赠以金缕小合子：“无复后期，时可相念。”绍祖乘马出门百余步，顾视，乃一小坟也。怆然而去，其所赠合子，尘埃积中，非生人所用物也。（出《志怪录》）

刘导

刘导，字仁成，沛国人，梁真简先生瓛三从侄。父謇，梁左卫率。导好学笃志，专勤经籍。慕晋关康曾隐京口，与同志李士炯同宴，于时秦江初霁，共叹金陵，皆伤兴废。

俄闻松间数女子笑声，乃见一青衣女童，立导之前曰：“馆娃宫归路经此，闻君志道高闲，欲冀少留，愿垂顾眄。”语讫，二女已至。容质甚异，皆如仙者，衣红紫绢縠，馨香袭人，俱年二十余。导与士炯，不觉起拜，谓曰：“人间下俗，何降神仙？”二女相视而笑曰：“住尔轻言，愿从容以陈幽抱。”导揖就席谓曰：“尘浊酒不可以进。”二女笑曰：“既来叙会，敢不同觞。”衣红绡者，西烛光旁只有她一个人。长孙绍祖稍稍调戏了她一下，但是那位女子没有停下弹琴，笑着唱道："宿昔相思苦，今宵良会稀。欲持留客被，一愿抚君衣。"长孙绍祖听了以后特别开心，径直上前安慰她。那个女子也开心地说："从哪里来的公子，突然到这里来做什么？"于是他们这夜便一起共度了，她又对长孙绍祖说："昨天晚上做了一个好梦，今天果然印证了。"她家里的屏风和枕头，都十分华丽整齐。身旁还有婢女，还让人摆上了酒饭，看起来颇为美味，但是全都没有味道。又喝了白醪酒，那个女子说："突然有上等宾客造访，没有时间再煮更加美味的食物。"才喝了几杯，女子又唱了起来，歌曲唱道："星汉纵复斜，风霜悽已切。薄陈君不御，谁知思欲绝。"于是上前拥抱长孙绍祖，呼唤婢女撤了蜡烛和他一起睡觉，还把婢女配给了长孙绍祖的仆人。天快要亮的时候，女子挥洒热泪和他辞别，赠给他一个金丝的小盒子并说："不再有相见的日子了，见到这个能时常想到我。"长孙绍祖乘着马走出门外一百多步，回看之前的地方，却是一座小的坟墓。他十分伤心地离去，那个女子赠给他的盒子，里面已经满是灰尘，并不是活人所用的物品。（出《志怪录》）

刘导

沛国人刘导，字仁成，是梁朝的真简先生刘瓛的堂侄。他的父亲刘謇，是梁朝的左卫率。刘导喜欢学习，专心致志地学习经书典籍。他仰慕晋代的关康，以前隐居在京口，和志同道合的朋友李士炯共同赴宴，当时秦淮河刚刚雨过天晴，他们在一起共同慨叹金陵地区，都感伤于朝代的兴衰存亡。

过了一会儿听见松树间有女子的笑声，然后看见一个穿着青色衣服的女童，站在刘导面前说："回馆娃宫的道路经过这里，听到你们志向高洁，希望你能够为我们稍稍停留，回头看看我们。"话刚说完，两个女子就到他们的面前了。她们的姿容很不一般，都像仙女一样，分别穿着红色和紫色的绢縠，一股股清香扑面而来，年龄有二十多岁。刘导和李士炯，不自觉地起身拜见，然后对她们说："世俗人间，为什么会降下你们这样的神仙？"那两个女子相视而笑，说：

施也，谓导曰："适自广陵渡江而至，殆不可堪，深愿思饮焉。"衣紫绢者，夷光也，谓导曰："同官三妹，久旷深幽，与妾此行，盖谓君子。"导语夷光曰："夫人之姊，固为导匹。"乃指士炯曰："此夫人之偶也。"夷光大笑而熟视之。西施曰："李郎风仪，亦足相匹。"夷光曰："阿妇夫容貌，岂得动人。"合座喧笑，俱起就寝。

临晓请去，尚未天明。西施谓导曰："妾本浣沙之女，吴王之姬，君固知之矣。为越所迁，妾落他人之手。吴王殁后，复居故国。今吴王已耄，不任妾等。夷光是越王之女，越昔贡吴王者。妾与夷光相爱，坐则同席，出则同车。今者之行，亦因缘会。"言讫惘然。导与士炯深感恨，闻京口晓钟，各执手曰："后会无期。"西施以宝钿一只，留与导。夷光拆裙珠一双，亦赠士炯。言讫，共乘宝车，去如风雨，音犹在耳，顷刻无见。时梁武帝天监十一年七月也。（出《穷怪录》）

刘 氏

梁武帝末年，有人姓刘，而不知名。于堂屋脊，见一物，面如狮子，两颊垂白毛，长尺许，手足如人，徐徐举一足。须臾不见，少时刘死。（出《广古今五行记》）

“停止你们轻薄的话语，请你们镇定地讲出你们幽独的情怀。”刘导边作揖边入席，对她们说：“尘世的浊酒不能够进献给二位。”两位女子笑着说：“既然前来会面叙谈，怎么能够不一起喝酒呢？”穿着红色绢縠的女子，是西施，对刘导说：“刚刚从广陵县乘船过江到这里，累得不能忍受，特别想要喝一杯。”穿着紫色绢縠的人，是夷光，对刘导说：“这是和我一道前来的三妹，她居住在偏僻的地方已经很久了，可以称作有德行的人。”刘导对夷光说：“夫人您的姐姐，可以和我刘导相匹配。”然后指着李士炯说：“这个是夫人你的佳偶。”夷光大笑，仔细地端详着他。西施说：“李郎的风度仪表，也足以和她相匹配。”夷光说：“我这个丈夫的姿容，又怎么能够称得上是动人呢？”整个宴席上的人都被逗得哈哈大笑，于是就一起前去睡觉。

在凌晨请辞离开，还没有天亮。西施对刘导说：“我本来是个洗衣女，是吴王的姬妾，这是你原本就知道的。是越王勾践导致了我们流散，使得我落入了他人之手。吴王死后，我回到原来的国家。现在吴王已经到了耄耋之年，不由我再等。夷光是越王的女儿，是被以前的越国进贡给吴国的。我和夷光相互珍爱，坐同一张席子，出行是同乘一辆马车。现如今出行，也是因为缘分才得以相聚。”话说完后西施若有所失。刘导和李士炯深感遗憾，这时听见了京口清晨的钟声，各自拉着手说：“后会无期。”西施将一个有宝石缀点的首饰送给了刘导。夷光也折了裙子上的一双玉珠送给了李士炯。之后，两个女子一同乘坐宝石装饰的车子，像风雨一样离开了，她们的声音还在耳畔，但没过一会儿她们的身影就消失得无影无踪了。当时是梁武帝天监十一年七月。(出《穷怪录》)

刘氏

梁武帝末年，有一个人姓刘，但不知道他的名字。在堂屋的屋脊上，看见一个东西，脸长得像狮子，两颊上垂着白猫，长大约一尺，手和脚长得像人的，慢慢地举起它的一只脚，忽然就消失了，没过一会儿刘氏就死了。(出《广古今五行记》)

崔罗什

长白山西有夫人墓，魏孝昭之世，搜扬天下。清河崔罗什，弱冠有令望，被征诣州，道经于此。忽见朱门粉壁，楼阁相接。俄有一青衣出，语什曰："女郎须见崔郎。"什怳然下马，两重门内，有一青衣，通问引前。什曰："行李之中，忽重蒙厚命，素既不叙，无宜深入。"青衣曰："女郎平陵刘府君之妻，侍中吴质之女，府君先行，故欲相见。"什遂前。什就床坐，其女在户东坐，与什叙温凉。室内二婢秉烛，女呼一婢，令以玉夹膝置什前。

什素有才藻，颇善讽咏，虽疑其非人，亦惬心好也。女曰："比见崔郎息驾，庭树皆若吟啸，故入一叙玉颜。"什遂问曰："魏帝与尊公书，称尊公为元城令，然否也？"女曰："家君元城之日，妾生之岁。"什仍与论汉魏时事，悉与魏史符合，言多不能备载。什曰："贵夫刘氏，愿告其名。"女曰："狂夫刘孔才之第二子，名瑶，字仲璋。比有罪被摄，乃去不返。"什下床辞出，女曰："从此十年，当更奉面。"什遂以玳瑁簪留之，女以指上玉环赠什。什上马行数十步，回顾，乃见一大冢。什届历下，以为不祥，遂躬设斋，以环布施。

天统末，什为王事所牵，筑河堤于桓家冢。遂于幕下，话斯

崔罗什

长白山的西侧有一个妇女的坟墓，在魏孝昭皇帝执政的时候，已经名扬天下。清河的崔罗什，在二十岁的时候就已经有很大的名望了，被征召为州县的长官，在赴任的途中经过这里。忽然看见粉墙红门，楼宇相连。不一会儿有一个婢女从里面出来对崔罗什说："我家女主人要见你。"崔罗什恍恍惚惚下了马，往里面两层门后面，又有一个婢女，两人相互沟通以后引领他前去。崔罗什说："我正在赴任的途中，忽然蒙受厚爱，以往既然没有说过什么话，还是不进去了吧。"那个婢女说："我家的女主人是平陵郡刘府君的妻子，侍中吴质的女儿，刘府君先离开了，所以想要见你。"崔罗什于是继续向前走。靠着床坐下了。那个女子在靠门的床的东面坐下，和崔罗什相互寒暄。房间里有两位婢女拿着烛台，那个女子呼唤其中一个上前，让她将玉夹在膝盖的中间放到崔罗什的面前。

崔罗什向来文采很好，很擅长用诗讽喻别人，虽然怀疑她们都不是活人，却也非常惬意喜欢。那个女子说："看见崔罗什你在这里停下，满院子的树都像是在吟咏歌唱，所以想要你进来一睹你的容颜。"崔罗什于是问道："魏国皇帝给你父亲的一封信里，称呼你的父亲是元城令，是不是这样啊？"那个女子说："我的父亲是元城令的时间，是我出生的那一年。"崔罗什于是和她一起谈论汉魏时代的事情，都和魏朝的历史相符，谈话的内容很多，不能一一详备地记载。崔罗什说："你的丈夫是刘氏，希望你愿意告诉我他的名字。"女子说："我的丈夫是刘孔才的第二个儿子，名字叫瑶，字仲璋。他因为有罪被捕，离开后还没有回来。"崔罗什走下床后想请辞离开，那个女子说："在此之后十年，应当还会再见面的。"崔罗什于是将玳瑁簪子留给那个女子，那个女子把手指上的玉环赠给了崔罗什。崔罗什上马走了几十步，回头看的时候，却看见一个大的坟冢。崔罗什走到坟墓旁停下，认为这是不吉祥的事，于是亲自摆上斋祭，环绕着坟墓布置。

天统末年，崔罗什被公事牵引，在桓家的坟墓中修筑河堤。于是在官衙将这件事告诉了济南的奚叔布，就哭着说："现如今已经十年事于济南奚叔布，因下泣曰："今岁乃是十年，如何？"什在园中食杏，忽见一人云："报女郎信。"俄即去，食一杏未尽而卒。十二为郡功曹，为州里推重，及死，无不伤叹。（出《酉阳杂俎》）

沈警

沈警，字玄机，吴兴武康人也。美风调，善吟咏，为梁东宫常侍，名著当时。每公卿宴集，必致骑邀之。语曰："玄机在席，颠倒宾客。"其推重如此。后荆楚陷没，入周为上柱国，奉使秦陇，途过张女郎庙。旅行多以酒肴祈祷，警独酌水具祝词曰："酌彼寒泉水，红芳掇岩谷。虽致之非遥，而荐之随俗。丹诚在此，神其感录。"既暮，宿传舍。凭轩望月，作《凤将雏含娇曲》。其词曰："命啸无人啸，含娇何处娇。徘徊花上月，空度可怜宵。"又续为歌曰："靡靡春风至，微微春露轻。可惜关山月，还成无用明。"

吟毕，闻帘外叹赏之声，复云："闲宵岂虚掷，朗月岂无明。"音旨清婉，颇异于常。忽见一女子褰帘而入，拜云："张女郎姊妹见使致意。"警异之，乃具衣冠，未离坐而二女已人，谓警曰："跋涉山川，因劳动止。"警曰："行役在途，春宵多感，聊因吟咏，稍遣旅愁。岂意女郎，猥降仙驾。愿知伯仲。"二女郎相顾而微笑，大女郎谓警曰："妾是女郎妹，适庐山夫人长男。"指小女郎云："适衡山府君小子，并以生日，同觐大姊。属大姊今朝层城未旋，山中幽寂，良夜多怀，辄欲奉屈，无惮劳也。"遂携手出门，共登一辎軿车，驾六马，驰空而行。

了，以后会怎么样呢？”崔罗什在园中吃杏子，忽然看见一个人，说：“我前来禀报女郎的口信。”没过多久就离开了，崔罗什一个杏子没吃下去就离世了。他在郡的功曹职位上十二年，被州里面推荐赏识，就这样去世了，没有人不感伤慨叹的。（出《酉阳杂俎》）

沈警

沈警，字玄机，是吴兴的武康人。文章的语言文字格调优美，擅长吟唱，是梁朝的东宫常侍，在当时特别有名。每次有公卿之间的宴会，一定会派遣车马去邀请他。当时流传着一句话：“沈警在宴席的话，就一定让在座的宾客神魂颠倒。”对他的推崇尊重到了这个地步。后来荆楚沦陷以后，进入周朝担任上柱国，奉命出使秦陇地区，途中经过张女郎的祠庙。旅客们大多用酒饭祝祷，只有沈警用水祭祀并说：“酌彼寒泉水，红芳掇岳谷。虽然用来祭祀的话语传达不到那么远的地方，但是入乡随俗地奉上了自己的祭品。这其中蕴含着一片忠诚，希望神灵能够感受到。”天已经黑了，沈警便住进了旅馆。靠在窗边遥望月亮，写了一首《凤将雏含娇曲》。其中的唱词是：“命啸无人啸，含娇何处娇。徘徊花上月，空度可怜宵。”又接着写了歌说：“靡靡春风至，微微春露轻。可惜关山月，还成无用明。”

吟唱完毕，听见帘幕外有赞叹的声音，又听见她说：“闲宵岂虚掷，朗月岂无明。”声音清透温婉，和常人有很大的区别。忽然看见一个女子揭起帘幕，向他下拜说：“我是张女郎的姊妹，被派来向您问候。”沈警大为惊异，于是拴系好自己的衣服，他还没有离开自己的座位，但两个女子已经进来了，她们对沈警说：“你跋山涉水，旅途劳累，应该注意起居休息。”沈警说：“我在出行的途中，在这春天的夜晚而有很多很多感触，因此略微吟诵了一下，凭借它来稍稍缓解旅途中的忧愁。哪里预料到仙女会屈尊降临。我想知道你们谁大谁小。”两位女子相视一笑，大一点的女子对沈警说：“我是张女郎的妹妹，嫁给了庐山夫人的长子。”指着小一点的女子说：“她嫁给了衡山府君的小儿子，我们想要在生日这天，一同去拜见大姐。我们的大姐今天早晨去了高山之巅，还没有回来，山中幽深静默，这样好的俄至一处，朱楼飞阁，备极焕丽。令警止一水阁，香气自外入内，帘幌多金缕翠羽，间以珠玑，光照满室。须臾，二女郎自阁后，冉冉而至。揖警就坐，又具酒殽。于是大女郎弹箜篌，小女郎援琴，为数弄，皆非人世所闻。警嗟赏良久，愿请琴写之。小女郎笑而谓警曰："此是秦穆公、周灵王太子、神仙所制，不可传于人间。"警粗记数弄，不复敢访。及酒酣，大女郎歌曰："人神相合兮后会难，邂逅相遇兮暂为欢。星汉移兮夜将阑，心未极兮且盘桓。"小女郎歌曰："洞箫响兮风生流，清夜阑兮管弦遒。长相思兮衡山曲，心断绝兮秦陇头。"又题曰："陇上云车不复居，湘川斑竹泪沾余。谁念衡山烟雾里，空看雁足不传书。"警歌曰："义熙曾历许多年，张硕凡得几时怜。何意今人不及昔，暂来相见更无缘。"二女郎相顾流涕，警亦下泪。小女郎谓警曰："兰香姨、智琼姊，亦常怀此恨矣。"警见二郎歌咏极欢，而未知密契所在，警顾小女郎曰："润玉，此人可念也。"

良久，大女郎命履，与小女郎同出。及门，谓小女郎曰："润玉可使伴沈郎寝。"警欣喜如不自得，遂携手入门，已见小婢前施卧具。小女郎执警手曰："昔从二妃游湘川，见君于舜帝庙读相王碑，此时想念颇切，不意今宵得谐宿愿。"警亦备记此事，执手款叙，不能自已。小婢丽质，前致词曰："人神路隔，别促会赊。况姮娥妒人，不肯留照。织女无赖，已复斜河。寸阴几时，何劳烦琐。"遂掩户就寝，备极欢昵。

夜晚有很多感怀，想要委屈你和我们一起，请不要害怕旅途劳累。”于是他们牵着手共同出门，一起登上了一辆由六匹马拉着的有帷幕的车子，腾空而去。

不一会儿就到了一个地方，看见了红色的高楼，极为华丽。她们让沈警停在一间水阁中，有幽香从外面传入，这里的帘幕大多缀饰着金丝和翠羽，中间夹杂着珠玉，光亮照满了整个屋子。过了一会儿，两位女子从水阁的后面，款款而来。向沈警作揖后就坐下来了，又摆上了酒食。在这时候，大一点的女子弹起了箜篌，小一点的女子奏起了古琴，弹了几首曲子，都不是人世间能够听得见的。沈警赞叹着欣赏了很久，想让弹琴的人写下曲谱。小一点的女子笑着对沈警说：“这是秦穆公、周灵王的太子和神仙创作出来的音乐，是不能在人间流传的。”沈警大约记得了几个曲子，也不敢再询问什么。等到酒喝得尽兴的时候，大一点的女子唱道：“人神相合兮后会难，邂逅相遇兮暂为欢。星汉移兮夜将阑，心未极兮且盘醒。”小一点的女子也唱道：“洞箫响兮风生流，清夜阑兮管弦道。长相思兮衡山曲，心断绝兮秦陇头。”又唱道：“陇上云车不复居，湘川斑竹泪沾余。谁念衡山烟雾里，空看雁足不传书。”沈警见状唱道：“义熙曾历许多年，张硕凡得几时怜。何意今人不及昔，暂来相见更无缘。”两位女子相互看着流下了泪水，沈警也流泪了。小一点的女子对沈警说：“兰香姨、智琼姊她们也常常有这样的遗憾。”沈警见两位女子唱得特别尽兴，但是不知道秘密在哪里，于是他看着小一点的女子说：“润玉，这个人是令人喜爱的。”

过了很久，大一点的女子让人给她穿上鞋子，和小一点的女子一起出门，到门口的时候，对小一点的女子说：“润玉可以陪伴沈郎睡觉。”沈警开心得不能够控制自己，于是拉着润玉的手一起进入门内，就看见婢女已经提前铺设床被。小一点的女子对沈警说：“以前跟随两位妃子游历湘川，看见你在舜帝庙读相王的碑文，当时就非常想念，没想到今天晚上可以让我完成多年的愿望。”沈警也能够记得这件事，拉着她的手，不能够控制自己的情感。铺床的婢女天生丽质，上前唱道：“人神路隔，别促会赊。况姮娥妬人，不肯留照；织女将晓，小女郎起，谓警曰：“人神事异，无宜卜昼，大姊已在门首。”警于是抱持置于膝，共叙衷款。须臾，大女郎即复至前，相对流涕，不能自胜。复置酒，警又歌曰：“直恁行人心不平，那宜万里阻关情。只今陇上分流水，更泛从来呜咽声。”警乃赠小女郎指环，小女郎赠警金合欢结。歌曰：“结心缠万缕，结缕几千回。结怨无穷极，结心终不开。”大女郎赠警瑶镜子，歌曰：“忆昔窥瑶镜，相望看明月。彼此俱照人，莫令光彩灭。”赠答极多，不能备记，粗忆数首而已。遂相与出门，复驾辎軿车，送至下庙，乃执手呜咽而别。

及至馆，怀中探得瑶镜金缕结。良久，乃言于主人，夜而失所在。时同侣咸怪警夜有异香。警后使回，至庙中，于神座后得一碧笺，乃是小女郎与警书。备叙离恨，书末有篇云：“飞书报沈郎，寻已到衡阳。若存金石契，风月两相望。”从此遂绝矣。（出《异闻录》）

无赖，已复斜河。寸阴几时，何劳烦琐。”于是他们关上门睡觉，十分欢愉亲昵。

天快亮的时候，小一点的女子起身对沈警说：“人和神的事情还是有不一样的，不适合一整天在一起，我的大姐已经在门口了。”沈警于是把她抱到自己的膝盖上，和她一起叙说两人间的真情实意。不一会儿，大女郎就到了他们面前，他们相对着流泪，不能够控制自己。再次摆上了酒，沈警再次唱道：“直恁行人心不平，那宜万里阻关情。只今陇上分流水，更泛从来呜咽声。”沈警于是将指环赠给了小一点的女子，小一点的女子回赠了沈警金色的合欢结，并且唱道：“结心缠万缕，结缕几千回。结怨无穷极，结心终不开。”大一点的女子赠了沈警一面镜子，也唱道：“忆昔窥瑶镜，相望看明月。彼此俱照人，莫令光彩灭。”他们之间的赠礼和唱答特别多，不能够全部一一记录，只是粗略地回忆几首罢了。于是他们一起出门，再次坐上了之前的马车，把沈警送到了张女郎庙，就拉着手哭着告别了。

等沈警到了旅馆，在怀里摸到了镜子和金色的合欢结。很久之后，就和旅馆的主人说他昨天不知道在哪里住的。当时他的同伴也都很奇怪他夜里身上有不一样的香味散出。沈警后来出使回来，到张女郎庙里的时候，在神座后面得到一张绿色的笺纸，是小一点的女子写给沈警的书信，信中详细地写出了离愁别恨，书信的末尾有一首诗说：“飞书报沈郎，寻已到衡阳。若存金石契，风月两相望。”自此以后他们之间就音讯隔绝了。（出《异闻录》）

卷第三百二十七　鬼十二

崔子武

齐崔子武幼时，宿于外祖扬州刺史赵郡李宪家。夜梦一女子，姿色甚丽，自谓云龙王女，愿与崔郎私好。子武悦之，牵其衣裾，微有裂绽。未晓告辞，结带而别。至明，往山祠中观之，傍有画女，容状即梦中见者，裂裾结带犹在。子武自是通梦，恍惚成疾。后逢医禁之，乃绝。（出《三国典略》）

马道猷

南齐马道猷为尚书令史。永明元年，坐省中，忽见鬼满前，而傍人不见。须臾两鬼入其耳中，推出魂，魂落屐上。指以示人："诸君见否？"傍人并不见。问魂形状云何，道猷曰："魂正似虾蟆。"云："必无活理，鬼今犹在耳中。"视其耳皆肿，明日便死。（出《述异记》）

顾　总

梁天监元年，武昌小吏顾总，性昏戆，不任事。数为县令鞭朴，尝郁郁怀愤，因逃墟墓之间，彷徨惆怅，不知所适。忽有二黄

崔子武

南齐的崔子武在年少的时候，在他的外祖父即扬州刺史赵郡的李宪的家里借住。夜里他梦见一个女子，长得非常美丽，那位女子说自己是龙王的女儿，愿意和崔子武私底下交好。崔子武特别喜欢她，就拉着她衣服的下摆，衣服微微有些撕裂。天还没亮，那个女子就要告辞，崔子武在她的衣服上打了一个结就和她离别了。等到天亮，前往山上的祠庙中参观，旁边有一个画上的女子，容貌就像是他梦见的那个，她微微撕裂的下摆和打结的衣带还在。崔子武从此明白了那个梦，恍恍惚惚中得了病。后来，遇到医生禁止了，才断绝。（出《三国典略》）

马道猷

南齐马道猷是尚书令史。在永明元年，坐在尚书省里，忽然看见鬼遍布他的眼前，但是旁边的人却看不见。过了一会儿两只鬼进到了他的耳朵里，把他的魂魄推出来了，他的魂魄落在鞋子上。指着它展示给众人："你们看见了吗？"旁边的人并没有看见。问鬼魂的形状像什么样子，马道猷说："魂长得像蛤蟆。"又说："我一定没有活着的可能了，鬼现在就在我的耳道里。"众人看他的耳朵都已经肿了，第二天就去世了。（出《述异记》）

顾 总

梁朝天监元年，武昌的一个小卒叫顾总，天性迷糊，淳朴天真，不能够担任职务。多次被县令用鞭子抽打，常常不开心，对县令怀有衣，顾见总曰："刘君颇忆畴日周旋耶？"总曰："弊宗乃顾氏，先未曾面清颜，何有周旋之问？"二人曰："仆王粲、徐幹也，足下前生是刘桢，为坤明侍中，以纳赂金，谪为小吏。公当自知矣。然公言辞历历，犹见记事音旨。"因出袖中轴书示之曰："此君集也，当谛视之。"总试省览，乃了然明悟，便觉文思坌涌。

其集人多有本，唯卒后数篇记得。诗一章，题云《从驾游幽丽宫，却忆平生西园文会，因寄地文府正郎蔡伯喈》。诗曰："在汉绳纲绪，溟渎多腾湍。煌煌魏英祖，拯溺静波澜。天纪已垂定，邦人亦保完。大开相公府，掇拾尽幽兰。始从众君子，日侍贤王欢。文皇在春宫，蒸孝逾问安。监抚多余暇，园圃恣游观。末臣戴簪笔，翊圣从和銮。月出行殿凉，珍木清露团。天文信辉丽，铿锵振琅玕。被命仰为和，顾已试所难。弱质不自持，危脆朽萎残。岂意十余年，陵寝梧楸寒。今来坤明国，再顾簪蝉冠。侍游于离宫，足蹑浮云端。却想西园时，生死暂悲酸。君昔汉公卿，未央冠群贤。倘若念平生，览此同怆然。"其余七篇，传者失本。

王粲谓总曰："吾本短小，无何娶乐进女。女似其父，短小尤甚。自别君后，改娶刘荆州女，寻生一子。荆州与字翁奴，今年十八，长七尺三寸。所恨未得参丈人也。当渠年十一，与予同览镜。予谓之曰：'汝首魁梧于予。'渠立应予曰：'防风骨节专车，不如白起头小而锐。'予又谓曰：'汝长大当为将。'又应予曰：'仲尼三尺童子，羞言霸道。况承大人严训，敢措意于斫刺乎？'予知其了了过人矣。不知足下生来，有郎娘否？"

愤恨，因此逃到了坟墓中间，十分迷茫伤心，不知道要到哪里去。忽然有两个穿着黄色衣服的人，拜访顾总说："刘君还是比较想念以前和我们打交道的日子吧？"顾总说："我的宗姓是顾，我之前从来没有和你们见过，又何来打交道一说呢？"他们两个人说："我们两个人是王粲、徐干，你的前生是刘祯，是坤明的侍中，因为收受贿赂，所以被贬为小卒。你应当是知道的。你言辞清楚明白，依然如见当年的记事言谈。"于是把袖中的书轴拿出来展示给他看，并说："这是你的文集，你应该仔细看看。"顾总观看后恍然大悟，觉得自己文思泉涌。

那个集子中大多数人都有传本，只是丢了最后几篇。其中诗的那一章题目是《从驾游幽丽宫，却忆平生西园文会，因寄地文府正郎蔡伯喈》，诗文是："在汉绳纲绪，溟渎多腾湍。煌煌魏英祖，拯溺静波澜。天纪已垂定，邦人亦保完。大开相公府，掇拾尽幽兰。始从众君子，日侍贤王欢。文皇在春宫，蒸孝逾问安。监抚多余暇，园圃恣游观。末臣戴簪笔，翊圣从和銮。月出行殿凉，珍木清露团。天文信辉丽，铿锵振琅干。被命仰为和，顾已试所难。弱质不自持，危脆朽萎残。岂意十余年，陵寝梧楸寒。今来坤明国，再顾簪蝉冠。侍游于离宫，足蹑浮云端。却想西园时，生死暂悲酸。君昔汉公卿，未央冠群贤。倘若念平生，览此同怆然。"其余的七篇，流传的版本失去了原本的模样。

王粲对顾总说："我本来就矮小，没有办法娶到乐进的女儿。他的女儿像父亲，特别矮小。自从和你离别后，改娶了刘荆州的女儿，不久就生了一个儿子。刘荆州给他取了个字叫翁奴，现在十八岁，身高七尺三寸。遗憾的是没有能够参拜你。当他十一岁的时候，和我一起照镜子。我对他说：'你的头比我的大。'他立即回应我说：'防风的骨节要专用一节车来拉，但他不如脑袋小的白起敏锐。'我又对他说：'你长大会成为将军。'他又回应我说：'孔子还是三尺小孩的时候，已经认为谈到霸道是可耻的。何况我承听大人的教训，又怎么敢在打打杀杀上用心呢？'我就知道他小时候聪明过人。不知道你有生以来有没有听过《珠郎娘美》？"

良久沉思，稍如相识，因曰："二君既是总友人，何计可脱小吏之厄？"徐幹曰："君但执前集，诉于县宰则脱矣。"总又问："坤明是何国？"幹曰："魏武开国邺地也。公昔为其国侍中，遽忘耶？公在坤明家累，悉无恙。贤小娇羞娘，有一篇《奉忆》，昨者已诵似丈人矣。诗曰：'忆爷爷，抛女不归家。不作侍中为小吏，就他辛苦弃荣华。愿爷相念早相见，与儿买李市甘瓜。'"诵讫，总不觉涕泗交下，因为一章《寄娇羞娘》云："忆儿貌，念儿心，望儿不见泪沾襟。时移世异难相见，弃谢此生当重寻。"

既而王粲、徐幹与总殷勤叙别，乃遗《刘桢集》五卷。见县令，具陈其事。令见桢集后诗，惊曰："不可使刘公幹为小吏。"既解遣，以宾礼待之。后不知总所在，集亦寻失。时人勖子弟，皆曰："死刘桢犹庇得生顾总，可不修进哉！"（出《玄怪录》）

邢 鸾

后魏洛阳永和里，汉太师董卓之宅也。里南北皆有池，卓之所造，水冬夏不竭。里中太傅录尚书长孙稚，尚书右仆射郭祚，吏部尚书邢鸾，廷尉卿元洪超，卫尉卿许伯桃，凉州刺史尉成兴等六宅，皆高门华屋，斋馆敞丽，楸槐荫途，桐杨夹植。当世名为贵里。掘此地，辄得金玉宝玩之物。时邢鸾家，常掘得丹砂及钱数十万，铭云："董太师之物。"后卓夜中随鸾索此物，鸾不与之，终年而鸾卒。（出《洛阳伽蓝记》）

他沉思了很久，好像听说过，于是说：“你们两个既然是顾总的朋友，不知有什么办法可以让我摆脱作为小卒的厄运呢？”徐干说：“你只要拿着你之前的文集，告诉县令，你就会解脱的。”顾总又问他们：“坤明是哪个国家？”徐干说：“是在魏武帝曹操开国的邺地。你以前是这个国家的侍中，你已经忘了吗？你在坤明家中的老老少少没有任何忧患。你的小孙女娇羞娘，写了一篇《奉忆》，写得和您一样好了。诗是这样的：‘忆爷爷，抛女不归家。不作侍中为小吏，就他辛苦弃荣华。愿爷相念早相见，与儿买李市甘瓜。’”吟诵完以后，总是不知不觉眼泪横流，因此写了一篇《寄娇羞娘》，诗文说：“忆儿貌，念儿心，望儿不见泪沾襟。时移世异难相见，弃谢此生当重寻。”

不久王粲、徐干就和顾总情深意厚地话别，于是赠给他五卷《刘祯集》。后来顾总去见县令，具体陈述了自己所见到的事情。让他看了刘祯文集后面已经散佚的诗文。县令吃惊地说：“不能够再让刘祯作为小卒了。”于是把他身上所有的差事都解除了，用对待宾客的礼仪对待他。后来就没有人知道顾总的行踪在什么地方了，那个诗集也不见了。当时的人勉励后人，都说：“死去的刘祯还能够庇佑活着的顾总，难道你还有理由不求上进吗？”（出《玄怪录》）

邢 鸾

后魏大的洛阳永和里，是东汉的太师董卓的家宅。永和里的南北都有水池，都是董卓建的，池水四季不断绝。永和里有太傅录尚书长孙稚、尚书右仆射郭祚、吏部尚书邢鸾、廷尉卿元洪超、卫尉卿许伯桃、凉州刺史尉成兴六个人的住宅，都是高大的门楼，华丽的屋宇，里面斋戒时所住的馆舍都非常宽敞亮丽，路上种满了楸树和槐树，中间夹杂着桐树和杨树。在那个时候是有名的富贵里巷。挖掘这个地方，就可以得到珍宝珠玉等物件。当时的邢鸾家，经常可以挖到红砂和几十万钱，上面有字：“董太师之物。”后来董卓夜里面向邢鸾索要这个物件，邢鸾不给他，过了一年邢鸾就去世了。（出《洛阳伽蓝记》）

萧摩侯

后魏胡太后末年，泽州田参军萧摩侯家人，浣一黄衫，晒之庭树，日暮忘收。夜半，摩侯家起出，见此衣为风所动，仿佛类人。谓是窃盗，持刀往击，就视乃是衣。自此之后，内外恐惧。更数日，忽有二十骑，尽为戎服，直造其家，扬旗举杖，往来掩袭，前后六七处。家人惶惧，不知何方御之。有一人云："按药方，烧羖羊角，妖自绝。"即于屠肆得之，遂烧此等。后来至，掩鼻云："此家不知烧何物，臭秽如此！"翻然回，自此便绝。（出《五行记》）

道人法力

广州显明寺道人法力，向晨诣厕，于户中见一鬼，状如昆仑，两目尽黄，裸身无衣。法力素有膂力，便缚着堂柱，以杖鞭之，终无声。乃以铁锁缚之，观其能变去否。日已昏暗，失鬼所在。（出《述异记》）

萧思遇

萧思遇，梁武帝从侄孙。父憝，为侯景所杀。思遇以父遭害，不乐仕进。常慕道，有冀神人，故名思遇而字望明，言望遇神明也。居虎丘东山，性简静，爱琴书。每松风之夜，罢琴长啸，一山楼宇皆惊。常雨中坐石酣歌。忽闻扣柴门者，思遇心疑有异，令侍者遥问。乃应曰："不须问。"但言雨中从浣溪来。及侍童开户，见一美女，二青衣女奴从之，并神仙之容。思遇加山人之服，以礼见

萧摩侯

后魏的胡太后执政末年，泽州田参军肖摩侯的家人洗了一件黄色的衣衫，晒在庭院的树上，天黑的时候忘记收了。半夜的时候，肖摩侯的家人起身出门，看见这件衣服被风吹动，就像人一样。他还以为是小偷，拿着刀回来要和他打斗，离近一点看才发现是衣服。从此以后，他家里里外外的人都十分害怕。过了几天，忽然有二十多个骑马的人，都穿着军服，径直造访他的家，扬着旗帜，举着棍子，来来往往，趁他们不备就偷袭，前前后后总共六七个地方。肖摩侯的家人十分害怕，不知道有什么方法才能够抵御这样的进攻。有一个人说："按照药方，烧黑色的公羊角，妖孽自然而然就会消失了。"于是肖摩侯立即在屠宰场得到一只公羊角，然后烧了它。后来它们又一次前来，掩着鼻子说："这一家不知道烧的什么，臭到了这个地步！"转身就回，从此以后那些妖孽就断绝了。（出《五行记》）

道人法力

广州显明寺有一个道人叫法力，快到早晨的时候去上厕所，在门旁遇到一只鬼，长得像是奴仆，两只眼睛都是黄色的，身体是裸露的，没穿衣服。法力向来有很大的力气，就把它绑在堂前的柱子上，用棍子打它，但是鬼始终都没有出声。法力又用铁索把它绑起来，观看它能不能把自己变走，到天色昏暗的时候，就没有鬼的踪迹了。（出《述异记》）

萧思遇

萧思遇，是梁武帝的堂侄孙。他的父亲萧悫，被侯景杀害。萧思遇因为父亲遭受杀害，所以不喜欢通过仕途进取。经常钦慕道家，把希望寄托在神人身上，所以给自己取名思遇，字望明，是说希望遇到神明。他居住在虎丘的东山，天性简约沉静，喜欢弹琴读书。每个风吹松林的夜晚，他弹完琴后长声啸叫，整座山的屋宇都会被惊动。经常在雨中坐在石头上唱歌。一次，他忽然听见有敲柴门的声音，之，曰："适闻夫人云，从浣溪来。雨中道远，不知所乘何车耶？"女曰："闻先生心怀异道，以简洁为心，不用车舆，乘风而至。"思遇曰："若浣沙来，得非西施乎？"女回顾二童而笑，复问："先生何以知之？"思遇曰："不必虑怀，应就寝耳。"及天晓将别，女以金钏子一只留诀。思遇称"无物叙情"，又曰："但有此心不忘。"夫人曰："此最珍奇。"思遇曰："夫人此去，何时来？"女乃掩涕曰："未敢有期，空劳情意。"思遇亦怆然。言讫，遂乘风而去。须臾不见，唯闻香气犹在寝室。时陈文帝天嘉元年二月二日也。（出《博物志》）

任胄

东魏丞相司马任胄，谋杀高欢，事泄伏诛，其家未之知。家内忽见其头在饭甑上，相召看之。少顷，失所在。俄知被戮。（出《三国典略》）

董寿之

北齐董寿之被诛，其家尚未之知。其妻夜坐，忽见寿之居其侧，叹息不已。妻问夜间何得而归，寿都不应答。有顷出门，绕鸡笼而行，笼中鸡惊叫。其妻疑有异，持火出户视之，见其血数斗，而寿失所在。遂以告姑，因与大小号哭，知有变。及晨，果得死萧思遇心中怀疑有异常，让仆人远远地询问是谁。于是听见回应说：“不必问我是谁。”只是说从雨中的浣溪前来的。等到童仆开门的时候，看见一个美丽的女子，身边跟着两个穿青衣的女仆，都是神仙一样的姿容。萧思遇穿上了山人的衣服，用礼节和她相见，说：“刚才听夫人说从浣溪前来。在雨中行走，道路又远，不知道你乘坐的是什么车呢？”那个女子说：“听说先生你心中存着神道的思想，把简洁作为自己的心境，我没有乘车，是乘风而来的。”萧思遇说：“如果是从浣溪来的，莫非是西施吗？”那个女子回头看看两个童仆，笑着问：“先生是怎么知道的呢？”萧思遇说：“无须介怀，应该去休息了。”等到天色已晚，她们将要离别，那个女子将一个金钏子作为离别的礼物。萧思遇说自己没有什么东西来表达自己此刻的心情，又说：“只有这颗永远不忘记你的心。”那个女子说：“这个是最为珍贵的。”萧思遇说：“夫人这次离开，什么时候再来呢？”那个女子掩面而泣说：“不敢约定日期，怕白白浪费你的情意。”萧思遇听完也觉得十分悲伤。说完，那个女子就乘风离开了。过了一会儿就不见了，只能闻到她还留在卧室里的香气。当时是陈文帝天嘉元年二月二日。（出《博物志》）

任　胄

东魏的丞相司马任胄，想要密谋刺杀高欢，事情败露后被杀死了，他的家人还不知道。他的家人忽然看见他的头在饭锅上，相互呼喊着来看。过了一会儿，那个头就不知所终了。不久就知道他被杀的事情了。（出《三国典略》）

董寿之

北齐的董寿之被杀害了，他的家人还不知晓。他的妻子夜里坐起来的时候，忽然看见董寿之坐在她的旁边，不停地叹息。他的妻子问夜里面为什么回来了，董寿之没有回应。过了一会儿，他走出门，绕着鸡笼行走，笼里的鸡都被惊得叫起来。他的妻子怀疑其中有异

闻。（出《续搜神记》）

樊孝谦

北齐樊孝谦，少有才名。年二十二，答秀才策，累迁至员外散骑侍郎。尝于其门首，观贵人葬车，揖方相而别。是后周年，至此葬日，有人扣门。孝谦出视，乃见所揖方相。门首立云：“君去年此日，共我语否？”孝谦惊倒，须臾便卒。贞观初，崔信明为洋州，与县丞向瓘无二说。（出《五行记》）

李文府

隋文帝开皇初，安定李文府，住邺都石桥坊。曾夜置酒瓶于床下。半夜觉，忽闻瓶倒漏酒声，使婢看之，酒瓶不倒，盖塞如旧。须臾，复闻有物嗒水声，索火照看，屋内静无所见。灭烛下关，未睡，似有以手指斫其膝。至三，文府起扪之，又无所得。乃拔刀四面挥之，即闻有声如飞蝉曳响，冲而出。文府后仕兖州须昌县丞。至开皇八年，见州故录事孔瓒，即须昌人，先亡。忽白日至文府厅前再拜，文府惊问何为，云：“太山府君选好人，瓒以公明干，辄相荐举。”文府忧惶叩头。瓒良久云：“今更为方便，慎勿漏言。”至十年，自说之，说讫，便觉不快，须臾而死。（出《五行记》）

样，就拿着烛火走出门检视，看见地上有好几斗血，但董寿之却不知所终。于是她把所看见的情况详细告诉了她的小姑，然后家里人都悲哭哀号，知道大事不妙。等到早晨，果然听到了董寿之死亡的消息。（出《续搜神记》）

樊孝谦

北齐的樊孝谦，年少的时候就已经因为才华出众而有名气了。他二十二岁，因为应答策论而考中秀才，多次升官直到员外散骑侍郎。曾经在他家的门口，看见贵人送葬的车辆，向方相作揖后就离去了。在这件事发生一年后，到了那个送葬的日子，突然听见有人敲门。樊孝谦出门检视，于是看见了他向之作揖的方相，他站在门口说："你去年的今天，和我说话了吗？"樊孝谦惊讶得扑向地面，不一会儿就去世了。贞观初年，崔信明做了洋州令，和县令向瓘的说法没有不一致的。（出《五行记》）

李文府

隋文帝开皇初年，安定的李文府，住在邺都的石桥坊。曾经在夜里面把酒瓶放在床底下。半夜突然醒来，听见瓶子倒在地上里面的酒撒漏出来的声音，派遣一个婢女前去查看，酒瓶并没有倒，盖子也和之前一样塞在瓶口。不一会儿，又听到了有东西舔水的声音，拿过烛火照向那里，屋里面很安静，什么也看不见。他又把烛火灭了，下去拴上门，但没有睡，似乎有人用手指砍他的膝盖。到了三更，李文府想起身按住它，但是怎么都没有抓到。于是他拔出刀向四面挥砍，立即听见有像飞起的蝉响，冲向外面逃走了。李文府后来任兖州的须昌县县令，到开皇八年，看见兖州已故的录事孔瓒，就是须昌人，之前已经去世了。忽然在白天到李文府的公堂前拜谒。李文府特别吃惊，问他来这里做什么。回答说："泰山府君要推选一位品行端正的人，我因为你的才干而向他推荐了你。"李文府惶恐地向他叩头。过了很久孔瓒说："现在是为你行方便，千万不要说漏嘴。"到第十

史万岁

长安待贤坊，隋北领军大将军史万岁宅。其宅初常有鬼怪，居者辄死，万岁不信，因即居之。夜见人衣冠甚伟，来就万岁。万岁问其由，鬼曰：“我汉将军樊哙，墓近君居厕，常苦秽恶。幸移他所，必当厚报。”万岁许诺。因责杀生人所由，鬼曰：“各自怖而死，非我杀也。”及掘得骸柩，因为改葬。后夜又来谢曰：“君当为将，吾必助君。”后万岁为隋将，每遇贼，便觉鬼兵助己，战必大捷。（出《两京记》）

房玄龄

房玄龄、杜如晦微时，尝自周偕之秦，宿敷水店。适有酒肉，夜深对食。忽见两黑毛手出于灯下，若有所请，乃各以一炙置手中。有顷复出，若掬，又各斟酒与之，遂不复见。食讫，背灯就寝，至二更，闻街中有连呼王文昂者，忽闻一人应于灯下。呼者乃曰：“正东二十里，村人有筵神者，酒食甚丰，汝能去否？”对曰：“吾已醉饱于酒肉，有公事，去不得。劳君相召。”呼者曰：“汝终日饥困，何有酒肉。本非吏人，安得公事？何妄语也？”对曰：“吾被界吏差直二相，蒙赐酒肉，故不得去。若常时闻命，即子行吾走矣。”呼者谢而去。（出《续玄怪录》）

年，李文府自己说了这件事，说完，他就觉得身体不适，过了不久就死了。（出《五行记》）

史万岁

长安的待贤坊，是隋朝北领军大将军史万岁的家宅。他家的宅子最初经常有鬼怪，只要住在里面就会死，史万岁对此并不相信，他立即搬进去居住。夜里他看见一个穿戴特别华贵的人，前来靠近自己。史万岁问他为什么前来，鬼说："我是汉代的将军樊哙，我的墓靠近你居所的厕所，经常为污秽所烦扰。如果有幸你将我迁葬到别的地方，我一定重重报答你。"史万岁答应了，然后责问他杀人的理由，鬼说："他们都是因为害怕而死去的，并不是我杀的。"史万岁听了之后就挖出他的骸骨所在的灵柩，替他迁葬。后来有一天夜晚，他又前来感谢说："你一定会成为将军，我一定帮助你。"后来史万岁成了隋朝的将军，每次遇到贼兵，就会觉得有鬼兵在帮助自己，只要开战，就一定会大胜。（出《两京记》）

房玄龄

房玄龄、杜如晦在寒微的时候，曾经从周地一起游历到秦地，借宿在敷水店。刚好有酒有肉，深夜两个人相对而坐吃肉喝酒。忽然看见两只长满黑毛的手从灯下面伸出来，像是有所请求，于是就各自拿一块烤肉放在手中。过了一会儿，那两只手又出现了，就像是捧水的姿势，他们两个就各自斟了酒给它们，于是它们就不见了。房杜两人吃完了，就背向灯睡觉了，到了二更天的时候，听到街里面有连声呼唤王文昂的人，忽然听见一个人在灯下面答应了。呼唤他的人说："向正东二十里，村里有祭祀的宴席，酒饭都比较丰富，你能去吗？"回答说："我已经吃饱喝饱了，身上还有公事没有办，不能去，劳烦你召唤我了。"呼唤他的人说："你整天都忍饥挨饿，哪里来的酒肉？你本来就不是官吏，哪里来的公事？为什么要对我说谎呢？"回答说："我被冥界的官吏派来给二位丞相当值，幸蒙他们赐给我

魏徵

郑国公魏徵，少时好道学，不信鬼神。尝访道至恒山，将及山下，忽大风雪，天地昏暗，不能进。忽有道士，策青竹杖，悬《黄庭经》，亦至路次。谓徵曰："何之？"徵曰："访道来此，为风雪所阻。"道士曰："去此一二里，予家也，可一宿会语乎？"徵许之，遂同行。至一宅，外甚荒凉，内即雕刻。延徵于深阁，对炉火而坐，进以美酒嘉殽。从容论道，词理博辨，徵不能屈。临曙，道士言及鬼神之事，徵切言不能侵正直也。道士曰："子之所奉者仙道也，何全诬鬼神乎？有天地来有鬼神，夫道高则鬼神妖怪必伏之；若奉道自未高，则鬼神妖怪，反可致之也。何轻之哉？"徵不答。及平旦，道士复命酒以送徵，仍附一简，达恒山中隐士。徵既行，寻山路，回顾宿处，乃一大冢耳。探其简，题云："寄上恒山神佐。"徵恶之，投于地，其简化一鼠而走，徵自此稍信鬼神。（出《潇湘录》）

唐俭

唐俭少时，乘驴将适吴楚。过洛城，渴甚，见路傍一小室，有妇人年二十余，向明缝衣，投之乞浆，则缝袜也。遂问别室取浆，郎渴甚，为求之。逡巡，持一盂至。俭视其室内，无厨灶，及还而问曰："夫人之居，何不置火？"曰："贫无以炊，侧近求食耳。"言

酒肉，所以不能够离去。如果是平常听到你的呼唤，等你走的时候我立马就走了。”呼唤的人于是辞别离开了。（出《续玄怪录》）

魏徵

郑国公魏徵在年少时喜欢道家学问，但不相信鬼神的存在。曾经到恒山去访问道士，快到山下的时候，忽然刮起了狂风，下起了大雪，天地变得昏暗，不能够前行。忽然有一个道士，拄着青竹杖，上面挂着《黄庭经》，也到了这条路旁。他对魏徵说：“你要去哪里？”魏徵说：“我来这里访问道士，被风雪阻挡，不能够前行了。”道士说：“距离这里一二里的地方，是我家，可以去住一夜然后借机谈话吗？”魏徵答应了，于是他们一同前行。到了一个宅院，外面特别荒凉，但里面却精雕细琢。道士将魏徵请到内阁，在灯火下相对而坐，摆上美酒和美食。两人十分冷静地谈论道学，从多方面论说文辞中的义理，魏徵不能够使他理屈。等到天快亮的时候，道士说到了鬼神的事，魏徵直言鬼神不能够入侵正直的人。道士说：“你所信奉的仙道，为什么都是毁谤鬼神的呢？自从有天地以来就有鬼神。如果道行高深，那么鬼神一定会被他降服，如果道行不高，那么就可能招来鬼神，怎能轻视他们呢？”魏徵不回答，等到第二天一早，道士再次让人摆上酒来送别魏徵，还附带着送给他一封简书，带给恒山中的隐士。魏徵于是离开了，找到那条山路，回看之前住宿的地方，原来是一个大的坟冢。摸出他要自己带的书简，写着：“寄上恒山神佐。”魏徵感觉十分厌恶，把它扔在地上，那份简书化成一只老鼠逃跑了，魏徵从此才稍稍相信有鬼神的存在。（出《潇湘录》）

唐俭

唐俭年轻的时候，骑着驴要去吴楚之地。经过洛城的时候，特别渴，看见路旁有一处小屋，有一位年龄二十多岁的夫人，向着亮处缝补衣服，唐俭于是到她那里请求给点水喝，看清楚她在缝袜子。于是她就去别的屋子倒水，并说：“你的样子非常渴，我给你倒点既，复缝袜，意绪甚忙。又问何故急速也，曰："妾之夫薛良，贫贩者也，事之十余年矣，未尝一归侍舅姑，明早郎来迎，故忙耳。"俭微挑之，拒不答，俭愧谢之，遗饼两轴而去。

行十余里，忽记所要书有忘之者，归洛取之。明晨复至此，将出都，为涂刍之阻。问何人，对曰："货师薛良之柩也。"骇其姓名，乃昨妇人之夫也。遂问所在，曰："良婚五年而妻死，葬故城中。又五年而良死，良兄发其柩，将祔先茔耳。"俭随观焉，至其殡所，是求水之处。俄而启殡，棺上有饼两轴，新袜一双。俭悲而异之，遂东去。

舟次扬州禅智寺东南，有士子二人，各领徒，相去百余步，发故殡者。一人惊叹久之，其徒往往聚笑。一人执锸，碎其柩而骂之。俭遂造之，叹者曰："璋姓韦，前太湖令，此发者，璋之亡子。窆十年矣，适开易其棺，棺中丧其履，而有妇人履一只。彼乃裴冀，前江都尉，其发者爱姬也。平生宠之，裴到任二年而卒，葬于此一年。今秩满将归，不忍弃去，将还于洛。既开棺，丧其一履，而有丈夫履一只。两处互惊，取合之，彼此成对。盖吾不肖子淫于彼，往复无常，遂遗之耳。"俭闻言，登舟静思之曰："货师之妻死五年，犹有事舅姑之心。逾宠之姬，死尚如此，生复何望哉。士君子可溺于此辈而薄其妻也？"（出《续玄怪录》）

水。”过了一会儿，她拿着一个水盂来了。唐俭环视她的屋子里，没有厨具和灶台，等她回来问她：“夫人你的屋子里为什么不生火？”夫人回答说：“因为清贫，没有可以用来生火的，只是就近向邻居请求给点吃的而已。”说完，继续缝袜子，神色看起来很是匆忙。唐俭又问她为什么那么急着做事，她说：“我的丈夫薛良，是贫苦的商贩，做这件事已经十多年了，一次也没有回来侍奉公婆，明天早上有人来接我，所以才十分匆忙。”唐俭微微引诱她，但她拒不回应，唐俭觉得很惭愧，向她表示谢罪，留下两轴饼离开了。

向前走了十多里，忽然想起他需要的书有忘了带的，就回去拿。第二天早晨再次经过这个地方，将要走出城门，被灵柩阻挡了前行的路。问送葬的是什么人，回答说：“是商贩薛良的灵柩。”惊骇他的姓名，是昨天遇见的夫人的丈夫。于是问他妻子在哪里，送葬的回答说：“薛良结婚五年后妻子就去世了，葬在旧城。又过了五年，薛良去世了，薛良的哥哥发掘他的灵柩，想要合葬。”唐俭跟随他们观看，到了他埋葬的场所，正是他求水喝的地方。一会儿打开坟墓，棺材上有两轴饼和一双新袜子，唐俭非常悲伤，也感到很诧异，于是向东离开了。

乘船停在扬州禅智寺东南方，有两个年轻人，各自带领一些人，中间隔了一百多步，在挖掘旧的坟墓。一个人叹息了很长时间，他带领的人却时常发出笑声。一个人拿着铁锹，边打碎棺材边骂。唐俭于是造访那里，叹息的人说：“我姓韦，是之前的太湖令，这个墓地中的是我已经去世的儿子。已经葬在这里十年了，刚刚打开他的坟墓想换一个，棺材中的他少了一只鞋，却有一只妇人的鞋子。那个人叫裴冀，是之前的江都尉，他挖的是他的宠妾。在她活着的时候裴冀非常宠爱她，裴冀到任的第二年去世的，葬在这里一年了。现在裴冀任期满了将要回去了，不忍心将她丢在这里，将要把她带回洛城。但开棺以后，发现她丢了一只鞋，却有男孩子的一只鞋。我们双方都很吃惊，拿出鞋子合在一起，发现彼此是一对。原来是我那个不肖的儿子和她淫乱，来来往往很多次了，于是丢了鞋子。”唐俭听说以后，登上船沉静地思考这件事，说：“商贩的妻子死去了五年，还有侍奉公婆

的心意。被过分宠爱的姬妾，死了还这样，在生的时候还对她有什么指望呢？难道君子还能够沉溺在这样的人身上而对他的妻子薄幸吗？”（出《续玄怪录》）

卷第三百二十八　鬼十三

慕容垂

唐太宗征辽，行至定州，路侧有一鬼，衣黄衣，立高冢上，神彩特异。太宗遣使问之，答曰："我昔胜君昔，君今胜我今。荣华各异代，何用苦追寻。"言讫不见，问之，乃慕容垂墓。（出《灵怪集》）

李勣女

贞观元年，李勣爱女卒，葬北邙，使家僮庐于墓侧。一日，女子忽诣家僮曰："我本不死，被大树之神窃我。今值其神出朝西岳，故得便奔出。知尔在此，是以来。我已离父母，复有此辱耻，不可归。幸尔匿我，我能以致富报尔。"家僮骇愕，良久乃许，遂别置一室。其女或朝出暮至，或夜出晓来，行步如风。一月后，忽携黄金十斤以赐，家僮受之。出卖数两，乃民家所失，主者执家僮以告。洛阳令推穷其由，家僮具述此事，及追取，此女已失，其余金尽化为黄石焉。（出《潇湘录》）

慕容垂

唐太宗西征辽国的时候，大军走到了定州，看见路旁边有一只鬼，穿着黄色的衣服，站在高高的坟墓上，神采特别不一样。唐太宗派遣使者上前询问他，他回答说：“我昔胜君昔，君今胜我今。荣华各异代，何用苦追寻。”说完就不见了，后来问别人才知道这是慕容垂的墓地。（出《灵怪集》）

李勣女

贞观元年，李勣特别喜欢的女儿去世了，葬在了北邙山，他派遣家里的童仆在坟墓的一边建小屋住在那里。一天，一个女子忽然造访那个童仆，说：“我本来不应该死，是被大树的神灵偷取的，今天适逢他的神灵出去朝见西岳神，所以得以跑出来。知道你在这里，所以过来了。我已经离开父母，又遭到了这样的耻辱，就不能回去了。我想让你把我藏起来，我能够让你变富有，以此来报答你。”童仆惊得愣了半天，过了很久才答应她。于是将她放在了另外一间房屋。李勣的女儿有时早晨出去晚上回来，有时晚上出去早晨回来，走起路来像风一样。一个月以后，忽然带着十斤黄金赏赐给童仆，童仆接受了。又拿出去卖了几两，发现是百姓家丢失的，于是失主抓了童仆去告官。洛阳县令让他说出他这样做的原因，童仆便将事情的原委详细地告诉了他们，等到县令让捕快追回黄金的时候，这个女子已经没有踪影了，剩下的黄金也全变成黄色的石头了。（出《潇湘录》）

解襆人

江南有数人行船，见岸上两人，与船并行数里。岸上人云："暂寄歇息。"船人许之。怪其跳踯上船，其疾如风。须臾，两人云："暂至村，各有小襆，且寄船上，慎勿开也。"殷勤戒之。两人去后，船中一人解襆共看。每襆有五百贴子，似纸，非篆隶，并不可识。共惊，还结如故。俄顷二人回，云："开讫，何因讳？"乃捉解襆人云："是此人解。"遂掷解襆上岸，如掷婴儿。又于村中取人，拥之而去。经数日，一人欲放解襆者，一人不许，曰："会遣一二年受辛苦。"乃将至富人家。其人家有好马，恒于庭中置槽，自看饮饲。此时已夜，堂门闭，欲取富人无由。一人云："此人爱马，解马放，即应开门出。"如言，富人果出。一人担之，应手即死。取得富人，遂弃解襆人而去。此家忙惧，唯见此人在，即共殴。缚之送县，以解襆等事为辞。州县不信，遂断死，此人自雪无由，久禁乃出。（出《异闻录》）

漕店人

贞观中，长安城西漕店人，葬父母，凶具甚华。一二年后，忽见亡弟来，容貌憔悴。言为兄厚葬父母之故，被差为林皋驿马，袛承困苦不堪，故来请兄代。兄大惊惧，更多与纸钱，遣努力且作。其后数月，又见弟来云，袛承不济，兄遂不免去。其兄应时而卒。

解襆人

江南有好几个人在乘船，看见岸上有两个人，和船一起向前走了好几里。岸上的人说："想要暂且寄身在船上休息一下。"船上的人允许了。特别奇怪的是他们是跳着上船的，速度和风一样快。过了一会儿，那两个人说："暂且到村里去，我们各自有一个小包袱，暂时寄放在船上，请一定不要打开。"再三告诫他们。两个人离开后，船中的一个人解开了他们的包袱，接着大家就一起看。每个包袱里有五百个帖子，帖子像是纸，上面的字形不是篆书，也不是隶书，船上的人并不认识。所有人都大吃一惊，还像以前一样将包袱打结。过了一会儿，两个人回来了，说："包袱已经被开过了，为什么避讳？"于是抓住解开包袱的人说："是这个人解开的。"于是把解开包袱的人扔到了岸上，就像扔一个婴儿一样轻松。又到村中找些人，簇拥着他们离去。过了几天，一个人想要把解开包袱的人放了，另一个人不答应，说："让他遭受一二年的辛苦。"于是把他带到了富人家。这户人家里有好马，一直在院子里放着槽枥，亲自看管马的饮食。这时候已经到了夜晚，堂门已经关闭了，想要抓富人，但是没有理由。其中一个人说："这个人喜欢马，解开马把它们放了，主人一定立即开门出去。"就按他所说的那么做，富人果然出来了。其中一个人把他提起来了，抓到手就立即死了。抓到富人以后，就将解开包袱的人丢下走了。富人的家里人慌乱害怕，只见到这个人在那里，就立即共同殴打他。把他绑着送到了县衙，他将解开包袱等事情作为开脱的理由。州县并不相信，于是将他判定为死罪，这个人陈述中缺少理由，关了很久才让他出来。（出《异闻录》）

漕店人

贞观年间，长安城西的漕店人安葬他的父母，所用的祭祀器都非常华贵。过了一两年，忽然看见他已经去世的弟弟前来，面容憔悴。说是因为哥哥厚葬父母，他被派去做林皋驿马，只因不堪承受劳累，所以前来请兄长代替。他非常害怕，烧了更多的纸钱给他，叫他

（出《异闻录》）

张 琮

永徽初，张琮为南阳令。寝阁中，闻阶前竹有呻吟之声，就视则无所见。如此数夜，怪之，乃祝曰：“有神灵者，当相语。”其夜，忽有一人从竹中出，形甚弊陋，前自陈曰：“朱粲之乱，某在兵中，为粲所杀。尸骸正在明府阁前，一目为竹根所损，不堪楚痛。以明府仁明，故辄投告。幸见移葬，敢忘厚恩。”令谓曰：“如是何不早相闻。”乃许之。明日，为具棺榇，使掘之，果得一尸，竹根贯其左目。仍加时服，改葬城外。其后令笞杀一乡老，其家将复仇，谋须令夜出，乃要杀之。俄而城中失火，延烧十余家，令将出按行之。乃见前鬼遮令马曰：“明府深夜何所之，将有异谋。”令问为谁，曰：“前时得罪于明府者。”令乃复入。明日，掩捕其家，问之皆验，遂穷治之。夜更祭其墓，刻石铭于前曰：“身狥国难，死不忘忠。烈烈贞魂，实为鬼雄。”（出《广异记》）

刘门奴

高宗营大明宫，宣政殿始成，每夜，闻数十骑行殿左右，殿中宿卫者皆见焉，衣马甚洁。如此十余日，高宗乃使术者刘门奴问其故，对曰：“我汉楚王戊之太子也。”门奴诘问之：“案《汉书》，努力工作。过了几个月，他又看见弟弟来，说："我一个人承受不了，哥哥你还是不能够避免离去。"说完，他的哥哥立刻就去世了。（出《异闻录》）

张 琮

永徽初年，张琮官任南阳县令。在卧室里睡觉的时候，听见台阶前面有呻吟的声音，靠近检视却什么也看不见。就这样持续了好几夜，他觉得很奇怪，就祝祷说："如果有神灵在这里，就应当和我说话。"这夜，忽然看见有一个人从竹林中走出来，样子看起来非常丑陋，上前自我介绍说："朱粲之乱的时候，我在军中，被朱粲杀害。尸体就在你的府衙前面，一只眼睛被竹根损伤了，疼痛不堪。因为你仁德明察，所以前来相告。如果有幸被迁葬，我一定不敢忘了你深厚的恩德。"南阳令说："如果是这样，为什么不早一点告诉我呢？"于是就答应了他。第二天，为他准备了棺椁，让人在门前挖掘他的尸体，果然挖到了一具尸体，竹根穿透了他的左眼。还给他穿上了当时的衣服，将他迁葬到城外。在这以后，南阳令鞭杀了一位百姓，他的家人想要报仇，密谋在南阳令夜间出行的时候，就把他杀了。不一会儿城里面就失火了，牵连着烧了十几家，南阳令想要出去检视，就看见前面的那只鬼遮挡了他的马说："你深夜要去哪里？有人将要对你有阴谋。"南阳令问是谁，鬼回答说："是前段时间你得罪的人。"南阳令于是转身回去了。第二天，秘密逮捕了那家人，问他们昨晚的事，都一一应验了，于是将他们全部治罪。晚上再去祭拜那个鬼的墓，刻了石碑放在墓前，碑文是："身殉国难，死不忘忠。烈烈贞魂，实为鬼雄。"（出《广异记》）

刘门奴

高宗营建大明宫，宣政殿刚刚建成的时候，每天夜晚都能够听见几十名骑兵在大殿左右奔驰，大殿里守夜的护卫都见到了，他们所穿的衣服和马都十分整洁。就这样持续了十几天，高宗于是让术楚王与七国谋反，汉兵诛之，夷宗覆族，安有遗嗣乎？”答曰：“王起兵时，留吾在长安。及王诛后，天子念我，置而不杀，养于宫中。后以病死，葬于此。天子怜我，殓以玉鱼一双，今在正殿东北角。史臣遗略，是以不见于书。”门奴曰：“今皇帝在此，汝何敢庭中扰扰乎？”对曰：“此是我故宅，今既在天子宫中，动出颇见拘限，甚不乐。乞改葬我于高敞美地，诚所望也。慎无夺我玉鱼。”门奴奏之，帝令改葬。发其处，果得古坟，棺已朽腐，傍有玉鱼一双，制甚精巧。乃敕易棺榇，以礼葬之于苑外，并以玉鱼随之。于此遂绝。（出《广异记》）

阎庚

张仁亶，幼时贫乏，恒在东都北市寓居。有阎庚者，马牙荀子之子也。好善自喜，慕仁亶之德，恒窃父资，以给其衣食，亦累年矣。荀子每怒庚云：“汝商贩之流，彼才学之士，于汝何有，而破产以奉？”仁亶闻其辞，谓庚曰：“坐我累君，今将适诣白鹿山。所劳相资，不敢忘也。”庚久为仁亶胥附之友，心不忍别，谓仁亶曰：“方愿志学，今欲皆行。”仁亶奇有志，许焉。庚乃私备驴马粮食同去。

六日至陈留，宿逆旅。仁亶舍其内房，房外有床。久之，一客后至，坐于床所。仁亶见其视瞻非凡，谓庚自外持壶酒至。仁亶人刘门奴问出现这样状况的原因，回答说："我是汉代楚王刘戊的太子。"刘门奴责问他："按照《汉书》，楚王和七国谋反，汉朝的军队诛杀他们，已经将他们的宗族全杀了，哪里有留下的后代呢？"回答说："楚王出征的时候，将我留在了长安，等到楚王被诛杀后，皇帝可怜我，没有杀我，就在宫中抚养我长大。后来我因为生病而去世，就埋葬在这个地方。皇帝可怜我，将一对玉鱼作为陪葬品给我殓葬，现在在正殿的东北角。史官漏却了这件事，所以在书中见不到记载。"刘门奴说："现在皇帝在这里，你怎么敢在庭院中如此纷乱？"回答说："这是我的旧宅，现如今既然在皇帝的宫中，走动和出行频繁受到限制，很不快乐。请求把我迁葬到高大宽敞、风景美丽的地方，这是我真切的盼望。请一定不要抢走我的玉鱼。"刘门奴将所听到的呈奏给高宗，高宗命令将他迁葬。挖掘他被葬埋的地方，果然有一座古墓，棺材已经腐烂，旁边有一对玉鱼，制作非常精美。于是下令更换棺材，用礼节将他改葬到皇苑外面，将玉鱼也一并下葬了，此后宣政殿的鬼就没有了。（出《广异记》）

阎庚

张仁亶，年少的时候非常穷苦。经常在东都北边的街市寄居。有一位叫阎庚的人，是马牙荀子的儿子。喜欢做善事并以此为乐。他仰慕张仁亶的德行，经常偷他父亲的钱，来资助张仁亶穿衣吃饭，就这样过了很多年。荀子每次都责骂阎庚说："你是商贩，他是饱学之士，和你有什么关系，让你要倾尽家产来供养他呢？"张仁亶听到他的话，对阎庚说："因为我而连累你了，我现在将要去白鹿山。你对我的资助，我不敢忘记。"阎庚和张仁亶已经是长时间相互亲近的朋友，心中不忍心分别，阎庚对张仁亶说："我正有立志学习的想法，现在想和你一起走。"张仁亶对他有这样的志向感到惊异，就答应了。阎庚于是私下准备了粮食和车马与张仁亶一同上路了。

六日到了陈留，住在旅馆里。张仁亶睡在内房里，里面放有一张床。很长时间之后，又来了一个客人，坐在了床上。张仁亶见他神采以酒先属客，客不敢受，固属之，因与合饮。酒酣欢甚，乃同房而宿。中夕，相问行李，客答曰："吾非人，乃地曹耳。地府令主河北婚姻，绊男女脚。"仁亶开视其衣装，见袋中细绳，方信焉。因求问己荣位年寿，鬼言："亶年八十余，位极人臣。"复问庚，鬼云："庚命贫，无位禄。"仁亶问何以致之，鬼云："或绊得佳女，配之有相，当能得耳。今河北去白鹿山百余里，有一村中王老女，相极贵。顷已绊与人讫，当相为，解彼绊此，以成阎侯也。第速行，欲至其村，当有大雨濡湿，以此为信。"因诀去。

仁亶与庚行六七日，至村，遇大雨，衣装湿污。乃至村西，求王氏舍焉。款门，久之方出，谢客云："家有小不得意，所以迟迟，无讶也。"仁亶问其故，云："己唯一女，先许适西村张家。今日纳财，非意单寡，此乃相轻之义。已决罢婚矣。"仁亶等相顾微哂。留数日，主人极欢，仁亶乃云："阎侯是己外弟，盛年志学，未结婚姻。"主人辞以田舍家，然有喜色。仁亶固求，方许焉。以马驴及他赍为贽，数日成亲毕，留阎侯止王氏，仁亶独往，主人赠送之。其后数年，仁亶迁侍御史、并州长史、御史大夫知政事。后庚累遇提挈，竟至一州。（出《广异记》）

明崇俨

唐正谏大夫明崇俨，少时，父为县令。县之门卒有道术，俨非凡，就让阎庚从外面拿壶酒来。张仁亶先用酒招待客人，客人不敢接受，张仁亶还是坚持招待他，那位客人见状就和他一起喝酒。酒喝得特别尽兴，于是他们就在同一房间睡下了。等到半夜的时候，问他的行李在哪里，那个客人回答说："我不是人，是地曹。地府让我掌管河北的婚姻大事，将适合的男女的脚拴在一起。"张仁亶看他穿的衣服，看见袋子中的细绳子，这才相信了。因此向他询问自己的职位和寿命，鬼说："张仁亶寿命八十多，官居宰相之职。"又问了阎庚的，鬼说："阎庚命苦，没有官职。"张仁亶问怎样才能改变命运，得到官位。鬼说："或许找到了好的女子和他相配，能让他得到官位。现在在河北距离白鹿山一百多里的地方，有一个村落中王老的女儿，面相特别高贵。不久前已经和他人一起结绳配对，我应当为阎庚而把他们的绳子解开，好让阎庚成为阎侯。你们尽快出发，将要到那个村子的时候，应该会有大雨将你们淋湿，用这个作为信号。"说完他就告辞离开了。

张仁亶和阎庚，走了六七天，到了那个村子，遇到了大雨，衣服和行装都湿透了。于是他们走到了村子的西面，请求王氏让他们借住。敲门，很久之后才有人走出来，向客人赔罪说："家里有年轻人不顺心，所以来得这样迟，请不要见怪。"张仁亶问其中的缘故，回答说："我唯一的女儿，之前许给了村子西村的张家，今天纳财，却嫌嫁妆太少，这是轻视我们的意思，我们已经解除婚约。"张仁亶和阎庚相互看了看，笑了。在他家停留了几天，主人非常欢畅，张仁亶于是说："阎庚是我的表弟，年纪轻轻立志学习，还没有婚配。"主人以自己是平常百姓家而推辞，但是脸上有喜悦的神色。张仁亶坚持请求，主人于是答应了。阎庚用驴马和其他东西作为聘礼，没过几日就完婚了，张仁亶留下阎庚在王家，独自前往白鹿山，主人将他送走。在这以后几年，张仁亶不断升官为侍御史、并州长史、御史大夫知政事，后来阎庚多次被提携，最后成为一州之长。（出《广异记》）

明崇俨

唐代的正谏大夫明崇俨年少的时候，他的父亲是县令。县里的求教。教以见鬼方，兼役使之法。遗书两卷，俨阅之，书人名也。俨于野外独处，按而呼之，皆应曰："唯。"见数百人。于是每须役使，则呼其名，无不立至者。俨尝行，见名流将合祔二亲者，辆车已出郊，俨随而行，召其家人谓曰："汝主君合葬二亲乎？"曰："然。"曰："汝取灵柩，得无误发他人冢乎？"曰："无。"俨曰："吾前见紫车，后有夫人，年五十余，长大名家妇也。而后有一鬼，年甚壮，寡发弊衣，距跃大喜，而随夫人。夫人泣而怒曰：'合葬何谓也？'汝试以吾言白汝主君，云明正谏有言如此。"祔亲者闻之，大惊，泣而谓俨曰："吾幼失父，昨迁葬，决老竖取之，不知乃误如此。"崇俨乃与至发墓所，命开近西境，按铭记，果得之。乃弃他人之骨，而祔其先人。俨在内言事，及人间厌胜至多，备述人口，故不繁述。（出《纪闻》）

王怀智

唐坊州人上柱国王怀智，显庆初卒，其母孙氏及弟怀善、怀表并存。至四年六月，雍州高陵有一人失其姓名，死经七日，背上已烂而苏，云：在地下见怀智，见任太山录事。遣此人执笔，口授为书，谓之曰："汝虽合死，今方便放汝归家，宜为我持此书至坊州。访我家，白我母曰：'怀智今为太山录事，幸蒙安太。但家中曾贷寺家木作门，此既功德物，早偿之。怀善将死，不合久住。速作经像救助，不然，恐无济理。'"此人既苏，即赍书特送其舍。所一个守门的隶卒会法术。明崇俨请他教自己。他就教了明崇俨看见鬼的方法，还有差使鬼的方法。留给他两卷书，明崇俨打开一看，里面写的是人的名字。明崇俨在野外独自一人的时候，按照隶卒所教的方法请鬼，都回答他说："是。"见眼前有几百人。于是他每次想要差使人的时候，就呼请书中的名字，没有不立即到达的。明崇俨有一次行走，看见名士想将他的父母合葬，他们的丧车已经走出了郊外，明崇俨跟随他们出行，召请他的仆人问他们："你的主人是想要将双亲合葬吗？"仆人回答说："是的。"明崇俨说："你们挖取灵柩，有没有失误挖成了别人家的坟墓呢？"仆人回答说："没有。"明崇俨说："我之前看到的紫色车，后面有一位夫人，五十多岁，可以看出来是名士家的妇人。后来有一个鬼，正值壮年，头发很少，衣服破旧，非常开心地跳着跟在夫人后面。夫人哭着怒斥说：'为什么要和你合葬啊？'你试着将我的话告诉你的主人，说明崇俨是这么说的。"合葬父母的那个人听说了以后，大吃一惊，哭着对明崇俨说："我小时候就没有了父亲，昨天的迁葬，是老仆人决定和处理的，不知道错到这个地步。"明崇俨于是和他一起到挖掘的墓地，让人挖开靠近它西边的地方，按照碑文的记载，果然找到了他的父亲。于是把别人的骸骨放在一边，将他父亲的骸骨搬来合葬。明崇俨在朝堂上的事情和民间的巫术非常多，已经详尽地通过人们的口头流传下来，所以就不赘述了。（出《纪闻》）

王怀智

唐代的上柱国、坊州人王怀智，在显庆初年去世了，他的母亲孙氏和弟弟怀善、怀表都还在世。到显庆四年六月，在雍州高陵地区，有一个人，不知道他叫什么名字，已经死去七天，背上都已经腐烂，但却活过来了，并且说："在地府看见了王怀智，他被任命为泰山录事。"他派这个人拿笔记录，他口述，写出一封信，对他说："虽然你应该死，但现在我照顾你，放你回家，你应该替我拿着这封信送到坊州，前去我家，对我的母亲说：'王怀智现在是泰山录事，承蒙挂念，现在安然无恙。但是家里面曾经借了寺庙的木头做门，这个既然

谓家事，无不暗合。至三日，怀善暴死。合州道俗闻者，莫不增修功德。鄜州人勋卫侯智纯说之。（出《法苑珠林》）

沙门英禅师

唐法海寺沙门英禅师，具言每见鬼，寺主沙门慧兰，怪而问焉。英曰："向秦庄襄王遣人传语：'饥虚甚，以师大慈，又自有所见，从者二百许人，勿辞劳费也。'吾已报云：'后日晓食书来，专相候待。'"慧兰便备酒脯之类。至时秦王果来，侍从甚众，贵贱罗列，坐食甚急，谓英曰："弟子不食八十年矣。"英问其故，答曰："吾生时未有佛法，地下见责功德，吾但以放生矜恤茕孤应之。以福薄，受罪未了。受此一餐，更四十年，方便得食。"因指坐上人云："是陈轸，多为虚诈。"又指二人云："是白起、王翦，为杀人多，受罪亦未了。"英曰："王何不从人索食，而自受饥窘也？"答曰："慈心少，且余人又不相见。吾贵人，不可妄作祸祟，所以然也。"因指酒脯曰："寺主将来耶？深耽愧。"临去时，谓英曰："甚愧禅师，弟子有物在，当相送。城东门通化外尖冢，是弟子墓。时人不知，妄云吕不韦冢耳。"英曰："往赤眉贼发掘，何得更有物在？"鬼曰："贼将粗物去，细者深，贼取不得，见在。"英曰："贫道出家，无用物处，必莫将来。"言讫谢去。（出《两京记》）

是庙里的东西，应该早点归还。怀善即将去世，不适合在那里长住。应该快点供奉经文和神像，向他们求助，如果不这样，恐怕以后没有被救济的机会了。’”这个人复活了以后，立即拿着书信送到王怀智的家门。王怀智所说的家中事情，没有对不上的。等到了第三天，王怀善突然去世了。整个州道的人听说这件事，没有不增加自己功德的。这件事是鄜州人、勋卫侯智纯说的。（出《法苑珠林》）

沙门英禅师

唐代的法海寺的僧人英禅师，说他总是能见到鬼，寺里的住持僧人惠兰，觉得很惊奇，就问他详细的情形。英禅师说：“之前秦代的庄襄王派人传话：‘我已经非常饥饿虚弱了，因为大师非常慈悲，又有自己的见地，跟随的有二百多人，请不要因为耗费人力、精力、财力而推辞。’我也就回答他说：‘后天吃早饭的时候来，我会专门备好饭食等待你们前来。’”惠兰听说后就准备了酒和果脯之类的东西。到了约定的时间秦王果然来了，他的侍从非常多，按照贵贱的等级安排好，坐下后吃得特别着急，对英禅师说：“我已经八十年没有吃过东西了。”英禅师问这其中的原因，秦王回答说：“我活着的时候还没有佛教，在地府的时候被责问到功德，我只好用放生、怜悯体恤鳏寡孤独的事情来应对。因为我的福德单薄，所以承受的罪行还没有结束。吃完这一顿，我还要挨四十年，才能够获得食物。”然后指着座位上的一个人说：“这是陈轸，活着的时候奸诈狡猾。”又指着另外两个人说：“这是白起、王翦，因为杀的人太多，所承受的罪罚也没有结束。”英禅师说：“秦王你为什么不向人要吃的，却让自己忍饥挨饿呢？”秦王回答说：“有善心的人太少了，并且其他人又看不见我。我是身份尊贵的人，不能随便给人间带去灾祸，所以就成现在这样了。”然后指着酒和果脯说：“主持会来吗？打扰了他，我感到很惭愧。”他临走的时候，对英禅师说：“对于禅师，我感到很是对不起，我有一个东西，应该送给你。在城东的通化门外有一个尖尖的坟墓，是我的墓。当时的人不知道，妄称是吕不韦的墓。”英禅师说：“以前赤眉军已经盗过一次墓了，哪里还会有东西留存？”鬼说：

陈导

唐陈导者，豫章人也，以商贾为业。龙朔中，乃泛舟之楚，夜泊江浦，见一舟溯流而来，亦宿于此。导乃移舟近之，见一人，庞眉大鼻如吏，在舟检勘文书，从者三五人。导以同旅相值，因问之曰："君子何往？幸喜同宿此浦。"庞眉人曰："某以公事到楚，幸此相遇。"导乃邀过船中，庞眉亦随之。导备酒馔，饮经数巡，导乃问以姓氏，庞眉人曰："某姓司徒，名弁。被差至楚，已来充使。"导又问曰："所主何公事也？"弁曰："公不宜见问。君子此行，慎勿以楚为意，愿适他土耳。"导曰："何也？"弁曰："吾非人也，冥司使者。"导惊曰："何故不得之楚？"弁曰："吾往楚行灾，君亦其人也。感君之惠，故相报耳。然君须以钱物计会，方免斯难。"导恳苦求之，弁曰："但俟我从楚回，君可备缗钱一二万相贶，当免君家。"导许诺，告谢而别。是岁果荆楚大火，延烧数万家，荡无孑遗。导自别弁后，以忧虑系怀，及移舟而返，既至豫章，弁亦至矣。导以悭鄙为性，托以他事，未办所许钱，使者怒，乃令从者持书一缄与导。导开读未终，而宅内掀然火起，凡所财物悉尽。是夕无损他室，惟烧导家。弁亦不见，盖以导悭啬，负前约而致之也。（出《集异记》）

“赤眉军把粗陋的物品拿走了，精美的东西在深处，他们没有拿走，还在那里。”英禅师说：“我是出家人，没有用到这些物品的地方，将来一定也用不到。”说完，秦王告辞离去了。（出《两京记》）

陈导

唐代的陈导，是豫章人，是个商人。在龙朔年间，乘船到楚地去，夜里面停在江边，看见一只船逆流而上，也停宿在这里。陈导于是划船靠近了那只船，看见一个长着花白眉毛、鼻子特别大的好像官员的人，在船里检查校正文书，旁边有三五个侍从。陈导因为同行而遇见他，于是就问道：“你要去什么地方？很荣幸能够在这个地方一同停宿。”花白眉毛的人说：“我因为公事要到楚地去，有幸在这个地方遇见你。”陈导于是邀请他到自己的船里面，花白胡子的人也就跟他去了。陈导准备好酒食，喝了好几巡，陈导于是问他的姓名，花白胡子说：“我姓司徒，名叫弁。被派遣到楚地，充当使者。”陈导又问：“你所要办的是什么公事呢？”司徒弁说：“这不是你该问的。你此次出行，一定不要停留在楚地，改道别的地方吧。”陈导问：“为什么呢？”司徒弁说：“我不是人，是阴间的使者。”陈导惊讶地说：“那是什么原因我不能到楚国去呢？”司徒弁说：“我到楚国是去布下灾祸的，你也是其中受灾的人。我感念你的恩惠，因此想报答你。但是你必须要用钱财来安排，才能够避免这样的灾难。”陈导苦苦哀求他，司徒弁说：“等我从楚地回来，你可以准备一两万的纸钱赠给我，我就会为你免除这场灾难。”陈导答应了，向他表示感谢后就辞别了。这年荆楚大地上果然失火了，烧了几万家，所有的东西荡然无存。陈导自从辞别司徒弁后，因为心中存有忧虑，立马划船回去了，等他到豫章的时候，司徒弁也到了。陈导因为天性吝啬，借口有其他事情要做所以没有置办他要求的纸钱。使者十分生气，于是让自己的随从拿了一封书信给陈导。陈导打开它还没有读完，屋子里面就突然起火了，他所有的财物都被烧光了。这一夜没有烧毁其他的房屋，仅仅是把陈导家烧了。司徒弁也不见了，这都是因为陈导吝啬违背了之前的约定而导致的。（出《集异记》）

王 志

唐显庆三年，岐州人王志，任益州县令，考满还乡。有女美，未嫁道亡，停县州寺中累月。寺中先有学生，停一房，夜初见此女来，妆饰华丽，欲伸缱绻，学生纳之。相知经月，此女赠生一铜镜，巾栉各一。令欲上道，女与生密共辞别。家人求此物不得，令遣巡房求索，于生房得之。令遣左右缚此生，以为私盗。学生诉其事，非唯得此物，兼留上下二衣。令遣人开棺检之，果无此衣。既见此征，于是释之。问其乡里，乃岐州人，因从父南任，父母俱亡，游诸州学问，不久当还。令给衣马装束同归，以为女夫，怜爱甚重。（出《法苑珠林》）

巴峡人

调露年中，有人行于巴峡。夜泊舟，忽闻有人朗咏诗曰："秋径填黄叶，寒摧露草根。猿声一叫断，客泪数重痕。"其音甚厉，激昂而悲。如是通霄，凡吟数十遍。初闻，以为舟行者未之寝也，晓访之而更无舟船，但空山石泉，溪谷幽绝，咏诗处有人骨一具。（出《纪闻》）

陆余庆

陆余庆，吴郡人，进士擢第。累授长城尉，拜员外监察。久视中，迁凤阁舍人，历陕州刺史、洛州长史、大理卿、少府监。主睿

王志

唐代显庆三年，岐州人王志官拜益州县令，任期满了后回到家乡。他有一个很美的女儿，还没有出嫁就去世了，在县里面的寺庙里停灵已经好几个月了。寺里面之前就有一个学生住在其中一个房间，夜里第一次看见这个女子前来，妆容特别美丽，想要和他情意缠绵，那个学生接受了。他们认识了一个月后，这个女子赠给那学生一面铜镜、一条毛巾和一把梳子。县令打算上路，那个女子与学生秘密告别。她的家人寻找不到这些东西，县令就让他们一个房间一个房间搜索，在学生的房间找到了。县令让身边的人绑住这个学生，认为这些东西是他偷盗的。学生向他们叙述了这其中的事件，不但获得这些东西，还留下了上衣和下衣。县令让人打开棺材检视，果然没有这两件衣服。既然已经验证了他所说的话，就把他放了。问他的家乡在什么地方，学生回答说是岐州人，因为跟随父亲到南边上任，而父母都去世了，所以就游历各州增长学识，不久之后就应该回去了。于是县令赠给他衣服和马，和他一道回乡，把他作为女儿的夫婿看待，对他十分怜爱。（出《法苑珠林》）

巴峡人

调露年间，有人乘船经过巴峡。夜里面停船靠岸，忽然听见有人朗诵了一首诗：“秋径填黄叶，寒摧露草根。猿声一叫断，客泪数重痕。”他的声音非常凄惨，激昂悲怆，就这样持续了整夜，总共吟诵了几十遍。一开始听到的时候，以为是行船的人还没有睡觉，早晨起来想拜访的时候却没有任何船，只有空旷的山和石头间的泉水，清幽殊绝的山沟，在吟诵诗歌的地方发现了一具人的骨头。（出《纪闻》）

陆余庆

吴郡人陆余庆，考中了进士。多次升官，做了长城尉、员外监察。久视年间，被任命为凤阁舍人，先后官拜陕州刺史、洛州长史、大宗辒车不精，出授沂州刺史。余庆少时，尝冬日于徐亳间夜行，左右以囊橐前行，余庆缓辔蹑之。寒甚，会群鬼环火而坐，庆以为人，驰而遽下就火。讶火焰炽而不暖，庆谓之曰："火何冷，为我脱靴。"群鬼但俯而笑，不应。庆顾视之，郡鬼悉有面衣。庆惊，策马避之，竟无患。其傍居人谓庆曰："此处有鬼为祟，遭之者多毙。郎君竟无所惊惧，必福助也，当富贵矣！"（出《御史台记》）

理寺少府监。主管唐睿宗车的制造，不能胜任，因此让他出任沂州刺史。陆余庆年少的时候，曾经在冬天的夜里行走在徐州和亳州之间，他的随从带着行李走在前面，陆余庆在后面放松缰绳，骑马慢行。夜里面特别寒冷，遇见一群围着火坐的鬼，陆余庆以为他们是人，于是鞭打马匹前去靠近火源。他非常惊讶火焰很大却不暖和，陆余庆对他们说："火怎么这么冷，替我脱下马靴。"那群鬼只是俯下身子笑，但并不回应他。陆余庆环顾四周，那群鬼都有遮脸的衣服，陆余庆非常惊讶，打马躲开他们，最终没有任何祸患。那周围居住的人对陆余庆说："这个地方有鬼作祟，遇到他们的大多数都死了。而你竟然没有被吓着，一定有福星佑助你，一定会富贵的。"（出《御史台记》）

卷第三百二十九　鬼十四

夏文荣

周长安年初，前遂州长江县丞夏文荣，时人以为判冥事。张鷟时为御史，出为处州司仓，替归，往问焉。荣以杖画地作柳字，曰："君当为此州。"至后果除柳州司户，后改德州平昌令。荣克时日，晷漏无差。又苏州嘉兴令杨廷玉，则天之表侄也，贪猥无厌，著词曰："回波尔时廷玉，打獠取钱未足。阿姑婆见作天子，傍人不得抵触。"差摄御史康訔推，奏断死。时母在都，见夏文荣。荣索一千张白纸，一千张黄纸，为廷玉祷。后十日来，母如其言。荣曰："且免死矣，后十日内有进止。"果六日有敕："杨廷玉奉养老母残年。"又天官令史柳无忌造荣，荣书卫汉郴字曰："卫多不成，汉郴二州，交加不定。"后果唱卫州录事，关重，即唱汉州录事。时鸾台凤阁令史进状，诉天官注拟不平。则天责侍郎崔玄時，時奏："臣注官极平。"则天日："若尔，吏部令史官共鸾台凤阁交换。"遂以无忌为郴州平阳主簿，鸾台令史为汉州录事焉。（出《朝野佥载》）

张希望

周司礼卿张希望，移旧居改造。见鬼人冯毅见之曰："当

夏文荣

武则天执政的长安初年，之前的遂州的长江县令夏文荣，当时的人都认为他能够判定阴间的事。张鹭当时是御史，当时被任命为处州司仓，轮替回来的时候，前往夏文荣处去问。夏文荣用棍子在地上画了一个“柳”字，说：“你应该做这个州的长官。”后来，张鹭果然就被任命为柳州司户，后来改任德州平昌令。夏文荣推算时间，和日晷滴漏一样，毫无差别。又有苏州嘉兴的县令杨廷玉，是武则天的表侄，贪得无厌，有人写了一首词：“回波尔时廷玉，打獠取钱未足。阿姑婆见作天子，旁人不得抵触。”派御史康訔审查，奏明皇帝后判了他死刑。当时他的母亲在京城，前去拜见夏文荣。夏文荣向她要了一千张白纸、一千张黄纸，为杨廷玉祝祷。告诉她十天后再来，他的母亲听了夏文荣说的。夏文荣对她说：“暂且只是免除死罪，十天内才有进展的消息。”果然，第六天就颁布了诏令：“杨廷玉奉养老母残年。”又有一次，天官令史柳无忌前来拜访夏文荣，夏文荣写下“卫”“汉”“郴”，然后说：“卫州不太行，汉州和郴州，两者交替，不够稳定。”后来果然做了卫州录事，因为关口的重要性，又做了汉州录事。当时的鸾台凤阁令史呈上奏折，说天官拟定官职不公平。武则天责备天官侍郎崔玄暐，崔玄暐上奏道：“我拟定官职非常公平。”武则天说：“如果是这样，让吏部下令让吏部官员和鸾台凤阁调换一下。”于是就让柳无忌做了郴州平阳主簿，鸾台令史做了汉州录事。（出《朝野佥载》）

张希望

周司礼卿张希望，迁到旧房子，改造后住在里面。有个能够看新厩下，有一伏尸，极怒，公可避之。”望笑曰：“吾少长已来，未曾信如事，公勿言。”后月余，毅入，见鬼持弓矢，随希望后。适及阶，鬼引弓射中肩膊，希望觉背痛，以手抚之，其日卒。（出《志怪》）

郑从简

周左司员外郎郑从简，所居厅事常不宁，令巫者视之，曰：“有伏尸，姓宗，妻姓寇，在厅基之下。”使问之曰：“君坐我门上，我出入常值君，君自不嘉，非我之为也。”掘地三尺，果得旧骸，有铭如其言。移出改葬，于是遂绝。（出《朝野佥载》）

房颖叔

周地官郎中房颖叔，除天官侍郎。明日欲上，其夜，有厨子王老，夜半起。忽闻外有人唤云：“王老不须起，房侍郎不上。后三日，李侍郎上。”王老却卧至晓，房果病，两日而卒。所司奏状下，即除李迥秀为侍郎，其日谢，即上。王老以其言问诸人，皆云不知，方悟是神明所告也。（出《朝野佥载》）

刘 讽

文明年，竟陵掾刘讽，夜投夷陵空馆。月明不寝，忽有一女郎西轩至，仪质温丽，缓歌闲步，徐徐至中轩。回命青衣曰：“紫绥取西堂花茵来，兼屈刘家六姨姨、十四舅母、南邻翘翘小娘子，并将溢奴来。”传语道：“此间好风月，足得游乐。弹琴咏诗，大是好见鬼的冯毅前去拜见他说："你新建的马厩下面，有一具尸体埋在那里。特别凶，你可以避开他。"张希望笑着说："我自小到大，就没有相信过这样的事情，你不要再说了。"后来过了一个多月，冯毅进到马厩，看见一只鬼手拿着弓箭，跟在张希望后面，等到他走到阶梯旁的时候，鬼就拉开弓射中了他的肩膀，张希望觉得背上很疼，用手去抚摸，当天就去世了。（出《志怪》）

郑从简

武周朝的左司员外郎郑从简，所住的厅堂经常不安宁，于是让巫师前来检视，说："有尸体，姓宗，他的妻子姓寇，在厅堂的地基下面。"请巫师去问鬼，鬼说："你坐在我的门上，我进出经常遇到你，你本来就会感到不好，不是我刻意这么做的。"向地下挖了三尺，果然看到旧的骸骨，上面的铭文就是它说的。郑从简于是将他移出来迁葬到别的地方，从此以后鬼就断绝了。（出《朝野佥载》）

房颖叔

武周朝的户部郎中房颖叔，被封为吏部侍郎。第二天要去上任，这天夜晚，有一个厨子王老，半夜起来。忽然听见外面有人喊道："王老不用起身，房侍郎不能上任。三天后，李侍郎上任。"王老退回去，一觉睡到天亮。房颖叔果然病了，两天后就去世了。管理人员就呈上奏折，诏令下来之后，立即任命李迥秀为侍郎。当天他就前去拜谢，然后立即前往上任。王老把他听到的话问了很多人，他们都说不知道，这才明白那些话是神灵告诉他的。（出《朝野佥载》）

刘　讽

文明年间，竟陵的副官刘讽，夜间借宿在夷陵空馆。天上的月亮非常明亮，所以他没有睡觉，忽然有一位女子从西边的轩亭过来，她的仪容美丽、气质温婉，缓缓地唱着，悠闲地走着，慢慢地到了中亭。回头命令婢女说："紫绥，把西堂的花垫子拿来，同时把刘家六事。虽有竟陵判司，此人已睡，明月下不足回避也。”

未几而三女郎至，一孩儿，色皆绝国。紫绥铺花茵于庭中，揖让班坐。坐中设犀角酒樽，象牙杓，绿罽花觯，白琉璃盏。醪醴馨香，远闻空际。女郎谈谑歌咏，音词清婉。一女郎为录，一女郎为明府，举觞酹酒曰：“惟愿三姨婆寿等祁山，六姨姨与三姨婆等，刘姨夫得太山府纠成判官，翘翘小娘子嫁得朱余国太子，溢奴便作朱余国宰相。某三四女伴，总嫁得地府司文舍人。不然，嫁得平等王郎君六郎子七郎子，则平生望足矣。”一时皆笑曰：“须与蔡家娘子赏口。”翘翘时为录事，独下一筹，罚蔡家娘子曰：“刘姨夫才貌温茂，何故不与他五道主使，空称纠成判官，怕六姨姨不欢。请吃一盏。”蔡家娘子即持杯曰：“诚知被罚，直缘姨夫大年老昏暗，恐看五道黄纸文书不得，误大神伯公事。饮亦何伤。”于是众女郎皆笑倒。又一女郎起，传口令，仍抽一翠簪。急说：“传翠簪过令，不通即罚。”令曰：“鸾老头脑好，好头脑鸾老。”传说数巡，因令紫绥下坐，使说令。紫绥素吃讷，令至，但称“鸾老鸾老”。女郎皆大笑曰：“昔贺若弼弄长孙鸾侍郎，以其年老口吃，又无发，故造此令。”

三更后，皆弹琴击筑，更唱迭和。歌曰：“明月秋风，良宵会同。星河易翻，欢娱不终。绿樽翠杓，为君斟酌。今夕不饮，何时欢乐。”又歌曰：“杨柳杨柳，袅袅随风急。西楼美人春梦长，绣姨姨、十四舅母、南邻翘翘小娘子连同溢奴都请来。传我的话，就说：‘这里的风景正好，足以愉快地游玩。在这里弹琴和吟咏诗歌，是多么大的好事啊！虽然有竟陵的判司在，但他已经睡了，在这样的月光下他不值得我们回避。’

没过一会，三个女子就来了，还有一个孩子，她们的姿容都称得上倾国倾城。紫绥把花垫子铺在庭院中，相互礼让按部就班坐下了。座席中摆着犀牛角的酒杯，象牙的杓子，绿色的毡子，雕花的青铜杯，白色的琉璃盏。甜酒十分清香，即使在天边也能闻到酒香。女子们谈笑吟咏，声音清丽，文辞婉约。其中一个女子是录事，一个女子作为证明人，她们举杯祝酒说："祝愿三姨寿比祁山，六姨姨与三姨婆也一样，刘姨夫可以得到泰山府成为纠成判官，翘翘小娘子嫁给朱余国的太子，溢奴就做朱余国宰相吧。包括我在内的三四个女伴，都能够嫁给地府掌管文学的，如果不能的话，就嫁给平等王郎君、六郎子、七郎子，这样我生平的愿望就满足了。"这时大家都笑着说："必须罚蔡家娘子一杯酒。"翘翘当时是录事，自己先喝下了一杯，就罚了蔡家娘子的酒，并说："刘姨夫容貌温和、才学很高，为什么不让他做五道主使，白白当一个纠成判官，六姨姨恐怕会不开心，要罚你一杯。"蔡家娘子立即拿起酒杯说："我知道会被罚，只因为姨夫年纪大了，眼睛昏花，害怕他看不清五道黄纸文书，耽误了大神伯公的正事，喝一杯又有何妨。"于是众位女子都笑倒了。又一个女郎站起来行酒令，还是抽到一支翠绿的簪子，急忙说："传翠簪行酒令，如果行不通就罚酒。"令上说："鸾老头脑好，好头脑鸾老。"酒令传了好几巡，因为令在紫绥的下座，于是让她说酒令。紫绥平时口齿就不伶俐，令到她那里了，只是说"鸾老鸾老"。女子们都大笑着说："以前贺若弼作弄长孙鸾侍郎，因为他年纪大了，口吃，还没有头发，所以造了这个酒令。"

三更天后，她们都弹琴击筑，相互唱和。唱的是："明月秋风，良宵会同。星河易翻，欢娱不终。绿樽翠杓，为君斟酌。今夕不饮，何时欢乐。"又唱道："杨柳杨柳，袅袅随风急。西楼美人春梦长，绣帘斜卷千条入。"又唱道："玉口金缸，愿陪君主。邯郸宫中，金石丝簧。

帘斜卷千条人。”又歌曰：“玉口金缸，愿陪君王。邯郸宫中，金石丝簧。卫女秦娥，左右成行。纨缟缤纷，翠眉红妆。王欢顾眄，为王歌舞。愿得君欢，常无灾苦。”

歌竟，已是四更，即有一黄衫人，头有角，仪貌甚伟，走入拜曰：“婆提王命娘子速来。”女郎等皆起而受命，即传语曰：“不知王见召，适相与望月至此，敢不奔赴！”因命青衣收拾盘筵。讽因大声嚏咳，视庭中无复一物。明旦，拾得翠钗数只，将以示人，不知是何物也。（出《玄怪录》）

相州刺史

唐王道坚为相州刺史，州人造板籍，毕则失之。后于州室梁间散得之，籍皆中截为短卷，遂不用矣，弃之。又有李使君在州，明早将祀社，夜洁斋，卧于厅事。梦其父母尽来迎己，觉而恶之，具告其妻。因疾，数日卒。朱希玉为刺史，宅西院恒闭之，希玉退衙，忽一人紫服，戴高鬟，乘马直入，二苍头亦乘导之，至阁乃下。直吏以为亲姻家通信也，从而视之。其人正服徐行，直入中院，院门为之开，入已复闭。乃索苍头及马，皆无之。走白希玉，希玉命开中院，但见四周除扫甚洁，帐幄围匝，施设粲然，华筵广座，殽馔穷极水陆，数十人食具器物，尽金银也。希玉见之大惊，乃酌酒酹之以祈福。遂出，闭其门。明日更开，则如旧矣。室宇封闭，草蔓荒凉，二年而希玉卒。（出《纪闻》）

卫女秦娥，左右成行。绔缟缤纷，翠眉红妆。王欢顾眄，为王歌舞。愿得君欢，常无灾苦。”

等她们唱完，已经是四更，忽然出现一个穿黄色衣衫的人，头上有角，长得很是伟岸，走进来参拜说：“婆提王让娘子快去。”女子们都起身领命，立即传话说：“不知道婆提王召见，刚刚我们在这里相互赏月，有命令怎么敢不去呢！”于是让婢女整理盘子和筵席。刘讽就大声咳嗽起来，再看庭院中已经没有任何东西了。第二天早晨，捡到几对翠玉的钗子，把它们拿给别人看，不知道是什么东西。（出《玄怪录》）

相州刺史

唐朝的王道坚在做相州刺史的时候，州里面的官吏制作登记户口、土地的簿册，在制作完成时它就不见了。后来在官衙的房间里零散地找到了，这些户籍都已经被撕成了短卷，于是就不用了，扔掉了。又有一位在相州的李使君，因为第二天要祭祀，夜里面沐浴斋戒，躺在厅堂上睡觉。梦见他的父母都来接他，醒来后觉得很是厌恶，把梦中的事情详细地告诉了他的妻子。因此得病了，过了几天就去世了。朱希玉是相州刺史，他家的西院永远是关闭的，有一天朱希玉从衙门回来，突然看见一个人穿着紫色的衣服，戴着高高的发髻，坐着马径直进入他家，两个随从也都跟着他，到门前就下马了。值班的守卫以为是亲家前来报信的，就跟着去看。这个人穿着正装缓缓地走着，径直进入了中院，院门为他打开了，等他进去后门就又关上了。于是守卫寻找随从和马，都没有看见。守卫赶紧跑去报告朱希玉，朱希玉让人打开了中院，只见四周打扫得非常干净，四周围上了帷帐，摆设非常华丽，华贵的筵席，宽大的座位，食物是水上陆地中最好的，几十个人的器具都是用金银制作的，朱希玉看见这一幕大吃一惊，于是倒酒，洒在地上祝祷。然后就出去了，关上了门。第二天打开门，情况就像之前一样了。关着的门窗，荒凉的野草，两年后，朱希玉就去世了。（出《纪闻》）

王 湛

王湛判冥事，初叔玄式，任荆州富阳令，取部内人吴实钱一百贯。后诬以他事，决杀之以灭口。式带别优，并有上下考，五选不得官，以问，湛白为叔检之。经宿曰："叔前任富阳令日，合有负心事。其案见在，冥司判云：'杀人之罪，身后科罚。取钱一百贯，当折四年禄。'"叔曰："诚有此事，吾之罪也。"（出《朝野佥载》）

狄仁杰

则天时，狄仁杰为宁州刺史。其宅素凶，先时刺史死者十余辈。杰初至，吏白官舍久凶，先后无敢居者。且榛荒棘毁，已不可居，请舍他所。杰曰："刺史不舍本宅，何别舍乎？"命去封锁葺治，居之不疑。数夕，诡怪奇异，不可胜纪。杰怒谓曰："吾是刺史，此即吾宅。汝曲吾直，何为不识分理，反乃以邪忤正。汝若是神，速听明教；若是鬼魅，何敢相干！吾无惧汝之心，徒为千变万化耳。必理要相见，何不以礼出耶？"斯须，有一人具衣冠而前曰："某是某朝官，葬堂阶西树下，体魄为树根所穿，楚痛不堪忍。顷前数公，多欲自陈，其人辄死。幽途不达，以至于今。使君诚能改葬，何敢迁延于此！"言讫不见。明日，杰令发之，果如其言，乃为改葬，自此绝也。（原缺出处，陈校本作出《广异记》）

王湛

王湛能够判断出阴间的事情，先前叔玄式在担任荆州富阳县令的时候，拿了衙门内官吴实的一百贯钱。后来又因为其他事诬陷了他，于是决定杀了他灭口。叔玄式想顺便做一些事升职，一并参加了上上下下的考试，五次推选都没有得到升官，于是就去问王湛，王湛说替他检视一下。经过一夜说："叔玄式之前在做富阳令的时候，一定有亏心事。他的案底被记载在册，阴间的司判说：'杀人的罪行，等他死后再罚。拿了别人一百贯钱，应当折损他四年的俸禄。'"叔玄式说："确实有这件事，这是我的罪过。"（出《朝野佥载》）

狄仁杰

武则天执政的时候，狄仁杰是宁州刺史。他所住的宅院向来非常凶险，之前死去的刺史有十几任。狄仁杰刚到任的时候，官差说官衙持续处在凶险的状态，前后没有敢住进去的人。而且它已经荒废，不能够住人，请狄仁杰住在其他地方。狄仁杰说："刺史不住在官衙，那还能住在别的地方呢？"于是命人去掉锁，修葺整治，没有任何犹疑地住了进去。住了几个晚上，里面发生的诡谲奇怪的事，多得都数不过来了。狄仁杰生气地说："我是刺史，这个地方就是我的宅院。你理屈词穷我理直气壮，为什么不懂得分辨道理，反而要用阴邪侵犯正直？你如果是神，我想要快点听到你的教诲；你如果是鬼魅，又怎么敢冒犯！我没有害怕你的心理，不要想方设法变换身形。如果你一定要相见，为什么不礼貌一点出现呢？"过了一会儿，有一个人穿着朝服站在面前说："我是前朝的官员，葬在厅堂前面台阶的树下，身体被树根穿透，疼痛难忍。之前的几位刺史，我想告诉他们，但是他们都死了。阴间去不了，才造成了如今这样的局面。刺史你如果确实能够为我迁葬，我又怎么敢前来打扰！"说完他就不见了。第二天狄仁杰让人挖掘那个墓，果然像他说的那样，于是为他迁葬，从此以后鬼就不再来了。（原缺出处，陈校本作出《广异记》）

李暠

唐兵部尚书李暠，时之正人也。开元初，有妇人诣暠，容貌风流，言语学识，为时第一，暠不敢受。会太常卿姜皎至，暠以妇人与之。皎大会公卿，妇人自云善相。见张说曰："宰臣之相。"遂相诸公卿，言无不中。谓皎曰："君虽有相，然不得寿终。"酒阑，皎狎之于别室。媚言遍至，将及其私。公卿迭往窥睹，时暠在座，最后往视。妇人于是呦然有声，皎惊堕地。取火照之，见床下有白骨。当时议者，以嚣贞正，故鬼神惧焉。（出《广异记》）

张守珪

幽州节度张守珪，少时为河西主将，守玉门关。其军校皆勤勇善斗，每探候深入，颇以劫掠为事。西域胡僧者，自西京造袈裟二十余驮，还大竺国，其徒二十余人。探骑意是罗锦等物，乃劫掠之，杀其众尽。至胡僧，刀棒乱下而不能伤，探者异焉。既而索驮，唯得袈裟，意甚悔恨。因于僧前追悔，擗踊悲涕久之，僧乃曰："此辈前身，皆负守将命，唯趁僧鬼是枉死耳。然汝守将禄位重，后当为节度大夫等官。此辈亦如君何？可白守将，为修福耳。然后数年，守将合有小厄，亦有所以免之。"骑还白守珪，珪留僧供养，累年去。后守珪与其徒二十五人，至伊兰山探贼。胡骑数千猝至，守珪力不能抗，下马脱鞍，示以闲暇。骑来渐逼，守珪谓左右："为之奈何？若不获已，事理须战。"忽见山下红旗数百骑，突前出战，守珪随之，穿其一角，寻俱得出。虏不敢逐。红旗下将谓守珪曰："吾是汉之李广，知君有难，故此相救。后富贵，毋相忘也。"言讫不见。守珪竟至幽州节度、御史大夫。（出《广异记》）

李暠

唐朝的兵部尚书李暠，是当时的正直之士。开元初年，有一个妇女前来拜访他，说他的姿容风度、言谈见识都是当时的第一，李暠不敢接受。侍奉太常卿姜皎到他这里来，李暠就把这个妇女介绍给他。姜皎于是召集公卿们聚会，这个妇女自称会看相，看见张说说：“你是宰相的面相。”然后看其他公卿的面相，没有说不中的。妇女对姜皎说：“你虽然有好的面相，但是不能够寿终正寝。”酒喝得尽兴的时候，姜皎和她在另一间房间里调笑。姜皎说尽了所有的谄媚的语言，等到快要偷情的时候。公卿们都前去偷看，当时李暠还在座位上，最后一个去看。那个妇人惊叫一声，姜皎被吓得跌落在地。拿烛火照那个妇女，看见床下面有一堆白骨。当时议论的人，都说因为李暠正直，所以鬼神才害怕他的。（出《广异记》）

张守珪

幽州节度使张守珪，年轻的时候是河西主将，镇守玉门关。他麾下的军士都很勤奋、勇敢、擅长战斗，每次作为探察兵深入敌人腹地，就会把抢劫当成自己的事业。西域有一个胡僧，从西京制作了有二十多匹马驮着的袈裟，返回大竺国，他的随从有二十多人。探察兵以为是绢和棉等物品，于是前往抢劫，把他的随从都杀光了。到杀胡僧的时候，刀棒乱挥，但是却不能伤害他，探察兵感到很惊异。然后就搜索所驮着的东西，只得到了袈裟，他们心中十分悔恨。因此在胡僧的面前忏悔，捶胸顿足，悲伤地哭了很久。胡僧才说：“你们这一类人，都违背了守将的军令，只是这些跟随我的僧人全都被枉死了。然而你们的守将官位很重，后来应当会成为节度使等官位。你们这类人和你们的守将相比会怎么样呢？可以告诉你们的守将，然后多修福业。再过几年，守将应该会有小的灾难，也有办法将它免去。”这些人骑马回来后回禀张守珪，张守珪留下胡僧供养，过了几年胡僧离开了。后来张守珪和他的二十多个随从，到伊兰山探听贼寇的消息。几千个胡人骑兵突然前来，张守珪的力量不能够和他们相对抗，下马

杨 玚

开元中，洛阳令杨玚，常因出行，见槐阴下有卜者，令过，端坐自若。伍伯诃使起避，不动。玚令散手拘至厅事，将捶之，躬自责问。术者举首曰："君是两日县令，何以责人？"玚问其事，曰："两日后，君当命终。"玚甚愕，问何以知之，术者具告所见，举家惊惧，谓术者曰："子能知之，必能禳之，若之何而免也？"玚再拜求解，术者曰："当以君之闻见，以卫执事。免之与否，未可知也。"乃引玚入东院亭中。令玚被发跣足，墙面而立，已则据案而书符。中夕之后，喜谓玚曰："今夕且幸免其即来。明日，可以三十张纸作钱，及多造饼餤，与壶酒，出定罪门外，桑林之间，俟人过者则饮之。皂裘右袒，即召君之使也。若留而饮餤，君其无忧。不然，实难以济。君亦宜易衣服，处小室，以伺之，善为辞谢，问以所欲。予之策尽于是矣。"

玚如其言，洎日西景，酒餤将罄，而皂裘不至，玚深以为忧。须臾遂至，使人邀屈，皂裘欣然，累有所进。玚乃拜谒。人云："君脱掉马鞍，展现出一派悠闲的场景。骑兵渐渐逼近，张守珪对左右的人说："这样我们怎么办呢？如果不想被俘虏，只能战斗。"忽然看见山下出现了擎着红旗的几百骑兵，冲到了前面战斗，张守珪跟着他们，穿透敌军的一角，不久就都逃出来了。胡兵也不敢前来追逐。红旗下的守将对张守珪说："我是汉将军李广，知道你有难，所以此次前来相救。你以后富贵了，别忘了我。"说完就不见了。张守珪最后官至幽州节度御史大夫。（出《广异记》）

杨玚

开元年间，洛阳县令杨玚，经常因为公务要出差，有一次，看见槐荫下有一个占卜的人，县令经过的时候，他坐得依然端正。伍伯让他起来避让，他没有动。杨玚让衙役们把他抓到厅堂，将要打他，杨玚亲自审问。那个术士抬起头说："你是两天的县令，拿什么审问别人呢？"杨玚问他这么说是怎么回事，术士回答说："两天后，你的寿命会终止。"杨玚感到很惊奇，问他是怎么知道的，术士具体向他叙述了他所见到的事，杨玚的全家都很害怕，对士人说："你能知道这件事，就一定知道怎么解除，要怎么办才能避免呢？"杨玚又对他拜了拜，请求他告知解决的方法，术士说："你应该用你的见闻，来保护你自己。至于可不可以避免，这个我还不知道。"于是就将杨玚带到东院亭里。县令杨玚披散着头发，赤着脚，面对着墙站立，他自己就趴在桌子上画符。半夜以后，开心地对杨玚说："今夜暂时避免了他前来。明天，可以用三十张纸当作钱，还得多做一些饼，倒一壶酒，走出定罪门，走到桑林中间，等人过来就让他喝这壶酒。如果这个人穿着黑色皮衣服，露出右肩膀，他就是要接引你的使者。如果你可以留下他吃喝，你就不会再有忧患了，如果不是这样，那你就实在太难解救了。你也应该换一件衣服，躲在一间小房子里来等候他，要多说一些感谢的话，问他想要什么。我的办法都在这里了。"

杨玚按照他说的那样去做了。到太阳西斜的时候，酒和饼都快没有了，但是穿黑色皮衣的使者还没有来，杨玚特别担忧，又过了一会儿，使者终于来了，杨玚让人邀请他，使者非常高兴地去了，进了昨何之，数至所居，遂不复见。疑于东院安处，善神监护，故不敢犯。今地府相招未已，奈何？”玚再拜求救者千数，兼烧纸钱，资其行用。鬼云：“感施大惠，明日，当与府中诸吏同来谋之，宜盛馔相待。”言讫不见。

明日，玚设供帐，极诸海陆。候之日晚，使者与其徒数十人同至，宴乐殊常浩畅，相语曰：“杨长官事，焉得不尽心耶？”久之，谓玚：“君对坊杨锡，亦有才干，今揩王作金以取彼。君至五更，鼓声动，宜于锡门相候。若闻哭声，君则免矣。”玚如其言往，见鬼便在树头，欲往锡舍，为狗所咋，未能得前。俄从缺墙中入，迟回闻哭声，玚遂获免。（出《广异记》）

几个门后，杨玚前来拜见他。使者说："你昨天去哪里了，我几次到你的处所，都没有见到你。我怀疑你在东院住，但那是善神监督守护的地方，所以我不敢冒犯。现在地府还没有停止召唤你，你怎么办？"杨玚再次向他拜了几千次请求他相救，又烧了纸钱，资助他的出行费用。"鬼说："感谢你给我这么大的恩惠，明天，我会和府中的各位官员一起来谋划，你应该摆出盛宴来款待。"说完他就不见了。

第二天，杨玚摆了宴席，将山珍海味摆上等候他们到来。等到天色已晚，使者和他的随从总共几十个人一起到来，宴会不同寻常地盛大、欢愉，他们相互说："杨长官的事情，怎能不尽心尽力地去做呢？"很久以后，对杨玚说："你对面街坊的杨锡，也非常有才能，现在我们把'王'字擦掉改成'金'字，用他代替你。你在五更天鼓声响起的时候，应该在他家的门前等候，如果能听见哭声，你就有救了。"杨玚按照他的话去做了，看见鬼在树上，晚上想要去杨锡家，被狗的叫声制止，暂时不能够向前。过了一会儿他从墙的缺口处进去，正在犹豫不定的时候听见了哭声，杨玚就这样获得了赦免。（出《广异记》）

卷第三百三十　鬼十五

张果女

开元中，易州司马张果女，年十五，病死。不忍远弃，权瘗于东院阁下。后转郑州长史，以路远须复送丧，遂留。俄有刘乙代之。其子常止阁中，日暮仍行门外，见一女子，容貌丰丽，自外而来。刘疑有相奔者，即前诣之，欣然款浃。同留共宿，情态缠绵，举止闲婉。刘爱惜甚至，后暮辄来，达曙方去。经数月，忽谓刘曰："我前张司马女，不幸夭没，近殡此阁。命当重活，与君好合。后三日，君可见发，徐候气息，慎无横见惊伤也。"指其所瘗处而去。刘至期甚喜，独与左右一奴夜发，深四五尺，得一漆棺。徐开视之，女颜色鲜发，肢体温软，衣服妆梳，无污坏者。举置床上，细细有鼻气。少顷，口中有气，灌以薄糜，少少能咽，至明复活，渐能言语坐起。数日，始恐父母之知也，因辞以习书，不便出阁，常使赍饮食诣阁中。乙疑子有异，因其在外送客，窃视其房，见女存焉。问其所由，悉具白，棺木尚在床下，乙与妻歔欷曰："此既冥期至感，何不早相闻？"遂匿于堂中。儿不见女，甚惊。父乃谓曰："此既申契殊会，千载所无，白我何伤乎？而过为隐蔽。"因遣使诣郑州，具以报果，因请结婚。父母哀感惊喜，则克日赴婚，遂成嘉偶，后产数子。（原缺出处，明抄本、陈校本俱作出《广异记》）

张果女

开元年间，易州司马张果十五岁的女儿病死了，张果不忍心将她葬得很远，就暂时葬在东院。后来张果改任郑州长史，因为路远还得要来回送殡，就将她留在了易州。不久，有一个叫刘乙的人代替他做了易州司马。他的儿子经常留在阁楼里，天色将晚的时候就在门外走动，看见一个女子，姿容美丽，从外面走来。刘乙的儿子怀疑她是私奔的，就上前拜访她，他们情意融洽，谈得非常开心。于是就一同睡觉，情意缠绵，那个女子仪态娴静温婉。刘乙的儿子非常怜爱她，她每次是暮色降临的时候来，天快亮的时候才离开。就这样过了几个月，女子忽然对刘乙的儿子说："我是前任易州司马张果的女儿，不幸夭折，就近安葬在这里。我的命里应当重生，和你百年好合。三天后，你可以将我的墓挖开，慢慢等待我恢复气息，一定不要无故惊讶悲伤。"向刘乙的儿子指明葬埋的地方后就离开了。刘乙的儿子到那天后特别开心，和身边的一个仆人夜里面挖开墓，挖了四五尺，看见一口棺材。慢慢地打开检视，里面的女子容颜焕发，身体温暖透软，衣服和妆发没有污浊和损坏的。把她抬起来放到床上，有非常细微的鼻息。过了一会儿，她的口中开始有气息，给她喂食稀粥，慢慢地能够下咽，等到第二天复活的时候，渐渐地能够说话和起身了。过了几天，刘乙的儿子害怕父母知道这件事，于是就用温习书本，以不方便出门作为借口，经常让别人送吃的和喝的到阁楼里。刘乙怀疑他的儿子有异常，于是趁着他的儿子在外面送客人的时候，偷偷看他的房间，看见一个女子在那里。问她在这里的原因，她把所有情况都告诉了刘乙。这时她的棺木还在床底下，刘乙于是叹息着和妻子说："这既然是冥界感人至深的事，我们的儿子为什么不早点告

华妃

开元初，华妃有宠，生庆王琮，薨葬长安。至二十八年，有盗欲发妃冢，遂于茔外百余步，伪筑大坟，若将葬者。乃于其内潜通地道，直达冢中。剖棺，妃面如生，四肢皆可屈伸，盗等恣行凌辱。仍截腕取金钏，兼去其舌。恐通梦也，侧立其尸，而于阴中置烛。悉取藏内珍宝，不可胜数，皆徙置伪冢。乃于城中，以輀车载空棺会。日暮，便宿墓中，取诸物置魂车及送葬车中，方掩而归。其未葬之前，庆王梦妃被发裸形，悲泣而来曰："盗发吾冢，又加截辱，孤魂幽枉，如何可言？然吾必伺其败于春明门也。"因备说其状而去。王素至孝，忽惊起涕泣。明旦入奏，帝乃召京兆尹万年令，以物色备盗甚急。及盗载物归也，欲入春明门，门吏诃止之，乃搜车中，皆诸宝物，尽收群盗。拷掠即服，逮捕数十人，皆贵戚子弟无行检者。王乃请其魁帅五人，得亲报仇，帝许之。皆探取五脏，烹而祭之，其余尽榜杀于京兆门外。改葬贵妃，王心丧三年。（出《广异记》）

诉我们呢？”于是将她藏在堂屋里。他的儿子没有见到那个女子，特别惊讶。他的父亲于是对他说：“这既然是特别契合而产生的相会，千年难遇，就是告诉我又有何妨呢？你也做得太隐秘了。”于是派遣使者前往郑州拜访，将所有情况如实报告了张果，趁机请求结婚。女子的父母将悲痛转化为惊喜，就约定日子结婚，于是两个人成了好夫妻，后来生了好几个孩子。（原缺出处，明钞本、陈校本俱作出《广异记》）

华妃

开元初年，华妃非常受宠，生下了庆王李琮，去世后葬在了长安。到了开元二十八年，有盗贼想要挖开华妃的墓冢，于是在坟墓外一百多步，造了一座假的大坟冢，就像是将要埋葬什么人。又在假墓的里面偷偷挖通地道，直接挖到了华妃的墓里。将棺材剖开，华妃的面容就像她活着的时候，手脚都可以伸屈，于是盗贼就恣意欺凌侮辱。还将她的手腕砍断取走金钏，并把她的舌头割了。害怕她入梦，将她的尸体竖起来，并暗中摆放了蜡烛。将里面藏着的珍宝都拿走了，拿走的珍宝不计其数，都放在假墓里了。还在城里用一辆车拉着空的棺材，在天色已晚的时候，就睡在墓里面，将各种东西放在魂车和送葬的车里，然后再遮掩着回去。在他们还没有葬埋的时候，庆王梦见华妃披散着头发，裸露着形体，哭着前来说：“他们盗挖我的坟墓，又截断我的手腕并对我施加凌辱，我一介冤魂，又怎么说呢？但是我一定等他们在春明门失败。”于是详细地描述了他们的形貌后就离开了。庆王向来非常孝顺，忽然惊醒后哭了起来。第二天早晨入朝呈奏，皇帝于是召集了京兆尹万年令，很是急迫地调集精锐来抓捕盗贼。等到盗贼装载赃物回来，想要进入春明门，门官呵止了他们，然后搜查了车里面，都是各种宝物，将所有的盗贼都抓捕了。拷打后立即就服罪了，逮捕了几十个人，都是权贵豪门里没有德行的人。庆王于是要求惩罚他们的五个头目，得以亲手报仇，皇帝允许了。将这五个人全拿了心脏，将它们烹调后祭祀华妃，其他人都公

郭知运

开元中，凉州节度郭知运出巡，去州百里，于驿中暴卒。其魂遂出，令驿长锁房勿开，因而却回府，徒从不知也。至舍四十余日，处置公私事毕，遂使人往驿，迎已丧。既至，自看其殓。殓讫，因与家人辞诀，投身入棺，遂不复见。（出《广异记》）

王光本

王光本，开元时为洛州别驾。春月，刺史使光本行县。去数日，其妻李氏暴卒。及还，追以不亲医药，意是枉死。居恒恸哭，哀感傍邻，后十余日，属诸子尽哭。光本因复恸哭百余声，忽见李氏自帏而出，靓妆炫服，有逾平素。光本辍哭，问其死事，李氏云："妾尚未得去，犹在此堂。闻君哀哭恸之甚，某在泉途，倍益凄感。语云：'生人过悲，使幽壤不安。'信斯言也。自兹以往，不欲主君如是，以累幽冥耳。"因付嘱家人，度女为尼，放婢为平人，事事有理。留一食许，谓光本曰："人鬼道殊，不宜久住，此益深恨。"言讫，入堂中遂灭。男女及他人，但闻李氏言，唯光本见耳。（出《广异记》）

布名单，然后在京兆尹的门前杀了。又将华妃迁葬，庆王悲伤了三年。（出《广异记》）

郭知运

开元年间，凉州的节度使郭知运出外巡检，在距离凉州一百里的地方驿站突然去世。他的魂魄就出来了，让驿长锁住房门不要打开，他的魂就回到府衙，但是他的随从不知道。到他的府衙四十多天，他将公事和私事处理结束以后，就让人到驿站，迎回他的尸体。他们到达以后，郭知运看着自己入殓，殓葬完毕，就和家人诀别，走入棺材，于是从此以后就不再看见他了。（出《广异记》）

王光本

开元年间，王光本当时是洛州别驾。春天的时候刺史派遣王光本到县里去。走了好几天后，他的妻子李氏突然去世了。等到他回来的时候，追悔他没有亲事汤药，导致她白白去世。总是在那里痛苦，他的悲哀感动了邻居，后面的十几天，连他的属下也都哭了。王光本于是又哭了一百多声，忽然看见李氏从帷帐后出来了，精致的妆容、绚丽的服装，比平时更美丽。王光本于是停止了哭泣，问她去世的事。李氏说："我还没有离开，还在这个厅堂里，听到你哭得特别厉害，我在黄泉路上，感到倍加凄凉。有人说：'活着的人过于悲伤就会让黄泉路上的人不安。'现在我相信了这样的话。从今以后，不想要你再这样难过，来连累黄泉路上的人了。"于是嘱咐家人，把女儿度化成尼姑，将家中的奴婢放还为平民，每件事都处理得很有条理。留了一顿饭的时间以后，对王光本说："人鬼殊途，我不适合在这里久留，在这里遗憾只能越来越多。"说完进入厅堂中就消失了。在厅堂中的男女和其他人，都只能听见李氏的话语，但只能见到王光本。（出《广异记》）

幽州衙将

开元中，有幽州衙将姓张者，妻孔氏，生五子而卒。后娶妻李氏，悍妒狼戾，虐遇五子，日鞭捶之。五子不堪其苦，哭于其母墓前，母忽于冢中出，抚其子，悲恸久之。因以白布巾题诗赠张曰："不忿成故人，掩涕每盈巾。死生今有隔，相见永无因。匣里残妆粉，留将与后人。黄泉无用处，恨作冢中尘。有意怀男女，无情亦任君。欲知肠断处，明月照孤坟。"五子得诗，以呈其父。其父恸哭，诉于连帅，帅上闻，敕李氏决一百，流岭南，张停所职。（出《本事诗》）

韦氏女

洛阳韦氏，有女殊色。少孤，与兄居。邻有崔氏子，窥见悦之。厚赂其婢，遂令通意，并有赠遗。女亦素知崔有风调，乃许之，期于竹间红亭之中。忽有曳履声，疑崔将至，遂前赴之。乃见一人，身长七尺，张口哆唇，目如电光，直来擒女。女奔走惊叫，家人持火视之，但见白骨委积，血流满地。兄乃诘婢得实，杀其婢而剪其竹也。（出《惊听录》）

崔 尚

开元时，有崔尚者，著《无鬼论》，词甚有理。既成，将进之。忽有道士诣门，求见其论。读竟，谓尚曰："词理甚工，然天地之间，若云无鬼，此谬矣。"尚谓："何以言之？"道士曰："我则鬼

幽州衙将

开元年间，有个姓张的幽州衙将，他的妻子孔氏，在生第五个孩子的时候去世了。后来又娶了一个李氏，凶蛮嫉妒、心狠手辣，虐待他的五个孩子，并且每天用鞭子抽打他们。他的五个孩子不能忍受她带来的痛苦，在他们母亲的坟墓前哭泣，他们的母亲忽然从坟冢里出来，抚摸着她的孩子，悲伤了很久。于是在白布巾上面题诗赠给张衙将说："忿成故人，掩涕每盈巾。死生今有隔，相见永无因。匣里残汝粉，留将与后人。黄泉无用处，恨作冢中尘。有意怀男女，无情亦任君。欲知肠断处，明月照孤坟。"她的五个孩子得到这首诗，呈给了他们的父亲。他们的父亲痛哭一番，上诉到元帅那里，元帅再向皇上呈奏，下令杖责李氏一百棍，流放到岭南，张衙将的官职也被停了。（出《本事诗》）

韦氏女

洛阳的韦氏，有一个非常美丽的女儿。从小就是一个孤儿，和哥哥在一起居住。邻居崔氏有一个儿子，偷偷看见她后很喜欢她。用丰厚的礼品贿赂了她的婢女，让她告知韦氏女他的意愿，并且赠给了她礼品。韦氏女向来知道崔氏子有品格情调，于是就答应他了，约定在竹林之间的红色亭子中间相会。忽然传来脚步声，韦氏女心想是崔氏子将要到了，于是向前赶赴约定。然后看见了一个人，身高七尺，张着嘴巴，哆嗦着嘴唇，眼睛像发出了电光一样，径直前来捉拿这个女子，这个女子奔走尖叫，她的家人拿着火把检视，只看见白色骨堆积，血流了一地。她的哥哥责问婢女获得了实情，于是杀了那个婢女，而且砍了那个地方的竹子。（出《惊听录》）

崔尚

开元年间，有一个叫崔尚的人，写了本《无鬼论》，他的论述非常有道理。写完之后，将要向皇帝进献这本书。忽然有一个道士前来拜访他，请求看他的这本书。读完之后，对崔尚说："言辞和道理都

也，岂可谓无？君若进本，当为诸鬼神所杀。不如焚之。”因尔不见，竟失其本。（出《玄怪录》）

河湄人

开元六年，有人泊舟于河湄者，见岸边枯骨，因投食而与之。俄闻空中愧谢之声，及诗曰：“我本邯郸士，祇役死河湄。不得家人哭，劳君行路悲。”（出《灵怪录》）

中官

有中官行，宿于官坡馆，脱绛裳，覆锦衣，灯下寝。忽见一童子，捧一樽酒，冲扉而入。续有三人至焉，皆古衣冠，相谓云：“崔常侍来何迟？”俄复有一人续至，凄凄然有离别之意，盖崔常侍也。及至举酒，赋诗联句，末即崔常侍之词也。中官将起，四人相顾，哀啸而去，如风雨之声。及视其户，扃闭如旧，但见酒樽及诗在。中官异之。旦，馆吏云：“里人有会者，失其酒樽。”中官出示之，乃里人所失者。聊句歌曰：“床头锦衾斑复斑，架上朱衣殷复殷。空庭朗月闲复闲，夜长路远山复山。”（出《灵怪集》）

王鉴

兖州王鉴，性刚鸷，无所惮畏，常陵侮鬼神。开元中，乘醉往庄，去郭三十里。鉴不涉此路，已五六年矣。行十里已来，会日暮，长林下见一妇人，问鉴所往。请寄一襆，而忽不见。乃开襆视之，很好，但是说天地之间没有鬼，这就错了。”崔尚说：“为什么这么说呢？”道士说：“我就是鬼，怎么能说没有鬼呢？你如果向皇上进献了这本书，就会被各位神灵杀死，还不如烧了它。”说完之后就不见了，他最终也丢了那本书。（出《玄怪录》）

河湄人

开元六年，有人在河湄停船，看见岸边的白骨，于是投放了一些东西给它们。过了一会儿听见空中有感谢的声音，又吟诵一首诗说：“我本邯郸士，祗役死河湄。不得家人哭，劳君行路悲。”（出《灵怪录》）

中官

有个朝官出行，在官坡馆投宿，脱下了身上的绛红色衣服，盖上了锦缎的衣服，在灯下睡觉。忽然看见一个童子，捧着一杯酒，冲开门进来。后来又有三个人到这里来，都是穿着古代的衣服，相互间说道：“崔常侍为什么会来迟呢？”过了一会儿又有一个人来了，脸上戚戚然有别离的样子，这大概就是崔常侍吧。等到大家举杯的时候，吟诵诗歌的最后一句就是崔常侍的诗句。朝官将要起身，四个人互相看了看，悲叹啸叫着离开了，就像是风雨的声音。等到朝官看他的门，门依然像之前那样关着，只见酒杯和诗还在那里。朝官感到非常惊异，早晨的时候馆中的小官说：“乡里有一个要见你的人，他丢了酒杯。”朝官拿出酒杯给他看，就是乡里人丢的那一个，那诗句是：“床头锦衾斑复斑，架上朱衣殷复殷。空庭朗月闲复闲，夜长路远山复山。”（出《灵怪集》）

王鉴

兖州的王鉴，性情刚烈，没有什么害怕的东西，经常侮辱鬼神。开元年间，趁着酒醉去庄子里，离开城中已经有三十里。王鉴已经五六年没有走过这条路了。又走了差不多十里路，就到了傍晚，树林皆纸钱枯骨之类。鉴笑曰："愚鬼弄尔公。"策马前去，忽遇十余人聚向火。时天寒，日已昏，鉴下马诣之。话适所见，皆无应者。鉴视之，向火之人半无头，有头者皆有面衣。鉴惊惧，上马驰去。夜艾，方至庄，庄门已闭。频打无人出，遂大叫骂。俄有一奴开门，鉴问曰："奴婢辈今并在何处？"令取灯而火色青暗，鉴怒，欲挞奴，奴云："十日来，一庄七人疾病，相次死尽。"鉴问："汝且如何？"答曰："亦已死矣。向者闻郎君呼叫，起尸来耳。"因忽颠仆，即无气矣。鉴大惧，走投别村而宿。周岁，发疾而卒。（出《灵异集》）

李令问

李令问，开元中为秘书监，左迁集州长史。令问好服玩饮馔，以奢闻于天下。其炙驴罂鹅之属，惨毒取味。天下言服馔者，莫不祖述李监，以为美谈。令问至集州，染疾，久之渐笃。刺史以其名士，兼是同宗，恒令夜开城门，纵令问家人出入。刺史之子，尝夜与奴私出游。至城门，遥见甲仗数百人，随一火车，当街而行。惊曰："不闻有兵，何得此辈？"意欲驰告父，且复伺其所之。寻而已至城濠，火车从水上过，曾不溃灭，方知是鬼。走投其门，门已闭。不得归，遂奔令问门中处之。既入，火车亦至令问中门外。其子虽恐惧，仍窃窥之。忽闻堂中十余人诵经，甲仗等迟回良久。有一朱衣鬼，径三蹋关，声如霆震，经声未绝。火车移上堂阶，遥见中看见一个妇女，问王鉴要去哪里。请求他帮自己带一个包袱，然后忽然就不见了。于是王鉴就打开包袱检视，发现都是纸钱、枯骨一类的东西。王鉴笑着说："愚蠢的鬼竟然戏弄你公公。"于是打马继续向前走，忽然遇见十几个人聚在火堆旁边。当时天非常寒冷，太阳已经很昏暗了，王鉴跳下马赶上前拜访。他说了之前的状况，但是却没有人理他。王鉴前去仔细检视，向着火的那些人一半都是没有头的，有头的人脸上都遮着布。王鉴非常惊恐，跳上马飞快地跑开了。深夜的时候才到庄子，但庄门已经关闭，频频敲打，但没有人回应，于是大声叫骂。过了一会儿有一个奴仆开了门，王鉴问他说："那些奴婢现在都在哪里？"于是让他拿来灯，但拿来灯火的颜色是绿色并且很昏暗，王鉴大怒，想要打这个奴仆，这个奴仆说："十天以来，一个庄子里七个人得病，一个接一个地死光了。"王鉴问他说："那你现在怎么样？"奴仆回答说："也已经死了。之前听见你的呼喊声，就站起尸身来给你开门。"说完突然就倒了，已经没有任何气息了。王鉴特别害怕，跑向别的村子住宿了。一年后，他就得病去世了。（出《灵异集》）

李令问

李令问，开元年间是秘书监，升为集州长史。李令问喜爱服饰器玩和美味佳肴，因为奢侈的作风而闻名天下。他烤驴、腌制鹅肉之类的，都使用非常狠毒的方式烹制后品尝味道。天下人说到服饰和饮食，没有不按照李令问的方法的，一时间这件事被认为是美谈。李令问到集州的时候，得了疾病，时间长了渐渐病重。刺史因为他是名士，又是他的同宗，经常让人夜里面打开城门，放李令问的家人出入。刺史的儿子，曾经夜里面和奴仆私自出行。到城门的时候，远远看见几百人的军队，跟着一辆着火的车，在街上行走。他惊讶地说："没有听说过有军队，哪里来的这些人呢？"想要跑回去告诉他的父亲，又派人窥伺他们要去哪里。不久就到了城墙，带火的车从水上走过，没有熄灭过，因此才知道他们是鬼。奔驰着找到城门，但城门已经关闭。他没办法回去，于是跑到李令问的家里借宿。刚刚进堂中灯火清静，尚有十余人侍疾。朱衣鬼又扶窗棂，其声如前，令问左右者皆走散。鬼自门持令问出，遂掷于火车中，群鬼拥之而去。其子还舍，述其事。刺史明日令人问疾，令问家中余口，无敢起者。使者叫呼方出，云："昨夜被惊，至今战惧未已。令问尸为鬼所掷，在堂西北陈重床之下。"家人乃集而哭焉。（出《灵怪录》）

僧韬光

青龙寺僧和众、韬光，相与友善。韬光富平人，将归，谓和众曰："吾三数月不离家，师若行，必访我。"和众许之，逾两月余，和众往中都，道出富平，因寻韬光。和众日暮至，离居尚远，而韬光来迎之曰："劳师相寻，故来迎候。"与行里余，将到家。谓和众曰："北去即是吾家，师但入须我，我有少务，要至村东，少选当还。"言已东去。和众怪之，窃言曰："彼来迎候，何预知也？欲到家舍吾，何无情也？"至其家扣门，韬光父哭而出曰："韬光师不幸，亡来十日，殡在村东北。常言师欲来，恨不奉见。"和众吊唁毕，父引入，于韬光常所居房舍之。和众谓韬光父曰："吾适至村，而韬光师自迎吾来，相与谈话里余。欲到，指示吾家而东去。云要至村东，少间当返。吾都不知是鬼，适见父，方知之。"韬光父母惊谓和众曰："彼既许来，来当执之，吾欲见也。"于是夜久，韬光复来，入房谓和众曰："贫居客来，无以供给。"和众请同坐，因执之叫呼。其父与家人并至，秉烛照之，形言皆韬光也。纳之入没多久，带火的车也到了李令问家的门外面。他的儿子虽然很害怕，但仍然去偷看了。忽然听见家中有十几个人在念经，军队等待了很久。有一个穿红衣的鬼，直接连踢门栓，声音大得像雷鸣一样，念经声音也没有停。带火的车移动到了台阶上，远远看见堂中点了灯火，十分安静，还有十几个人在服侍病人。红衣鬼又撞破了窗棂，那个声音像之前的一样，李令问身旁的人都逃走了。鬼从门那里带着李令问出去，然后把他扔到了火车中，一群鬼簇拥着他们离开了。刺史的儿子回到家里，讲述了这件事。刺史第二天让人问李令问的病情，李令问家里剩下的人，没有敢站起身的。被派来的人呼叫才出去，说："昨天夜里被惊吓到了，到现在还战栗不已。李令问被鬼扔到了厅堂西北角的床下面。"他的家人这时才聚集到一起悲号。（出《灵怪录》）

僧韬光

青龙寺的僧人和众、韬光，两个人相处得十分和谐、融洽。韬光是富平人，就要回家，对和众说："我好几个月都不会离开家，你如果要游历远行，一定要前来拜访我。"和众答应他了，过了两个多月，和众要去京都，途经富平，于是就去找韬光。和众是天色将晚的时候才到的，且离韬光家还比较远，但是韬光却前来迎接他说："烦劳你前来寻找，于是我来迎接你。"和他走了一里多，就快要到韬光家了。韬光对和众说："从这里往北走就是我的家，你只管进去等候我，我有一些小小的事务，要到村子东口去一下，不一会儿就回来了。"话说完就往东走了。和众感到非常奇怪，私下说："他前来迎接我，是怎么知道的呢？将要到他家的时候丢下我，怎么这么没有情意呢？"到了他家，就敲了门，韬光的父亲哭着出来说："韬光非常不幸，已经去世十天了，在村子的东北角埋葬的。经常说你想要来，遗憾的是不能够见面。"和众吊唁结束之后，韬光的父亲将他带到韬光经常住的房子里住下。和众对韬光的父亲说："我刚到村子里的时候，确是韬光亲自迎接我来的，和我一起谈话走了一里多路。将要到的时候，指着告诉我家在哪里就向东走了。告诉我要去村子的东边，不一会儿就回瓮中，以盆覆之。瓮中忽哀诉曰：“吾非韬光师，乃守墓人也。知师与韬光师善，故假为之。如不相烦，可恕造次，放吾还也。”其家不开之，瓮中密祈请转苦。日出后却覆，如惊陋飞去，而和众亦还。后不复见焉。（出《纪闻》）

僧仪光

青龙寺禅师仪光，行业至高。开元十五年，有朝士妻丧，请之至家修福。师住其家数日，居于庑前，大申供养。俗每人死谒巫，即言其杀出日，必有妨害，死家多出避之。其夜，朝士家皆出北门潜去，不告师。师但于堂明灯诵经，忽见有二人侍之，夜将半，忽闻堂中人起，取衣开门声，有一妇人出堂，便往厨中营食，汲水吹火。师以为家人，不之怪也。及将曙，妇人进食，捧盘来前，独带面衣，徒跣。再拜言曰：“劳师降临，今家人总出，恐斋粥失时，弟子故起，为师造之。”师知是亡人，乃受其献。方祝，祝未毕，闻开堂北户声。妇人惶遽曰：“儿子来矣。”因奔赴堂内，则闻哭。哭毕，家人谒师，问安否。见盘中粥，问师曰：“弟子等夜来实避殃祸，不令师知，家中无人，此粥谁所造？”师笑不答，堂内青衣惊曰：“亡者夜来尸忽横卧，手有面污，足又染泥。何谓也？”师乃指所造粥以示之，其家惊异焉。（出《纪闻》）

来。我之前都不知道他是鬼，刚刚见到韬光父亲，才知道。”韬光的父母非常惊讶地对和众说：“他既然允诺要来，来了就应当把他拦下来，我们也想见他。”于是在深夜的时候，韬光再次前来，进入房间对和众说：“我住在这个地方很是贫困，因此没有什么可以招待你的。”和众请他和自己一起坐下，于是拉着他呼叫众人，韬光的父亲和家人一道前来，拿着烛火照耀，看他的身形和听言语都是韬光，把他放在瓦罐里，用盆盖着它。瓦罐中忽然有悲哀的声音诉说：“我不是韬光，我是他的守墓人，知道和众和韬光是相处很好的朋友，所以假扮了他。如果不劳烦你，请恕我造次，放我回去。”但是韬光的家人却不打开它，瓦罐中的鬼不断地苦苦恳求，等到日出后打开，像是被疾风吹跑的一样，后来就不再看见了。（出《纪闻》）

僧仪光

青龙寺的禅师仪光，是修为非常高的人。开元十五年，有个朝官的妻子去世，请他到家里面修福。仪光到他家几天，住在檐廊前，对他大行供养。当地的风俗是每个人死了都要拜见巫师，巫师说出死煞出现的时间，一定有所损害，死人的那家人大多出去躲避。这天夜里，朝官的一家都出了北门偷偷走了，没有告诉仪光。仪光只是在屋子里点灯念经，忽然看见两个人侍奉他，夜里快过一半的时候，忽然听见厅堂里有人起身拿衣服开门的声音，有一个妇女走出厅堂，就去厨房中烧饭，打水生火。仪光以为是家里的仆人，也不认为这其中有怪。等到天快亮的时候，那个妇女吃饭，端了盘子来到面前，脸上蒙着面纱，光着脚。再三行拜礼说：“劳驾你来此，现在我的家人都出去了，害怕斋饭不准时，所以我起身为你做饭。”仪光知道了这个是已经去世的人，于是接受了她的献斋。才开始祝祷，还没完毕，就听见厅堂北门有打开的声响。妇女非常惊惶，突然说：“我儿子来了。”于是奔到厅堂里面，就听见了哭声。哭声结束后，她的家人前来拜谒，问他是否安好。看见盘子里有粥，问仪光说：“我们半夜的时候其实是去避祸去了，没有让您知道，家里面没有人，这粥是谁煮的呢？”仪光笑了笑，但是没有回答，厅堂里的青衣吃惊地说：“去世

尼员智

广敬寺尼员智，尝与同侣于终南山中结夏。夏夜月明下，有哭而来者，其声雄大，甚悲。既至，乃一人，长八尺余，立于庐前。声不辍，遂至夜半，声甚呜咽，涕泪横流。尼等执心正念不惧，而哭者竟不言而去。（出《纪闻》）

杨元英

杨元英，则天时为太常卿，开元中，亡已二十载。其子因至冶成坊削家，识其父圹中剑。心异之，问削师："何得此剑？"云："有贵人形状衣服，将令修理，期明日午时来取。"子意是父授，复疑父冢为人所开。至日，与弟同往削师家室中，伺之。至时取剑，乃其父也，骑白马，衣服如生时，从者五六人。兄弟出拜道左，悲涕久之。元英取剑下马，引诸子于僻处，分处家事。末问："汝母在家否？"云："合葬已十五年。"元英言："我初不知。"再三叹息，谓子曰："我有公事，不获久住。明日，汝等可再至此，当取少资，助汝辛苦。"子如期至，元英亦至，得三百千，诫之云："数日须用尽。"言讫诀去，子等随行涕泣。元英又谓子曰："汝等不了此事，人鬼路殊，宁有百年父子耶？"言讫诀去。子随骋出上东门，遥望入邙山中，数十步忽隐不见。数日，市具都尽。三日后，市人皆得纸钱。（出《广异记》）

的人夜里面尸体忽然横着躺下，手里有面粉的痕迹，脚上染上了泥，这是为什么呢？”仪光于是指了指所做的粥给他看，他的全家都十分惊讶。（出《纪闻》）

尼员智

广敬寺的尼员智，曾经和同伴在终南山里结夏。夏天的明月夜，有哭着走来的人，他的哭声非常大，显得特别悲伤。到了他们面前的时候，看见是一个人，身高八尺多，站在屋子前面，哭声还是没有停止，就这样到了半夜，声音还是很低沉，眼泪横流。尼员智等人一心念经，一点也不害怕，哭的人最终也没有说一句话就离开了。（出《纪闻》）

杨元英

杨元英，在武则天的时候是太常卿，到开元年间，去世已经二十年了。他的儿子因为去冶成坊削家，看见了他父亲墓中的剑。心中感到十分惊异，就问削家：“你是怎么得到这把剑的？”回答说：“有个穿着贵人衣服样子的人，拿着剑来让我们修理，约定明天中午的时候来拿。”儿子心想这是父亲给的，又疑心父亲的墓地被人盗挖了。等到第二天，和弟弟一起到削师的家里面，趁机等待那个人。到取剑的时间，才发现那个人是他们的父亲，骑着白马，衣服就像他生前一样，跟随他的有五六个人。他们兄弟二人从道路左边出现拜见他们的父亲，伤心地哭了好久。杨元英拿着剑跳下马，引领他的儿子到僻静的地方，交代处理家事。最后问：“你们的母亲在家吗？”儿子回答说：“已经和你合葬十五年了。”杨元英说：“我一开始不知道。”多次叹息，对他的儿子说：“我因为有公事要处理，所以不能够在这里待长久。第二天，你们可以再在这里等待，再拿一点钱财，就当是为帮助你们艰苦的生活。”他的儿子按约定的日期那样来了，杨元英也来了，得到了三千两，告诫他们说：“几天内就应该把它用光。”说完就告别离去了。他的儿子跟着他哭。杨元英又对他的儿子说：“你

们还不了解这件事，人鬼殊途，哪里有百年是父子呢？”说完就离去了。他的儿子们跟着上马骑到东门，远望他进入了邙山里，走了几十步后就忽然隐去，看不见了。过了几天，将钱都花光了。三天后，商贩们得到的都是纸钱。（出《广异记》）

卷第三百三十一 鬼十六

薛 矜

薛矜者，开元中为长安尉，主知宫市，迭日于东西二市。一日于东市市前，见一坐车，车中妇人，手如白雪。矜慕之，使左右持银镂小合，立于车侧。妇人使侍婢问价，云："此是长安薛少府物，处分令车中若问，便宜饷之。"妇人甚喜谢，矜微挑之，遂欣然，便谓矜曰："我在金光门外，君宜相访也。"矜使左右随至宅。翌日往来过，见妇人门外骑甚众，踟蹰未通。客各引去，矜令白己在门，使左右送刺。乃邀至外厅，令矜坐，云："待妆束。"矜觉火冷，心窃疑怪。须臾，引入堂中。其幔是青布，遥见一灯，火色微暗，将近又远，疑非人也。然业已求见，见毕当去，心中恒诵《千手观音咒》。至内，见坐帐中，以罗巾蒙首，矜苦牵曳，久之方落。见妇人面长尺余，正青色，有声如狗，矜遂绝倒。从者至其室宇，但见殡宫，矜在其内，绝无间隙。遽推壁倒，见矜已死，微心上暖。移就店将息，经月余方苏矣。（出《广异记》）

薛 矜

唐朝开元年间，薛矜被任命为长安尉，负责宫内的采买事宜，他隔日交替往来于东西两个市场。有一天，在东市前，看见一驾坐车，车中有一位妇人，手部的皮肤白如雪。薛矜顿时生了爱慕之心，于是命令手下人拿上一只银镂的小盒，站在妇人的车旁边。妇人命侍婢前去询问价钱，薛矜手下的人说："这是长安薛少尉的东西，他吩咐我说如果车中人来问的话，就廉价卖给她。"妇人特别高兴地道了谢，薛矜稍微挑逗了这妇人，妇人就很高兴，对薛矜说："我住在金光门外，你应该去看看我呀。"薛矜命手下的人跟着去了她住的地方。第二天，薛矜来到妇人的住处，看到门外有很多的坐骑，犹豫着没有通报。渐渐客人们都散去了后，薛矜叫通禀的人说自己在门外，并让手下人呈上自己的名片。接着薛矜被邀请到外厅坐下，仆人说："稍候片刻，妇人在梳妆打扮。"薛矜感觉特别冷，心中暗暗觉得事情有点奇怪。过了一会儿，薛矜被带入堂中。堂上的帐幔是黑色的布，远远地看见一盏灯，灯光有点儿暗淡，灯光好像在跟前，但是却又好像离得很远，薛矜怀疑这个妇人不是人。但是已经要求见面，只能见面后马上离去。他心中不停地默诵着千手观音咒。走到内室，看见那个妇人坐在帷帐中，用罗巾蒙住了脸庞，薛矜使劲地拉罗巾，好一会儿罗巾才被拉下来。看见妇人的脸有一尺多长，纯黑色，发出了像狗一样的叫声，薛矜被吓得立即昏倒在地。他的随从到了妇人的家中，只看到了一处临时停放棺材的地方，薛矜正在里面，里面一点空隙都没有。随从立即推倒墙壁，看见薛矜已经昏死过去，只有心上还有点儿热气。于是随从把他抬到店中细心看护，过了一个多月薛矜才苏醒过来。（出《广异记》）

朱七娘

东都思恭坊朱七娘者，倡妪也，有王将军，素与交通。开元中，王遇疾卒，已半岁，朱不知也。其年七月，王忽来朱处，久之日暮，曰："能随至温柔坊宅否？"朱欲许焉，其女弹唱有名，不欲母往。乃曰："将军止此故佳，将还有所惮耶。"不获已，王以后骑载去。入院，欢洽如故。明旦，王氏使婢收灵床被，见一妇人在被中，遽走还白。王氏诸子，惊而来视。问其故，知亡父所引。哀恸久之，遂送还家焉。（出《广异记》）

李光远

李光远，开元中，为馆陶令。时大旱，光远大为旱书，书就暴卒。卒后，县申州，州司马覆破其旱。百姓胥怨，有恸哭者，皆曰："长官不死，宁有是耶？"其夜，光远忽乘白马，来诣旱坊，谓百姓曰："我虽死，旱不虑不成。司马何人，敢沮斯议。"遂与百姓诣司马宅，通云："李明府欲见。"司马大惧，使人致谢。光远责云："公非人，旱是百姓事，何以生死为准？宜速成之，不然，当为厉矣。"言讫，与百姓辞诀方去。其年旱成，百姓赖焉。（出《广异记》）

朱七娘

东都洛阳思恭坊的朱七娘，是位妓女，当时有位王将军，平日里和朱七娘有私情。唐朝开元年间，王将军得病死去，已经过了半年，朱七娘还不知道。那一年七月，王将军突然来到朱七娘的住处，待了很长时间，天色已经很晚的时候，王将军说："你能跟我一起到温柔坊我的住处吗？"朱七娘想要跟他去，但朱七娘那位很有名气、善歌舞弹唱的女儿，不愿意让母亲去。就说："将军留在这里本来就挺好的，将军还有什么顾忌吗"？女儿没能阻止母亲，王将军把朱七娘放在座骑后面载着她一起去了他的住处，进入院内以后，就像过去一样与朱七娘欢爱。等到了第二天早上，王将军的妻子命婢女收拾灵柩的床被，看见被中有位妇人，马上跑回去报告。王将军的几个儿子，都感到很惊奇，个个跑过来看。并寻问其中的缘故，才知道是去世的父亲领过来的。大家都哀痛了很久，后来就把朱七娘送回家去了。（出《广异记》）

李光远

唐朝开元年间，李光远被任命为馆陶令。当时天大旱，李光远书写干旱的情况，写成之后突然死去。死去之后，县令把情况呈告给了州里，州司马遮掩旱情。百姓全都很怨恨，有人痛哭道："长官不死的话，哪儿有这样的事情呢？"那天夜里，李光远忽然乘着白马，来到旱灾地区，对百姓们说："我虽然已经死去，旱情不考虑是不行的。州司马是什么人，竟敢阻止这样的建议？"于是和百姓一起到司马宅府去，通报说："李明府想要拜见他。"司马特别害怕，派人前去表示谢意。李光远责骂他道："你不是人，旱灾是关乎百姓的事，怎么以生死为准绳呢？应当尽快解决这事，不这样的话，一定会成为祸害的。"说完以后，和老百姓告辞诀别后才离开。那年被认定为大旱之年，百姓说多亏了有李光远。（出《广异记》）

李霸

岐阳令李霸者，严酷刚鸷，所遇无恩。自承尉已下，典吏皆被其毒。然性清婞音胫。恨也。自喜，妻子不免饥寒。一考后暴亡。既敛，庭绝吊客。其妻每抚棺恸哭，呼曰："李霸在生云何？今妻子受此寂寞。"数日后，棺中忽语曰："夫人无苦，当自办归。"其日晚衙，令家人于厅事设案几，霸见形，令传呼召诸吏等。吏人素所畏惧，闻命奔走，见霸莫不战惧股栗。又使召丞及簿尉。既至，霸诃怒云："君等无情，何至于此！为我不能杀君等耶？"言讫，悉颠仆无气。家人皆来拜庭中祈祷，霸云："但通物数，无忧不活。卒以五束绢为准，绢至便生。"各谢讫去后，谓两衙典："吾素厚于汝，何故亦同众人？唯杀汝一身，亦复何益？当令两家马死为验。"须臾，数百匹一时皆倒欲死。遂人通两匹细马，马复如故，因谓诸吏曰："我虽素清，今已死，谢诸君，可能不惠涓滴乎？"又率以五匹绢毕。指令某官出车，某出骑，某吏等修，违者必死。一更后方散。

后日，处分悉了，家人便引道，每至祭所，留下歆飨，飨毕，又上马去。凡十余里，已及郊外，遂不见。至夜，停车骑，妻子欲哭，棺中语云："吾在此，汝等困弊，无用哭也。"霸家在都，去岐阳千余里，每至宿处，皆不令哭。行数百里，忽谓子曰："今夜可无寐，有人欲盗好马，宜预为防也。"家人远涉困弊，不依约束，尔夕竟失马。及明启白，霸云："吾令防盗，何故贪寐？虽然，马终不失

李霸

岐阳的县令李霸，严厉凶猛，他从来没有给遇到的人施过恩惠。从承尉到典吏以下都遭遇过他的毒害。然而他本性倔强，以清贫自喜。他的妻子儿女不免跟着他受饥寒。李霸在任三年之后，突然死去。他入殓以后，他的灵堂前没有人来给他吊唁。他的妻子每当扶着棺椁痛哭的时候，就哭诉道："李霸在世时又怎么样，让妻子儿女忍受如此寂寞。"过了几天之后，棺材里忽然传出话来，说道："夫人不要痛苦，我会自己回来的。"就在这天该上晚衙的时候，李霸让家人在灵堂摆下案几，之后他显出身形，让传呼各位小吏。小使们平时就很害怕他，听到传召，急忙跑过来，他们见到李霸全都吓得全身发抖，大腿直打哆嗦。李霸又命人召来县丞和簿尉。他们到了之后，李霸怒骂道："你们无情啊，怎么竟到了这种地步？以为我不能杀了你们吗？"说完之后，这些人全都倒下断了气。家人都来到灵堂前祈祷。李霸说："只要通晓物理数术，就不愁不能使他们复活。最后以五束绢为标准，绢送到之后，他们就复活了。"众人各自谢过后离去，李霸对两个衙典说："我往日一向厚待你们，为什么你们也同其他人一样无情？就算杀了你们，有什么好处呢？应该让你们两家的马都去死，作为考验。"不久之后，两家的几百匹马都一起倒下了，都快要死了。于是派人送来两匹好马，其他的马又都复苏如平常了，于是李霸对诸位小吏说："我虽然一直很清廉，可现在我都已经死了，谢谢你们各位，你们不会不给我一些好处吧！"又以五匹绢为标准赠予才作罢。李霸指派某位官员出车，某某出马匹，某吏等侍修理车辆，违者必死。一更后众人才散了去。

第三天全都处理停当，家人们便引道上路，每到达一个祭祀的地方，就留下祭献的物品，祭献完毕后，又立即上马离开。走了十多里路，已经到了郊外，李霸就不见了。到了夜里，停下车马，妻子想要哭，棺材里传出话来，说道："我在这里，你们很疲劳，不需要哭了。"李霸的家在都城，离岐阳有一千多里，每次到了住宿的地方，都不让他们哭。又走了几百里，李霸突然对儿子说："今夜不要睡觉，有人要来偷好马，应该做好防备呀！"家里人长途跋涉，都很疲惫，也。近店东有路向南，可遵此行十余里，有蘩林，马系在林下，往取。”如言得之。

及至都，亲族闻其异，竞来吊慰，朝夕谒请，霸棺中皆酬对，莫不踖踧。观听聚喧，家人不堪其烦。霸忽谓子云：“客等往来，不过欲见我耳。汝可设厅事，我欲一见诸亲。”其子如言，众人于庭伺候。久之曰：“我来矣！”命卷帏，忽见霸，头大如瓮，眼赤睛突，瞪视诸客等。客莫不颠仆，稍稍引去。霸谓子曰：“人神道殊，屋中非我久居之所，速殡野外。”言讫不见，其语遂绝。（出《广异记》）

洛阳鬼兵

开元二十三年夏六月，帝在东京。百姓相惊以鬼兵，皆奔走不知所在，或自冲击破伤。其鬼兵初过于洛水之南，坊市喧喧，渐至水北。闻其过时，空中如数千万骑甲兵，人马嘈嘈有声，俄而过尽。每夜过，至于再，至于三。帝恶之，使巫祝禳厌，每夜于洛水滨设饮食。尝读《北齐书》，亦有此事。天宝中，晋阳云有鬼兵，百姓竞击铜铁以畏之，皆不久丧也。（出《纪闻》）

道德里书生

唐东都道德里有一书生，日晚行至中桥，遇贵人部从，车马没有依照李霸说的去做好防备，在这天夜里，竟然真的丢了马。等到天亮时告诉了李霸，李霸说：“我让你们防备盗贼，为什么要贪睡？虽然如此，马还没有丢。附近店的东面有条路，可以沿着这条路向南走十多里，有片丛林，马就拴在丛林下，去把它牵回来。”家人按照他说的果然找到了马。

等到了都城之后，亲戚们听说了李霸这奇异的事，都争着来吊唁他，早晚拜见，李霸在棺材中都一一应对，客人们没有不局促不安的。很多人来围观谛听，人声喧闹，家人忍受不了这样的烦乱。李霸忽然对儿子说：“客人们来来往往，只不过是想见见我罢了，你可以设置好厅事，我想见一下各位亲朋。”他的儿子按照他说的做了。大家都在厅堂等候，过了很久李霸说：“我来了。”命令卷起帏帐，忽然看见李霸，头大得像个大坛子，眼珠凸出来，瞪着各位宾客。客人没有不被吓到的，慢慢地被引领离去。李霸对儿子说道：“人神的道路不一样，屋里不是我长久居住的地方，快把我葬到郊外。”说完就不见了，从此也听不见他说话了。（出《广异记》）

洛阳鬼兵

唐朝贞元二十三年，夏历六月，皇帝在东都洛阳。百姓因传说有鬼兵而相互惊吓，都不知逃跑到哪里去了，有的自相冲撞受伤。那些鬼兵刚从洛水之南经过时，街市上很是喧闹，渐渐到了洛水的北边。鬼兵经过的时候，天空中像有几千万穿着铠甲的骑兵，人马声嘈嘈不断，不久就全都过去了。每天夜里会过去一次，以至于两次，然后三次。皇帝非常厌恶这件事，派巫师向鬼神祝祷以消除灾祸，每天夜晚就在洛水边摆设饮食。皇帝曾经读过北齐的书，书上也记载有这样的事。天宝年间，晋阳传说有鬼兵，百姓争着击打铜铁来吓唬鬼兵，不久就全都丧命了。（出《纪闻》）

道德里书生

唐代东都洛阳道德里有一位书生，有天晚上走到中桥时，遇到甚盛。见书生，呼与语，令从后。有贵主，年二十余，丰姿绝世，与书生语不辍。因而南去长夏门，遂至龙门，入一甲第，华堂兰室。召书生赐珍馔，因与寝。夜过半，书生觉，见所卧处，乃石窟。前有一死妇人，身王洪涨，月光照之，秽不可闻。书生乃履危攀石，仅能出焉。晓至香山寺，为僧说之，僧送还家，数日而死。（出《纪闻》）

安宜坊书生

开元末，东京安宜坊有书生，夜中闭门理书。门隙中，忽见一人出头。呵问何辈，答云："我是鬼，暂欲相就。"因邀书生出门。书生随至门外，画地作十字，因尔前行。出坊，至寺门铺，书生云："寺观见，必不得度。"鬼言："但随我行，无苦也。"俄至定鼎门内，鬼负书生从门隙中出，前至五桥，道傍一家，天窗中有火光。鬼复负书生上天窗侧，俯见一妇人，对病小儿啼哭，其夫在傍假寐。鬼遂透下，以手掩灯，妇人惧，呵其夫云："儿今垂死，何忍贪卧！适有恶物掩火，可强起明灯。"夫起添烛，鬼回避妇人。忽取布袋盛儿，儿犹能动于布袋中。鬼遂负出，至天窗上，兼负书生下地。送入定鼎门，至书生宅，谢曰："吾奉地下处分，取小儿，事须生人作伴，所以有此烦君。当可恕之。"言讫乃去，其人初随鬼行，所止之处，辄书十字。翌日，引其兄弟覆之，十字皆验。因至失儿家问之，亦同也。（出《广异记》）

显贵人和部下随从，车马特别多。他们看见书生，招呼他让他跟在后面。有位高贵的女主人，二十多岁，容貌超群，她和书生不停地说着话。因而向南走离开了长夏门，便到了龙门，进入一处最好的住宅，华丽的厅堂、幽静的屋子。女主人招呼书生，赐予他美酒佳肴，于是和她同床共枕。过了半夜，书生醒来后，发现所躺的地方，竟是一个石窟，面前有一位死去的妇人，身体浸泡在水中，月光照着她，污秽不堪，臭不可闻。书生便踩着危险的石头攀缘着，勉强走了出来。天亮的时候到了香山寺，对寺僧说了这件事，寺僧送他回到家后，他没过几天就死了。（出《纪闻》）

安宜坊书生

唐朝开元末年，东京的安宜坊有一位书生，夜里关门整理书籍。在门的缝隙中，忽然看见一个人露出个头。书生呵问是什么人，回答说：“我是鬼，现在想要靠近你。”于是邀请书生出门。书生随他到了门外，在地上画了个十字，便向前走去。走出安宜坊，到了寺门铺后，书生说：“寺观出现，一定不能通过。”鬼说：“只要跟随我走，就没有痛苦。”不久之后，就到了定鼎门内，鬼背着书生从门隙中出去，向前走到五桥，路的旁边有一座坟，天窗中有火光。鬼又背着书生上天窗旁边，低下头看见一位妇人，对着有病的小孩啼哭，她的丈夫在旁边假装睡觉。鬼就跳下去，用手遮挡灯光，妇人害怕，呵斥丈夫说：“儿子现在就快要死了，你怎么能忍心贪睡？刚好有个恶物，遮掩灯光，可以勉强起来点灯。”丈夫起来添了灯油，鬼回避妇人。突然拿出了布袋装起小孩儿，小孩儿还能在布袋里动。鬼就背着出来，到天窗上，又背着书生下到地上。送他回到定鼎门，到书生的住宅，感激地说：“我奉了地下人的吩咐，来抱小孩，这件事需要活人相伴，所以这次才麻烦您了。您应该可以宽恕我吧。”说完之后就离开了，那位书生当初跟随鬼去的时候，在所停的地方都画了十字。第二天，书生带领他的兄弟察看那些十字，十字都验证了，于是又到丢儿子的人家里询问情况，也都是一样的。（出《广异记》）

裴盛

董士元云，义兴尉裴盛昼寝，忽为鬼引，形神随去。云："奉一儿。"至儿家，父母夹儿卧，前有佛事。鬼云："以其佛。"生人既至，鬼手一挥，父母皆寐。鬼令盛抱儿出床，抱儿喉有声，父母惊起。鬼乃引盛出，盛苦邀其至舍，推入形中乃悟。（出《广异记》）

杨溥

豫章诸县，尽出良材，求利者采之，将至广陵，利则数倍。天宝五载，有杨溥者，与数人入林求木。冬夕雪飞，山深寄宿无处。有大木横卧，其中空焉，可容数人，乃入中同宿。而导者未眠时，向山林再拜咒曰："士田公，今夜寄眠，愿见护助。"如是三请而后寝。夜深雪甚，近南树下，忽有人呼曰："张礼。"树头有人应曰："诺。""今夜北村嫁女，大有酒食，相与去来。"树头人曰："有客在此，须守至明。若去，黑狗子无知，恐伤不宥。"树下又曰："雪寒若是，且求饮食，理须同去。"树上又曰："雪寒虽甚，已受其请，理不可行，须防黑狗子。"呼者乃去，及明装毕，撤所卧毡，有黑虺在下，其大若瓶，长三尺而蛰不动，方惊骇焉。（出《纪闻》）

薛直

胜州都督薛直，丞相纳之子也，好杀伐，不知鬼神。直在州，

裴盛

董士元说，义兴尉裴盛白天睡觉的时候，突然被鬼所牵引，形神都随着离开了。鬼说："送给我一个儿子。"到了一个孩子家里后，父母夹着儿子躺着，前面有拜佛的物品，鬼说："因为那种佛事，因此请你来。"生人到了后，鬼手就一挥，那孩子的父母就都睡去了。鬼就让裴盛抱孩子出床，抱的孩子喉咙发出声响，父母惊醒起床。鬼就领着裴盛出来。裴盛苦苦邀请鬼到他的房舍，将自己的魂推入形体中，他才醒了过来。（出《广异记》）

杨溥

豫章的各个县，都出产品质优良的木材，谋利的人去砍伐木材，把它运到广陵后，价钱就增加了几倍。唐朝天宝五年，有一位叫杨溥的人，和几个人到树林中寻找好的木材。冬天的傍晚，漫天飞雪，在深山中没有可以寄宿的地方。有根粗大的木头横卧在那里，树中间是空的，可容纳几个人，于是他们就进入里面同住。在向导还没睡的时候，他对着山林拜了两次说："士田公，今晚寄宿在这里，希望得到您帮助。"像这样祈祷了几次之后才睡觉。深夜，雪下得更大了，靠南边的树下，忽然有人喊道："张礼。"树上有人答应道："哎。""今天晚上北村有一家女儿出嫁，有丰盛的酒饭，我们一起去啊。"树上的人说："有客人在这里，要守候到天亮。如果离开了，黑狗无知，我担心会伤害到他们，就不可宽恕了。"树下的人又说道："大雪天这么冷，姑且找点吃喝，按理应当一起去。"树上的人又说："下雪天虽然冷得厉害，但是已经接受他的请求，按理不应该去，需要防备黑狗子。"喊他的人就离开了，等到了天亮，杨溥他们装车完毕，撤掉铺的毡子，发现有条黑蛇在下面，蛇大得像瓶子那么粗，长有三尺而冬眠不动，大家方才惊骇不已。（出《纪闻》）

薛直

胜州的都督薛直，是丞相薛纳的儿子，喜好打打杀杀，不知道行县还归，去州二驿，逢友人自京来谒。直延入驿厅，命食，友人未食先祭，直曰："出此食谓何？"友人曰："佛经云，有旷野鬼，食人血肉，佛往化之，令其不杀，故制此戒。又俗所传，每食先施，得寿长命。"直曰："公大妄诞，何处有佛？何者是鬼？俗人相诳，愚者雷同，智者不惑。公盖俗人耳！"言未久，空中有声云："薛直，汝大狂愚！宁知无佛！宁知无鬼！来祸于君，命终必不见妻子。当死于此，何言妄耶？"直闻之大惊，趋下再拜，谢曰："鄙人蒙固，不知有神，神其诲之。"空中又言曰："汝命尽午时，当急返，得与妻孥相见。不尔，殡越于此矣！"直大恐，与友人驰赴郡，行一驿，直入厅休偃。从者皆休，忽见直去，从者百余人，皆左右从人。驿吏入户，已死矣。于是驿报其家。直已先至家，呼妻与别曰："吾已死北驿，身在今是鬼，恐不得面诀，故此暂来。"执妻子之手，但言努力，复乘马出门，奄然而殁。（出《记闻》）

刘洪

沛国刘洪，性刚直，父为折冲都尉，薛楚玉之在范阳，召为行军。洪随之蓟，因得给事楚玉，楚玉悦之。楚玉补屯官，洪请行。檀州有屯曰太和，任者辄死，屯遂荒废，洪乃请为之。楚玉以凶难之，洪曰："妖由人兴，妖不自作。洪且不惧，公何惜焉？"楚玉遂以为太和屯官。

有鬼神。薛直在胜州，去县里返回胜州的路上，在离胜州还有两个驿站的时候，遇见朋友从京城前来拜见他。薛直请他进入驿站厅里，命令上酒饭，朋友没吃饭先祭祀。薛直说："拿出这些饭食祭祀是为什么呢？"朋友说："佛经上说：'空旷的野外有鬼，吃人的血肉，佛能去感化他，让他不杀人。'所以做了这样的戒备。又是俗人所流传的习惯，每次吃饭前先拜佛，从而可以长寿。"薛直说："您太荒诞了，什么地方有佛呢？谁又是鬼呢？俗人互相迷惑，愚蠢的人跟着人云亦云，聪明的人不会被迷惑的。你大概也是俗人吧！"刚说完不久，空中传来说话声，说："薛直，你太狂妄且愚蠢了，你怎么知道没有佛？怎么知道没有鬼？给你带来祸患，到死一定见不到你妻子儿女了。你应当死在这里！为什么口出狂言呢？"薛直听到这些大吃一惊，走下来拜了又拜，道歉说："我愚昧固执，不知道有神，神教诲我吧。"空中又说道："你生命在中午的时候走到尽头，你应当加急返回到家里，才能够和妻子儿女见面。不然就要埋葬在这里，成为游魂野鬼。"薛直非常害怕，和朋友骑马加急奔回州郡，走到一个驿站，薛直进入客厅仰卧休息。随从的人都休息了，忽然看见薛直离去，随从的有一百多人，都跟在左右。驿站小吏进门一看，薛直已经死了。因此驿站的人去报告薛直家人。薛直已经回到家里，招呼妻子，和她诀别说："我已经死在了北边的驿站，现在成了鬼，害怕不能当面诀别了，因此暂且回来。"他握着妻子的手，一个劲儿地勉励妻子，后来又骑马出门，气息奄奄慢慢地死去了。（出《纪闻》）

刘洪

沛国人刘洪，性情刚强正直，他父亲担任折冲尉，薛楚玉在范阳时，被征召担任行军。刘洪跟着到了蓟地，于是刘洪有机会在薛楚玉处供职，薛楚玉很喜欢刘洪。他要补任一位屯官，刘洪要求前往。檀州有个屯子名叫太和，来这里上任的人就会死去，于是屯子就荒废了，刘洪请求到这里任职。薛楚玉就讲恐怖的故事来吓他，刘洪说："妖怪是由人兴起的，妖不能自己兴起。我都不怕，你有什么可顾惜的呢？"薛楚玉就任命他做太和屯官。

洪将人吏到屯，屯有故墟落，洪依之架屋。匠人方运斧而度，木自折举，击匠人立死。洪怒，叱吏卒，扶匠人起而笞之。询曰："汝是何鬼，吾方治屯，汝则干之，罪死不赦！"笞数发，匠人言说："愿见宽恕，吾非前后杀屯官者也。杀屯官者，自是辅国将军。所居去此不远，吾乃守佛殿基鬼耳。此故墟者，旧佛殿也。以其净所，故守之。吾因为人有罪，配守此基。基与地平，吾方得去。今者来，故诉于公。公为平之，吾乃去为人矣。"洪曰："汝言辅国不远，可即擒来。"鬼曰："诺。"须臾，匠人言曰："刘洪，吾辅国将军也。汝为人强直，兼有才干，吾甚重之，将任汝以职。今当辟汝，即大富贵矣。勉之。"因索纸，作诗二章。其匠人兵卒也，素不知诗。及其下笔，书迹特妙，可方王右军。薛楚玉取而珍之。其诗曰："乌鸟在虚飞，玄驹遂野依。名今编户籍，翠过叶生稀。"其二章曰："个树枝条朽，三花五面啼。移家朝度日，谁觉□。"诗成而去。

匠人乃屯属役。数日疾甚，舁至范阳。其父谒名医薛，亦会疾。洪言语如常，而二冷密冷气侵□□□□□。洪初得鬼诗，思不可解。及卒，皆黑，遂以载棺。"名今编户籍"，盖洪名。"生希"者，言洪死像也。其二章"个树枝条朽"，故条枝朽也。"三花五面啼"者，洪家有八口，洪又二人亡，所谓三花也。五人哭之，所谓五面啼。

洪死后二十日，故吏野外见洪紫衣，从二百骑，神色甚壮。告吏曰："吾已为辅国将军所用，大富贵矣。今将骑从向都迎母。"母先在都。初洪舅有女，养于刘氏，年与洪齿，尝与洪言曰："吾闻刘洪带着人马到了太和屯，屯里有一处废墟，刘洪便依傍着废墟盖起了房屋。木匠正举斧考虑如何砍下去时，树自己就断了，砸到了木匠身上立即就死了。刘洪大怒，训斥吏卒，扶着木匠站起来而鞭打他。询问说："你是什么鬼，我刚刚管理屯子，你就干预我，罪该当死不可饶恕。"鞭打很多下，木匠说："请您宽恕我，我不是先后杀屯官的人。杀屯官的人，本是辅国将军。他住的地方离这儿不远，我是守佛殿基的鬼罢了，这废墟是旧时佛殿，用它净化这地方，所以守着它。我因做人时有罪过，便安排我守护这个殿基。殿基和地齐平时，我才能离去。现在您来，因此向您诉说，您给我平了，我就去做人了。"刘洪说："你说辅国将军离这里不远，可以立刻把他捉过来。"鬼说："好"。不一会儿，匠人说道："刘洪，我就是辅国将军，你做人刚强正直，而且有才干，我十分器重你，我要任命你担任职务。现在应该征召你，你马上就大富大贵了。要努力呀。"于是要来纸张，写了两首诗。那个匠人只是个小兵，一向不懂诗。等到他下笔时，写得字迹很是奇妙，可以和王羲之相比。薛楚玉要过来珍藏起来，那首诗写道："乌乌在虚飞，玄驹遂野依。名今编户籍，翠过叶生稀。"第二首诗是："个树枝条朽，三花五面啼。移家朝度日，谁觉□。"诗写成之后就离开了。

匠人就给屯官役使，几天后，刘洪得了重病，把他抬到范阳。他的父亲拜见姓薛的名医给他治病，也正赶上父亲有病。刘洪说话像平常一样，而二冷密冷气侵□□□□□，刘洪刚刚得到鬼诗的时候，思考但不能明白其中的意思。等到他死了，全身都黑了，就把他装在棺材里。"用现在编在户籍的上的名字命名"是刘洪。第一篇写"生稀"的诗，说刘洪死的模样。第二首诗的"个树枝条朽"，是说旧枝条朽。"三花五面啼"说的是刘洪家有八口人，刘洪和其他两个人死了，是所说的"三花"；五人哭，是所说的"五面啼"。

在刘洪死后二十天，之前的屯吏在野外看见刘洪穿着紫色衣服，跟着二百个骑兵，表情很庄重。告诉小吏说："我已经被辅国将军所任用，大富大贵了。现在率领骑兵去都城迎候母亲。"母亲在都城，当初刘洪舅舅有个女儿，在刘洪母亲那儿抚养，年龄与刘洪一样死者有知，吾二人，先死必扰乱存者，使知之。”是日，女在洪母前行，忽有引其衣者，令不得前，女怪之。须臾得前，又引其巾，取其梳，如相狎者。洪母惊曰：“洪存日尝有言，须来在军，久绝书问。今见死乎？何与平生言协也？”母言未毕，洪即形见庭中，衣紫金章，仆从多至。母问曰：“汝何缘来？”“洪已富贵，身亦非人。福乐难言，故迎母供养。”于是车舆皆进，母则升舆，洪乃侍从，遂去。去后而母殂，其见故吏时，亦母殂之日也。（出《记闻》）

大，曾经对刘洪说：“我听说死的人有知觉，我们两个人，先死去的人一定会扰乱活着的人，让对方知道。”这一天，舅舅的女儿在刘母前面走着，突然有人拉她衣服，让她不能继续向前走，她感到很奇怪。过了一会儿，又可以向前走了，又拽她头巾，拿她的梳卡，像猥狎她。刘洪母亲惊恐地说道：“刘洪活着时曾经有话传来，到军队后，他很久没有书信来了，现在死了吗？为什么和平生所说的这样协调一致呢？”她还没说完，刘洪就现形在庭院中，穿着紫衣服，黄色花纹，仆人随从来了很多。母亲问刘洪说：“你为什么而来呢？”刘洪说：“我已富贵了，身体已不是人，福乐难以用语言表达，所以来迎候母亲供养。”因此车马都进来了，母亲就上车，刘洪侍候着，随后就离去了。刘洪离开后母亲就死了，他看见过去的小吏时，也是他母亲死那天。（出《纪闻》）

卷第三百三十二　鬼十七

唐晅　萧正人　韦镒　赵夏日　茹子颜　刘子贡　刘平　萧颖士

唐晅

唐晅者，晋昌人也。其姑适张恭，即安定张轨之后。隐居滑州卫南，人多重之。有子三人，进士擢第。女三人，长适辛氏，次适梁氏，小女姑钟念，习以诗礼，颇有令德。开元中，父亡，哀毁过礼，晅常慕之。及终制，乃娶焉，而留之卫南庄。开元十八年，晅以故入洛，累月不得归。夜宿主人，梦其妻隔花泣，俄而窥井笑，及觉，心恶之。明日，就日者问之，曰："隔花泣者，颜随风谢；窥井笑者，喜于泉路也。"居数日，果有凶信。晅悲恸倍常。

后数岁，方得归卫南，追其陈迹，感而赋诗曰："寝室悲长簟，妆楼泣镜台。独悲桃李节，不共夜泉开。魂兮若有感，仿佛梦中来。"又曰："常时华堂静，笑语度更筹。恍惚人事改，冥寞委荒丘。阳原歌薤露，阴壑悼藏舟。清夜庄台月，空想画眉愁。"是夕风露清虚，晅耿耿不寐。更深，悲吟前悼亡诗。忽闻暗中若泣声，初远，渐近。晅惊恻，觉有异，乃祝之曰："傥是十娘子之灵，何惜一相见叙也？勿以幽冥，隔碍宿昔之爱。"须臾，闻言曰："儿郎张氏也，闻君悲吟相念，虽处阴冥，实所恻怆。愧君诚心，不以沉魂可弃，每所记念，是以此夕与君相闻。"晅惊叹，流涕呜咽曰："在心之事，卒难申叙。然须得一见颜色，死不恨矣。"答曰："隐显道隔，相见殊难。亦虑君亦有疑心，妾非不欲尽也。"晅词益恳，誓无疑贰。

唐晅

唐晅，是晋昌人。他姑姑所嫁的张恭，是安定人张軏的后人。隐居在滑州的卫南庄，人们都很尊重他。张恭有三个儿子，都考取了进士。还有三个女儿，长女嫁到辛家，次女嫁到梁家，对小女儿特别喜爱，让她学习《诗》《礼》，所以小女儿特别有美德。开元年间，她的父亲死了，她由于悲伤过度而损害了身体，唐晅对姑姑的三女儿十分爱慕。等她守完孝，就迎娶了她，并且把她留在卫南庄。开元十八年，唐晅因为有事去到洛阳，累计几个月都不能回家。住在主人家，有天夜里，梦中看见他的妻子隔着花哭泣，后来又看着井发笑，等到睡醒后，心里就十分讨厌做的梦。等到第二天，他就找人问卜。回答说："隔花哭泣，是容颜随风衰老，看着井而发笑，是喜欢黄泉路啊。"过了几天，果真传来了妻子去世的凶信，唐晅十分悲痛。

在此又过了几年，才得以回到卫南，看见过去和妻子共同生活的地方，回忆旧时，唐晅悲痛而感慨地作诗道："寝室悲长簟，妆楼泣镜台。独悲桃李节，不共夜泉开。魂兮若有感，仿佛梦中来。"又吟道："常时华堂静，笑语度更筹。恍惚人事改，冥寞委荒丘。阳原歌薤露，阴壑悼藏舟。清夜庄台月，空想画眉愁。"这天夜里风清露凉，唐晅心中有事不能入睡。夜深了，悲痛的吟着那几首悼亡诗。突然听到黑暗中有像哭泣的声音，开始的时候很遥远，渐渐近了。唐晅又害怕又悲伤，觉得有些奇怪，就祈祷说："如果是爱妻十娘的魂灵，为何吝惜和我相见一面叙叙呢？不要因为你在阴曹地府，就阻隔了我以前的恩爱吧。"过了一会儿，听到说："我就是你的妻子张氏，听到你伤悲着吟相思的话语，虽然使我身在阴间，确实是悲伤怆然。于你的诚意，不因我成了鬼魂抛弃我，常常挂念我，所以今天晚上我特地来和你互吐真情。"唐晅十分惊叹，流着泪呜咽道："在心底的事，俄而闻唤罗敷取镜，又闻暗中飒飒然人行声，罗敷先出前拜，言："娘子欲叙夙昔，正期与七郎相见。"晅问罗敷曰："我开元八年，典汝与仙州康家。闻汝已于康家死矣，今何得在此？"答曰："被娘子赎来，今看阿美。"阿美即晅之亡女也。晅又恻然。须臾命灯烛，立于阼阶之北。晅趋前，泣而拜，妻答拜，晅乃执手，叙以平生。妻亦流涕谓晅曰："阴阳道隔，与君久别，虽冥寞无据，至于相思，尝不去心。今六合之日，冥官感君诚恳，放儿暂来。千年一遇，悲喜兼集。又美娘又小，嘱付无人。今夕何夕，再遂申款。"晅乃命家人列拜起居。徙灯入室，施布帷帐。不肯先坐，乃曰："阴阳尊卑，以生人为贵，君可先坐。"晅即如言。笑谓晅曰："君情既不易平生，然闻已再婚，新故有间乎？"晅甚怍。妻曰："论业君合再婚。君新人在淮南，吾亦知甚平善。"因语："人生修短，固有定乎？"答曰："必定矣。"又问："佛称宿因不谬乎？"答曰："理端可鉴，何谬之有？"又问："佛与道孰是非？"答曰："同源异派耳。别有太极仙品，总灵之司，出有入无之化，其道大哉。其余悉如人间所说。今不合具言，彼此为累。"晅惧，不敢复问。

终究难以再说清楚。然而现在能看一看你的容颜，就算死了也无憾了。”妻子回答说：“阴间与世间道路相阻隔，相见是特别难的。也担心你真看见我以后会有疑虑，我并不是不想满足你的心愿。”唐晅的言辞愈加诚恳，发誓自己并没有猜疑。

不久听到张氏唤来罗敷让她拿了镜子，又听到暗中飒飒地有人走路的声音，罗敷先现形走上前拜见唐晅，说：“娘子想和你叙旧，正期望和你见面。”唐晅问罗敷道：“我在开元八年，把你卖给了仙州的康家。听说你已经在康家去世了，现在怎么会在这里呢？”罗敷回答道：“是娘子赎我回来的，现在我在照看阿美。”阿美就是唐晅死去的女儿。唐晅又很悲伤。过了一会儿，张氏就命令罗敷点上蜡烛，放在台阶的北面。唐晅就走上前，哭着下拜，妻子回拜，唐晅就握着她的手，叙说过去的事。妻子也流着泪对唐晅说：“阴阳道路相隔，和你离别了很久，虽然在阴间寂寞没有依靠，以至于思念着你，从来没有一天忘怀过你。今天正好是春秋相交的六合之日，冥府的官员被您的诚意所感动，放我暂时回来。这样的事情千年才能遇见一次，真让我悲喜交加。再加上美娘年纪又小，连照看她的人都没有。今天晚上看见你使我能再次表明我的诚意。”唐晅就让家里的亲人都列拜张氏。端起蜡烛进入厅堂，安排好床帐，妻子不肯先坐，就说：“阴阳尊卑，以活人为高贵，你应该先坐。”唐晅就按她的话坐了下来。张氏又笑着对唐晅说：“你对我的情意虽然和从前没什么两样，然而听说你已第二次结婚，新旧妻子有什么不一样吗？”唐晅十分惭愧。妻子说道：“按理说我已去世，你应该再次结婚。你的新妻子在淮南，我也知道她十分朴实和善。”唐晅说：“这样看来，人生长短，是不是原来就有定数呢？”妻子回答道：“一定是有的啊。”又问道：“佛家说的死生、因缘，是对的吗？”回答道：“道理正确可证，怎么会是错的呢？”又问道：“佛和道哪个对哪个错呢？”答道：“同一起源不同派别罢了。另外有太极仙品，是总管灵魂的官，有出有入，造化是无穷无尽的，其中的道理很深奥啊。其余的全都像人间听说的一样。现在你我的事却是阴阳阻隔，和因缘的说法不符，是我拖累你了。”唐晅心里有些恐惧，不敢再问了。

因问欲何膳，答曰："冥中珍羞亦备，唯无浆水粥，不可致耳。"暅即令备之。既至，索别器，摊之而食，向口如尽。及撤之，粥宛然。暅悉饭其从者，有老姥，不肯同坐。妻曰："倚是旧人，不同群小。"谓暅曰："此是紫菊奶，岂不识耶？"暅方记念。别席饭。其余侍者，暅多不识，闻呼名字，乃是暅从京回日，多剪纸人奴婢，所题之名。问妻，妻曰："皆君所与者，乃知钱财奴婢，无不得也。"妻曰："往日常弄一金镂合子，藏于堂屋西北斗棋中，无有人知处。"暅取果得。又曰："岂不欲见美娘乎？今已长成。"暅曰："美娘亡时襁褓，地下岂受岁乎？"答曰："无异也。"须臾，美娘至，可五六岁。暅抚之而泣，妻曰："莫抱惊儿。"罗敷却抱，忽不见。暅令下帘帷，申缱绻，宛如平生。暅觉手足呼吸冷耳。又问冥中居何处，答曰："在舅姑左右。"暅曰："娘子神灵如此，何不还返生？"答曰："人死之后，魂魄异处，皆有所录，杳不关形骸也。君何不验梦中，安能记其身也？儿亡之后，都不记死时，亦不知殡葬之处。钱财奴婢，君与则知。至如形骸，实总不管。"

既而绸缪夜深，暅曰："同穴不远矣。"妻曰："曾闻合葬之礼，盖同形骸。至精神，实都不见，何烦此言也？"暅曰："妇人没地，不亦有再适乎？"答曰："死生同流，贞邪各异。且儿亡，堂上欲夺儿志，嫁与北庭都护郑乾观侄明远。儿誓志确然，上下矜于是问她想吃什么饭菜，回答说："阴间美味也全都具备，只是没有浆水粥，因为浆水粥送不到阴间。"唐晅就命家人准备浆水粥。送到以后，张氏另外要了一份餐具，摆好了就吃，对着嘴巴好像吃光了。等到撤下以后，粥还像刚才的样子一点也没动。唐晅全都给张氏带来的随从吃了，有位老太太，不肯一同坐下。妻子说："她是老人，与那些晚辈不一样。"对着唐晅说道："她是紫菊奶娘，难道你不认识了吗？"唐晅这才回想起来。于是就让那奶娘另设一席吃饭。其他的侍从，唐晅大多数都不认识，听到招呼名字，竟然是唐晅从京城回去奔丧的时候，用纸剪的那些奴婢。再问那些奴婢的名字，妻子说道："都是你当时给起的，才知道祭悼时烧化的那些钱财奴婢，阴间没有收不到的。"妻子又说："以前我总是爱摆弄一个金刻的盒子，把它藏在了堂屋西北的斗拱里，没有人知道那里。"唐晅去拿，果然找到了。妻子又说："难道你不想见见美娘吗？现在已经长成大姑娘了。"唐晅说："美娘死时还在襁褓中，地下怎么能增长岁数呢？"妻子回答说："阴间和阳间没什么不一样。"过了一会，美娘到了，大概五六岁。唐晅摸着她就哭泣，妻子说："不要抱，不要惊吓到她。"罗敷却抱起美娘，忽然就不见了。唐晅就命仆人放下帘帷，夫妻二人情意缠绵，就像张氏活着时一样。唐晅觉得张氏的手脚和呼吸都是冰冷的。又问张氏："你在阴间住在什么地方？"张氏回答道："在公婆的旁边。"唐晅说："娘子有这般的神灵，为什么不返还成为活人呢？"张氏回答说："人死之后，魂魄都在别的地方，都有所记录，和形骸离得非常远。你为什么不查验一下在梦中的时候，哪能记下自己在哪里呢？人死了之后，都不会记得死时候的事，也不知道殡葬的地方。纸钱和纸做的奴婢，你给了我就能知道。至于自己的形骸，确实一直不知道。"

接着二人恩爱到深夜，唐晅说："不久就要和你合葬同一墓穴了。"妻子说："曾经听说合葬的礼仪，大概是把两人的尸体埋葬在一起。至于灵魂，其实都没相见，你为什么要说这些话呢？"唐晅说道："女人死了，在阴间不也有再婚吗？"张氏回答说："死生是一样的，贞节和淫邪每个人就不同了。在我死了以后，堂上马上就强迫我闵，得免。”晅闻抚然，感怀而赠诗曰：“峄阳桐半死，延津剑一沉。如何宿昔内，空负百年心。”妻曰：“方见君情，辄欲留答，可乎？”晅曰：“曩日不属文，何以为词？”妻曰：“文词素慕，虑君嫌猜而不为。言志之事，今夕何爽？”遂裂带题诗曰：“不分殊幽显，那堪异古今。阴阳途自隔，聚散两难心。”又曰：“兰阶兔月斜，银烛半含花。自怜长夜客，泉路以为家。”晅含涕言叙，悲喜之间，不觉天明。

须臾，闻扣门声。翁婆使丹参传语：“令催新妇，恐天明冥司督责。”妻泣而起，与晅诀别，晅修启状以附之，整衣，闻香郁然，不与世同，“此香何方得？”答言：“韩寿余香，儿来，堂上见赐。”晅执手曰：“何时再一见？”答曰：“四十年耳。”留一罗帛子，与晅为念。晅答一金钿合子。即曰：“前途日限，不可久留。自非四十年内，若于墓祭祀，都无益。必有相飨，但于月尽日、黄昏时，于野田中，或于河畔，呼名字，儿尽得也。匆匆不果久语，愿自爱。”讫，登车而去，扬袂，久之方灭。举家皆见，事见《唐晅手记》。（出《通幽记》）

萧正人

琅邪太守许诫言，尝言幼时，与中外兄弟夜中言及鬼神。其中雄猛者，或言：“吾不信邪，何处有鬼？”言未终，前檐头鬼忽垂下二胫，胫甚壮大，黑毛且长，足履于地。言者走匿。内弟萧正人，改嫁，让我嫁给北庭都护郑乾观的侄子明远。我发誓坚定不嫁，上上下下的人都很怜悯我，这才得以免于此事。”唐晅听到后就安抚她，并感怀这件事而赠诗道：“峄阳桐半死，延津剑一沉。如何宿昔内，空负百年心。”妻子说道：“看见你情义如此深重，也想作一首诗来酬答，可以吗？”唐晅说：“以前你从不写文章，为什么现在可以作诗了呢？”妻子说：“我一直很喜欢诗文，担心你笑话我才不作诗。诗是言志的，今晚心里又如此畅快！”于是撕下腰带在上面作诗道：“不分殊幽显，那堪异古今。阴阳途自隔，聚散两难心。”又写道：“兰阶兔月斜，银烛半含花。自怜长夜客，泉路以为家。”唐晅含泪和张氏诉说深情，悲喜之间，不知不觉天已亮了。

不一会儿，听到有敲门的声音。阴间的公婆派来丹参传话：“让我催促新妇人，恐怕天亮阴间司督会责怪。”妻子哭着站起来，和唐晅告别，唐晅写了送亡魂的文章交给妻子带在身上，张氏整理衣服，唐晅闻到一股浓厚的香气，和世间不同，便问道：“这种香气从哪得到的？”张氏回答说：“韩寿剩下的，我来之前，在阴司大堂上接受的赏赐。”唐晅握着张氏的手说：“什么时候能再见面呢？”回答说：“四十年后吧。”妻子留下一件丝织品，给唐晅作为纪念。唐晅回赠一件金钿盒子。张氏便说：“回去的日期有限制，不能久留了。四十年内自然是不会再相见了，如果在我墓地上祭祀，都没有用处。如果你要给我享受祭品，只要在每月最后一天，黄昏的时候，在田野中，或在河畔，叫我的名字，我就能全部得到。匆匆见上一面，不能和你再多说话了，希望你多多珍重。”说完之后，就上车离去，挥动着衣袖，很久才消失。全家的人都看见了，此事见于唐晅手记。（出《通幽记》）

萧正人

琅邪太守许诫言曾经说，他小的时候和家里外面的兄弟在一起，夜里说到鬼神的时候，他们当中有些勇猛的人，就说：“我才不信呢，哪里有鬼呢？”话还没有说完，房檐前面有个鬼忽然垂下两条沉静少言，独不惧，直抱鬼胫，以解衣束之甚急。鬼举胫至檐，正人束之，不得升，复下，如此数四。既无救者，正人放之，鬼遂灭。而正人无他。（出《记闻》）

韦镒

监察御史韦镒，自贬降量移虢州司户参军。镒与守有故，请开虢州西郭道。镒主之，凡开数里，平夷丘墓数百。既而守念镒，至湖按覆。有人至湖，告镒妻死。镒妻亡七日，召寺僧斋。镒神伤丧志，诸僧慰勉。斋罢，镒送僧出门，言未毕，若有所见，则揖僧退，且言曰："弟子亡妻形见。"则若揖让酬答，至堂仆地，遂卒。人以为平夷丘墓之祸焉。（出《记闻》）

赵夏日

宁王文学赵夏日，文章知名，以文学卒官。终后，每处理家事如平生，家内大小，不敢为非。常于灵帐中言，其声甚厉。第二子常见之，率常在宅。及三岁，令其子传语，遍别人，因绝去。（出《记闻》）

茹子颜

吴人茹子颜，以明经为双流尉，颇有才识，善医方，由是朝贤多识之。子颜好京兆府博士，及选，请为之。既拜，常在朝贵腿，腿十分粗大，黑毛也很长，脚踩在地上。说话的人吓得逃跑躲了起来。许诚言的内弟萧正人，沉静寡语，单单不害怕鬼，径直上去抱住鬼的腿，然后脱下衣服十分快速地把鬼捆上。鬼想抬起腿到屋檐上，因为腿被萧正人捆住了，上不去，又下来，像这样弄了几次。当时没有相救的人，萧正人只好放了，鬼于是就消失了。而且萧正人也没有遇到什么灾祸。（出《纪闻》）

韦镒

监察御史韦镒，自己要求降调，后来被任为虢州的任司户参军。韦镒和当地太守有老交情，请求太守修筑虢州西城的道路，由韦镒主管修路的事。刚刚修筑了几里路，就平了几百处坟墓。不久太守挂念韦镒，到湖边巡视。这时有人到湖边，报告说韦镒的妻子去世了。韦妻去世七天之后，韦镒请来寺庙的和尚做法事超度亡灵。韦镒心情十分悲伤，各位寺僧都安慰劝勉他。斋戒结束之后，韦镒送僧人出门，话没说完，就好像看见了什么东西，作揖让寺僧回避，又说道："弟子亡妻的身形出现了。"就如同和亡妻相见叙谈一样，刚走到厅堂就倒在地上死了。人们都认为他的猝死是因为他主持修路时夷平了坟墓而招致的祸端。（出《纪闻》）

赵夏日

宁王的文学官赵夏日，写的文章很出名，后来死在了任上。去世后，他的魂魄每每处理家事，就像活着的时候一样，家里老老少少，不敢做错事。赵夏日常常在灵帐里说话，他的话语声很严厉。二儿子经常看见他在屋子里。过了三年，赵夏日让他儿子传话，告诉所有的人，然后就再也没来过。（出《纪闻》）

茹子颜

吴人茹子颜，因为通晓明经当上了双流县的县尉，特别有才学，善于治病，因此朝廷里贤能的人大多都认识他。子颜希望担任京兆家。及归学，车马不绝。子颜之娅张虚仪，选授梓州通泉尉。家贫，不能与其妻行。仍有债数万，请子颜保。虚仪去后两月余，子颜夜坐，忽檐间语曰：“吾通泉尉张虚仪也，到县数日亡。今吾柩还，已发县矣。吾平生与君特善，赴任日，又债负累君。吾今亡，家又贫匮，进退相扰，深觉厚颜。”子颜问曰：“君何日当至京？吾使人迎候。”鬼乃具言发时日，且求食。子颜命食，于坐谈笑如故。至期，丧果至。子颜为之召债家，而归其负。鬼又旦夕来谢恩，其言甚恳，月余而绝。子颜亦不以介意。数旬，子颜亦死。（出《纪闻》）

刘子贡

京兆人刘子贡，五月二十二日，因病热卒。明日乃苏，自言被录至冥司，同过者十九人。官召二人出，木括其头，加钉鍱焉，命击之，曰：“此二人罪重，留，余者且释去。”又引子贡历观诸狱，但空墙垣为数十院，不见人。子贡问曰：“此为何处？”人曰：“此皆地狱也。缘同光王生，故休罪人七日，此中受罪者暂停。若遇其鼓作，罪人受苦，可惊骇耳目。”子贡娶于难江县令苏元宗，见元宗于途，问之曰：“丈人在生好善，何得在此？”元宗曰：“吾前生有过，故留。然事已办，今将生天，不久矣。”又问：“二子先死者何在？”“长者愿而信，死便生天，少儿贼而杀，见在地狱。”又遇邻人季晬，晬曰：“君为传语吾儿，吾坐前坐罪，大被拘留。为吾造观世音菩萨像一，写《妙法莲花经》一部，则生天矣。”又遇府博士的职位，等到选官的时候，子颜请求做这个官职。授给他官职以后，他经常出入朝廷中的显贵人家。等到他每次回学校，来拜见他的车马不断。子颜的连襟张虚仪，被选官任命为梓州通泉尉。他家境贫寒，不能带着他的妻子一起上任。而且还有几万银两的外债，请求子颜给他做担保人。虚仪离开后两个多月，子颜夜里正在座着，忽然屋檐下有说话声："我是通泉尉张虚仪，到县里几天就死了。现在我的灵柩回京，已经从县里出发了。我平生和您特别友好，我赴任的时候，又因为债务连累了你。我现在已经死了，家境又贫困，出入你那儿总是打扰你，感觉十分惭愧。"子颜问道："你什么时候能到京城呢？我派人去迎候你。"鬼就说了出发的具体时间，又请求给些饭吃。子颜命令上饭，鬼就坐着谈笑就如同活着的时候一样。到了张虚仪说的时间，他的灵柩果然到了。子颜把张虚仪的债主们都叫来，并且还了他欠下的债务。鬼又每天早晚过来谢恩，他的话语都很诚恳，一个多月后就不再来了。子颜也不因为这件事介意。过了几十天，子颜也去世了。（出《纪闻》）

刘子贡

京兆人刘子贡，五月二十二日，得伤寒病昏死过去。第二天，子贡苏醒过来，自己说被录用到阴间做官，一起去的人有十九个。冥司招呼其中的两个人出来，用木枷夹他们的头，并用铁钉钉上，且下令打这两个人，说："这两个人罪恶深重，留下来，其余的人暂时放掉。"又领子贡去看各个地狱，子贡只看见几十处空空的墙院，没看见人。子贡就问道："这是什么地方？"那个人说："这里是地狱，由于他们和同光王生认识，所以让他们休息七天，罪人们暂时停止上刑。如果遇到他们再作恶，作恶的人就会受苦，这可以使其他的罪人害怕。"子贡曾娶了难江县令苏元宗的女儿，在阴间道上看见元宗，就问他说："岳父在世时常爱做善事，为什么也在这里呢？"元宗说："我生前有过失，所以留下来。然而事情已经处理完，现在将要升入天堂，没有多长时间了。"子贡又问："已经死去的两个儿子在哪里呢？"元宗说："大儿子老实而又说真话，死后便升天了，小儿子其父慎，慎曰："吾以同光王生，故得假在外。不然，每日受罪，苦不可言。坐吾弹杀鸟兽故，每日被牛头狱卒，烧铁弹数千，其色如火，破吾身皮数百道，纳热弹其中，痛苦不可忍。"又见身存者多为鬼。子贡以二十三日生，生七日，至二十九日又殂，遂不活矣。（出《记闻》）

刘平

唐咸通中，有五经博士卢罼，得神仙补养之道。自言生于隋代，宿旧朝士，皆云童幼时见，奕世奉之，不穷其寿。安史之乱，隐于终南山中。其后或出或处，令狐绹喻以柱下漆园之事。稍从宦于京师，常言与处士刘平善。天宝中，居于齐鲁。尤善吐纳之术，能夜中视物，不假灯烛。安禄山在范阳，厚币致于门下。平见禄山左右，常有鬼物数十，殊形诡状，持炉执盖，以为导从。平心异之，谓禄山必为人杰。及禄山朝觐，与平俱至华阴县。值叶法善投龙西岳，平旋见二青衣童子，乘虚而至。所谓禄山鬼物，皆弃炉投盖，狼狈而走。平因知禄山为邪物所辅，必不以正道克终。及禄山归范阳，遂逃入华山而隐。（出《剧谈录》）

萧颖士

兰陵萧颖士，为扬州功曹，秩满南游。济瓜洲渡，船中有二少为盗好杀正在地狱里。”又遇到邻居季暐，季暐说：“你帮我传话给我的儿子，我犯了以前犯过的罪，将被拘押很久。让我儿子为我造一个观世音菩萨像，再写一部《妙法莲华经》，我就可以升天了。”又遇到他的父亲刘慎，刘慎说：“我因为认识同光王生，所以能够假释在外面。不然每天都会受刑，苦不堪言。我犯了弹杀鸟兽的罪，每天遭受牛头狱卒的刑罚，他烧了几千个铁弹，颜色像火一样，把我身上的皮肉打烂了几百处，热弹陷进皮肉之中，痛苦不堪忍受。”子贡又看见不少活着的人大多是鬼。子贡在二十三日复活了，活了七天，到二十九日又死去了，从此没再复活。（出《纪闻》）

刘平

唐代咸通年间，有个五经博士叫庐罕，得到神仙补养的方法。他说自己生在隋代，当朝有名望的名士在他小时都见过，几代人都供奉他，他的寿数可以永远不尽。安史之乱时，他隐居在终南山里。这以后有时出仕有时隐居，令狐绹甚至把他比作曾作为漆园小吏的旷达的庄子。他也曾经在长安短暂做过官。他自言和隐士刘平相处很好。天宝年间，刘平住在齐鲁一带。特别擅长道家吐纳炼气的技巧，可以不用凭借灯光在夜里看见东西。安禄山在范阳的时候，把厚礼送到了他门前，刘平看见安禄山左右的人，总有几十个鬼，形状都很奇怪，拿着暖炉举着华盖，给安禄山做向导。刘平当时觉得很是奇怪，说安禄山一定是豪杰人物。等到安禄山朝见皇上，和刘平一起来到华阳县。刚好名道士叶法善乘龙降落在了西岳华山，刘平就看见两个青衣童子，乘着云到达，安禄山手下的那些鬼怪，都丢弃了暖炉华盖，狼狈而逃。刘平于是知道安禄山是被妖邪鬼怪所辅佐，最后一定不走在正道上。等到安禄山回归范阳后，刘平也逃到华山隐居了起来。（出《剧谈录》）

萧颖士

兰陵人萧颖士，担任扬州的功曹，任职期满后南游。从瓜洲乘年，熟视颖，相顾曰："此人甚似鄱阳忠烈王也。"颖士即鄱阳曾孙。乃自款陈，二子曰："吾识尔祖久矣。"颖士以广众中，未敢询访。俟及岸，方将问之，二子忽遽负担而去。颖士必谓非神即仙，虔心向嘱而已。明年，颖士比归，至于盱眙，方与邑长下帘昼坐，吏白云："擒获发冢盗六人。"登令召入，束缚甚固，旅之于庭，二人者亦在其中，颖士大惊。因具述曩事。邑长即令先穷二子，须臾款伏，左验明著，皆云发墓有年。尝开鄱阳公冢，大获金玉。当门有贵人，颜色如生，年方五十许，须鬓斑白，僵卧于石塌，姿状正与颖士相类，无少差异。昔舟中相遇，又知萧氏，固是鄱阳裔也，岂有他术哉！（出《集异记》）

船渡江，在船中有两个少年，他俩仔细看着萧颖士，相互看了看说：“这个人特别像鄱阳忠烈王。”萧颖士就是鄱阳忠烈王的曾孙。于是就自己告诉了他们实情。两个少年说道：“我们认识你的祖先已经很久了。”因为萧颖士在众人面前，没敢详细询问。等到了岸上，才要问他们，两个少年突然挑着担子离开了。萧颖士认为这两个人，肯定不是神就是仙，只是虔诚地希望他们能够关照罢了。到了第二年，等到萧颖士回家时，到了盱眙，白天正和邑长在帘下坐着，小吏来禀报说：“抓到挖坟盗墓的盗贼六名。”邑长命令立刻把他们带上来，他们被捆绑得很坚固，放在庭院里，两个少年也在其中，萧颖士十分惊讶。于是把从前的事全都详细对邑长述说出来。邑长就下令先追究两个少年，过了一会儿他们就服罪招认，证据鲜明显著，都说他俩挖掘坟墓有几年了。曾经打开鄱阳公的坟墓，取得了特别多的金银玉器，对着门有位高贵的人，面容和活人一样，年龄刚刚五十岁以上，胡须头发斑白，躺在石塌上不动，姿态正和萧颖士一样，没有一点差别。过去在船上遇见过，又知道姓萧氏，断定是鄱阳忠烈王的后裔，哪里是有其他法术啊？（出《集异记》）